JOHANN SEEGER

Die Schule der Redner

HISTORISCHER ROMAN

WILHELM HEYNE VERLAG
MÜNCHEN

Sollte diese Publikation Links auf Webseiten Dritter enthalten,
so übernehmen wir für deren Inhalte keine Haftung,
da wir uns diese nicht zu eigen machen, sondern lediglich auf
deren Stand zum Zeitpunkt der Erstveröffentlichung verweisen.

Penguin Random House Verlagsgruppe FSC® N001967

2. Auflage
Originalausgabe 08/2021
Copyright © 2021 by Jürgen Schulze-Seeger
Copyright © 2021 dieser Ausgabe
by Wilhelm Heyne Verlag, München,
in der Penguin Random House Verlagsgruppe GmbH,
Neumarkter Str. 28, 81673 München
Redaktion: Lars Zwickies
Printed in Germany
Umschlaggestaltung: Nele Schütz Design, München,
unter Verwendung einer Illustration von:
© Universitätsbibliothek Heidelberg »Herr Hartmann von Aue,
Große Heidelberger Liederhandschrift, Codex Manesse
(Cod. Pal. germ. 848); fol. 184v, Zürich, ca. 1300 bis ca. 1340«
(https://digi.ub.uni-heidelberg.de/diglit/cpg848/0364/image)
Abbildungen Innenklappen: © Andreas Hancock
Satz: KompetenzCenter, Mönchengladbach
Druck und Bindung: CPI books GmbH, Leck
ISBN: 978-3-453-43962-7

www.heyne.de

Für Inke, Finn und Ben

Dramatis Personae

Auf der Habsburg

Leon, ein Neffe Rudolfs von Habsburg. Entdeckt die Macht der Sprache und gerät hierdurch in enorme Schwierigkeiten.

Albert von Breydenbach, Zisterziensermönch und Leons Rhetoriklehrer. Ein Mann mit undurchsichtiger Vergangenheit.

Uther, Rudolfs Vogt und Gegenspieler Leons. Besessen von der Gier nach Macht.

Richard, Leons Bruder und (leider) eher ein Mann der Tat als der Worte.

Cecile, Fürstentochter Burgunds und versprochene Braut Rudolfs. Verliebt sich in Leon, nicht ganz ohne dessen Zutun.

Catherine und **Mona,** Ceciles Kammerzofen. Eine davon eine Verräterin.

Odo und **Philipp,** Ceciles Brüder und treue Freunde Richards.

Im Wald

Flint, junger Wilderer, vollkommen resistent gegen den Einfluss von Sprache und Stimme.

Anna und **John,** Flints Eltern.

An der Schule der Redner

Maraudon, Rektor, Meister im Haus des Willens, ein Greis von großem Einfluss.

Heraeus Sirlink, Meister im Haus des Weges (Strategie und List), verstrickt sich gern in eigenen Listen.

Hofmann, Meister im Haus des Krieges, Mentor Leons und Berater des Kaisers.

Borkas, Meister im Haus des Wissens, trinkfreudiger Denker mit Willen zur Aufklärung.

Jafira, Meisterin im Haus der Haltung, geheimnisvolle Orientalin, Hüterin der letzten Weisheit.

Berthold, der Cellerar der Schule.

Agnes, die Köchin und eigentliche Herrscherin über Schüler und Lehrerschaft.

Sally und **Ezra**, »Salz« und »Pfeffer«; Küchenmädchen, Agnes' rechte und linke Hand.

Die Schüler

Ben, Sohn jüdischer Kaufleute aus Fulda, der Schlauste und Belesenste von allen.

Konni, kommt überall rein und überall raus. Birgt ein großes Geheimnis.

Hindrick, Widersacher Leons. Immer da, wenn man ihn gerade gar nicht gebrauchen kann.

Wolfger, Handlanger Hindricks, gefühllos und gefährlich.

Angus, schweigsamer Kelte mit Kraft in den Armen.

Die drei **Peter**, Drillinge.

Astrid, braucht keine Redekunst, um andere zu manipulieren.

Historische Personen

Bernhard von Clairvaux (1090–1153), einfacher Abt mit ungeheurem Einfluss, Meister der honigfließenden Rede.

Gottfried von Auxerre (1120–1188), Sekretär Bernhards und Hüter dunkler Geheimnisse.

Friedrich II. (1194–1250), Kaiser des Heiligen Römischen Reiches, auf der Suche nach der Ursprache Gottes.

Rudolf von Habsburg (1218–1291), unbedeutender Graf mit plötzlichem Aufstieg, Gründer der Habsburger Dynastie.

Einige weitere Kirchenlehrer und Gelehrte, welche in die Geschicke der geheimnisvollen Schrift verwickelt sind: **Petrus Abaelard** (1079–1142), **Malachias** (1094–1148), **Franz von Assisi** (1181–1226), **Antonius von Padua** (1193–1231), **Albertus Magnus** (1200–1280), **Thomas von Aquin** (1225–1274), **Roger Bacon** (1220–1292).

Antike Personen und Mythen

Hermes Trismegistos, dreifacher Meister, in der Mythologie Alchimist, Priester und Erfinder der Schrift. Bei den Griechen als Gott verehrt.

Hanifa, Diebin – die beste des ganzen Hafenviertels.

Der Bund der Erben, Behüter des Wissens um die Schriftrolle des Trismegistos und deren Abschriften.

Der Alte vom Berg, Anführer der Nizariten und Herr über eine Armee von Assassinen.

Johannes der Täufer, Lehrer Christi. Ermordet.

Jesus von Nazareth, Sohn Gottes. Redebegabt.

»Worte bedeuten Macht.
Sie vermögen es,
große Reiche zu schleifen
und das Antlitz der Welt
zu wandeln.
Wer die Worte beherrscht,
beherrscht die Welt.«

Aus den Aufzeichnungen des Gottfried von Auxerre,
Sekretär des heiligen Bernhard von Clairvaux,
Anno Domini 1196

Ich lege Dir ans Herz, mich zu vergessen. Denkst Du an mich, während Du dies liest, wird der Blick Dir verstellt sein. Ich erzähle Dir eine Geschichte. Ein Teil von Dir und mir ist in ihr verwoben. Sie fand ihren Ursprung vor sehr langer Zeit, ihren Ausgang erst vor wenigen Jahren.

Doch zuvor beschwöre ich Dich: Vergiss mein Antlitz. Vergiss den Klang meiner Stimme. Vergiss meinen Duft. Die Ereignisse, so wie sie waren und so wie sie sind, sie kämen Dir nicht vor Augen. Lösche alle Erinnerung an gemeinsame Tage, so wie Du das Licht der Kerze zur Nacht erlöschen lässt. Ich selbst bin nicht mehr von Bedeutung.

Was ich hingegen schildere, ist die Wahrheit. Sie verdient Deine Aufmerksamkeit. Jetzt, da ich dies berichte, ist ein Teil der Geschichte für immer vergangen und vergessen. Fortgetragen und verloren im Ganzen, wie ein Tropfen Tinte, gefallen in einen großen Fluss.

Ich aber habe – mehr als das – nie existiert.

Prolog
Deus vult! - Gott will es!

Vézelay, 31. März 1146, Ostersonntag

Tausende waren gekommen. Eine Heerschar von Leibern vor den Mauern der Stadt. Das Volk. Menschen aus allen Teilen des Landes, die Gesichter einem einzigen Punkte zugewandt: dem hölzernen Podium, das in aller Eile auf offenem Feld errichtet worden war. Sie waren gekommen, um den Heiligen zu sehen. Und mit ihm die Geistlichen, Kardinäle und Bischöfe in vollem Ornat. Selbst der König war hier.

Und alles Volk hoffte, der Heilige möge das Wort an sie richten und ein weiteres Wunder wirken. Erlösung aus dem Elend und das Ende der Gräuel, die sie einander zu Lebzeiten antaten. Sie ersehnten ein Zeichen der Gnade und die Vergebung ihrer Sünden. Denn es hieß, Gott selbst spreche und wirke durch ihn.

Auch Gottfried war gekommen. Es war ein gefährlicher Weg von Auxerre bis hierher. Drei Tage entlang des Flusses Yonne nach Süden. Er hatte in heruntergekommenen Herbergen genächtigt, dafür jedes Mal zu viel Geld gezahlt und war noch vor Sonnenaufgang aufgebrochen, um rechtzeitig hier in Vézelay anzukommen. Der heutige Tag war ungewöhnlich warm. Gottfried drängte sich durch die Menge nach vorne. Schweiß lief ihm über den Nacken hinab und hinterließ dort kleine Rinnen im Staub. Um ihn herum stank es nach ungewaschenen Leibern. Zwiebel- und Knoblauchatem wehte ihn an. Hier und da stank es nach Erbrochenem und dort, wo jemand seine Notdurft achtlos inmitten der Menge verrichtet hatte, nach Exkrementen.

Gottfried sah angewidert auf Ekzeme, Geschwülste und schwärende Beulen an schmutzigen Hälsen. Münder mit faulenden Zähnen. Pack und Pöbel in dreckigen Lumpen. *Das Ebenbild Gottes?*, dachte Gottfried. *Sie unterscheiden sich in Wahrheit nicht von dem Vieh.* Er drängte weiter, schob Männer, Frauen und Kinder beiseite, um näher an das Podium zu gelangen. Gottfried war ein großer Mann und überragte die meisten Menschen hier. Sein dunkles, an vielen Stellen ergrautes Haar war lang und gewellt, doch man konnte auf seinem Scheitel die Reste einer Tonsur erkennen. Bis vor Kurzem war er ein Mönch gewesen. Sein Gesicht war hager und sein rechtes Auge weiß wie Milch.

Nun ging es nicht mehr weiter. Gottfried stand, eingezwängt in einer Gruppe von Bauern, am seitlichen Rand des Podiums. Über ihnen flatterten und knallten Banner im Wind. Einer der Kerle neben Gottfried brummte etwas, das wie ein Fluch klang. Ein anderer antwortete in einem Dialekt, den Gottfried nicht kannte und nicht verstand. Er verdrehte den Kopf, um die Menge zu überschauen. Das Gelände war riesig, und es mochten weit über zehntausend sein, die hier und an den sacht ansteigenden Hängen um die Felder herum dicht gedrängt standen. Noch immer strömten an den äußeren Rändern weitere Menschen hinzu. Man hatte von den Wundern gehört, die das bloße Vernehmen der Stimme Bernhards und seine Gegenwart bewirkten. Geschichten wurden erzählt. Von Verzagten und Schwachen, die mit einem Mal von Mut und Stärke erfasst sein würden, als habe man sie wie einen zuvor leeren Kelch damit angefüllt. Sieche und Gebrechliche, die geheilt wurden. Blinde, die mit einem Male sehen konnten. *Ein Heiliger. Schon jetzt,* dachte Gottfried. Er wusste um die Quelle, der Bernhards Überhöhung entsprang. Kannte sein Geheimnis. Seine Absicht. Und es graute Gottfried bei dem Gedanken daran.

Selbst auf dem Podium herrschte Gedränge. Als die Oberen der Stadt am Vortag erkannt hatten, dass der Platz in der Kathedrale von Vézelay nicht ausreichen würde, hatte man über Nacht Holz herangeschafft, in größter Eile eine Plattform gezimmert und einige Stühle sowie Bänke daraufgestellt. Von dort oben würde der Heilige zu ihnen allen sprechen. Und dort saßen auch die Edelsten. Königin Eleonore von Aquitanien, Ludwig, König von Frankreich. Umringt von Vasallen, Fürsten, Edeldamen, Geistlichen und Rittern. Die Großen des Reiches. Irgendwo dort musste auch Bernhard sein. Doch Gottfried konnte ihn von seinem Platz aus nicht erkennen.

Das Volk wartete. Es war nun beinahe Mittag, und die Sonne brannte immer heißer. Ein tausendstimmiges Lärmen lag über dem Gelände. Hier und da wurde es von lauten Rufen oder einem empörten Schrei durchbrochen. Etwa dann, wenn jemand bemerkte, dass ihm gerade der Beutel vom Gürtel geschnitten worden war. Das hier musste ein Paradies für Gauner und Taschendiebe sein, dachte Gottfried. Die Menschen standen teilweise so dicht gedrängt, dass man aufrecht hätte einschlafen können, ohne umzufallen. *Wenn es nur nicht so heiß wäre.* In diesem Augenblick begannen die Kirchenglocken der nahen Stadt zu läuten. Das Rufen verstummte, das allgemeine Lärmen erstarb. Eine Weile lang war nur das vielstimmige Dröhnen der Glocken zu hören. Dann verhallten sie eine nach der anderen, und eine große Stille senkte sich über das weite Feld.

Da erhob sich König Ludwig von seinem hohen Stuhl. Er sah

in die Runde der anwesenden Granden und begann zu sprechen. Nur wer ganz nahe am Podium stand, konnte verstehen, was der König sagte. Im Volk machte sich Unruhe breit. Man wollte den Heiligen hören, nicht den König. Derweil tat Ludwig mit langen Sätzen und schwachen Gebärden kund, dass er gedenke, sich dem Kreuzzug nach Jerusalem anzuschließen.

Ein Bauer neben Gottfried gähnte und zeigte dabei ein paar wenige gelbschwarze Ruinen, die früher mal Zähne gewesen sein mochten. Doch Gottfried war überrascht. *Ein Kreuzzug?* Diese Nachricht verwunderte ihn sehr. Noch bis vor wenigen Wochen war der König ein strikter Gegner des päpstlichen Unterfangens gewesen. Wohl vor allem wegen der immensen Kosten, die damit verbunden sein würden. Ein halbwegs taugliches Kreuzfahrerheer bis nach Jerusalem zu führen würde ein Vermögen verschlingen. Ein Vermögen, das Ludwig nicht besaß. Aber noch aus einem weiteren Grund sollte Ludwig eigentlich gegen einen Kreuzzug gestimmt sein: Es war unklar, ob sich der englische König der Unternehmung ebenfalls anschließen würde. Zöge Frankreich mit seinen Rittern allein, ohne England, nach Osten, hieße das, eine empfindliche Blöße im ungeschützten Rücken des Landes zu hinterlassen. England und Frankreich befanden sich mehr oder weniger im Krieg miteinander. Was hatte Ludwig plötzlich dazu bewogen, der Entscheidung Englands zuvorzukommen?

Da plötzlich sah Gottfried das vertraute Gesicht Bernhards. Der kleine Abt stand auf dem Podium in einer der hinteren Reihen und schaute mit aufmerksamem Blick zu Ludwig und der Menge auf dem Feld. *Bernhard! Natürlich steckt er dahinter! Bernhard hat den König zu dieser unsinnigen Entscheidung bewogen!* Gottfried schluckte trocken. Wie weit würde Bernhard seinen Einfluss noch ausweiten?

König Ludwig hatte schließlich zu Ende gesprochen und warf mit einer einstudierten Geste seinen schweren, mit Goldfäden und Hermelin abgesetzten Umhang hinter sich. Auf seinem Wappenrock darunter prangte für jedermann sichtbar ein blutrotes Stoffkreuz. Die Insignie des Kreuzfahrers! Statt eines Jubels folgte vonseiten der Menge lediglich ein schwacher Applaus. Doch kurz darauf brandete frenetisches Geklatsche auf. Jubel und Gekreisch folgten, als die Menge den Heiligen erkannte. Ein kleiner Mann in einer schlichten Kutte, der an den vorderen Rand des Podiums trat. Dort blieb Bernhard stehen und richtete seinen Blick auf die Menge. Frauen schrien aus Verzückung. Kinder wurden in die Luft gehoben. Der kleine Abt am vorderen Rand des Podiums wartete. Doch Geschrei und Geklatsche wollten nicht nachlassen.

Da hob Bernhard die rechte Hand. Eine kleine Geste. Und sogleich senkte sich Stille über das weite Feld. Bis in die letzten, weit entfernten Reihen der dicht gedrängten Menge. Es war, als wären alle Geräusche einfach in sich zusammengebrochen. Erstickt. Und für diesen kurzen Moment kehrten darüber die Stimmen des Windes und der Natur zurück. Leises Zwitschern der Spatzen und Amseln. Schwalben hoch über ihnen, fiepend auf der Jagd nach Insekten, welche der Luft ihrerseits ein Summen hinzufügten. In weiter Ferne raschelten die Blätter hoher Pappeln sacht im Wind. All das dauerte nur ein paar Herzschläge. Doch alle Menschen auf dem weiten Feld hielten den Atem an, denn sie wollten keines der Worte, die der Heilige nun sprechen würde, verpassen.

Und Bernhard von Clairvaux, der Meister der honigfließenden Rede, begann:

»Modicus quidem sum, sed non modice cupio vos omnes in viceribus Christi Iesu.«

Es war, als würde die Stimme des unscheinbaren Mannes eins mit den Geräuschen der Natur. Sie war für jedermann klar und deutlich hörbar. Selbst am entferntesten Teil des Geländes, so als trüge der Wind sie selbst dorthin. Es wirkte beinah, als käme die Stimme Bernhards nicht vom Podium, sondern von irgendwo weiter oben. *Wie stellt er das an?*

»Ich bin ein geringer Mensch«, übersetzte Bernhard seine zuvor gesprochenen Worte. »Jedoch in keiner Weise gering ist meine tiefe, tiefe Zuneigung für euch alle hier und in dieser Welt. In der Liebe Jesu Christi.« Bernhards Miene war ernst, und er wandte den Blick beim Sprechen in die Menge. Jedem Mann und jeder Frau und auch Gottfried schien es so, als spräche der Heilige nur ihn, nur sie allein an. Das Gefühl, *erkannt* zu sein, kam so plötzlich, als habe jemand überraschend ein Fenster geöffnet. Das Gefühl strömte hinein, in jeden Menschen, der Bernhard zuhörte. Gottfried sah die Resonanz auf den Gesichtern. Es waren nicht die Worte allein, es war die Melodie seiner Stimme. Sein Gestus. Seine *Praesentia*. Und obgleich Gottfried die Wirkweise dieser Rezeptur verstand, sie durchschaute, so konnte er sich ihr in diesem Moment dennoch selbst nicht entziehen. *Wie muss es dann erst den anderen ergehen? Den Ahnungslosen?*

Bernhard sprach von der Bürde des Lebens in diesen schweren Zeiten. Von der Not und der Pein jedes Einzelnen. Von der Sorge um das tägliche Brot, von der Angst vor Krankheit, Gewalt und Tod. Er sprach in klaren, einfachen Sätzen. Von der Plackerei und dem kläglichen Kampf gegen den allgegenwärtigen Mangel. Und er sprach mit jedem Wort aus den Herzen dieser Menschen. Er erreichte damit Fürst, Bauer und Bettler. Frau und Mann und Kind. So kam es, dass die Menschen ihr Leid jäh vor Augen hatten und verzehnfacht spürten. Und sie fühlten schließlich auch das Leid ihrer Nachbarn zur Rechten und zur Linken. Wie eine heimliche ansteckende Krankheit verteilte sich das Leid aller, bis es überall zugleich ausbrechen und wüten würde. Das ganze Leid des Volkes. Die Gewalt, der Schmutz, die Grausamkeit dieser Welt, in der jeder Einzelne so sehr auf Erlösung hoffte. Schweigend hörten die Tausenden zu. Bis aus der Menge die ersten Schluchzer und leisen Wehklagen zu hören waren. Schmerzenslaute. Das Wimmern von Greisen und das Weinen von Kindern. Bernhard machte eine Pause und sah auf die Menschen.

Es schien Gottfried, als habe der Abt den Punkt erreicht, an dem er das Volk haben wollte. Im nächsten Moment ging Bernhard jäh dazu über, ein Bild unvorstellbaren Grauens zu malen. Ein Grauen, das erst noch kommen würde, wenn die Menschen nicht jetzt die Gnade Gottes erlangten. Wenn ihnen das Seelenheil und die Erlösung des Jenseits auf immer verwehrt würden. Er sprach von der ewigen Marter der Hölle. Er sprach von den Ungläubigen, die gerade dabei waren, die heiligen Stätten der Christenheit zu überrennen und alles abzuschlachten und zu entweihen, was sie dort vorfanden. Er nährte das aufsteigende Grauen, so wie man durch sachtes Pusten in eine zittrige Glut ein Feuer entfacht. Bis sich dieses Feuer am Ende lodernd und fauchend durch alles hindurchfressen würde. Fleisch und Knochen. Geist und Materie. Das Feuer blanken, unverstellten Grauens.

Als Gottfried das erkannte, fürchtete er sich. Das Feuer würde sich ausbreiten und wüten unter den Menschen. Zuerst hier auf diesem Feld. Und schon bald im Rest der Welt. Gottfried sah sich um und schien recht zu behalten. Die Menschen waren entflammt. Überall weit aufgerissene Augen, leidvolles Klagen und lautes Schreien. Die Menge wand sich unter Schmerzen. Die Rede Bernhards schwoll indes zu einem Inferno an und zeichnete ein immer brutaleres und gewalttätigeres Bild des Untergangs.

Gleich ist es so weit, dachte Gottfried, und Übelkeit stieg in ihm auf. Was hier auf den Feldern vor der Stadt geschah, hatte er zuvor schon viele Male gesehen. Er wusste, Bernhard würde nun zum entscheidenden Schlag ausholen. Die Stimme des kleinen Abtes tönte jetzt wie eine Glocke: »Bedenkt, wie viel Kunst euer Gott verwendet, um euch zu erlösen! Als könne er nicht selbst der Seuche des Unglaubens sich entledigen. Begreifet: Gott versucht euch! Er versucht uns alle! Um unserer aller Rettung willen! Nicht den Tod will er, sondern dass ihr euch bekehrt und … lebt!«

Das letzte Wort kam wie ein weiterer Glockenschlag und löste einen Aufschrei des Entzückens aus. Gottfried erschrak indes zu Tode. *Bernhard benutzt ein Schattenwort!* Die Menschen taumelten, schrien, klatschten wie Irre in die Hände und drängten weiter nach vorne, um noch näher an das Podium und den Heiligen zu gelangen. Es wurde geschoben und geschubst. Das Schreien wurde frenetisch. Schmerz und Verzückung lagen darin.

»Lebt!«, rief Bernhard.

»Lebt!«, kam es aus tausend Kehlen zurück. Immer und immer wieder: »Lebt!« Menschen umarmten einander, blickten unter Tränen hinauf zu dem kleinen Abt, dem Heiligen.

Gottfried sah, dass Bernhard lächelte. Der kleine Abt ließ die Massen toben, bevor er schließlich mit einer kleinen Geste der Hand ein weiteres Mal für Stille sorgte und nach einer kurzen Pause auf das Heilige Land zu sprechen kam: »Jetzt bewirken es unsere Sünden, dass dort die Feinde des Kreuzes ihr gottloses Haupt erhoben haben und mit der Schärfe ihrer krummen Schwerter das gesegnete Land, das Land Gottes und der Heiligen, verwüsten!« Ein Raunen ging durch die Menge. Bernhard sprach jetzt mit einer Stimme, die so klar und kraftvoll wie ein Fluss war, der einen hohen Berg herabfließt und alles an seinem Rande mit sich reißt. »Sie töten, schänden, freveln ungestraft! Soll dies das Ende sein?« Rufe und empörtes Schreien.

Mit einem Mal schien es, als verlangsamte sich die Zeit. Wie beim ersten Mal in Paris, vor mehr als zwölf Jahren. Gottfried hatte damals einige der Streitgespräche zwischen Bernhard und Petrus Abaelard mit angehört. Aber es war am Ende eine von Bernhards Predigten gewesen, die Gottfried dazu bewogen hatte, dem Zisterzienserorden beizutreten. Schon bald darauf wurde er, Gottfried, zu Bernhards persönlichem Sekretär. Von Anfang an war Gottfried zugleich fasziniert und beängstigt von Bernhards Sprachgewalt. Er hatte ihn aus nächster Nähe erlebt. Tagelang mit ihm in einer Kammer gehaust und an Manuskripten und Briefen gearbeitet. Er hatte die ungeheure Autorität und Gewalt, die von Bernhard ausging, auf der eigenen Seele gespürt. Selbst in einfachsten Unterredungen. Und auch im geschriebenen Wort hatte Gottfried mehr und mehr von der Kraft entdeckt, die von diesem Abt und Gelehrten ausging. Ein schwer zu beschreibendes Gewicht in allem.

Und Gottfried hatte schließlich selbst dazugelernt. Er näherte sich dem Geheimnis um Bernhards unheimliche Gabe. Er fand Muster und Zusammenhänge, würde aber allein durch das Studium der Schrift niemals alles Wissen darüber erlangen. In den vergangenen Jahren war er dennoch Zeuge geworden. Zeuge einer Entwicklung, einer *Veränderung*, die Bernhard von Clairvaux durchlief. Der einfache Abt war zum Berater der höchsten Herrscher der Christenheit aufgestiegen. Heute handelte selbst der Papst nach Bernhards Plan und Ratschlag. Ebenso der französische König. Und auch der deutsche König Konrad sowie dessen Gegenspieler Lothar. Fürstenhäuser, kirchliche Würdenträger und Handelshäuser standen mit Bernhard in Korrespondenz und zweifelsohne unter seinem Einfluss, dachte Gottfried. Eine ungeheure Macht für einen einfachen Abt aus Clairvaux. Ein Abt, der die ihm angetragene Bischofswürde fünfmal hintereinander abgelehnt hatte. In Châlon, in Genua, in Mailand sowie in Langres und in Reims. Alle wollten Bernhard und seine Führung. Doch Bernhard blieb der, der er war: ein einfacher Abt. »Doctor mellifluus«, nannte ihn das Volk, den *Meister der honigfließenden Rede.* Gottfried sah wieder zum Podium. Er selbst war in diesem Augenblick nur einer von zwei Menschen, die wussten, weshalb Bernhard kein Amt der Welt benötigte, um die Geschicke der Menschen dem Willen Gottes und seinem eigenen zu unterwerfen. Außer ihm selbst wusste nur Malachias von der alten, ketzerischen und gefährlichen Schrift. Von der Rezeptur und von dem »Äther«. Was immer auch damit gemeint sein sollte. Bernhard selbst schwieg sich darüber aus und hatte seinem engsten Vertrauten und Sekretär nie einen direkten Einblick in das alte Manuskript gewährt. Doch Bernhard selbst studierte es mit glühendem Eifer beinahe jede Nacht und sammelte das Saatgut für seine Reden. Er hatte seinem Studium Gesundheit und Sehkraft geopfert. Hier, auf dem Feld vor Vézelay, sah Gottfried die Frucht dieser Saat. Und erhielt eine Ahnung davon, was Bernhard noch erreichen würde, wenn er jenem gottlosen Pfad weiter folgte. Auch wenn in diesem Augenblick jeder Mann und jede Frau auf diesem Feld glaubte, es sei Gott, der aus dem kleinen Abt sprach, so wusste Gottfried von Auxerre es besser. Es war die Rezeptur. Sie war die Quelle. Gottfrieds Stirn legte sich in Falten. *Kein einzelner Mensch sollte so viel Macht haben*, dachte er. *Diese Macht gebührt Gott allein!* Eine Frage keimte in Gottfrieds Gedanken: Woher kam Bernhards plötzliches Bestreben, aufs Neue für einen Kreuzzug zu werben?

Warum Jerusalem? Gottfried hatte den Abt zuletzt im Schlaf reden hören. Immer wieder fiel der Name der Heiligen Stadt. *Jerusalem*, dachte Gottfried. *Vielleicht hängt ja wirklich das Heil der Welt davon ab.* Aber eine andere Stimme in seinem Inneren sagte ihm, dass es irgendwie mit diesem verhängnisvollen Manuskript zusammenhängen musste.

Die Sarazenen hatten im vergangenen Jahr damit begonnen, sich gegen die Städte in Outremer zu erheben. Gegen Edessa, Antiochia, Tripolis – und schließlich auch gegen Jerusalem selbst. *Jerusalem!* Die heiligste Stadt der Christenheit war in die Hände der Ungläubigen gefallen. Papst Eugen hatte daraufhin zum Kreuzzug aufgerufen. Doch niemand war seinem Ruf gefolgt. Dann hatte Eugen Bernhard, seinen ehemaligen Lehrer am Kloster Clairvaux, zum Prediger des Kreuzzugs berufen. Seitdem wuchs die Begeisterung für das päpstliche Ansinnen überall dort, wo der kleine Abt predigte. So wie hier. Und selbst die Briefe, die Bernhard eigenhändig verfasste und in alle Lande sendete, taten diese Wirkung. Sie wurden allerorts in Kirchen und auf Marktplätzen verlesen. Und sie entflammten die Menschen auf gleiche Weise wie hier auf diesem Feld. Auf eine Art, die nicht natürlich sein konnte.

Das Versprechen, das Bernhard den Menschen vermittelte, war schlicht: Wer am Kreuzzug teilnähme, den erwartete reiche Belohnung im Diesseits und das ewige Seelenheil im Jenseits. *Wer würde in diesen Zeiten nicht nach einer solchen Gelegenheit greifen?* Auch diese Menschen hier würden sich anschließen. Gottfried sah es auf ihren Gesichtern. Er sah es in ihren Augen. *Wie kann ein Redner – ein einzelner Mensch – so etwas bewirken? Und wie viel Tod wird von hier aus über die Welt im Osten kommen? Aus Worten werden Taten. Aus Taten wird die Welt, so wie sie ist.* Gottfrieds Herz krampfte sich zusammen.

»Quid facitis, viri fortes? Quid facitis, servi crucis?«, donnerte es vom Podium. Bernhard hob die rechte Faust. »Was tut ihr, tapfere Männer? Was tut ihr, Diener des Kreuzes? Wollt ihr das Heilige Land den Hunden und die Perlen den Säuen preisgeben?« Zur Antwort machten sich Protestrufe und aufgebrachtes Geschrei breit. Männer und Frauen riefen laut: »Nein! Niemals!«

Schattenwort. Gottfried hatte diesen Begriff hier und da in Bernhards Aufzeichnungen vorgefunden, ohne wirklich zu begreifen, welches Konstrukt der Sprache dahintersteckte. Aber er hatte es schon mit angesehen. Eine einzelne Phrase, welche das Fass zum Überlaufen brachte.

Die Menge versuchte unterdessen wie von Sinnen, noch näher an das Podest heranzukommen. Dorthin, wo der Heilige stand und seine Worte wie Armeen über sie entließ. Und am Ende wollte jeder nur noch eines: das blutrote Stoffkreuz nehmen und nach Osten aufbrechen. Nach Jerusalem, um es zu befreien.

»Selig seid ihr, die ihr in dieser gnadenreichen Zeit lebt, die ihr ein solches Freudenjahr erleben dürft! Gott bietet euch einen Ausweg! Reicht eurem Schicksal die Hand!«

Die Menschen jubelten und lachten. Sie reckten die Hände und umarmten einander freudetaumelnd. Es schien so einfach. Alle Not würde ein Ende haben. Das Heil war greifbar nahe!

Noch ein letztes Mal hob Bernhard an: »Gürtet euch mannhaft und ergreift im Eifer für den christlichen Namen die glückbringenden Waffen! Deus vult! Gott WILL es!«, donnerte seine Stimme.

Nun gab es kein Halten mehr. Die Massen stürmten nach vorne zum Podium und rissen den dort wartenden Kirchenmännern die geweihten Stoffkreuze aus den Händen. Aber es waren nicht genug für alle da. Kerle rangen um jeden Fetzen Stoff miteinander und zerrissen sie dabei in Stücke, worauf sie mit Fäusten aufeinander losgingen. Kurz darauf begannen einige von denen, welche leer auszugehen drohten, damit, die Geistlichen zu bedrängen und an deren Kutten und Hemden zu zerren. Offenbar wollten sie aus dem Stoff weitere Kreuze reißen. Die Geistlichen wehrten sich entsetzt. Es wurde getreten, gestoßen und geschlagen. Einzelne Mönche gaben ihre Kutten bald darauf freiwillig her und rannten halb nackt davon. Ein Hauptmann gab seinen Bewaffneten Befehl einzugreifen, doch als sie sich näherten, wurden auch sie von der Menge überrannt. Gottfried sah sich in dem Tumult nach Bernhard um. Er wollte ihn ansprechen. Ihn zur Rede stellen. Ihn aufhalten. Aber Bernhard war bereits verschwunden. Ebenso der König. Wahrscheinlich hatte man sie sogleich fortgebracht. Weg von der tobenden Menge, die jetzt auch das Podium erobert hatte. Holz ächzte und splitterte unter ihrem Gewicht. Gottfried ahnte, was gleich geschehen würde, und versuchte durch das Gedränge an den Rand des Feldes zu gelangen. Auch er wurde gestoßen und geschlagen. Hinter Gottfried krachte es. Das Holzgerüst brach unter dem Gewicht der ekstatischen Menge zusammen. Zerquetschte Körper. Männer und Frauen schrien, Kinder weinten. Doch noch immer rief die Menge wie von Sinnen: »Deus vult! Gott will es!«

Als Gottfried den Rand des Feldes erreichte, stand sein Entschluss fest. Er würde Bernhard das Geheimnis entreißen. Es der Welt offenbaren. Damit nie wieder ein einzelner Mensch eine solche Macht ausüben konnte. Und während noch hinter ihm Menschen im Wahn zu Tode getrampelt wurden und der Hass gegen den Unglauben sich von hier aus über die halbe Welt bis nach Outremer und Jerusalem zu verbreiten begann, verschwand Gottfried von Auxerre. Und mit ihm seine Aufzeichnungen zu den Reden des Bernhard von Clairvaux, dem Meister der honigfließenden Rede.

Erster Teil

Winter

Gefrorene Welt. Das nächtliche Land um die Burg lag vom Winter weiß und entblößt unter einem schneidenden Wind. Am Himmel eine niedrige, rasch dahineilende Wolkendecke. Dann und wann trat der volle Mond hervor und übergoss Wälder und Berge mit seinem kalten Licht.

Seine Verfolger würden es leicht haben. Seine Spur im hohen Schnee würde noch tagelang sichtbar sein. Selbst wenn es, so wie jetzt, weiterschneien würde. Eine mit deutlichen Worten bis zum Horizont in die Landschaft geschriebene Einladung: *Hier bin ich! Holt mich!* Doch der Junge hatte keine Wahl.

In seinem Gefängnis, das einmal seine eigene Kammer gewesen war – hoch oben im südwestlichen Turm –, begann Leon damit, sich jedes Kleidungsstück anzuziehen, das sich in der einzig vorhandenen Truhe finden ließ. Viele waren es nicht. Ein zweites Paar Beinlinge, zusätzlich zu dem, das er schon trug. Ein Hemd aus leichtem Flachsleinen und ein weiteres, das sich fürs Erste mit einer Kordel um die Taille schnüren ließ. Als er sich das Hemd über den Kopf zog und der Stoff seinen Rücken berührte, zuckte er vor Schmerz zusammen. Er stand wie erstarrt, bis das Brennen verging und schließlich einem dumpfen Pochen wich. Danach mühte er sich, das Hemd weiter herunterzuziehen, ohne dass die halbwegs verheilten Wunden wieder aufbrechen würden. Sein Rücken, seine Schultern und sein Hals waren mit Schnitten übersät. Aufgeplatzte Striemen und rosafarbene, wie Dreiecke und Rauten geformte Stellen, an denen die Haut gerade erst in wildem Fleisch nachgewachsen war. Fünf Wochen war es her. Bei der Erinnerung stiegen ihm Tränen in die Augen. Unerträglicher als der körperliche Schmerz war das erlittene Unrecht. Die Demütigung, als er mit entblößtem Oberkörper an einem Strick vor die Versammlung im Hof gezerrt worden war. Zum Ort seiner Bestrafung. Leon hatte Entsetzen und Mitgefühl auf den Gesichtern seiner Freunde gesehen. Den unverhohlen schadenfrohen Ausdruck auf denen seiner Feinde. Allesamt Menschen, die er schon seine ganze Kindheit lang kannte. Menschen, denen er vertraut hatte.

Unter ihnen war sein Bruder Richard, der als Einziger einzuschreiten gewagt hatte. Er hatte sich zwischen Leon und seine Peiniger geworfen. Sein mutiger Bruder Richard. Den man schließlich mit drei starken Wachen fortschaffen musste, während er weiter schrie und um sich trat wie von Sinnen. In Furcht um ihn, seinen jüngeren Bruder, der jetzt vor seinen unerbittlichen Herrn gezerrt wurde. Rudolf, Graf von Habsburg, Kyburg und Löwenstein. Leons eigener Onkel hatte über ihn hinweggeschaut. Zorn lag in seinem Blick. Aber auch Schmerz. Daneben hatte der Vogt gestanden. Uther. Der Verhasste.

Und dann hatte es begonnen. Leon hatte zu seinem Onkel gesehen, der ihm dies alles antat. Und der zusah, wie sich die Haut auf dem Rücken des Jungen unter den Peitschenhieben in blutige Fetzen auflöste.

Und da waren die verweinten Augen eines Mädchens inmitten all der Männer. Cecile, die man gezwungen hatte zuzusehen.

Fünf Wochen. Die äußeren Wunden würden irgendwann heilen und ihre Narben nur noch gezeichnete Erinnerungen an das Erlittene sein. Leon war mit seinen sechzehn Jahren alt genug, um das zu wissen. Aber die Verletzung seiner Seele würde niemals heilen. Auch das wusste er.

Der Junge wischte sich mit dem Ärmel seines Hemdes die Tränen aus dem Gesicht, bevor sie an seinen Wangen festzufrieren drohten. Es war bitterkalt in seiner Kammer, seinem ehemaligen Zuhause, das nun seit Wochen sein Gefängnis war. Seine Sachen hatte man ihm gelassen. Immerhin war er ein Neffe des Grafen. In der Kammer befanden sich neben der Eichentruhe ein schwerer Tisch, ein hoher Stuhl und eine Bettstatt. Diese war nicht mehr als eine mit Stroh gefüllte Matratze auf einem Holzgestell. Die in der Mitte des Raumes aufgestellte spärlich leuchtende Kohlenpfanne konnte die Kälte nicht mildern. Doch immerhin wärmte sie die klammen Hände, wenn man sie ganz dicht darüberhielt. Jetzt glommen die letzten Kohlen darin. Man hatte Leon die Pfanne erst gestern Nacht gebracht. Bestimmt keine Geste der Barmherzigkeit. Wahrscheinlich fürchtete Uther einfach, dass Leon sonst nicht mehr lange genug am Leben bleiben würde. Lange genug, um ein Geständnis abzulegen. Um am Ende doch noch alles zu verraten. Sein Verhältnis zu Cecile. *Albert.* Zugeben, dass er im Besitz des Buches war, und den Ort preisgeben, an dem es sich befand.

Uther hatte sich bei seiner letzten Befragung darauf beschränkt, dem Jungen Holzsplitter unter die Fingernägel treiben zu lassen. Doch immerhin hatte er ihm die Nägel nicht gleich herausgerissen. Das würde aber noch kommen, dachte Leon. Er musste fliehen.

Er beeilte sich, in eine wollene Jacke zu schlüpfen. Bei dem Waffenrock mit dem aufgenähten Wappen Rudolfs zögerte er, zog ihn dann aber doch über. Vielleicht würde das Wappen des

33

Grafen den späteren Teil seiner Flucht erleichtern. Wenn es denn einen späteren Teil geben sollte. Über den Rock zog Leon seinen eigenen Umhang aus dunklem Tuch. Das kostbare Stück würde wenig gegen Kälte und Wind ausrichten, in der Dunkelheit der Gänge jedoch ein gewisses Maß an Tarnung vor den Blicken der Wächter bieten. Für einen winzigen Moment hielten Leons durchfrorene Fingerspitzen auf dem feinen Gewebe inne, und er erinnerte sich an den Tag, an dem seine Mutter mit einem sauber gefalteten Bündel zu ihm gekommen war und den fließenden Stoff sanft und mit einem Lächeln um ihn gelegt hatte. Es war Leons zehnter Geburtstag gewesen. Und es war ein kostbares Geschenk. Der leichte Stoff, gewebt in einem fernen Land. Ein Tuch, für Könige geschaffen. Leon dachte an den Moment, als seine Mutter die silberne Schließe vor seinem Hals befestigt hatte, dabei seine Wange berührte und innehielt. Sie sah ihn lange an und sagte dann schließlich seufzend: »So ernst. So erwachsen.« Sie umarmte ihn so stark, als wolle sie ihn für immer festhalten. Leon hatte ihre Wärme gefühlt, ihren Duft nach Safran und einer Blüte, die im Sommer vereinzelt an den Flanken der nahen Berge zu finden war und deren Namen er nicht kannte. Dieser Moment in der Gegenwart seiner Mutter war die Essenz seiner Sehnsucht nach ihr. Sie fehlte ihm so sehr.

Er riss sich aus seinen Gedanken und beeilte sich damit, weitere Kleidungsstücke anzulegen. Er schlüpfte in ein abgelegtes Paar Stiefel seines Bruders, die er zuvor mit ein bisschen Stroh von der Bettstatt ausgestopft hatte, damit sie noch ein wenig mehr Schutz vor der Kälte bieten würden.

Er machte sich keine Illusionen, wie lange das anhielte. Er wusste, wenn er überleben wollte, musste er so schnell wie möglich Zuflucht bei anderen Menschen finden. Außerhalb der Reichweite seiner Verfolger. Und außerhalb des Machtbereiches seines Onkels. Falls bei seiner Flucht aus der Burg alles einigermaßen glatt verlaufen sollte, hoffte Leon auf einen Vorsprung von wenigstens vier bis fünf Stunden. Vielleicht sechs. Wenn er sich an Wege hielt, die für seine Verfolger zu Pferd nur schwer zugänglich waren, könnte er diesen Vorsprung vielleicht bis zum Einbruch der folgenden Nacht halten. Und dann würde er weitersehen.

Er nahm einen Ledergürtel, der so lang war, dass er ihn zweifach um seine Hüfte schlingen konnte, und befestigte einen schmalen Dolch mit klobigem Griff aus geschnitztem Ebenholz daran. Er hatte ihn vor einigen Jahren mithilfe des Hufschmiedes selbst gefertigt. Das Eisen war grob geschliffen und glich mehr einem Keil denn einer Klinge. Aber es war die einzige Waffe, die er besaß. Und er hatte sie gut vor den Wachen des Königs versteckt gehalten. In einem Spalt zwischen einem der Dachbalken und den darüberliegenden Brettern.

Leon zog den Dolch zur Hälfte aus der schwarzen Scheide und betrachtete ihn für einen Moment. *Was für eine wahrlich gewaltige Waffe gegen die Schwerter und Lanzen der Wachen*, dachte er bitter. Immerhin, die Klinge war scharf. Er schob den Dolch zurück. Ein neuer Gedanke schlich heran. Leon fragte sich, ob er ernsthaft bereit sein würde, für seine Freiheit zu töten. Einen Menschen. Eine der Wachen. Schnell wurde ihm klar, dass seine Vorstellungskraft hierfür nicht ausreichte. Die Schultern sackten ihm herab, und er fühlte sich, hier inmitten der drängenden Wände seiner kleinen Kammer, mit einem Mal so schutzlos wie noch nie zuvor in seinem Leben. Doch er musste unbedingt weg von diesem Ort! Nicht allein um seinetwillen. Sondern auch für Albert, seinen Lehrer. Und um das Buch vor dem verhassten Uther in Sicherheit zu bringen.

Er gab sich einen Ruck, beugte sich zur Truhe herunter und

zerrte sie mit klammen Fingern und unter großer Anstrengung von der Wand weg und ein Stück zur Seite. Dann löste er einen großen Stein im Mauerwerk und zog ihn heraus. Dahinter befand sich eine flache Höhlung. Leon griff hinein und zerrte ein dunkles Bündel hervor. Ein lederner Beutel, in dem er in den letzten Tagen den größeren Teil seiner spärlichen Essensrationen versteckt hatte. Viel war es nicht. Selbst wenn er hungerte, würde es ihn bei dieser Kälte wohl kaum länger als vielleicht ein paar Tage bei Kräften halten. Drei verschrumpelte Winteräpfel. Ein Kanten gammeligen Brotes und ein wenig Hafergrütze, welche er zu einem schleimigen Kloß geformt und im eisigen Wind vor dem Kammerfenster getrocknet hatte. Ein trauriger, kleiner Klumpen, der jetzt gefroren war.

Außerdem enthielt der Beutel einige wenige Habseligkeiten, die leicht genug waren, damit Leon sie mitnehmen konnte. Einen Kamm seiner Mutter. Eine winzige Holzfigur, die Gestalt eines ruhenden Vogels, die sein Bruder für ihn geschnitzt hatte. Zwei Silbermünzen, von denen Leon nicht einmal wusste, wie viel sie wert waren und in welchen Gegenden der Welt man mit ihnen bezahlte. Eine kleine, leuchtend rote Feder, die seine Schwester Margret ihm geschenkt hatte. Am selben Tag, an dem er den Mantel von seiner Mutter bekommen hatte. Margret war damals vier Jahre alt gewesen und hatte steif und fest behauptet, dass es sich um eine Phönixfeder handele. Bei näherer Betrachtung hatte sich gezeigt, dass die Feder schlicht mit roter Farbe bemalt worden war. Eine einfache Gänsefeder. Was Margret vehement bestritten hatte. Bei dem Gedanken daran musste Leon trotz seiner hoffnungslosen Lage lächeln.

Doch damit war es vorbei, als er gleich darauf ein in Leder gewickeltes Päckchen aus dem Versteck zog. Er wog es für einen kurzen Augenblick in der Hand, als zögere er, es mitzunehmen.

Was ist so bedeutsam an diesem Büchlein, dass Albert so viel dafür riskiert hat? Albert hatte Leon das Buch bei seinem allerletzten Besuch in der Zelle heimlich zugesteckt und gesagt: »Bring es sicher zu Maraudon, versprich es!« Warum hatte Albert es nicht selbst dorthin bringen lassen? Wenn es wirklich so wertvoll oder so gefährlich war, warum gab er es dann einem sechzehnjährigen Jungen? Nein, einem sechzehnjährigen *eingesperrten* Jungen? Leon seufzte und verstaute das eingewickelte Buch zwischen den anderen Sachen. Er würde es mitnehmen. Und er würde es diesem Maraudon bringen. Wenn seine Flucht gelang.

Er hatte kein Wasser. Nicht einmal einen Schlauch, um ihn zu füllen. Er musste darauf vertrauen, dass er unterwegs genug Bäche und Quellen finden würde, um direkt daraus trinken zu können. Schnee anstelle des Wassers im Mund zu schmelzen würde nicht helfen. Das wusste Leon von Albert. Der hatte ihm erzählt, dass Wanderer in den Bergen verdurstet waren, obwohl sie in ihrer Not jede Menge Schnee zu sich genommen hatten. Die Begründung, die Albert anschließend angeführt hatte, hatte Leon nicht verstanden. Da Albert jedoch in den meisten Dingen recht zu haben pflegte, glaubte er ihm trotzdem. Albert von Breydenbach war ein weiser Mann. *Wo war er jetzt?*

Nachdem Leon alle Gegenstände verstaut hatte, schnallte er sich den Lederbeutel mit zwei Riemen auf den schmerzenden Rücken. Sein Blick fiel auf sein Bett und die zusammengerollte Wolldecke darauf. Sie war schwer. Zu schwer. Auf der Flucht vor Uthers Männern würde alles von seiner Schnelligkeit abhängen. Jedes weitere Gewicht würde ihn nur langsamer machen. Nach einigem Zögern griff er dennoch nach der Decke und wickelte sie sich um Brust und Bauch. Er würde sie zur Not immer noch irgendwo zurücklassen können, sollte sie ihm bei seiner Flucht hinderlich sein.

Ein plötzliches Geräusch auf dem Gang vor der Tür ließ ihn zusammenfahren. Mit angehaltenem Atem stand er wie erstarrt in der Dunkelheit und lauschte. Stille. Wenn jetzt eine Wache die Kammer beträte, wäre sein Plan gescheitert. Doch nichts weiter geschah. Leon atmete aus. Die Wache, die Uther vor der Tür postiert hatte, sollte um diese nächtliche Zeit längst schlafen. Was hatte man von einem sechzehnjährigen, verzärtelten und schwachen Knaben auch zu befürchten? Leon war in der Tat alles andere als ein Kämpfer. Alle wussten das. *Er* wusste das. Zwar war auch Leon, wie es für Kinder adeliger Eltern üblich war, seit frühester Kindheit in der Handhabung verschiedenster Waffen unterwiesen worden. Allerdings nur mit mäßigem Erfolg. Einzig im Bogenschießen hatte er hier und da halbwegs passable Leistungen erbracht. Irgendein steter innerer Skrupel schien seine Entschlossenheit im Umgang mit Waffen zu dämpfen. Seine Reflexe waren für einen wirklichen Kampf viel zu langsam. Es schien, als sei ihm einfach sein Verstand im Weg. Denn er dachte ständig nach. Und wer ständig nachdenkt, bevor er sich zu irgendwas entschließt, steckt unweigerlich viele Schläge ein und teilt infolgedessen nur wenige aus. Leons älterer Bruder war dagegen ein geborener Ritter.

Richard, drei Jahre älter als Leon, hatte eine kräftige Statur. Und seine Bewegungen waren im Kampf von erstaunlicher Schnelligkeit und Gewandtheit. Wenn Richard mit dem Schwert kämpfte, konnte von einem Augenblick zum nächsten ein vollkommen unerwarteter Schlaghagel aus ihm hervorbrechen, der durch keinen Gegner aufzuhalten war. Seinen Stößen wohnte dabei eine Kraft inne, die nicht aus dem Jungen selbst zu kommen schien. Die Richtung einer fließenden Bewegung konnte vollkommen unvorhersehbar in eine beliebige andere übergehen. Richard war eine Naturgewalt, so wie ein Gewittersturm, dem jeder schutzlos ausgeliefert war. Zuletzt war Richard deshalb der unangefochtene Turniermeister bei Hofe und darüber hinaus. Doch im Gegensatz zu anderen Männern neigte Richard trotzdem nicht zu Hochmut oder Eitelkeit. Er schien lediglich große Freude am Wettkampf zu empfinden und selbst am allermeisten erstaunt über die eigenen Kräfte.

Leon erwog bei der Erinnerung an seinen Bruder zum hundertsten Male, zuerst dessen Gefängnis in der Burg aufzusuchen und ihn zu befreien, bevor er sich selbst durch das Burgtor davonschleichen würde. Aber damit würde er seinen alles entscheidenden Vorsprung verspielen. Es konnte Stunden dauern, bis er ungesehen zu dem Ort gelangen würde, an dem man Richard gefangen hielt. Und er müsste dabei mit unendlicher Vorsicht all die Gefahren umgehen, die auf dem Weg dorthin auf ihn warteten. Sollte man ihn auf seiner Flucht fassen, so würde man ihn stehenden Fußes in das stinkendste Verlies stecken. Dort würde er dann jämmerlich verhungern oder im Schlaf von Ratten gefressen, sollte er nicht gnädigerweise zuvor erfrieren oder an Folter und Erschöpfung sterben. Nein, er konnte Richard im Augenblick nicht helfen. Sosehr er das auch wollte. Nicht jetzt. Leon tröstete sich mit dem Gedanken, dass ja gegen Richard nichts vorlag. Er würde sicher irgendwann freigelassen werden. Leon würde ihn wiedersehen, sollte ihm seine eigene Flucht gelingen, dessen war er sich gewiss. Er dachte an Richards Lachen, und wieder legte sich eine stumpfe Trauer auf sein Herz.

Leon sah sich ein letztes Mal in seiner Kammer um. Der Frosthauch seines Atems stand vor seinem Gesicht wie ein weißer Geist. Sein Blick fiel auf das mit einem schweren Fell verhängte Fenster. Der Gedanke an die weiße Welt dahinter, die eisigen Weiten, hohen Berge und tief verschneiten Wälder, die nächtliche Schwärze über allem … das Unerbittliche darin ließ ihn schaudern.

Endlich riss er sich los, prüfte den Sitz seines Beutels und machte die zwei Schritte zur Tür der Kammer. Vor dem eisernen Schloss kniete er sich auf den kalten Boden und zog den länglichen Haken hervor, den Albert ihm zusammen mit dem Büchlein zugesteckt hatte. Vorsichtig schob er ihn in das Schlüsselloch. Ein leises Schaben von Eisen auf Eisen. Kaum hörbar. Dennoch fuhr ihm das Geräusch durch Mark und Bein. *Leise*, mahnte er sich selbst.

Die Wache war der Grund gewesen, warum Leon lange nach einem anderen Plan gesucht hatte, hier herauszukommen. Doch die einzige Alternative war der Weg durch das Fenster hinunter zum zugefrorenen Burggraben. Aber der lag sechzig Fuß unter ihm, und dieses Hindernis war selbst für geübte Kletterer im Winter unüberwindbar. Die grob gefügten Steine der Burgmauer hatten zwar Ritzen und winzige Vorsprünge, waren jetzt jedoch fingerdick mit Eis überzogen. Der Westwind hatte die Feuchtigkeit in eine Wand aus Glas verwandelt. Dort hinabzusteigen verhieß den sicheren Tod. Nein, es blieb nur die Tür. Und die Wache dahinter.

Leon presste Wange und Ohr an die eiskalte Tür und horchte. Der rasselnde Atem eines Mannes. *Er schläft!* Leon war erleichtert.

Vorsichtig bewegte er den eisernen Haken im Schloss. Er suchte nach dem winzigen Widerstand, der ihm verraten würde, dass er die Sperrfeder gefunden hatte. Da war sie. Vorsichtig drehte er den Haken, während sein Atem am Holz des Türblattes allmählich zu einer dünnen weißen Schicht gefror. Er fühlte, wie sich der eiserne Mechanismus bewegte. Bis zu einer Stelle, an der es plötzlich nicht mehr weiterging. Leon drückte fester. Es knirschte leise. Aber das Schloss bewegte sich kein Stück.

Die Tür zu dieser Kammer war lange vor Leons Geburt eingefügt worden. Sie war, wie fast alles hier auf der Burg seines Onkels, aus stabilem Eichenholz gefertigt. Vorher hatte sie offenbar zu einem anderen Durchgang der Burg gehört. Jedenfalls passte sie nicht richtig, und Leon vermutete, dass aus diesem Grund auch das Schloss so schwer zu betätigen war. Er hatte eine Idee. Er packte den Türgriff und zog die Tür vorsichtig zu sich heran. Gleichzeitig erhöhte er den Druck auf den Haken, und tatsächlich: Jetzt bewegte sich der Mechanismus. Mit einem kratzenden Geräusch drehte sich der Haken. Es klickte leise. Das Schloss war offen. Leon hielt den Atem an und wartete einen Moment. Als sich draußen nichts rührte, drückte er die Tür vorsichtig einen Spaltbreit auf. Der tanzende Lichtschein einer Fackel drang herein. Wieder zögerte Leon.

Angestrengt lauschte er und bemerkte, dass der rasselnde Atem des Mannes einer völligen Stille gewichen war. Einer dunklen, beinahe fühlbaren Stille.

Plötzlich krachte es, und die Tür wurde nach außen aufgerissen. Von irgendwoher kam ein gewaltiger Tritt, und Leon wurde zurück in das Innere der Kammer geschleudert.

»Was hast du da zu schaffen!?«, bellte eine Gestalt, die jetzt beinahe den gesamten Türrahmen ausfüllte. Leon versuchte sich aufzurichten. Aber die Gestalt rückte nun vor. Leon wurde von einem Faustschlag, härter als der Tritt eines Pferdes, zu Boden geworfen. Der Mann trug eisenbeschlagene Handschuhe, und Leons aufgeplatzte Lippen bluteten. Jetzt beugte sich der Mann über den Jungen, und kurz darauf kam der nächste Schlag. Diesmal traf die behandschuhte Faust Leons Magen, sodass ihm der Atem wegblieb. »Das Fürstensöhnchen will wohl ausfliegen, wie?« Der schwere Stiefel des Mannes traf Leon seitlich in die Rippen. Etwas knackte. Der Schmerz war unerträglich. »Das wird dich was lehren, Jüngelchen!« Und jetzt erkannte Leon den Mann als einen der Leibwächter Uthers. Der Kerl trat erneut zu, doch diesmal konnte Leon ausweichen. Der wuchtige Tritt verfehlte ihn knapp und traf nur den Beutel auf seinem Rücken. Leon spürte, wie einige seiner Wunden aufbrachen. »Bitte ...«, flehte er, als er wieder zu Atem gekommen war.

Der Wächter hielt inne und sah sich in der Kammer um. Sein misstrauischer Blick fiel auf die Nische hinter der abgerückten Truhe. Er schnaubte wütend und ging erneut auf Leon los. Dann hielt er mitten in der Bewegung inne und schien für einen Moment zu überlegen. Er grinste und nestelte jetzt an seinem Hosenbund herum. »Na, dann werden wir dem Bürschlein mal eine kleine Lektion erteilen«, flüsterte er heiser und grinste jetzt noch feister. Sein weingeschwängerter Atem drang bis zu Leon. Erst jetzt erkannte der Junge, wie betrunken der Mann war. Unfähig, sich zu rühren, sah Leon zu, wie der Mann die Eisenschnalle seines schweren Waffengurtes löste und diesen nun wie einen Ochsenziemer neben sich hielt. Was immer der Kerl vorhatte, es durfte nicht geschehen!

Leon rutschte rückwärts und tastete den Boden nach etwas Brauchbarem ab, um sich zu verteidigen. Ein Stein. Ein Stück Holz. Irgendetwas! Wie wild fuhr er mit frostbetäubten Fingern über den eiskalten Stein. Seine Zunge schmerzte, weil er bei dem letzten Tritt des Mannes offenbar darauf gebissen hatte.

Dann schlug der Kerl zu. Die eiserne Schnalle des Gürtels traf Leon im Gesicht. Er schrie auf vor Schmerz, doch im selben Moment fanden Leons Finger den eisernen Fuß der Kohlenpfanne. Leon packte zu. Der Mann grunzte unterdessen und holte erneut mit dem Gürtel aus.

Leon aber richtete sich auf, umfasste den Fuß fester und riss die Kohlenpfanne mit aller Kraft nach vorne gegen seinen Angreifer. Funken stoben, als sich die Glut mit einem Zischen und Knistern über Gesicht und Brust des Mannes ergoss. Die eiserne Pfanne fiel krachend zu Boden. Der Mann brüllte vor Schmerz und versuchte im gleichen Moment, sich von den glühenden Kohlen zu befreien, die über den Halsausschnitt in sein Wams gedrungen waren. Er schien nichts mehr sehen zu können, ging auf die Knie und schlug wie wild auf seine Brust und die Glut. Währenddessen brüllte er wie von Sinnen. So laut, dass es bis in die letzten Winkel der Burg zu hören sein würde. *Das muss sofort aufhören!* In Panik sprang Leon auf und warf den Mann mit seinem ganzen Gewicht nach hinten. Unter der dicken Wolldecke, die immer noch um Leons Leib gewunden war und die sich nun auf das Gesicht des Angreifers presste, erstickte das Brüllen zu einem dumpfen Stöhnen. Aber der Mann wehrte sich nach Kräften.

Leons Hände griffen nach dem wild um sich schlagenden rechten Arm des Mannes und umklammerten ihn fest. Gleichzeitig versuchte er mit seinen Beinen, den anderen Arm des Mannes zu Boden zu drücken. Er presste sein rechtes Knie, so gut es ging, in dessen Armbeuge. Der Mann war offenbar zu betrunken, um überlegt zu handeln, und strampelte stattdessen unkontrolliert herum.

Unterdessen fraßen sich die glühenden Kohlen weiter durch dessen Haut, und der Schmerz trieb ihn in pure Raserei. Leon drohte jeden Augenblick angehoben oder zur Seite geschleudert zu werden. Ein ums andere Mal traf ein Schlag der behandschuhten Faust Leon ins Gesicht. Tränen schossen ihm in die Augen. Als die Faust des Mannes unmittelbar danach erneut traf, knackte Leons Nase. Vor Schmerz halb blind, packte der

Junge den frei gewordenen Arm des Mannes am Handgelenk und versuchte mit anschwellender Panik, ihn zu Boden zu drücken, während sich seine beiden Beine um den anderen Arm des Mannes klemmten wie ein Schraubstock.

Der stämmige Mann röchelte unter Leons Bauch. Die Raserei verebbte. Dann brüllte er wieder in den Stoff der Decke. Er bekam offenbar immer weniger Luft. Ein ersticktes, panisches und luftloses Husten folgte. Plötzlich überkam den Jungen ein jäher Schwall von Mitgefühl, und beinahe hätte er losgelassen. Aber dann wäre es um ihn und seine Flucht geschehen gewesen. Und damit um seine letzte Chance, weiteren Strafen und dem sicheren Tod zu entgehen. Und wichtiger noch war das Buch. Es musste unbedingt an den Ort seiner Bestimmung gelangen. Er hatte es Albert geschworen.

Bei diesen Gedanken nahm die Kraft des Jungen wieder zu. Er klammerte sich jetzt wie besessen fest, Schweiß stand ihm auf Stirn und Nacken. Von irgendwo weiter unten drang der Gestank verkohlten Fleisches herauf. Leon musste würgen, so beißend war der Brodem der sterbenden Haut. Krampfartig verstärkte Leon seinen Griff zum letzten Mal. Schmerz schoss durch Arme und Schultern des Jungen. Bald erschien es ihm, als könne er diese Anstrengung keinen Lidschlag länger aufrechterhalten. Die Zeit verlangsamte sich und gerann zu einer Ewigkeit, während die Bewegungen des Mannes immer schwächer wurden. Erst jetzt bemerkte Leon, dass er weinte. Lautlos wie ein kleines Kind in einem schrecklichen Albtraum weinte er vor Angst und Wut, während unter ihm ein betrunkener Mann erstickte. Ein Mann, der sich einem verlorenen Jungen und dessen Willen zu überleben in den Weg gestellt hatte.

Uther von Barkville trat an das brennende Kaminfeuer und stemmte sich mit der behandschuhten linken Faust gegen den Sims darüber. Er war groß, vornehm gekleidet, und sein ganzer Habitus drückte Einfluss und gesellschaftlichen Status aus. Der rote Schein der Flammen glänzte schwach auf seinem kahl geschorenen Schädel. Er schien nachzudenken, während seine grauen Augen in die Glut sahen und sich jetzt zu Schlitzen verengten. Alles war schiefgegangen.

Aus der Dunkelheit hinter ihm drang eine kalte Stimme.

»Wo ist das Buch, Uther?«

Uther spürte einen Schauder im Nacken und wandte sich zu der Gestalt um.

»Ich habe es nicht!«, antwortete er.

Als die Stimme daraufhin schwieg, fuhr Uther fort.

»Albert hat sein Geheimnis mit ins Grab genommen.« Zynismus tropfte aus seinen Worten, als er hinzufügte: »Wenn man ihm denn eines gegraben hätte.«

»Was ist geschehen? Redet«, sagte die Stimme unverhohlen missbilligend. Vor dem nächtlichen Winterhimmel hinter dem Fenster war die Gestalt nur ein schemenhafter Umriss. Ebenso schemenhaft schien die Stimme selbst. In ihr lag eine kalte Ablehnung. Und noch etwas anderes, seltsam Alarmierendes. So wie ein leiser Brandgeruch.

»Wir haben ihn verhört. Wie Ihr es befohlen hattet«, sagte Uther. Eine Eigenart der anschließenden Stille drängte ihn dazu, weiterzusprechen.

»Nichts!«, sagte Uther und beantwortete damit die unausgesprochene Frage. »Der Alte verfügte über eine Macht, die ihn gegen all meine Versuche verwahrt hat. Am Anfang hat er einfach nur geschwiegen. Später fing er an, mich und meine Leute zu verhöhnen. Meine Männer haben ihn am Ende fertiggemacht.«

Die Erinnerung daran erzeugte eine Übelkeit in Uther, die er sonst angesichts solcher Behandlungen selten empfand. In der Vergangenheit hatte er die Gefolterten eher mit einer Mischung aus Berauschtheit und kühler Wissbegierde leiden sehen. Die Übelkeit musste daher rühren, dass sowohl Uther als auch sein Meister sich so nahe am Ziel wähnten und nun mit leeren Händen dastanden. Ratloser denn je.

Nachdem Alberts Schüler, die Neffen des Grafen, verhaftet waren, hatte Uther Albert von Breydenbach zum Schein gewährt, die Burg zu verlassen. Albert war daraufhin allein aufgebrochen. Wahrscheinlich mit dem geheimen Ziel, die Schule Maraudons zu erreichen. Uther hatte Albert verfolgen lassen. In der nächsten Ortschaft hatten sie ihn dann aufgegriffen, befragt, später bedroht und schließlich brutal gefoltert. Drei Tage dauerte der Todeskampf des alten Mannes. Sie hatten seine Knochen und Gelenke gebrochen und ihm schließlich mit glühenden Zangen die Haut Streifen für Streifen vom Leib gerissen. Uther empfand Abscheu und Wut bei der Erinnerung an Alberts gefasstes Antlitz während dieser gründlichen Tortur. Es schien, als habe der alte Mann sich an einen weit entfernten Ort zurückgezogen. Einen Ort, an dem ihn offenbar kein Schmerz erreichen konnte.

Als der Körper des alten Mannes am Ende der Folter erlag, hatte dieser keine Silbe über Gottfrieds Buch und dessen Versteck verraten. Er hatte nur noch wenig gesprochen. Flüsternd, sodass Uther sich mit dem Ohr Alberts zertrümmertem Gesicht nähern musste: *»Verborgen ist, wonach Ihr trachtet ... Nicht ... für Euch und Euresgleichen ... sagt das Eurem Meister ...«*

»Ihr habt einen unverzeihlichen Fehler begangen«, sagte jetzt die Gestalt am Fenster. »Ihr hättet ihn nicht sterben lassen dürfen!«

Uther nickte schuldbewusst. Albert war im Besitz von Gott-

46

frieds Buch und deshalb der Einzige, der damit über einen Zugang zum *Schattenwort-Manuskript* verfügte. Der letzte Hinweis darauf, wo es sich befand, war in Gottfrieds Buch versteckt. Gottfried von Auxerre musste in seinen letzten Tagen beinahe ununterbrochen daran gearbeitet haben. Auf seinem Sterbebett, zu dem niemand anderer Zugang hatte als sein persönlicher Sekretär. Dieser Sekretär war Albert gewesen – Albert von Breydenbach, der sich hier bei Rudolfs Vater als Hauslehrer eingeschlichen hatte.

Die Stimme am Fenster flüsterte nun mit drohendem Unterton: »Ich habe nicht zwei Jahrzehnte nach ihm gesucht, nur um jetzt das Geheimnis einfach so mit ihm gehen zu lassen. Ihr wisst, was das bedeutet.«

Uther schluckte. Er wusste es sehr wohl, erwiderte aber nichts.

»Solltet Ihr Gottfrieds Buch nicht finden, werdet Ihr Albert dahin folgen, wo er jetzt ist, und ihn in der Hölle befragen.«

Uther wusste nicht, was er noch tun sollte. Er hatte sämtliche Räume, in denen Albert sich je aufgehalten hatte und in denen er das Buch hätte verstecken können, mehrmals durchsuchen lassen. Der alte Hundsfott musste es rechtzeitig verborgen haben. Aber Uther konnte ja schlecht Rudolfs Burg Stein für Stein auseinandernehmen.

»Also strengt Euch an.« Es war, als kröchen die Worte des fremden Schattens am Fenster durch den Raum herüber wie Getier. Nun kamen sie wie Faustschläge: »Und … bringt … es … mir!«

Uthers kahl geschorener Schädel färbte sich rot. Furcht erfasste seinen Körper, und gleichzeitig ärgerte er sich darüber, dass die Stimme seines Meisters noch immer eine solche Macht über ihn besaß. Heute, da Uther selbst ein einflussreicher, gelehrter Mann und persönlicher Ratgeber Rudolfs war, konnte er es sich nicht erklären, warum er noch immer vor dieser Stimme zitterte. Etwas darin schien nicht über den Weg der Ohren zu ihm zu dringen. Schleichend und unmerklich, wie ein Schemen oder ein leises Gift, konnte sie sich in seinen Gedanken ausbreiten und ihn mit unsäglicher Angst anfüllen. Darum erschrak Uther, als sie erneut erklang.

»Denkt nach, Uther. Hatte Albert Vertraute an diesem Hof?«

»Nein. Er war derselbe Einzelgänger, den Ihr seinerzeit kanntet. Gewiss, er beriet den Grafen und seine Familie. Doch zu keinem pflegte er ein so enges Verhältnis, dass man von einem Vertrauten hätte sprechen können. Ich selbst versuchte in den vergangenen zwei Jahren, Zugang zu ihm zu erlangen. Doch Albert misstraute mir von Anfang an. Obwohl wir einst an derselben Schule lehrten. Er misstraute mir, so wie er jedem anderen in seinem Umfeld zu misstrauen schien. Er kannte zudem Teile meiner Vergangenheit. Nicht alles. Aber einen Teil, der wohl Grund genug war, seinen Argwohn mir gegenüber in Vorsicht zu wandeln. Mein Amt an der Schule. Meine Verbindungen zu Euch und zu Friedrich. Und wenn Albert sich mir gegenüber auch bemühte, freundlich und aufmerksam zu wirken, so hielt er doch sein Herz und seine Gedanken fester verschlossen als eine Jungfer ihren Schoß.«

»Was ist mit seinen Schülern?«

»Albert hat Rudolfs Neffen unterrichtet. Leon und Richard sind die Kinder seines Bruders Hartmann. Aber Richard, der Ältere der beiden, ist nicht recht begabt für Philosophie und Redekunst. Leon dagegen schien ein echter Musterschüler zu sein. Albert und er verbrachten viel Zeit miteinander. Ich meine, bevor das alles passierte. Ich fand Mittel und Wege, ihren Unterricht zu überwachen. Aber außer dem üblichen Geschwafel um

Wort, Einfluss und Gedanke hörte ich nichts von Verdacht. Albert sprach in seinen Unterweisungen weder von seiner Vergangenheit noch von den Aufzeichnungen Gottfrieds oder dem Bund der Erben selbst.«

»Kommt es dennoch in Betracht, dass Albert dem Jungen die Aufzeichnungen anvertraute? Vielleicht ohne ihn über den wahren Gehalt aufzuklären?«

»Unwahrscheinlich. Aber ich habe auch das überprüfen lassen. Leon sitzt seit mehr als fünf Wochen in Haft. Wir haben ihn ... befragt.« Er schüttelte den Kopf. »Er weiß von nichts und hatte seit seiner Verhaftung keinen Kontakt zu Albert. Das heißt ...« Uther brach ab.

»Das heißt?«, lauerte die Stimme.

Uther lächelte gequält. Er wusste, dass er seine Gedanken seinem Meister gegenüber nicht verbergen konnte. Ein einziges Wort von ihm genügte, und Uther würde sein Inneres nach außen kehren. Uther sog hörbar Luft ein und sprach weiter.

»Bevor ich Albert zum Schein abreisen ließ, wollte er den Jungen noch einmal sehen. Er wollte sich von ihm verabschieden. Ich war dagegen, doch Rudolf hat dem Drängen des Alten nachgegeben und ihm einen letzten Besuch gestattet. Eine meiner Wachen war bei dieser Zusammenkunft zugegen, und ich habe meinen Männern befohlen, die Kammer danach von oben bis unten zu durchsuchen.«

Die Gestalt am Fenster stieß einen leisen Fluch aus.

»Durchsucht die Kammer erneut. Aber tut es diesmal gründlicher, wenn ich Euch das raten darf. Durchsucht den Jungen! Stellt die Kammer auf den Kopf, oder reißt sie meinetwegen ab! Das Buch muss sich in der Burg befinden. Es kann nicht anders sein.« Wieder dieses Kriechen in der Stimme, das Uthers Eingeweide wie mit Raureif überzog.

»Wie Ihr wünscht, Meister. Ich werde …«

»Jetzt!«, schnitt ihm die Stimme das Wort ab. Und nur wenige Lebende auf der Welt vermochten es, sich dem Einfluss dieser Stimme zu widersetzen.

Uther eilte zur Tür und rief nach den Wachen. Wenn er das Buch nicht in der Kammer fände, würde er den Jungen erneut befragen. Jetzt gleich. Ein letztes Mal. Und wenn es sein musste … bis zu dessen Ende.

Leon konnte nicht sagen, wie lange er nach dem letzten schwachen Zucken des Körpers unter ihm einfach nur dagelegen hatte. In der Mitte seiner Kammer. Quer über dem erstickten Wachmann. Seine vor Verkrampfung steifen Arme umklammerten ihn noch immer. Noch ein paar Atemzüge lang lag der Junge so da. Als er sich schließlich von dem Toten herabrollte, fürchtete er noch immer, der massige Kerl könnte sich gleich wieder erheben und ihn erneut angreifen. Leon richtete sich mühsam auf und wich langsam rückwärts, fort von dem Leblosen, bis er das Holz der Truhe hart in seinem Rücken spürte. Dabei starrte er unentwegt auf den toten Körper. Seine gebrochene Nase pochte heftig, und Blut floss ihm daraus über das Kinn. Doch weder Schmerz noch das Rasen seines Herzens durchdrangen die dumpfe Taubheit, die Leon in diesem Moment empfand.

Endlich stand er auf und ging vorsichtig zur Tür. Noch einmal horchte er nach draußen und spähte dann hinaus. Keine Menschenseele. Keine Schritte, die sich näherten. Der Lärm schien unbemerkt geblieben zu sein. Vor ihm lag das oberste Podest des Treppenhauses. Die Habichtsburg, wie sie ursprünglich genannt worden war, bestand eigentlich aus zwei Burgen.

Der Ort, an dem Leon sich jetzt befand, gehörte zur »hinteren Burg« am südwestlichen Ende der Anlage. Der Turm hatte einen beinahe quadratischen Grundriss von etwa zehn Schritt Seitenlänge. Die Mauern waren dick und hatten im oberen Teil nur wenige schmale Fenster. Nur wenn der volle Mond für einen Herzschlag lang einen Riss in der Wolkendecke fand, flackerte kurz ein schwaches Licht herein. Sonst war es stockfinster.

Leon wandte sich nach links zum obersten Absatz der Treppe, die direkt vor seiner Kammer begann und entlang der Außenmauer des Turmes nach rechts unten zum Palas führte. Leon betrat vorsichtig die oberste Stufe, spähte nach unten und stieg schließlich hinab. Er sah jetzt, dass irgendwo weiter unten eine einzelne Fackel brannte. Er erreichte den nächsttieferen Absatz und lauschte, ob sich hinter der Tür, die von hier abging und zum Dachstuhl über dem Palas führte, ein Geräusch zu vernehmen war. Doch wieder nur das leise Heulen des Windes zwischen den Dachziegeln.

Noch einen Treppenabsatz tiefer führte ein Gang nach rechts zu den Schlafgemächern der gräflichen Familie. Leon erwartete, dass hier Wachen aufgestellt wären. Doch das Treppenhaus war auch hier leer. Rasch schlich er an dem Gang vorbei und weiter die Treppe hinab. Jetzt kam er an den Absatz, der zu den repräsentativen Sälen der Burg führte. Seitlich davon lief ein Gang am großen Saal vorbei zum Gesindehaus. Und in diese Richtung musste Leon sich wenden, um von da aus über den Hof, an der Kapelle vorbei und zum Torhaus im Nordosten der Burg zu gelangen.

Leon hatte mehr als die Hälfte seines Lebens auf der Habichtsburg verbracht. Er kannte hier bis auf die verschlossenen Kammern der unteren Verliese jeden Winkel, jedes Schlupfloch und jeden Stein. Er wusste, wo die Wachen ihre Stuben hatten und wann und wo sie Posten bezogen. Sorgen bereiteten Leon deshalb nicht die Wachen, sondern die Hunde.

Seit den Jahren der ersten Überfälle durch die Tiefensteiner wurden nach dem Löschen der Lampen und dem Zubettgehen der Fürstenfamilie und Bewohner scharf abgerichtete Hunde in die Gänge zwischen den Wachposten geführt. Kräftige Bestien. Sie strichen vor den verschlossenen Türen der Bewohner in den Gängen umher und wurden am Morgen von den Wachen wieder in ihre Zwinger gebracht. Des Nachts aber liefen sie frei herum.

Hin und wieder sah einer der Männer nach ihnen, wenn mal wieder eine der Bestien knurrte. Richard hatte seinem kleinen Bruder damals erzählt, dass die Hunde einmal einen Eindringling aufgespürt und bei lebendigem Leibe aufgefressen hätten. Leon hatte seinem Bruder geglaubt und die Hunde deshalb gefürchtet wie Ungeheuer. Doch Leon war jetzt kein Kind mehr. Und er musste so schnell wie möglich aus der Burg. Gebückt und dicht an die Wand gedrängt, schlich er weiter. Immer wieder hielt er an und lauschte, ob sich nicht irgendwo in der Dunkelheit ein scharrendes Geräusch von Krallen oder das leise Hecheln eines Hundes ausmachen ließe. In der Finsternis tasteten seine Hände entlang der frostüberzogenen Wände.

Mit einem Mal verschwand die Wand zu seiner Rechten. Der Gang führte hier um eine Ecke. Ein merkwürdiges Gefühl überkam Leon. Ein diffuses Unbehagen, ähnlich einer Vorahnung. Vorsichtig ging er in die Knie. Er beugte sich vor und sah um die Ecke. Aus irgendeinem Grunde konnte er sich plötzlich nicht mehr rühren und starrte wie gelähmt in die Schwärze vor ihm. Draußen vor dem Fenster öffnete sich gerade ein Spalt in der Wolkendecke, und Mondlicht fiel herein. Die Bestie hob den Kopf und sah in Leons Richtung. Das anschwellende Knurren ging Leon durch Mark und Bein.

Uther hatte nach den Wachen gerufen, um die Kammer des Jungen ein weiteres Mal auf den Kopf zu stellen. Er wünschte, dass sie diesmal fündig werden würden. Wenig später eilte er, gefolgt von zwei Männern, über die Brustwehr zum Eingang des südwestlichen Turms. Zwei weitere Männer schlossen sich ihnen dort an.

Der Vogt bewegte sich mit der Kraft und Behändigkeit eines jungen Mannes, obgleich er schon weit über vierzig war. Eine Entschlossenheit ging von ihm und jeder seiner Gesten aus. Jetzt, da er die Präsenz seines Meisters nicht mehr spürte.

Einer seiner Begleiter eilte an ihm vorbei über den Wehrgang und öffnete dienstbeflissen die Pforte zum Turm. Uther ging hindurch und stieg die steinerne Treppe hinauf. Dieselbe, über deren oberen Teil Leon wenige Minuten zuvor in die entgegengesetzte Richtung hinabgestiegen war. Als Uther Leons Kammer erreichte, erkannte er auf Anhieb, dass etwas nicht stimmte. Die Wache war verschwunden, und die Tür zu dem Raum stand einen Spaltbreit offen. Uther fluchte, riss die Tür auf und trat in die Kammer.

Im Schein der Fackeln sah er einen Mann am Boden. Er lag inmitten der Asche einer umgestoßenen Kohlenpfanne und rührte sich nicht. Es roch nach verbranntem Fleisch. Eine der Wachen drängte an Uther vorbei und trat dem Mann in die Seite. Er war offensichtlich tot. Die Wache beugte sich über den Leichnam und sagte knapp: »Es ist Giles.«

Uthers Körper spannte sich. Mit geballten Fäusten und gesenkter Stirn stand er da. Zornesadern traten an den Seiten seines kahl geschorenen Schädels hervor. Die übrigen Wachen wagten offenbar nicht heranzutreten und starrten stattdessen abwechselnd auf ihren toten Kameraden und auf ihren Vogt.

Schließlich sprach Uther. Leise und mit zusammengebissenen Zähnen. Es klang wie das Spucken einer giftigen Schlange. »Alarmiert die Männer. Alle! Findet den Jungen.«

Jemand musste Leon geholfen haben, das wusste Uther. Doch Albert war tot. *Richard*, schoss es ihm durch den Kopf.

Uther drehte sich zu seinen Männern: »Und schafft mir seinen Bruder nach draußen auf den Hof!« Uther wollte sich gerade abwenden, da fiel sein Blick auf die von der Wand abgerückte Truhe. Wie angewurzelt blieb er stehen, machte dann einen Schritt darauf zu und sah die verborgene Nische im selben Moment. Die damit verbundene Gewissheit traf ihn so eiskalt, dass sich seine Nackenhaare aufrichteten. »Er hat das Buch! Der verdammte Junge hat das dreimal verfluchte Buch. Zur Hölle mit Albert! Er hat dem Jungen Gottfrieds Buch zugesteckt!«, zischte er. Deshalb hatte die fieberhafte Suche auf dem gesamten übrigen Burggelände nicht gefruchtet. Wer suchte schon in einem Gefängnis nach einem Versteck? Er hätte die Kammer selbst durchsuchen müssen. Und er musste den Jungen zu fassen kriegen. Jetzt.

Der Angriff kam so plötzlich, dass Leon vom Aufprall der muskelbepackten Bestie nach hinten geworfen wurde. Der Hund hatte sich frontal gegen den Brustkorb des Jungen gestürzt und heftig bellend nach dessen Kehle geschnappt. Der Biss verfehlte Leons Hals um Haaresbreite. Leon spürte Speicheltropfen auf seiner Haut, während das Vieh durch seinen eigenen Schwung über den nach hinten fallenden Leon hinweggeschleudert wurde. Der Hund sprang zurück und war schon im nächsten Augenblick wieder mit ohrenbetäubendem Gebell über ihm. Ein wild zuckender Berg aus Muskeln und Sehnen. Zähne schnappten zu. Kurz darauf hallten Rufe durch den Korridor. Mit dem linken Unterarm versuchte Leon, die zuckenden Bisse abzuwehren, während seine Rechte in der Dunkelheit nach dem Dolch an seinem Gürtel tastete.

Die Fratze des blutgierigen Köters war nur eine Handbreit über seinem Gesicht. Der Gestank aus dem Maul des Tieres nahm Leon beinahe den Atem. Geifer tropfte ihm auf Wangen und Mund. Weil Leon den Dolch nicht fand, riss er schließlich die Linke schützend vors Gesicht. Im selben Augenblick gruben sich die Zähne der Bestie in Leons Unterarm. Der Junge schrie auf. Der Hund warf knurrend den Kopf hin und her, gerade so, als wolle er ein großes Stück aus Leons Fleisch herausreißen. Leon spürte den Biss auf seinem Knochen, als seine Rechte endlich den Griff des Dolches fand. Er zog daran. Doch der muskelbepackte Leib des Tieres machte in diesem Moment eine Bewegung zur Seite, die Leon herumwarf. Der Dolch entglitt ihm und fiel zu Boden. Leon tastete im Liegen danach, doch da war nur eiskalter Stein. Panik. Die Rufe wurden lauter. Das würde das Ende seiner Flucht sein. Die Gewissheit traf Leon wie ein weiterer Schlag. Mit einem Mal spürte er nur noch Zorn. Zorn auf sein Schicksal, Zorn auf seinen Onkel, die Ungerechtigkeit der Anschuldigungen gegen ihn. Zorn auf alles, was ihn umgab. Zorn auf diese dreckige Töle, die gerade dabei war, ihn in Stücke zu reißen. Zorn auf den Wachmann, den er zuvor getötet hatte. So groß war der Zorn, dass er alles andere beiseitefegte. Schmerz, Trauer, Schwäche. Leon bekam seinen Arm frei, schlug, trat und schleuderte den massigen Schädel des Tieres schließlich mit Wucht gegen die steinerne Wand des Ganges. Der Hund prallte zurück und blieb winselnd am Boden liegen. Leon griff hastig nach seinem Dolch und drückte dessen spitze Klinge tief in den zuckenden Hals des Tieres. Warmes Blut spritzte über Leons

Handrücken. Die Muskeln der Bestie erschlafften. Sofort zog Leon den Dolch heraus und sprang auf die Füße. Hinter sich hörte er die Stimmen der Wächter und das Geräusch von Schritten, die rasch näher kamen. Alle schienen mit einem Mal auf den Beinen zu sein, die Wächter vom Palas ebenso wie die vom vorderen Hof. Er war nun im Gesindehaus und saß hier in der Falle. Gehetzt sah er sich nach einem Ausweg um. Der Gang vor ihm hatte nur zwei schmale Schießscharten, aber keine Fenster, durch die er hätte fliehen können. Er musste sich irgendwo verstecken. Sofort. Er sah nach hinten. *Da! Eine Tür!* Leon rannte zu ihr, drückte die Klinke nach unten, schob die Tür nach innen und hastete in die Dunkelheit der Kammer dahinter. Sofort schloss er den Eingang wieder. Dann hielt er inne. Er wagte nicht zu atmen und sank schließlich mit dem Rücken an der Wand zu Boden.

Draußen waren die rauen Stimmen der Wachmänner zu hören. »Hier liegt die Töle. Rasch, einer den Gang hinunter! Wir suchen so lange hier weiter.« Leon schloss die Augen. Er musste verschwinden. Sie würden auch die Kammern eine nach der anderen durchsuchen. Das war sicher.

Während er noch immer den blutigen Dolch umklammerte, versuchte er, sich daran zu erinnern, in wessen Kammer er eigentlich war. Es musste das Zimmer einer der Ammen sein. Leon erinnerte sich an ihren Namen. *Martha.* Sie war die Amme seiner Schwester Margret gewesen. Und auch Tildas. Er wusste nicht, ob Martha allein hier schlief oder ob vielleicht jemand bei ihr war. Er betete, dass sie allein war.

Schritte näherten sich. Plötzlich sprang die Tür auf, und der Raum wurde vom rötlichen Schein einer Fackel erhellt. Noch war Leon unentdeckt, denn die Tür stand zwischen ihm und dem Fackelträger. Aufrecht im Bett an der gegenüberliegenden

Wand sah Leon das kreidebleiche Gesicht der Amme. Mit vor Schreck geweiteten Augen starrte sie zur offenen Tür und drückte ein Kleinkind an sich, das jetzt zu schreien begann. Leon zog sich noch weiter zurück in den Schatten hinter der Tür. Martha sprach ein paar leise Worte, und das Kind beruhigte sich wieder. Ein Mann trat in den Raum und stand nun mit dem Rücken zu Leon am Fußende des Bettes. Er sah auf Martha und das Kind herab und gab ihr mit einer Geste zu verstehen, dass sie sich beruhigen solle. Der Raum füllte sich mit Rauch und dem Gestank der blakenden Pechfackel. Leon überlegte fieberhaft, ob er es wagen konnte, sich in den Rücken des Mannes zu stürzen. Langsam drehte der Mann sich um und sah Leon direkt in die Augen. Seine Linke hielt die blakende Fackel. In der Rechten hielt er ein blankes Schwert.

Richard erwachte aus unruhigem Schlaf. Etwas hatte ihn geweckt. War das ein Bellen? Die Augen noch immer geschlossen, wälzte er sich auf den Rücken und sah das Bild seines Bruders hinter seinen Lidern. Immer wieder dasselbe Bild. Der nackte und verletzliche Oberkörper seines jüngeren Bruders Leon im Innenhof der Burg. Der Scharfrichter. Ihr Onkel. Richard fühlte zum hundertsten Male, wie sehr er Leons zerbrechlichen und blasshäutigen Leib vor der Auspeitschung hatte schützen wollen. Auch jetzt stiegen Tränen und eine bittere Wut in ihm auf. *Warum habe ich ihn nicht fortgebracht, als es Zeit dazu war?* Ein lähmendes Gefühl schlich sich in Richards Körper und machte sich darin breit: eine tiefe bleierne Schuld.

Nach einer Weile öffnete er die Augen, richtete sich auf und sah sich um. Eine Unruhe breitete sich in ihm aus. Er schlang sich die Felldecke, unter der er gelegen hatte, um den Körper, stand auf und ging zum Kamin. Dort legte er ein paar Holzscheite auf die schwache Glut. Er ging in die Hocke und blies ein paarmal hinein. Endlich bildete sich eine kleine Flamme, die schnell das übrige Holz entfachte. Das Feuer wärmte seine Hände und sein Gesicht. Aber die innere Kälte konnte es nicht vertreiben.

Was war nur mit ihnen allen geschehen? Wo war der Onkel, den er und seine Geschwister über Jahre gekannt und geliebt hatten? Eine schleichende, unheilvolle Veränderung hatte Rudolf erfasst. Nicht erst seit Ceciles Eintreffen am Hof. Nein, schon vorher. Richard konnte den genauen Zeitpunkt nicht mehr bestimmen. Aber sein Instinkt sagte ihm, dass er mit Uther von Barkvilles Ankunft zusammenhing. *Uther!* Richards Gedanken verfinsterten sich. *Schlange!* Anfangs hatte der kahlköpfige Uther sich den beiden Jungen gegenüber freundlich gegeben, doch konnte er ihre Abneigung ihm und seinen Intrigen gegenüber nicht mildern. Etwas an ihm hatte den Jungen Angst gemacht. Uthers ganzes Wesen wirkte wie ein zersprungener Krug, den man nicht richtig wieder zusammengesetzt hatte. Alles an ihm war auf gewisse Weise falsch. Unwahr. Und hinter jeder augenscheinlichen Freundlichkeit schien eine abweichende Absicht zu lauern. Uther hatte es irgendwie geschafft, sich in das Gemüt Rudolfs zu schleichen und es zu beeinflussen. Wie sonst war dessen erschreckende Wandlung möglich gewesen?

Richard war seit fünf Wochen eingesperrt. Seit dem Tag, an dem er seinem Bruder auf dem Hof zu Hilfe kommen wollte. Diesem kleinen, schmächtigen, einst so frohsinnigen und nun so zerschmetterten Bruder. Seitdem hatte Richard die Zeit in Wut verbracht. Und mit Schlafen, wenn es ging. Oder er hatte stattdessen stundenlang mit blanken Fäusten auf irgendetwas eingeschlagen, bis sie beide blutig waren. Er spürte so viel Zorn und Hass in sich. Und so viel Schuld.

Hinter Richards Rücken wurde ein Poltern laut. Draußen vor der Kammer. Richard drehte sich zur Tür. Jemand schob von außen den Riegel beiseite, öffnete, und nun drang das Licht von Fackeln herein. Draußen standen zwei Wachen, und einer von ihnen sagte: »Folgt uns in den Hof, Herr! Der Vogt wünscht Euch zu sprechen.«

Richard machte keinerlei Anstalten, der Bitte nachzukommen, und knurrte stattdessen: »Verspürt euer Herr ein solches Verlangen nach mir, dass er nicht bis zum Morgen warten mag?« Richard spürte, wie sich seine Kiefermuskeln anspannten.

Die beiden Wachen sahen betreten zu Boden. Richard seufzte. Er kannte die Männer seit vielen Jahren. Und sie hatten ihn immer mit Respekt behandelt. Deshalb lenkte er schließlich ein. »Wartet halt, ich werfe mir nur kurz was über. Ihr könnt ja nichts dafür, dass seit Kurzem der Beelzebub persönlich über meinen Onkel und euren Herrn gebietet.«

Die Wachen blickten weiterhin verlegen zu Boden. Richard zog seine Beinkleider an, sprang in die Stiefel und warf sich seinen Pelzumhang über die Schultern. Dann folgte er den beiden Männern in den Gang hinaus.

Das Licht der Fackel blendete Leon. Einen Moment lang geschah absolut gar nichts. Der Mann mit dem Schwert rührte sich nicht. Doch im nächsten Augenblick tat der Mann etwas Unerwartetes. Er senkte das Schwert, war mit einem Schritt bei der Tür und schloss sie von innen. Erst jetzt erkannte Leon ihn. »Philipp?!«, flüsterte er.

»Still!«, gab dieser zurück.

Leon fiel ihm erleichtert in die Arme. Philipp und Odo waren Ceciles Brüder und Mitglieder ihrer Gesandtschaft aus Burgund. Gemeinsam mit den beiden hatten Leon und Richard in diesem Sommer viel unternommen und sich dabei mit ihnen angefreundet.

»Was treibst du hier?«, flüsterte Philipp und sah Leon in die Augen. »Du siehst ... furchtbar aus!« Philipp betrachtete die geschwollene Nase und das blutverkrustete Kinn seines Freundes.

»Bitte, verrate mich nicht.«

Philipp zog die Augenbrauen zusammen. »Warum sollte ich das tun, du Hornvieh? Was ist los?«

Leon zögerte.

»Nun sag schon!«

»Uther ist hinter mir her. Sie haben mich ... befragt. Und ich muss hier weg, bevor sie mich umbringen, verstehst du?« Leon sprach leise und gehetzt. Dann wischte er sich mit dem Ärmel das Blut von der Nase und schniefte.

Philipp, der einen Kopf größer war als Leon, sah ihm in die Augen. Dann nickte er und sah für einen kurzen Moment so aus, als müsse er nachdenken.

»Es ist wahr. Du kannst hier nicht bleiben, Leon.« Leon erschien es, als spielte Philipp noch auf irgendetwas anders an. Einen weiteren Grund. Wusste Philipp über alles Bescheid?

»Wenn sie dich nicht bald finden, werden sie diesen Teil noch einmal absuchen. Gründlicher. Sie werden dich hier entdecken.«

»Ich weiß«, sagte Leon, und er bemerkte, dass er zitterte. »Ich muss nach draußen.«

Philipp sah Leon daraufhin an, als hätte der den Verstand verloren. »Du willst da raus? Bei *der* Kälte!? Du wirst innerhalb kürzester Zeit erfrieren!«

»Ich weiß, das klingt verrückt, aber was soll ich denn sonst machen?«

Philipp sah Leon in die Augen. »Versteck dich bei deinem Bruder.«

Leon schüttelte den Kopf. »Dort suchen sie mich doch zuerst. Nein, ich darf Richard da nicht mit hineinziehen.«

Philipp dachte nach. Und dann schien ihn plötzlich ein neuer Gedanke zu beschäftigen. »Hm, warum gehst du nicht zu deinem Onkel? Weiß er, dass Uther dich foltern ließ?« Philipp hatte sehr wohl verstanden, was Leon mit »befragen« gemeint hatte. »Du hast doch deine Strafe bekommen. Rudolf wird sich schon irgendwann wieder beruhigen, und es wird Gras über diese ganze Sache wachsen. Du solltest ihn um Hilfe bitten.«

Leon schüttelte den Kopf und sah zu Boden. Er konnte Philipp nicht von dem Buch Gottfrieds erzählen, aber nun war auch ohnehin alles zu spät »Ich ...« – er stockte – »... habe einen Mann getötet.«

»Du hast *was?*« Philipp sah seinen jüngeren Freund erschrocken an.

Leon nickte matt. »Eine der Wachen ist auf mich losgegangen.«

Erst jetzt bemerkte Philipp den blutenden Arm seines Freundes. »Du siehst wirklich furchtbar aus«, wiederholte er sich.

»Ich hatte keine Wahl«, sagte Leon.

Philipp nickte.

»Sie werden das Torhaus unten abschirmen. Sie wissen, dass du nur dort hinauskannst. Geh über die Mauern und den südlichen Wehrgang. So kommst du zum ersten Stockwerk des Torhauses. Ich werde dort auf dich warten und dich – wenn es mir irgendwie möglich ist – zur Ausfallpforte rauslassen.« Philipp schob das Schwert in die Scheide. »Warte hier einen Moment, bis ich die anderen Wachen fortgeführt habe. Ich kehre noch einmal zurück und gebe dir ein Zeichen, wenn der Weg frei ist. Dann beeile dich.«

Ohne ein weiteres Wort wandte sich Philipp zur Tür. Leon wollte protestieren. Doch im nächsten Moment war sein Freund schon auf den Gang hinausgetreten. Leon hörte ihn rufen: »Hier ist nichts, sucht woanders weiter.« Die Stimmen und Schritte entfernten sich darauf.

Leon lehnte sich im Dunkeln an die Wand. Sein verwundeter Unterarm blutete, und seine Rippen pochten vor Schmerz. Eine Hand berührte ihn sacht an der Schulter. Leon öffnete die Augen. »Was ist mit deinem Arm geschehen?«, flüsterte Martha. »Das sieht schlimm aus. Die Wunde muss gereinigt werden.«

Leon schüttelte den Kopf und flüsterte: »Du hast doch gehört. Ich muss hier weg, Martha. So schnell es geht.« Die junge Frau wollte etwas einwenden, aber Leon ließ sie nicht zu Wort kommen: »Weißt du, was mit Frater Albert geschehen ist?«

Martha stutzte. »Albert? Er ist abgereist, schon vor einigen Tagen.«

»Bei der Kälte?«

In diesem Augenblick klopfte es an die Kammertür. Leon und Martha zuckten gleichzeitig zusammen. Doch es war nur Philipp, der jetzt den Kopf hereinsteckte und flüsterte: »Der Weg ist frei. Ich gehe voraus. Folge mir mit etwas Abstand. Du kannst es schaffen, Leon.«

Und damit war Philipp auch schon wieder verschwunden. Leon wollte ihm nach, doch Martha hielt ihn sanft am Arm zurück.

»Warte noch«, flüsterte sie. Sie drehte sich um, eilte zur Truhe vor ihrem Bett, öffnete sie und griff hinein. Dann kam sie zurück und steckte einige Gegenstände in Leons Beutel. Anschließend zog sie zwei mit Schaffell gefütterte Fäustlinge über seine blutverschmierten Hände. »Das wird dich wärmen.« Martha drückte ihn kurz. »Lauf los, Junge. Mein Herz flieht mit dir!« Sie gab ihm einen Kuss auf die Wange, drehte ihn herum und schob ihn aus der Kammer. Im Durchgang wandte sich Leon noch einmal um und sah ihre Silhouette, bevor sie die Tür von innen schloss.

🍂

Philipp erwartete Leon bei der kleinen Pforte, die hinaus auf den südlichen Wehrgang führte. Er öffnete sie einen Spaltbreit und spähte in die Nacht. Stimmen drangen vom Hof zu ihnen herauf. Philipp sah über die Schulter zu Leon, der nun direkt hinter ihm stand. »Sie suchen jetzt im Hof und im nördlichen Teil der Burg. Ich gehe zurück zum Treppenhaus und über den Hof zum Torhaus. Dort erwarte ich dich. Bleib im Schatten der Mauer. Der Wehrgang ist frei. Die Wachstube im ersten Turm vor dir ist leer.« Mit diesen Worten und einem bemühten Lächeln trat Philipp zur Seite. Leon schlüpfte an ihm vorbei. Sofort traf ihn der eisige Wind. Hinter ihm schloss Philipp die Pforte.

Leon schlich vorwärts, und es war so kalt, dass es ihm schien, als gefröre der Wind langsam Schweiß und geronnenes Blut auf seinen Schläfen. Wenig später hatte er die Wachstube direkt vor sich. Ein kleines, aus Fachwerk gefügtes Haus mitten auf der breiten Mauer. Dort angekommen, lauschte Leon für einen Moment an der Tür. Stille. Leon öffnete die Tür einen Spaltbreit. Philipp hatte recht. Das Innere des Wachraumes war leer. Leon glitt hinein. Drinnen roch es nach Männerschweiß und billigem Branntwein. In der Mitte der Kammer stand ein niedriger Tisch. Offenbar hatten sich die Männer zuvor mit Spielen die Zeit vertrieben. Auf der groben Tischplatte lagen Würfel und einige

Münzen, die Leon eilig einsteckte. Leon sah sich kurz nach brauchbaren Gegenständen um. Außer einer an die Wand gelehnten Lanze, die für den Jungen viel zu schwer war, fand er einen leichten Bogen, daneben etwa ein Dutzend Pfeile, die lose herumlagen. Sein Blick fiel auf einen Köcher aus Leder, den er rasch mit Pfeilen füllte und an seinem Gürtel befestigte. Leon spannte den Bogen und schwang ihn sich über die Schulter. Dann eilte er zur Pforte auf der anderen Seite des Wachraumes und ging hindurch. Die Pforte führte auf einen schmaleren, überdachten Wehrgang entlang der südlichen Burgmauer. Weiter bis zum nächsten Wachturm. Und danach direkt zum Torhaus. Er könnte es schaffen. Wieder schlug ihm eisige Luft entgegen. Der Wind erinnerte ihn an den Schrecken, der ihm erst noch bevorstand, sollte seine Flucht aus der Burg tatsächlich gelingen.

Plötzlich hörte er hinter sich jemanden rufen: »Da vorne! Da ist er!«

Leon machte vor Schreck einen Satz vorwärts und sah panisch hinter sich. In der Pforte direkt hinter ihm standen mit einem Mal zwei bewaffnete Männer. Leon erkannte Erkbrecht, den Waffenmeister und Lehrer. Der andere spannte einen Bogen und zielte damit auf Leon. »Bleib stehen, Junge«, rief Erkbrecht. »Dann geschieht dir nichts.«

Leon ließ stattdessen alle Vorsicht fahren und rannte los. Der Beutel auf seinem Rücken tanzte auf und ab und schlug dabei immer wieder schmerzhaft gegen seine Verletzungen. Hinter ihm stürzten die beiden Bewaffneten jetzt auf den Wehrgang und rannten ihm nach. Leon schwitzte vor Anstrengung, während seine Füße auf den von Eis überzogenen Holzbrettern des Wehrganges nach Halt suchten. Mehrmals wäre er um Haaresbreite ausgeglitten und gestürzt. Jedes Mal fing er sein Gewicht im letzten Moment. So schaffte er es, nicht zu Boden zu gehen oder – noch schlimmer – unter dem niedrigen Geländer zu seiner Linken hindurch in den dreißig Fuß tiefer gelegenen steinernen Hof zu stürzen.

Hinter ihm hämmerten jetzt die eisenbeschlagenen Stiefel seiner Verfolger über das vereiste Holz. Dann setzte das Geräusch mit einem Mal aus. Leon blickte sich für einen unvorsichtigen Moment um und sah, dass auch die beiden Männer nun mit der Glätte zu kämpfen hatten. Er biss die Zähne zusammen und richtete seinen Blick wieder nach vorn auf die nächste Pforte, die zu einem Wehrturm gehörte. Zu seinem Entsetzen flog sie in diesem Moment auf. Ein bärtiger Mann stellte sich ihm in den Weg. Er hatte ein Schwert gezogen und brüllte irgendetwas, das Leon nicht verstand. Auf dem glatten Untergrund konnte er weder abbremsen noch die Richtung ändern. Also rannte er mit voller Wucht in den Mann hinein. Der Aufprall war hart. Der Mann taumelte rückwärts und trat dabei über den Rand des Treppenschachtes hinter ihm. Sein Fuß rutschte ab, und im nächsten Moment stürzte er rücklings in die Tiefe. Es knackte trocken, als er unten aufschlug.

Sofort rappelte Leon sich wieder auf, wandte sich um und sah zu seinem Entsetzen, dass seine beiden Verfolger ihn fast erreicht hatten. Er stürzte zur anderen Seite des Turmes und dann hinaus auf das letzte Stück des Wehrgangs. Er führte direkt zum Torhaus. Er musste es unbedingt erreichen! Plötzlich zischte ein Pfeil knapp an seiner rechten Schläfe vorbei. Leon zuckte vor Schreck zusammen, verlor den Halt und fiel vornüber. Sein Tempo war so groß, dass er nach dem Aufschlag noch mehrere Meter weit bäuchlings über das nackte Eis weiterrutschte – dem Rand des Wehrgangs und dem dahinterliegenden Abgrund zum Hof entgegen. Im buchstäblich letzten Moment gelang es ihm, sich an einen Pfosten des Geländers zu klammern und seinen Sturz aufzuhalten. Sein Oberkörper ragte über den Abgrund, und seine Hände krallten sich in das Holz. Panisch versuchte Leon, sich zurück auf den Wehrgang zu ziehen, doch es gelang ihm nicht. Der mit Pfeilen gefüllte Köcher an seinem Gürtel hatte sich mit dem Pfosten des Geländers verhakt. Leon wollte schreien vor Wut. Gut zwanzig Fuß unter ihm lag das schindelgedeckte Dach der Stallungen. Ein weiterer Pfeil schoss über seinen Rücken und prallte weiter vorne gegen die steinerne Wand des Torhauses. Leon hörte, wie die Verfolger ihre Schritte verlangsamten. Gleich würden starke Hände ihn nach hinten zerren. In diesem Moment der Verzweiflung traf Leon eine Entscheidung. Er ließ einfach los.

Eine Wache war in den Hof der hinteren Burg gerannt und rief: »Er ist auf dem Wehrgang über den Stallungen! Der Bastard will zum Torhaus!«

Uther stand am oberen Ende der Freitreppe des Palas und befahl: »Dann holt ihn euch endlich und bringt ihn her!« Er hatte die aufgeregten Rufe und Schreie gehört.

»Der Junge Leon versucht zu fliehen«, rief eine der Wachen vom Wehrgang zurück.

»Das weiß ich, du Rindvieh! Deshalb sollt ihr ihn fangen!« Uther setzte sich in Bewegung und stieg die breite Treppe hinab. Er durchquerte den ersten Hof und ging zum Tor, das die hintere und die vordere Burg miteinander verband. Im vorderen Burghof rannten Wachen umher. Fackeln wurden entzündet. Uther sah quer über den Hof, vorbei am Sodbrunnen hinüber zum Torhaus.

»Ich will diesen Jungen! Haltet ihn um jeden Preis auf. Aber lasst ihn in Dreiteufelsnamen am Leben!« Uther verlangsamte seine Schritte und schien nun wieder etwas gefasster. Der Junge konnte unmöglich an zwei Dutzend Bewaffneten vorbei hinaus ins Freie gelangen. Uther sah, dass das Tor verschlossen war und die Wachen auf ihren Posten standen. Er stieg nun langsameren Schrittes die Stufen der Treppe hinauf zum östlichen Wehrgang. Oben angekommen, sah er sich um. »Wo ist er, zum Teufel noch mal? Seid ihr nicht in der Lage, einen halbwüchsigen Bengel zu fassen!?«, brüllte er. Im selben Moment sah er ihn.

In einer Entfernung von gut zweihundert Schritt, auf derselben Höhe wie Uther, nur auf der anderen Seite des großen Hofes, stolperte Leon gerade aus einem der Wehrtürme hinaus auf den südöstlichen Teil des Wehrgangs in Richtung Torhaus. Ein Pfeil, abgeschossen von einem seiner Verfolger, verfehlte den Jungen nur um Haaresbreite.

»Ihr sollt ihn lebend fangen, ihr Maden!«, brüllte Uther quer über den Hof. Doch da schoss schon ein weiterer Pfeil über den soeben gestürzten Leon hinweg. »Hört sofort auf zu schießen! Ich brauche diesen Jungen lebend!« *Zumindest jetzt noch.* Aber das sagte er nicht. *Ich brauche dieses verdammte Buch. Und der Junge wird es bei sich haben.*

Uther rannte entlang des Wehrganges in Richtung Torhaus, um von dort zu Leon zu gelangen. Er würde ihm den Weg abschneiden, sollte er seinen Männern ein weiteres Mal entwischen. Sein dunkler Überwurf wallte im Laufen hinter ihm wie ein großer Schatten.

Leon hing in dreißig Fuß Höhe über dem Rand des Wehrganges und drohte jeden Moment abzustürzen. Gleich würden die Wachen bei ihm sein. Der Meister hatte sicher recht behalten. Leon war Alberts Schüler. Vielleicht sogar mehr als das. Und die beiden teilten mit Sicherheit einige Geheimnisse. Die Nische in der Wand, dort hatte er es versteckt. Albert wusste sehr genau, dass er verfolgt werden würde, sobald er einen Fuß vor das Tor der Burg setzte. Es wäre viel zu riskant, Gottfrieds Buch und damit den Hinweis auf den Aufbewahrungsort des Schattenwort-Manuskripts bei sich zu tragen. Albert musste also jemanden eingeweiht haben. Wen, wenn nicht Leon?

Aus einiger Entfernung sah Uther, wie sich eine der Wachen über Leon beugte, als der Junge plötzlich vornüberfiel. Uther erschrak und ballte die Fäuste. *Verdammt!* Aber schon im nächsten Moment versuchte er, sich selbst zu beruhigen: *Er wird das Buch Gottfrieds hoffentlich bei sich haben.* Und dann dachte er: *Wenn nicht, bin ich erledigt.*

Mit einem einzigen lauten Knall splitterten Holzschindeln und Dachsparren. Dann prallte Leons Körper hart auf den Boden des Stalls. Schmerz explodierte, und alle Luft entwich aus seinen Lungen. Einen schrecklichen Moment lang dachte Leon, er müsse ersticken. Doch dann kehrte sein Atem zurück. Mühsam kämpfte er sich auf alle viere und erkannte, dass ein kaum drei Fuß hoher Strohhaufen seinen Aufprall gemildert hatte. Über ihm klaffte ein Loch im Dach. Stöhnend stemmte er sich auf die Beine und bewegte seine Glieder. Seine Beine schienen unverletzt. *Ich muss hier weg!* Gehetzt sah er sich um. Einige Pferde schnaubten und bewegten sich unruhig. Im schwachen Schein einer brennenden Öllampe erkannte Leon das Pferd seines Bruders. Ein Percheron von gut drei Ellen Stockmaß. Schatten war sein Name. Das pechschwarze Tier legte die Ohren an, als Leon sich ihm näherte. Behutsam löste Leon den Strick, mit dem Schatten an einem Pfosten festgemacht war. Und so schnell, wie sein zerschundener Körper es erlaubte, band Leon nacheinander weitere Pferde los. Einer plötzlichen Eingebung folgend, warf er die brennende Öllampe in einen trockenen Strohhaufen. Sofort breitete sich ein Feuer aus. Die Tiere witterten den Brand und begannen zu wiehern.

Leon führte das Pferd seines Bruders an einen Schemel und stieg von dort aus auf den Rücken des großen Tiers. Als die Umrisse der ersten Männer im Eingang der Stallungen erschienen, schlug er einer neben ihm stehenden Stute mit der flachen Hand auf die Kruppe. Das Tier machte einen Satz nach vorn und sprengte den Männern im Eingang entgegen. Sie schwenkten ihre Arme wie verrückt, um die Tiere zurückzuhalten, und sprangen dann im letzten Moment zur Seite.

Durch den beißenden Brandgeruch und das entstandene Gedränge gerieten weitere Tiere in Panik. Auch sie stürzten nach vorn. Hinter ihnen schlug eine erste Stichflamme empor. Das Feuer hatte weitere mannshohe Strohhaufen erfasst und fraß sich nun mit einem Tosen durch die Schindeln des Daches.

Leon hörte die Rufe der Männer, verstand ihre Worte aber nicht. Er hörte draußen den Wind heulen, drinnen das Geräusch des Feuers. Dazu das Wiehern und Schnauben der Tiere. Jetzt trieb er sein Pferd an. Nach draußen. Vorbei an weiteren Männern, die nicht wussten, wohin sie ihre Aufmerksamkeit zuerst lenken sollten – zu den scheuenden Tieren, den um sich greifenden Flammen oder zu dem fliehenden Jungen. Im nächsten Moment war Leon auch schon im vorderen Burghof und lenkte das Pferd seines Bruders in Richtung des breiten Torhauses. Da schrie einer der Männer hinter ihm: »Dort drüben! Da ist er!« Der Mann zeigte mit dem Finger auf Leon. Ein Pfeil flog über den Hals des Pferdes.

»Hört auf zu schießen!«, gellte Uthers Stimme von der anderen Seite des Hofes.

Leon sah, dass das innere Fallgatter offen war. Er betete, dass dies auch für das äußere Gegenstück galt und außerdem die Zugbrücke dahinter heruntergelassen war. Doch im selben Moment, als er durch den Torbogen preschte, erkannte er die bittere Wahrheit. Das äußere Fallgatter war verschlossen! Seine Flucht war hier zu Ende. Leon riss die Zügel zurück. Schatten stieg auf die Hinterbeine und drehte sich ein paarmal tänzelnd um die eigene Achse. Das Echo der eisenbeschlagenen Hufe dröhnte im Torgang wie Gewitterdonner und verebbte schließlich. Sie saßen in der Falle.

❧

Der Vogt hatte den Jungen von Weitem zu Pferd in Richtung Torgang fliehen sehen. Im Laufen winkte er mehrere Wachen zu sich und befahl ihnen ein weiteres Mal, den Jungen auf jeden Fall lebend einzufangen.

Von links näherte sich Leons Bruder Richard in Begleitung zweier Wachen. Die Männer folgten Richard in respektvollem Abstand.

»Was wollt ihr von mir?«, rief Richard im Näherkommen. Er blieb direkt vor Uther stehen und hob trotzig das Kinn.

»Sind das die Worte, die sich Vogt und Ratgeber deines Onkels gegenüber geziemen?«, sagte der Kahlgeschorene statt einer Antwort. Uther schoss eine Idee durch den Kopf. Er wandte sich an die beiden Wachen: »Packt ihn und zwingt ihn auf die Knie!« Die beiden Angesprochenen sahen sich unschlüssig an. Es war, als habe man gerade von ihnen verlangt, einen Wasserfall abzustellen. Sie kannten den Jungen und dessen Fähigkeit zu kämpfen. Doch Richard stand entspannt vor Uther und sagte: »Was soll das, Uther?«

Der Vogt wendete sich ab und sah mit zusammengekniffenen

Augen zu Leon und in Richtung Torhaus. Die Wachen ergriffen derweil Richards Oberarme. Ein bisschen halbherzig. Richard wehrte sich nicht. Doch bevor erneut etwas gesagt wurde, drehte Uther sich um, griff mit einer schnellen Bewegung nach dem Schwert einer der Wachen und legte die geschärfte Spitze an Richards Kehle. An der Stelle, an der der Stahl die Haut Richards berührte, bildete sich ein Blutstropfen. Uthers Stimme gellte über den ganzen Hof:

»Leon, du Missgeburt! Ich habe hier jemanden für dich! Ergib dich den Wachen! Oder dein Hundsfott von einem Bruder wird schneller an meiner Klinge verenden, als du blinzeln kannst!«

❧

Schatten drehte sich im Kreis, während die ersten Wachen heraneilten. Von irgendwoher hörte er mit einem Mal jemanden rufen. Leon erkannte die Stimme Uthers. Aber er verstand die Worte nicht. Verzweifelt drückte er seinem Pferd die Schenkel in die Seite und lenkte es hinaus aus dem Torhaus, zurück in den vorderen Burghof. Leon wusste selbst nicht, warum er jetzt nicht einfach aufgab. Seine Flucht war zu Ende. Wohin sollte er sich nun noch wenden?

Da bemerkte er plötzlich eine winzige Bewegung im Schatten der Außenmauer. Philipp! Leons Herz machte einen Sprung. Der Burgunder gab Leon unterdessen ein Zeichen, ihm zu folgen, und verschwand gleich darauf in einer Pforte direkt neben dem Tor. Leon wendete und trieb Schatten in die Richtung, in die Philipp verschwunden war. Er ritt einfach durch die heranstürmenden Wachen hindurch. Sie stoben auseinander, als sie das große Pferd heranpreschen sahen. An der Stelle der Außenmauer, wo Leon Philipp zuletzt hatte verschwinden sehen, sprang Leon ab und zerrte Schatten am Zügel hinter sich her durch die kleine Pforte hindurch. Sie führte zu einem Gang. Dort wartete Philipp, verschloss den Eingang und legte den eisernen Riegel vor. Keinen Lidschlag später wurde von außen dagegengeschlagen. Wütende Rufe drangen gedämpft durch das schwere Holz der Pforte.

»Bist du in Ordnung?«, fragte Philipp.

Leon nickte und sah sich um.

Der Gang, in dem sie jetzt standen, verlief zwischen innerer und äußerer Burgmauer. Leon kannte ihn. Rudolfs Vater Albrecht hatte die zweite Burgmauer als zusätzliche Verteidigungsanlage errichten lassen, bevor er nach Palästina aufgebrochen war. In jener Zeit drohten die reitenden Horden des Ostens immer wieder über Ungarn in das Reich einzudringen. Leon und Philipp wandten sich nach links. Nach wenigen Schritten erreichten sie einen schmalen Durchgang zu ihrer Rechten. »Die Ausfallpforte. Komm, Leon!«

Der schmale Durchlass in der Außenmauer diente dazu, im Falle einer Belagerung überraschend einen Angriff auf die Feinde ausführen zu können. Von außen durch eine starke Stützmauer flankiert, war die Pforte vom Torweg aus nicht zu erkennen. Und eine leichte Senke direkt am Fuße der Burgmauer machte sie auch von der anderen Seite des Burggrabens nahezu unsichtbar.

Eilig entriegelte Philipp die schwere Pforte. Von innen war sie mit massiven Eisen beschlagen. Die Außenseite hatte man zur Tarnung mit flachen Steinen und Mörtel verputzt, sodass sie aussah wie das übrige Mauerwerk. Der Durchgang war gerade einmal mannshoch, und Leon musste den Kopf des Pferdes an den Zügeln nach unten zwingen, damit es hindurchpasste. Im nächsten Moment standen sie auf der anderen Seite im tiefen

Schnee. Der eiskalte Wind schnitt ihnen in die Haut und zerrte an Schattens Mähne.

»Verschwinde, Leon. Ich habe das Fallgatter blockiert. Niemand kann es innerhalb der nächsten Stunden heben.« Philipp sprach gehetzt.

»Danke, Philipp. Du riskierst dein Leben für mich.«

»Ich halte das, was dein Onkel dir und deinem Bruder angetan hat, für Unrecht. Rudolf ist nicht mehr Herr seiner Sinne. Irgendetwas frisst an seiner Seele und umwölkt seinen ehemals scharfen Verstand. Dein Bruder und ich sind Freunde. Und ich sehe, was meine Schwester für dich empfindet ...« Leon wollte etwas sagen, doch Philipp ließ ihn nicht zu Wort kommen. »Du darfst jetzt keine Zeit verlieren. Eines Tages sehen wir uns wieder. Dann erkläre ich dir alles.« Ohne ein weiteres Wort rannte Philipp zurück zur Pforte. Kurz darauf wurde die schwere Tür von innen zugedrückt.

Leon beeilte sich. Über einen großen Stein am Fuße der Außenmauer stieg er auf den Rücken des Pferdes. Sein Blick fiel auf den Burggraben. Das Eis auf dem Wasser wäre sicher stark genug, um das Gewicht von Pferd und Reiter zu tragen. Das Problem war die gegenüberliegende Böschung. Sie war steil und unter dem Schnee mit losem Geröll übersät. Zugleich böte er dort ein leichtes Ziel für die Bogenschützen, die zweifelsohne längst auf den Zinnen und Wehrgängen über ihnen in Stellung waren. Er lenkte das Pferd stattdessen nach links in Richtung Zugbrücke.

Da er keinen Sattel unter sich hatte, spürte Leon die starken Muskeln des großen Tieres unter seinen Schenkeln. Die Kraft des Pferdes flößte ihm neuen Mut ein.

Als sie die Zugbrücke fast erreicht hatten, ertönte hinter ihnen heftiges Poltern und Dröhnen. Die Ausfallpforte, durch die sie nach draußen gelangt waren, war nun endgültig verschlossen. Philipp hatte Wort gehalten und den Mechanismus ausgelöst, der die Pforte von oben mit Gestein verschüttete.

Plötzlich erklangen über ihnen Rufe und das Scharren von Eisen. Es war Leon, als könne er das Spannen der Bogensehnen beinahe körperlich spüren. Im nächsten Moment schoss auch schon ein erster Pfeil knapp über seinen Kopf hinweg. Weitere folgten und schlugen in das Holz der vereisten Zugbrücke oder prallten davon ab. Es bedurfte keines Zeichens. Schatten verstand. Der Hengst sprang mit einem gewaltigen Satz über die niedrige Mauer zwischen Torhaus und Brücke. Dann sprengte das Tier davon, hinaus in die Nacht und über das leuchtende Weiß der Straße.

An einem weit entfernten Ort löste sich eine zuvor unsichtbare Gestalt aus der Textur einer steinernen Mauer. Sie glitt in den Rücken eines sitzenden Mannes, der noch wenige Augenblicke zuvor lebendig, mit höchster Sorgfalt und der Reihe nach einige Öllampen entzündet hatte. Er hatte dies in der Absicht getan, sich nun einem uralten Dokument zu widmen. Einer Handschrift, geschrieben auf brüchigem Papyrus. Nicht ahnend, dass dies seine letzte Handlung im Leben sein würde. Denn er bemerkte den nahenden Tod in seinem Rücken nicht.

Die Gestalt hatte zuvor viele Stunden im Stillen gewartet. Bewegungslos wie der Stein der Mauer hinter ihr. Eins mit den Lauten und Gerüchen ihrer Umgebung. Unsichtbar für jedes Auge.

Jetzt sprang eine dünne Klinge aus ihrem Handgelenk hervor. Ohne einen Laut. Einen Lidschlag lang funkelte das Licht der Öllampen auf dem matten Metall. Hauchdünn ziselierte Linien und Zeichen waren darauf zu sehen. Die Gestalt verharrte. Nicht länger als einen Atemzug lang.

Die Klinge fuhr lautlos nach vorne in den Rücken des sitzenden Mannes und durchtrennte dessen Rückgrat zwischen zwei Wirbeln. Ein leises Knacken. Wie das Brechen einer dünnen Fischgräte. Ohne einen weiteren Atemzug zu tun, sackte der Mann zusammen.

Mit der Linken zog die Gestalt den Körper nach hinten und legte den Sterbenden lautlos am Boden ab. Kein Blutstropfen sollte das kostbare Manuskript besudeln. Während der sterbende Mann auf dem Rücken lag, sah er im schwindenden Licht zu der Gestalt über sich auf. Voller Verwunderung erblickte er eine silberne Maske. Es war eine verzerrte Fratze, wie sie der Darbietung einer antiken Tragödie entsprungen sein könnte. Der mimische Ausdruck des menschlichen Schmerzes und der Trauer. Grotesk und bedrohlich. Auch auf ihrer silbernen Oberfläche spiegelte sich das Licht der Öllampen. Kleine tanzende Punkte. Wie Irrlichter über einem silbernen Sumpf. Der Mann am Boden wollte etwas sagen, doch keine Silbe und kein Geräusch kamen über seine Lippen. Er konnte den Mund nicht öffnen. Mit einer langsamen, beinahe sanften Bewegung fuhr die Gestalt mit der Klinge über den unbedeckten Hals des Mannes. Von einer Seite zur anderen. So tief, dass dabei zugleich beide Halsschlagadern durchtrennt wurden. Blut drang hervor. Viel Blut. Seltsamerweise hielt die Gestalt mit der silbernen Maske nun die Hand des Mannes. Beinah zart. Und es war dem Mann, als könnte er für den Bruchteil eines Herzschlags lang ein Paar Augen hinter der Maske erkennen. Dunkle und zugleich traurige Augen.

Dann aber verschwand die Gestalt. Und mit ihr die kostbare antike Abschrift. Eine von nur vieren. Und auch darunter nur eine einzige, welche den Weg weisen würde. Zur ursprünglichen Schrift des Hermes Trismegistos. Und zu all der Macht, die seit Jahrhunderten darin verborgen lag.

Die Öllampen aber waren zerbrochen, und Feuer breitete sich aus.

Eisiges Land

Die Kälte biss zu, wie mit Zähnen aus Eis. Stunden nach der geglückten Flucht quälten sich Pferd und Reiter durch den schneidenden Wind. Immer wieder versperrten mannshohe Schneewehen ihren Weg, sodass Leon absteigen und Schatten mühsam am Zügel hinter sich herziehen musste, während er mit dem freien Arm einen Weg durch den lockeren Schnee grub. Finger und Fußspitzen waren wie taub, sodass Leon fürchtete, sie würden ihm abfrieren. Er hatte schon Erfrierungen bei Menschen gesehen, dunkle Stummel, schwarz wie Holzkohle. Leon versuchte, die Fäuste zu ballen und wieder zu öffnen. Es schmerzte höllisch.

Das freie Land vor der Burg war schon bald einem dichten Wald gewichen, und Leon folgte der Straße zwischen den verschneiten Bäumen in der Dunkelheit.

Irgendwann deutete das fahle Licht zwischen den schneebedeckten Wipfeln über ihm darauf hin, dass allmählich der Tag anbrach. Wieder begann es zu schneien. Immer wieder drehte er sich um, doch von seinen Verfolgern war nichts zu sehen. Längst musste das Fallgatter von der Blockade befreit und heraufgezogen worden sein. Leon fürchtete, jeden Moment das Schnauben von Pferden und das Kläffen der Hunde hinter sich zu hören, doch ihn umgab nur die tiefe Stille des verschneiten Waldes.

Er biss die Zähne zusammen und ritt mit gesenktem Kopf, denn der Wind nahm zu, weil der schützende Wald sich allmählich lichtete. Schließlich wichen die Bäume einem weiten, unbewaldeten Tal. In der Dämmerung war alles grau. Das Land und der Himmel. Leon war völlig durchgefroren, und sein Arm schmerzte. Wie gerne hätte er jetzt ein Feuer gemacht und sich einen Moment lang ausgeruht. Doch an Rast war nicht zu denken. Also trieb er Schatten an. »Komm, du braves Pferd«, flüsterte er zähneklappernd. Langsam ritt er hinab in die Ebene.

Leon fragte sich gerade, wie lange das Tier wohl so weitermachen könne, als er in einiger Entfernung Rauch aufsteigen sah. Das musste Wettingen sein. Eine kleine Ortschaft mit nur wenigen Bauernhöfen. Leon war als Kind einige Male dort gewesen, wenn bei einem Ausritt die Pferde getränkt werden mussten und die Männer die dortige Schenke aufsuchen wollten. Doch eine Rast konnte er nicht einlegen. Er fürchtete, die Dörfler könnten ihn aufhalten und später an Uther ausliefern. Er trug zwar noch immer das Wappen des Grafen, aber sein erbärmlicher Zustand würde bestimmt Verdacht erregen. Nein, er musste weiter.

Als er an den wenigen flachen Häusern vorbeiritt, sah er hier und da Männer und Frauen, die trotz der Kälte im Freien arbeiteten. Sie sahen dem Jungen erstaunt hinterher. Hier und da trafen ihn auch misstrauische Blicke. Das Dorf endete auf der anderen Seite an einer niedrigen Holzbrücke. Sie führte auf Stelzen über einen schmalen Fluss, dessen tiefschwarzes Wasser an den wenigen eisfreien Stellen zu sehen war. In der Mitte des Flusses befand sich ein breiter Spalt im Eis. Darin trieben Äste, gerade so, als gingen Hirsche mit verwitterten Geweihen am Grunde des Flusses.

Leon trieb Schatten auf die vereisten Bohlen der Brücke. Die

Hufe polterten über das gefrorene Holz. Kleine Mengen Schnee fielen hinab auf das Wasser und wurden davongetragen. Am anderen Ende der Brücke hielt er das Pferd an. Leon wusste selbst nicht, warum. Er hatte das unheimliche Gefühl, beobachtet zu werden. Er wandte sich im Sattel um und schaute zurück. Dann sah er die Gestalt. Ein Mann in dunklen Gewändern stand aufrecht in der Mitte des Dorfplatzes. Er blickte in seine Richtung. Sein Gesicht lag im Schatten einer Kapuze. Weißer Atem stand davor. Irgendetwas an seiner Haltung ließ ihn seltsam fremd erscheinen. Leon konnte nicht genau sagen, was es war. Aber bestimmt war er keiner der Bauern.

Da fiel Leons Blick auf zwei längliche Griffe, die über die Schultern der Gestalt ragten. Ein Dörfler, gerüstet mit Schwertern? Abgesehen davon, dass schon ein einziges davon einen unerschwinglichen Reichtum bedeutete, war es einfachen Leuten untersagt, Kriegswaffen zu tragen. Es musste also entweder ein reisender Soldat oder vielleicht der Dorfbüttel sein. Doch weder hatte Leon je davon gehört, dass Wettingen einen eigenen Büttel hatte, noch konnte er sich vorstellen, welcher wichtige Auftrag einen einzelnen Soldaten bei dieser Witterung auf die Straße trieb. Oder war er am Ende gar nicht allein unterwegs?

Plötzlich setzte sich die Gestalt in Bewegung und machte rasche Schritte in Leons Richtung. Der Junge beschloss, die Antworten auf seine Fragen besser gar nicht erst abzuwarten, drehte sich um und presste seine Schenkel in die Seiten des Pferdes. Schatten fiel sofort in einen leichten Trab. Der Schnee war hier durch viele Füße und Wagen platt und festgetreten. Leon war erleichtert, denn so würden sie besser vorankommen und das Dorf und den unheimlichen Mann schnell hinter sich lassen können. Einem Impuls folgend, drehte er sich noch einmal um und sah mit Schrecken, dass die Gestalt noch immer hinter ihm war. Doch jetzt rannte der Mann mit gesenktem Kopf und war dabei ungeheuer schnell. Das erschreckte Leon bis ins Mark.

Die Kapuze des Mannes rutschte im Laufen nach hinten, und Leon erblickte dessen Gesicht. Die Augen waren wie Schlitze geformt, und seine Haut war ungewöhnlich dunkel. Schatten fiel in einen leichten Galopp. Wieder drehte Leon sich nach dem Mann um. Noch immer rannte der Fremde. Doch dann, als er offenbar erkannte, dass er Leon so nicht würde einholen können, wandte er sich abrupt um und lief zum Dorf zurück. Leon konnte gerade noch sehen, dass er auf eine der Stallungen zulief und darin verschwand.

»Verdammt!« Es musste einer von Uthers Schergen sein. Leon trieb das Pferd weiter an, sodass sie schließlich im gestreckten Galopp davonritten. Schatten war ungeheuer schnell. Erst nach einer ganzen Weile wagte Leon es, erneut zurückzublicken. Niemand folgte ihm mehr.

Auch im weiteren Verlauf war die Straße weit weniger mit Schnee bedeckt als zuvor. Es wiesen einige Spuren darauf hin, dass am selben Morgen bereits andere Reiter und Karren in beiden Richtungen unterwegs gewesen waren. Leon atmete erst wieder auf, als das Dorf in der Ferne schon lange verschwunden und noch immer niemand hinter ihm aufgetaucht war. Dennoch nagte eine leise Furcht an ihm, und er sah immer wieder nach hinten, um sicherzugehen, dass der Mann ihm nicht mehr folgte. Der Fremde hatte etwas Seltsames an sich gehabt. Etwas Unaussprechliches. Grausames. Oder bildete er sich das alles nur ein?

Immerhin war ihm durch den schnellen Ritt nun sehr viel wärmer als zuvor. Seine Füße und Fingerspitzen pochten. Und Leon spürte, wie unendlich erschöpft er war. Die Wunde am rechten Unterarm, dort, wo ihn der Hund erwischt hatte, brannte wie Feuer. Seine gebrochene Nase war zugeschwollen. Beim Atmen taten ihm Brustkorb und Rippen weh. Doch er konnte auf keinen Fall anhalten. Wer auch immer der Fremde war, den Leon auf dem Dorfplatz gesehen hatte – er wollte ihm nie wieder begegnen.

⁊🟤

»Hrchonamkūl fas krātzak! Wie konntet Ihr den Jungen entkommen lassen?« Die Stimme des Meisters schnürte Uthers Gedanken ab. Uther hasste diese Stimme. Der Meister hatte auf Henochisch geflucht. Eine mächtige Sprache, deren Laute allein schon Seelenqualen verursachen konnten. Unter Gelehrten galt sie als die Sprache der Engel – der gefallenen unter ihnen. Sein Meister sprach mit der Stimme des Teufels.

»Gottfrieds Buch, das der Junge bei sich hat, ist unsere einzige verbliebene Spur, um den Aufbewahrungsort von Bernhards Abschrift herauszufinden. Wenn der Junge entkommt, ist sie verloren. Und damit finden wir auch keinen Weg zum Original, dem Schattenwort-Manuskript des Hermes Trismegistos.«

Als Uther nicht antwortete, zischte die Stimme: »Ist Euch das klar, Uther!?«

Der Vogt löste sich aus seiner Starre und sprach schnell: »Jemand muss ihm geholfen haben. Wahrscheinlich war es Albert selbst, der das alles so eingefädelt hat ... Er hat Leon Gottfrieds Buch gegeben.«

Der Meister schwieg. Jetzt, im hellen Licht des Tages, war zu erkennen, dass er einen schweren dunklen Umhang trug. Der Widerschein des Feuers in seinen Augen funkelte unter der tief ins Gesicht gezogenen Kapuze.

»Meine Leute werden ihn fassen«, beeilte sich Uther, seinen Meister zu beschwichtigen. »In dieser Nacht kann er nicht weit

81

gekommen sein. Wenn meine Männer ihn nicht rechtzeitig erreichen, wird er wahrscheinlich steif gefroren irgendwo in einer Schneewehe liegen. Er wird das Buch bei sich haben, sodass wir es endlich an uns bringen können.«

»*Wir?*«, flüsterte die Stimme des Meisters, und wieder lag etwas Lauerndes darin. »Das Buch gehört mir allein, Uther! Vergesst das nicht!«

»Natürlich, Meister«, pflichtete Uther ihm schnell bei. Seine Kehle wurde eng. Und wieder ärgerte er sich darüber, dass er seinen Meister so sehr fürchtete.

»Ich werde bis übermorgen bleiben«, fuhr die Stimme fort. Seid Ihr bis dahin weiter erfolglos, Uther, so werde ich wohl andere Pläne für Euch machen müssen. Ich werde in der Kanzlei Friedrichs gebraucht.«

»Ich werde den Jungen finden!«, sagte Uther rasch.

Kommandiert mich nur herum, dachte er aber bei sich. *Ich werde Euch das Buch zwar beschaffen, doch halte ich seit Wochen Schreiber bereit, die mir das Machwerk des alten Narren Zeile für Zeile kopieren werden. Meine Zeit wird kommen.*

Uther zuckte zusammen, als der Meister verächtlich schnaubte. Ihm wurde bewusst, dass die *Praesentia* seines Meisters ihn und seine Gedanken längst entlarvt hatte. *Er sieht in meine Gedanken!* Ohne ein weiteres Wort wandte Uther sich ab und verließ die Kammer mit schnellen Schritten. Erschrocken bis ins Mark.

Es dauerte eine Weile, bis er sich wieder etwas beruhigt hatte. Doch da fiel ihm ein, dass er gleich noch einen weiteren Herrn würde verärgern müssen. Er musste Rudolf berichten, was geschehen war. Und Rudolf würde ebenfalls nicht erfreut sein. Noch war der Graf nicht erwacht. Zumindest hatte er sich trotz des Lärms im Hof heute den ganzen Vormittag lang nicht blicken lassen. *Wahrscheinlich heult er wieder, wie ein Kind.* Uther würde ihm Zuspruch geben müssen, um ihn aufzurichten. Rudolf und die zu erwartende Königswahl waren für Uther und seine Pläne von großer Bedeutung. Rudolf musste sich zusammenreißen. Und er musste Cecile heiraten, um sich die Stimme des Erzbischofs von Trier zu sichern. Affäre hin oder her. Koste es, was es wolle. Uther würde Rudolf, genau wie bisher, dahin gehend beeinflussen können. Dessen war er sich sicher.

Wie Uther kurz darauf feststellte, war der Graf an diesem Morgen schon über die Vorgänge unterrichtet worden. *Nun ja, zwei brennende Gebäude im Innenhof der Burg kann selbst ein liebeskranker Narr nicht übersehen.* Merkwürdigerweise wirkte Rudolfs Reaktion auf die Flucht seines Neffen eher besorgt denn zornig.

»Was ist mit dem Jungen?«, fragte Rudolf, nachdem Uther in das Schlafgemach des Grafen getreten war und gewartet hatte, bis sein Herr sich erhob. Rudolf sah müde und ausgemergelt aus. Das hagere Gesicht mit der großen, hakenförmigen Nase ließ ihn wie einen gealterten Raubvogel wirken.

»Leon konnte mit Alberts Hilfe fliehen.« Ob Albert daran wirklich beteiligt war, wusste Uther zwar nicht, aber irgendeinen Schuldigen musste er ja nennen.

»Leon hat eine der Wachen ermordet, die Stallungen in Brand gesteckt und ist auf dem Pferd seines Bruders geflohen.«

»Ermordet?« Rudolf schien ernsthaft überrascht.

»Ja, er hat Giles umgebracht, um aus seiner Kammer zu entkommen. Danach hat er noch einen Eurer Hunde erstochen und die halbe Burg in Brand gesteckt. Offenbar hat er in Kauf genommen, dass wir hier alle im Feuer zugrunde gehen. Was leicht hätte geschehen können, hätten wir den Brand nicht sogleich gelöscht.« Eine Pause entstand.

»War er allein?«

»Ihr meint, ob sein Bruder Richard bei ihm war? Nein. Leon war allein. Aber noch jemand anders als Albert muss ihm geholfen haben. Das Fallgatter war blockiert. Richard kann es nicht gewesen sein.«

Richard war die ganze Zeit über eingesperrt gewesen, dachte Uther bei sich. Bis er ihn während Leons Fluchtversuch selbst hatte auf den Hof bringen lassen. Uther hatte Leon ein paarmal zugerufen, er würde seinen Bruder Richard umbringen, wenn er sich nicht ergäbe. Aber entweder hatte Leon ihn wirklich nicht gehört, oder sein Bruder war ihm gleichgültig.

Uther hatte Richard mit der scharfen Spitze des Schwertes eine blutige Wunde am Hals beigebracht. Eigentlich wollte er ihn sogar töten. Es wäre ein Leichtes gewesen, es hinterher so aussehen zu lassen, als habe Richard seinem Bruder zur Flucht verhelfen wollen. Und er, Uther, habe das durch sein Eingreifen verhindert. Aber gerade als er mit der Klinge zustoßen wollte, hatte eine der Wachen Richard nach hinten gezogen. Der Stoß war ins Leere gegangen. Der Moment war vorbei, und Uther hatte das Schwert einfach fortgeworfen. Um Richard würde er sich später kümmern.

Uther sah jetzt zu Rudolf, und ihm fiel auf, wie dünn der ohnehin schon hagere Graf geworden war. Sein kleiner Kopf mit der kantigen, langen Nase schien kaum noch von dem Gestell des Körpers getragen werden zu können, das sich unter seinem Brokatgewand verbarg.

»Kann es nicht der Junge selbst gewesen sein, der das Fallgatter hinter sich blockiert hat?«, wollte Rudolf wissen.

Uther schüttelte den Kopf. »Dafür hatte er keine Zeit. Jemand hat schon zuvor – bevor Leon dort ankam – die Zugwinden im Torhaus beschädigt. Meine Männer reparieren sie gerade. Leon ist nicht durch das Tor entkommen. Er ist durch die Ausfallpforte raus. Und die wurde offenbar unmittelbar danach durch den Mechanismus, den Euer Vater zur Sicherung dieses Weges hat anlegen lassen, verschlossen. Steine und Geröll. Auch das muss jemand von innen angestellt haben, nachdem Leon schon draußen war.«

Der Graf überlegte. Uther betrachtete ihn. *Wie erloschen er wirkt.* Rudolf hielt noch immer zu den Staufern. Er war, genau wie schon sein Vater, ein getreuer Gefolgsmann Friedrichs. Rudolfs Vater Albrecht hatte ihn, seinen ältesten Sohn, auf Anraten Alberts schon 1238 vorsorglich zu seinem Nachfolger ernannt. Albrecht kehrte darauf nicht mehr vom Kreuzzug zurück. Ebenso wenig wie sein Bruder Hartmann, der Vater von Leon und Richard. Angeblich starben beide irgendwo im Staub vor Askalon. Das hatte zumindest Albert berichtet, der als Einziger von dort zurückgekehrt war. Jedenfalls war mit dem Verschwinden der beiden nächsten Verwandten das Amt damit auch offiziell auf Rudolf übergegangen.

Gleich in seinen ersten Tagen als neuer Graf hatte Rudolf sich auf den beschwerlichen Weg über die Alpen gemacht. Bis nach Faenza ging die Reise, die nur dem Ziel galt, sein Reichslehen durch seinen Patenonkel Kaiser Friedrich persönlich in Empfang zu nehmen. *Das hätte er nicht tun müssen,* dachte Uther und erinnerte sich an die Strapazen bei der Überquerung des St. Gotthard. Aber Rudolf war ein Mann der Prinzipien.

Selbst nachdem der Papst den Kaiser im letzten Sommer abserviert hatte, sagte Rudolf sich nicht von ihm los. Innozenz hatte Friedrich auf dem Konzil von Lyon als Kaiser abgesetzt und mit dem Kirchenbann belegt. *Wenn Rudolf so weitermacht, wird er wohl selbst noch eines Tages exkommuniziert. Und dann landet er in der Hölle.*

Rudolf hatte gleich in den ersten Tagen seiner neuen Stellung als Graf damit begonnen, bei seinen Nachbarn aufzuräumen. Die Tiefensteiner, mit denen schon sein Vater Albrecht seit Jahren in Fehde lag, waren die Ersten gewesen. Nach einer recht unerfreulich verlaufenen Belagerung der Burg Tiefenstein war es am Ende Uther gewesen, der Rudolf zu einer List geraten hatte. Der Vogt war als Unterhändler Rudolfs aufgetreten und hatte den dickwanstigen Hugo davon überzeugen können, einer Verhandlung mit Rudolf außerhalb der Burg Tiefenstein beizuwohnen. Es sollte das Fehderecht gelten, nach dem ein Mann, der sich auf dem Weg zu einem Gericht befand, nicht angegriffen werden durfte.

Man hatte Hugo aber trotzdem erschlagen. Einfach so. Ohne auch nur einen Augenblick lang zu zögern. Und seine Männer gleich mit. Auch das war Uthers Idee gewesen. Damit war die Sache mit den lästigen Tiefensteinern aus der Welt. Man hatte die freien Bauern vertrieben oder ebenfalls gleich erschlagen und die Burg einem Truchsess übergeben.

»Wohin kann er sich wenden?«, fragte Rudolf und unterbrach damit Uthers Gedanken.

»Was meint Ihr?«

»Ich meine, wohin sollte mein Neffe gehen? Er hat sich kaum je weiter von dieser Burg entfernt als bis nach Wettingen. Was könnte das Ziel seiner Flucht sein? Meint Ihr, er wendet sich nach Hause? Zur Burg meines Bruders?«

Empfand der Graf so etwas wie Mitgefühl für den Jungen? Nach allem, was geschehen war? Vielleicht war es ja gar nicht die Liebestorheit, die Rudolf in einen Zustand dumpfen Brütens geworfen hatte. Vielleicht hatte er ja um seinen Neffen geweint? Zugegeben, Rudolf hatte große Zuneigung für seinen neunmalklugen Neffen gezeigt. *Vor* der Affäre mit Cecile. Hatte der harte Kämpfer am Ende doch ein weiches Herz?

»Ich weiß es auch nicht«, antwortete Uther. »Zu Hause ist er nach dem Tod seines Vaters und seiner Mutter nie mehr gewesen. Leon kennt dort niemanden. Aber er hätte dort wohl das Recht, als Zweitgeborener um Zuflucht zu bitten. Ich habe Kontaktleute dort. Sollte Leon dort auftauchen, werde ich es schon bald wissen. Ich selbst denke aber nicht, dass der Junge diesen Weg einschlägt. Ich denke, er geht nach Süden. Albert hatte hier und da mal etwas davon erwähnt, Leon an die Schule der Redner in Sankt Gallen zu empfehlen. Vielleicht ist er dieser Empfehlung gefolgt.« *Und wird hoffentlich nie dort ankommen*, dachte Uther.

»Ich weiß«, nickte Rudolf. »Albert hat mich mehrfach um die Erlaubnis ersucht, den Jungen dort anmelden zu dürfen. Aber bis Sankt Gallen sind es viele Tagesreisen. Bei dieser Kälte und noch zudem allein scheint mir das doch ein sehr großes Wagnis zu sein.«

»Ihr habt recht, Herr. Vielleicht kommt er aber auch irgendwo bei den Bauern unter und wartet, bis es wieder wärmer geworden ist. Ich habe meine Männer ausgesandt, um ihn aufzuspüren. Und ich bin mehr als zuversichtlich, dass sie Erfolg haben werden. Ihr werdet sehen, wir werden Leon vielleicht schon heute Abend wieder hier bei uns wissen.«

»Der Junge muss sehr verzweifelt sein«, sagte Rudolf nach einer Pause. Er wirkte nachdenklich.

Was erwartet Ihr denn?, dachte Uther spöttisch. *Dass Ihr ihn erst halb totpeitschen lasst und er dann fröhlich mit Euch weiter disputiert und plappert wie gehabt?* Von Gottfrieds Buch und den Befragungen des Jungen, die er veranlasst hatte, gestand er Rudolf natürlich nichts.

»Mit Eurer Erlaubnis ... wenden wir uns für einen Augenblick den wichtigen Dingen zu«, sagte Uther und stellte die Frage, derentwegen er zu Rudolf gekommen war. »Was geschieht mit Cecile und Eurer geplanten Vermählung?«

Rudolf sah zur Seite in die Glut des Kaminfeuers und antwortete nicht.

»Ich rate Euch dringend, sie trotz aller Umstände anzugehen«, sagte Uther. Ceciles Eltern hatten sicher längst erfahren, dass es hier Probleme mit der Hochzeit gegeben hatte. Ceciles Brüder, Philipp und Odo, würden es ihren Eltern berichtet haben. Und dennoch wollte Uther nicht aufgeben. Die Hochzeit war eine wichtige Allianz und eine Möglichkeit, Einfluss auf die Entscheidungen der Burgunder und damit vielleicht sogar des Frankenreichs zu erlangen. Die Burgunder waren Nachbarn und nicht immer gute Verbündete gewesen. Das bedeutete Gefahr. Eine Verbindung dieser beiden Häuser würde nicht nur Rudolf helfen, sondern auch bei den künftigen Auseinandersetzungen mit seinen Nachbarn einen entscheidenden Vorteil bieten.

Gelänge der Bund mit den Burgundern, würden sich die Grafschaften Heiligenberg, Hohenberg, Nellenburg und die Markgrafschaft Freiburg sicher friedlicher verhalten als bisher. Wenn Rudolf erst einmal damit beginnen würde, sein zerstückeltes Reich nach und nach zu einem zusammenhängenden Territorium auszubauen, würde man obendrein ein Eingreifen der Burgunder in Zukunft nicht weiter befürchten müssen. Es würde damit ja zugleich das Reich einer ihrer Töchter vergrößert werden. *Rudolf muss Cecile heiraten! Nur dann kann er sich der Reihe nach die angrenzenden Gebiete im Süden sichern.* Dazu gehörte auch das Bistum Sankt Gallen, auf dessen Grund sich die Schule der Redner befand. Und in diesem Umstand lag der eigentliche Grund für Uthers Bestrebungen.

»Wie denkt Ihr darüber?«, versuchte er es erneut.

Rudolf aber sagte nichts. Stattdessen versank er in abwesendes Schweigen und bemerkte nicht einmal, dass Uther sich wenig später leise entfernte.

Leon fror bis auf die Knochen. Noch immer hatte er keinen Ort gefunden, an dem er sich auch nur für kurze Zeit hätte verstecken können. Nachdem er sich mit Schatten eine halbe Nacht ohne Schlaf und fast einen ganzen Tag durch Schnee und Eis in Richtung Osten gekämpft hatte, fühlte der Junge nur noch tauben Schmerz. Mit Blick auf seine Wunden war das beinahe ein Segen. Doch lange würde sein Körper dieser Kälte nicht mehr standhalten. Er musste einen Unterschlupf finden. Dringend. Doch mittlerweile war er nicht einmal mehr sicher, ob er überhaupt noch auf der Straße war. Es schneite immer noch. Schon seit Stunden. Zunächst waren es nur einzelne Flocken gewesen. Doch schließlich tanzten Millionen weißer Punkte in Schwaden vor seinen Augen und nahmen ihm und seinem Pferd die Sicht.

Nicht stehen bleiben … Nicht … stehen bleiben … Leons Körper zitterte erbärmlich. Hin und wieder blieb Schatten mit den Hinterläufen unter dem Schnee an irgendetwas hängen und musste sich mit ruckartigen Bewegungen befreien. Leon betete, dass sich das kräftige Tier dabei nicht verletzte. Er fürchtete wahrscheinlich mehr den Verlust eines Gefährten als den eines Pferdes. Zumindest ein Gutes hatte der fallende Schnee. Er würde irgendwann ihre zurückliegenden Spuren bedecken.

So schleppten sie sich mühsam vorwärts. Am Nachmittag, Leon hatte jegliches Zeitgefühl verloren, wurde der Schneefall etwas schwächer. In unregelmäßigen Abständen drang Licht durch die weiße Wand von fallenden Schneeflocken. Das Heulen des Windes ließ ein wenig nach.

Mit einem Mal hörte Leon ein seltsames Flüstern. Wie Geisterstimmen, nicht weit entfernt zu seiner Rechten. Lautlos befahl er Schatten stehen zu bleiben. Das Pferd gehorchte. Schatten hatte beide Ohren aufrecht gestellt und drehte sie nach allen Seiten. Das Tier witterte Gefahr. Leon rutschte vom Rücken des Pferdes und landete hüfttief im Schnee. Sein Pferd am Zügel hinter sich herziehend, kämpfte er sich nach links, weg von den Stimmen. Angestrengt horchte er in das Heulen des Windes hinter sich.

Da waren sie wieder. Tatsächlich Stimmen! Der Wind wehte sie in leisen Fetzen heran. Die weiße Wand hob sich kurz, und Leon sah schemenhafte Gestalten. Sie gingen so wie Leon zu Fuß und führten ihre Pferde am Zügel mit sich. Mindestens ein Dutzend waren es. Kaum zwanzig Schritte entfernt! Leon hielt den Atem an. Sie hatten ihn eingeholt. Doch im dichten Schneefall konnten sicher auch sie kaum etwas sehen. Zumal sie sich auf der dem Wind zugewandten Seite parallel zu ihm bewegten. Auch wurden die Geräusche vom Wind in die andere Richtung getragen. Vielleicht hatte er eine Chance. Doch kurz darauf brach jede Hoffnung zusammen, denn er hörte mit einem Mal das Bellen von Hunden. *Verdammt!* Verzweifelt wandte er sich zu seinem Pferd und zog sich auf dessen Rücken. Im selben Augenblick riss der Schleier aus Schnee zwischen ihm und seinen Verfolgern so weit auf, dass er zu seiner Linken mindestens sechs weitere Männer erkennen konnte. Sie hatten ihm eine verdammte Armee hinterhergeschickt. Zwischen den Männern drangen die Hunde durch den tiefen Schnee. Ein Ruf war undeutlich zu hören. Ein Mann schien in Leons Richtung zu deuten. Man hatte ihn entdeckt.

»Verflucht!« In Leon stieg Panik auf. Er trieb Schatten dazu an, sich schneller zu bewegen. Doch das Pferd kam nicht recht voran. Vielleicht war es auch einfach zu erschöpft. Im nächsten

Moment senkte sich der dichte Vorhang aus Schnee wieder. Leon hatte gerade noch sehen können, dass mindestens vier der Männer auf ihre Pferde gestiegen waren und sich jetzt durch den hohen Schnee in seine Richtung pflügten. Er gab Schatten die Fersen und flüsterte: »Lauf, Schatten, lauf um dein und mein Leben!« Das Pferd versuchte vorwärtszukommen. Doch es schien in dem hohen Schnee festzustecken. Mühsam schob sich das Pferd voran.

Mit einem Mal waren noch mehr Rufe zu hören. Mit dem Gebell der Hunde im Rücken schob sich Schatten gehetzt durch den Schnee. Blindlings in irgendeine Richtung, nur weg von den Verfolgern.

Plötzlich wurde der Schnee flacher. Sie schienen auf eine Art Ebene oder Feld gelangt zu sein. Der Boden war hier gefroren und hart. Schatten kam nun rascher voran. Das Pferd ging erst in den Trab und fiel schließlich in einen gestreckten Galopp. Minuten vergingen. Manchmal schlug der Hengst seitlich aus, und Leon hatte Mühe, sich ohne Sattel auf dem Rücken des jetzt wie wild ausgreifenden Pferdes zu halten. Plötzlich traf Leon ein Schlag von hinten an der linken Schulter. Schmerz loderte auf, und für einen kurzen Moment wurde ihm schwarz vor Augen. Er drohte auf Schattens Rücken den Halt zu verlieren und krallte sich umso fester in die Mähne des Tieres. Mit dem Oberkörper neben dem Hals des Hengstes ritt er durch Wolken von Schnee in eine absolute Lautlosigkeit. Eine übernatürliche, gedämpfte Stille, in der außer dem Schnauben des Tieres nichts zu hören war. Leon spürte die Muskeln und die Bewegung des starken Körpers unter sich.

Da dröhnte es mit einem Mal unter ihnen. Und da, noch einmal. Leon erschrak. Er konnte das Geräusch nicht einordnen. *Was ist das?* Es klang wie das Echo einer gewaltigen Trommel.

Da, wieder! Jetzt folgten ein Knacken und Knirschen, das sich von ihrem Standort auszubreiten schien. Das Schneetreiben war so stark, dass Leon nicht einmal in der Lage war, das Ende seines ausgestreckten Armes zu erkennen. Leon fasste die Zügel des galoppierenden Pferdes fester und zog daran, so gut es ging. Schatten wurde langsamer, trabte und verfiel schließlich in einen leichten Schritt. Das Pferd schnaubte und schien jetzt endgültig am Ende seiner Kräfte angelangt. Leon spürte, wie das Tier am ganzen Leib zitterte. Gleichzeitig verlangsamte sich das Knacken und Dröhnen unter ihnen. Es schien ein Echo ihrer Schritte zu sein. Ein Gedanke kroch in Leons Kopf und wurde auf einen Schlag zur Gewissheit. Das knackende Geräusch unter ihnen war hartes Eis! Sie waren auf einen See oder einen Fluss geritten. In Panik betete Leon, dass das Eis dick genug sein würde. Wie zur Antwort ertönte ein weiteres, diesmal deutlich lauteres Knacken, und Schattens rechter Vorderlauf gab ein bisschen nach. Leon dachte an den nicht vollständig zugefrorenen Fluss bei Wettingen. Die vielen schwarzen Stellen, an denen das Wasser noch frei floss. Er hoffte, dass es sich hier um einen See handelte. »Kein Fluss, bitte kein Fluss!« Er hielt das Pferd an und glitt behutsam von dessen Rücken. Und tatsächlich – unter ihm befand sich hartes Eis. Er konnte die glatte Oberfläche unter seinen Füßen spüren.

Ein heiseres Bellen durchschnitt die gedämpfte Stille hinter ihnen. Kurz darauf folgte ein Hecheln, das im weißen Schneegestöber näher kam. Schatten witterte den Hund und stieg auf die Hinterbeine. Die Zügel entglitten Leons tauben Händen. Schon war das Pferd davongesprungen und unmittelbar darauf im dichten Weiß verschwunden. Leon hörte das Dröhnen. »Schatten! Nein!«, rief er so laut, wie er es gerade wagte. Das Hecheln kam näher. Dann erklang ein Rufen dicht hinter ihm.

»Hier ist er!« Leon warf sich zu Boden und schlug auf das harte Eis. Und wieder ertönte ein Knacken. Ein Echo, jetzt aus der Richtung, in die Schatten davongesprungen war. Doch nun war außerdem ein leises Rauschen und Gurgeln hinzugekommen.

»Hier entlang!«, rief eine raue Stimme. Seine Verfolger waren ihm dicht auf den Fersen. Panisch und auf allen vieren kroch der Junge vorwärts über das Eis. Plötzlich griff seine rechte Hand in eiskaltes Wasser. Er konnte sich gerade noch abfangen, um nicht im nächsten Moment hineinzurutschen. *Eine Rinne!* Jetzt hörte Leon deutlich das Gurgeln der Strömung. *Es ist ein Fluss! Verdammt!* Das Schneetreiben lichtete sich für einen Moment, und er erkannte die Schwärze des rasch dahintreibenden Wassers. Direkt vor ihm. Zehn oder zwölf Meter breit. *Zu breit!* Sein Denken setzte aus. Er schob sich nach rechts und glitt seitwärts, während er sich mit starren Fingern in seinem nassen Handschuh am Rand des Eises entlangtastete. Im nächsten Moment platschte links von ihm, an der Stelle, an der er gerade eben noch gelegen hatte, etwas in den Fluss. Wasser spritzte auf. Gleich darauf schwoll ein erbärmliches Jaulen und Winseln an. Einer der Hunde war vom Schwung seines eigenen Laufes in den Fluss gestürzt und wurde von der Strömung fortgerissen. Wieder ertönten Rufe. Das Winseln entfernte sich nach links, während Leon sich entlang der Kante weiter nach rechts schob.

Hinter sich konnte er jetzt einzelne Worte verstehen. »Halt! Hier! Eine Rinne! Eine der Tölen hat's erwischt!« Eine andere Stimme rief: »Passt auf, wo ihr hintretet!«

Leon hielt den Atem an. Der Schneefall ließ unmerklich nach.

»Er muss hier irgendwo sein! Verteilt euch!«, rief eine weitere Stimme.

Wieder ein Knacken und Splittern von Eis. Gleich darauf ein Schrei. Einer der Männer musste eingebrochen sein. Rufe erschallten. Übertönt vom Heulen des Windes. Leon kroch auf dem Bauch weiter. Vollkommen erschöpft. Fort von den Rufen. Was war mit Schatten? Das Pferd war genau in Richtung der Rinne davongestürmt. Verzweifelt schloss der Junge seine Augen. *Nicht Schatten!* Plötzlich erklangen die Rufe nicht mehr nur von links, sondern auch unmittelbar rechts von ihm. Sie hatten ihn in der Zange.

Tränen der Wut schossen ihm in die Augen. Doch schon einen Moment später war Leon seltsam gefasst. Er war jetzt einfach liegen geblieben. Bäuchlings auf dem kalten Eis. Eine sonderbare Ruhe überkam ihn. Alle Geräusche schienen gedämpft. Er sah seinen Bruder vor sich. Richard. Lachend. Eine seltsame Form von Einsicht nahm von Leons Gedanken Besitz. Seine Flucht war hier zu Ende. Endgültig. Ein paar erschöpfte Atemzüge lang blieb er noch liegen. Dann richtete er sich langsam auf und drehte sich zu seinen Verfolgern um. Das Eis unter seinen Füßen knirschte.

»Hier … hier bin ich«, rief er schwach und machte einen Schritt durch das dichte Schneetreiben auf die Schemen seiner Verfolger zu. Beinahe wäre er ausgerutscht.

Der Schlag, der Leon im nächsten Moment aus dem Nichts traf, saugte alle Schmerzen auf. Alle Kälte. Alle Geräusche. Alles Licht. In der plötzlichen Leere wurde Leons Körper nach hinten gestoßen. Er taumelte, versuchte irgendwie auf den Beinen zu bleiben. Ein Fuß glitt aus, und er stürzte. Rücklings. Hinein in die Schwärze der reißenden Strömung.

Richards Brust zog sich zusammen. Eine seltsame Kälte überkam ihn. Er fühlte einen Schmerz. Beinahe so, als habe ihn gerade jemand gestoßen. Verwirrt sah er sich nach einem Angreifer um. Doch er war allein in seiner Kammer. Die Wachen Uthers hatten ihn dorthin zurückgebracht, nachdem der Vogt offenbar eingesehen hatte, dass er ihn nicht als Druckmittel gegen Leon hatte einsetzen können. Zumindest im Augenblick nicht. Richard rieb sich den Nacken. *Jetzt fange ich schon an, Geister zu sehen!* Er tastete nach der Schnittwunde an seiner Gurgel. Das Blut war bis auf wenige Stellen getrocknet und bildete eine gerade Linie aus feinem Schorf unterhalb seines Kinns. Richard fragte sich erneut und bestimmt zum hundertsten Mal, ob Leon unten im Torgang die Drohung Uthers, ihn umzubringen, einfach nicht gehört hatte. Oder ob er tatsächlich den Tod seines Bruders für das Gelingen der eigenen Flucht in Kauf genommen hatte. *Und warum hat er zuvor nicht versucht, Kontakt mit mir aufzunehmen? Wir hätten gemeinsam fliehen können. Zu zweit ist es da draußen weitaus sicherer als allein.* Hatte ihn sein Bruder im Stich gelassen?

Richard versuchte, diesen Gedanken zu verjagen. Zu so einer Tat wäre Leon nicht in der Lage gewesen. Eher hätte Leon sein eigenes Leben für das seines Bruders gegeben. Aber aus irgendeinem unerklärlichen Grund ließ sich der nagende Zweifel in Richard nicht ganz abschütteln. Richard wurde ärgerlich über sich selbst, weil er so über seinen Bruder dachte. Aber dann, nach einer Weile, seufzte er nur und warf sich rücklings auf die mit Fellen bedeckte Bettstatt. *Ich muss nachdenken. Und ich muss hier schleunigst raus. Leon braucht meine Hilfe.* Die Vorstellung, dass sein kleiner Bruder dort draußen verloren durch die Kälte zog, schnürte ihm die Brust ein. *Wenigstens ist Schatten bei ihm.*

Richard hatte sein Pferd in der Dunkelheit des Torhauses erkannt und wusste, es würde Leon nicht im Stich lassen. Bei dem Gedanken an den Hengst wurde er zugleich ein bisschen wütend. *Schatten ist mein Pferd.* Richard konnte sich nicht dagegen wehren, dass ein wenig Zorn auf seinen Bruder in ihm hochkam.

Richard hatte eine besondere Beziehung zu diesem Pferd. Sie waren wie Seelenverwandte. Seit er das Tier bei einem Wettkampf gewonnen hatte, waren sie unzertrennlich. Kein Tag war seitdem vergangen, ohne dass Richard und Schatten viele Stunden lang draußen unterwegs gewesen waren. Richard liebte diesen Hengst. Er war wie ein weiterer Bruder, und die Vorstellung, dass sich Schatten jetzt immer weiter von ihm entfernte, verursachte fast körperliche Schmerzen.

Was sollte er jetzt tun? Er konnte unmöglich hier auf der Burg herumsitzen und Däumchen drehen. Am Ende würde man ihm etwas anhängen. So wie seinem Bruder zuvor. Denn das war es, was Uther getan hatte. Der Vogt hatte behauptet, Leon habe das Mädchen Cecile mit Magie und Worten verführt und sich so an der zukünftigen Frau seines Onkels, des Grafen, vergangen. Richard wusste, dass diese Vorwürfe nicht ganz unbegründet waren. Bis auf das mit der Magie. Die beiden hatten sich einfach Hals über Kopf ineinander verliebt. Und Leons besondere *Praesentia,* die er zuletzt in Alberts Unterricht geübt hatte, war bestimmt auch mit im Spiel gewesen. Aber das konnte außer Richard und Albert niemand wissen. Richard wunderte sich darüber, dass man seinem Bruder, einem Jungen von sechzehn Jahren zutraute, Magie auszuüben. Ihr Onkel Rudolf war jedoch außer sich vor Zorn, als die Affäre schließlich aufgeflogen war. *Wie blind Männer werden, wenn sie in ihrer Eitelkeit gekränkt sind.*

Richard fragte sich ohnehin, was Rudolf mit dem jungen Küken selbst hätte anfangen sollen. Sicher, Cecile war von großer Schönheit. Doch die Entscheidung, sie zu Rudolfs Frau zu machen, hatte rein politische Beweggründe. Das wusste jeder.

Man wollte sich den Einfluss ihrer Sippe sichern. Und einen nachbarlichen Frieden begründen. Schon bald würde ein neuer König gewählt werden. Rudolf brauchte jede Stimme im Reich. Einen neuen Stauferkönig würde es wohl so bald nicht mehr geben. Die Zeit der Staufer war so gut wie vorbei. Friedrichs Sohn Heinrich würde wohl vorerst der letzte von ihnen sein. Beide hatten sich mit Papst und Kirche überworfen. Aber die Zeit der Leere, in der kein neuer König gewählt war, *musste* beendet werden. Schon jetzt gab es mit Wilhelm von Holland und Heinrich Raspe mächtige Konkurrenten, die dem Hause Habsburg schaden konnten. Und beide versuchten, ihren Anspruch durch Verhandlungen mit den Kurfürsten zu untermauern. Man würde sich beeilen müssen. Wer konnte es da einem aussichtsreichen Kandidaten wie Rudolf verdenken, seine Position durch eine geschickte Heirat mit einer Tochter des Hauses Burgund zu verbessern?

Doch es schien, als habe sich sein Onkel nach der Ankunft Ceciles und ihres Hofstaates ernsthaft in das junge Mädchen verliebt. Sie musste für ihn der Inbegriff von Jugend und Schönheit sein. *Ob er sich jünger fühlt, weil sie jung ist? Jugend, nach der er sich sehnt, und Schönheit, deren Abglanz er sich für sein neues Amt als Oberhaupt des Hauses Habsburg wünscht? Durch die Königin an seiner Seite?*

Ein Klopfen an der Kammertür unterbrach Richard in seinen Gedanken. Er seufzte. *Sicher ist das Uther!* Er entschloss sich, nicht zu antworten. Gleich darauf klopfte es jedoch erneut, und eine vertraute Stimme rief: »Nun mach schon auf, du Holzkopf! Oder hast du dich aus Angst vor Uthers Trotteldienern unterm Bett verkrochen?« Es war Philipps Stimme. Und einer zweiten nach zu urteilen, die jetzt kicherte, war sein Bruder Odo bei ihm. Cecile war ihre gemeinsame Schwester, und sie waren mit ihr im vergangenen Jahr hierher an Rudolfs Hof gekommen. Als es daranging zu heiraten. Doch das war nun bestimmt Schnee von gestern, und Richard fragte sich, weshalb die beiden Brüder noch immer hier waren. *Ob Cecile auch noch da ist?* Vielleicht hielt sein Onkel sie gefangen, um die Stimme ihrer Familie im Rat der Kurfürsten zu erpressen. Burgund war ein mächtiges Reich und ließ sich bestimmt nicht so leicht unter Druck setzen. »Nun mach schon auf!«, kam es von der Tür. Gleich darauf hämmerte jemand dagegen.

Richard seufzte und erhob sich. Er öffnete den Riegel und zog die Tür auf. Vor ihm standen die beiden Burgunderbrüder und grinsten.

»Hast du noch schnell die Hosen gewechselt, damit wir ein kleines Malheur nicht zu sehen bekommen?«, lachte Odo, wurde aber gleich ernst, als er die Wunde an Richards Hals sah. »Putain! Was hat der verdammte Teufel mit dir gemacht?«

Statt eine Antwort zu geben, sah Richard an den beiden vorbei auf eine am Boden liegende Wache. Philipp folgte seinem Blick und zuckte mit den Schultern.

»Kommt, packt mal mit an!«, sagte Odo. »Der Kamerad hier hat sich in den letzten Jahren wohl mehr beim Essen hervorgetan als beim Wachehalten.« Zu dritt hoben sie den beleibten Mann auf und schleppten ihn ins Innere der Kammer.

»Ist er tot?«, fragte Richard besorgt.

»Mitnichten, mein Freund. Er wird von Odos Schlag zwar morgen einen mächtigen Kater haben, aber ansonsten bald schon wieder wie ein junges Reh über Feld und Wiesen springen.«

Richard musste angesichts dieser Vorstellung grinsen. »Wohl eher wie ein entsprungener Speckknödel.« Der Mann war wirklich fett wie ein Fass. Sie lehnten ihn halb aufrecht mit dem

Rücken an den Bettkasten und banden ihm zur Sicherheit Hände und Oberarme vor dem dicken Wanst zusammen.

»Was wollt ihr?«, fragte Richard schließlich.

»Du musst hier raus. Und zwar schleunigst«, antwortete Philipp. »Dein Bruder ist geflohen. Und Uther, die Schlange, wird seinen Gram darüber an dir ausleben.«

»Oder Rudolf wird dich als Unterpfand benutzen, um deine Sippe zur Herausgabe deines Bruders zu bewegen«, ergänzte Odo.

»Eure Sorge rührt mein Herz«, sagte Richard und lächelte. »Aber erstens glaube ich nicht, dass Leon nach Hause fliehen würde. Zweitens wird das ein bisschen schwierig mit dem Erpressen meiner Sippe.«

»Wieso?«, wollte Odo wissen.

»Nachdem unsere Eltern gestorben waren, lehnte es unsere Sippe ab, für uns zu sorgen. Allein unser Onkel, Rudolf, trat für uns ein. Und der wird sich ja wohl nicht selbst erpressen wollen.«

Philipp nickte.

»Ich bin trotzdem froh, dass ihr gekommen seid«, sagte Richard. »Mich hält hier nichts.«

Er wandte sich um und begann, in der Kammer herumzulaufen und ein paar Sachen in einen Beutel zu stopfen. Es bedurfte keiner weiteren Überlegung mehr. Er hatte beschlossen, diese Gelegenheit zu nutzen. »Ich muss meinem Bruder folgen. Er braucht meine Hilfe. Und wenn ich dabei noch ein paar von Uthers Schergen verbläuen kann, ist mir das auch recht.«

»Wir kommen mit dir. Deshalb sind wir hier.« Richard hielt in der Bewegung inne und drehte sich zu den beiden Brüdern um.

»Das geht nicht. Was wird dann aus Cecile?«

»Wir beide können im Augenblick nichts für sie tun. Wir haben mit ihr gesprochen, und auch sie selbst sagt, sie sei froh, uns nicht hier in der Hand Rudolfs zu wissen. Offenbar hat auch unser Vater zu Hause in Burgund Gerüchte gehört. Von der Bestrafung Leons. Vielleicht hat auch Uther seine Finger im Spiel. Die Hochzeit ist nämlich offiziell noch immer geplant, und ich kann mir vorstellen, dass das ganz und gar nicht in Uthers Sinne ist.«

»Wieso nicht?«, wollte Richard wissen.

»Kommt die Heirat nicht zustande, würde das eine Schwächung von Rudolfs Sache bedeuten. Odo und ich glauben schon seit geraumer Zeit daran, dass Uther insgeheim auf der Seite der Welfen steht. Er ist hier als deren Spion und einflussreicher Ränkespieler. Die Sache mit Leon und Cecile kam ihm deshalb sehr zupass.«

»Du meinst, Uther will die Hochzeit verhindern?«

»Um jeden Preis.«

»Unser Vater ist mit einer kleinen Streitmacht auf dem Weg hierher. Für ›Gespräche‹, wie es offiziell heißt«, setzte Philipp hinzu. »Er wird selbst den Heiratsplänen etwas Nachdruck verleihen wollen. Ich glaube nicht, dass es handgreiflich wird. Aber das wäre gleichzeitig das Einzige«, er zeigte mit dem Daumen auf Odo, »wofür mein Bruder hier und meine Wenigkeit tatsächlich zu verwenden wären. Man braucht uns hier nicht. Statt nun aber Däumchen zu drehen und den Damen weiterhin beim Sticken und anderen Dingen behilflich zu sein, ziehen wir es vor, uns an deiner Seite da draußen den Hintern abzufrieren und deinem Bruder zu Hilfe zu eilen. Unsere Sachen sind gepackt.«

Richard war für einen kurzen Moment wirklich gerührt. Obwohl sie sich erst seit wenigen Monaten kannten, waren sie echte Freunde geworden. Richard vertraute den beiden.

Odo und sein Bruder Philipp waren beide älter als Richard und bereits vor einigen Jahren zu Rittern geschlagen worden. Richard beneidete sie darum. Sie hatten ihn deshalb das eine oder andere Mal als »Knappen« gehänselt. Die drei hatten einander einfach gesucht und gefunden, wie bald jeder auf der Burg erkannte.

Richard beeilte sich nun damit, ein paar weitere Dinge in einen Beutel zu stopfen. Währenddessen berichtete Philipp: »Mein Knappe Raul wartet unten bei den Stallungen. Genauer gesagt, bei dem Häuflein Asche, das durch deines Bruders Hand davon übrig geblieben ist. Wenn wir uns beeilen, schaffen wir es bis zum Tagesanbruch nach Wettingen. Dort warten weitere unserer Männer.«

»Habt ihr vor, ganze Reiche zu erobern? Wir werden überall Aufsehen erregen mit einer so großen Truppe.«

»Du solltest dich eher darum sorgen, wie wir deinen Bruder da draußen finden«, meinte Odo.

»Und jetzt komm«, fügte Philipp hinzu. »Wir haben zuvor noch etwas anderes zu erledigen.«

Kurz darauf verließen sie die Kammer und folgten dem Gang und der Treppe nach unten. Statt sich jedoch dem Ausgang des Haupthauses und der Treppe zum Hof zuzuwenden, gingen Philipp und Odo zu einer weiteren, schmaleren Treppe, die zu den Kellern der Burg hinabführte.

»Falls ihr die Weinkeller sucht, seid ihr hier am falschen Ende der Burg«, spottete Richard. Doch dann wurde ihm bewusst, dass sie sich auf dem Weg zu den Verliesen befanden. Er ahnte, was die beiden Brüder im Schilde führten.

»Albert?«, fragte Richard knapp.

»Albert«, sagte Odo.

Sie folgten einem kurzen Gang. Die steinernen Mauern waren

feucht und rochen modrig. Hier unten war es erstaunlicherweise etwas wärmer als im Rest der Burg. Gelegentlich hörte man das Schaben irgendwelcher Tiere. Wahrscheinlich Ratten. Der Gang führte über eine Treppe weiter hinab zum Eingang der Verliese und zu einem vergitterten Durchlass, welcher durch eine daneben gelegene Wachkammer gesichert war. Wenn sie hier vorbeiwollten, mussten sie sich die Schlüssel besorgen. Und es gab auf die Schnelle nur einen Weg, das zu tun.

»Guten Abend, die Herren!«, rief Odo. Die drei Freunde schritten einfach durch die Tür in die Wachkammer und schauten in zwei verdutzte Gesichter.

Odo deutete eine höfische Verbeugung an und sprach: »Wenn die Herrschaften so freundlich wären, uns die Schlüssel zum Durchgang für einen Augenblick zu überlassen, wären wir …« Weiter kam er nicht, denn eine der beiden Wachen, ein drahtiger Typ mit fliehender Stirn und zerzaustem Bart, hatte augenblicklich sein Schwert gezogen. Die drei Freunde zogen ebenfalls blank.

»Seid nicht so dumm, es mit zwei Rittern und einem Knappen aufzunehmen!«, rief Odo grimmig.

»Ich bin nicht euer Knappe«, widersprach Richard. Nun hatte auch der andere Mann sein Schwert ergriffen, und es entbrannte ein kurzer Kampf, in dessen Verlauf jedoch niemand ernsthaft zu Schaden kam. Nach ein bisschen Hin- und Hergeschiebe sprang Richard mit einer plötzlichen Drehbewegung nach vorne und hieb beiden Wachen mit einem einzigen Schlag die Waffen aus der Hand.

Odo war beeindruckt. »Ich finde, man könnte die Wachen hierzulande etwas besser auf ihren Dienst vorbereiten. Meint ihr nicht?«, sagte er, während sein Bruder Philipp bereits damit begann, die Wachen mit einem Strick zu fesseln.

»Oder man sollte ihnen etwas weniger Wein mit auf die Wachstube geben«, ergänzte Philipp.

Odo sah sich unterdessen in der kleinen Kammer um, fand ein paar dreckige Lumpen, die wohl zum Aufwischen benutzt wurden, und stopfte sie den beiden Männern gnadenlos als Knebel in den Mund.

Schließlich lagen beide Wachen ordentlich verschnürt am Fuße der rückwärtigen Wand und rollten wütend mit den Augen. Richard fand die Schlüssel an einem Nagel in der Wand neben der Tür und ging nach draußen zum Durchgang. Er schloss das eiserne Gitter auf und betrat das Verlies. Die beiden Brüder folgten ihm. Sie gingen an zahlreichen Verschlägen und massiven Holztüren vorbei. Abwechselnd spähten sie in die Dunkelheit dahinter und riefen nach Albert von Breydenbach. Es stank fürchterlich hier unten. Richard kannte den Geruch. Verwesung. Und er hoffte, dass er allein von den Kadavern verendeter Ratten ausging.

Nachdem sie ohne den gewünschten Erfolg das Ende des Verlieses erreicht hatten, gingen sie zurück zu den beiden Wachen, rissen einem der beiden den stinkenden Knebel aus dem Mund, und Odo fragte: »Wo ist Albert von Breydenbach?«

Der Mann grinste hämisch. »Den sucht ihr hier vergebens.« Zwei Ohrfeigen später sagte er: »Der Vogt hat ihn gehen lassen.«

»Na, das ist doch mal eine erfreuliche Nachricht!«, sagte Philipp.

»Wann war das?«, fragte Richard.

»Vor fünf Tagen oder so«, antwortete der Mann, jetzt offenbar deutlich redseliger.

Die Freunde sahen einander an, und Philipp sprach aus, was alle dachten: »Bei der Kälte? Ein alter Mann von beinahe achtzig Lenzen? Mon dieu!«

Richard schüttelte ungläubig den Kopf.

»Was machen wir jetzt?«, fragte Odo, während er dem Mann den grauslichen Knebel wieder in den Mund drückte. Philipp und Richard nickten einander zu. Offensichtlich haben die beiden einen Plan, dachte Richard.

Sie kehrten zurück zu den Zellen und befreiten eilig alle Gefangenen. Einige von ihnen waren so schwach, dass sie nicht mehr aus eigener Kraft gehen konnten. Sie wurden von anderen gestützt, und gemeinsam trotteten sie als traurige Prozession dem Ausgang entgegen. Ein Dutzend Elende. Sie würden am Hof für einige Verwirrung sorgen. Und genau das war der Plan.

Richard und die Brüder eilten zurück und dann die Treppe hinauf zur Halle. Niemand kam ihnen entgegen. Im Hof wandten sie sich nach rechts und gingen an den Außenmauern entlang, vorbei an den verkohlten Ställen bis zum Torhaus, wo die übrigen Verschwörer mit gesattelten Pferden und warmer Kleidung auf sie warteten. Sie saßen auf und ritten los.

Eine der Wachen am Tor wollte sich ihnen noch in den Weg stellen. Doch der Mann wich zurück, als er die entschlossenen Gesichter Richards und der beiden burgundischen Brüder sah. Ein anderer Wachmann grüßte sogar verlegen. So verließ die kleine Gemeinschaft die Burg und würde vielleicht nie mehr dorthin zurückkehren. Die Suche begann.

Schwärze. Krampfartig zog sich Leons Brustkorb zusammen. Sein Atem hatte ausgesetzt. Die Kälte des Flusses war mörderisch. Das Wasser drang in den Stoff seiner Kleidung und zog ihn nach unten, während es gleichzeitig wie mit Eiszähnen an seiner Haut fraß. Um ihn herum gurgelte der strömende Fluss. Er würde sterben. Leon versuchte, sich von seinem Beutel zu befreien, doch er konnte seine Arme nicht bewegen. Über ihm knackte und dröhnte das Eis. Dann wurde es still. Während er bewegungslos unter der Eisschicht dahintrieb, jagten einzelne Bilder durch seinen Kopf. Eine Phönixfeder, die keine war. Ein Buch, in Leder gebunden. Erinnerungen an einen Tag im Sommer an einem kleinen Waldsee. Vor langer Zeit. Das Wasser war warm gewesen. Damals. *Cecile.* Indem er an sie dachte, spürte Leon eine leise Veränderung. Ihm war, als würde das dunkle Wasser mit einem Mal eine Spur wärmer werden. Irgendetwas stieß sacht an seinen Brustkorb. Ein treibender Ast vielleicht. Was immer das war, es brachte sein Bewusstsein zurück. Schlagartig wurde ihm klar, dass er hier sterben würde, und er begann, verzweifelt mit den Armen zu rudern. Hilflos drehte er sich dabei auf den Rücken. Über sich, ein Stück zu seiner Rechten, sah Leon ein schwaches Licht. *Die Rinne!* Seine Lungen brannten, und er drohte jeden Moment ohnmächtig zu werden. Jetzt tat er ein paar schwache Bewegungen mit den Beinen. Sie schmerzten und schienen zugleich wie taub. Leon ruderte ein weiteres Mal mit den Armen. Und dann noch mal. Und noch mal. Als er die Wasseroberfläche schließlich durchbrach, füllten sich seine Lungen schmerzhaft mit eiskalter Luft. Leon schnappte nach Atem. Er musste auf die andere Seite des Flusses gelangen. Eine Stimme sagte ihm, dass er es mit ein paar Schwimmzügen vielleicht schaffen könnte. Dass er überleben könnte. Eine andere Stimme in ihm sagte zynisch: *Bevor du dann am anderen Ufer jämmerlich erfrierst.* Leon hörte nicht auf sie. Er musste die Arme bewegen! Seine Gedanken kamen jetzt vollkommen ungeordnet. *Das Buch ... Cecile ... Ich sterbe ...* Leon spürte seinen Körper nicht mehr. Im Grunde war er schon tot.

Nach einigen starren und mühsamen Bewegungen mit tauben Beinen wurde er auf der anderen Seite des Risses angetrieben. Er streckte die Arme nach vorn auf das Eis, doch seine gefrorenen Hände fanden keinen Halt auf der glatten Oberfläche. *Wo sind meine Handschuhe?*, dachte er und sah auf seine seltsam bläulichen Hände. Die starke Strömung des Flusses trieb ihn seitwärts. Schließlich fanden seine tauben Finger das Ende eines in der Eisdecke eingefrorenen Zweiges. Leon gelang es unter stechenden Schmerzen, seine Finger zu Fäusten zusammenzuballen, und hielt sich so daran fest. Stimmen hinter ihm. Mit letzter Kraft an den Zweig geklammert, sah Leon über die Schulter zurück zur anderen Seite der Rinne.

In diesem Moment kehrte das Licht zurück. Wieder hatte der Schneefall kurzzeitig ausgesetzt, und der weiße Vorhang zwischen ihm und seinen Verfolgern verschwand. Dort, auf der anderen Seite des Flusses, standen sie. Fluchend. Ein Pfeil wurde abgeschossen und verfehlte Leon. Kurz darauf senkte sich der Vorhang aus Schnee erneut. Wieder versank die Welt in leuchtendem Weiß. Leon drehte den Kopf zurück und hätte dabei beinahe den Halt verloren. Für ein paar schmerzhafte Atemzüge lag er einfach nur da, den Körper halb im Wasser, und musste all seinen Willen aufbringen, um jetzt nicht loszulassen. Sich mit der Strömung, die an seinen Kleidern riss, einfach forttragen zu lassen. Stattdessen schaffte er es mit letzter Kraft, sich auf das Eis hinaufzuziehen. Dort blieb er bäuchlings liegen und schnappte nach Luft. Dann versuchte er, sich auf den Rücken zu drehen. Er hätte es beinahe geschafft, als ein plötzlicher Schmerz seine Schulter durchzuckte. Leon unterdrückte einen Schrei. Der Schmerz wiederholte sich mit jedem erneuten Versuch, sich zu drehen oder gar aufzurichten. So blieb er schließlich halb auf der Seite liegen und verdrehte den Hals, um hinüber zur anderen Seite der Rinne und zu seinen Verfolgern zu sehen. Doch die Welt war weiß, und nichts geschah. Schneeflocken fielen auf ihn herab und bedeckten sein Gesicht und seine Lippen. Leon konnte sie schmecken. Er drehte den Kopf weiter, bis er auf seine linke Schulter sah. Der grobe Schaft eines Pfeils ragte vorne durch den zerfetzten Stoff. Direkt neben dem Schaft trat eine Pfeilspitze hervor und zeigte auf Leons Gesicht. Seine Schulter war von vorne und hinten durchbohrt. Leon stöhnte, als sein Körper verkrampfte und erneut eine Welle des Schmerzes über ihn kam. *Das waren die beiden Schläge vorhin*, dachte er matt. *Zuerst auf dem Pferd. Und dann am Fluss.* Unerklärlicherweise schien für Leon ein gewisser Erkenntnisgewinn darin zu liegen. Fast so, als studierte er seine eigene Misere aus großer Ferne. Als sei das Nachdenken darüber eine Sache, auf die er unbedingt Zeit verwenden sollte. Von weit oben sah er einen Jungen. Darunter die matte Fläche des Eises. Ein schimmernder Spiegel, von dem ein Wind jeden Schnee gefegt hatte. Leon betrachtete das Gesicht des Jungen. Schneeflocken umtanzten dessen geschlossene Augen. Von weit, weit oben konnte Leon sehen, wie sie nach und nach das Gesicht und irgendwann den ganzen Körper bedecken würden. Eine merkwürdige Leichtigkeit überkam ihn. Beinahe hätte er gelächelt. Doch kurz darauf verschwand die Welt in Dunkelheit.

Die junge Frau drehte sich um. Seit Wochen hatte Cecile ihre Kammer nicht verlassen und außer ihren beiden Zofen und ihren Brüdern niemanden empfangen. Man sah ihren Augen an, dass sie zuletzt geweint hatte, und dennoch war sie selbst jetzt von solch unbeschreiblicher Anmut, dass es jedem, der sie sah, den Atem verschlagen musste. Für sie selbst war ihre Schönheit nie von Bedeutung gewesen. Sie war nicht so eitel wie die Hofschranzen, die sie als Prinzessin des Hauses Burgund von frühester Kindheit an umgeben hatten. Im Gegenteil, es verunsicherte sie, ständig von Männern und Frauen angestarrt zu werden. Seit sie dem Kindesalter entwachsen war, wurde sie herumgezeigt wie eine Schmuckschatulle. Jeder durfte gaffen.

Cecile stand mit dem Rücken zur Kammer und sah durch das Fenster zu einem abendlichen Streifen Licht am Horizont, der allmählich jede Farbe verlor. Sie fühlte sich einsam und verloren. Trotz der Gegenwart ihrer beiden Zofen in der Kammer hinter ihr. Ein zuletzt allgegenwärtiges Gefühl hatte Besitz von ihr ergriffen. Eine zunehmende Taubheit, die in den vergangenen Jahren nur für kurze Zeit verdrängt worden war. Einen kostbaren Sommer lang.

Sie hatte Leon gefunden. Es war einer dieser hellen Tage am Anfang des letzten Sommers gewesen. Sie hatte ihn von Weitem auf der steinernen Krone einer Wehrmauer gesehen. Er saß dort allein und in ein Buch versunken. Durch die Zinnen war sein Versteck von unterhalb vor allen Blicken verborgen. Nicht aber von Ceciles Fenster aus. Sie hatte so gestanden wie jetzt und hatte ihn betrachtet. Aus der Entfernung. Sein brauner Haarschopf war wild zerzaust. Er hatte den Rücken an die warme Mauer gelehnt. Ein paar Äpfel lagen neben ihm, als habe der Junge vor, dort länger zu verweilen.

Es war ein solches Bild des Friedens, dass Cecile davon auf eine seltsame Art angezogen und berührt wurde. Die Stirn des Jungen lag in Falten. So als beschäftige ihn eine schwierige Frage. Sie wusste zu diesem Zeitpunkt nicht, wer er war, doch sie spürte eine plötzliche und unerklärliche Zuneigung zu ihm. Vielleicht weil er ganz für sich allein, zurückgezogen und in Frieden dasaß. Eine Zurückgezogenheit, nach der sie sich selbst so sehr sehnte, vor allem seit ihrer Ankunft an Rudolfs Hof. Sie fand hier keinen Moment für sich. Stattdessen musste sie Knickse machen und artig der ermüdenden Konversation bei Tische folgen. Zudem wurde sie ständig frisiert, gewandet, gewaschen. Man hatte ihr die beiden Kammerzofen Mona und Catherine mitgegeben. Sie waren ständig zugegen, und auch wenn Cecile beide in ihr Herz geschlossen hatte, so sehnte sie sich doch nach jener Abgeschiedenheit des Jungen dort unten auf der Burgmauer.

Später am Abend desselben Tages hatte sie ihn wiedergesehen. Diesmal in der großen Halle des Palas. Der Junge saß am unteren Ende der Tafel und unterhielt sich aufmerksam mit einem greisen Zisterziensermönch, der ihr bereits als Frater Albert von Breydenbach vorgestellt worden war. Hin und wieder wurde der Junge durch einen freundschaftlichen Schlag auf den Rücken oder ein schallendes Lachen seines Sitznachbarn zur Linken unterbrochen, eines jungen Mannes von großer Statur. Ab und an schien sich der Größere am Gespräch zu beteiligen, wobei er meist mit dem Schenkel eines gebratenen Hühnchens oder einem gefüllten Weinkelch gestikulierte. Er schien bei jedem Wort zu lachen. Ein Strahlen ging von ihm aus, und Cecile musste selbst jetzt, bei der Erinnerung an Richard, ein bisschen lächeln. Auch damals hatte sie gelächelt. Gewiss zum ersten Mal seit Wochen. Ihr Bruder Odo, der neben ihr saß, hatte ihr Lächeln bemerkt und sie darauf sacht am Arm berührt. »Oh! Gerade ging die Sonne durch diesen Raum. Du lächelst, Schwesterlein! Das ist ein Anfang.« Cecile wandte ihm daraufhin ihr Gesicht zu, und ihr Lächeln wurde noch eine Spur strahlender.

»Oh, ich bin geblendet!«, rief Odo und schützte zum Scherz die Augen hinter einem aufgespießten Bratenstück.

»Bin ich denn in den letzten Wochen so abweisend gewesen?«

»Schwesterlein, niemand kann es dir verdenken, verdrießlich zu sein. Wenn man mich mit dem hageren Zausel Rudolf verhei-

109

raten wollte, würde ich auch nicht gerade Purzelbäume schlagen vor Glück.« Odo hielt kurz inne und schien über seinen absurden Vergleich nachzudenken.

»Na ja, jedenfalls kann ich dich verstehen«, fuhr er fort. »Aber du wirst sehen, alles wendet sich zum Guten, und du tust dir und unseren Landen einen Dienst, der dir dereinst im Himmel vergolten wird. Niemand weiß, wie vielen unbescholtenen Bauern du auf diese Weise das Leben rettest oder zumindest erleichterst. Es ist nun mal unsere Bestimmung, unserem Reich zu dienen.«

»Ich weiß«, seufzte Cecile.

»Du hättest es schlimmer treffen können. Stell dir vor, man hätte dich mit Guillaume de Bourdeille oder dem greisen Flairmont de Clignantcourt vermählt. Flairmont ist so alt, dass ihn die ältesten Bäume des Waldes grüßen, wenn er an ihnen vorbeigeht. Du wirst schon sehen, Rudolf ist kein schlechter Mensch. Und er wird möglicherweise schon bald König aller Deutschen sein. Vielleicht eines Tages sogar Kaiser. Das ist doch was! Dann bist du seine und unsere Kaiserin.« Odo unterbrach sich, weil er nun die Aufmerksamkeit seines Bruders Philipp auf sich gezogen hatte, der ihnen beiden gegenübersaß und ihnen mit erhobenem Becher zuprostete.

»Deine beiden Brüder werden jedenfalls immer auf dich aufpassen, Schwesterlein. Kein Leid wird dir geschehen«, sagte Philipp, und dann tranken sie.

Cecile hatte damals ihre Hand sanft auf den Unterarm ihres Bruders gelegt. Odo war vier Jahre älter als sie und mit Anfang zwanzig im besten Mannesalter. Mit seinem sauber gestutzten Bart und den kurz geschnittenen Haaren sah er sehr reif und vornehm aus. Ein echter Ritter. Er hatte sich ebenso wie sein zwei Jahre älterer Bruder Philipp dem Orden der Tempelritter von Jerusalem angeschlossen. Beide brannten darauf, eines Tages ins Heilige Land zu ziehen, so wie ihr Großvater es getan hatte.

An diesem Abend war Odo kurz darauf in ein Gespräch zu seiner Rechten verwickelt worden, und Cecile hatte ihren Blick wieder dem Jungen am unteren Ende der Tafel zugewandt. Er schien den Ausführungen des alten Mönchs aufmerksam zu folgen. Sein Gesicht wirkte freundlich und zugleich konzentriert. Und seine Augen folgten jeder Regung im Gesicht seines Gegenübers. Von Zeit zu Zeit nickte er. Als er schließlich selbst sprach, schien er dies mit Bedacht zu tun, und seine rechte Hand tanzte dabei wie zur Untermalung seiner Worte vor seiner Brust. Cecile bemerkte das Wappen des Hartmann von Habsburg auf seinem Rock und schloss daraus, dass es sich bei ihm und dem blonden jungen Mann neben ihm um nahe Verwandte Rudolfs handeln müsse. Vielleicht seine Neffen. Der Junge strahlte eine Reife aus, die nicht recht zu seinem Alter passen wollte, dachte Cecile. Es wirkte beinahe so, als sei ein älterer, verständiger Geist in einen jungen Körper gefahren. An diesem Abend hatte sie ihn in ihr Herz geschlossen, und sie hatte sich auf unerklärliche Weise so gefühlt, als kenne sie diesen Jungen seit unermesslich langer Zeit.

Bald darauf wurden die Tage wärmer. Die Wochen vergingen wie im Flug. Cecile sah den Jungen nun gelegentlich im Hof, beim Bogenschießen oder Fechten mit dem Schwert, aber auch zu regelmäßiger Stunde am Nachmittag an seinem versteckten Platz auf der Mauerkrone. Ihre Zofe Catherine hatte für sie in Erfahrung gebracht, dass der Junge Leon hieß. Und er war in der Tat der Neffe des Grafen. Er und sein Bruder Richard lebten am Hofe Rudolfs, seitdem ihr Vater Hartmann nicht mehr aus Palästina zurückgekehrt war.

»Tragisch, so ganz ohne Vater aufzuwachsen«, hatte Catherine gesagt. Und auch Cecile konnte nicht sagen, warum sie das Schicksal dieses Jungen so berührte.

Als Cecile und die beiden Neffen Rudolfs einander wenig später zum ersten Male vorgestellt wurden, hatten sich Leon und sein Bruder Richard artig und ein bisschen ungelenk vor ihr verbeugt. Auch aus nächster Nähe wirkte Leon wirklich seltsam reif für seine sechzehn Jahre, und beinahe schien es, als sei er der ältere der beiden Brüder. Damals hatten sie kurze Worte des Willkommens und der gegenseitigen Hochachtung ausgetauscht. So wie es sich bei Hofe gehörte. Nur das Nötigste. Cecile sprach Deutsch, wenn auch mit einem starken französischen Akzent. Richard lachte sie darauf offen an und machte ihr Komplimente, doch Leon wirkte seltsam verlegen. Leons Oheim Rudolf hatte dann seinen Neffen, seinen eigenen Kindern sowie dem ganzen Hofstaat verkündet, Cecile noch in jenem Frühjahr zu ehelichen. Niemand Geringeres als der Mainzer Erzbischof, Siegfried von Eppstein, würde die Trauung vollziehen.

Cecile erinnerte sich daran, wie sehr sich ihr Herz damals verkrampft hatte. Genau wie jetzt gerade. Denn die Hochzeit mit Rudolf war bis zum heutigen Tage noch immer nicht abgesagt. Leon hatte sie damals angesehen, als versuche er zu ergründen, wie sie seinem Onkel gegenüber eingestellt war. Aber vielleicht bildete sie sich das jetzt, nachdem das alles geschehen war, auch nur ein.

Die Jahre bei Hofe hatten Cecile gelehrt, ihre wahren Gefühle zu verbergen. Und das hatte sie auch in jenem Moment getan. Während alle applaudierten und die Halle von Hochrufen erfüllt war, hatte sie gelächelt. Doch später in ihrer Kammer hatte sie geweint. Nicht, dass Rudolf sie je schlecht behandelt hätte. Er war zuvorkommend und höflich gewesen. Auch schien er ernstlich von Zuneigung zu ihr erfüllt zu sein. Eine Zuneigung, die ihr zugleich ein wenig Angst machte. Als kleines Mädchen hatte sie so wie ihre Schwestern immer von einem stolzen und jugendlichen Ritter geträumt, der sie einst zum Altar führen würde. Nicht von einem alternden Grafen. Und sosehr es sie mit Stolz erfüllte, möglicherweise eines Tages Königin oder gar Gemahlin eines Kaisers zu sein, so konnte sie von der Sehnsucht nach der wahren Liebe nicht lassen. Was hätte sie damals tun sollen? Was sollte sie jetzt tun?

Uthers Anschuldigungen entsprachen der Wahrheit. Sie liebte Leon. Jetzt, im Nachhinein, kam es ihr vor, als habe sie ihn schon damals vom ersten Moment an wirklich geliebt. Und die Erinnerungen an die Geschehnisse des zurückliegenden Sommers erfüllten sie mit einer solchen Wärme, dass sie einen Moment lang traurig lächelte. An jenem Morgen jedoch, als man Leon vor aller Augen im Hof ausgepeitscht hatte, war jedes Glück aus ihr herausgerissen worden und fand einfach keinen Halt mehr in ihr.

Noch immer konnte sie Leons Schmerzensschreie hören. Und auch wenn sie selbst schon bald nach den ersten Peitschenhieben die Besinnung verloren hatte, würde sie die wenigen Bilder niemals vergessen können. Seitdem schreckte Cecile jede Nacht aus Träumen hoch, in denen sie Leons Schreie im Hof wieder und wieder gellen hörte. Und sie hasste Rudolf für das, was er getan hatte. Die Vorstellung, diesen Mann ehelichen zu müssen, erfüllte sie seitdem mit Grauen und Abscheu.

Sie war verzweifelt. In den vergangenen Wochen hatte sie dann und wann sogar daran gedacht, sich selbst das Leben zu nehmen. Und allein der Gedanke, damit das eigene, ewige Seelenheil zu verwirken, hatte sie davon abgehalten, sich einfach vom Turm zu stürzen. Stattdessen hatte sie sich Gott und der

Mutter Maria zugewandt. Tagelang betete sie in der Burgkapelle, und ihre Brüder konnten sie manchmal nur mit Mühe zum Essen überreden.

Bis zu ihrer bevorstehenden Hochzeit waren es jetzt nur noch wenige Wochen. Ihre Familie befand sich bereits auf dem Weg hierher, und Cecile wusste beim besten Willen nicht, wie sie die kommende Zeit überstehen sollte. Sie wünschte sich an Leons Seite, irgendwo da draußen. Frei und glücklich. Ihnen würde schon irgendetwas einfallen, wovon sie leben könnten. Cecile sah hinaus in den Hof, zur Mauer und auf die verschneite Welt dahinter, die jetzt im milden Sonnenlicht dalag. Hohe Wolken türmten sich darüber auf. Wo war Leon jetzt?

Jemand klopfte von außen an die Tür der Kammer, und Cecile erschrak. Ihre Zofe Catherine legte ihren Stickrahmen beiseite und ging zur Tür.

»Wer ist da?«, fragte sie durch die geschlossene Tür.

»Mach gefälligst die Tür auf, du Vettel!«, bellte es von draußen.

Uther! Den kahl geschorenen Erpresser und Verräter hasste Cecile ebenso wie Rudolf. Seinetwegen hatte sie dem Grafen alles gestehen müssen. Uther hatte sie mit der Wahrheit bedrängt, und ihren einzigen Ausweg hatte sie darin gesehen, seinem Verrat durch ein Geständnis zuvorzukommen. So hatte sie sich Rudolf dann von sich aus offenbart.

Catherine öffnete die Tür, während auch Mona sich von ihrer Stickerei erhob und sogleich artig den Kopf senkte. Uther stürmte in die Kammer. Hinter ihm zwei Wachen. »Schickt Eure Zofen raus!«

»Das werde ich nicht tun, Uther. Ich werde Euch beileibe keine Gelegenheit geben, mir neue Ungeheuerlichkeiten anzudichten. Die beiden bleiben hier. Und Eure Wachen auch.

Was wollt Ihr?« Cecile fiel auf, dass Uther schwitzte. Sein Gesicht war mit Spuren von Ruß beschmutzt. Der große Mann trat an sie heran.

»Wann habt Ihr den Bastard Leon das letzte Mal gesehen?«, fragte er.

»Das wisst Ihr selbst.« Cecile meinte damit den Morgen der Bestrafung auf dem Hof und war sicher, dass auch Uther das wusste.

»Ich meine davor!«

»Was geht es Euch noch an? In der Halle, an der Tafel? Hier in meinem Bett? Was wollt Ihr hören?«

»Nicht, Mademoiselle!«, mischte Catherine sich ein.

»Lass gut sein, Cat. Der Herr hier wird mir erklären, was er will. Oder er wird sich mitsamt seinen Schergen wieder dorthin scheren, wo er im Dunkel Ränke gegen seinen Herrn eifert. Ich bin eine Tochter des Hauses Burgund und werde demnächst seine Herrin sein. Eine Herrin, die nicht vergisst.«

»Wag es, du kleine Schlampe!« Uther hob die Faust und machte einen Schritt auf sie zu. Catherine stellte sich beherzt dazwischen. Uther hielt inne und beherrschte sich mühsam. Dann ließ er die Faust sinken.

»Durchsucht die Kammer!«, befahl er seinen Männern. »Jeden Winkel. Und wenn ihr das Buch nicht findet, durchsucht auch die Weiber.«

Die beiden Wachen zögerten. »Soll ich euch erst prügeln lassen?«, schrie Uther mit rotem Gesicht. Dann drehte er sich um und ging raschen Schrittes zur Tür der Kammer. Im Vorbeigehen trat er Monas Stickrahmen einmal quer durch den Raum, sodass er krachend an der Wand zersplitterte und zu Boden fiel. Dann war Uther fort.

Die Wachen machten sich ans Werk. Die drei jungen Frauen

mussten dabeistehen und zusehen, wie sie die Kammer Stück für Stück verwüsteten. Achtlos stießen sie Sachen um, stachen mit ihren Dolchen in Kissen und Vorhänge, ließen kostbare Gefäße zu Boden fallen, wo sie zerbrachen. Den Inhalt von Schatullen und Truhen kippten sie einfach aus und rissen Teppiche und Bilder von den Wänden. Sie blätterten in Büchern und Briefen. Am Ende schlitzten die Männer sogar die Matratzen auf, um auch diese zu durchsuchen. Als sie jedoch nichts fanden, gaben sie schließlich auf und sahen sich betreten um. Einer der beiden ging nun auf die Frauen zu.

»Wag es nicht!«, stellte Catherine sich ihm entschlossen entgegen. Der Mann zögerte und sah sich nach seinem Gefährten um. Der grinste. »Nun zieht Euch schon aus, Mesdames. Ihr habt gehört, was der Vogt uns befohlen hat.«

»Das werden wir nicht tun«, antwortete Catherine, auf eine besondere Art gelassen. Der Grinser trat einen Schritt vor, doch bevor er irgendetwas sagen konnte, trat Catherine einen Schritt vor und rammte ihm mit einer solchen Wucht das spitze Knie zwischen die Beine, dass er aufschrie und wie ein nasser Sack zu Boden ging.

»Möchtet Ihr auch eine Portion?«, fragte sie den anderen Mann herausfordernd. »Oder möchtet Ihr stattdessen lieber den Scharfrichter des Grafen kennenlernen? Denn das werdet Ihr unweigerlich. Ebenso wie Euer verräterischer Vogt.«

»Mademoiselle, ich …«, stammelte der Mann.

»Genug jetzt, Salaud! Raus hier!« Catherine war außer sich.

Der zweite Wachmann sah unschlüssig auf seinen am Boden liegenden Kumpanen. Der war jetzt ganz blass im Gesicht und wand sich vor Schmerzen, beide Hände in den Schritt gepresst. Catherine machte einen weiteren Schritt nach vorn. Hastig griff der zweite Wachmann nach dem Arm seines Kumpanen am

Boden, richtete ihn, so gut es ging, auf und führte ihn zur Tür der Kammer. Der Kerl humpelte und fluchte bei jedem Schritt. Mona schloss sogleich die Tür hinter ihnen. »Werden sie zurückkommen?«, fragte sie angsterfüllt.

»Das wagen sie nicht! Ich werde Rudolf von dieser Sache in Kenntnis setzen«, sagte Cecile.

»Was sucht Uther hier bei uns?«, fragte Catherine und sah ihrer Herrin dabei aufmerksam ins Gesicht.

»Vielleicht einen Beweis meiner Unzucht. Ich weiß es nicht«, seufzte Cecile. Sie wusste es wirklich nicht.

Gemeinsam begannen sie damit, aufzuräumen. Cecile war jetzt nachdenklich.

»Auf jeden Fall wirkt Uther nicht so, als sei er Herr der Lage«, stellte sie fest. »Irgendetwas fürchtet er. So sehr, dass er offenbar alle Vorsicht fahren lässt.«

Richard, die beiden Burgunderbrüder und deren Männer waren nur bis Wettingen gekommen. Ein Schneesturm hatte eingesetzt und jedes Weiterkommen unmöglich gemacht. Sie suchten deshalb Schutz in den Häusern der Bauern. Hier trafen sie auf Uthers Männer, die Leon bis zum Rand des Flusses verfolgt hatten. Die Männer wunderten sich zwar über das Auftauchen Richards und der Burgunder, stellten aber keine überflüssigen Fragen. Sie konnten ja nicht wissen, dass auch sie geflohen waren – und nebenbei noch alle Gefangenen befreit hatten.

Vor Richard saß jetzt ein bärtiger Wachmann und berichtete, während draußen der Sturm heulte. »Wir haben Euren Bruder gesucht, bis der Sturm kam. Und auch am nächsten Tag waren wir noch mal dort und haben auch am anderen Ufer gesucht. Nichts zu machen, tut mir leid. Aber selbst, wenn Euer Bruder auf der anderen Seite des Flusses angekommen wäre, bei der Kälte und nass bis auf die Knochen ... « Der bärtige Mann ließ die letzte Andeutung im Raum stehen. Richard hörte ihm mit versteinerter Miene zu. Der Mann gab vor, mit eigenen Augen gesehen zu haben, wie Leon von einem Pfeil getroffen wurde und in den Fluss gestürzt war.

»Ich hatte meinen Männern befohlen, nicht zu schießen, aber Ihr wisst ja, wie sie sind ...« Der Mann sprach nicht weiter, denn er sah die Zornesfalte auf Richards Stirn und war gewarnt.

»Wer von deinen Leuten war es?«, fragte Richard. Er sprach langsam.

Der Mann schüttelte den Kopf und wich aus: »Es tut mir leid, wirklich! Wenn der Sturm bis morgen früh nachlässt, gehen wir noch mal raus und setzen die Suche nach ihm fort. Und nach Eurem Pferd. Bei meiner Ehre.«

Doch auch am folgenden Tag fanden sie nicht eine einzige Spur. So kamen sie zu dem Schluss, dass der Fluss Leon und das Pferd davongetragen hatte. Es konnte nicht anders sein. Jede andere Spur war verweht.

»Was machen wir jetzt?« Odo machte sich zunehmend größere Sorgen. Nicht allein um Leon, sondern auch um Richard.

»Wir suchen weiter!«, erwiderte Richard mit versteinerter Miene. Sie waren am Abend in das Haus des Bauern zurückgekehrt und berieten nun, was sie tun sollten.

»Richard ...« Philipp war zu ihnen getreten und legte jetzt eine Hand auf Richards Schulter. »Ich hasse es, das zu sagen ... aber dein Bruder ist tot. Niemand überlebt eine Nacht draußen in dieser Kälte, wenn er zuvor in einen Fluss gefallen ist. Wenn er es nicht zurück nach Wettingen geschafft hat, dann ...«

»Leon ist nicht tot!« Richard riss sich los. Philipp sah seinem Freund in die Augen. Tränen standen darin.

»Sieh es ein«, sagte Philipp.

Ohne ein weiteres Wort stand Richard auf und verließ das Haus des Bauern. Odo wollte ihm nachgehen, doch Philipp hielt ihn am Arm zurück. »Lass ihn. Ich denke, er muss einen Moment allein sein.«

Am nächsten Morgen war der Sturm vorüber. Der Himmel war tiefblau und wie leer gefegt. Je höher die Sonne stieg, desto mehr ließ auch die Kälte nach. Philipp und Odo waren vor die Tür des Bauernhauses getreten. Sie machten sich große Sorgen, denn Richard war die ganze Nacht über verschwunden gewesen. Auch sein Pferd war fort.

»So ein verdammter Sturkopf!«, sagte Philipp. Aber er konnte Richard im Grunde seines Herzens gut verstehen. Er sah auf seinen jüngeren Bruder und fühlte, dass er für ihn dasselbe tun würde.

Odo sagte: »Komm, Philipp, wir suchen ihn. Richard mag ein Narr und Sturkopf sein, aber er ist auch unser Freund.«

Sie sattelten die Pferde und ritten in Richtung des Flusses. Am Mittag fanden sie Richards Spur und folgten ihr entlang des Ufers.

Dann, wenig später, sahen sie ihn. Auf der gegenüberliegenden Seite des Flusses. Er kniete im tiefen Schnee und bewegte den Oberkörper auf merkwürdige Weise vor und zurück. Die Brüder riefen nach ihm, aber er schien sie nicht zu hören. Neben Richard ragte etwas aus dem Schnee. *Er hat ihn gefunden*, durchfuhr es Philipp. Odo schien das Gleich zu denken.

Die beiden Brüder sahen einander an. Dann trieben sie ihre Pferde an, weiter entlang der Uferlinie. Richard musste einen

Ort gefunden haben, an dem man den Fluss überqueren konnte. Es dauerte eine ganze Weile, bis sie zu einer Stelle kamen, an der der Fluss zur Gänze zugefroren war. Sie stiegen ab und führten die Tiere vorsichtig am Zügel hinüber. Auf der anderen Seite stiegen sie wieder auf und ritten entlang des Ufers zurück. Richard kniete noch immer an der Stelle, an der die Brüder ihn zuletzt gesehen hatten. Es sah aus, als hielte er einen Gegenstand in der Hand und starrte darauf.

Als sie sich ihm näherten, sah Philipp, dass es ein Messer war. Es hatte eine keilförmige, ungelenk geschmiedete Klinge und einen Griff aus Ebenholz.

»Es ist das Messer meines Bruders«, sagte Richard tonlos und betrachtete es. Tränen liefen über sein Gesicht. Philipp kam heran und ging neben Richard in die Hocke. Odo stand betreten bei den Pferden.

»Wo hast du es gefunden?«, fragte Philipp schließlich.

»Da drüben«, sagte Richard tonlos und deutete mit einer Kinnbewegung nach links.

Philipp folgte mit seinem Blick Richards Bewegung. Dort lag noch etwas anderes, mit einer dünnen Decke Neuschnee bedeckt. Ein kleiner Hügel. An einer Stelle des Hügels war der Schnee mit der Hand zur Seite gefegt worden. Darunter war etwas Tiefschwarzes zutage getreten. *Fell.* Philipp ließ den Kopf sinken. *Schatten.* Richards Pferd war tot. Wenn Schatten es nicht schaffen konnte, wie sollte dann Leon auch nur den Hauch einer Chance gehabt haben?

Im Herzen des Waldes

Eine Lichtung im Wald, 18. Januar 1246

Leons Bewusstsein lichtete sich, und sein Geist stieg aus tiefer Dunkelheit empor. Mit geschlossenen Augen lag er da und bewegte sich nicht. Da bemerkte er einen Duft. Zart und angenehm. Eine Mischung aus warmer Milch, Zimt und Safran, dachte er. Merkwürdig vertraut. Leon versuchte sich zu regen, aber kein Muskel rührte sich. Blinzelnd öffnete er die Augen und sah verschwommen ein helles Gesicht über dem seinen. Jemand sah ihn aufmerksam an. Wo war er? Das Gesicht verschwamm. Die Dunkelheit kehrte zurück.

Das nächste Mal kehrte Leons Bewusstsein zurück, weil jemand mit warmen Händen an seinen Oberarmen und an seiner Brust rieb. Diesmal duftete es stark nach Minze und nach etwas, das er noch nie zuvor gerochen hatte. Mit Mühe öffnete er eines seiner Augen einen Spaltbreit und sah erneut das milde Gesicht. Jetzt erkannte Leon, dass es zu einer Frau gehörte, die nun mit beiden Händen sanft über seinen Brustkorb strich. Verschwommen sah er, wie sich ihr Busen unter ihrem weißen Hemd hob und senkte. Dort, wo ihre Hände ihn berührten, entstand Wärme, beinahe ein Glühen. Angenehm drang es in ihn. Er versuchte, sich ein Stück aufzurichten, doch eine ihrer Hände hielt ihn sanft davon ab. Ein Husten brach jäh aus ihm hervor, und mit ihm kam ein heftiges Stechen in seiner Brust. Seine linke

Schulter tat entsetzlich weh, aber Leon wusste nicht, warum. Die Frau sagte irgendetwas. Aber Leon verstand sie nicht. Er sah nur, dass sich ihre Lippen bewegten. Dann fiel er wieder in einen fiebrigen Schlaf.

Als Leon zum dritten Mal die Augen öffnete, war die Frau fort. Es gelang ihm, den Kopf ein wenig zur Seite zu drehen. Er sah eine kleine Feuerstelle. Darüber hing ein eiserner Kochtopf an einem Haken. Etwas kochte darin. Es roch nach Fleisch, Wurzeln und Estragon. Als Leon seine Position veränderte und sich vorsichtig zur rechten Seite drehte, wurde der Schmerz in seiner linken Schulter etwas erträglicher.

Ein Kobold saß am Feuer und sah Leon grinsend an.

»Ausgeschlafen?«, fragte der Kobold. Es klang eher wie eine Feststellung.

Leon sagte nichts und starrte stattdessen auf das sonderbar zerzauste Wesen.

»Ich kenne ein paar Tiere hier im Wald, die den Winter lieber schlafend in ihrem Bau verbringen. Aber bei einem Menschen ist mir das noch nicht untergekommen«, sagte das Wesen immer noch grinsend. Leon erkannte nun, dass der Kobold irgendwie wie ein Junge aussah. Leon versuchte, sich auf seinem Lager aufzurichten, aber es gelang ihm nicht. Seine Stirn glühte. »Wer bist du?«

»Das wollte ich dich gerade fragen«, antwortete der Kobold-Junge. »Hab dich aus dem Fluss gefischt. Hättest mit dem Baden besser bis zum Sommer warten sollen. Wobei das sicher schwerfällt, mit so viel Schmutz am Leib.«

Der Junge am Feuer hatte wilde pechschwarze Haare. Seine Augen waren beinahe ebenso dunkel wie sein Schopf und sprangen lebhaft umher. Der Schalk funkelte aus ihnen. Leon kam trotz seiner Schwäche nicht umhin, ihn auf Anhieb zu mögen. Auch wenn er eben eher einem Kobold glich als einem Menschen. Er schien in etwa so alt wie Leon selbst zu sein.

»Wer bist du?«, fragte Leon erneut.

»Mein Name ist Flint.«

»Bist du ein Kobold?« Leon konnte sich die Frage nicht verkneifen.

Der andere Junge lachte auf.

»So was Ähnliches vielleicht. Ja, so was Ähnliches!« Er grinste Leon an. »Und du?«

Leon überlegte und hatte einige Mühe, sich an seinen eigenen Namen zu erinnern. Und das erschreckte ihn. »Ich heiße ... Leon«, fiel es ihm nach einem kurzen Moment der Verwirrung schließlich doch ein. »Glaube ich zumindest.«

»Bist du ein Jude?« Der Junge sprach mit einem merkwürdigen Akzent.

»Ich glaube nicht, wieso?« Leon war verwirrt, weil er sich in diesem Moment an nichts wirklich erinnern konnte. Wie war er hierhergekommen? Was war geschehen?

»Ich kannte einen Leon«, sagte Flint und stocherte im Feuer herum. »Aber der war Jude, und am Ende haben sie ihn und seine ganze Sippe drangekriegt.«

Verschwommene Bilder schossen durch Leons Kopf. Bewaffnete Männer, ein Sturz. Er erinnerte sich daran, dass er verfolgt worden war. Doch mehr bekam er nicht zusammen. Er ließ sich wieder auf sein Lager zurücksinken. Seine Brust schmerzte mit einem Mal höllisch, und er musste wieder husten.

»Ich schätze mal, mich hätten sie wahrscheinlich auch beinahe ...«, er hustete erneut, »... drangekriegt.« Er konnte nicht mehr weitersprechen. Er sah, dass Flint aufgestanden war, am anderen Ende der kleinen Hütte in irgendetwas herumkramte und ihm kurz darauf die vordere Hälfte eines Pfeiles unter die

Nase hielt. Der Schaft war, wie Leon verschwommen erkennen konnte, etwa eine Handbreit hinter der eisernen Spitze abgebrochen.

»Steckte in deiner Schulter, das Ding. Zusammen mit 'nem zweiten davon, nur von der anderen Seite. Trägt man das jetzt so bei Hofe?«

Leon starrte auf das schwarze Metall der Pfeilspitze. Wer hatte auf ihn geschossen? Und warum?

»Ich kann mich an nichts erinnern.« Leon wurde es für einen kurzen Moment schwarz vor Augen.

Flint frotzelte weiter: »Hattet ihr eine persönliche Beziehung? Ich meine, der Pfeil und du? Du musst ihm sehr nahegestanden haben, dass du ihn und seinen Bruder in deiner Schulter mit dir herumträgst.«

Leon stöhnte leise und musste dennoch lächeln. Mit seinem noch immer geschwollenen Gesicht tat ihm das ziemlich weh. Irgendetwas war mit seiner Nase nicht in Ordnung. Flint blieb neben Leon hocken und sah ihn weiter an.

»Was ist mit mir passiert?«, fragte Leon schließlich schwach. Ihm war, als wäre es mit einem Male wieder bitterkalt in der Hütte, und er zitterte am ganzen Leib.

»Na ja, schätze mal, du warst verdammt kurz davor abzukratzen. Schätze, der Teufel ist ziemlich sauer, dass er dich nur so knapp nich erwischt hat.«

»Woher weißt du, dass das der Teufel war?«, flüsterte Leon mit geschlossenen Augen. Wieder unterbrach ihn ein Husten.

»Und nicht der Erzengel Gabriel?« Das Sprechen strengte ihn an.

»Ich würd mal sagen, so wie man dich zugerichtet hat, biste nich gerade der Günstling der Engel.« Flint hatte recht.

»Andererseits musst du auch wirklich ein paar von den Geflügelten zu deinen Freunden zählen. Immerhin hab ich gerade in dem Moment nach meinen Netzen geschaut, als du dich entschlossen hast, ein Bad im Eiswasser zu nehmen. Ich wollte eigentlich erst gar nicht raus bei dem Mistwetter. Bin dann aber doch gegangen. Weil ich Lust auf Forellen hatte. Ich fand dich am Ufer, an einen Ast geklammert. Es fehlte nicht viel, und selbst meine Mutter hätte dich nicht mehr zusammenflicken können. Und das will was heißen. Haarscharf, wenn du mich fragst.«

Das Gesicht, das er gesehen hatte. Das musste Flints Mutter gewesen sein.

»Ist sie hier?«, fragte Leon.

»Sie kommt gleich wieder. Du hast ein elendes Fieber, und sie besorgt draußen ein paar Kräuter und Flechten, um es zu behandeln. Keine leichte Arbeit bei all dem Schnee. Aber Mutter kennt sich aus da draußen. Kennt jede verdammte Stelle an jedem verdammten Baum. Vater und ich halten uns da eher an die Tiere und benutzen die Bäume zum Pinkeln. Wer weiß, vielleicht gedeihen die Kräuter ja deshalb so gut an ihnen.«

Flint plapperte noch eine Weile lang so weiter. Doch Leon nahm seine Stimme nur wie das entfernte Plätschern eines Baches wahr. Vor seinem inneren Auge tauchten blasse Bilder eines weit zurückliegenden Sommers auf. Erinnerungsfetzen einer Kindheit auf irgendeiner Burg. Leon bemühte sich, einzelne Bilder näher zu betrachten, doch sie verschwammen jedes Mal, wenn er sie festhalten wollte. Gleich darauf sank er wieder in einen unruhigen, fiebrigen Schlaf.

Zwei Wochen lang blieb er noch liegen, und der Husten ließ allmählich nach. Nur das Fieber wollte nicht vergehen. Leons Erinnerungen kehrten teilweise zurück, doch offenbar reichten sie nur bis zu einem Tag, an dem irgendetwas Schreckliches geschehen sein musste. Bruchstückhafte Bilder von einer Versammlung in irgendeinem düsteren Burghof.

Eines Morgens erwachte Leon aus einem Traum, in dem ein Name vorgekommen war. Endlich ein Name! *Albert!* Ja, jetzt erinnerte er sich an Albert von Breydenbach, seinen Hauslehrer. Und mit dem Namen kamen einige weitere Erinnerungen. Sein Onkel Rudolf. Uther, der Vogt. Und da war noch ein anderer Junge. Waren sie verwandt? Hatte Leon einen Bruder? Er wusste es nicht.

Flints Mutter pflegte Leon. Sie war es auch, die ihn mit jener fremd duftenden Salbe versorgt hatte. Aber offenbar war es nicht die Salbe allein, die ihn hatte genesen lassen. Ihr ganzer Körper duftete wohltuend und auf seltsam zauberhafte Weise heilsam. Wenn sie sich, wie alle übrigen Familienmitglieder, zum Schlafen in ein paar Decken wickelte, konnte Leon ihren Duft durch den Rauch des Feuers und den Geruch der feuchten Felle und Decken hindurch wahrnehmen. Etwas darin ließ die Erinnerung an Leons eigene Mutter zurückkehren. Eine Ahnung von Geborgenheit und Liebe lag darin. Gleichzeitig das Bild seines toten Vaters. Nein, das musste sein Großvater sein. Aufgebahrt in einer Kapelle der Burg. Wie alt war Leon da gewesen? Und wer war der andere Junge, der damals neben ihm gekniet hatte? Und warum konnte er sich nicht an seinen Vater erinnern? Er musste doch einen Vater haben.

Flints Mutter hieß Anna und lebte mit ihrem Mann John hier in dieser kleinen Hütte im Herzen des Waldes. Vater und Sohn waren offensichtlich Wilderer, denn alle paar Tage gab es erlegtes Getier. Kaninchen, Vögel, Fisch und einmal sogar ein junges Reh.

»Fürchtet ihr euch nicht vor den Jägern der Fürsten? Denen

126

gehört das hier doch alles«, fragte Leon, während er und Flint gerade aßen.

Flint zeigte mit einer Gräte auf einen der gebratenen Fische und antwortete: »Ich kann mir nicht vorstellen, dass der liebe Gott so viele davon gemacht hat, damit sie nur einigen wenigen schmecken! Hätte der Allmächtige außerdem gewollt, dass ich sie nicht esse, hätte er sie weniger schmackhaft machen sollen«, grinste er. »Und geschickter im Wegschwimmen.« Flint schien für nahezu alles eine einfache Erklärung zu haben. Vor allem, wenn es etwas mit Essen zu tun hatte.

Nach ein paar Tagen, nach denen es Leon allmählich etwas besser ging, kehrte das Fieber in der dritten Woche mit doppelter Kraft zurück. Die Bisswunde an seinem Unterarm hatte sich entzündet und war brandig geworden. Anna sah jedes Mal sehr besorgt aus, wenn sie den Verband wechselte und das offene Fleisch mit einer Salbe bestrich. Sie hatte ihm gesagt, ein Tier habe ihn gebissen. Womöglich ein Hund oder ein Wolf. Aber Leon erinnerte sich nicht an eine solche Begegnung. Immer noch fehlten Teile seiner Erinnerung.

Leon wusste, wer er war, und auch, dass er wohl am Hof Rudolfs, des Grafen von Habsburg, aufgewachsen war. Zuletzt kehrte auch die Erinnerung an seinen Bruder Richard zurück. Aber Leon konnte beim besten Willen nicht sagen, was aus ihm geworden war. Auch dass er selbst offenbar hatte fliehen müssen, wusste er. Doch der Grund dafür war gänzlich entrückt. An Teile der Flucht selbst konnte er sich ebenfalls nur bruchstückhaft erinnern. Das Bild einer fremden Gestalt, eines Mannes mitten auf einem verschneiten Dorfplatz, drang immer wieder kurz in sein Bewusstsein. Doch auch hier konnte er nicht sagen, wo oder wann das gewesen sein könnte. Und das ängstigte ihn. Leon spürte die Bedrohung, die von diesem Mann ausging.

Sosehr er sich auch bemühte, Leons Erinnerung reichte nicht weiter zurück und endete an irgendeinem Punkt zu Beginn des letzten Sommers. Er kam über diese Grenze in seinem Kopf einfach nicht hinweg. Gelöscht. Leere. Woher stammten all seine Verletzungen? Vor allem die auf seinem Rücken? War er tatsächlich ausgepeitscht worden, so wie Flint gesagt hatte, als er die Verletzungen das erste Mal gesehen hatte? *Wofür* war er ausgepeitscht worden? *Was* hatte er verbrochen?

Weitere Wochen vergingen, und schließlich kehrten nach und nach doch noch einige Erinnerungen an Ereignisse vor dieser Zeit zurück. Wenige. Die Erinnerung an den Unterricht seines Hauslehrers war eine davon. Damals, im Frühjahr des letzten Jahres, vor jenem Sommer also, an den er sich nicht erinnerte, hatte Albert von Breydenbach damit begonnen, ihn in der Lehre des kunstvollen Gespräches zu unterweisen. Und an diesen Erinnerungen hielt Leon sich nun fest. Er rekapitulierte sie wieder und wieder. Klammerte sich an sie, in der Hoffnung, dass andere Erinnerungen dadurch ebenfalls zurückkehren würden. Er wandelte in diesen Erinnerungen wie in einem Garten und hoffte, irgendwann an dessen Außenmauern eine Pforte zum Rest des Lebens zu entdecken. Seines Lebens.

Einmal war es in Alberts Lektionen um eine besondere Art des Zuhörens gegangen, erinnerte sich Leon. Sie stand in irgendeinem Zusammenhang mit dem weiteren Verlauf seines Lebens. Leon fühlte das. Irgendetwas hatte diese Kunst mit seiner Bestrafung und seiner Flucht zu tun. Leon folgte dieser Erinnerung wie einer Witterung. Der alte Mönch hatte die Kunst das »einnehmende« oder auch das »belebende« Zuhören genannt. Manchmal auch das »Ausschließen der Welt«. Und irgendetwas Unheilvolles war daraus erwachsen.

Leon erinnerte sich, dass Albert und er in einer Frühlingsnacht bei Kerzenschein in der Kammer des Gelehrten gesessen hatten. Leon hatte dem Alten wie immer gebannt zugehört, als dieser plötzlich nachdenklich innehielt und Leon direkt ansah.

»Du bist ein ausgezeichneter Zuhörer, mein Junge. Darin steckt eine große Begabung.«

»Wie meinst du das?«, hatte Leon damals gefragt.

»Ist dir einmal aufgefallen, dass es einige Leute gibt, denen man etwas lieber erzählt als anderen? Leute, die einem durch diese Art des Zuhörens Dinge entlocken, die einem selbst neu und fremd vorkommen, als hätte ein anderer sie erfunden. Sie können auf eine Art zuhören, dass der Verzagte Mut fasst und der Dumme hernach ein wenig klüger von dannen geht. Und das, obwohl die Zuhörer mit keinerlei Belehrung dazu beigetragen haben.«

»Solche Menschen sind mir begegnet«, antwortete Leon. »Auch wenn das eher eine Seltenheit zu sein scheint«, fügte er hinzu. »Hier bei Hofe gibt es eher das Gegenteilige anzutreffen.«

Wie immer sprach Leon sonderlich geschwollen, wenn er in der Gegenwart seines Lehrers war. Um ihn zu beeindrucken. Leon konnte mit Worten umgehen wie Richard mit dem Schwert.

»Nehmt meinen Cousin Lutz«, fuhr er fort. »Wenn man ihm etwas erzählt, hat man oft den Eindruck, Lutz ist zwar körperlich anwesend, aber sein Geist ist irgendwie verreist. Irgendwann gibt man dann auf, weil man genauso gut zu einem steinernen Trog sprechen könnte.«

»Du hast es erfasst, mein Junge«, lächelte Albert. »Und nichts allzu Neues liegt darin. Nicht zuhören können! Seneca erkannte dieses Gebrechen der Menschen schon vor langer Zeit.« Albert erhob sich und schlurfte zu einem über und über mit Büchern und Schriftrollen vollgestopften Regal. Leon blickte ihm nach. Albert ging gebeugt, und seine Kutte hing an ihm wie an einem hölzernen Gestell. Albert griff nach einem uralten Buch im Regal und zog es heraus. »Seneca«, murmelte er. Staub wirbelte auf. »Dies ist die Abschrift eines der Bücher dieses großen Philosophen und Redners. Du findest darin eine kurze Passage über das Zuhören. Warte. Gleich habe ich sie.« Der alte Mann blätterte in dem Buch, wobei er sich eine seltsam geformte Glasscherbe in einem Gestell vor das rechte Auge hielt. »Hier ist es. Sei so gut, mein Junge, und lies mir vor.«

Leon nahm ihm den Folianten ab und legte ihn behutsam mit der aufgeschlagenen Seite unter das Licht der Kerze. Das Leder und die Pergamentseiten knirschten und knisterten leise.

»Quod in mundo audit nos semper?«, las Leon. »Denn wer in aller Welt … hört uns je zu?«, übersetzte er stockend. Der Text war in einer beinahe unleserlichen, verzierten Handschrift in lateinischer Sprache verfasst.

»Ob Freund und Lehrer, Bruder, Mutter, Vater, ob Schwester, Nachbar, Sohn, ob Herr oder Knecht? Die eigene Frau, der eigene … Mann, die uns am nächsten stehen?«

Leon sah kurz zu Albert. Dieser nickte und rezitierte aus dem Gedächtnis die weiteren Worte: »Zu wem kann man sagen: Hier bin ich! Sieh die Nacktheit, sieh die Wunden, geheimes Leid, Enttäuschung, Zagen, Schmerz, unsagbarer Kummer, Angst, Verlassenheit!«

Albert unterbrach sich, und Leon fuhr mit der Übersetzung fort: »Hör einen Tag mich, eine Stunde bloß, nur einen Augenblick an, auf dass ich nicht vergehe im Grauen wilder Einsamkeit! Oh, ihr Götter, ist niemand da, der mir zuhört?« Hier endeten die Verse.

»Wer ist dieser Seneca?«, wollte Leon wissen.

»Ein Gelehrter und Philosoph. Wie ich schon sagte.«

»Kanntest du ihn persönlich?«

Albert lachte und sprach: »Dann müsste ich wahrlich biblischen Alters sein, mein Junge. Seneca lebte kurz nach der Geburt unseres Herrn Jesus Christus bis etwa in das Jahr 65. Er war ein großer Redner und hat einige der Dinge, die wir heute wissen, vorausgedacht. Auch Seneca hat erkannt, dass es einen Weg des Zuhörens gibt, der auf eine bestimmte Art mehr wert ist als das Gefälligste, das man sagen kann. Die Kunst, dem Menschen so zuzuhören, dass es diesen ganz und gar vereinnahmt, wird ›einnehmendes‹ oder manchmal auch ›belebendes Zuhören‹ genannt. Sie beruht auf sechs verschiedenen Stimuli. Es ist eine nicht gerade leicht zu erlernende Fertigkeit der Gelehrten. Das sage ich dir, mein Junge.« Albert sah, dass seine List gelungen war und er Leons Neugierde entfacht hatte. Er lächelte verschmitzt.

»Was sind Stimuli?«, fragte Leon.

»Es sind kleine unauffällige Aufforderungen an den Erzählenden weiterzusprechen. Gleichzeitig geben sie Signal, dass der Zuhörende das Gesagte oder Gemeinte auch wirklich verstanden hat. Es im Herzen bewegt. Ich will es dich in den kommenden Wochen lehren, denn es wird von großer Bedeutung für dein späteres Verhandlungsgeschick sein.«

Albert hatte umständlich auf einem Lehnstuhl gegenüber von Leon Platz genommen und sah ihm in die Augen. »Erzähl mir etwas, mein Junge.«

»Was denn?«

»Irgendetwas. Ich will dir die Stimuli demonstrieren. Erzähle von deinem gestrigen Ausritt oder dem Abendessen. Ganz gleich.«

Leon dachte einen Moment lang nach und hob schließlich an zu sprechen. Aber während er von den zugegebenermaßen nicht sonderlich spannenden Ereignissen des gestrigen Ausritts mit

Richard berichtete, sah Albert zur Seite und schließlich zu Boden. Leon spürte, wie es ihm immer schwerer fiel, im Erzählfluss zu bleiben. Am Ende brach Leon seinen Bericht ab. Er verstand.

»Ich sehe, was du meinst. Du wirkst vollkommen uninteressiert an dem, was ich dir erzähle.«

»Der erste der sechs Stimuli ist eine zugewandte Körperhaltung. Der zweite Stimulus ist die Begegnung der Augen. Beides fehlte gerade.«

»Begegnung der Augen? Was ist damit gemeint?«

»Sieh deinem Gegenüber ins Gesicht und wende dich nicht ab, so wie ich es eben getan habe. Wenn es dir zu Beginn schwerfällt, den Blick zu halten, sieh auf die Ohren oder die Nasenwurzel deines Gegenübers. So lange, bis es dir schließlich gelingt, seinem Blick standzuhalten. Große Kraft liegt in dieser Art der Begegnung. Auch wenn es später um das Flankieren deiner Worte geht, denn jedes Wort, das nicht in die Augen eines anderen gesprochen ist, ist ein verlorenes. Doch lass uns nun fortfahren. Erzähl mir weiter vom gestrigen Abend.«

Leon hob erneut an und sprach. Albert sah ihm dabei in die Augen. Der Oberkörper des alten Mannes war ihm zugewandt. Nun fühlte sich das Erzählen schon eindeutig besser an. Doch irgendetwas fehlte noch.

Leon unterbrach sich erneut. »Vielleicht solltest du zwischendurch mal eine Frage stellen oder irgendetwas sagen, damit ich das Gefühl habe, du seist an meinen Worten interessiert.«

»Nun gut, lass uns das probieren. Beginne erneut.«

»Also, gestern um die Mittagsstunde sattelten Richard und ich die Pferde, um einen Ritt zu unternehmen ...«

»Wohin seid ihr geritten?«

»Den Fluss entlang zum Wald.«

»Waren die Förster des Grafen dort zugegen?«

»Äh, nein, zumindest haben wir niemanden dort gesehen.«

»Das heißt, ihr wart die ganze Zeit allein?«

»Ja. Äh … Nein. Da waren ein paar Flößer am Fluss.«

»Was hatten sie auf ihren Flößen geladen?«

»Das konnte ich nicht sehen … Ich …«

»Wie viele Flößer waren es denn?«

»Keine Ahnung. Drei?«

»Wie viele genau?«

»Na gut, vier.«

»Was taten die Flößer?«

»Sie … Moment mal, ich sollte dir doch von meinem Ausritt erzählen!« Leon war empört.

Albert lächelte. »Siehst du, Leon? Das ist der Grund, weshalb Fragen für das belebende Zuhören nicht geeignet sind. Das Fragen ist wahrlich eine große und weitläufige Kunst. Doch beim wirklichen Zuhören unterbrechen Fragen den Erzähler nur und führen ihn in Bereiche, von denen er möglicherweise gar nicht erzählen wollte. So wie du mir von deinem Ausritt erzählen wolltest und nicht von der Ladung der Flößer. Das belebende Zuhören fordert den Erzähler auf, über das *Eigentliche* zu sprechen. Das, was er oder sie *wirklich* erzählen will. Das *Gemeinte*. Das belebende Zuhören stützt den Erzähler, ohne ihn in irgendeine Richtung zu steuern. Der Erzähler entwickelt seine Gedanken, befreit sie. So kommt der Zuhörer zugleich an tiefer liegendes und vor allem wahres und damit wertvolles Wissen, welches nur allzu oft zwischen den bloßen Worten des Sprechenden verborgen bleibt.«

»Aber irgendwas hat mich eben bei deinem Zuhören noch gestört. Ich kann nicht sagen, was es ist. Aber es fehlte etwas.«

»Tja, Leon. Was fehlte, war eine körperliche oder stimmliche Reaktion auf das Gesagte.«

»Aber unterbricht mich das nicht ebenso wie zuvor deine Fragen?«

»Das ist wahr, wenn es sich bei den Unterbrechungen um eigene Ansichten, Erlebnisse oder Bewertungen des Zuhörenden handelt. Lass mich auch das kurz demonstrieren.«

»Kann ich vielleicht etwas anderes erzählen? Den Ausritt mag ich hierfür nicht mehr nehmen«, sagte Leon. Albert nickte lächelnd.

Leon überlegte einen Augenblick und begann dann: »Gestern Abend wurde ich Zeuge einer merkwürdigen Begegnung zwischen meinem Onkel und einer jungen Dame.«

»Ich habe die beiden gestern auch gesehen«, sagte Albert und fuhr sogleich fort: »Sie ritten gemeinsam zur Jagd, und ich muss sagen, sie gaben ein höchst ungleiches Paar ab. Die Kleine wirkte irgendwie verschreckt. Eigentlich ein Skandal, deinem Onkel eine gerade mal Siebzehnjährige an die Hand zu geben.«

Leon lachte. »Aber das ist ja gar nicht das, was ich erzählen wollte!«

»Ich weiß, ich weiß«, antwortete Albert augenzwinkernd. »Jede Form von eigenen Beobachtungen, die beim Zuhören eingebracht werden, so wie eben die meine, unterbrechen den Redner und lenken ihn von seinem eigentlichen Vorhaben ab. Genau genommen handelt es sich dabei auch gar nicht mehr um Zuhören. Sondern um Reden. Eine Unart, wenn du mich fragst. Man will den Leuten von etwas Wesentlichem berichten, beginnt zum Beispiel mit ›Vergangenen Sonntag ging ich zur Messe ...‹, und schon stürzt der andere in den zarten Anfang der Geschichte und sagt: ›Da war ich auch!‹«

»Ist es denn dann gar nicht mehr erlaubt, seine eigene Meinung kundzutun?«, fragte Leon.

»Natürlich, doch, doch! Das ist es. Nur solltest du lernen zu unterscheiden. Wann ist es Zeit zu reden? Und wann ist es Zeit zuzuhören? Es kommt nämlich wie immer darauf an, was genau du gerade beabsichtigst. Das belebende Zuhören hat zum Ziel, dem anderen das Gefühl zu geben, verstanden zu sein. Und es hat aus Sicht des Zuhörenden zum Ziel, auch tatsächlich zu verstehen. Wenn du eines dieser Ziele verfolgst, rate ich dir, deine eigene Meinung zurückzuhalten und dich ganz und gar deinem Gegenüber hinzugeben. Im Laufe der Zeit und mit ausreichend Übung wirst du einen Zustand erreichen, in dem deine eigene Meinung unter der Anwendung des belebenden Zuhörens so weit zurücktritt, dass außer deinem Gegenüber und dessen Gedanken in diesem Augenblick nichts anderes mehr um dich herum existiert. Es entsteht eine unsichtbare, nur fühlbare Blase um dich und den Erzählenden. Ein Kokon, der alles Übrige dämpft und schließlich ganz ausschließt. Deine Gedanken dringen in die deines Gegenübers und erfassen das Wahre hinter seinen Worten. Ebenso wie das Unwahre. Deine Konzentration fördert Wissen zutage und vermag die Gefühle des anderen in all ihren Nuancen zu erfassen. Das ist die Kunst hinter dem einfachen Begriff ›zuhören‹.«

Albert machte eine Pause, schlug sich mit der flachen Hand auf den Oberschenkel und erhob sich. »In den kommenden Tagen wirst du damit beginnen, dich in genau dieser Konzentration zu üben«, sagte er und ging zu einer Truhe am Rande seiner Bettstatt.

»Und die anderen vier Stimuli?«, fragte Leon. »Was ist mit ihnen? Was gehört noch zu dieser Kunst?«

»Später, mein Junge. Später.«

Albert drehte sich um, kehrte zu Leon zurück und reichte ihm etwas, das schwarz und etwa walnussgroß war.

»Was ist das?«, fragte Leon.

»Ein Stein«, antwortete Albert.

»Ein Stein?«

»Ein simpler Stein«, wiederholte Albert nickend. »Oder ein Zauberstein. Wie du willst. Streck deine Hand aus.«

Albert legte den Stein auf Leons Handfläche und schloss dessen Finger darum. Der Stein fühlte sich kühl und angenehm glatt an.

»Ich möchte, dass du von nun an jeden Tag dreimal die folgende Übung absolvierst: Lege den Stein auf deine offene Handfläche. Sieh ihn dir so lange an, bis es dir gelingt, für mehr als zehn Herzschläge vollkommen selbstvergessen zu sein.«

»Wie soll das gehen?«

»Probiere es. Lenke deine Aufmerksamkeit auf den Stein. Wenn du gelernt hast, dich selbst zu vergessen und mit deinen Gedanken ausschließlich bei diesem Stein zu sein, machen wir weiter.«

Jetzt, da Leon bei Flint und dessen Eltern im Wald war, erinnerte er sich wehmütig an seinen Unterricht. Er hatte in den Wochen nach seiner ersten Lektion im belebenden Zuhören in jeder freien Minute geübt.

Zu Anfang gelang es ihm überhaupt nicht. Sosehr er sich auch auf den kleinen Stein konzentrieren wollte, immerzu hallte seine eigene Stimme durch den Kopf. Unentwegt überdeckten Bilder und Gedanken den Anblick des kleinen schwarzen Steins auf seiner Handfläche.

Sein Bruder Richard hatte ihn einmal auf einer Wiese vor den Mauern der Burg dabei ertappt und ihn als »Steinstarrer« verspottet.

»Was ist das? Magie? Lehrt dich der Alte neuerdings, aus Steinen Gold zu denken?« Richard ließ aber schließlich davon ab, als Leon ihm erklärte, worum es in dieser Übung in Wahrheit ging. Darauf erwiderte Richard, dass es ihm manches Mal bei seinen Kampfübungen genauso erging. Er schilderte, wie er sich, wenn er mit seiner Konzentration vollkommen beim Gegner war, oft selbst gar nicht mehr spürte. »Die Schläge tun dann auch nicht mehr so weh!«, lachte Richard. »Und ich bin manchmal so sehr bei meinem Gegner, dass ich weiß, was er als Nächstes tut, noch bevor er es selbst zu wissen scheint.« Richard war in diesem Moment über seine eigenen Worte überrascht. Und Leon meinte darin einen Teil der Kunst des belebenden Zuhörens erkannt zu haben. Denn nichts anderes hatte er in diesem Moment angewendet. Der Erzählende gelangte zu einer Erkenntnis, die durch die Präsenz des Zuhörenden erzeugt worden war.

»Leute sagen Dinge, die ihnen selbst fremd erscheinen. Die einfach aus ihnen herauskommen, wie die Worte eines Weisen«, hatte Albert gesagt. »Einfach nur, weil man ihnen den ›Raum‹ dafür geschaffen hat und diesen aufrechterhält. Wir nennen diesen Zustand ›Praesentia‹, weil er sowohl Vergangenheit als auch Zukunft des Zuhörenden ausschließt.«

Leon hatte damals wochenlang geübt, und jetzt, da er hier in der Hütte lag, erinnerte er sich an das erste Mal, als es ihm für einen kurzen Moment gelungen war, den Rest der Welt aus seinen Gedanken zu bannen und wirklich nur den Stein zu sehen. Es war beinahe ein erschreckender Moment, als ihm bewusst wurde, dass er gerade die letzten vier oder fünf Herzschläge lang nichts – wirklich gar nichts – gedacht hatte. Als er später Richard davon berichtete, meinte der nur lachend: »Wenn das eine Fertigkeit ist, die zu erlernen sich lohnt, so bin ich darin ein Naturtalent. Wann immer mich unsere Schwester fragt, was ich gerade gedacht habe, erinnere ich mich stets an rein gar nichts.«

Leon lachte mit ihm und setzte seine Übungen in den darauffolgenden Wochen fort, bis es ihm schließlich immer öfter auf Anhieb gelang, seine eigenen Gedanken auszuschließen. Er wollte Albert den Stein zurückgeben. Aber dieser sagte: »Behalte ihn. Er soll dich daran erinnern, dass wir unsere eigenen Gedanken jederzeit verlassen können, um uns den Gedanken und Gefühlen der anderen zuzuwenden. Uns mit ihnen über den Äther zu verbinden.«

»Was ist der Äther?«, wollte Leon natürlich sofort wissen.

»Der Äther ist das, was da ist, wo nichts ist.«

Leon sah seinen Lehrer verständnislos an. »Aber dann ist der Äther ja selbst nichts.«

»Ja und nein, Leon. Der Äther ist das, was alles miteinander verbindet. Du kennst die vier Elemente. Feuer, Wasser, Erde und Luft. Der Äther liegt zwischen ihnen.«

»Aha«, sagte Leon. Aber in Wahrheit hatte er bis heute nicht verstanden, was es mit dem Nichts, das offenbar Äther genannt wurde, auf sich hatte.

Als sie das nächste Mal auf das Thema des belebenden Zuhörens zu sprechen kamen, fragte Leon: »Was sind die anderen vier Stimuli?«

Anstelle einer Antwort bat Albert den Jungen erneut, eine Geschichte zu erzählen.

»Sieh genau hin.«

Diesmal erzählte Leon ihm davon, wie er am Morgen einen ganzen Kuchen aus der Küche erbeutet hatte. Leon liebte es, die Menschen auf der Burg mittels seiner rhetorischen Fähigkeiten zu manipulieren. Er war einfach zu einer Küchenmagd gegangen und hatte gefragt: »Mit wem muss ich sprechen, wenn es darum geht, ausnahmsweise einen Kuchen für meinen Herrn zu erhalten?« Leon hatte diese Art der Frageformulierung zuvor in einer Schrift über Rhetorik entdeckt und deren List durchschaut. Antwortete die Magd nun:»Mit mir!«, dann hätte sie damit eine Andeutung gemacht, sie könne eine solche Ausnahme gestatten. Nun müsste sie beweisen, dass ihre Andeutung stimmte. Und das könnte sie nicht, wenn sie die Ausnahme nicht erteilte. Denn das könnte ja jeder.

Antwortete sie dagegen, man müsse mit der – höhergestellten – Köchin reden, und riefe sie herbei, so müsste nun wiederum diese Köchin beweisen, dass sie über eine höhere Befugnis verfügte als die Magd. Und das könnte sie nur, indem sie die Ausnahme erteilte. Das veränderte die Wahrscheinlichkeit, dass er den Kuchen bekam, zu seinen Gunsten. Und tatsächlich hatte er seinen Kuchen bekommen und ihn mit Richard geteilt. Das alles erzählte er nun Albert.

Dieser schwieg, während er zuhörte. Er sah Leon dabei aufmerksam an und nickte von Zeit zu Zeit.

»Es ist dein Nicken! Der dritte Stimulus!«, rief Leon.

Albert lächelte. »Du hast recht, mein Junge. Das Nicken signalisiert dir, dass ich bei dir bin. Dass ich das Gesagte in mich aufnehme und es, im wahrsten Sinne des Wortes, in mir bewege. Im Gegensatz zum Kopfschütteln ist das Nicken eine bejahende Geste. Sie bejaht dich als Ganzes. Das Gesagte genau wie dich selbst als ganzen Mensch.«

»Aber darf man denn beim Zuhören gar nichts von sich geben?«, fragte Leon, der nun doch etwas ungeduldig geworden war.

»Doch. Es gibt die sogenannten zustimmenden Laute, eine Art Grunzen oder Brummen, die wir von Zeit zu Zeit aus demselben Grunde wie das Nicken von uns geben. Manchmal ist es auch ein gesprochenes ›Ja‹, das den Redner zum Weiterreden auffordert. Die Stimme wird dabei am Ende des Wortes ›ja‹ gesenkt, sodass es nicht etwa wie eine Frage oder ein Zweifel klingt. Ich bitte dich, in den kommenden Tagen zu beobachten, was genau geschieht, wenn du in einer größeren Runde, in der die Menschen miteinander reden, hin und wieder ein zustimmendes ›Mhm‹ oder ›Ja‹ von dir gibst.«

»Was soll denn schon geschehen?«, fragte Leon, eine Spur zu hitzig.

»Probiere es aus!«

Schon am folgenden Abend verstand Leon. Er hatte den ganzen Tag über bei verschiedenen Gelegenheiten, in denen mehrere Menschen zugegen waren, hin und wieder ein bestätigendes »Mhm« von sich gegeben. Die Wirkung war erstaunlich. Schon bald wandten sich alle Anwesenden allein ihm, Leon, zu, während sie sprachen. Ihm allein. Gerade so, als zögen sein Nicken und seine Laute das Sprechen und die Aufmerksamkeit der anderen an sich. Und Leon erkannte wohl, wie viel Macht darin lag.

»Praesentia! Gegenwärtig sein«, wiederholte Albert später. »Die Leute richten sich an dich, weil sie durch dich dem Anschein nach am meisten Aufmerksamkeit erfahren. Wir Menschen hungern und dürsten nach dieser Art der Anerkennung. Sie ist unser tägliches Brot, und wer sie uns gibt, erfährt sie wiederum durch uns. Aufmerksamkeit gebiert Aufmerksamkeit.«

Albert lächelte verschmitzt. »Ich erinnere mich an meine eigenen ersten Schritte in dieser Disziplin der Dialektik. Ich saß inmitten einer Zuhörerschaft von Studierenden an der großen Universität von Paris. Beinahe einhundert Studenten folgten, so wie ich, den Worten des Magisters. Nur ich aber ließ hin und wieder ein kaum vernehmliches ›Mhm‹ von mir hören. Ich versichere dir, mein Junge: Was nun geschah, war beinahe unheimlich. Es begab sich nämlich, dass der Magister schon wenig später nur noch für mich allein zu sprechen schien. Dauernd sah er zu mir hin, obwohl ich in der zehnten Reihe sicher schwerlich auszumachen war. Ich nickte dem Magister zu und sprach ab und an mein kleines ›Mhm‹, sehr zur Verwunderung meiner beiden Sitznachbarn. Während der späteren Prüfungen schien dieser Magister sich meiner sehr genau zu erinnern und war mir wohlgesinnt. Was für meine Prüfungen nicht unbedingt nachteilig war«, fügte Albert augenzwinkernd hinzu. Für einen kurzen Moment schwieg er und schien in Gedanken in alte, lang vergangene Tage zu reisen.

Dann fuhr er fort: »Das Nicken mit dem Kopf solltest du dir ohnehin aneignen. Auch während des Sprechens ist dies von Nutzen. Es birgt nämlich noch einen weiteren Aspekt der Macht, den ich dir an späterer Stelle erklären werde.«

Leon nickte.

»Sehr gut«, sagte Albert. »Doch kommen wir nun zu den letzten der sechs Stimuli. Alles ist nutzlos, wenn du nicht in der Lage bist, ein freundliches Gesicht aufzusetzen. Du musst nicht grinsen. Im Gegenteil. Du kannst sogar recht ernst sein, wenn dies dem gerade erzählten Thema entspricht. Doch dein Antlitz bewahre seine Freundlichkeit und Offenheit für das Gesagte. Jeder Ausdruck von Strenge oder Wertung, selbst ein Erstaunen, engt den Erzählfluss deines Gegenübers ein oder unterbricht ihn gar.« Albert demonstrierte dies, indem er während einer von Leons Erzählungen plötzlich unvermittelt die Augen aufriss. Alberts buschige Brauen schnellten nach oben, und im selben Moment verspürte Leon ein kurzes innerliches Straucheln. Ein winziges Stolpern im Redefluss war die Folge.

Leon kam ein seltsamer Gedanke. »Lässt sich das nicht auch zur Verunsicherung des Gegenübers verwenden?«, fragte er.

Einen Herzschlag lang sah Albert den Jungen an, bevor er nickte. »Selbstverständlich. Jede Disziplin der Rhetorik, so wie jede der Dialektik, verfügt über eine Kehrseite. Eine dunkle Seite, wenn du so willst. So wie du durch ein Nicken den Sprecher ermutigst, kannst du ihn durch ein Kopfschütteln verunsichern. So wie ihn die Begegnung deiner Augen mit den seinen stärkt, so schwächt ihn dein Blick in eine andere Richtung. Doch auch eine Übertreibung ein und derselben Handlung kann den anderen verunsichern. Sagst du zu häufig ›Mhm‹ oder nickst zu oft, wirkst du möglicherweise unruhig oder gar desinteressiert. Die richtige Dosis zu finden und anzuwenden ist die Kunst. Es geht deshalb darum, in den Worten und Gesten des anderen die Punkte zu entdecken, die einer Bestätigung deinerseits bedürfen. Ist dein Blick zu ausdauernd und starr, vergisst du gar das Blinzeln, fühlt sich dein Gegenüber bedroht oder infrage gestellt. Es ist wie mit einem heilenden Kraut. Zu viel davon kann giftig sein. Das Mittel, das dich in geringen Dosen heilt, kann dich, in größeren Maßen verabreicht, töten.«

»Wirklich!? Du meinst, ich kann andere damit aufbringen?« Leons Neugier war geweckt. Denn eigentlich ging es Leon in der Rhetorik hauptsächlich darum, andere zu überrumpeln, zu beeinflussen und am Ende recht zu behalten. »Kann man damit auch Argumente bekämpfen?«, fragte er deshalb und bemühte sich zugleich, möglichst beiläufig zu klingen.

»Ja, Leon. Probiere es aus …« Albert zögerte, denn er schien Leons Absichten zu erkennen, »… aber sei achtsam damit. Treibe es nicht auf die Spitze. Andere Menschen reagieren empfindlich, wenn du dein Spiel mit ihnen treibst. Du wirst tatsächlich erkennen, wie die Stimmung schwindet, wenn du aufhörst zu blinzeln. Wie der andere ärgerlich wird, wenn du ab und an unmerklich den Kopf schüttelst. Eine winzige Bewegung, die äußerst irritierend ist. Große Diplomaten und Verhandlungs-führer verwenden stets beide Methoden. Die dunkle und die helle. Die dunkle, um Schmerz zu vergrößern, den anderen zu provozieren oder zu Fehlern zu zwingen. Die helle, um ihn zur Einsicht zu verleiten oder die Lust zu mehren. Es gibt nicht stets nur das eine oder das andere. Es ist ein Tanz mit vielen Figuren.«

»Kannst du mir diesen Tanz beibringen?«, fragte Leon und rutschte dabei voller Ungeduld auf seinem Stuhl hin und her.

»Damit haben wir bereits begonnen«, sagte Albert. »Doch ich kann es dich nicht zur Gänze lehren. Ich kann einen Anfang versuchen. Wenn es so weit ist, werde ich dich anderen Lehrern anempfehlen. Allen voran Maraudon und seiner Schule der Redner. Du verfügst über eine große Begabung, Leon. Und ich spüre, dass du gleichzeitig auch das Herz besitzt, dich der helleren Seite zuzuwenden und in ihr aufzugehen. Sie birgt ein großes Geheimnis, welches das Zusammenleben der Menschen in Frieden erheblich begünstigt. Und das ist es, was diese Welt dringend benötigt.« Albert seufzte leise und sagte noch einmal: »Frieden.« Dann schien er in Gedanken zu versinken.

»Was ist das für eine Schule?«, fragte Leon nach einem Moment der Stille.

»Später, Leon, später«, antwortete Albert.

Die Zeit im Wald verging. Der Winter war vorüber, und mit ihm die letzten frostigen Nächte. Leons Schulter war mittlerweile gut verheilt. Doch die Entzündung an seinem Unterarm wollte sich einfach nicht bessern. An einem Morgen, als die frühe Sonne durch den offenen Eingang der Hütte auf sein Lager schien, richtete sich Leon schließlich auf und stützte sich auf den ge-sunden Unterarm. Ihm war schwindelig. Von Flint und seinen

Eltern war keine Spur zu entdecken. Leon sah sich in der Hütte um. In seiner Nähe lag ein Beutel. Er wunderte sich ein wenig darüber, dass er ihn bisher nicht bemerkt hatte.

Leon erkannte ihn und zog sich vorsichtig die Wolldecke vom Körper, um ihn zu holen. Er bewegte den Oberkörper zur Seite und wollte nach seinem Beutel greifen. Doch die Bewegung war eine Spur zu hastig. Schmerz brannte in seinem Unterarm. Als er sich wieder beruhigt hatte, beugte er sich zu seinem Beutel, zog ihn heran und fiel zurück auf sein Lager. Dort musste er für einen kurzen Moment innehalten und wäre beinahe wieder eingeschlafen. Dann zog er den Beutel auf seinen Schoß und öffnete ihn. So wie an vieles andere auch, konnte er sich beim besten Willen nicht an den Inhalt des Beutels erinnern. Mit einer Hand glitt er hinein und fand eine kleine Figur. Aus Holz geschnitzt. Ein Vogel, aber das sagte ihm irgendwie nichts. Dann fanden seine Finger im Inneren des Beutels ein Päckchen. Er zog es etwas umständlich heraus. Es war in ein ölgetränktes Tuch gewickelt und lag für seine Größe recht schwer in der Hand. Leon entfernte das Tuch und entdeckte, dass der Inhalt zusätzlich in eine Schweinsblase eingenäht war. Wer hatte sich damit eine solche Mühe gemacht? Und warum? Es war fast, als hätte jemand vorausgesehen, dass Leon mitsamt seinem Beutel in einen Fluss fallen würde.

Ein kurzer, heller Moment durchdrang die Finsternis seiner fehlenden Erinnerung, und er wusste: *Albert hat mir dieses Päckchen gegeben.* Doch er wusste immer noch nicht, warum.

Er öffnete die verknotete Naht und zog ein kleines, in Leder gebundenes Büchlein hervor. Das Leder war schwarz und sah sehr alt und abgegriffen aus. Der Rücken war mit Metall verstärkt. Vielleicht Silber, das angelaufen war, denn es war beinahe genauso schwarz wie das Leder. Auf der Vorderseite des

Buches war ein Name eingeprägt. Leon hatte Mühe, die Buchstaben zu erkennen. Schließlich gelang es ihm. Dort stand »Gottfried von Auxerre«.

Der Name sagte ihm nichts. Die Buchstaben waren abgerieben, und nur noch hier und da war das ursprüngliche Silber der Schrift zu erkennen. Leon schlug das Buch auf und sah auf merkwürdige Zeichen und Symbole. Ein Brief fiel heraus. Er war mit Wachs versiegelt, und Leon erkannte das Siegel Albert von Breydenbachs.

Er wollte den Brief gerade öffnen, als er sah, dass auf der Vorderseite in Alberts sorgfältiger Handschrift der Name »Maraudon« geschrieben stand. Darunter »Schule der Redner, Sankt Gallen«.

Leon zögerte und legte den Brief ungeöffnet zur Seite. Er untersuchte stattdessen wieder das Büchlein. Die Seiten waren aus dünnem Pergament und zweifelsohne sehr alt. Auf der ersten davon erblickte er drei übereinanderliegende gezackte Linien mit einem »V« darüber. Darunter stand »Homo Deus«. Was mochte das bedeuten? Mensch-Gott? Göttlicher Mensch? Er blätterte weiter. Worte in einer sonderbaren Sprache, die nicht Französisch, Deutsch, Englisch, Arabisch, Latein oder Griechisch zu sein schien. Nicht, dass Leon all diese Sprachen hätte lesen können, aber er hätte sie dennoch zumindest erkannt.

Viele der in etwa dreißig Seiten waren beidseitig mit sehr kleiner Schrift beschrieben. Erneut in einer fremden Sprache. Nein, vielmehr schienen es viele verschiedene Sprachen zu sein. Manche mit arabischen Zeichen, manche mit lateinischen. An einigen Stellen war eine Art Keilschrift zu sehen. Vielleicht koptisch oder phönizisch? Am Ende waren einige Seiten frei geblieben. Auf der letzten Doppelseite drehte sich eine Wortspirale von innen nach außen. Die Worte wurden an manchen Stellen durch ein Zeichen unterbrochen, welches wie das Blatt einer Lilie aussah. Genau wie der übrige Text war auch diese Spirale in winziger Schrift geschrieben. Leon hatte Mühe, die einzelnen Buchstaben zu entziffern. Und was er las, ergab überhaupt keinen Sinn.

Rafe wiho zu Jazewi joqun azex

oder

Majewi rojux Yawe nixor ujaleni xo utax.

Was sollte das bedeuten? Latein war das nicht. Auch wenn es so klang, wenn man es aussprach.

Leon blätterte noch eine Weile weiter in dem geheimnisvollen Buch. Hier und da fand er Skizzen von fremd anmutenden Bauwerken und Orten. Aber auch sonderbare Muster und Formen, die ihm wie eine Rezeptur oder eine Bauanleitung vorkamen. Ein einzelner Name schien immer wieder aufzutauchen. Aber Leon konnte auch ihn nicht entziffern. Als er plötzlich vor der Hütte ein Geräusch vernahm, wickelte er Buch und Brief rasch wieder ein und verbarg beides unter seiner Decke. Dann betrat Flint den Raum, um nach Leon zu sehen.

Das Frühjahr schritt voran, und schließlich konnte Leon zum ersten Mal wieder aufstehen und – wenn auch nur für kurze Zeit – mit schmerzenden Rippen vor der Hütte herumhumpeln. Es tat ihm gut, die frische Waldluft zu atmen und seine vom langen Liegen geschwächten Glieder zu bewegen. Er sah nun, dass die Hütte am Rande einer kleinen Lichtung lag. Starke Buchen standen rings um sie herum. Die Sonne schien durch die Blätter der hohen Baumkronen, und ihre Strahlen wurden in tausend Lichter gebrochen. An einer Stelle nach Osten hin war die Lichtung wenige Schritte breit geöffnet, und man sah von der Hütte aus durch eine Senke hinunter bis zu einem breiten Fluss. Der Fluss, in dem er laut Flint beinahe ertrunken wäre. Wer hatte ihn bis dorthin verfolgt? Wer hatte mit Pfeilen auf ihn geschossen? Und warum waren sie ihm danach nicht weiter gefolgt und hatten ihn hier aufgestöbert?

Leon betrachtete die Hütte, in der er über zwei Monate lang gelegen hatte, nun zum ersten Mal von außen. Sie hatte niedrige Seitenwände, war aber dafür beinahe hüfttief in den Waldboden eingegraben. Dadurch konnte man innen bequem stehen. Ein flaches Dach aus Schilf und Ästen bedeckte das runde Gebäude. Fenster hatte es nicht. Einzig einen Auslass für den Rauch des Kochfeuers in der Mitte der Dachkonstruktion.

Vier weitere Monate vergingen, und schließlich war Leons Unterarm wieder völlig verheilt. Flint und Leon verbrachten jetzt viel Zeit draußen im Wald, und der Wildererjunge zeigte Leon, wie man Fallen stellte. Und wie man mit einem angespitzten Stock Forellen aus einem Bach oder dem Fluss fischte.

Im Gegenzug lehrte Leon seinen neuen Freund, wie man mit Schwert und Dolch kämpfte. Doch statt echten Waffen benutzten sie Stöcke. Flint war ein guter Schüler und kämpfte schon bald mit größerer Leichtigkeit als Leon selbst. Sie hatten eine unbeschwerte Zeit, und Leon vergaß irgendwann, dass es ein Davor je gegeben hatte. Später im Jahr brachte der schweigsame John den Jungen bei, wie man aus dem harten und über Jahre getrockneten Kernholz der Eibe Langbögen schnitzte, so wie seine Landsleute, die Engländer, sie verwendeten. Der Bogen, den Leon bei sich getragen hatte, als Flint ihn aus dem Fluss zog, war dagegen fast ein Spielzeug für Kinder. Johns eigener

Langbogen konnte einen Pfeil so stark beschleunigen, dass er ein armdickes Holzscheit durchschlug. Mühelos. Und einmal mehr dachte Leon bei sich, dass John wohl ein geflohener Bogenschütze der Engländer sein musste, traute sich aber nicht, ihn darauf anzusprechen. John war ein großer Mann mit breiten Schultern und kräftigem Kinn. Und er schien aus irgendeinem Grund nie wirklich zu lachen. Hin und wieder sah Leon zumindest die Andeutung eines Lächelns auf seinem kantigen Gesicht. Vor allem dann, wenn er die sanfte Anna, seine Frau, in den Armen hielt oder auch nur ansah. Sie liebten einander offenbar sehr.

Wie kam diese sonderbare Familie ausgerechnet hier in diesen Wald? Immer wenn Leon das Gespräch in diese Richtung lenkte, verstummte der breitschultrige Mann, und es war, als zögen dunkle Wolken über sein Gesicht. Selbst Flint, der sonst ständig plapperte wie ein Wasserfall, sprach kein Wort über die Vergangenheit. Außer ein paar kurzsilbigen Aussagen wie »viel erlebt« war nichts aus ihm herauszubekommen. *Nun ja, ich selbst erinnere mich nicht an große Teile meiner jüngsten Vergangenheit. Und diese Familie will nichts von ihrer erzählen. Ich finde, wir passen recht gut zusammen,* dachte Leon.

Er hatte gesehen, dass an Johns rechter Hand Zeigefinger und Mittelfinger fehlten, und er fragte sich, ob diese Tatsache vom Holzhacken herrührte oder ein übles Andenken an vergangene Kriege war. Leon beschloss schließlich, die Vergangenheit ruhen zu lassen, und ging immer mehr in der Gegenwart auf. Die Schatten verflogen. Sie erlebten tatsächlich fröhliche Tage. Der Sommer kam mit seiner ganzen Pracht, und Flint und er zogen pausenlos durch die Wälder. Von frühmorgens bis spätabends waren sie barfuß draußen unterwegs. Angelten. Stellten Fallen, vertrieben sich die Zeit mit Bogenschießen. Leon war sehr glücklich. Und im selben Moment, in dem ihm dies zum ersten Mal bewusstwurde, wunderte er sich darüber. John zeigte den Jungen, wie man aus Tiersehnen und Pflanzenfasern sehr brauchbare Bogensehnen flocht. Und John war sichtlich beeindruckt davon, wie geschickt Leon mit den fertigen Bögen umzugehen wusste.

Auch Flint lobte den neuen Freund ein ums andere Mal, wenn auch zwischen scherzhaften Bemerkungen versteckt. »Man könnte meinen, die Pfeile, die du noch bis vor Kurzem in deiner Schulter spazieren getragen hast, hätten sich in heißer Liebe mit dir vereint. Du hast was mit den Pfeilen am Laufen, dass sie deinem Willen so genau ins Ziel folgen.«

Flints Mutter Anna musste sich immer weniger um Leons vollständige Gesundung sorgen. Doch Leon genoss ihre schweigsame Nähe trotzdem. Die Sanftheit ihrer Bewegungen. Im gleichen Maße, wie ihr Sohn Flint durchtrieben war, war Anna durchdrungen von Liebe. Dennoch fehlten Leon die Worte, um exakt zu beschreiben, was seine Augen an ihr sahen. Wenn Anna mit einer Hand über die Rinde eines Baumes streifte. Wenn sie sacht ins Feuer blies und leise in ihrer eigenen Sprache vor sich hin summte. Selbst dem Rühren in einem ihrer kleinen Tiegel konnte eine solche Anmut und Liebe innewohnen, dass sie Leon wenn auch nicht in Gestalt, dann zumindest doch in ihrem Gebaren an einen Engel erinnerte.

John liebte Anna über alle Maßen. Umarmte und küsste sie, wo und wann immer er sie im Laufe des arbeitsreichen Tages traf. Die drei wirkten so glücklich miteinander. So glücklich, wie man als arme Familie in diesen Zeiten nur sein konnte. Und nun war er selbst, Leon, offenbar ein Teil dieser Familie.

Nur noch ein einziges weiteres Mal, nachdem er aufgegeben hatte, sie nach der Vergangenheit zu fragen, sah Leon den leisen

Anflug eines Schattens über die drei kommen. Es war an einem Abend im Spätsommer unten am Fluss. Sie hatten ein kleines Feuer zwischen den Kieseln des Ufers entzündet und brieten darüber ein paar Forellen. Die Luft war warm, und Libellen schwebten über der sanften Strömung des Wassers, auf dessen Oberfläche die tief stehende Sonne ein orangefarbenes Gleißen entfachte. Leon lag auf einem kleinen Stück Wiese und sah gedankenverloren in den Himmel, an dem die ersten Sterne blass aufleuchteten. Plötzlich merkte er, dass es still geworden war und offenbar alle ihren eigenen Gedanken nachhingen. Er rollte sich zur Seite, stützte sich auf einen Arm und legte den Kopf auf die Schulter. So betrachtete er die drei. Flint hockte am Feuer und wendete einen Stecken mit einem Fisch daran. Er sah ernst aus. Viel ernster als sonst, und Leon meinte, für einen kurzen Moment sein wahres Alter zu erkennen. Da sah er auch, dass John und Anna sich bei den Händen hielten. John hatte Tränen in den Augen. Nach einer kleinen Weile beugte sich Anna zu ihm und küsste ihn erst auf beide Augen und dann auf den Mund. Flint sah zu seinen Eltern herüber, noch immer ernst. Dann blickte der Wildererjunge zurück in das kleine Feuer vor ihm. Und dann war der Moment vorbei. Leon konnte sehen, wie sich alle drei entspannten. Und schon bald darauf schien der Schatten wieder zu verfliegen, während über den Wipfeln der Bäume die untergehende Sonne den westlichen Himmel in ein dunkles Rot zu tauchen begann. Was bedeutete das alles? Welcher Schatten lag auf dieser Familie? Leon beschloss ein weiteres Mal, diesen Fragen nicht nachzugehen, um die dunklen Gedanken der kleinen Familie ruhen zu lassen.

Dann aßen sie den fertig gebratenen Fisch. Flint scherzte wieder. Es gab sogar Salz. Eine Kostbarkeit. Sie rieben es mit dem Messer von einem faustgroßen Kristall, den Flint aus einer der unzähligen aufgenähten Taschen seiner Felljacke zauberte. Dazu gab es frisch gebackenes Brot und Bier, das John zuvor in einem Krug im Fluss gekühlt hatte. Das alles schmeckte köstlich. So sehr, dass Leon in diesem Moment dachte, er habe in seinem ganzen Leben nie etwas Köstlicheres gegessen. Während sie so beseelt beieinandersaßen, sahen sie zu, wie die Sonne hinter den fernen Bergen versank. Anna hatte ihren Kopf an Johns Schulter gelehnt. Flint hatte sich am Feuer ausgestreckt. Die Kiesel waren noch warm von der Sonne des Tages. Leon saß dicht neben John, und schließlich geschah eins jener kleinen Wunder, die wohl nur ein Sommerabend wie dieser bereithielt. Leon erschrak beinahe, als John einen Arm um seine Schulter legte und ihn an seine Seite zog. Leon wagte nicht, sich zu rühren, und entspannte sich schließlich an der starken Schulter des schweigsamen Mannes.

»Du bist ein guter Junge, Leon. Ein guter Junge.«

Ein vollkommen ungewohntes Gefühl verwirrte Leon. Zu dritt saßen sie da. John, Anna und er. Einfach so. Schauten ins Feuer. Und auf den mittlerweile eingeschlafenen Flint. Leon ahnte an diesem Abend zum ersten Male in seinem Leben, was es wohl bedeutete, einen Vater zu haben. Einen richtigen Vater, der einen in den Arm nahm. Eine Familie, die füreinander sorgte. Und er hatte eine Ahnung davon, was es bedeutete, Frieden zu empfinden.

❧

Auch der Sommer verging schließlich, und ein milder Herbst zog über das Land. Leon nahm jetzt immer häufiger das Buch Gottfrieds hervor. Er hatte es Flint gezeigt, aber der schien sich nicht sonderlich dafür zu interessieren. *Wahrscheinlich, weil es nicht essbar ist*, dachte Leon.

Das Büchlein und die geheimnisvollen Zeichen darin faszinierten ihn. Er prägte sich die kunstvollen Illustrationen und Schemata ein, ohne deren Bedeutung zu verstehen. *Was wird hier beschrieben?* Er wusste jetzt, dass das Büchlein vor Albert dessen letztem Meister Gottfried von Auxerre gehört hatte. Er hatte es auch John und Anna gezeigt, und Anna kannte den Mann dem Namen nach.

»Er war der letzte Sekretär des Ordensgründers der Zisterzienser, Bernhard von Clairvaux«, hatte Anna erklärt. »Er ist schon lange tot. Früher hat er die Gedanken, Briefe und Bücher des heiligen Bernhard niedergeschrieben und verbreitet. Selbst als Bernhard schon auf dem Sterbebett lag, hat er noch dessen Gedanken schriftlich festgehalten.«

»Woher weißt du das alles?«, fragte Leon.

»Ich bin selbst für eine Weile im Dienst der Zisterzienser gewesen. Vor langer Zeit. In einem Frauenkloster.« Leon war überrascht, denn es war das erste Mal, dass Anna über ihre eigene Vergangenheit sprach. Sie sah Leons Blick und lächelte ihn an.

»Mach dir nicht zu viele Gedanken um uns, Leon. Alles ist gut. Wir sprechen nicht gerne über das, was war. Viel zu viel Leidvolles ist geschehen.« Ihr Blick verdunkelte sich, hellte sich jedoch gleich wieder auf. »Aber auch viel Gutes, Leon. Auch viel Gutes!« Anna lächelte jetzt. »Immerhin hat es uns hierher- und dich zu uns geführt. Es steht uns nicht zu, darüber zu klagen, was uns widerfahren ist. Vielen ergeht es viel schlimmer als uns, und wir sollten das Geschenk des Lebens annehmen, statt es Tag für Tag auf Makel hin zu prüfen.«

Sie fuhr Leon mit der Hand durch den verwuschelten Schopf und blieb darin stecken, so verfilzt waren Leons Haare mittlerweile. »Und dein Haarschopf gleicht allmählich dem meines verwilderten Sohnes.«

Später am Abend zog Leon das Buch wieder hervor und blätterte darin. *Gottfried von Auxerre, der Sekretär eines Heiligen also.* Wahrscheinlich hatte Gottfried es zu großen Teilen selbst verfasst. Aber zu wem gehörten die anderen Handschriften? Wieder kam Leon zur allerletzten Seite mit der Spirale aus Buchstaben. Leon drehte sie vor seinen Augen, um die einzelnen Zeichen zu entziffern.

Yabeo itobun Mao exino tuba zexino muran,

stand in der Mitte der Spirale, und Leon fragte sich, welch fremdartiges Volk wohl solche Laute von sich gab.

Wabe nilon kares Safe figo fuo abemiy.

Die einzelnen Wortfolgen waren hier und da durch einen Punkt getrennt. Als gehörten bestimmte Wortgruppen zusammen. Wenn er sich doch nur erinnern könnte, warum Albert ihm dieses Büchlein anvertraut hatte. Und was war aus Albert geworden? Den Brief an Maraudon hatte Leon noch immer nicht geöffnet. Sollte er sich auf den Weg machen, um jene Schule der Redner aufzusuchen? War es das, was Albert von ihm gewollt hatte? Wartete irgendwo in der Welt jemand auf diesen Brief? Und das Buch? Suchte auch jetzt noch immer jemand danach? Leon seufzte.

Mehr und mehr ergriff das Rätsel des Büchleins Besitz von Leons Gedanken. Einige Stellen hatte er inzwischen entziffern können, denn sie waren recht leserlich und auf Latein verfasst. Er las die eindrückliche Schilderung einer Rede, die Bernhard von Clairvaux auf den Feldern vor einem Ort namens Vézelay gehalten hatte. Und wie die Menge damals vor Entzücken und in Raserei ein hölzernes Podest zum Einsturz gebracht hatte.

»Sprache erschafft Wirklichkeit!«,

hatte jemand am Rand notiert. Und weiter:

»Es muss einen Grund dafür geben, dass Gott das Licht und die Welt durch Worte schuf. Bernhards Einfluss, der hier in diesem Augenblick und auf diesen Feldern seine erneute Bestätigung findet, ist ein Hinweis darauf. Gott hat die Welt aus einem einzigen Wort werden lassen. So wie ein Feld voller Früchte aus einem einzigen Samen entstehen kann. Gott hat die Welt und alle Tiere und Pflanzen darin, das Licht und die Dunkelheit durch Worte geformt und mit seiner allgegenwärtigen Stimme gelenkt. Bernhard ist auf dem Weg, Gott sein ureigenes Geheimnis zu entreißen. Das darf nicht geschehen.«

An einer anderen Stelle im Büchlein tauchte der Name Malachias auf. Aber Gottfrieds Sprache wechselte hier immer wieder ins Altgriechische und teilweise auch ins Arabische. Leon verstand lediglich, dass Malachias und Bernhard offenbar Freunde waren und dennoch miteinander in Streit geraten sein mussten. Das griechische Wort für Streit kannte er aus den Lehren der Eristik, die Albert ihm zum Teil beigebracht hatte. »Διαμάχη. Diamáchi.« Streit.

Aber worüber hatten sie gestritten? Das Büchlein gab Leon mehr Rätsel auf, als es ihm enthüllte. *Warum soll dieses Buch so verdammt bedeutsam sein? So bedeutsam, dass Uther es um jeden Preis haben will?* Leon erschrak! Er hatte soeben in Gedanken formuliert, wonach er die ganze Zeit in seinen Erinnerungen gesucht hatte: Uther! Uther war es, der ihn hatte verfolgen lassen. Uther, der um jeden Preis an das Buch gelangen wollte. Das Buch Gottfrieds, das Albert ihm, Leon, gegeben hatte und das er jetzt hier in Händen hielt. Deshalb hatten sie ihn gejagt. Und mit Uthers Namen und dieser Erinnerung kamen weitere: der Verrat, die Bestrafung, die Folter. Uthers Fragen nach Albert und dem Buch. Und schließlich eine letzte Frage: Würde Uther weiterhin nach ihm suchen?

&

Richard, Philipp und Odo waren seit vielen Monaten auf der Suche nach Leon. Am Anfang noch mit vielen Männern. Schließlich nur noch zu dritt. Auf ihrer Suche entfernten sie sich dabei immer weiter vom Fluss und von Richards Heimat, den Ländereien Rudolf von Habsburgs.

Eines Morgens sprach Philipp das Unausweichliche an: »Wir müssen zurückkehren, Richard.« Und nach einem kurzen Schweigen fügte er hinzu: »Dein Bruder ist tot. Es ist, wie die Männer es sagten. Er ist in den Fluss gestürzt und ertrunken. Du weißt, wie sehr ich mit mir ringe, dir das sagen zu müssen. Aber du musst es irgendwann begreifen.«

Richard sah zu Boden und zwang sich zu einem schwachen Nicken. »Ich werde dennoch weitersuchen«, sagte er leise. »Ihr aber ... ihr müsst mir nicht mehr folgen.«

Seitdem sie Schatten und Leons Dolch am anderen Ufer des Flusses gefunden hatten, war Richard von der Vorstellung besessen, dass Leon es auf dem Rücken des Pferdes dorthin geschafft haben könnte. Dass sein kleiner Bruder von dort aus weitergegangen sei und in der Hütte eines Köhlers oder sonst wem eine wärmende Zuflucht gefunden haben könnte. Schon nach wenigen Wochen hatte er jedoch gewusst, dass das eine Illusion

155

war. Die Gegend auf der anderen Seite des Flusses war vollkommen menschenleer. Ein Urwald, undurchdringlich und grenzenlos. Sie hatten ihn wochenlang durchstreift, waren dann sogar auf der anderen Seite des Waldes weiter nach Westen geritten. Doch auch dort trafen sie nicht auf Menschen. Zumindest nicht auf lebendige.

Die ersten Gehenkten sahen sie bereits wenige Stunden, nachdem sie den Wald verlassen hatten. An einem Baum an einer Kreuzung ihres Weges hingen mehr als ein Dutzend leblose Körper. Der Kleidung nach Bauern. Auch Frauen und zwei Kinder. Die Vögel hatten das Fleisch von ihren Körpern gerissen, und der Wind hatte die Reste verdorrt. Wer tötete einfache Bauern?

Bald danach kamen sie an einen zerstörten Weiler. Alle Hütten waren niedergebrannt worden. Ebenso die Felder. Auch an diesem Ort waren die Überreste von Leichen zu sehen. Alles, was sich die wilden Tiere noch nicht geholt hatten. Die drei Freunde wagten nicht anzuhalten, denn was sie sahen, ließ ihnen das Blut gefrieren. Ein Haufen abgeschlagener Schädel. Der Leichnam eines Mannes, den man an das Türblatt seines Hauses genagelt hatte. Ein weiblicher Körper, zwischen zwei Mühlsteinen zerquetscht. Weitere zerstörte Dörfer säumten ihren Weg. Eine Welt der Zerstörung und der Gewalt.

»Wer tut so etwas?« Richard graute es.

»Das«, antwortete Philipp ernst, »sind die Früchte der zahllosen Fehden zwischen den Fürsten. Jeder verdammte Abt, jeder Ritter, jeder Graf kann in diesen Landen tun und lassen, was er will. Es gibt keine Gerichtsbarkeit, die er fürchten müsste. Was du siehst, ist die Welt, wie sie ist. Die Welt, zu der machtgierige Männer wie euer Onkel und Uther sie gemacht haben. Wir haben Gegenden wie diese hier überall zwischen Burgund und Regensburg gesehen.«

»Warum töten sie die Bauern?«, fragte Richard.

»Ein Fürst ohne Bauern kann sich und seine Familie nicht ernähren. Ein Abt ohne Bauern kann das Land nicht bestellen. Aus diesem Grund fallen die Fürsten in das Land ihrer Gegner ein, töten alle Bauern und verschwinden wieder. Bestenfalls nehmen sie einige von ihnen mit und versklaven sie in ihren eigenen Ländereien. Manchmal, so wie jetzt im Sommer, wenn es heiß und trocken ist, brennen sie ganze Wälder nieder, um dem Gegner die Lebensgrundlage zu entziehen. Einige Landstriche sind so verwüstet, dass sich dort auf hundert Jahre niemand mehr ansiedeln kann.«

»Warum schreitet niemand ein? Der Kaiser ... Was ist mit dem Kaiser?«

»Friedrich ist weit weg und ohne Macht in diesen Landen. Und er hat in seinem Kampf gegen den Papst und die Städte Oberitaliens weiß Gott genug zu tun.«

»Was ist dann mit dem König? Warum tut der nichts?«, fragte Richard weiter.

»Welchen König meinst du?«

»Na, den deutschen König.«

»Heinrich, Friedrichs Sohn, ist seit vier Jahren tot. Und Friedrich selbst hat ihn schon vor einigen Jahren als Mitkönig abgesetzt. Der andere Heinrich – Heinrich Raspe – greift nach der Krone, doch er hat viele Gegenspieler. Wenn du heute in deutschen Landen jemanden fragen würdest: ›Wer ist dein König?‹, dann würdest du viele verschiedene Namen zu hören bekommen.«

»Und der Papst?«

»Dem Papst ist alles recht, was den Staufern und allen voran Friedrich schadet.«

Es war Spätsommer geworden, und irgendwann hatten sie die Männer, die sie die ganze Zeit begleitet hatten, zurück nach Hause geschickt. Richard wusste selbst nicht mehr, warum er noch immer nach seinem verlorenen Bruder suchte. Vielleicht, weil er nicht wusste, was er stattdessen tun sollte. An die Burg seines Onkels konnte und wollte er nicht zurückkehren. Aber er konnte auch Philipp und Odo nicht zumuten, ihm bis ans Ende der Welt zu folgen.

»Ihr habt getan, was ihr konntet, um mir zu helfen«, sagte er deshalb eines Morgens. »Ich danke euch, denn ihr seid wahre Freunde.«

Philipp ahnte, was jetzt kommen würde.

»Aber ich bitte euch, kehrt nach Hause zurück«, fuhr Richard fort. »Eure Schwester braucht euch. Eure Familie braucht euch. Ich werde die Suche alleine fortsetzen.«

»Du weißt, dass deine Suche fruchtlos bleiben wird, Richard«, sagte Philipp leise, und er wünschte, es wäre anders.

»Ich muss es dennoch versuchen«, erwiderte Richard. »Vielleicht ist die Suche auch das Einzige, was mir außer euch beiden noch geblieben ist.«

»Richard, sei nicht irr!«, mischte sich nun Odo eine Spur zu hitzig ein. »Ein neuer Winter steht vor der Tür. Leon hätte sich längst an dich gewendet, wenn er überlebt hätte! Er würde dir eine Nachricht senden. Nach Hause. Auf die Burg Rudolfs. Wenn du weiter ziellos durch die Lande reitest, bringt dich das irgendwann um den Verstand.«

»Auch ich will die Hoffnung nicht aufgeben«, sagte jetzt Philipp, ein wenig sanfter als sein Bruder. »Aber wir jagen einem Gespenst nach. Die Männer sagen, er sei in den Fluss gestürzt. Sie haben es mit eigenen Augen gesehen. Wie soll ein Mensch das bei der Kälte überlebt haben?«

»Jemand kann ihn gefunden und gerettet haben«, antwortete Richard tonlos. »Vielleicht hat er sein Gedächtnis verloren. Deshalb hat er nicht geschrieben.«

»Richard, nimm Vernunft an! Dein Schmerz blendet dich, und niemand könnte das besser verstehen als Odo und ich. Doch lass dich jetzt bitte selbst retten. Auch Leon hätte es so gewollt.«

Richard starrte weiterhin vor sich auf den Boden, doch der letzte Satz Philipps löste etwas in ihm aus. Seine Augen waren trüb und von den vielen schlaflosen Nächten dunkel unterlaufen. Etwas in ihm war erloschen.

Wieder und wieder hatte er sich gefragt, weshalb Leon ihn nicht aufgesucht hatte, bevor er geflohen war. Warum er ihm durch Philipp in Marthas Kammer keine Nachricht hatte zukommen lassen. Wenigstens über die Richtung, in die er fliehen würde. Und warum er nicht reagiert hatte, als Uther im Burghof sein, Richards, Leben bedrohte.

Sie würden nicht mehr lange weitersuchen können. Philipp und Odo hatten recht. Doch irgendetwas in Richard wollte das nicht zulassen. Richard schloss die Augen und dachte: *Wo bist du, Leon?*

Schließlich gab Richard nach. Er erbat sich noch eine weitere, allerletzte Woche. Dann würde er mit Philipp und Odo zu Rudolfs Burg zurückreiten und seinen Bruder für immer aufgeben.

»Da sind Männer draußen im Wald!« John kam durch die niedrige Tür der Hütte, warf eilig seinen Umhang ab und kniete sich vor das Feuer in der Mitte des Raums. »Ich konnte sie selbst nirgends entdecken, aber ich sehe ihre Spuren überall. Es sind drei«, sagte er, während er die Hände über den niedrigen Flammen rieb.

»Verdammt!«, fluchte Flint.

Anna sah ängstlich zu ihrem Mann und versuchte wortlos zu ergründen, was er gesehen hatte. Dann sah sie zu Leon. Auch Flint und John sahen ihn jetzt an. Leon hob abwehrend die Hände und sagte: »Ich weiß nicht, wer das ist!«, als müsse er sich gegen einen unausgesprochenen Vorwurf verteidigen. Leon schluckte.

»Niemand macht dir einen Vorwurf, Leon«, sagte John ruhig. »Gibt es irgendetwas, an das du dich mittlerweile erinnerst? Wer könnten diese Männer sein?« Leon dachte an Uther. »Ich befürchte, dass es etwas mit diesem Buch zu tun hat. Und mit dem Brief an Maraudon, den mein Lehrer mir mitgab. Das Buch ist in einer Art Geheimschrift verfasst. Ihr habt es selbst gesehen. Ich kann nur wenig davon lesen. Vielleicht enthält es ein Geheimnis. Warum sonst sollten Männer mit so einem Aufwand einem Jungen wie mir hinterherjagen?«

»Das kommt darauf an, was du sonst so auf dem Kerbholz hast«, meinte Flint und fuhr damit fort, das gebratene Fleisch von einem Kaninchenknochen zu nagen. Seine Koboldaugen blitzten.

»Ich habe nichts auf dem Kerbholz!«

»Weißte ja nich. Kannst dich ja nich erinnern.«

»Hör auf, Flint«, fuhr Anna dazwischen und richtete sich an ihren Mann.

»Sie suchen das Buch. Oder die Nachricht an Maraudon. Oder beides. Meinst du, sie haben uns schon aufgespürt?«

John sah auf. »Die Spuren der drei sind noch ein gutes Stück entfernt von hier. Aber sie bewegen sich in Kreisen. Das sind keine Anfänger. Die wissen, wie man jemanden im Wald aufspürt.«

Leon kam ein Gedanke, und er sprach ihn aus: »Kann es nicht auch sein, dass sie euretwegen hier sind?«

»Wie meinst du das?«, erwiderte Flint und schob das Kinn vor.

»Ich meine … ihr seid …«

»Wilderer«, vollendete Flint den Satz. »Sag es ruhig.«

»Na ja, ihr stehlt die Tiere des Grafen.«

»Bisher haben sie dir immer geschmeckt.«

»So meine ich das nicht.«

»Flint!«, rief Anna. Und Flint schien sich daraufhin zusammenzureißen.

»Der Fürst ist weit entfernt. Diese Wälder sind riesig«, sagte John jetzt und sah Leon in die Augen. »Und wenn sie Wilderer suchten, so kämen sie mit viel mehr Männern. Und mit Hunden. Diese Männer aber sind nur zu dritt. Sie bewegen sich rasch und haben doch keine Pferde dabei. Selbst ihre Spuren verraten mir so gut wie nichts. Ich kenne die Stiefel der Soldaten. Lasst uns ab heute Nacht abwechselnd Wache halten«, sagte John und ging später als Erster hinaus.

Sie schliefen unruhig in dieser Nacht. Als Leon mit dem Wachehalten an der Reihe war, dämmerte es bereits. Er versteckte sich am Rand der Lichtung im Schatten eines dicken Buchenstammes und spähte nach allen Seiten, um keine noch so kleine Bewegung zwischen den Zweigen der Büsche zu übersehen. Er lauschte auf die Geräusche des Waldes und der Tiere, die nach und nach erwachten. Nichts deutete darauf hin, dass sie beobachtet wurden. Vielleicht suchten die Männer nach etwas anderem. Vielleicht waren die drei ja selbst Wilderer. Auf der Jagd und auf der Suche nach einem der Bären, die hier hin und wieder auftauchten. *Hoffentlich ist es so*, dachte Leon. Und irgendwann gegen frühen Morgen war er eingeschlafen.

Weitere Tage vergingen und wurden zu Wochen. Nichts geschah. Niemand tauchte in der Nähe der Lichtung oder des Flusses auf. Die Unruhe ließ nach, und am Ende glaubten alle vier daran, dass die Fremden vorbeigezogen waren. Und auch, dass sie nicht auf der Suche nach ihnen, Leon oder dem Buch gewesen waren.

Doch nun nagten neue Zweifel an Leon. Was, wenn er wirklich etwa Furchtbares getan hatte? Etwas Unverzeihliches? Etwas, wofür man ihn auf immer jagen würde? Durfte er diese feinen Menschen, die seine Freunde und Familie geworden waren, einer solchen Gefahr aussetzen? Sollte er nicht besser packen und einfach gehen? Zu Maraudon vielleicht? Zu der Schule, von der Albert damals in seinen Lektionen gesprochen hatte? Leon musste einen Entschluss fassen. Doch er fürchtete sich davor.

Am Ende siegte die Vernunft, und Richard machte sich mit den beiden burgundischen Brüdern auf den Rückweg. Philipp und Odo versuchten ihn zuerst zu überreden, mit ihnen nach Burgund zu gehen, doch Richard hatte an seine beiden Schwestern, Margret und die kleine Tilda, gedacht. Und daran, dass er sie als Familienoberhaupt nicht im Stich lassen durfte.

»Meine Schwestern brauchen mich«, sagte er. »Ich habe sie viel zu lange allein gelassen.« Philipp und Odo stimmten zu. Zumal auch sie nicht wussten, was aus ihrer eigenen Schwester Cecile und ihren Eltern, die gewiss schon lange an Rudolfs Hof angekommen sein mussten, geworden war und ob die Hochzeit doch noch stattgefunden hatte.

Im Wald kamen die drei jetzt an eine Stelle, an der rechts und links des Weges eine hohe Böschung anstieg. Ein Hohlweg.

Richard erinnerte sich an diesen Ort; vor vielen Wochen waren sie in entgegengesetzter Richtung hier hindurchgekommen. Mit einem Mal hörten sie Lärm. Viele Stimmen und das Wiehern von Pferden. Der Hohlweg stieg an dieser Stelle ein wenig an, deshalb konnten sie nicht sehen, was vor ihnen geschah. Sie eilten voran, und erst am obersten Punkt des Anstiegs sahen sie hinab auf eine Gruppe von Menschen und eine Reihe von drei schwer beladenen Fuhrwerken. Kaufleute und deren Knechte, so wie es schien, auf dem Weg in die Richtung, aus der sie selbst gerade gekommen waren. Vor jedes der Fuhrwerke waren vier Pferde gespannt. Vor eins davon sogar sechs. Richard sah gleich, dass etwas nicht stimmte. Sechs Männer, bewaffnet bis an die Zähne und in gepanzerten Rüstungen, saßen auf Pferden und versperrten den Weg. Die Kaufleute und Knechte knieten vor ihnen. War das ein Überfall? Richard hatte von den Raubzügen der Ritter gehört. Sie nahmen Kaufleuten ihr Eigentum ab und erpressten hohe Lösegelder, wenn ihnen ein Adeliger in die Finger geriet.

Die Männer mit den Plattenrüstungen trugen Topfhelme und darunter keine Kennzeichen ihrer Herkunft. Weder Wappen noch Farben, die darauf hätten schließen lassen, woher die sechs Männer stammten. Richard und die beiden Burgunderbrüder hielten ihre Pferde an, als sie von einem der Männer in Rüstung entdeckt worden waren. Seine Stimme drang hohl aus dem Inneren des Topfhelms. »He da! Geht eurer Wege und haltet euch hier raus.« Offenbar war er der Anführer der Gruppe.

»Nehmt Euren Helm ab und gebt Euch zu erkennen, so wie es sich für einen Ritter gehört.« Der französische Akzent Odos löste bei den Männern abfälliges Gelächter aus.

»Sieh an, da haben wir doch noch einen weiteren Fang an diesem Morgen«, sagte der Anführer. Wieder Gelächter. Drei der sechs Männer hatten ihre Pferde in Bewegung gesetzt und kamen langsam näher. Richard sah, dass quer vor ihnen auf dem Sattel schwere Streitkolben lagen. Die Fäuste hatten sie fest um deren Griffe geschlossen. Sie schienen angriffsbereit.

»Kommt nicht näher!«, rief Richard, und eine seltsame Ruhe überkam ihn.

»Sie haben noch ein paar Armbrustschützen im Wald«, flüsterte Odo und deutete mit dem Kinn die seitliche Böschung hinauf. »Ich kann zwei von ihnen erkennen.«

»Kümmere dich um sie«, sagte Philipp knapp.

Odo wendete sein Pferd und trieb es ohne Hast ein Stück des Weges zurück und dann die seitliche Böschung hinauf zwischen die hohen Bäume.

Die Pferde der drei Reiter fielen unterdessen in eine schnellere Gangart, und nun war klar, dass sie Philipp und Richard angreifen würden. Beide, Philipp und Richard, zogen zugleich ihre Schwerter und hielten die Klingen senkrecht. Noch bevor der erste der Angreifer heran war, machte Richards Pferd einen Satz nach vorne und preschte den fremden Rittern entgegen. Richard holte mit dem Schwert aus, streckte sich in den Steigbügeln und ließ die Klinge mit voller Wucht von schräg oben auf die Brust des vordersten Reiters herabkrachen. Dieser fiel nach hinten und landete scheppernd am Boden. Philipp hatte unterdessen das Gleiche wie Richard getan, war nach vorne geprescht, scheiterte jedoch mit seinem Schlag, weil er sich im letzten Moment ducken musste. Ein Geräusch hatte ihn alarmiert. Gleich zwei Armbrustbolzen schossen über ihn hinweg und bohrten sich in die gegenüberliegende Böschung. Die zwei anderen berittenen Angreifer waren inzwischen rechts und links von Philipp angekommen und begannen gleichzeitig damit, von beiden Seiten mit den Streitkolben auf ihn einzuschlagen. Doch ehe sie Philipp damit treffen konnten, war Richard zurück und holte mit dem Schwert aus. Er traf den Kleineren der beiden von hinten am Kopf. Dieser wankte darauf für einen kurzen Moment, der Richard ausreichte, um dem Mann das Schwert mit der Spitze voran unter die ungeschützte Achsel zu treiben. Der Mann schrie auf. Richard riss das Schwert zurück und stieß den Verwundeten mit der bloßen Faust rückwärts vom Pferd.

Philipp verteidigte sich unterdessen gegen die Hiebe des anderen Mannes, der mindestens einen Kopf größer als er und offenbar sehr stark war. Die beidhändigen Hiebe mit dem Streitkolben, die Philipp mit dem Schwert abzufangen versuchte, schlugen Scharten und Funken aus der Klinge des Burgunders. Richard konnte ihm nicht zu Hilfe eilen, weil nun der Mann, den er zuerst zu Boden gestoßen hatte, wieder aufgesprungen war. Richard wendete sein Pferd und ließ es unmittelbar vor dem heranstürmenden Ritter durch einen harten Ruck an den Zügeln auf die Hinterbeine steigen. Im nächsten Augenblick donnerten die Vorderläufe des Tieres mit den eisenbeschlagenen Hufen auf Helm und Oberkörper des Angreifers nieder und trampelten ihn zu Boden. Er lag nun neben dem anderen gestürzten Ritter und rührte sich nicht mehr. Richard sah, dass jetzt auch die übrigen drei Ritter, die zuvor noch bei den Wagen gewartet hatten, in Bewegung kamen. Sie stürmten mit ihren Pferden heran. Einer von ihnen trug eine lange Lanze unter dem Schultergelenk und zielte damit auf Richard, der den Aufprall erwartete. Auf halbem Wege aber sprang das Pferd Odos dem Angreifer in die Seite. Odo war die Böschung seitlich herabgeritten und hatte sein Tier direkt in die Flanke des anderen gelenkt. Das Pferd des Lanzenträgers wurde umgerissen und drückte, wiehernd vor Schmerz, ein zweites Pferd zur Seite. Das dritte bockte vor Schreck, und sein Reiter wurde nach vorn geschleudert. Der Mann, der abgedrängt worden war, versuchte noch, sich im Sattel zu halten, doch Odo hieb ihn mit einem weit ausholenden Schwerthieb herunter. Nun lagen bereits fünf Männer am Boden. Die drei, die gerade mühsam versuchten, sich in ihren schweren Rüstungen aufzurichten, ritt Odo einfach nieder. Man hörte das Brechen von Knochen.

Philipp kämpfte noch immer gegen den Hünen. Ohne einen Schild war es gegen einen Mann mit Streitkolben ein ungleicher Kampf. Doch gleich darauf war sein Bruder bei ihm. Von zwei Seiten drängten sie mit ihren Schwertern auf den Hünen ein, bis dieser sich zur Flucht wendete. Wieder sauste ein Bolzen aus dem Dickicht oberhalb der Böschung. Diesmal traf er. Der Bolzen durchschlug Odos Oberschenkel und heftete ihn an den Sattel. Odo schrie vor Schmerz. Schon trieb Philipp sein Pferd die Böschung hinauf. »Putain! Warte, du feiges Schwein!«

Richard war unterdessen abgesprungen und ging zu den am Boden liegenden Männern. Er kochte vor Zorn. Odo ahnte, was gleich geschehen würde. »Richard!«, brüllte er. Doch der hörte ihn nicht. Er hörte nur ein Rauschen in seinem Kopf. Und er spürte die Wut. Als habe sich alles Leid der letzten Monate in ihm aufgestaut und wolle sich jetzt entladen. Der Verlust seines Bruders, Schatten, die verwüsteten Länder und die Gräuel, die sie gesehen hatten. Etwas war zerbrochen und hatte plötzlich eine Gewalt in Richard entfesselt, die sich hier und jetzt Bahn brechen sollte.

»Nicht!«, schrie Odo und versuchte, den Bolzen aus seinem Oberschenkel zu ziehen, obwohl er dabei vor Schmerz halb ohnmächtig wurde. Die Pfeilspitze steckte fest im Leder seines Sattels, und er konnte sich nicht befreien. Er wollte seinen Freund aufhalten. Verhindern, was vor seinen Augen gerade begann. Er sah, wie Richard sich über den ersten der am Boden liegenden Ritter stellte, ihm die Schwertspitze unterhalb des Topfhelms an den Hals legte und sich dann mit ganzem Gewicht nach vorne stemmte.

Er sah, dass der nächste am Boden liegende Mann verzweifelt versuchte, vor Richard davonzukriechen. Langsam zog Richard das Schwert aus der Kehle des Mannes unter ihm, sodass ein Schwall dunklen Blutes herausquoll. Er trat über den sterbenden Mann hinweg und ging einige Schritte auf den nächsten zu, bis er ihn eingeholt hatte. Ein Bein des Mannes war gebrochen, und er zog es kriechend hinter sich her. Richard stellte sich mit dem Stiefel darauf. Der Mann schrie vor Schmerz laut auf und versuchte verzweifelt, sich zu befreien. Richard trat ihm in den Rücken, sodass er vornüber aufs Gesicht fiel. Wieder suchte Richard mit der Spitze seiner Klinge in größter Ruhe einen Spalt zwischen den Rüstungsteilen seines Gegners, fand ihn zwischen Helm und Genick und drückte sein Schwert dort hinein. Es knackte leise.

Odo konnte nicht fassen, was er sah. »Hör auf, Richard!« Dieser aber hörte nicht auf, die Männer am Boden einen nach dem anderen zu töten. Ohne Erbarmen. Bis am Ende alle reglos im Staub lagen. Als Richard sah, dass alle Angreifer tot waren, blickte er sich nach seinem Pferd um, als sei nichts geschehen. Er stieg auf und wollte offenbar dem Hünen nachreiten. Doch Philipp, der jetzt zu Pferd aus dem Dickicht zurückgekehrt war, ritt neben ihn und hielt ihn am Arm zurück. Beinahe hätte Richard sich gegen seinen Freund gewendet. Doch dann verebbte sein Zorn. Er riss sich los und ritt vorbei an den Kaufleuten, ihren Knechten und den Fuhrwerken. Ohne ein Wort.

Der Trank der Erinnerung

Eine Senke im Wald, Frühjahr 1247

Der Winter war kurz und weitaus milder als der letzte. Leon hatte bei den Wilderern ein Zuhause gefunden. Vielleicht war er sogar das erste Mal über längere Zeit richtig glücklich. Doch noch immer nagte der Gedanke an ihm, er könne etwas Furchtbares verbrochen haben. In der Hoffnung, weitere Fragmente seiner Erinnerung zurückzuerlangen, las er beinahe täglich in Gottfrieds Aufzeichnungen. Einige der für ihn lesbaren Stellen kannte er längst auswendig.

»Die Weisen dienen auf dem Höheren, aber sie herrschen auf dem Niederen. Sie gehorchen den Gesetzen, die von oben kommen, aber auf ihrer eigenen Ebene und auf den Ebenen unter ihnen herrschen und befehlen sie. Und doch, wenn sie dies tun, widersprechen sie nicht dem Gesetz, sondern bilden einen Teil des Gesetzes, statt dessen blinder Sklave zu sein. Der Meister macht sich das Gesetz zu eigen, dadurch, dass er es versteht; er bedient sich des Gesetzes. Wie ein geübter Schwimmer, der sich hin und her wendet, wie er will, im Gegensatz zu einem Scheit Holz im Wasser, welches der Strömung folgen muss. Wer dies versteht, ist auf dem Pfad der Meisterschaft.«

Was meinte Gottfried damit? Oder waren das gar nicht seine eigenen Worte? Und warum war mehr als die Hälfte dieser sonderbaren Aufzeichnungen vollkommen unlesbar? Leon brauchte mehr Hinweise. Antworten. Er wollte seine Erinnerung zurück.

Als auch dieser Sommer fast vorüber war, wurde die Unruhe in Leon so groß, dass er sich auf die Suche begab. Immer öfter schwamm er hinüber auf die andere Seite des Flusses und ging von dort aus einen halben oder ganzen Tag lang in Richtung Osten. In der Hoffnung, dass irgendetwas seine Erinnerung zurückbringen würde oder jemand ihn vielleicht erkannte. Aber auf der anderen Seite des Flusses lebte weit und breit kein Mensch. War er am Ende gar nicht von dort gekommen? Jedes Mal, wenn er spätnachts zurückkehrte, war er noch niedergeschlagener als zuvor. Schließlich hielt er es nicht mehr aus.

»Ich danke dir, Anna«, sagte Leon deshalb eines Morgens. »Ich danke dir, dass du mich hier aufgenommen und geheilt hast.«

Es klang ein bisschen steif, als er das sagte. Sie waren gerade dabei, ein paar vom Baum gefallene Äpfel aufzulesen. Die Luft war schwer vom Duft des feuchten Grases und den reifen Früchten, die überall am Boden lagen. Anna hielt inne, sah Leon in die Augen und lächelte sanft.

»Warum so förmlich, Leon? Und danke nicht mir, danke den Kräften der Natur und denjenigen, die mich an ihrem Wissen teilhaben ließen. Und dir selbst kannst du auch gleich ein bisschen danken. Denn ohne das Zutun eines starken Willens wird niemand geheilt.«

Leon gab sich einen Ruck und stellte eine Frage, die ihn schon seit beinahe einem Jahr beschäftigte: »Ich habe dich damals, als ich krank war, sonderbare Worte sprechen hören. Ich meine, während du mich behandelt hast. Was hat es damit auf sich?« Und dann sprach er es aus: »Bist du eine Zauberin?«

Anna musste unwillkürlich lachen und schüttelte den Kopf. »Nein, das bin ich nicht.«

»Warum dann die Worte?«

»Eine weitaus weisere Frau als ich fand vor langer Zeit heraus, dass Menschen schneller genesen, wenn man fortwährend mit ihnen spricht. Ich selbst teile diese Erfahrung. Es ist sonderbar, aber es scheint so, als nützten Kräuter und Salben wenig, wenn sie nicht durch einen steten Strom zuwendender Worte begleitet werden. Der Mensch ist die Medizin des Menschen, weißt du. Deshalb spreche ich. Und ich lege meine Genesungswünsche in diese Worte. Ich denke, sie durchdringen deinen Geist so wie die Salbe deine Haut.« Und als Leon sie weiter ansah, sagte sie noch: »Meine Worte wiegen deine Gedanken, Leon, und ermutigen sie, an deiner Heilung mitzuwirken.«

»Gedanken können … heilen?«

Anna lachte und las einen Apfel auf.

Plötzlich blitzte eine Erinnerung in Leon auf: »Als ich in den Fluss gefallen bin, dachte ich für einen kurzen Moment an einen Fluss im Sommer. Das Wasser in meiner Erinnerung war warm, und mit einem Mal schien auch der Winterfluss selbst hierdurch ein wenig von seiner Kälte zu verlieren. Allein durch meine Erinnerung.«

Anna nickte und sah Leon an.

»Ich glaube fest daran. Daran, dass unsere Gedanken unser Empfinden beeinflussen. Unsere Gedanken sind nicht mehr als Worte, Leon. Ich verstehe nicht viel von diesen Dingen. Doch ich glaube an die Gesetze der Natur.« Annas Blick trübte sich für einen Moment. Leon schwieg, und deshalb sprach sie weiter.

»Ich erfuhr diese Lektion und viele mehr von einer Frau, die für ihr Wissen auf den Scheiterhaufen ging. Anders als sie kenne ich die wahren Ursachen für die meisten Leiden nicht und verwende nur, was mir richtig erscheint und wirkt. Mir ist es gleich, warum es heilt. Hauptsache, es heilt.« Sie sah Leon an und lächelte jetzt wieder. »Und ich bin froh, dass du bald wieder richtig gesund sein wirst.«

»Bald? Ich fühle mich längst wieder vollkommen gesund!«

»Du hattest lange Fieber. Sehr lange. Es war die Antwort deines Körpers auf die Kälte des Eises. Du hast es überwunden. Auch einer der beiden Pfeile drang tief in dein Fleisch und blieb am starken Knochen deiner Schulter stecken. Und auch diese Wunde ist gänzlich verheilt, so wie die an deinem Arm. Doch es gibt eine weitere Wunde, die mir Sorgen macht, Leon. Ich kann sie äußerlich nicht an dir finden. Sie betrifft dein Inneres und ist noch immer da.«

Leon wusste, was Anna damit meinte, erwiderte aber nichts.

»Warte, bis es so weit ist.« Mit einem Blick, den Leon nicht zu deuten wusste, fügte sie hinzu: »Hier bist du in Sicherheit, Leon. Wer auch immer dich verfolgt – hier findet er dich nicht. Du brauchst noch ein bisschen Ruhe. Warte die ersten Tage des kommenden Herbstes ab. Dann wirst du gehen müssen.« Anna beugte sich zu einem weiteren Apfel am Boden. »Du wirst gehen müssen, um deine Vergangenheit zu finden, Leon.« Sie fuhren für eine Weile damit fort, Früchte einzusammeln.

Doch Leons Gedanken kreisten nun um eine weitere Frage.

»Warum kann ich mich nur an so weniges in meiner Vergangenheit erinnern? Wie war das bei den Männern im Krieg, von denen du sprachst? Die, die ihre Erinnerung in der Schlacht gelassen hatten.« Um Leon ein wenig zu beruhigen, hatte Anna ihm einmal davon berichtet, wie es war, wenn Männer durch ihre Verletzungen, die sie im Krieg erfahren hatten, ihr Gedächtnis verloren hatten.

»Weißt du, Vergessen kann manchmal eine Gnade sein. Eine

Gunst, die uns unser Geist von Zeit zu Zeit erweist«, sagte Anna. »Und unser Geist hat immer gute Gründe dafür, glaub mir.«

»Welche könnten das denn in meinem Fall sein?«

»Das weiß ich nicht, Leon. Aber manchmal ist es leichter, mit der Dunkelheit zu leben als mit dem Nachhall einer schrecklichen Erfahrung.«

»Ich muss es aber herausfinden. Wohin soll ich mich denn wenden, wenn ich nicht weiß, was ich getan habe? Oder vielmehr, wessen ich mich schuldig gemacht habe?«

Anna sah ihn an und schwieg. »Es gibt eine Möglichkeit«, sagte sie nach einer Weile. »Aber sie ist gefährlich.«

»Was ist das für eine Möglichkeit?«

»Am Rand von einem der Schlachtfelder traf ich einmal einen geschickten Mann aus dem Orient. Sein Name war Ibn al-Sharif. Wir arbeiteten für eine Weile Hand in Hand in den Schlachtbanken, die andere das Feldlazarett nannten. Er lehrte mich viel. Unter anderem zeigte er mir einen Trank, der die Schmerzen der Schwerverletzten zu mildern wusste. Im Laufe der Zeit fand ich heraus, dass dieser Trank noch andere Wirkungen entfaltete, wenn man ihm weitere Zutaten hinzufügte. Ich verwendete ihn für eine Weile bei Soldaten mit schweren Kopfverletzungen, und in einigen Fällen war die Wirkung des Trankes in der Lage, die Türen zu tief verschütteten Erinnerungen der verwundeten Männer aufzustoßen. Die Herstellung des Trankes ist kompliziert, und wir müssten warten, bis der Hanf an den Ufern des Flusses blüht.«

»Wie viel Zeit ist es bis dahin?« In Leon keimte Hoffnung auf.

»Lass mich morgen nachsehen. Wenn wir Glück haben, sind es nur noch wenige Wochen. Der Sommer ist warm und hell gewesen, und der Hanf gedeiht umso besser, wenn er viel Hitze bekommt. Aber er blüht erst, wenn die Hitze nachlässt, zwischen

August und September. Lass es mich versuchen. Jedoch kann ich dir nicht versprechen, dass du deine Erinnerungen wiederfinden wirst.«

Leon nickte und bückte sich nach einem weiteren Apfel.

»Worin besteht die Gefahr, von der du gesprochen hast, Anna?«, fragte Leon.

Ihre Körbe waren jetzt voll, und sie wandten sich zum Gehen.

»Ibn al-Sharif berichtete von Fällen, in denen die Traumreisenden nicht aus ihren Träumen zurückgekehrt waren. Ich selbst habe das noch nicht bezeugen können. Dafür habe ich andere schlimme Folgen gesehen. Ich muss dich warnen, bevor du dich für einen solchen Weg entscheidest.«

»Ich bin bereit, es zu versuchen«, erwiderte Leon daraufhin, ohne zu zögern. Er musste herausfinden, was es mit seiner Flucht und dem Buch auf sich hatte.

»Lass mich das mit John besprechen«, sagte Anna. Und darauf ließen sie es beruhen.

Zwei Wochen später begann Anna jedoch tatsächlich damit, aus dem Blütenöl der Hanfpflanze eine Paste zu gewinnen, die sie zusammen mit den Blättern einiger anderer Gewächse und den Bröckchen eines getrockneten Pilzes in Wasser erhitzte. Die Zubereitung erstreckte sich über mehrere Tage, und Leon sah dabei zu. Eines Abends reichte sie ihm eine irdene Schale mit dem Sud und bedeutete ihm, er solle ihn trinken. Flint beobachtete ihn dabei und grinste. Es roch scheußlich. Und das schien Flint zu belustigen. Nach kurzem Zögern überwand sich Leon und trank.

Der Sud schmeckte mindestens genauso ekelhaft, wie er roch. Bitter, nach verrottetem Holz und Kadavern. Als hätte man eine tote Maus in Wasser gelöst. *Nein, eine alte tote Maus,* dachte Leon und würgte.

»Krieg ich auch was davon?«, fragte Flint. »Scheint gut zu sein.« Fr betrachtete Leons angewidertes Gesicht und lachte.

»Nein«, antwortete Anna.

Schon kurz darauf spürte Leon eine Veränderung. Ihm wurde schummerig. Die Hütte um ihn verschwamm und begann, sich plötzlich um Leon zu drehen. Seine Beine gaben nach, und er musste sich auf den Boden setzen, um nicht umzufallen. Er lehnte sich mit dem Rücken an einen Balken und schloss die Augen. Dann begann er zu kichern, als wäre er nicht ganz bei Verstand.

Während Flint umso mehr grinste, sah Anna ihn besorgt an.

Es schien nach und nach dunkler zu werden um Leon, und mit einem Male stiegen ungeordnet Bilder in ihm auf.

Ein Hund, der sich mit gefletschten Zähnen auf ihn stürzte. Leon wehrte ihn in der Dunkelheit der Hütte mit einer schwachen Bewegung der Hand ab. Er sah ein Fest und eine junge Frau in einem blassblauen Kleid. Sie war von atemberaubender Schönheit.

Das Bild verschwamm, und merkwürdigerweise erinnerte er sich jetzt an den Namen der jungen Frau. Cecile! Mit ihrem Namen schoss ein Strom von Bildern und Erinnerungen in sein Bewusstsein. Es war beinahe schmerzhaft.

»Cecile.«

Leon sprach ihren Namen laut aus. Am Rande seines Bewusstseins war ihm klar, dass er Flint damit ein gefundenes Fressen lieferte. Doch das war ihm egal. »Cecile«, murmelte Leon noch einmal, blinzelte und sah durch fast geschlossene Lider, wie Anna Flint aus der Hütte schob, um ihn mit seinen Träumen allein zu lassen. Im Kopf entstanden immer neue Bilder. Eine Burg. Seine Kammer. Ein eisernes Becken voller glühender Kohlen.

Dann änderte sich das Bild, und Leon befand sich am Rand eines kleinen Birkenwäldchens außerhalb der Burg. Er wusste, dass er auf etwas wartete. Auf etwas oder jemanden. Nein, er wartete auf sie. Auf Cecile.

Unter dem zunehmenden Einfluss des Trankes wurde Leon eins mit der Erinnerung und war schließlich vollkommen eingetaucht. Er spürte, wie der sanfte Abendwind über sein Gesicht strich und von dort aus zwischen die Zweige der jungen Bäume wehte. Blätter raschelten. Gerade war die Sonne untergegangen, und die Hitze des Sommertages wich einer angenehmen Wärme. Er sah über das ganze Tal und die dahinterliegende Ebene. Durch Felder und Wiesen schlängelte sich der Fluss bis zum fernen Horizont, wo eben noch ein letztes Rot des Tages zu sehen war. Leon saß auf einem umgefallenen Stamm, und sein Herz pochte heftig. Der Duft des modernden Holzes drang zu ihm herauf. Seine Hände strichen über das weiche Moos, das den Stamm überzog wie eine Decke.

Von dieser Stelle aus konnte Leon den weit entfernten Eingang der Burg beobachten, ohne selbst gesehen zu werden. Sein Pferd, eine braune Stute, hatte er ein Stück weiter im Wald gelassen, wo sie jetzt auf ihn wartete. Da sah er im Schatten des Torhauses eine Bewegung. Dann löste sich auch schon eine Gestalt aus dem Dunkel. Zu Leons Enttäuschung war es nicht Cecile, sondern ein junger Bursche, der jetzt den Torweg herunterkam. Wo blieb Cecile? Worauf hatte er sich nur eingelassen?

Leon erinnerte sich daran, dass er sich gerade dort am Waldrand ebenfalls in Erinnerungen ergangen hatte. Das fühlte sich merkwürdig an. Es war, als würde man mehrere Geschosse eines Turmhauses hinabsteigen. Von einer ersten Erinnerung zu einer zweiten, dann zu einer dritten. Und so erinnerte Leon sich in diesem Moment am Waldrand daran, wie es begonnen hatte.

Ihre ersten Begegnungen. Das erste Mal, als er ihr seinen Platz auf der Mauerkrone gezeigt hatte. Als er ihr vorlas und sie währenddessen wie zufällig ihren Kopf an seine Schulter gelegt hatte. Er hatte die Stunden mit Cecile genossen. Aufgesogen. Nie hatte er ein faszinierenderes Wesen getroffen als diese junge Frau aus Nevers. Er konnte ihr stundenlang zuhören und dabei in ihren Augen versinken. Sie waren von dem blassen Blau des morgendlichen Himmels, und die ganze Welt schien für Leon darin zu liegen. Wenn sie lachte, tanzten kleine Punkte wie winzige Lichtsprenkel darin. In tausend Farben. Wenn Cecile traurig war, tanzten sie nicht, sondern schwammen sacht, wie winzig kleine Boote auf einem glasklaren See. Leon hatte ihr so sehr und so intensiv zugehört, dass er wie bei dem kleinen schwarzen Kiesel zuvor vollkommen selbstvergessen in ihr aufging.

Anfangs hatten sie sich nur zufällig getroffen. Und auch immer nur für wenige Augenblicke. Ständig waren andere um sie herum gewesen. Und trotzdem schien es Leon, als gäbe es diese große Membran, die sich augenblicklich um sie spannte. Eine unsichtbare Blase. Ein Kokon. Genau wie Albert es beschrieben hatte. Alles andere war ausgeschlossen, gedämpft. Bis jedes Mal am Ende auch er, Leon selbst, verschwand und nur noch sie übrig blieb. Eine Welt, die Cecile hieß. Bewegungslos und ohne Zeitempfinden konnte er sie in Gedanken stundenlang betrachten, versunken in ihrem sanften Duft, der sie wie eine Aura umgab. Aufgehend in den Linien ihrer Haut, ihrem Gesicht, den kleinen Bewegungen neben den Flügeln ihrer zarten Nase, ihrem Hals.

Nicht viel später hatten sie sich erstmals heimlich getroffen. Cecile hatte ihm von dem Reich erzählt, in dem sie zu Hause war. Von ihren Eltern und Brüdern. Und Leon hatte dabei die Bewegungen ihrer Lippen beobachtet. Zwei weiche Tiere, die sich mal aneinanderschmiegten, mal voneinander entfernten, um eine Reihe milchweißer Zähne zu offenbaren. Aus dem Raum dahinter drang ihre Stimme und sandte ein sachtes Vibrieren an Leons Ohr. Samtweich und wie das Gefühl, als striche man mit der Handfläche über die Spitzen der Gräser einer sonnenwarmen Wiese. Ihre Stimme schien schon bald aus dem Inneren seines eigenen Kopfes zu ihm zu sprechen, alles andere war weit fort. Sie existierte in ihm.

Am Anfang war Leon noch erschrocken, wenn dieser Zustand einzutreten begann. Ein Schwindelgefühl, jedes Mal, wenn die Welt sich um sie beide zurückzuziehen begann. Leon hatte nicht gewagt, seinem Lehrer Albert dieses Phänomen zu schildern, und fürchtete mehr und mehr, nicht die Kunst des »belebenden Zuhörens« entdeckt zu haben, sondern schlichtweg über beide Ohren verliebt zu sein. Zum ersten Mal. Und er wusste aus den Erzählungen der Erwachsenen, dass das kein ungefährliches Abenteuer war.

Um sich selbst zu beruhigen und zu beweisen, dass das Ausschließen der Welt nicht allein mit Cecile gelang, hatte er sich vorgenommen, es auch bei anderen Bewohnern der Burg auszuprobieren. Es war jedoch nicht dasselbe Gefühl, nicht dieselbe Form von Nähe. Er versuchte es bei Philipp, bei Richard, bei den Mägden und Stallknechten. Jedes Mal, wenn er ein Gespräch begann, konzentrierte er sich darauf, alles Übrige verschwinden zu lassen. Es gelang zuweilen. Doch nie war es so vollständig, so zeitvergessen wie bei Cecile. Im Gegenteil: Bei anderen verspürte er manchmal Unbehagen, denn Leon erreichte auf diese Wiese eine Intimität, die er diesen Menschen gegenüber nicht empfinden wollte. Bei dieser Art des Zuhörens entstand ein Kontakt mit den Gedanken und Empfindungen des anderen, der sich wie eine Verschmelzung anfühlte.

Leon begann damit, die Körperhaltungen der Menschen zu studieren, und imitierte diese, um noch mehr von ihren Gefühlen zu verstehen. Ihren Atem. Ihre Bewegungen. Als er später erkannte, dass er tatsächlich in die Gedanken der anderen einzutauchen vermochte, sie belauschte und deren Gefühle mitempfand, berauschte ihn das mehr, als er sich eingestehen wollte. Er kam sich vor wie ein Zauberer in einer alten Sage.

Albert hatte Leons Veränderung schließlich erkannt und warnte ihn ein ums andere Mal, behutsam zu sein. Nicht zu weit zu gehen, nicht zu tief in den anderen einzudringen. Doch Leon hatte nicht auf die Warnungen seines Meisters gehört. Eines Morgens fand er zufällig heraus, dass er mit seiner Art des Ausschließens der Welt sogar eine gedankliche Vertrautheit zu Tieren herzustellen vermochte. Es war ihm gelungen, einen der Hundewelpen, der hinter der Küche in den Abfällen wühlte, mit seiner Methode zum Hinlegen zu bewegen. Zumindest erschien es ihm so. Und er spürte eine starke Vertrautheit mit dem Tier. Als er Albert davon erzählte, war ausnahmsweise auch der beeindruckt. Er sah Leon an und sagte: »Du hast wirklich eine außerordentliche Begabung für diese Kunst, mein Sohn. Im Fernen Osten kennt man eine Methode, mittels derer man seinen Zuhörer durch das Ausschließen der Welt und den Einsatz gewisser stimmlicher Stimulanzien in eine Art Schlaf versetzen kann. Eines Tages wirst du mit Jafira darüber sprechen müssen.«

»Wer ist Jafira?«, fragte Leon.

Albert hatte die Angewohnheit, manchmal Namen von fremden Menschen oder Orten so nebensächlich fallen zu lassen, als müsste Leon sie auf jeden Fall kennen.

»Oh, Jafira ist eine große Meisterin der Stimme und der Haltung. Eine große Lehrerin. Du wirst sie hoffentlich kennenlernen, sollte es bei deinen Plänen bleiben, die Schule der Redner zu besuchen. Ich hoffe noch immer, dein Onkel stimmt dem zu. Auch dein Großvater, Hartmann von Aue, war an dieser Schule. Als Lehrer wohlgemerkt.« Albert zwinkerte. Leon wusste nur wenig über seinen Großvater. Nur eben so viel, dass er ein großer Dichter gewesen sei und oft im selben Atemzug mit Wolfram von Eschenbach und Gottfried von Straßburg genannt worden war. Als Kind hatte Leon einmal eine kunstvolle Darstellung seines Großvaters in einem Buch gesehen. Ein stattlicher Ritter zu Pferd in blauem Tuch. Ein weißer Adler war sein Wappentier, und oft, so sagte man Leon, seien die Darstellungen Hartmanns von acht Rosen begleitet, deren Bedeutung allerdings niemand mehr kannte. War Leons Begabung für das gesprochene Wort von seinem Großvater auf ihn übergegangen?«

Das Bild von Cecile erschien wieder in Leons Traum. Bei ihren heimlichen Treffen auf der Burg hatte er im Laufe des Frühsommers mehr und mehr über Cecile gelernt. Und er fühlte sich ihr bald so nahe, dass er meinte, er könne sie durch seine Gedanken berühren.

Bei ihren Begegnungen hatte Leon mehrfach gesehen, wie sich die beinahe unsichtbaren Härchen auf der Haut ihres Unterarms aufrichteten. Und ihm war nach und nach bewusst geworden, dass auch ihre Zuneigung ihm gegenüber mit jedem weiteren Treffen wuchs.

Wenn Leon ihr nicht gerade zuhörte, las er ihr aus Büchern vor oder begleitete sie auf ausgedehnten Spaziergängen, während ihre beiden Zofen Mona und Catherine in züchtigem Abstand folgten.

Es kam schließlich, wie es kommen musste. Cecile, die ein Jahr älter war als er, verliebte sich in ihn. Und auch Leon selbst schien zu begreifen, woher dieses Reißen kam, das er jedes Mal spürte, wenn er sie sah oder an sie dachte. In den Liedern der Sänger und den Gesprächen der Älteren war immer wieder von der Liebe die Rede gewesen. Aber alles, was er über dieses Gefühl in Erfahrung bringen konnte, war, dass niemand es wirklich zu beschreiben vermochte. Nicht einmal der gelehrte Albert, der von diesen Dingen ausnahmsweise überhaupt keine Ahnung zu haben schien. Den wertvollsten Hinweis bekam Leon von Helga, der Köchin. Sie lachte und sagte: »Das Gefühl kann dir niemand beschreiben. Aber glaub mir, junger Leon, wenn es da ist, dann wirst du es wissen.« Und so war es jetzt. Leon war hoffnungslos und bis über beide Ohren verliebt.

Im Unterricht war er nun oft unkonzentriert, und Albert musste ihn häufig ermahnen. Auch Richard nahm die Veränderung an seinem Bruder wahr.

»Du spielst ein heikles Spiel, Brüderlein. Wenn es denn noch ein Spiel ist und nicht schon bitterer Ernst. Denk dran, sie ist unserem Onkel versprochen«, sagte er geradeheraus, wie es seine Art war.

»Was meinst du?«, gab Leon sich unschuldig.

»Jetzt tu nicht so! Der ganze Hof kann sehen, wie ihr einander mit Blicken verschlingt. Wie sie verlegen wird, sobald du den Raum betrittst. Würde mich nicht wundern, wenn es schon bald auch unser Onkel bemerken würde. Uther tut das ganz bestimmt, und ich glaube auch nicht, dass ihm entgeht, dass ihr euch von Zeit zu Zeit trefft.«

»Ich …«, hob Leon an und wollte protestieren, aber es fiel ihm einfach keine Erwiderung ein. Und er wollte seinen Bruder nicht belügen.

»Schlag dir das Ganze aus dem Kopf, Bruderherz! Es gibt Töpfe, aus denen darfst du nicht naschen. Ich seh's wie du: Cecile ist eine Schönheit und mehr als einen flüchtigen Blick wert. Doch wird sie die Gräfin dieses Landes sein, noch ehe sie achtzehn ist. Du selbst bist ja noch nicht einmal ein Knappe.«

»Du hast ja recht«, erwiderte Leon kleinlaut.

Sein älterer Bruder sah ihn an und fragte: »Kann ich dir irgendwie helfen?«

»Ich schaffe das schon«, antwortete Leon. Aber er sollte sich irren.

Obwohl er sich wirklich entschlossen hatte, vernünftig zu sein, konnte er Cecile einfach nicht aus seinen Gedanken und Träumen verdrängen. In der Nacht saß er manchmal im breiten Rahmen seines Turmfensters, sah auf die nächtliche Burg herab und versuchte, mit geschlossenen Augen eine Verbindung zu ihr herzustellen. Er sah ihr Gesicht vor seinem, ihre Augen, ihre Lippen und erschrak über die Enge in seiner Brust. Es zerriss ihn schier. Tagsüber war er deswegen wortkarg und übel gelaunt. Nachts lag er auf seiner Bettstatt und weinte sich manchmal vor Sehnsucht die Augen aus. Richard versuchte immer wieder, seinen Bruder irgendwie aufzuheitern. Aber es gelang ihm nur mäßig. Zu mehr Leichtigkeit als einem gelegentlichen hölzernen Lächeln konnte er Leon nicht bewegen.

»Vielleicht solltest du den Hof verlassen«, sagte Richard schließlich an einem Abend, den sie zu zweit im Fensterrahmen von Leons Kammer verbrachten. Richard hatte in der Küche einen Krug Wein, Brot, Käse, ein gebratenes Huhn und ein paar Äpfel besorgt und alles heraufgetragen. So saßen sie in der warmen Luft der Frühsommernacht und waren in ihren Gesprächen lange um das zu vermeidende Thema Cecile gekreist, bis Richard es schließlich ausgesprochen hatte.

»Eine Reise?«, fragte Leon.

»Ja, damit du auf andere Gedanken kommst. Was ist mit dieser Schule, von der Albert ständig erzählt? Du könntest dich mit seiner Empfehlung dort vorstellen und wärst mal eine Weile lang weg von dem Mädchen.«

Leon seufzte leise. »Vielleicht hast du recht.« Doch der Gedanke, nicht mehr in Ceciles Nähe sein zu können, war zugleich unerträglich.

Richard sagte: »Ich kann dich nicht länger so unglücklich sehen. Ich will meinen besserwisserischen, neunmalklugen Bruder wiederhaben. Leon, die Nervensäge.«

Leon stützte das Gesicht in beide Hände und weinte still. Er konnte es vor seinem Bruder einfach nicht mehr zurückhalten. Es war, als würde ein Damm in ihm brechen. Richard kam zu Leons Seite des Fensters herüber und legte seinen Arm um den jüngeren Bruder. So wie früher, wenn Leon sich in der Dunkelheit vor den Hunden gefürchtet hatte. Und irgendwann weinte auch Richard um die arme, beschädigte Seele seines Bruders, so als wären sie beide eins.

An diesem Punkt schimmerte kurz die Wirklichkeit der Hütte im Wald durch Leons Traum. Anna und Flint waren fort. Das Feuer war beinahe heruntergebrannt. Leon bemerkte die Kühle, die dadurch entstanden war. Er war jetzt allein und fiel kurz darauf in den Fluss seiner Erinnerungen zurück.

Zwei weitere, qualvolle Wochen waren vergangen. Albert hatte versprochen, bei Rudolf um Leons Anmeldung an der Schule der Redner zu bitten, aber der Graf hatte sonderbar abweisend reagiert und sich Bedenkzeit erbeten. So blieb Leon nichts anderes übrig, als zu warten, Cecile aus dem Weg zu gehen und weiter still zu leiden. Er versuchte, sich mit ausgedehnten Ausritten abzulenken. Manchmal, wenn der Unterricht es erlaubte, war er mit Philipp, Odo und Richard den ganzen Tag draußen.

Doch alles, woran er denken konnte, war Cecile. Ihr Bild überlagerte alles, und so verhielt Leon sich den anderen gegenüber weiterhin wortkarg und missgelaunt.

Philipp und Odo kannten die genauen Zusammenhänge nicht, aber auch sie ahnten, was mit dem jüngeren Bruder ihres Freundes geschehen war. Zumindest waren sie aber so höflich, die Wahrheit nicht anzusprechen. Sie bemühten sich stattdessen ebenso wie Richard, Leon aufzuheitern – und gerade das machte seine Laune noch schlechter.

»Gebt es auf!«, sagte Leon eines Nachmittags, als sie für eine kurze Rast abgestiegen waren und ihre Pferde an einem kleinen Bach in der Nähe des Waldes tränkten.

»Was meinst du?«, fragte Odo, der in Wahrheit ganz genau wusste, worauf Leon anspielte.

»Gebt es auf, mich um jeden Preis aufheitern zu wollen. Es ist zwecklos. Gebt mich endlich so verloren, wie ich es längst bin.«

»Hör zu, Bruderherz, du wirst dich im Laufe deines Lebens nicht nur ein Mal verlieben«, sprach Richard es aus. »Jedes Minnelied handelt von dem Schmerz, den du da gerade empfindest. Nimm in Herrgottsnamen ein wenig Tragik aus deinen Gedanken!«

Leons Stimme wurde lauter. »Ich kann es aber nicht! Das ist es ja eben, was ihr nicht versteht. Ich verderbe euch doch nur den Tag mit meiner Laune. Ihr versucht, das zu ignorieren, aber letztlich ist es doch so. Ich bin ein Trauerkloß. Ein Jammerlappen! Am besten lasst ihr mich einfach in Ruhe leiden und kümmert euch um euch selbst.«

Und Leon hasste sich für das, was er dann sagte, aber es musste ausgesprochen werden: »Ihr habt nicht die geringste Ahnung, wie ich mich fühle!«

Eine Pause entstand.

»Wir sind deine Freunde, Leon. Wer sonst soll sich um dich kümmern, wenn nicht wir?«, erwiderte Philipp vorsichtig.

»Ihr seid mir aber keine Hilfe! Im Gegenteil, ihr macht es nur noch schlimmer.« Philipp und Odo sahen einander an. Wortlos standen sie auf und gingen zu ihren Pferden. Richard folgte ihnen kopfschüttelnd. Leon sagte nichts. Sie saßen auf. Richard wendete sein Pferd, sodass er seinen Bruder ansehen konnte.

»Sag einfach Bescheid, wenn du dich lange genug selbst bemitleidet hast. Schlimmer als die Dummheit, sich in das Schmuckstück unseres Onkels zu vergaffen, ist das widerlich klebende Selbstmitleid, in dem du dich suhlst. Wie eine Sau im eigenen Dung.«

Zornerfüllt sprang Leon auf, ergriff einen am Boden liegenden faustgroßen Stein und schleuderte ihn in Richards Richtung. Dessen Pferd macht eine Bewegung zur Seite, doch der Stein prallte gegen Richards Brust. Leon konnte sehen, wie sein Bruder wütend wurde. Der Aufprall musste schmerzhaft gewesen sein. Richard presste die Schenkel gegen die Seiten seines Pferdes. Das riesige Tier legte die Ohren an und machte einen bedrohlichen Schritt in Leons Richtung. Leon blieb trotzdem stehen. Mit geballten Fäusten. Es sah aus, als würde Richard seinen Bruder jeden Moment einfach umreiten. Odo, der bis dahin nichts gesagt hatte, hielt Richard zurück, indem er in die Zügel seines Pferdes griff und sagte: »Lasst es gut sein. Ihr beide seid gerade nicht ihr selbst.«

Einen weiteren Moment lang starrten die beiden Brüder einander an, während Odo und Philipp von einem zum anderen blickten. Dann beugte sich Richard zu Odo, entriss ihm die Zügel und wendete sein Pferd. Philipp und Odo schlossen sich ihm nach einem letzten Blick auf Leon wortlos an.

Als die drei Freunde außer Sicht waren, sackte Leon zusammen und fühlte sich mit einem Mal noch einsamer und elender als je zuvor. Denn schlagartig war der Zorn auf seinen Bruder verflogen und wich einem noch schlimmeren Gefühl von Scham und Verlorenheit.

Erst am folgenden Morgen kehrte Leon zurück. Verdreckt und ausgehungert. Nachdem er die ganze Nacht draußen umhergeirrt war. Er brachte sein Pferd zu den Stallungen und verschwand gleich darauf in seinem Turmzimmer. Dort verbrachte er dann die folgenden Tage und Nächte. Lag auf seinem Bett und starrte die Decke an. Er fühlte sich krank. Als würde ein leises Gift durch seine Adern kriechen. Am dritten Tag hörte er, wie die Kammertür geöffnet wurde. Jemand kam herein und setzte sich neben sein Bett. Leon hatte die Augen geschlossen, aber er erkannte trotzdem, dass es sein Bruder war.

»Du musst was essen«, sagte Richard.

Leon reagierte nicht.

»Dich hat's ganz schön erwischt, was?«

Leon wusste nicht, was er antworten sollte, und murmelte deshalb zur Bestätigung nur etwas Unverständliches.

»Es tut mir leid, was ich unten am Fluss zu dir gesagt habe«, entschuldigte sich Richard.

Jetzt richtete sich Leon doch auf und sah seinen Bruder an, der mit ernstem Gesicht auf einem Hocker neben dem Bett saß.

»Schon gut. War meine Schuld«, murmelte Leon.

Einen Moment lang schwiegen beide.

»Tut mir leid. Wegen dem Stein«, sagte Leon.

»Was für ein Stein? Hab gar nichts gemerkt.«

»Vielleicht hätte mir eine ordentliche Abreibung als Antwort doch ganz gutgetan«, seufzte Leon.

»Das hat Odo auf dem Heimweg auch gemeint«, antwortete Richard und grinste jetzt.

»Ihr hättet aber keine Chance gegen mich gehabt!« Leon lächelte trotzig.

»Ach?«, tat Richard erstaunt und hob die Augenbrauen. Ein Lächeln unter Brüdern, umwoben von matter Traurigkeit. Sie umarmten sich.

»Danke, dass du gekommen bist. Ich bin gerade ein ziemlicher Esel«, sagte Leon.

»Musst du nicht einen mörderischen Hunger haben?«, fragte Richard zur Ablenkung und stand auf.

»Doch«, antwortete Leon. Und wie um die Antwort zu unterstreichen, knurrte sein Magen in diesem Moment.

»Warum gehen wir dann nicht zu Helga in die Küche runter und lassen uns ein ordentliches Stück von einem Ochsen herunterschneiden?«, schlug Richard vor. »Da wird bestimmt gerade einer gebraten. Für das Fest heute Abend. Du nimmst den vorderen Teil und ich den hinteren.«

»Was für ein Fest?«, fragte Leon.

Richard stand auf und erwiderte: »Das willst du nicht wissen. Komm!«

Leon zögerte. Richard sah seinem Bruder in die Augen.

»Du fürchtest dich, ihr zu begegnen?«, fragte Richard.

»Ja«, gestand Leon kleinlaut.

»Keine Gefahr! Sie wird sich bis heute Abend nicht blicken lassen. Man wird damit beschäftigt sein, das Schmuckstück herzurichten. Im Übrigen hat auch sie sich in den vergangenen Tagen rargemacht, genau wie du.«

Leon seufzte.

»Wenn man dich so seufzen hört wie ein altes Kräuterweib, könnte man meinen, Odos Vorschlag, dir eine Tracht Prügel zu verpassen, ist doch keine so schlechte Idee«, sagte Richard. »Vielleicht sollten wir das ja doch noch nachholen.«

»Nun hör schon auf, ich komme ja mit.« Leon erhob sich, schlüpfte in seine Stiefel und folgte Richard hinunter in die Küche der Burg. Mit jeder Treppenstufe nahm der Duft nach gebratenem Fleisch und Gemüse zu, und Leon merkte erst jetzt, wie ausgehungert er in Wahrheit war.

Leon konnte sich denken, was das für ein Fest sein würde. Die Verlobung Rudolfs mit seiner schönen Prinzessin aus Burgund. Ein Schauspiel, das Leon sich um jeden Preis ersparen wollte. Er nahm sich vor, ein Unwohlsein vorzugeben, um selbst nicht teilnehmen zu müssen. Doch zu Leons Überraschung erschien Uther am Abend in seiner Kammer und übermittelte ihm eine Nachricht von Rudolf. Leons Anwesenheit bei Tisch sei unbedingt erwünscht und ein Fernbleiben durch nichts zu entschuldigen.

»Und wenn du deinen Kopf unter dem Arm in den Festsaal trägst – du hast zu erscheinen, verstanden?«, sagte der Vogt und tippte Leon dabei mit dem Zeigefinger auf die Brust. Beim Hinausgehen drehte Uther sich noch einmal um und grinste spöttisch. Ahnte er etwas? Warum diese Nachdrücklichkeit? Gewiss, eine Verlobung war eine wichtige Sache. Aber ob der jüngste Neffe des zukünftigen Gatten nun dabei war oder nicht – was spielte das für eine Rolle? Leon wusste, dass Rudolf die Art seines Neffen, sich mit anderen zu unterhalten, sehr schätzte. Es war niemals langweilig, wenn der neunmalkluge Leon seine Argumente für oder gegen irgendetwas ausbreitete. »Du bist mein Garant für kluge Gespräche bei Tisch«, hatte sein Onkel einmal gesagt. Deshalb bestand er jetzt offenbar darauf. Wahrscheinlich fragte er sich auch schon längst, weshalb Leon sich nur noch so selten blicken ließ. Seit Monaten hatten sie nicht mehr disputiert. Aber auch Rudolf hatte gerade einiges um die Ohren. In diesem Moment schämte sich Leon ein bisschen. Sein Onkel war immer gut zu ihm gewesen. Er hatte es nicht verdient, hintergangen zu werden. Wenn Rudolf herausbekam, dass Cecile sich in Leon verliebt hatte, würde er sehr gekränkt sein. Oder sehr zornig. Leon musste sich zusammenreißen. Um jeden Preis.

Und so wappnete sich Leon für einen schmerzvollen Abend, der dann auch kam. Schlimmer, als er es hätte ahnen können. Wie betäubt saß er zwischen seinem Bruder und seinen künftigen Verwandten Odo und Philipp, als Cecile hereinkam. Leon schossen Tränen in die Augen. Niemand schien es zu bemerken, denn alle Blicke waren auf die strahlende Erscheinung der burgundischen Prinzessin gerichtet. Sie trug ein Kleid in der Farbe ihrer blassblauen Augen. Ihre blonden Haare schimmerten im Licht der Kerzen und waren in ihrem Nacken zu einem breiten Zopf geflochten, in dem Blüten von dunkelblauen Kornblumen steckten. Sie lächelte Rudolf schüchtern an und nahm an dessen Seite Platz. Sie sah in die Runde der Männer und Frauen, die allesamt aufgestanden waren. Alle bis auf Leon.

Mit einem Ruck hob Richard seinen jüngeren Bruder aus dem Sitz und zischte ihm zu: »Reiß dich zusammen!«

Nun hoben alle ihre Becher dem Brautpaar entgegen. Uther sprach ein paar Worte, doch Leon konnte nicht hören, was er sagte. In seinem Kopf war nur Rauschen. Er hätte in diesem Moment auch nicht sagen können, was mehr schmerzte – der Umstand, dass er Cecile für immer an seinen Onkel verlieren würde, oder das Lächeln, das er auf ihrem Gesicht sah. Auch im weiteren Verlauf des Abends schien Cecile sich – zu Leons Bestürzung – ernsthaft zu amüsieren. Es schien ihm, als würde sie die Aufmerksamkeit der Gesellschaft genießen. Offenbar hatte sie ihn längst vergessen. Der flüchtige Kuss zum Abschied in ihrem Versteck auf der Mauerkrone – vergessen. Der kurze Moment der Berührung ihrer Lippen, der Leon noch tagelang ein Kribbeln verursacht hatte – vergessen. Bitterkeit kroch in ihm empor. Er fühlte sich zutiefst verletzt.

Diener brachten schließlich das Essen in dampfenden Schalen herein. Doch auch dafür hatte Leon jetzt keinen Blick. Hätte Richard ihm nicht ein Stück vom Kapaun auf den Teller gelegt und ein wenig von der Bratensoße darübergegossen, es hätte für alle im Saal gewirkt, als würde Leon sich dem Essen verweigern. Eine ernste Beleidigung.

»Man beobachtet dich. Und ich kann nicht den ganzen Abend auf dich aufpassen«, flüsterte Richard. Einen kurzen Moment lang erwachte Leon aus seinem Dämmerzustand und bemerkte, dass er mit seiner Erstarrung tatsächlich einige Blicke auf sich gezogen hatte. Auch Uther schaute mit einem undurchdringlichen Blick herüber. Mechanisch begann Leon zu essen. Der schwere Rotwein, ein Geschenk der Familie aus Burgund, dämpfte seinen Schmerz, und er beschloss, sich einfach zu betrinken. Er stürzte den Inhalt des Bechers herunter und ließ das Gefäß gleich danach wieder füllen. Wenn es sein musste, würde er bis zum Ende der Nacht so weitermachen. Doch schon beim dritten Becher legte sich von links eine Hand auf seinen Unterarm.

»Lass gut sein, mein Freund.« Diesmal war es Odo, der ihn ansah und dabei unmerklich den Kopf schüttelte. Was wollten sie denn auf einmal alle von ihm? Was ging es sie an, wenn er sich betrank? Sollten sie ihn doch allesamt in Ruhe lassen! Leon bemerkte, wie Odo einen Blick Richtung Richard warf, und wusste Bescheid.

»Du hast es ihnen erzählt!«, rief er eine Spur zu laut in Richtung seines Bruders. Irgendwo wurde gelacht. Leon rutschte auf der Bank so weit nach hinten, dass er beinahe herunterfiel. Nun griff auch Richard nach seinem Unterarm, und gemeinsam zogen Odo und er ihn zurück an die Tafel.

»Beruhige dich, Leon. Wir sind deine Freunde«, flüsterte Odo, doch Leons Empörung wollte nicht weichen.

Odo versuchte, ihn zu beschwichtigen: »Wir wussten ja, dass du verliebt bist. Du hast es unten am Fluss selbst zugegeben. Allein, dass es sich um unsere Schwester handelt, haben wir erst nach einer ganzen Weile herausgefunden. Sie selbst hat sich in deiner Gegenwart verraten. Wir kennen unser Schwesterlein besser, als du denkst. Wir haben gesehen, dass Cecile deine Gefühle erwidert. Dein Bruder war schweigsamer als ein Grab … leider«, fügte Odo noch hinzu. »Sonst hätten wir dich früher schon vor Uther und seinen Spitzeln beschützt.«

Nun sah auch Philipp herüber. Auch er wirkte ernst. Odo sprach weiter: »Halt noch eine Stunde durch, und dann zieh dich unter einem Vorwand zurück. So lange aber trink in Maßen und lass dir nicht weiterhin anmerken, wie sehr dir die Verbindung zwischen unserer Schwester und deinem Onkel missfällt. Der Vogt wartet nur auf eine Gelegenheit, das auszuschlachten. Wenn es jemanden gibt, der genau wie du gegen diese Verbindung ist, so ist es Uther selbst, der im Geheimen mit König Konrad gegen den Papst intrigiert. Nichts würde ihm mehr behagen, als diese Hochzeit im letzten Moment scheitern zu sehen und damit Rudolfs Einfluss zu schwächen. Liefere ihm keinen Grund dafür, Leon. Wir erklären dir später mehr, aber jetzt setz eine heitere Maske auf und spiel so lange mit, wie du kannst. Du und Cecile, ihr seid in großer Gefahr. Euch droht, für die Ränke anderer geopfert zu werden. Das darf nicht geschehen«, sagte

Odo und hob seinen Becher. Uther sah noch immer zu ihnen herüber. Darum hob jetzt auch Leon widerwillig seinen Becher und lächelte gequält. »Auf das Brautpaar!« Sein Onkel Rudolf sah die Geste und hob seinen Becher. Er lächelte.

Dann kamen die Musiker herein und spielten fröhliche Lieder. Nach einigen weiteren Gängen folgte der gebratene Ochse, von dem sich Richard und er bereits am Nachmittag ein ordentliches Stück abgeschnitten hatten. Cecile selbst nahm Leon irgendwann nur noch verschwommen wahr. Wie einen blassblauen Fleck in einer für ihn ansonsten grauen Welt. Wie er in jener Nacht auf sein Zimmer gelangt war, konnte er in seinem Traum nicht mehr erkennen. Sein Bruder musste ihn gemeinsam mit Odo und Philipp hinaufgetragen haben. Der schwere Wein hatte ihn vollkommen betäubt und ihn in seiner Kammer augenblicklich in tiefen Schlaf sinken lassen.

Sie hatten ihn offenbar entkleidet, denn als es am frühen Morgen kurz vor Sonnenaufgang an seiner Tür klopfte, lag Leon nackt bis auf seine Beinkleider auf dem Fußboden neben dem Bett. Nachdem es ein weiteres Mal geklopft hatte, rappelte er sich mühsam auf. Sein Schädel fühlte sich an, als sei er unter das Fallgatter des Burgtores geraten. Er schmerzte höllisch. Benommen taumelte er zur Kammertür und lehnte die Stirn dagegen, um sich abzustützen. »Wer immer da ist, kommt später wieder!«, hörte er sich selbst sagen. Seine Stimme war rau, und er schmeckte den säuerlichen Nachhall des schweren Weines.

»C'est moi, Catherine!«, flüsterte eine weibliche Stimme auf der anderen Seite der Tür.

Leon traf fast der Schlag. *Catherine?* Genauso schlagartig war er hellwach. Ohne daran zu denken, sich vorher etwas anzuziehen, riss er die Tür auf. Und da stand Ceciles Zofe Catherine mit einer brennenden Kerze in der Hand. Sie hatte sich eine dünne

Decke um die Schultern geworfen und zitterte leicht in der Kühle des frühen Morgens. »Darf ich hereinkommen? Bitte!«

»Du musst verrückt sein!«

Er zog sie hastig herein und sah noch einmal in das Treppenhaus vor seiner Kammer, um sicherzugehen, dass sie niemand beobachtet hatte. Ein Sturm widersprüchlicher Gefühle tobte in Leons Innerem.

»Meine Herrin leidet. Sie muss dich treffen und bittet mich, dir dies auszurichten.« Rasch schilderte Catherine Leon, wo das heimliche Treffen am übernächsten Tag stattfinden sollte.

Die Erinnerung an den heimlichen Besuch und die Botschaft Catherines wühlte Leon so sehr auf, dass er im Traum die Ebene wechselte, zurück zum Rand des Birkenwäldchens. Dort beobachtete er jetzt, wie der junge Bursche weiter den Weg vom Burgtor herablief. Mit einem kecken Sprung über die seitliche Böschung wich er von der Straße ab und kam mit raschen Schritten heran. Er ging nun über die Wiese direkt auf Leons Versteck zu. Der Wind blies sanft mal in die eine, mal in die andere Richtung und formte Wellen auf der Oberfläche des hohen Grases, sodass es wirkte, als liefe der Junge über wogendes Wasser.

Leon wollte sich hinter dem bemoosten Stamm verbergen, aber ein Blick auf den Jungen verriet ihm, dass er bereits entdeckt worden war. Der Junge kam direkt auf ihn zu. Leon stand auf und machte einen Schritt aus dem Wäldchen heraus in das hohe Gras, das ihm an dieser Stelle bis zu den Knien reichte. Graspollen tanzten in der Luft. Als er das Gesicht des Jungen sah und plötzlich erkannte, dass es Cecile war, vergaß Leon zu atmen.

Sie lächelte ihn an. Ein Lächeln, das ihn gänzlich aus der Fassung brachte. Leon spürte sein Herz wie einen Holzhammer von innen gegen seinen Brustkorb schlagen. Er löste sich erst aus seiner Starre, als Cecile ihn schließlich erreichte und, ohne zu zögern, umarmte. Er zog sie an sich und hätte beinahe laut geschluchzt. Cecile war fast genauso groß wie Leon, und so standen sie fest umschlungen Wange an Wange in vollkommenem Gleichklang. Das hier war womöglich der glücklichste Augenblick in seinem gesamten Leben, dachte Leon.

Da geschah etwas Seltsames. Er spürte den Wind nicht nur auf seiner eigenen, sondern auch auf ihrer Haut. Er spürte ihre Hände auf dem unteren Teil seines Rückens und gleichzeitig spürte er das, was ihre Handflächen fühlten. Es war, als wäre er für einen kurzen Moment sie und sie er. Eine Membran zwischen ihnen war aufgehoben. Er löste sich in ihr auf. Wie im Taumel erfassten seine Gedanken nacheinander jede Stelle und jedes Gefühl ihrer Umarmung. Ihre Haare an seiner Wange, ihre Brüste, die sich durch den Stoff an seinem Oberkörper pressten, ihre schlanken Hüften an den seinen. Leon kostete jede dieser Empfindungen aus, so als könne er sie trinken, sie in sich aufnehmen. Er roch ihren Haaransatz ganz nah an seinem Gesicht. Es war der entfernte Geruch reifen Korns. Nein, dachte Leon im nächsten Moment, es war der einer Mohnblüte, die zart inmitten reifen Korns stand. Cecile duftete wie der Sommer selbst.

Lange standen sie wortlos und versunken da, und Leon wünschte sich, dass der Rest seines Lebens so vergehen möge. Einfach nur mit Cecile hier stehen, Moos ansetzen und langsam zu einem weiteren Baum werden. Das hatte er Cecile später erzählt, und beide hatten bei der Vorstellung, dass irgendwann ein Specht gegen sie schlüge, gelacht. So standen sie noch für eine Weile da, bis Cecile sich zögernd von ihm löste und Leon ihr schließlich in die Augen sah.

»He«, sagte Cecile.

»He«, sagte Leon, da er nicht wusste, was er sonst hätte erwidern sollen.

Sie sahen einander noch immer in die Augen, als Ceciles Lippen begannen, scheue Küsse auf Leons Gesicht, Mundwinkel, Kinn und Wangen zu verteilen, als ginge es darum, behutsam ein Feld zu bestellen. Nach einer ganzen Weile berührte sie schließlich sanft auch seine Lippen mit den ihren. Sie kamen Leon um so viel weicher vor als seine eigenen. Wie das aufgebrochene Fleisch einer reifen Frucht. Und vorsichtig erwiderte er ihre Küsse.

Sein Verstand sagte ihm, dass ihm niemand jemals erklärt hatte, wie man das hier eigentlich machte, und ihm war, als würde er gerade als erster Junge der Welt ein großes Geheimnis entdecken. Das Geheimnis, das im Kuss einer Frau liegt. In der direkten Verbindung zweier Menschen an jenem Punkt, wo sonst Worte hervorquollen, um den Abstand zwischen ihnen zu überbrücken. Leon spürte, wie ihre Zunge sacht zwischen seine Lippen drang und mit ihnen spielte. Leon fragte sich, warum es nicht kitzelte, und erwiderte ihren sanften Druck. Ein unbeschreiblich wohliges Gefühl durchströmte seinen Körper. Noch immer sah Cecile ihm während ihrer Küsse in die Augen, und wieder war es, als tanzten die kleinen Sprenkel darin umeinander. Und noch etwas anderes lag darin. Etwas, das Leon noch nie zuvor gesehen hatte. Es war, als trübe sich die Oberfläche klaren Wassers durch einen Tropfen Milch. Ein tiefes Gefühl lag darunter. Einen Moment lang schloss Cecile die Augen. Als auch Leon das tat, verdoppelte sich die Intensität ihrer Küsse. Ihre Zungenspitzen berührten sich, und Cecile presste Leons Körper an ihren. Wie von selbst begannen Leons Hände, ihren Rücken zu streicheln. Ihre Hände wanderten zugleich in seinen Nacken, fuhren durch seine zerzausten Haare und hielten schließlich auf seinen glühenden Wangen inne. Leon spürte eine drängende Enge in seiner unteren Körpermitte, die langsam zu einer harten Beule wurde. Mit einem Male verunsichert, schob er sich ein wenig von ihr fort. Sie bemerkte das und zog ihn mit sanfter Kraft zurück. Er spürte nun, wie sich der Ursprung seiner Enge direkt gegen ihr Becken presste. Er konnte kaum glauben, dass eine ihrer Hände wenig später sanft seinen Schritt streichelte. Er spürte jede dieser Berührungen bis in die Spitzen seiner Zehen. Seine Knie wurden weich, und er drohte jeden Moment zu Boden zu sinken.

Für einen kurzen Augenblick hörte Cecile damit auf, ihn zu küssen, und schöpfte Atem. Sie sah ihm mit erhitzten Wangen in die Augen, während ihre Hand ihn weiter streichelte. Schließlich hielt sie inne. Ihre Blicke wanderten über sein Gesicht, und ihre Lippen waren vom Küssen feucht und gerötet, als er es endlich aussprach: »Ich liebe dich, Cecile von Nevers.«

Ihre Augen wurden von Tränen überschwemmt. »Ich liebe dich auch, Leon. Seit dem Moment, als ich dich zum ersten Mal sah. Auf einer Mauer in der Sonne, mit einem Buch in der Hand. Ich liebe dich.«

Etwas in Leon wollte zerspringen, und die Ränder der Welt verschwammen. Auch ihm schossen jetzt Tränen in die Augen, und er presste sie schnell an sich, um es zu verbergen. Er wollte sie festhalten. Für immer. Einfach alles vergessen. Seinen Onkel. Die anstehende Hochzeit. Mit einem Mal war er bereit, es mit der ganzen Welt aufzunehmen. Es war, als habe sie ein geheimes Zauberwort gesprochen und ihn aus einer wochenlangen Versteinerung befreit.

»Komm mit mir, Cecile!«, brach es aus ihm heraus. Leon nahm sie bei der Hand und zog sie mit sich zu der im Wäldchen wartenden Stute. Cecile wischte sich mit einem Ärmel ihrer Verkleidung die Tränen aus dem Gesicht und lachte, als Leon sie mit einem Schwung auf den Rücken des Pferdes hob. Woher diese plötzliche Stärke kam, wusste Leon nicht. Übermut erfasste sein Herz. So als sei ein Bann gebrochen.

»Ihr dürft mich von nun an bei meinem Vornamen nennen, Madame«, sagte Leon zum Scherz und vollführte eine tiefe Verbeugung vor der Prinzessin auf dem Pferd. Sie flohen augenscheinlich vor der Schwere der Gefühle in eine Reihe von Albernheiten. Weil sie überliefen vor Glück. Und weil sie nicht wussten, wie sie damit umgehen sollten.

»Wohl denn, tapferer Leon! Sagt Cecile zu mir. Oder Eugenie, wenn Euch das lieber ist.« Leon nahm die Zügel auf und grinste sie an.

»Cecile Eugenie. Welch liebreizender Name! Doch kommt er mitnichten Eurem wahren Liebreiz nahe, dem ich einen Tempel zu bauen gedenke, um diesem von heute an zu huldigen.«

Cecile schlug ein paarmal kokett die Wimpern nieder, dann lachten beide erneut.

Leon schwang sich hinter ihr auf den Sattel, presste sich an sie und gab dem Pferd mit den Schenkeln ein Zeichen. Die Stute setzte sich in Bewegung, und so ritten sie langsam über das dichte, mit kleinen weißen Blüten übersäte Gras zwischen den jungen Birken.

»Wohin reiten wir?«, fragte Cecile.

»Zu deinem Tempel«, lachte Leon.

Aber eigentlich wusste er es selbst nicht. Er wäre in diesem Moment mit ihr bis ans Ende der Welt geritten.

Als sie langsam einen lang gezogenen Hügel hinabkamen, wurden die Bäume dichter, und sie gelangten schließlich an das Ufer eines kleinen Sees, der inmitten des Waldes bleich und still in der allmählich einsetzenden Abenddämmerung lag. Die Luft war erfüllt vom Singen des Sommers. Schwalben zirpten und schossen über den Wipfeln der Bäume in wilden Bögen durch die Luft. Einige Frösche quakten im nahen Schilf. Der Geruch des nassen Ufers vermengte sich mit den Aromen des Waldes. Harz und Rinde, Tannennadeln und Moos. Es war, selbst hier zwischen den hohen Bäumen, noch immer warm. Die Stute hielt, Leon stieg ab und half Cecile herab in seine Arme. Und während sie sich erneut küssten, zogen sie sich aus. So als sei das das Selbstverständlichste auf der Welt. Als sie schließlich nackt voreinander standen, betrachtete Leon Cecile beinahe andächtig. Ihre wundervolle Haut, ihre hellen Brüste mit den kleinen Brustwarzen und Höfen darum. Er verspürte das Verlangen, sie zu berühren, traute sich aber nicht. Ihre Haut schimmerte in der Dämmerung.

»Kannst du schwimmen?«, fragte Leon schließlich, mehr aus Verlegenheit denn aus Lust auf ein Bad.

»Ich bin die Schwester zweier rabaukenhafter Brüder, wie sollte ich um das Schwimmen herumgekommen sein?«, lachte Cecile.

Sie lief mutig ein paar Schritte ins flache Wasser. Leon folgte ihr. Der Schlick des Ufers quetschte sich zwischen seinen Zehen hindurch. Leon hatte dieses Gefühl schon immer gemocht. Cecile hielt inne und fröstelte kurz. Das Wasser war kühler als erwartet, und beide zögerten einen Moment, sahen einander an und lachten dann.

»Ertappt!«, sagte Leon. »Ich bin ein Weichling!« Cecile lachte wieder. Mit ihren Armen hielt sie ihre Brust umschlungen. Er näherte sich ihr und strich mit einer Hand sanft über ihren Rücken. Sie zitterte leicht. Er trat von hinten an sie heran und küsste sie sanft zwischen ihre Schulterblätter. Er spürte die kleinen Hügel ihrer Gänsehaut auf seinen Lippen. Dann trat er neben sie.

»Bei drei?«, fragte sie und warf dabei ihre Haare nach hinten.

»Bei drei!«, antwortete er und stellte sich neben sie.

»Eins ... zwei ... drei!«

Sie lachten, weil sich natürlich keiner der beiden ins Wasser gestürzt hatte. Sie waren stattdessen einfach stehen geblieben, um den anderen hereinzulegen. Schließlich nahmen sie einander bei der Hand und wateten vorsichtig in den See. Ein Schauer überlief sie, als das Wasser über ihre Hüfte bis zur Taille schwappte.

»Das ist immer der schlimmste Moment«, sagte Leon. Cecile pflichtete ihm bei, während sie sich schon nach vorne kippen ließ und gleich darauf prustend ein paar Schwimmzüge machte. Leon tat es ihr nach, wobei er sich nach Kräften bemühte, nicht gar so verweichlicht zu wirken, wie er in Wahrheit wohl war. Warum mussten Jungs immer Helden sein?

Das Wasser des Waldsees war weich und duftete angenehm. Schon bald war ihnen durch die Bewegung warm geworden. Sie trieben auf dem Rücken und sahen hinauf in den abendlichen Himmel.

Kleine Sommerwolken färbten sich darin von gelb zu ocker und an einigen Stellen schon zu rot, weil sich die Sonne bereits dem Rand des Horizontes näherte. »Ein Feuerhimmel«, sagte Cecile. Sie schwiegen lange und trieben einfach nur auf der Oberfläche des stillen Sees.

Schließlich sagte Leon: »Schön, nicht?«

Cecile lachte wieder. O Gott, wie sehr er dieses Lachen liebte! Als sie dann versuchten, sich zu küssen, konnten sie sich nicht gleichzeitig über Wasser halten und tauchten immer wieder unter. Leon schmeckte den modrigen Duft des Sees auf Ceciles Lippen. Sie roch jetzt beinahe wie eine Forelle. Und er sagte ihr das. Sie lachte wieder und tauchte unter.

Schließlich schwammen sie zu einer kleinen Insel im Schilf. Der weiche Boden dort war warm. Hier und da standen Pfützen, welche die Hitze des Sommertages gespeichert hatten und jetzt wieder abgaben. Dort hinein zog Cecile ihn. Aneinandergeschmiegt lagen sie, nackt, wie sie waren, im warmen Wasser. Leons tastende Fingerspitzen berührten ihre Brust und streichelten sanft eine der kleinen Brustwarzen. Ceciles ganzer Körper schien darauf zu reagieren und drängte sich noch enger an ihn. Ihre Hände streichelten ihn jetzt überall, und Leon betete, das hier möge nie wieder aufhören.

Schließlich drehte Cecile ihn sanft auf den Rücken und glitt auf seinen Schoß. Während sie sich weiter heftig küssten, beinahe verschlangen, nahm sie ihn ein wenig ungeschickt in sich auf. Beide verharrten für einen langen Moment, dem unerwarteten Sturm nachfühlend, der in ihrem Inneren tobte, bis Cecile damit begann, ihre Hüfte in sachten Kreisen zu bewegen. Ihre Knie sanken tiefer in den warmen, schlammigen Grund der Pfütze. Leon richtete sich halb auf, um ihre Brüste zu küssen und dabei mit einer Hand ihren Nacken, mit der anderen ihren Rücken zu streicheln. Immer heftiger wurden ihre Bewegungen, und Cecile stöhnte von Zeit zu Zeit leise auf. Sie sahen einander in die Augen und erkannten darin einen Ausdruck, den keiner von beiden je zuvor gesehen hatte und der auf immer mit dieser Nacht verwoben sein würde. Ihr Atem vereinte sich zu einem Keuchen, wieder und wieder erstickt von Küssen, bis es schließlich aus beiden herausbrach und Leon sich in ihr ergoss. Im selben Moment erbebte auch ihr Körper. Sie warf den Kopf nach hinten und hielt den Atem an, um nicht zu schreien. Ihren zusammengepressten Lippen entwich jedoch ein Laut, der einem Summen glich. Cecile sackte auf Leons Brust, und der Moment war vorüber. Eine Weile lagen sie einfach so da und lauschten dem Echo ihrer Gefühle. Leons Hände ruhten auf Ceciles Rücken. Schließlich drehte er sie sacht zur Seite, stützte sich auf seinen Arm und betrachtete sie im schwindenden Licht. Seine Hand streichelte sie, und beide spürten, dass ihr Hunger niemals in einer einzigen Nacht gestillt werden würde.

Sie hatten sich noch einige weitere Male geliebt. Durstig und bis zur Erschöpfung. So als gelte es, den anderen für immer festzuhalten und bis in die Tiefen ihrer Seelen zu spüren. Nachdem sie weit nach Mitternacht zum Ufer und zu ihren Kleidern zurückgeschwommen waren, liebten sie sich dort noch ein letztes Mal und hielten einander fest, bis es zu kalt dafür wurde.

Der anschließende Ritt zurück zum Rand des Birkenwäldchens wurde überschattet von Trauer und Hoffnungslosigkeit. Am Ende küssten sie einander so verzweifelt, als wolle jeder von ihnen den anderen in sich aufnehmen und für immer mit sich forttragen.

Der Abschied wurde zu einem langen Ritual, in dem sie sich immer wieder voneinander losrissen, nur um dann gleich wieder umzukehren und einander erneut in die Arme zu fallen. Schließlich lösten sie sich doch, und Leon sah Cecile in der Ferne verschwinden, wo sie zusammen mit den ersten reisenden Händlern des Tages in der Dunkelheit der Toreinfahrt untertauchte. Sein Herz zerriss bei diesem Anblick. Er machte sich wenig später ebenfalls auf den Weg und verschwand dann für den Vormittag in seiner Kammer. Doch er konnte nicht schlafen. Noch immer fühlte er die Berührungen ihrer vom kühlen Wasser des Sees gestrafften Haut auf der seinen. Spürte seine wunden Lenden und Lippen. Roch ihren Duft an seinen Händen.

Schließlich verschwammen die Bilder und der Traum, den der Trank verursacht hatte. Ein Teil von Leons Bewusstsein offenbarte ihm bereits die Wahrheit. Wofür er bestraft worden war und warum er schließlich hatte fliehen müssen. Die Erinnerung an den weiteren Verlauf der Ereignisse kehrte zurück. Und Bitterkeit trat hinzu.

Man hatte sie am Ende entdeckt.

Der Trunk hatte seine Wirkung getan, und in der Hütte der Wilderer ging Leons Rausch in dieser Nacht in einen tiefen Schlaf über. Lang und traumlos. Als Leon am Mittag des folgenden Tages erwachte, waren nur ein leises Summen und ein geringer Kopfschmerz geblieben. Seine Erinnerung war nun jedoch klar. Das Schlimmste war der Gedanke, dass er Cecile niemals wiedersehen würde. Er wollte nicht aufstehen.

Auch alles, was nach ihrer Entdeckung geschehen war, konnte Leon wieder erinnern. Der Abend einige Wochen nach seiner Auspeitschung, als Albert in Begleitung einer Wache in seine Kammer gekommen war. Als Albert ihm das Päckchen gegeben und Leon beschworen hatte, es unbedingt geheim zu halten. Leon hatte bäuchlings auf seiner Matratze gelegen. Er hatte ungeheure Schmerzen, und die Narben auf seinem Rücken stachen und brannten wie Feuer. Albert zog einen niedrigen Stuhl heran und setzte sich. Eine der Wachen beobachtete sie argwöhnisch. Albert beugte sich vor und flüsterte: »Fert ingens potentia obvius Leonis verbis hoc libello consequat. Vos have ut custodiant liberandum illud secretum et arcanum, annon aliis cognosceret. Efficere ut Maraudon!« Und noch einmal: »Efficere ut Maraudon!«

Albert sprach auf Latein, damit der Wachposten ihn nicht verstand. Der Wächter brummte missbilligend. Er gehörte zu

Uthers Leuten. Albert zog heimlich ein kleines Päckchen aus dem Ärmel seiner Kutte und achtete darauf, dass es von der Tür aus nicht zu sehen war. Rasch schob er es unter Leons Decke.

»Das ist Gottfrieds Buch. Seine Aufzeichnungen bergen den Zugang zu einer unermesslich mächtigen Rezeptur der Sprache, Leon«, sagte Albert weiter auf Latein. »Zu einer originalen Schrift des Hermes Trismegistos. Du musst diese Aufzeichnungen unbedingt verborgen halten. Uther sucht nach ihnen und will sie um jeden Preis in seinem Besitz haben. Du musst sie zu Maraudon an die Schule der Redner bringen. Versprich es mir!«

Leon verstand nicht, wieso Albert ausgerechnet ihn um Hilfe bat. Er war eingesperrt, seine Zukunft vollkommen ungewiss. Wie sollte er das anstellen?

»Qualis consequat, Albert?«, flusterte Leon. »Was für eine Rezeptur?«

»Sie geht zurück auf eine verlorene Weisheit des Hermes Trismegistos. Ein griechischer Gelehrter. Oder ein Gott. Wie man es nimmt. Diese Weisheit enthält die Macht, anderen den eigenen Willen aufzuzwingen. Durch Worte und etwas, das bei Hermes ›der Äther‹ genannt wird. Ich kann es dir jetzt nicht genauer erklären. Das Buch Gottfrieds enthält Fragmente aus der Schrift des Trismegistos. Und eine Reihe von versteckten Hinweisen, die zu einer vollständigen Abschrift des Originals führen. Einer Abschrift, die einst Bernhard von Clairvaux gehörte.«

»Du hast mir selbst immer wieder gesagt, dass es keinen Weg gibt, anderen mit Worten seinen unbedingten Willen aufzuzwingen«, erwiderte Leon matt und drehte das Gesicht zur Seite, sodass er seinen Lehrer nun direkt ansah.

An der Tür brummte die Wache ungeduldig.

Albert fuhr fort, auf Latein zu flüstern: »Es ist kompliziert. Bernhard von Clairvaux war wahrscheinlich der letzte Besitzer einer Abschrift von Hermes' Schriftrolle, Leon. Und du weißt, wie groß der Einfluss Bernhards war. Er besaß eine unnatürliche Macht, die beweist, dass er das Geheimnis des Trismegistos gekannt hat. Anders kann ich es mir nicht erklären. Bernhard war ein Mönch. Kein Fürst, kein Bischof. Kein König. Keine Armee stand hinter ihm. Kein Reichtum und kein höheres Amt als später das eines einfachen Abtes. Die Macht lag allein in seinen Worten.«

»Und du meinst, das lag an der Rezeptur des Hermes Tres...«, Leon hatte sich den Namen nicht merken können.

»Ja«, nickte Albert. »Bernhard besaß eine von insgesamt vier Abschriften.« Albert sprach jetzt gehetzt: »Nur diejenigen können sich gegen den Einfluss der Rezeptur wehren, die ebenfalls in ihrem Besitz sind. Ohne diese Rezeptur wäre die Welt im Gleichgewicht. Denn dann wäre es so, wie ich es dir gesagt hatte: Niemand könnte andere nur mit Worten gefügig machen. Es brauchte immer auch die Macht von Waffen und Gewalt hinter den Worten. Aber die Rezeptur setzt dieses Gleichgewicht außer Kraft, Leon. Ihre Macht existiert, weil nur wenige über sie verfügen. Wüssten mehr Menschen von ihr, dem Äther oder gar dem Schattenwort, so würde ihre Macht erlöschen.«

»Du meinst, wer die Rezeptur erkennt, ist gegen sie gefeit?«

»Ja, das ist es, was ich die ganze Zeit sagen will.« Albert rieb sich nervös die Stirn.

Dann wagte Leon, seine Gedanken auszusprechen: »Weshalb kommst du damit zu mir? Was kann ich schon ausrichten? Ich bin ein Gefangener, Albert, und wer weiß, was Uther und mein Onkel noch mit mir vorhaben.«

»Ich weiß, es ist ein verzweifelter Plan, Leon. Ich stehe selbst unter Beobachtung«, antwortete Albert und sah kurz über die Schulter zur Wache an der Tür. »Und Uthers Spitzel sind überall. Er will dieses Buch mit allen Mitteln an sich bringen. Hier, in einem Gefängnis, wird er vielleicht zuallerletzt danach suchen.« Das leuchtete Leon ein.

Der Wachmann hatte wohl offenbar den Namen seines Herrn gehört und wurde noch misstrauischer:»Heda, sprecht gefälligst Deutsch, wenn ihr nicht wollt, dass ich euch rauswerfe!« Er trat einen Schritt näher.

Von seinem Stuhl aus wandte sich Albert an den Mann und lächelte:»Euer Herr hat mir aufgetragen, dem Jungen die Beichte abzunehmen. Tretet zurück und verlasst diesen Raum bitte für einen Moment. Es dauert nicht lange.«

Der Wachmann glotzte ungläubig, wich aber nicht von der Stelle.»Den Teufel werde ich …«

»Fürchtet Ihr Euch vor einem alten Mann und einem halbwüchsigen Jungen?«, unterbrach ihn Albert.»Geht hinaus und schließt die Tür.«

Der Wachmann zögerte. Albert erhob sich jetzt, trat dem Mann entgegen und sah ihm mit zornigem Blick direkt in die Augen. »Sollte das nicht sogleich geschehen, werde ich dem Grafen wohl davon berichten müssen. Wie genau ist Euer Name, Wache?«

Statt seinen Namen zu nennen, brummte der Mann etwas Unverständliches und ging dann schließlich nach draußen. Die Tür krachte hinter ihm ins Schloss.

Albert kam zurück an Leons Bett, setzte sich und suchte irgendetwas im Ärmel seiner Kutte. Schließlich hatte er es gefunden.»Du musst fliehen, Junge. Nimm das hier.« Albert reichte ihm ein dünnes Stück geschmiedeten Eisens, das wie ein Haken geformt war.»Damit öffnest du das Schloss der Kammertür. Du musst das vordere Ende ein Stück zurechtbiegen, sodass der Haken passt.«

Ein Dietrich. Leon fragte sich, an welchem Punkt seines

Lebens sich Albert dieses Wissen angeeignet hatte. Leon drehte sich unter Schmerzen zur Seite, nahm den Dietrich und steckte ihn weg. Dann richtete er sich mühsam auf und zog das Päckchen unter dem Laken hervor. Es war in ein Tuch gewickelt, das wiederum offenbar in Bienenwachs getaucht worden war. Wahrscheinlich, um es wasserfest zu machen.

»Hast du ein sicheres Versteck dafür?«, fragte Albert und sah sich in der Kammer um.

»Ich denke schon«, antwortete Leon. »Es gibt eine Nische. Da drüben, hinter der Truhe, unter einem losen Mauerstein. Und du hast wahrscheinlich recht«, fügte Leon hinzu, »dass Uther hier, in einem Gefängnis, nicht danach suchen würde.« Doch statt das Päckchen gleich zu verstecken, hielt Leon es weiter in Händen und betrachtete es. Dann sah er zu Albert und stellte die Frage, die ihm plötzlich durch den Kopf geschossen war: »Hast du denn selbst mit Gottfrieds Buch herausgefunden, wo sich die Abschrift Bernhards befindet?«

Albert zögerte. Einen Moment zu lange, wie Leon empfand und schlussfolgerte, dass Albert nicht die ganze Wahrheit offenbarte.

»Nein«, sagte Albert und schüttelte den Kopf. »Gottfried und Malachias waren wahrscheinlich die Letzten, die das wussten. Und Bernhard.«

Leon hörte den Namen Malachias zum ersten Mal, fragte aber nicht weiter nach. Wieder ging Albert wie selbstverständlich davon aus, dass Leon diesen kennen müsse. Stattdessen fragte er: »Und du meinst, dieses Buch ist zugleich so eine Art Schatzkarte, mit der man die Abschrift von Hermes' Schriftrolle finden kann?«

»Ja, Leon. Ich *weiß* es. Leider fehlt uns die Zeit, dir alles zu erklären. Doch wenn du es für mich zu Maraudons Schule bringst, werden wir uns dort treffen. Wahrscheinlich bin ich sogar vor dir dort.«

»Warum nimmst du es dann nicht selbst dorthin mit?«

Albert schien jetzt ungeduldig zu werden: »Das geht nicht. Ich …«

In diesem Moment flog die Tür auf. Rasch schob Leon das Päckchen unter sein Kopfkissen. Da Albert zwischen ihm und dem Wachposten saß, bekam dieser davon nichts mit.

»Genug jetzt!«, bellte der Mann an der Tür. Albert sah Leon in die Augen und nickte ihm ein letztes Mal zu. Dann stand er auf und verließ ohne ein weiteres Wort die Kammer. Es war das letzte Mal, dass Leon seinen Mentor sah.

Der Wachmann drehte sich im Hinausgehen noch einmal zu Leon: »Ich hab dich im Auge, Bürschchen! Ich hab dich im Auge!«

Warum glaubten manche Menschen, eine Aussage würde gewichtiger, wenn man sie zweimal machte? Auch der Wachmann verließ nun die Kammer und schob die schwere Eichentür hinter sich zu. Leon hörte das Schloss klicken.

Er hatte damals nicht gewagt, das Päckchen gleich zu öffnen und sich das Buch genauer anzusehen. Stattdessen war er mühsam aufgestanden, hatte es hinter dem losen Mauerstein versteckt und den eisernen Haken dazugelegt. Er schob den großen Mauerstein sowie die Truhe wieder an Ort und Stelle. Und dann nahmen die Ereignisse ihren Lauf.

Schon am selben Abend waren Uther und einige seiner Männer in die Kammer gekommen und hatten sie durchsucht. Nicht gründlich genug. Dann, als sie nicht fündig wurden, unterzogen sie Leon der Folter. Durch das umgekehrte »Ausschließen der Welt« konnte er die entsetzlichen Schmerzen, die er eigentlich hätte fühlen sollen, verdrängen. Albert hatte es ihm geschildert.

Indem Leon sich gewissermaßen selbst verließ, war der Schmerz nicht mehr sein eigener. Es war, als betrachtete er sein eigenes Martyrium aus weiter Ferne. Gefühllos. Er sah dabei zu, wie sie ihn schlugen. Sah die Holzsplitter unter seinen Fingernägeln, die Flamme der Kerze, mit der sie seine Haut verbrannten. Er sich selbst lange am Boden liegen, nachdem sie gegangen waren. Aber Leon wusste auch, irgendwann würden sein Körper und sein Geist so geschwächt sein, dass er die Schmerzen nicht mehr würde ausschließen können. Dann würde er alles gestehen. So weit durfte es nicht kommen. Leons Entschluss stand deshalb fest. Er musste noch in dieser Nacht fliehen.

Es blieb dabei: Leons Erinnerungen waren durch die Wirkung des Trankes vollständig zurückgekehrt. Leon ging ihnen nach, durchlebte alles erneut. Der Mann, den er unter sich erstickt hatte. Der Angriff und der Biss des Hundes, den er ebenfalls getötet hatte. Martha. Philipp, der ihm die Pforte nach draußen geöffnet hatte. Seine Verfolger. Die Kälte. Seine Flucht über den zugefrorenen Fluss und sein Sturz in die Schwärze des eisigen Wassers. Alles war zurückgekehrt. *Cecile!* Ein Stich in der Brust. Auch seine Liebe war zurückgekehrt.

Als er sich wenig später erhob, wurde ihm schwindelig, und er musste sich mit einer Hand an einem Balken abstützen, um nicht zu stürzen. *Das Buch!* Leon vergewisserte sich, dass das Päckchen noch in seinem Beutel lag. Er nahm es in die Hand und wusste mit einem Mal, was zu tun war. *Ich muss zur Schule der Redner. Ich muss es Maraudon bringen.* Und er ärgerte sich über sich selbst, dass ihm das erst jetzt klar geworden war. Er steckte das Buch zurück und ging dann durch den Eingang der Hütte nach draußen. Es war helllichter Tag.

Der Wildererjunge saß am gegenüberliegenden Rand der Lichtung auf einem Baumstumpf und schnitzte an irgendetwas herum. Von Weitem sah es aus wie einer jener angespitzten Stäbe, mit denen er blitzschnell Fische aufspießen konnte. Dieser Stecken aber war ein bisschen stabiler, und Leon fragte sich, ob Flint vorhatte, sich damit auf Walfang zu begeben.

Leon überquerte die Lichtung und setzte sich neben seinen Freund. Der sagte nichts und konzentrierte sich weiter auf seinen Stecken. Eine Weile lang sah Leon ihm beim Schnitzen zu, denn er wusste nicht, wie er ihm sagen sollte, dass er fortmusste. Und zwar so schnell wie möglich. Schon jetzt tat ihm der bevorstehende Abschied weh. Nach einer Weile legte Flint den Stecken beiseite, offenbar zufrieden mit seinem Werk. Er sah Leon an und sprach dann: »Nun sag schon!«

»Was?«, tat Leon ahnungslos.

»Wie war dein Traum?«, grinste Flint und flötete: »Oh, Cecile!«

Statt eine direkte Antwort zu geben, sah Leon seinem Freund in die Augen und sagte: »Ich muss hier weg, Flint. So schnell es geht.«

Flint erforschte seinen Blick und schwieg. Er schien erschrocken. Leon sprach deshalb weiter. »Glaub mir. Wir alle sind in Gefahr, wenn ich bleibe.«

Und vielleicht zum ersten Mal, seitdem sie sich kannten, wirkte der Wildererjunge nicht heiter oder spöttisch, sondern ernsthaft und besorgt. Dann erzählte Leon ihm alles.

Als Anna und John am späten Nachmittag aus dem Wald zurückgekehrt waren, berichtete Leon auch ihnen, was sich seiner wiedergewonnenen Erinnerung nach auf der Burg ereignet hatte. Natürlich in Bezug auf Cecile nicht in allen Details. Auch

Alberts Worte über Bernhard, Hermes Trismegistos und den Äther erwähnte er lieber nicht. Die Erinnerung verwirrte Leon selbst noch zu sehr. Als Leon fertig war, sah John zu Anna. Sie nickte sacht, und John wandte sich an Leon: »Es ist bereits Herbst geworden, und ich wünschte, du würdest noch den Winter über bei uns bleiben. Doch besser nutzt du die letzten hellen Tage, um zu deinem Ziel zu gelangen. Wir begleiten dich ein Stück bis zur anderen Seite dieses Waldes. Wenn das Buch, das du mit dir führst, wirklich von solcher Bedeutung ist, werden deine Verfolger keine Mühe scheuen, es an sich zu bringen.« John zögerte kurz, bevor er fortfuhr. »Ich habe ihre Spuren vor Kurzem noch einmal gesehen. Die drei Männer im Wald. Die Abdrücke auf der anderen Seite des Flusses. Sie suchen dich noch immer, Leon. Dich oder deinen Leichnam. Und offenbar suchen sie auch dieses Buch.«

John machte eine kurze Pause, sah sich um und fuhr dann fort: »Vor wenigen Tagen sah ich eine weitere Spur. Diesmal auf unserer Seite des Flusses. Ein einzelner Mann, zu Fuß. Einer, der sich mit äußerster Vorsicht bewegt.«

»Weshalb hast du nichts gesagt?«, fragte Leon bestürzt.

»Es ist selten, aber es geschieht von Zeit zu Zeit, dass sich Wanderer an den Grenzen dieses Waldes verirren. Doch wenn ich ehrlich bin, war es diesmal anders, denn ich habe die Spur des Mannes vorhin ein weiteres Mal gesehen. Ganz in der Nähe dieser Lichtung.«

»Meinst du, wir werden ausgespäht?«, fragte Flint.

»Ich weiß es nicht«, sagte John und wandte sich an Leon. »Aber wenn es wirklich ein Späher deines Onkels ist, solltest du nun ganz schnell aufbrechen, bevor eine halbe Armee hier einfällt. Durch den herbstlichen Nebel sind diese Senke und die Lichtung recht gut vor zufälligen Begegnungen geschützt. Doch im Winter, wenn alles Laub gefallen ist, können auch unerfahrene Fährtenleser unsere Spuren erkennen.«

»Lasst uns rasch handeln«, sagte Anna, einer inneren Eingebung folgend. »Etwas sagt mir, dass große Eile geboten ist.«

Sie gingen in die Hütte und begannen, einige Dinge zusammenzupacken. Leon griff nach dem ledernen Beutel mit Gottfrieds Buch und Alberts Brief an Maraudon. Tausend Gedanken gingen ihm durch den Kopf.

Wenn sich alles darum dreht, dieses Buch in die Finger zu kriegen, warum in Gottes Namen hat Albert es dann nicht beizeiten selbst zu Maraudon gebracht? Oder bewaffnete Männer damit beauftragt? Vielleicht konnte Albert niemandem trauen. Niemandem außer mir. Und offensichtlich verbirgt dieses Buch Dinge, die niemals verraten werden dürfen. Was hat Gottfried, der Sekretär von Bernhard von Clairvaux, gewusst? Was davon ist so heikel, dass Uther das Buch unbedingt haben muss? Und was hat es mit dieser mächtigen Schrift des Hermes Trismegistos auf sich?

Trismegistos, dachte Leon. *Der dreifache Meister.*

»Wahrscheinlich hatte Bernhard einfach nur eine Affäre. So wie die von seinem Kollegen Abaelard mit der Dame Heloise. Die soll ja noch ein Kindchen gewesen sein«, unterbrach Flints Geplapper seine Gedanken. Flint hatte bemerkt, dass Leon das Buch in Händen hielt, und konnte sich denken, worüber er nachgrübelte. »Und jetzt isses der Kirche nämlich peinlich, dass ausgerechnet einer ihrer Heiligen so eine schlüpfrige Missetat gesteht.«

Leon musste lächeln. Vielleicht hatte der Wildererjunge sogar recht mit seiner Vermutung. So wie es aussah, war Uther auf der Seite des Papstes und gegen die Staufer gewesen. Und wenn dem so war, würde er natürlich verhindern wollen, dass der Kirche auf diese Weise geschadet würde.

»Vielleicht will Uther die Kirche ja auch damit erpressen«, fuhr Flint fort und kaute. Aber Leon schüttelte den Kopf.

»Ich denke, Uther strebt eher nach der Macht der Rezeptur. Er sucht die Abschrift Bernhards. Keine Ahnung, ob es die wirklich gibt. Solange wir aber nicht das ganze Buch entschlüsselt haben, oder wenigstens einige der wesentlichen Teile, tappen wir im Dunkeln.«

»Wasch hascht du denn schon rauschgekriegt?«, nuschelte Flint mit vollem Mund, während er einige Vorräte in einen Wollbeutel stopfte und dabei zwischendurch von der einen oder anderen Sache abbiss, die ihm essbar erschien.

»Ich weiß nur, dass das Buch Gottfried von Auxerre gehörte und dass er es wohl zu weiten Teilen auch selbst verfasst hat.« *Manche Teile können auch von Albert stammen*, dachte Leon. Und der Gedanke kam ihm nicht zum ersten Mal.

»Wer ist der Kerl? Ein Franzose?«

»Nein, kein Kerl, sondern ein einflussreicher Mann der Kirche. Später hat man ihn auch Gottfried von Clairvaux genannt, weil er dort mehreren Klöstern vorstand. Das eigentlich Bedeutsame an ihm aber ist, dass er der letzte Sekretär und Vertraute des heiligen Bernhard von Clairvaux war. Bernhard war ein unglaublich wichtiger Mann seiner Zeit. Vor hundert Jahren. Das zumindest hat mir deine Mutter erzählt. Und ich vermute jetzt, dass Gottfried in seinen Aufzeichnungen die letzten Geheimnisse Bernhards festgehalten hat. Vielleicht eine Schatzkarte. Oder ein anderes Geheimnis von großer Bedeutung.« *Es war in Wahrheit die Abschrift, um die es ging.* Leon fragte sich, warum er das Flint nicht einfach sagte.

»Ich denke, dieser Albert wird schon wissen, was zu tun ist«, sagte Flint.

»Ja, du hast recht. Wir müssen ihn finden. Wahrscheinlich ist er schon lange an der Schule der Redner. Bei seinem Freund Maraudon.« Leon steckte das Buch wieder zurück in den Beutel und verschloss ihn sorgsam.

John warf sich gerade seinen eigenen Beutel über die Schulter und sagte: »Wartet hier einen Moment, bis ich euch rufe. Ich gehe zur Sicherheit einmal um die Lichtung, um zu sehen, ob uns dort jemand auflauert.« Dann ging er hinaus.

»Müssen wir denn wirklich so hastig aufbrechen? Können wir nicht wenigstens bis morgen warten?«, maulte Flint.

Aber Anna sagte: »Ich würde es keine einzige Nacht mehr hier aushalten.« Sie sah zu Leon. »Ich hätte schon früher auf die Zeichen achten müssen.«

»Welche Zeichen?«, fragte Leon.

»Eine vorübergehende Stille, die manchmal plötzlich im Wald oder im Dickicht eintritt. Ein kurzes Nichts, wo etwas sein müsste. Ein Schweigen, das da nicht sein darf. Wir werden beobachtet. Die ganze Zeit.« Und nachdem sie einen kurzen Moment gehorcht hatte, fügte sie hinzu: »Auch gerade jetzt. Ich fühle es.«

Leon fröstelte. Flint schüttelte den Kopf.

Anna legte ein Tuch um die Schultern, hob den kleinen Korb mit Vorräten auf und trat vor die Hütte. Flint und Leon taten es ihr nach. Draußen drehte sich Flint ganz plötzlich noch einmal um und ging ins Dunkel der Hütte zurück, als hätte er noch etwas darin vergessen. Anna und Leon warteten. Und jetzt fiel es Leon auch auf. Da war es. Eine unnatürliche Stille über dem Wald und der Lichtung. So als hielten alle Tiere den Atem an. Leon flüsterte: »Da ist etwas.«

»Oder … jemand«, erwiderte Anna.

Durch das dunkle Unterholz am nahen Waldesrand ging ein Rascheln. Anna ließ vor Schreck den Korb fallen, und einige Äpfel kullerten heraus. Als Leon sich gerade danach bücken wollte, hielt er mitten in der Bewegung inne. Äste knackten. Büsche wurden beiseitegeschoben. Und da ... traten vier Männer aus dem Schatten des Waldes.

❧

Etwa eine Woche nachdem sie den Überfall auf die Kaufleute vereitelt hatten, kehrten Richard und die burgundischen Brüder an den Hof Rudolfs zurück. Den ganzen Weg hierher hatten sie nicht viel gesprochen. Nur das Nötigste. Odo und Philipp waren bestürzt über die zutage getretene Grausamkeit ihres Freundes. Die Brutalität, mit der er ein Leben nach dem anderen genommen hatte, obwohl der Kodex einen am Boden liegenden und bereits besiegten Ritter vor dem Todesstoß bewahrte. Doch keiner der Brüder wagte es, den Vorfall anzusprechen, und Richard selbst schien in düsteren Gedanken versunken. Beinahe schien es Odo, als sei aus Richard ein anderer hervorgetreten. Ein fremder und grausamer Mensch. Er hatte seinen Freund nicht wiedererkannt. Und das erschreckte ihn. Odo wusste auch, dass, solange sie nicht darüber sprechen würden, das Fremde zwischen ihnen bestehen bliebe.

In der Burg angekommen, gaben sie ihre Pferde bei den wiedererrichteten Stallungen ab und gingen gleich darauf hinauf in den Palas, wo Rudolf, Uther und einige andere Männer und Frauen zu Tisch saßen.

»Ihr zeigt Schneid, hier noch mal aufzutauchen!«, wurden sie von Uther begrüßt, der sogleich aufsprang und die Wachen auf sie hetzen wollte. »Packt die Verräter!« Doch der Graf hielt sie zurück.

»Wartet, Uther. Lasst uns hören, was ihnen widerfahren ist.«

Philipp – als der älteste der drei Freunde – berichtete von ihrer Reise und der erfolglosen Suche nach Leon. Rudolf saß aufrecht und hörte mit steinerner Miene zu. Anschließend wollte er einiges über den Zustand der Welt vor den Toren seiner Burg wissen. Und so erzählte Philipp ihm auch von den Gräueln und den zerstörten Ländern, den Gehenkten, Geschändeten und Beraubten. Und von dem Überfall auf die Kaufleute durch Raubritter. Nur von Richards Raserei berichtete er nichts. *Denn das ist es, was diese Welt der Gräuel aus den Menschen macht. Bestien,* dachte Philipp. Er würde Richards Ausbruch an Grausamkeit wohl niemals vergessen können.

Nachdem Philipp geendet hatte, entstand ein kurzes Schweigen. Rudolf schien ernsthaft besorgt zu sein. Dann stellte er noch etliche weitere Fragen, die Philipp allesamt beantwortete, bevor er sich selbst mit der Frage an den Grafen richtete, die ihn und seinen Bruder seit Wochen beschäftigte: »Wo sind Cecile und unsere Eltern?«

»Sie sind nicht mehr hier«, antwortete Rudolf, und die Art und Weise, wie er das sagte, zeigte Philipp an, dass irgendetwas nicht stimmte. Rudolf erkannte diese Annahme wiederum in Philipps Blick und sagte: »Wir sind übereingekommen, dass es noch nicht Zeit ist zu heiraten.« Philipp war erleichtert, dass es nur darum ging. Er sah zu Uther, der seinen Blick erwiderte. Zorn lag darin.

»Eure Eltern sind vor einigen Tagen aufgebrochen«, sprach Rudolf weiter. »Und sie haben ihre Tochter mitgenommen.«

»Weshalb?«, wagte Philipp, die Frage zu stellen, die im Raum stand. Niemand antwortete.

»Was wird aus uns?«, wollte Odo wissen und beendete damit die unangenehme Stille.

»Eure Eltern und ich sind uns darin einig, dass es wohl im Sinne beider Häuser ist, dich und deinen Bruder als meine Ritter hierzubehalten.«

»Wir sind Geiseln?«, brach es aus Odo heraus. Rudolf wirkte verstimmt. Odo schob deshalb noch schnell eine leise Entschuldigung hinterher. »Verzeiht.«

»Nein, ihr seid keine Geiseln. Ich benötige eure Dienste.« Uther, der neben Rudolf stand, nickte und sprach jetzt anstelle des Grafen. »Es kommen Fehden und Kriege auf uns zu. Ihr beide seid der Garant für eure Eltern, dass das Haus Habsburg stets auch im Sinne Burgunds vorgehen wird. Ihr seid frei und könnt jederzeit nach Hause aufbrechen, wenn das euer Wunsch ist. Doch eure Eltern wüssten euch in der folgenden Zeit sicher gerne hier, an der Seite Rudolfs.« Uther machte eine Pause und sah nun zu Richard. »Kommen wir zu dir, Richard.«

Richard senkte den Kopf.

»Weshalb bist *du* zurückgekehrt?«, fragte Rudolf seinen Neffen an Uthers Stelle.

»Ich weiß es nicht«, antwortete Richard nach langem Zögern. »Ich habe mich irgendwie … verloren.« Richard sprach mit gesenktem Blick. Und er sprach die Wahrheit. »Ich habe kein anderes Zuhause als dieses und erinnerte mich an die Zeiten, in denen wir hier glücklich waren. In denen auch Ihr, Onkel, hier glücklich wart.«

Rudolfs Stirn legte sich in Falten. Richard sprach weiter: »Ich erinnere mich an den Mann, der Ihr einst wart und zu dem ich aufgeschaut habe. Ich bin in der Zeit meiner Abwesenheit zu dem Schluss gelangt, dass es nicht Eure Schuld war, dass Ihr Euch verändert habt. Denn das habt Ihr. Ein böser Zauber hat auf Euch gelegen, und ich wünschte, alles wäre anders gekommen. Auch auf …« – Richard überlegte, ob er den Namen seines Bruders aussprechen sollte – »… Leon, meinem Bruder, lag ein solcher Zauber, und er hat dafür mit dem Leben bezahlt. Ich selbst verstehe zu wenig von diesen Dingen, doch ich habe gesehen, was Liebe und das Spiel mit gefährlichen Gedanken und Worten bewirken kann. Ein Unglück.« Jetzt war es Rudolf, der seinem Neffen ein sanftes Nicken schenkte.

Richard sprach weiter: »Ich habe um meinen Bruder getrauert. Doch ich kann ihm zugleich nicht verzeihen, welchen Kummer er dem Rest von uns bereitet hat. Nun, denke ich … kann ich ihn …«, Richard schluckte, »… gehen lassen.«

Wieder entstand eine kurze Stille. Rudolf sah zur Seite. Da ging Richard auf die Knie und sprach: »Ich bitte Euch um Vergebung, Onkel.«

Wieder nickte der Graf und sagte nach einem Moment des Schweigens: »Ich gewähre sie dir.«

Richard sah auf und blickte seinem Onkel in die Augen. Rudolf wirkte jetzt klarer. Ein bisschen mehr wie der Rudolf vor den Ereignissen der letzten Monate. »Auch ich habe um meinen Neffen Leon getrauert«, sprach Rudolf jetzt. Uther sah den Grafen von der Seite an. »Und meine Strafe für ihn war sehr hart, aber gerecht. Und das denke ich immer noch. Ich hätte in jedem anderen Fall genauso entschieden.« Rudolf sah zum Fenster.

Etwas frisst an ihm, dachte Richard, bevor es im nächsten Moment aus Rudolf hervorbrach: »Mein Gott, sie war meine Verlobte!« Der Graf brauchte einen Moment, um sich wieder zu fassen. »Wäre Leon nicht geflohen, so könnte er noch leben. Und vielleicht hätte er mir eines Tages vergeben. So wie ich ihm.«

Richard war überrascht. Ein Anflug von Ehrfurcht überkam ihn. »Danke«, brach es aus ihm heraus.

»Wofür?«, wollte Rudolf wissen. Tränen rannen über Richards Gesicht.

»Dafür, dass Ihr meinem armen Bruder vergeben habt.«

Assassinen

Eine Senke im Wald, 3. Oktober 1247

Vier Männer traten aus dem Unterholz. Drei davon waren bis an die Zähne bewaffnet und schoben einen vierten mit vorgehaltener Klinge vor sich her. Der vierte war John. Flints Vater taumelte und blutete stark aus einer Wunde am Kopf. Die Fremden waren maskiert, und Leon erschrak bis ins Mark, als er erkannte, dass sie genau wie der Fremde gekleidet waren, den er während seiner Flucht in Wettingen gesehen hatte. Einer der Männer trug eine groteske silberne Maske, die wie eine schmerzverzerrte Fratze aussah. Die gebogene Klinge eines Schwertes lag jetzt an Johns Hals. Anna schrie auf und wollte zu John, doch der Fremde mit der silbernen Maske machte einen Schritt auf sie zu und schlug ihr ohne Vorwarnung mit der Faust ins Gesicht. Anna taumelte zurück und fiel hin. Mühsam richtete sie sich wieder auf. Sie schien benommen und sah den Angreifern mit weit aufgerissenen Augen angstvoll entgegen. Etwas Grausames ging von den Fremden aus. Vor allem von dem mit der silbernen Maske. Einer der anderen Männer stellte sich jetzt hinter John und trat dem Wilderer in die Beine. John knickte ein und fiel auf die Knie.

Der Mann mit der silbernen Maske trat vor Leon und sah dabei zur Seite. »Runter!«, knirschte der Mann in einem fremdartigen Akzent. Es klang, als habe er große Mühe, etwas von sich zu geben. Anna und Leon fielen auf die Knie. Einen Moment lang geschah nichts. Leon wusste nicht, warum, aber er bemerkte mit einem Mal, dass ein merkwürdiger Geruch von den Fremden ausging. War das Weihrauch? Vielleicht. Aber auch noch etwas anderes. Etwas, das Leon an den Geschmack des Trankes erinnerte. Leon sah von dem Mann mit der silbernen Maske zu den beiden anderen. Auch ihre Gesichter waren verdeckt. Durch Tücher, die um ihre Köpfe gewickelt waren. Ebenso schwarz wie der Rest ihrer Kleidung. Nur ihre Augen waren zu sehen. Dunkle, mandelförmige Augen, zu Schlitzen verengt.

»Wo ist das Buch?«, knirschte jetzt die brüchige Stimme hinter der Maske. Und wieder dieser seltsam fremde Akzent. Keiner, den er je zuvor auf der Burg seines Onkels gehört hatte. Zur Unterstreichung seiner Frage zog der Mann jetzt ein weiteres gekrümmtes Schwert von seinem Rücken. Eine fließende Bewegung.

»O nein! Bitte!«, flüsterte Anna flehentlich.

»Wartet! Ich gebe es Euch!«, rief Leon hastig. »Lasst diese Leute gehen.«

Die Fremden tauschten einen raschen Blick. Hatten sie ihn verstanden? »Ihr könnt das Buch haben. Ich hole es für Euch!« Leon deutete auf seine Brust und zeigte mit der anderen Hand zur Hütte hinüber.

Der Anführer mit der silbernen Maske schien für den Bruchteil eines Augenblicks zu überlegen.

»'ayn hw?«, zischte er. »Wo ist es?«

»In der Hütte!«, sagte Leon schnell und deutete auf den Eingang. Er sah, dass auch hinter den Schultern der anderen beiden Männer jeweils zwei seltsam geformte Schwertgriffe und ein Bogen hervorragten. Anna schluchzte leise. Leon durfte nicht verraten, dass er das Buch in seinem Rucksack bei sich trug.

Jetzt. Hier. Sonst wäre ihre vielleicht letzte und einzige Chance vertan.

»Ich hole es für Euch. Wartet hier.« Der Fremde mit der Maske trat einen Schritt vor und wollte etwas sagen, doch Leon drehte sich einfach um und lief, so rasch es ging, zum Eingang der Hütte. Er spürte, dass der Mann ihm folgte. Leon sah über die Schulter. Der Mann mit der silbernen Maske hatte sein Schwert gezogen und war dicht hinter ihm. Leon sprang nach vorn und rannte das letzte Stück bis zur Hütte. Schnell schlug er das Fell vor dem Eingang zur Seite und schlüpfte in das dunkle Innere. Sein Herz pochte wie wild.

»Flint. Ich bin es!« Flint musste mitbekommen haben, was draußen vor sich gegangen war.

Sofort wurde das Fell hinter Leon wieder angehoben, und der Fremde kam herein. Da sah Leon eine Bewegung in der Dunkelheit. Es gab einen heftigen Schlag, und der Mann mit der Maske brach zusammen. Flint hatte offenbar neben dem Eingang gelauert und Leons Plan gleich verstanden. In der Eile hatte er das Einzige gegriffen, was ihm auf die Schnelle wie eine geeignete Waffe vorgekommen war, und den Mann mit dem eisernen Kessel niedergeschlagen. Das Geräusch, das der Kessel auf der silbernen Maske verursacht hatte, klang in der Stille des Waldes so laut wie ein Glockenschlag. Jetzt lag der Mann am Boden. Offenbar bewusstlos. Draußen waren die Stimmen der beiden anderen Fremden zu hören. Einer von ihnen rief etwas und kam rasch näher.

»Was ist da draußen los?«, flüsterte Flint mit gepresstem Atem.

»Drei Männer ... jetzt noch zwei«, sagte Leon mit einem gehetzten Blick zu dem am Boden liegenden Mann. »Sie haben deine Eltern, und sie wollen das Buch!«

»Dann gib es ihnen, verdammt!«, zischte Flint. Draußen waren Schritte zu hören, die jetzt langsamer wurden und unmittelbar vor dem Eingang der Hütte innehielten.

Rasch streifte Leon den Rucksack von seinen Schultern und nestelte kniend an dessen Verschluss. »Warte«, zischte Flint und schien zu überlegen. »Wenn das die Männer sind, die uns die ganze Zeit beobachtet haben, dann wissen sie, dass wir zu viert sind. Wahrscheinlich wissen sie jetzt auch, dass ich hier drin bin.« Wieder schwieg er kurz. »Wo hast du es?«

»Hier«, antwortete Leon und zog das Päckchen hervor.

»Warum bist du dann hier reingekommen und hast es ihm nicht schon draußen gegeben?«, zischte Flint wütend. Leon bemerkte, dass sein Atem raste.

»Ich weiß nicht. Ich glaube, ich wollte Zeit gewinnen.« Leon hatte keinen konkreten Plan gehabt. Er war draußen vor der Hütte einfach nur seiner Intuition gefolgt.

»Meine Eltern sind da draußen in Todesgefahr, und du versuchst, Zeit zu gewinnen? Geht's noch?« Flint war jetzt furchtbar wütend.

»Beruhige dich. Was ist, wenn sie uns auf jeden Fall umbringen werden? Wenn sie erst das Buch in Händen haben, gibt es nichts, was sie davon abhalten sollte. Warum sollten sie uns hier als Zeugen zurücklassen? So wie die aussehen, machen die so was jeden Tag.«

Wieso kam der Mann vor der Hütte nicht herein?

»Verdammt, du hast recht«, sagte Flint und raufte sich mit der linken Hand wie wild die Haare. »Mist, Mist, Mist!«

Von draußen drang die Stimme des Fremden herein: »ʾakhraj hunak!« Es klang wie ein Fluch. Oder wie eine Aufforderung. Offenbar zögerte der Kerl hereinzukommen. Er ahnte, dass sie zu zweit waren. Vielleicht hatte er sie gehört. Schleichende

Schritte entfernten sich nach rechts, weg vom Eingang. Als ob der Mann um die Hütte herumgehen wollte. Im Hintergrund war das Schluchzen von Anna zu hören. Flint beugte sich zu dem am Boden liegenden Mann und griff nach dessen Schwert.

»Wir brauchen eine List! Irgendeine List!« Plötzlich schien Flint etwas einzufallen. Er wandte sich zu Leon. »Gib mir das Buch!« Seine Koboldaugen funkelten wütend.

»Was hast du vor?« Leon machte einen Schritt zurück und hielt Rucksack und Päckchen fest umschlossen vor seiner Brust. Flint trat aus der Dunkelheit an ihn heran, bis sein Gesicht direkt vor dem Leons war.

»Gib mir das Buch. Jetzt!« Leon gab ihm das Päckchen. Flint flüsterte: »Was immer gleich passiert, du wartest kurz und rennst gleich nach mir aus der Hütte. Renn direkt in den Rücken des Fremden. Er wird mir nachlaufen. Egal, wo er sich befindet, spring in seinen Rücken, stoße ihn nach vorne. So fest du kannst! Hast du verstanden?«

»Das soll ein Plan sein? Bist du verrückt?«, protestierte Leon. Flint aber nahm ihn bei den Schultern und schüttelte ihn.

»Stoß ihn nach vorne. So fest du kannst«, wiederholte er. »Ich zähle jetzt bis drei, du zählst im Kopf weiter bis sechs.« Leon wollte etwas einwenden, aber Flint schnitt ihm das Wort ab. »Mach's einfach!«, zischte er, klemmte sich das Päckchen unter den Arm und stellte sich neben den Eingang der Hütte. Leon wollte ihn aufhalten, doch noch ehe er etwas sagen konnte, zählte Flint: »Eins … zwei … drei.« Dann riss er das Fell vom Eingang und rannte nach draußen.

In Panik zählte Leon: *vier*.

Er hörte draußen einen wütenden Ruf, eilte zum Eingang der Hütte und griff, *fünf*, dabei einer Intuition folgend, nach seinem Bogen und einem Pfeil, der neben dem Eingang auf dem Boden lag. *Sechs.* Schon war auch Leon nach draußen gesprungen und rannte dem Wildererjungen nach. Leon sah, dass jetzt der Fremde, der eben noch bei Anna und John gestanden hatte, ebenfalls hinter Flint herrannte und dabei etwas in seiner fremden Sprache rief. Flint rannte vor dem Fremden her, in Richtung des Baumstamms am Rande der Lichtung. Dorthin, wo er kaum eine Stunde zuvor noch geschnitzt hatte. Der Fremde hielt sein Schwert in der Rechten und zog noch im Laufen mit einer unglaublich geschmeidigen Bewegung mit der Linken das andere Schwert. *Was sind das für Kerle?* Leon rannte wie besessen, obwohl er zugleich eine ungeheure Furcht verspürte.

Flint erreichte den Baumstamm, sprang dahinter, griff nach etwas am Boden und hielt im nächsten Moment einen der spitzen Stecken vor sich, seinem Angreifer entgegen. Dieser bremste mühelos ab, sodass er eine Handbreit vor der Spitzte des Steckens zum Stehen kam und schon im nächsten Moment in einer weiten Bewegung mit beiden Schwertern ausholte. Einen Herzschlag später würde er Flint den Kopf abschlagen.

Doch zu einem Streich kam es nicht, denn schon prallte Leon vollkommen ungebremst in den Rücken des Mannes. Leon fiel zu Boden, während der Mann durch den Aufprall nach vorne geschleudert wurde. Es knackte, und Leon sah das angespitzte Stück Holz blutig aus dem Genick des Fremden ragen. Der Stock war ihm direkt durch den Hals gedrungen. Ein roter Schwall schoss heraus und ergoss sich auf den am Boden liegenden Leon. Der Fremde taumelte einen Schritt rückwärts. Beide Schwerter entglitten den kraftlos gewordenen Händen und fielen klirrend auf das harte Holz des Baumstammes, hinter dem noch immer Flint stand und den Stock fest umklammerte. Ein Röcheln entfuhr der offenen Kehle des Mannes, als die letzte Luft zusammen mit einem weiteren Blutschwall herausbrach.

Dann drückte Flint den Stock noch einmal nach vorne und sprang auf. Der Leib des Mannes sackte vor ihm zusammen. »Nummer zwei!«, sagte Flint kaltblütig und spuckte zu Boden. Es war, als hätte ein gefühlloser Dämon von dem Wildererjungen Besitz ergriffen. Leon rappelte sich auf und griff nach Pfeil und Bogen, die ihm bei dem Aufprall entglitten waren. Beim Aufrichten zuckte ein höllischer Schmerz durch seine linke Schulter.

Leon sah seinem Freund in die Augen und sah, wie sie sich im nächsten Moment vor Entsetzen weiteten. Er fuhr herum und erkannte den Grund. Der dritte Mann kam jetzt hinter der Hütte hervorgesprungen und rannte auf Anna zu. Sie war in der Mitte der Lichtung zurückgeblieben, und der Mann würde gleich bei ihr sein. Zwei gekrümmte Klingen wirbelten durch die Luft. Leon erschrak, hob hastig den Bogen, spannte durch und entließ seinen Pfeil, ohne wirklich zu zielen, in Richtung des heranstürmenden Mannes. Der Pfeil traf ihn mitten ins Gesicht. Die Klingen flogen durch die Luft und verfehlten Anna dabei um Haaresbreite. Sie fielen zu Boden und blieben ebenso wie ihr Besitzer auf der Lichtung liegen.

Leon ließ den Bogen fallen, weil er ihn aus irgendeinem Grund plötzlich nicht mehr halten konnte. Er wollte schon aufatmen, als das Fell zum Eingang der Hütte zur Seite geschlagen wurde und jetzt der Mann mit der Maske heraustrat. Leon wollte den Bogen wieder aufheben, aber er hatte keinen zweiten Pfeil. Er sah, dass John inzwischen bei Anna war und eines der am Boden liegenden Schwerter ergriffen hatte. Leon humpelte zu ihnen. Flint sprang über den am Boden liegenden Mann und rannte zu seinen Eltern. Er trug noch immer das Schwert, das er in der Hütte aufgehoben hatte.

Der Mann mit der silbernen Maske erkannte offenbar die Situation, denn er zögerte. Es stand drei gegen einen. Vier, wenn man Anna mitzählte. Für ein paar kurze Augenblicke blieb er stehen und schien unschlüssig. Dann wandte er sich um und lief rasch in Richtung Wald. Flint und John rannten ihm hinterher und verschwanden mit ihm im Zwielicht zwischen den Bäumen, während Leon und Anna zurückblieben.

Leon atmete schwer und sagte zu Anna: »Bist du verletzt?« »Nein«, antwortete Anna. Sie war kreidebleich. Dann wandte sie sich ab und lief zu dem am Boden liegenden Mann am Rand der Lichtung. Er lag in einer Blutlache, und die Schnitzspäne um ihn herum waren rot getränkt. Noch immer atmete er. Wenn auch nur noch schwach. Und durch die Öffnung in seinem Hals quoll mit jedem Röcheln ein kleiner Schwall Blut. Da erfasste ein Beben seinen Körper, und ein leises Gurgeln drang aus seiner Kehle. Der Holzstock hatte den Hals des Fremden durchbohrt; er würde in wenigen Momenten verbluten. Anna kniete sich zu ihm.

»Warte, Anna, nein!«, rief Leon und sprang vor, denn er sah, wie die rechte Hand des Mannes an seinen Gürtel fuhr. Anna aber hielt den Mann nun sanft bei den Schultern und sprach in einer fremden Sprache zu ihm. Darauf sank der Mann zurück und schloss die Augen. Wenig später war jedes Beben seines Körpers vorüber.

Mit einer sachten Bewegung ihrer Hand schloss Anna die Augen des Mannes, hielt noch einen Moment inne und richtete sich dann auf. Sie drehte sich zu Leon und fragte: »Was ist mit dir? Was ist mit deiner Schulter?« Und erst in diesem Augenblick fiel Leon auf, wie sehr seine linke Schulter noch immer schmerzte. Er musste sie sich beim Aufprall auf dem Boden nach seinem Sprung in den Rücken des Mannes geprellt haben. Oder irgendwas war gebrochen. Jetzt wurde ihm schwindelig. Leon musste sich auf den liegenden Baumstamm setzen, um nicht ohnmächtig zu werden. Anna setzte sich neben ihn, und nachdem es Leon kurz darauf ein bisschen besser ging, sahen beide bangen Herzens in die Richtung, in die John und Flint verschwunden waren.

Schon kurz darauf kehrten die beiden zurück. Anna und Leon blickten ihnen erleichtert entgegen. »Er ist verschwunden. Einfach verschwunden«, sagte Flint außer Atem. John sah sehr besorgt aus und ging unmittelbar zu seiner Frau. Anna stand auf, und sie umarmten sich fest.

Dann sah der Wilderer zu Leon. »Bist du in Ordnung?« Leon war noch immer so geschockt, dass er nicht antworten konnte. Er nickte nur kurz und schluckte trocken. John half ihm auf. Ein höllischer Schmerz zuckte durch Leons linke Schulter. Aber er sagte nichts.

Der Wildererjunge trat heran und grinste jetzt. »Eins, zwei, drei. So einfach ist das! Noch Fragen?« Doch die einzige Frage, die Leon beschäftigte, war die, ob sein Freund wirklich so abgebrüht war oder ob das nur einfach seine Art war, mit schrecklichen Situationen umzugehen.

Leon sah zu dem am Boden liegenden Fremden. Es graute ihm davor, dass vielleicht noch mehr Männer als nur der Entflohene da draußen waren.

»Leg dich kurz auf den Boden, Leon«, sagte John und sah dabei an ihm vorbei zum Rand des Waldes. Seine Blicke suchten nach irgendeinem Zeichen, das darauf hindeutete, dass der Angreifer zurückkehren würde.

»Warum? Es geht schon«, sagte Leon.

»Mach's einfach«, erwiderte Flint.

»Ich glaube, ich werde dir künftig schwerlich widersprechen wollen, wenn du noch einmal so einen Plan wie gerade eben mit ›Mach's einfach‹ einleitest!«

Leon ging in die Hocke und legte sich behutsam zu Boden. Bei einer unvorsichtigen Bewegung schoss der Schmerz erneut so heftig durch seine Schulter, dass er wiederum beinahe das Bewusstsein verlor. John stellte sich über ihn, ergriff den Arm auf der Seite seiner verletzten Schulter und senkte das Knie auf Leons Brust, sodass Leon zu Boden gedrückt wurde.

»Was …« Leon konnte nicht zu Ende sprechen.

»Ausgekugelt«, unterbrach ihn John und riss Leons Arm mit einem kräftigen Ruck nach oben. Leon schrie auf, doch schon gleich darauf ließ der Schmerz nach. Ein dumpfes Pochen war an dessen Stelle getreten.

»Erledigt«, sagte John und schaute wieder hinüber zum Waldrand. Und an der Beiläufigkeit dieser Bemerkung erkannte Leon, dass dies offenbar nicht die erste ausgekugelte Schulter war, die John in seinem Leben gerichtet hatte. »Das wird noch für eine Weile ein bisschen taub sein.«

»Danke.« Leon rieb sich die Schulter. Flint half ihm, sich aufzurichten.

»Wie konntest du mit einer ausgekugelten Schulter einen Bogen halten?«, fragte Flint und schien sichtlich beeindruckt.

»Keine Ahnung. Ich weiß es nicht.« Das Bild des Mannes mit einem Pfeil im Gesicht kam Leon in den Sinn, und er spürte, wie ihm übel wurde. Flint wandte sich an seinen Vater: »Was meinst du, sind da noch mehr solche Kerle im Wald?«

»Ich habe vorhin nur diese drei Spuren gesehen. Bevor sie mich gekriegt haben. Ich denke nicht, dass da noch weitere sind. Aber wer weiß …« John sah besorgt zu Anna. Und irgendein verborgenes Wissen schien in diesem Blick zu liegen. Anna kam heran und sah sich die Wunde an Johns Kopf an. »Nur ein Kratzer«, sagte John.

Flint kniete unterdessen neben dem am Boden liegenden

Mann und sah nach, was er bei sich trug. *Wer sind diese Männer?*, dachte Leon. Sie hatten das Buch gesucht. So viel war jetzt klar. Aber wer hatte sie geschickt? Wer wusste außer Albert noch von den Aufzeichnungen Gottfrieds? Leon kniete sich neben Flint und nahm dem Mann das blutverschmierte Tuch vom Gesicht. Leon erschrak, wie jung der Mann war. Er wusste jetzt, dass einer der drei Männer aller Wahrscheinlichkeit nach die Gestalt gewesen war, die er vor beinahe einem Jahr auf dem Dorfplatz gesehen hatte. Bevor er in den Fluss gestürzt war. Der Mann mit der silbernen Maske schien der Anführer zu sein. Doch irgendetwas verriet Leon, dass auch er nicht ohne Auftrag durch andere handelte.

Sie fanden einen dünnen Dolch, der am Unterarm des Mannes in einer dort versteckt angebrachten Scheide steckte. Das Metall der Klinge war mit feinen Linien, Zeichen und Worten verziert, die Leon nicht lesen konnte. Flint fand zudem einige sonderbare Wurfgeschosse an den Gürteln der Männer. Sternförmige Stücke aus geschliffenem Metall. Sie waren ungeheuer scharf. Flint zeigte sie John, der nur nickte.

»Was ist das?«, wollte Leon wissen.

»Wurfsterne«, sagte John. »Der Mann ist aller Wahrscheinlichkeit nach ein Ismailit. Ein Assassine.« Leon hatte beide Worte noch nie zuvor gehört. »So wie seine beiden Kumpane auch. Auftragsmörder. Ich habe Männer wie diese schon früher gesehen«, fuhr John zur Erklärung fort.

»Hier?«, fragte Leon.

»Nein. Weit weg von hier. In Outremer. Und in Jerusalem. Es sind gewissenlose Mörder. Lautlos. Dass diese hier gesprochen haben, ist ungewöhnlich.«

Leon blickte in Johns Gesicht und erkannte, wie weit gereist und erfahren dieser Mann in Wirklichkeit sein musste.

Er fragte: »Seid ihr dort gewesen? In Outremer?«

»Ja«, sagte John und sah zu Anna und Flint. »Wir alle waren dort.«

Leon blickte in die Runde. Anna schaute ihn ernst an. Flint sah zur Seite.

John schwieg für einen Moment und sprach dann weiter: »Flint und seine Schwester Pearl wurden in Akkon geboren. Ich selbst war Bogenschütze im Kreuzfahrerheer Friedrichs. Anna war eine Fürstentochter und eine der fähigsten Heilerinnen im Tross. Ich geriet in Gefangenschaft, und sie flickte mich wieder zusammen, nachdem man mich und die anderen Gefangenen mit einem Trupp Templer befreit hatte. Wir haben uns ineinander verliebt und ... na ja ... schon bald war Anna mit Flint schwanger.«

»Das ist die kurze Version der Geschichte«, sagte Anna, und ihre Augen waren traurig. »Für den Rest ist Zeit, wenn wir diese beiden armen Seelen hier begraben und uns auf den Weg gemacht haben.«

»Arme Seelen?« Flint schüttelte den Kopf.

Und dennoch taten sie, was Anna gesagt hatte. John und Flint hoben auf einem kleinen Hügel am Fluss eine Grube aus und legten die beiden Männer mitsamt ihren Waffen hinein. Flint wollte die tödliche Ausrüstung lieber behalten. Sie war nützlich und ein Vermögen wert. Aber Anna war strikt dagegen. Genau wie John.

»Warum können wir nicht wenigstens den Dolch behalten?«, nörgelte Flint. »Außerdem verschwenden wir hier nur unsere Zeit. Der andere Assassine wird zurückkommen. Soll er doch diese verdammte Plackerei hier selbst erledigen. Waren ja seine Kumpane, nicht unsere!«

John sagte nichts. Aber Flint ließ nicht locker: »Warum überlassen wir ihre Leichen nicht den Wölfen? Die haben doch auch Hunger.«

»Sei still, Junge«, sagte John, und Leon erlebte zum ersten Mal so etwas wie Unfrieden zwischen Vater und Sohn.

Als sie fertig waren, riefen sie Anna, sprachen ein kurzes Gebet und begannen damit, die Leichname der Männer mit Erde und Steinen zu bedecken. Über dem Grab schichteten sie einen kleinen Hügel aus Flusssteinen auf. »Mögt ihr Frieden finden«, sagte Anne, als sie damit fertig waren.

Sie blieben noch einen Moment lang schweigend am Grab, während im Westen die Sonne unterging. John legte einen Arm um Flints Schulter und zog ihn an sich. Ende des Unfriedens.

Da es nun bald stockdunkel sein würde, beschlossen sie, mit dem Aufbruch doch noch bis zum frühen Morgen zu warten. »Da draußen im Wald sind wir auch nicht sicherer als hier«, sagte John. Und so verbrachten sie eine letzte Nacht in der warmen Hütte. Nur John nicht. Er blieb draußen und hielt Wache. Drinnen brannte ein Feuer, und Anna summte ein leises Lied. Sie tranken den Rest des Bieres und aßen einige Vorräte, die sie nicht mitnehmen würden.

»Werdet ihr hierher zurückkehren?«, fragte Leon.

»Klar«, antwortete Flint.

»Ich denke schon«, sagte Anna. »Das hier ist unser Zuhause.«

»Nicht England?«, fragte Leon.

Anna schüttelte den Kopf, und Flint war offenbar in seinen eigenen Gedanken versunken.

»Erzählt mir mehr von euren Reisen«, sagte Leon. »Ist es weit bis Outremer? Was ist aus eurer Tochter Pearl geworden?«

Flint und Anna antworteten nicht. Derselbe Schatten wie damals am Fluss legte sich über ihre Gesichter.

»Lass es gut sein«, sagte Flint und trollte sich in eine Ecke der

Hütte. Dort wickelte er sich in ein Fell und schlief ohne ein weiteres Wort ein.

»Das Leben geht weiter, glaubt mir, Madame.« Mona saß an Ceciles Bett und versuchte, ihre Herrin irgendwie aufzuheitern. Cecile hatte ihre Kammer seit Tagen nicht verlassen. Offiziell hieß es, sie sei unpässlich. Wegen einer leichten Verkühlung. Aber der ganze Hof kannte die eigentliche Ursache ihrer Abwesenheit – oder ahnte sie doch zumindest. So wie Catherine hatte auch Mona geglaubt, ihre Herrin würde eines baldigen Tages über die Sache hinwegkommen. So wie es immer war in der Liebe oder in dem, was manche dafür hielten. Irgendwann ebbte das Gefühl eben ab. Und entweder kam dann ein anderer daher, oder man wachte einfach so wieder auf und wandte sich erneut dem Alltag zu.

Eine Weile lang hatte es so ausgesehen, als würde ihre Herrin es schaffen. Sie hatte ihre Pflichten bei Hofe erfüllt, so gut es ging. Diese bestanden vor allem darin, hübsch auszusehen und jeder noch so unbedeutenden Zusammenkunft ein wenig Glanz zu verleihen. Vor allem dann, wenn Diplomaten anderer Fürstenhäuser, Bischöfe oder Unterhändler zu Gast waren. Cecile hatte bei Tisch artig Konversation betrieben und von außen betrachtet ihre Rolle als zukünftige Gemahlin des Grafen gespielt. Doch Mona war nicht die Einzige, die ihrer Herrin die innere Leere angesehen hatte. Ceciles Eltern bereitete das große Sorgen, und sie hatten sich sogar insgeheim ihr und Catherine offenbart. Sie sprachen davon, die Hochzeit aufzuschieben oder gar ganz abzusagen, wenn sich Ceciles Zustand nicht bessern sollte. Ceciles Vater, der Herzog von Burgund, war ein einflussreicher Mann, und man würde sich mit Rudolf schon irgendwie einigen.

Man hatte die Hochzeit erst von Palmsonntag auf Pfingsten und dann auf Allerheiligen verlegt. Mit der vorgeschobenen Begründung, der Bischof, der sie trauen sollte, sei zu irgendeinem Konzil berufen worden.

Nur wenig später dann hatten Ceciles Eltern die Hochzeit erneut aufgeschoben, ohne diesmal einen neuen Termin zu nennen. Und dann waren sie allesamt mit Sack und Pack abgereist. Seit einigen Wochen waren sie nun wieder in der Heimat.

Mona wusste, dass damit zugleich auch das Schicksal Ceciles wieder offen war. Wen sie würde heiraten müssen und wann. Doch eines war sicher. Eines Tages würde man sie einfach irgendeinem anderen Fürsten geben. Und sie würde sich der Pflicht nicht entziehen können, ihm Kinder zu gebären. Das war ihre Aufgabe in dieser Welt. So war das nun mal.

Manchmal dachte Mona, dass sie selbst es als einfache Bedienstete besser getroffen hatte. Sie konnte heiraten, wen sie wollte. Aber das kam ihr zugleich gar nicht in den Sinn. Auch wenn sie sicher eines Tages heiraten würde, bevor sie zu alt und hässlich dafür sein würde, jetzt genoss sie jedoch die Möglichkeit, ihre Liebhaber noch für eine ganze Weile frei wählen zu können. Von Hof zu Hof. Mona war ein hübsches Mädchen. Hin und wieder hatte auch mal ein Edelmann ein Auge auf sie geworfen und sie für ein paar Nächte in sein Bett geholt. Mona dachte an Odo. Und an ... Uther. Rudolfs Vogt. Es hatte damals gleich nach ihrer Ankunft begonnen. Nur dass es in Uthers Fall nicht bei ein paar einzelnen Nächten geblieben war. Mona war ein bisschen stolz, dass ein so einflussreicher Mann Gefallen an ihr fand. Gewiss, er machte ihr manchmal ein bisschen Angst, und seine Bedürfnisse im Bett waren mehr als speziell. Doch so waren sie eben, die Männer. Mona hatte zu einem gewissen Grad ihren Spaß, und hier und da steckte der Vogt ihr etwas zu, das sie sorgsam in ihr Kästchen legte, wo sie ihr kleines Vermögen verwahrte. Dass sie Uther von der Affäre ihrer Herrin gleich erzählt und sie damit verraten hatte, bereute Mona nicht. Jeder musste eben selbst sehen, wo er blieb.

Aufbruch

Eine Lichtung im Wald, 4. Oktober 1247

Am Morgen nach dem Überfall brachen Leon, Anna, John und Flint auf, noch bevor die Sonne im Osten über den Fluss gestiegen war. Es war ein kühler und nebliger Morgen. An den Spitzen der Grashalme blitzten Tautropfen. Die Luft duftete nach nassem Laub und feuchter Erde. Schon bald liefen sie einen geheimen Pfad entlang, der sonst nur von wilden Tieren genutzt wurde. Die Wipfel der Bäume über ihnen rauschten im herbstlichen Wind. Hier und da segelten welke Blätter zu Boden. Kein Vogelgesang und kein Summen von Insekten. Allein der Wind und das Rascheln der Blätter.

Trotz seiner Erleichterung darüber, dass der Fremde mit der silbernen Maske in der Nacht nicht wieder aufgetaucht war, hatte Leon ein schweres Herz. Am Ende dieser Reise würde er von dieser Familie Abschied nehmen müssen. Wie gerne würde er einfach für den Rest seines Lebens bei Flint und dessen Eltern bleiben. Aber er musste das Buch zu Maraudon bringen, damit er es entschlüsselte. Und er musste seinen Bruder finden. Jetzt, da er wusste, was geschehen war, durfte und wollte er nicht länger zögern. Auch wenn das bedeutete, erst einmal allein weiterziehen zu müssen.

Leon fürchtete sich vor dem Alleinsein. Und er fürchtete die Gefahren, die auf der Reise auf ihn warten würden. John hatte ihm den Weg zu einem großen See beschrieben, den man »Bodmansee« oder manchmal auch »Bodensee« nannte. Doch darüber hinaus konnte auch John keine Auskunft geben. Er war noch nie auch nur in der Nähe eines Ortes gewesen, der Sankt Gallen hieß. Ab einem bestimmten Punkt würde Leon sich durchfragen und gleichzeitig Sorge dafür tragen müssen, dass man ihn nicht als das erkannte, was er in den Augen Graf Rudolfs war. Ein entflohener Dieb und Mörder.

Sechs Tage waren sie nun schon unterwegs, immer Richtung Westen. Die Sonne, die an diesem Vormittag allmählich über die Wipfel der Bäume in ihrem Rücken stieg, war zu dieser Jahreszeit noch immer warm. Ein paar verstreute schneeweiße Wolken zogen über den Himmel. In der vergangenen Stunde hatte sich der Wald immer mehr gelichtet. Schließlich waren sie am westlichen Rand des großen Waldes angekommen und sahen hinab auf eine weite Ebene. Das Land verfärbte sich in der Morgensonne golden, und die wenigen Bäume standen in leuchtendem Gelb. Die Luft war klar, und in der Ferne gen Süden befand sich eine lange Reihe hoher Berge. Die Gipfel schneebedeckt, wie eine weiße Perlenkette, die auf dem Horizont zu liegen schien. Leon fühlte, dass der Moment des Abschieds gekommen war. An einer Stelle, an der vor ihnen ein schmaler Feldweg begann und in die Ebene hinabführte, blieben sie stehen.

Leon seufzte, wendete sich zu Anna und fürchtete, dass ihm gleich Tränen in die Augen steigen würden. Anna umarmte ihn fest.

Als sie ihn erst nach einer ganzen Weile losließ, sagte Leon: »Ich danke euch so sehr! Eines Tages kehre ich zu euch zurück. Und ihr werdet vielleicht meinen Bruder Richard kennenlernen.« Seine Worte kamen ihm steif und getragen vor. Statt einer Antwort schloss Anna ihn noch einmal in die Arme. Ein letztes

Mal vernahm Leon den leisen Duft nach warmer Milch und Safran.

»Pass auf dich auf, Leon!«

Sie lösten die Umarmung, und Leon wandte sich an John.

»Ich danke dir, John.« Der wortkarge Mann sah Leon in die Augen und nickte ernst. Dann fuhr ein Lächeln in seinen Blick. Und darin lag die bedingungsloseste Zuneigung der Welt. Leon und John umarmten sich.

»Ich vermisse euch jetzt schon«, seufzte Leon.

Zuletzt wandte er sich an Flint und wollte etwas sagen. Der Wildererjunge aber grinste und rückte seinen ledernen Tragegurt über der Schulter zurecht.

Plötzlich und ohne dass ein weiteres Wort gesprochen wurde, verstand Leon. »Wie?! Du kommst mit?« Leon bekam den Mund kaum wieder zu.

»Kann man jemanden wie dich denn wirklich guten Gewissens allein lassen?«, grinste Flint. »Wohl eher nicht, wenn ich es recht bedenke! Solltest du nämlich noch mal auf die Idee kommen, im Winter ein Bad in irgendeinem Fluss nehmen zu wollen, braucht es einen tatkräftigen Mann, der dich da wieder rausfischt!« Flint deutete mit dem Daumen auf sich.

Leon sah verwirrt über Flints Schulter hinweg zu Anna. Sie lächelte und strich sich eine Strähne ihres blonden Haares zur Seite, welche der sanfte Wind über ihr Gesicht gelegt hatte.

Sie sagte: »Du wirst wohl noch eine Weile Gesellschaft vertragen, Leon. Es wird außerdem Zeit, dass unser Sohn ein paar andere Gegenden dieser Welt zu Gesicht bekommt. Außerhalb des Waldes. Am Ende könnte er ja meinen, die Welt sei ein Gehölz.« John nickte. So umarmten die beiden nacheinander auch ihren Sohn Flint. Anna hielt ihn lange.

Als Leon sich wenig später noch einmal umdrehte, waren Flints Eltern schon verschwunden. Leon wurde es eng ums Herz. Er würde sie eines Tages wiedersehen. Das schwor er sich in diesem Moment. Dann folgte er seinem Freund hinab in die Ebene.

Sie kamen recht gut voran, und Flint pfiff fortwährend ein fröhliches Lied. Je länger sie an diesem strahlenden Tag liefen, desto leichter fühlte sich Leon, und umso mehr genoss er das Gehen. Er fragte sich, was wohl geschehen würde, wenn man einfach immer weiterginge. Vielleicht bis nach Paris, Compostela oder Lissabon. Orte, von denen er gehört hatte. Er fühlte sich bei Kräften, und die klare, frische Luft belebte ihn.

Den ganzen Tag über bewegten sie sich durch menschenleere Gegenden. Der Landstrich war wie entvölkert. Als seien erst vor Kurzem alle Menschen von hier verschwunden. An einem verlassenen Weiler sprang ihnen ein kleiner Hund hinterher. Offenbar waren Herr und Herrin gestorben, denn in der ganzen Gegend hatten Leon und Flint nur verlassene und zerstörte, teilweise bis auf die Grundmauern niedergebrannte Hütten und Dörfer gesehen. Das kleine struppige Tier hatte graues, fleckiges Fell und schien ein neugieriger Geselle zu sein. Er folgte ihnen in weitem Abstand. Schließlich blieben die Freunde stehen, und Flint lockte das Hündchen mit etwas getrocknetem Fleisch an. Der kleine Hund schnupperte und näherte sich ihnen vorsichtig. Schließlich leckte und nagte er mit den Zähnen an dem Stückchen Fleisch, das Flint noch immer festhielt, und ließ sich streicheln.

»Du bist ja ein feiner Geselle!«, sagte Flint. Und Leon sah sogleich, dass in diesem Moment entschieden war, ihn mitzunehmen. Der kleine Hund brachte beide zum Lachen, als er wenig später an einen kleinen Strauch pinkelte und dabei auf beiden Vorderpfoten stand.

»Unser Hund kann Handstand!«, sagte Flint.

»Hast du gerade *unser* Hund gesagt?«, fragte Leon.

»Du hast recht, Leon. Ich hätte sagen sollen: *mein* Hund!«, grinste Flint.

»Kannst ihn haben. Ich hab's eh nicht so mit Hunden.« Leon dachte an die Bestien auf der Burg seines Onkels. *Aber der hier ist niedlich*, dachte er und verscheuchte den Schatten, der sich auf ihn legen wollte.

Zu dritt setzten sie also die Reise fort, immer weiter den Bergen am Horizont entgegen. Allmählich wurde auch der Weg immer steiler, ging mal hinauf, mal runter, mal hierhin, mal dahin. Das Gehen wurde anstrengender. Sie mussten immer häufiger eine Pause einlegen und kamen deshalb nicht mehr ganz so schnell voran.

Ihre Stimmung dämpfte sich, als gegen Nachmittag dunkle Wolken aufzogen und es schon bald darauf heftig zu regnen begann. Nass und durchgefroren fanden sie erst nach einer gefühlten Ewigkeit einen Unterschlupf, einen eingestürzten Heuschober, unter dessen zerbrochenem Dach hier und da eine halbwegs trockene Stelle zu finden war. Flint gelang es, mit den wenigen Zweigen und Strohresten, die hier zu finden waren, ein kleines Feuer in Gang zu bekommen. Sie zogen ihre nassen Kleider aus und hängten sie auf, sodass sie bis zum Morgen einigermaßen trocknen würden. Anschließend saßen sie, in ihre feuchten Fellmäntel gehüllt, dicht an den qualmenden Flammen. Auch der kleine Hund hatte ein halbwegs trockenes Eckchen abbekommen. Ganz allmählich wurde ihnen wärmer. Der Regen trommelte von außen auf die verrotteten Holzschindeln.

»Meinst du, der Kerl mit der Maske folgt uns noch?«, fragte

Flint nach einer ganzen Weile. Leon hatte gerade ebenfalls daran gedacht. Und an Anna und John, die ja wieder zurückgegangen waren. Sein Magen zog sich zusammen.

»Ich glaube nicht!«, antwortete er.

»Meinst du, der gibt so schnell auf? Der sah irgendwie nicht aus wie einer, der schnell aufgibt, findest du nicht?«, sagte Flint.

»Na gut«, sagte Leon. »Ich weiß es nicht. Wahrscheinlich sucht er uns weiterhin. Aber je weiter wir fortgehen, desto eher verliert sich womöglich unsere Spur.«

»War irgendwie komisch, wie der sich bewegt hat ... so was ist mir noch nie untergekommen«, sagte Flint nach einer Weile.

»Wie meinst du das?«, fragte Leon.

»Als Dad und ich ihm hinterherrannten, fiel es mir auf. Wir sahen ihn nur noch aus der Ferne. Hin und wieder mal durch eine Lücke in den Büschen. Der Kerl war mit gesenktem Kopf gerannt. Wirklich. Mit gesenktem Kopf. Ich schwöre. Und mit der Stirn voran. Und trotzdem ist er den Bäumen und niedrigen Ästen irgendwie ausgewichen. Komisch ... wie ein Kaninchen.«

Leon erinnerte sich an den Moment, als der Mann, den Flint zuvor niedergeschlagen hatte, zuletzt aus der Hütte getreten war. Auch dabei hatte der Mann zu Boden gesehen.

»Ich könnte nicht in dem Tempo rennen und dabei auf den Boden gucken«, sagte Flint und stocherte in der qualmenden Glut herum. »Unheimlicher Typ.«

Leon dachte an den Kampf mit den Assassinen. Und daran, wie kaltblütig Flint sein konnte. Als würde plötzlich ein Dämon aus ihm hervortreten. Leon hatte Flint während ihrer Wanderung darauf angesprochen. Was mit ihm geschehen sei während des Kampfes. Aber der Wildererjunge hatte nur mit den Schultern gezuckt und gesagt: »Keine Ahnung ... aber du hast recht: Das bin irgendwie nicht ich.«

Und dabei hatte er es belassen.

Als das Feuer mitten in der Nacht heruntergebrannt war, wurde Leon wach, weil er vor Kälte am ganzen Leib zitterte. Flint schien es nicht anders zu gehen. An Schlaf war nicht mehr zu denken. Sie zogen ihre noch immer feuchten und kalten Kleider über die Haut und machten sich wenig später auf den Weg. »Im Gehen wird uns ein bisschen wärmer, du wirst sehen«, meinte Flint. Leon hatte schlechte Laune. Noch immer regnete es. Den ganzen Tag lang blieb es dabei. Und auch am nächsten regnete es ohne Unterlass. Flint schien das aus einem unerfindlichen Grund wenig auszumachen. »Man ist doch nie so nass, als dass man nicht noch nässer werden könnte!«, sagte er und pfiff sein Lied. Wobei das schauerlich klang, weil man mit nassen, tropfenden Lippen nicht so wirklich pfeifen kann. Flint war das egal.

Endlich, gegen Mittag des vierten Tages, nachdem sie Flints Eltern zurückgelassen hatten, hörte es auf zu regnen, und die Sonne trat zum ersten Mal wieder hinter den Wolken hervor. Sie wandten sich jetzt immer mehr nach Westen und sahen bald mehr hohe Berge zu ihrer Linken. Der Weg wurde steiler und gefährlicher. Schon bald führte er sie durch Schluchten und an den Rand steiler Abhänge. Immerhin war der Regen auch im weiteren Verlauf des Tages nicht wiedergekehrt, und so trockneten ihre Sachen allmählich. Der kleine Hund folgte ihnen noch immer und schien mit seinem neuen Schicksal sehr zufrieden.

Am Abend des fünften Tages fanden sie ein Lager am Ufer eines rasch dahinfließenden Bergwassers. Sie waren erschöpft und müde. Flint klagte über Blasen an den Füßen, und Leon taten die Beine weh. Ihr Lager war durch einen überhängenden Grat einigermaßen vor Wind und weiteren Regenfällen geschützt. Flint machte ein Feuer, und schon bald saßen sie mit den Rücken an einen umgefallenen Baumstamm gelehnt und sahen in die tanzenden Flammen. Flint kaute auf einem Stück getrocknetem Fleisch und warf auch dem Hund hin und wieder ein Bröckchen davon zu. Der Schein der Flammen erleuchtete sein ernstes Gesicht. Irgendwie kam plötzlich eine schwere Stimmung auf.

»Was ist?«, fragte Leon schließlich.

Flint zögerte, dann sagte er: »Sie war zwölf.«

Leon wusste, dass nun jedes Wort von seiner Seite zu viel gewesen wäre. Also schwieg er. Flint sprach über seine Schwester Pearl.

»Wir waren auf dem Rückweg durch Italien. Wollten weiter nach Norden. Zurück nach England. Unsere Heimat, die ich selbst noch nie gesehen hatte. In einer Stadt am südlichen Rand des Gebirges wurden wir von einem aufgebrachten Mob beschimpft und angegriffen.« Der Wildererjunge machte eine Pause, bevor er weitersprach. »Ein Neugeborenes, das Kind des dortigen Fürsten, war in der Nacht gestorben. Einfach so. Keine Ahnung, warum. Die Leute dort waren sehr abergläubisch. Man suchte nach Schuldigen. Wir waren Fremde. Als sie uns angriffen, verteidigte Vater uns, so gut es ging. Mit bloßen Fäusten. Dabei hat er zwei oder drei der Männer erschlagen. Zumindest lagen sie bald tot am Boden rum. Ist halt so passiert. Selber schuld. Das hat den Mob aber noch mehr aufgebracht. Sie wollten Blut sehen.«

Flint schwieg für einen Moment, als müsse er sich sammeln. »Die Männer des Fürsten kamen uns dann doch noch zu Hilfe und haben uns vor dem Mob gerettet. Man hat uns zu einem großen Haus gebracht und dort erst mal in einen feuchten Keller gesperrt. Am nächsten Tag sind wir dann verhört worden und haben geschworen, einfach nur auf der Durchreise zu sein.

Was ja die verdammte Wahrheit war. Am Ende brauchte der Fürst aber doch irgendeinen Schuldigen. War ja sein Balg, das gestorben war. So ist das überall! Sobald irgendwas Schlimmes passiert, findet sich immer irgendwo ein Fremder, dem man das in die Schuhe schieben kann.«

»Was ist dann passiert?«, fragte Leon nach einer Weile.

Flint brauchte einen Moment, bevor er weitersprach.

»Pearl hatte verdammt schöne Haare. Rote Haare. Feuerrot, wie die untergehende Sonne. Sie haben gesagt, sie wär 'ne Hexe. Das Balg des Fürsten soll sie verflucht haben. Als sie dann in unseren Satteltaschen die Kräuter und Tränke meiner Mutter fanden, stand das Urteil der Leute fest. Mein Vater allein hatte es in der Hand, sie vor einem Gericht zu verteidigen. Man hatte gesehen, dass er Kreuzfahrer war. Ein Kämpfer für die Sache Christi. Deshalb haben sie ihm noch 'ne Chance gegeben.«

Wieder schwieg er.

»Der Tag des Gerichts kam, und mein Vater hat sich den Kopf darüber zerbrochen, wie und mit welchen Worten er seine Tochter verteidigen könnte. Aber du kennst meinen Vater, Leon. Er ist kein Mann der Worte. Wenn er irgendwas nich' ist, dann das!« Leon nickte und spürte einen Kloß im Hals.

»Ich hab nie erfahren, was bei dem Gericht passiert ist. Nach dem wenigen, was meine Mutter erzählt hat, wurde mein Vater im Verhör durch den Ankläger regelrecht zerlegt. Er soll gestottert haben. Gestottert, Leon! Ganz am Ende kam dann der Vogt des Fürsten zu Wort. Er war der oberste Ankläger. ›Er soll uns beweisen, dass seine Tochter *keine* Hexe ist‹, soll er zu meinem Vater gesagt haben.«

Leon schluckte und sagte: »Das ist ein argumentum ad ignorantiam! Ein Hinterhalt. Das Gegenteil von etwas, was nicht existiert, kann man nicht beweisen.« Flint sah seinen Freund mit verschwommenen Augen an, sagte aber nichts. Leon sagte: »Das ist wie mit Geistern. Man kann ihre Existenz nicht beweisen, indem man sagt: Beweise mir, dass es sie *nicht* gibt! Verstehst du? Das lernt man in den ersten Lektionen der Argumentation.« Leon spürte, dass er wütend wurde. Dem argumentum ad ignorantiam konnte man nur begegnen, indem man es als solches enttarnte. Ein gemeiner Schachzug der Ankläger. Wie hätte Flints Vater das wissen sollen? »Das war eine miese Manipulation.«

»Ich weiß«, sagte Flint und ließ den Kopf hängen. »Mein Vater hatte gegen die Wortgewalt des Anklägers keine Chance. Von Anfang an nicht. Der Ankläger war der Teufel selbst. Ich habe den Kerl danach noch ein einziges Mal aus der Ferne gesehen. Und sollte ich ihm je in meinem Leben noch mal begegnen, wird er sterben, das schwöre ich!«

»Was geschah dann?«, traute sich Leon nach einer ganzen Weile des Schweigens zu fragen.

Flint seufzte. »Es muss noch schlimmer gekommen sein. Sie haben ihn mit Worten regelrecht erdrosselt und ausgenommen. Meine Mutter hat mir nie alles erzählt. Das Ganze war eh von Anfang an entschieden. Und es endete, wie es enden musste. Meine arme Schwester, die arme Pearl … Sie war ein so fröhliches Mädchen … Sie haben sie verbrannt. Noch am selben Tag.« Flint schüttelte den Kopf. »Sie haben uns am nächsten Morgen ihre Sachen gegeben, Vater und mich noch mal ordentlich verprügelt und uns dann ziehen lassen.«

Leon wusste nicht, was er sagen sollte, um seinen Freund zu trösten. Doch er spürte, wie die Wut in ihm anschwoll. Wut auf die Männer, die die Macht der Sprache dafür missbrauchten, andere ins Verderben zu treiben. Ihre ungerechte Überlegenheit, die allein auf ihrer teuren, rhetorischen Bildung fußte. Leon dachte an die Worte, die Albert gesagt hatte, als er ihn in seiner Kammer zum letzten Mal gesehen hatte: *Die Macht muss neu verteilt werden!*

Das argumentum ad ignorantiam ist eine vergleichsweise billige und harmlose List. Leicht durchschaubar, leicht zu kontern. Wenn man sie denn als das erkannte, was sie war. Leon dachte an Gottfrieds Buch und daran, was Albert darüber gesagt hatte.

Wenn auch nur ein Teil der Aufzeichnungen Gottfrieds der Wahrheit entsprach, existierte eine geheimnisvolle Rezeptur, die noch weitaus größere Macht verlieh. Leon würde sie finden. Und er würde sie nutzen. Gegen Gewalt und Ungerechtigkeiten wie diese!

Flint hatte sich unterdessen zur Seite gedreht. An diesem Abend sprachen sie kaum noch ein Wort.

Später in der Nacht dachte Leon an seinen Bruder. Und daran, dass er ihm dringend eine Nachricht zukommen lassen musste. Aber wie? Er besaß kein Schreibgerät, und wer sollte auch einen Brief von hier bis zur Habsburg bringen? Sie hatten in all der Zeit keine Menschenseele gesehen.

Er würde seinem Bruder schreiben, sobald sie an der Schule der Redner angekommen wären. Das schwor er sich. Und irgendwann schlief er ein.

❧

Richard und Uther saßen in der großen Halle der Habsburg. Bis auf einen Bediensteten waren bereits alle gegangen. Der Diener legte noch drei Holzscheite, dick wie Baumstämme, auf das große Feuer im Kamin und zog sich dann ebenfalls zurück. Uther schenkte Richard aus einem Krug Wein nach und sah ihn an. »Dein Bruder verfügt ungerechtfertigterweise über eine Waffe von großem Wert für dieses Land. Käme die Waffe noch rechtzeitig in Rudolfs Besitz, könnte er sein Reich vereinen und vielleicht sogar die anstehende Wahl zum König gewinnen. Das hieße Frieden für diese Lande, verstehst du? Endlich Frieden! Dein Bruder hat sie gestohlen. So wie er dein kostbares Pferd gestohlen hat. Leon will sie für sich selbst und Alberts Sache einsetzen. So viel ist sicher.«

Richard vernahm die Stimme des Vogtes nur gedämpft. Er war betrunken. *Frieden*, dachte er. Und gleichzeitig ging ihm etwas anderes durch den Kopf: *Eine Waffe?* Warum hatte sich Leon ihm, seinem Bruder, nicht anvertraut? In den letzten Wochen keimte in Richard immer öfter der Gedanke auf, seinen jüngeren Bruder in Wahrheit nicht wirklich zu kennen. Erst die Sache mit Cecile. Dann seine Flucht, ein Vorhaben, in das er seinen Bruder hätte einweihen können. Und nun das. Eine Waffe.

Richard hatte dennoch Mühe, das zu glauben. Andererseits wusste er um die enge Beziehung zwischen Albert und seinem Bruder. Es schien durchaus denkbar, dass Albert ihn eingeweiht und mit der Verwahrung des Buches, das den Weg zur Waffe enthielt, beauftragt hatte. Was hatte ihm Leon noch alles nicht erzählt?

»Er trägt nicht die alleinige Schuld daran, Richard«, sagte Uther jetzt. »Dein Bruder ist unter den Einfluss Albert von Breydenbachs geraten. Albert kennt die Waffe. Eine mächtige Rezeptur, mittels welcher er Einfluss auf die Gedanken anderer ausüben kann. Bei mir hat er es auch versucht. Und nur mein Wissen in der Kunst der Beeinflussung ließ mich seine Manipulationsversuche durchschauen und abwehren. Wie du weißt, war ich selbst für eine Weile Lehrer an einer berühmten Schule für Redekunst. Albert konnte seinen Einfluss auf mich nicht entfalten. Auf deinen Bruder schon.« Uther machte eine Pause und sah Richard direkt ins Gesicht.

»Dein Onkel ist den Einflüsterungen Alberts ebenfalls er-legen. Erst hat Albert sein Umfeld, seine Söhne und seine Be-rater indoktriniert. Und dann den Grafen selbst. Du weißt, was mit Rudolf geschehen ist. Du hast die Veränderung mit eigenen Augen gesehen. Aus einem verständigen Mann und liebevollen Onkel wurde ein verblendeter und grausamer Mensch.«

Uther wusste sehr wohl, dass nicht Albert, sondern er selbst es gewesen war, der Zweifel und Misstrauen in Rudolfs Gemüt gesät hatte. Mit kleinen Portionen eines schleichenden Giftes, das schließlich ganz und gar von Rudolf Besitz ergriffen hatte. Doch Uther fuhr fort, Richard zu belügen. Vielleicht würde sich dieser als nützliches Werkzeug in den Händen des Vogts erwei-sen. »Dein Bruder Leon und du selbst habt die Folgen dieser Transformation zu spüren bekommen. So wie niemand sonst. Albert hatte Rudolf in der Hand. So war es.«

Richard schüttelte langsam den Kopf. Etwas in ihm wollte das einfach nicht glauben. »Warum hätte er das tun sollen? Welchen Nutzen hätte Albert davon gehabt?«

Uther zögerte. »Was ich dir jetzt sage, ist streng geheim und muss unter allen Umständen unter uns bleiben.« Er lehnte sich vor und sah Richard in die Augen. Richard nickte schwach. Er war müde.

»Albert ist seit vielen Jahren ein Mann der Welfen. Er wollte die Hochzeit mit Cecile unter allen Umständen verhindern. Er war es, der Leon in der Kunst des belebenden Zuhörens unter-richtete. Er hat Leon das ›Ausschließen der Welt‹ gelehrt und ihn dann auf Cecile angesetzt, damit er sie für sich einnimmt. Deinen kleinen Bruder trifft keine Schuld.«

Richard wusste, was mit dem Ausschließen der Welt gemeint war. Leon hatte es ihm ja erzählt. Er dachte an den schwarzen Stein in Leons Hand. Es stimmte, was der Vogt sagte.

Uther sprach weiter: »Albert tat all das einzig mit dem Ziel, den Jungen auf die einfältige Cecile anzusetzen. Wie eine Waffe. Dass Cecile von Nevers über die anstehende Hochzeit mit Rudolf kreuzunglücklich war, kam ihm dabei zupass. Unglück ist ein starker, leicht nutzbarer Antrieb für Taten.« Uther wusste, wovon er sprach. Aber das offenbarte er natürlich nicht.

»Das kann alles nicht sein«, sagte Richard und schüttelte erneut den Kopf. Doch zur gleichen Zeit keimten immer mehr Zweifel in ihm auf. »Ich dachte all die Zeit, Ihr wärt ein Mann, der mit den Welfen paktiert. Und Ihr selbst hättet deshalb versucht, die Hochzeit zu verhindern.«

»Denk nach, Richard«, antwortete Uther. »Warum hätte ich dann die Verbindung zwischen Leon und Cecile geheim halten sollen? So wie ich es getan habe? Ich habe der jungen Dame ins Gewissen geredet. Mit all meinen Kräften. Aber gegen die Liebe kommt auch meine Kunst nicht an. Nicht ich, Cecile selbst war es gewesen, die sich Rudolf offenbarte.«

Uther sprach die Wahrheit. Richard wusste es von Philipp, der es wiederum aus erster Hand durch die Zofe seiner Schwester erfahren hatte. Gleich nach ihrer Ankunft an der Habsburg war Philipp allein nach Nevers gereist, um seine Eltern und Cecile zu treffen. Dort hatte ihm Ceciles Zofe Catherine alles erzählt. Philipp war erst vor wenigen Tagen zurückgekehrt und hatte Richard davon berichtet. *Cecile war es gewesen.* Uther hatte recht.

»Wenn ich ein Mann Ottos und der Welfen wäre«, sprach Uther weiter, »so hätte ich doch sicher über die Romanze deines Bruders und die Katastrophe, die sie zur Folge haben würde, frohlockt. Alles, was Rudolf schwächt, schwächt die Staufer und stärkt damit die Sache der Welfen. Stattdessen aber war auch die spätere Bestrafung deines Bruders in aller Öffentlichkeit ganz und gar nicht in meinem Sinne. Denn erst dadurch haben der Hof und auch der Rest der Welt erfahren, was Cecile und dein Bruder getan hatten. Man musste nur noch eins und eins zusammenzählen. Hätte Rudolf seinen Neffen zur Bestrafung schlicht an einen anderen Hof entsandt, wäre die ganze Affäre vielleicht niemals aufgeflogen. Ich riet deinem Onkel hierzu, doch erneut war Albert mittels seiner Rezeptur der verstrickenden Worte mächtiger als ich. Albert beherrscht offensichtlich das, was an meiner Schule die Kunst der mentalen Transformation genannt wurde. Richard, wir brauchen diese Waffe. Wenn wir noch etwas gegen Albert und die Welfen sowie für Rudolfs Wahl zum deutschen König ausrichten wollen, dann brauchen wir sie.«

Erinnerungsfetzen tauchten aus der Dunkelheit auf. Vor seinem inneren Auge sah Richard die verwüsteten Landschaften, die zerstörten Weiler und Dörfer. Die Orte des Schreckens, denen er, Odo und Philipp während ihrer Suche nach Leon begegnet waren. Die Gehenkten und Misshandelten. Das Land brauchte einen König, um das Wüten der Fürsten und Ritter aufzuhalten. Uther hatte recht. Auch wenn Richard ihm niemals zur Gänze trauen würde.

»Leon ist tot, Uther. Ihr wisst das. Das Buch ist verloren. Wahrscheinlich im Fluss versunken.« Uther wusste das auch, doch er hatte noch eine andere Hoffnung. Die Hoffnung darauf, die Abschrift Bernhards auch ohne Gottfrieds Buch aufspüren zu können. Sie schwiegen eine Weile, und Richard dachte nach.

»Wie kann ich Euch und meinem Onkel helfen, die Königswahl zu gewinnen?«, fragte Richard schließlich. Uther nickte und schien erleichtert.

»Wir haben Verbündete, Richard. Männer in Waffen. Und Männer der Diplomatie. Ich beabsichtige, Letztere in der kommenden Woche zu besuchen. Um Rat zu bitten. Und um Zugang zu einer bedeutenden Schrift. Begleite mich. Und vielleicht finden wir ja doch noch ein Zeichen deines verlorenen Bruders. Sollten wir wider Erwarten ihn oder seinen Lehrer Albert finden, kannst du sie vielleicht zur Besinnung bringen.«

Insgeheim wusste Uther, dass sie beide tot waren. Aber das behielt er für sich. Zumindest solange Richard ihm noch von Nutzen sein konnte.

»Wohin soll es gehen?«, fragte Richard. Doch im Grunde war es ihm egal. Eigentlich war ihm alles egal. »Nach Sankt Gallen«, antwortete Uther. »Zur Schule der Redner. Aber zuvor gibt es hier noch etwas anderes zu erledigen.«

Einige Wochen später war der Tag von Richards Schwertleite gekommen. Die Halle war voller Menschen. Richard stand barfüßig vor dem Podest an der Stirnseite des großen Raumes und trug ein einfaches weißes Hemd. Er hatte die Nacht zuvor in der Kapelle der Burg auf dem kalten Steinboden verbracht. So wie es Brauch war. Und da er sich in Wahrheit aus Gebeten und Gott nicht viel machte, hatte er eigentlich die meiste Zeit davon geschlafen.

Jetzt war er noch immer nicht wieder richtig aufgewärmt und konzentrierte sich darauf, nicht zu zittern. Sein Onkel würde ihn hier und gleich zu einem Ritter machen und ihm wohl ein Lehen geben. Endlich. Doch Richard konnte sich selbst nicht erklären, weshalb er trotz dieses frohen Tages so niedergeschlagen und traurig war.

Hinter ihm standen seine beiden Freunde Odo und Philipp. Odo trug Richards Schild. Richard senkte den Kopf, als Rudolf vor ihn trat.

»Richard! Du bist der Sohn meines Bruders, der Enkel meines Vaters. Ich bin froh, dass du zurückgekehrt bist. Und ich bin stolz, in dir meinen Ritter zu sehen, als der du dich sogleich erheben wirst.« Zwei Männer kamen heran und trugen ein Kettenhemd mit sich. Richard streckte die Arme nach oben, und die beiden Männer zogen ihm das schwere Hemd über. Es klirrte, als es an Richards Körper herabfiel.

Seine Schwester Margret kam zu ihm und legte ihrem Bruder einen Schwertgurt um, an dem eine lange lederne Scheide befestigt war. Sie war leer. Rudolf sah seinem Neffen unterdessen in die Augen. Als Margret mit dem Gürten fertig war, lächelte sie ihren Bruder an und zog sich zurück zu der Stelle, an der die anderen Damen standen. Richard ging auf die Knie.

Philipp überreichte dem Grafen Richards blankes Schwert. Rudolf trat vor und legte die Spitze der Klinge auf Richards linke Schulter. Dann sprach er feierlich. »Ich belehne dich mit der Grafschaft Kandern und allen dazugehörigen Ländereien. Mögest du ein guter Herr sein und dich bereithalten für die Zeit, in der dieses Haus deine Hilfe benötigt.« Rudolf tippte mit der flachen Seite der Klinge an Richards Wange und dann auf seine rechte Schulter. »Erhebe dich als ... Richard von Kandern.«

Die Leute klatschten in die Hände und ließen Hochrufe erklingen. Seine beiden Freunde schlugen ihm anerkennend auf die Schulter. Doch Richard spürte weder Freude noch Stolz. Eigentlich fühlte er gar nichts. Außer der Kälte unter seinen bloßen Füßen. Zwischen den applaudierenden Menschen sah er Uther, der ihm zunickte. Etwas Klares und Entschlossenes lag in den Augen des kahlköpfigen Mannes. Er blickte Richard direkt in die Augen und nickte noch einmal, als wolle er etwas bestätigen. Oder mehr noch: etwas besiegeln. Einen stillen Pakt. Und Richard nickte zurück. Besiegelt.

In diesem Moment regte sich doch noch ein Gefühl in ihm. Es war ein tief im Verborgenen keimender Groll gegen die Welt und alles, was darin lebte.

Zweiter Teil

»Dann und wann
Hier und dort
Ruht verborgen
In Schatten
Ein einzeln' Wort
Von großer Kraft.
Sprich Licht
Und siehe nach
Was es verspricht.«

Aus den Aufzeichnungen des Gottfried von Auxerre,
Sekretär des heiligen Bernhard von Clairvaux,
Anno Domini 1188

Hanifa

Alexandria, 48 v. Chr.

Das Mädchen zögerte. Vor ihr lag das nächtliche Meer. Ein schwarzer Spiegel unter Millionen von Sternen. Sie sah sich um. An dieser Stelle, einer weiten sandigen Bucht, mündete ein Seitenarm des Nil, dicht von Schilf umstanden. Das hatte ihr bis hierher Deckung verschafft. Die Deckung, die sie gebraucht hatte, um verborgen bis an den Saum des Meeres zu gelangen. Ab hier würde jeder sie sehen können. Jeder, der sich zufällig draußen vor der Stadt herumtrieb. Böse Menschen gab es hier genug. Gesehen zu werden war deshalb das, was das Mädchen um jeden Preis verhindern wollte.

Sie machte zwei Schritte nach vorne und spürte die Kühle des Wassers, das nun bis über ihre Knöchel reichte. Der Name des Mädchens war Hanifa, und man sah ihr selbst in der Dunkelheit an, dass sie in ihrem Leben selten gut gegessen hatte. Langsam watete sie tiefer. Als das Wasser mit einer kleinen Welle bis über ihre Hüften stieg, fröstelte sie. Schließlich ließ sie sich ganz hineingleiten, und schon bald erfasste die Strömung des Flusses ihren Körper und beschleunigte ihre Bewegung dem offenen Meer entgegen.

Die Stadt und die Welt Alexandria lag zu ihrer Rechten. Selbst um diese nächtliche Zeit erhellt durch tausend Fackeln und Öllampen. Ein gedämpftes Summen lag darüber, wie von einem gewaltigen Bienenstock. Hanifa hatte in dieser Nacht gewartet, bis der Mond hinter dem westlichen Horizont versunken war. Doch noch immer war der Himmel durch die Sterne in eine bleiche Helligkeit getaucht, die ihrem Vorhaben schadete.

Ein Stück westlich des Hafenbeckens der riesigen Stadt, abseits der römischen Wachen, hatte Hanifa sich in einer versteckten Flussbiegung bis auf ein paar kurze Beinkleider ausgezogen und einen Verband aus dünnem Tuch ein paarmal fest um den Oberkörper und ihre gerade erst wachsenden Brüste gebunden. Anschließend hatte sie den ölgetränkten Hammeldarm in ein paar Schlaufen um ihren Hals gelegt. Er würde später dazu dienen, die wertvolle Beute trocken zurück ans Ufer zu bringen.

Vor wenigen Wochen erst war der Fremde eines Morgens zu Hanifas Vater gekommen. Ein Aramäer, der Sprache nach zu urteilen. Aber was verstand Hanifa schon von Sprachen und Akzenten? Der Fremde behauptete, er habe vom Ruf des Mädchens als geschickte Diebin gehört. Hanifa fragte sich immer noch, von wem, in Isis' Namen.

Unterdessen fröstelte sie nicht mehr. Beinahe lautlos glitt sie mit gleichmäßigen Zügen über die Oberfläche des ruhigen Meeres. Ein Stück hinaus. Und dann entlang der Küste nach Osten. In Richtung Stadt und Hafen.

Hanifa hatte an alles gedacht. Ihr Gesicht und ihre Oberarme waren mit einer Mischung aus Fett und Asche geschwärzt. Ihre Haare waren ohnehin schwarz wie Pech. Man würde sie vom Ufer aus nur schwer ausmachen können. Später im Hafenbecken würden Unmengen von Abfall und Holz herumtreiben, sodass der Kopf eines einzelnen Mädchens nicht weiter auffallen würde. So hoffte Hanifa.

Der Fremde hatte recht: Im Stehlen hatte sie einige Übung. Es machte ihr nichts aus, anderen Leuten Dinge wegzunehmen.

Da sie selbst nichts hatte außer den zerschlissenen Lumpen, die sie am Körper trug, hielt sie das für eine Art ausgleichende Gerechtigkeit. Außerdem hielt sie damit ihre drei Schwestern und zwei Brüder über Wasser, welche allesamt jünger waren als sie selbst.

Ihre Mutter war vor Jahren mit einem anderen Kerl durchgebrannt, ohne sich um Hanifa und ihre Geschwister zu scheren. Vielleicht war es die Trunksucht des Vaters, die dazu geführt hatte. Vielleicht die bittere Armut, die damit einherging. Ihr Vater kümmerte sich jedenfalls danach genauso wenig um Hanifa und ihre Geschwister, wie es zuvor ihre Mutter getan hatte. Jetzt, da der Fremde ihm eine beachtliche Summe Geld für diesen Diebstahl geboten, ja sogar zur Hälfte im Voraus bezahlt hatte, schien dem Trinker das Wohl Hanifas plötzlich sehr am Herzen zu liegen. Hanifa verachtete ihren Vater.

Sie hatte sich in den letzten Jahren tatsächlich einen gewissen Ruf als geschickte Diebin erarbeitet. In ihrem Viertel zumindest. Und hin und wieder war sie deswegen mit Diebstählen beauftragt worden. Mal ein Ballen Schafwolle, mal ein Krug Wein. Selten Schmuck. Aber einen Auftrag wie diesen hier hatte sie noch nie bekommen. Es ging um eine Schriftrolle aus einem Schiff.

Das Mädchen schwamm zügig um eine niedrige Klippe und sah nun in einiger Entfernung den Hafen vor sich liegen. Und sie sah die beinahe achtzig Galeeren, Seite an Seite. Eine ganz bestimmte darunter sollte ihr Ziel sein.

Hanifa war genau wie ihre Geschwister in dem schmutzigen Viertel oberhalb des Hafens geboren worden. Und seit sie denken konnte, lagen dort unten die Schiffe. Schiffe ohne Mast und Segel. Mit jedem Jahr mehr. Auf ihnen lagerten Originale und Abschriften aus der Bücherei von Alexandria. Zusammen mit den Büchern, die in den Gebäuden der eigentlichen Bibliothek lagerten, bildeten sie die größte Schriftensammlung der ganzen Welt. Der sonderbare Fremde hatte ihr eins der Schiffe genau beschrieben. Und auch die Schriftrolle, die sie dort für ihn stehlen sollte. Drei Wochen war diese Begegnung nun her, und Hanifa hatte die Schiffe und ihre Mannschaften in den darauffolgenden Tagen und Nächten genau beobachtet. Außerdem hatte sie in der Hafengegend Erkundigungen eingeholt. Ihr älterer Vetter Mehdi war seit vielen Jahren am Hafen beschäftigt, erst als Träger und später als Gehilfe der Schreiber. Die Schreiber hatten unter anderem die Aufgabe, Verzeichnisse der Waren anzulegen und zu kontrollieren. Darunter auch diejenigen, welche die eingelagerten Schriften betrafen. Mehdi hatte Hanifa deshalb einige Antworten liefern können.

»Sie durchsuchen seit Jahren alle ankommenden Schiffe nach Schriften. Alles, was ihnen brauchbar vorkommt, wird beschlagnahmt«, hatte Mehdi gesagt.

»Wer?«, hatte Hanifa gefragt.

»Nicht wer … *was* wird beschlagnahmt.« Mehdi hatte seine jüngere Cousine angesehen, als habe sie gerade eine sehr, sehr dumme Frage gestellt.

»Nein, ich meine: *Wer* beschlagnahmt diese Schriften?«, sagte Hanifa daraufhin, die ihrerseits der Überzeugung war, ihr Vetter habe nicht gerade laut »hier« gerufen, als die Götter den Verstand verteilt hatten.

»Die Beamten der Bibliothek. Man tröstet die wahren Besitzer damit, dass man die Schriften nur für kurze Zeit brauchen würde, um Abschriften anzufertigen. Aber in Wahrheit behalten die gierigen Bibliothekare die Originale und speisen die Geprellten mit einer schlampigen Abschrift oder in manchen Fällen mit ein paar lumpigen Silbertalenten ab«, spottete Mehdi. »Das Ganze ist ein Riesengeschäft. Auf diese Weise sollen sogar die originalen Handschriften des großen Aristoteles und die des Theoprast in den Besitz der Bibliothek gelangt sein.«

. Die beiden Namen sagten Hanifa nichts. Überhaupt nichts. Mehdi schien das zu bemerken, überging es aber. »Es könnte mich ja freuen, dass auf diese Weise wertvolle Schriften in die Stadt gelangen. Was aber, wenn die gierigen Beamten eines Tages dadurch einen Krieg mit unseren Nachbarn anzetteln?«

»Woher weißt du das so genau? ... Das mit dem Betrug?«, wollte Hanifa wissen.

»Die Beamten reden viel, wenn sie unter sich sind. Unsereins nehmen sie ja gar nicht wahr. Sind was Besseres.« Mehdi spuckte einen schleimigen Pfropfen zu Boden, und Hanifa sah, dass ihr Vetter nur noch einen einzelnen, gelben Zahn besaß, der wie ein Obelisk aus seiner Kauleiste ragte. *Wenn er den auch noch verliert, sieht er aus wie eine Schildkröte,* dachte sie. »Und sie schwatzen in deiner Gegenwart, als wärst du ein Holzpfosten, der halt zufällig in der Nähe rumsteht«, fuhr Mehdi fort.

Hanifa nickte. Sie kannte einige dieser hochnäsigen Schreiber und Beamten aus der Ferne. Sie wurden von Geburt an für dieses Amt bestimmt und bildeten sich einiges darauf ein.

»Was kannst du mir noch erzählen? Über die Schriften, meine ich«, fragte sie.

»Bei den berühmten Handschriften der drei großen Tragiker Aischylos, Sophokles und Euripides soll man noch dreister vorgegangen sein. Die Werke der drei wurden gegen eine Sicherheit von läppischen fünfzehn Silbertalenten in Athen zur Abschrift ausgeliehen. Fünfzehn! Die Athener gingen darauf ein. Offiziell ein Akt der Freundschaft und des guten Willens. Für mich entweder zu nett oder zu dumm.«

Mehdi spuckte wieder. Reden und Spucken schienen bei ihrem Vetter nicht ohneeinander auszukommen.

»Es war eine Gefälligkeit, die durch unsere raffgierigen Beamten schamlos ausgenutzt wurde. Man hat den gutgläubigen Athenern später nämlich auch in diesem Fall nur schäbige Abschriften zurückgebracht und die Originale behalten. Dreister Raub. So würde ich das nennen.« Schon wieder spuckte er aus, und Hanifa fragte sich, woher der Kerl bei der trockenen Hitze so viel Speichel nahm.

Mehdi sprach weiter: »Die Athener haben sich natürlich fürchterlich aufgeregt. Wäre beinahe zum Krieg gekommen. Wegen des Betruges. Sie forderten die Originale zurück. Der Spott aber nahm noch zu, als man vonseiten der Bibliothek großzügig auf die Rückzahlung der ursprünglichen Leihgebühr verzichtete. Nur gut, dass die Athener gerade kriegskassenmäßig und auch sonst nicht so rosig aufgestellt sind. Sonst hätten wir hier nämlich schnell mal Besuch von ihrer Flotte bekommen. So hat man der Bibliothek jedenfalls die kostbaren Originale einverleibt, und die Athener zogen am Ende lange Gesichter. Aischylos! Sophokles! Euripides! Mädchen, kannst du dir das vorstellen?« Spucken.

Mehdi sah nicht die geringste Reaktion in Hanifas Gesicht. Deshalb tippte er Hanifa im Rhythmus seiner Worte mit dem Zeigefinger an die Stirn. »Aischylos? Sophokles? Euripides? ... Hallo?! Ist jemand zu Hause hier oben?«

Hanifa wich einen Schritt zurück, und Mehdi fuhr fort.

»Das sind die größten Dichter der Welt, du Eselin. Das sind Zauberer! Ihre Sprache soll Menschen zum Weinen und Lachen bringen. Sie haben Macht über jeden, der ihre Worte liest oder hört. Lerne endlich Lesen, du dummes Mädchen, oder willst du ewig von Betteln und Stehlen leben?« Mehdi sah zum Hafenbecken.

»In den Schiffen liegen, soweit ich weiß, nicht nur die Originale, sondern heute auch die Abschriften, die man damals den Athenern geben wollte. Ein doppelter Raub. Zusammen mit den anderen sind es jedenfalls beinahe siebenhunderttausend Rollen, die da unten lagern. Kannst du dir das vorstellen? Siebenhunderttausend!« Spucken.

Hanifa konnte sich das natürlich nicht vorstellen. Sie konnte ja ohne Zuhilfenahme der Finger kaum bis zwanzig zählen. Sie wusste nur, dass das eindeutig zu viele waren, um darunter die eine zu finden, welche der Fremde von ihr verlangt hatte.

»Von den Schiffen aus werden die Abschriften entweder den ehemaligen Besitzern der Originale zugestellt«, fuhr Mehdi fort, »oder aber zum Verkauf angeboten. Ein gewaltiges Geschäft, dessen Gewinn wiederum zum Ankauf neuer Bände dienen soll.«

»Warum lagert man die Rollen nicht in der Bibliothek selbst?«, fragte Hanifa, aber sie konnte sich die Antwort schon denken.

Mehdi lachte. »Weil da nichts mehr reinpasst. Die Bibliothek ist so prallvoll mit Schriften wie eine trächtige Sau mit Ferkeln. Warst du je dort? Die platzt aus allen Nähten! Vor einigen Jahren hatte ich ein paarmal damit zu tun, Schriften von dort oben zu besorgen. Du machst dir kein Bild davon, wie vollgestopft die Säle und Regale sind. Bevor man nicht ein neues und sehr viel größeres Gebäude gebaut hat, wird man die Rollen wohl weiterhin dort unten im Hafen lagern. Und so wie es aussieht, haben die Mitglieder unserer Königsfamilie, allen voran die Dame Kleopatra, gerade genug damit zu tun, sich über die Thronfolge zu streiten, als dass sie eine neue Bibliothek in Auftrag geben würden.« Spucken.

Wahrscheinlich spuckt der Kerl selbst im Schlaf, dachte Hanifa und schüttelte sich bei dieser Vorstellung.

»Weißt du, ob die Schiffe bewacht werden?«, fragte sie. Daraufhin schien Mehdi alarmiert, denn mit einem Mal sah er ihr prüfend ins Gesicht.

Mist! Frag ihn doch gleich, ob er mitkommt, um die Schriftrolle zu klauen, schalt sich Hanifa, ärgerlich über sich selbst. Doch ihr Vetter sprach schließlich weiter. Nicht ohne zuvor einen weiteren, gelben Schleimpfropfen zur Seite fliegen zu lassen.

»Ob sie bewacht werden?! O ja, das kannst du glauben. Am Kai treiben sich Hunderte von Beamten herum. Einige davon sind neuerdings bewaffnet bis an die Zähne.«

Hanifa schluckte und sah in das Schildkrötengesicht ihres Vetters, um zu prüfen, ob er die Wahrheit sagte oder seine Base vielleicht nur davon abhalten wollte, eine Dummheit zu begehen.

»In letzter Zeit aber stehen da auch noch zusätzlich Dutzende von Römern herum«, fuhr er fort. »Seit Caesar in der Stadt ist, um Kleopatra bei der Durchsetzung ihres Herrschaftsanspruches beizustehen. Das ist zumindest die offizielle Version, wenn du verstehst, was ich meine.« Mehdi zwinkerte anzüglich, und Hanifa nickte.

Mehdi kicherte jetzt: »Ich denke, der gute Julius hilft unserer Königin auch noch in einigen anderen Dingen aus«, sagte er und fuhr fort. »Von Anfang an fürchtete Caesar, die Schiffe könnten seinen und Kleopatras Gegnern in die Hände fallen. Es wäre eine gewaltige Flotte, wenn man sie wieder seetüchtig machen würde. Darum fehlen übrigens die Masten. Damit man sie so nicht benutzen kann. Außerdem stellen die in den Schiffen gelagerten Rollen ein kosmisches Vermögen dar. Ein Vermögen, das in der Hand des Feindes ebenfalls nur zu Caesars Schaden gereichen könnte. Also, was immer du vorhast, Mädchen – schlag es dir aus dem Kopf!«

Wenn man so wie Mehdi in unmittelbarer Nähe des Hafens

aufgewachsen und dort mit der Anfertigung der Ladelisten be-auftragt war, wusste man offenbar gleich, was zu viele neugierige Fragen zu bedeuten hatten. Der große Reichtum an Waren aus aller Welt in direkter Nähe zur bitteren Armut der Bewohner übte eine große Anziehungskraft aus. Jeder versuchte auf seine Weise, etwas davon abzubekommen. Sei es durch ehrliche Arbeit, durch Korruption oder eben durch Diebstahl.

Hanifa beließ es deshalb dabei und machte sich nach dem Gespräch mit Mehdi lieber selbst ein Bild. Und es war in der Tat genauso, wie der Vetter es beschrieben hatte: Vor jedem Schiff standen Beamte und schwer bewaffnete römische Soldaten. An denen würde sie niemals vorbeikommen. Es blieb also nur die Seeseite. So wie es der Fremde gesagt hatte. Doch selbst, wenn Hanifa die Schiffe erreichen und es schaffen sollte, unbemerkt an Deck zu gelangen – wie sollte sie unter den Tausenden Schriftrollen diejenige finden, auf die es der Fremde abgesehen hatte? Während ihrer letzten Begegnung hatte sie ihre Bedenken bereits zur Sprache gebracht.

»Du wirst sie an ihrer Hülle aus tiefrot gefärbtem Ziegenleder erkennen«, sagte der Fremde. »Die Rolle, die ich suche, trägt den Namen ›Smaragdtafel‹ und dürfte mit dem Zeichen des Hermes Trismegistos versehen sein.« Der Fremde hatte einen Kreis in den Staub zu ihren Füßen gezeichnet. In dessen Mitte malte er das Symbol eines geschliffenen Edelsteines. »Sieh es dir genau an. Du musst es dir unbedingt einprägen.« Hanifa hatte es mehrmals aus dem Gedächtnis nachzeichnen müssen, bis der Fremde zufrieden war.

»Besonders gekennzeichnete Rollen wie diese werden zudem an einem besonderen Ort im Heck des Schiffes gelagert. Achte auf jede Besonderheit. Die gesuchte Schriftrolle wird wahrschein-lich zusammen mit den Pinakes des Kallimachos aufbewahrt.«

»Pinakes?« Aus einem naheliegenden Grund hatte Hanifa an etwas Essbares gedacht.

»Ein anderes Wort für ›Tafeln‹«, sagte der Fremde. »Genau genommen sind Pinakes Schriftrollen wie alle anderen. Doch die Pinakes des Kallimachos sind besonders. Der Dichter Kallimachos hat darauf vor mehr als zweihundert Jahren eine genaue Bestandsliste der Bibliothek hinterlassen. Das einzige vollständige Gesamtverzeichnis der hellenischen Literatur. Einhundertzwanzig Schriftrollen. Ich hielt einst selbst eines der Verzeichnisse des Kallimachos in Händen. Ich war überwältigt von so viel Genauigkeit. Geordnet nach Literaturgattungen, Lyrik, Epik, Drama, Musik, sind darin sämtliche Autoren in alphabetischer Reihenfolge mit Lebensdaten und all ihren Werken aufgeführt.«

Für einen kurzen Moment lang war der sonst eher wortkarge Fremde ins Schwärmen geraten: »Ich staunte nicht wenig, als ich gewahr wurde, dass Kallimachos seinen Schreibern offenbar aufgetragen hatte, sogar die Anfangsworte der Werke und die Gesamtzeilenzahl aufzuführen. Kannst du dir vorstellen, welchen Aufwand das für die Beamten der Bibliothek bedeutet hat?«

Nein, das konnte Hanifa nicht. Sie konnte ja weder schreiben noch lesen und ahnte nicht im Geringsten, welche Arbeit hinter einer solchen Auflistung stecken musste. Alles, was sie nach wie vor brennend interessierte, war die epische Summe, die der Fremde ihrem Vater geboten hatte, wenn es gelänge, die kostbare Schriftrolle zu stehlen. Der Fremde sprach weiter über Kallimachos und die hellenische Literatur, aber Hanifa wirkte unterdessen so gelangweilt, als sähe sie feuchten Lehmziegeln beim Trocknen zu. Der Fremde bemerkte das und unterbrach seinen Redefluss. »Nun gut … das alles ist unwichtig für dich. Besorg mir einfach die Rolle.«

Er mochte kaum älter als dreißig sein und war offenbar ein

wohlhabender aramäischer Kaufmann. Er hatte jedoch auch etwas von einem Gelehrten. Zudem wirkte er weit gereist. Seine Kleidung war aus edlem Tuch und vor allem: sauber. Was man von Hanifas zerschlissenem Kleid zu keiner Zeit hatte behaupten können. Ja, es war bereits dreckig gewesen, als sie es zum ersten Mal getragen hatte.

Eine Merkwürdigkeit waren die beiden Dolche im Gürtel des Fremden. Aus irgendeinem Grund sahen sie aus, als würden sie häufig benutzt. Etwas, das nicht recht zum übrigen Eindruck des Fremden passen wollte. Auf jeden Fall hatte der Fremde offenbar ein mächtiges Interesse an dieser Schriftrolle. Ob für sich selbst oder jemand anderes, würde Hanifa nie erfahren. Und sie wollte auch lieber nicht danach fragen. Allein die Tatsache, dass der Fremde sich bis zu Hanifas Haus im Herzen eines Viertels aus Räubern und Halsabschneidern durchgeschlagen hatte, deutete darauf hin, dass es um viel Geld gehen musste. Oder um etwas ganz anderes, das Hanifa nicht verstand. Weshalb war er bereit, ein solches Risiko auf sich zu nehmen?

Schließlich brachte Hanifa doch die Frage heraus, die ihre Gedanken beschäftigte wie ein Topf Butter die Fliegen: »Was bedeutet Euch die Schrift, die ich stehlen soll?«

»Lass das nicht deine Sorge sein«, erwiderte der Fremde eine Spur zu hastig. »Noch einmal: Besorge sie mir, und deine Familie wird reichlich entlohnt.«

Er wandte sich schließlich zum Gehen und sah sich an der Tür noch einmal um. »Und zu niemandem ein Wort!« Seine Stimme war jetzt nur noch ein raues Flüstern. »Sollte ich erfahren, dass du dein Versprechen brichst, werde ich dich töten müssen. Dich und deine Familie. Und jeden, mit dem du je gesprochen hast.« Hanifa schauderte. Dann war der Fremde verschwunden.

Hanifa würde ihn nie wiedersehen. Sollte das Vorhaben gelingen, würde sie die gestohlene Schriftrolle später einem Mittelsmann aushändigen. Und dieser würde sie an einem unbekannten Ort außerhalb des Viertels dem Fremden übergeben. Das Mädchen würde seine Arbeit machen. Und schweigen.

Eine ganze Weile war vergangen, seit Hanifa ins Wasser gestiegen war. Sie war nun beinahe am Ziel, durchschwamm eine letzte Bucht und bewegte sich jetzt direkt auf die Hafenanlagen zu. Dabei bemerkte sie eine Menschenmenge auf den Kais. Die Beschläge von Rüstungen schimmerten im Schein von Fackeln. Überall standen Wachen und Römer. »So viele!« Hanifa sank der Mut. Seit zwei Wochen schon verschanzten sich Caesar und seine Soldaten drüben im Residenzviertel, um sich vor den Anhängern von Kleopatras Erzrivalen Ptolemäus zu schützen. Und Hanifa hatte deshalb inständig gehofft, dass die Soldaten hier unten weniger zahlreich sein würden. Was aber machten so viele Männer heute Nacht hier unten bei den Schiffen? Stimmen drangen an ihr Ohr. Was ging da vor sich? Sie schwamm nun schneller.

Wenige Minuten später erreichte sie das erste Hafenbecken. Hanifa verlangsamte den Rhythmus ihrer Schwimmzüge und hielt den Kopf so dicht wie möglich über der Wasseroberfläche.

In nächster Nähe lagen sechs der größeren Galeeren. Hanifa wusste, dass sie von hier aus ungesehen an ihnen vorbei zum dritten Paket von jeweils sechs aneinandergebundenen Schiffen gelangen musste. Seite an Seite lagen sie eng vertäut an den Kais. Zwischen ihnen verliefen Holzstege, getragen von großen Pfosten, die im Hafenbecken steckten. Es war genau, wie Mehdi es gesagt hatte: Wegen der Gefahr, in die Hände des Feindes zu fallen – und da die Schiffe ja auch nicht mehr zum Reisen dienten –, hatte man Masten und Takelage entfernt. Lediglich am östlichen Ende des riesigen Hafenbeckens lagen noch einige seetüchtige Schiffe. Der Hafen selbst war durch weitere römische Galeeren an seinem Ausgang blockiert. Dahinter sah Hanifa die Umrisse des gewaltigen Leuchtturms und das Feuer an dessen Spitze.

Das Mädchen wandte sich nun zum Kai und hielt sich von dort aus eng an die muschelbedeckten Bordwände der Schiffe, um nicht von Deck aus gesehen zu werden. Von der Seitenwand des ersten Schiffes aus tauchte sie dicht unter der Wasseroberfläche hinüber zur nächsten Bordwand. Sie hangelte sich um den Bug der Galeere herum und tauchte wieder. So bewegte sie sich eine Weile lang ungesehen von Schiff zu Schiff und entlang der Reihen. Als sie mit einem Mal über sich Fetzen eines Gespräches hörte, hielt sie wassertretend inne. Direkt über ihr verband eine dicke Holzplanke zwei der Schiffe miteinander. An beiden Enden standen Gestalten. Ihrer Kleidung nach waren es Beamte der Bibliothek.

»Bist du sicher?«, zischte einer von ihnen.

»Ich habe es mit eigenen Augen gesehen. Sie tragen Fackeln und führen Tonkrüge mit Steinöl mit sich. Ich sage es dir doch: Sie wollen sie verbrennen!«

»Bei Isis! Das darf nicht geschehen!«

»Was willst du denn dagegen machen, du dämlicher Hund! Sie sind zu viele, und wir sind unbewaffnet, falls dir das entgangen ist!«

Von ihrer Position im Wasser aus, etwa sechs Fuß unterhalb der Männer, konnte Hanifa nicht jedes Wort verstehen. Aber was sie verstand, bedeutete nichts Gutes für sie und ihr Vorhaben. Caesars Männer waren demnach gerade dabei, die Schiffe der Bibliothek in Brand zu setzen. Offenbar hatte sich Caesar in seiner Not wirklich dazu entschlossen, sie um keinen Preis in die Hände seiner Feinde fallen zu lassen. Hanifa würde sich beeilen müssen. Sie dachte an das Geld, das der Fremde ihrem Vater versprochen hatte. An ihre Familie und das Leben, das sie in kommenden Zeiten führen könnten, wenn der Plan in dieser Nacht gelänge. Hastig tauchte sie ein Stück unter Wasser und schwamm kurz darauf weiter. Sie beeilte sich, um das nächste Schiff herum zur nahe gelegenen Kaimauer zu gelangen. So wie bisher, von Rumpf zu Rumpf tauchend, würde sie wahrscheinlich nicht rechtzeitig am Schiff mit der Schrift ankommen. Sie würde rennen müssen. An Land.

Augenblicke später kletterte sie an den glitschigen Steinen der Mauer hinauf, sprang auf die Füße und lief entlang des Kais in Richtung Osten. Lautlos, geduckt und in der schützenden Deckung der am Kai gelagerten Warenstapel. Im nächsten Moment ertönten Rufe in ihrer Nähe. Hanifa stolperte und wäre vor Schreck beinahe der Länge nach gestürzt. Im letzten Moment fing sie sich wieder und rannte gleich darauf geduckt weiter.

Bug an Bug zu beiden Seiten des langen Holzstegs, auf den sie jetzt eingebogen war, zählte sie zwölf Schiffe. Sechs auf jeder Seite. Plötzlich und mitten im Lauf warf sie sich zu Boden. Gerade noch rechtzeitig, um nicht direkt in die Arme zweier römischer Soldaten zu laufen. Die Kerle standen am Kai und warteten offenbar auf irgendetwas. Hanifa sah sich um.

Da war es! Keine zwanzig Schritte vor ihr, quer am Ende des Steges: das gesuchte Schiff. Hanifa erkannte den hohen Deckaufbau mit der Verzierung aus geschnitzten Schriftzeichen. Sie konnte auch diese nicht lesen, aber das musste es einfach sein. Der Fremde hatte es ihr ja genau so beschrieben. Eine Planke führte mittschiffs an Deck. In ihrem Schatten sah das Mädchen einen weiteren Mann. *Verfluchter Mist!*

Hinter Hanifa wurden plötzlich Rufe laut. Der Mann in der Dunkelheit vor ihr rührte sich nicht, und Hanifa konnte auch nicht erkennen, in welche Richtung er sah. *Was jetzt? Denk nach!* Hanifa sah neben sich an der steilen Schiffswand zum Bug des ersten Schiffes hinauf und überlegte, ob sie vielleicht von Schiff zu Schiff bis zu der am Ende des Steges gelegenen Galeere gelangen könnte. Hätte sie doch ein Seil mitgenommen! Hanifa war ebenso gut im Klettern wie im Schwimmen, doch das hier schien selbst mit einem Seil zu schwierig zu sein.

Die beiden römischen Soldaten bewegten sich indessen und gingen nur wenige Meter neben Hanifa vorbei in Richtung Kai. Sie sprachen miteinander, doch das Mädchen verstand ihre fremdländischen Worte nicht. Schließlich verschwanden die Römer aus ihrem Blickfeld. Für einen kurzen Moment atmete sie auf. Aber da war immer noch der Mann unter der Planke. Das Mädchen bewegte sich vorsichtig in Richtung Ende des Steges. Wenige Meter vor dem Schiff hielt sie inne. Zwischen Hanifa und dem Mann unter der Planke lagerten einige Ballen und Kisten, hinter die sie nun kroch, um nachzudenken. *Ich muss da vorbei!*

Plötzlich hörte sie in einiger Entfernung zu ihrer Rechten ein leises Geräusch, das rasch anschwoll. Wie das stete Fauchen eines Luftstroms in einer Esse. Sie wandte sich in Richtung der östlichen Schiffe und sah, dass der Himmel über ihnen glutrot und schon im nächsten Moment beinahe taghell erleuchtet war. *Sie brennen die Schiffe ab! Isis! Es stimmt! Sie verbrennen die verdammten Schiffe!* Panik stieg in ihr auf. *Warum ausgerechnet jetzt?!* Hanifa konnte sich gut vorstellen, wie leicht entzündlich das geölte Pergament und die Papyrusrollen sein würden. Einmal hatte sie bei einem ihrer Einbrüche versehentlich eine brennende Lampe mit Steinöl umgestoßen. Sie war auf einen Stapel Papyri gefallen und hatte innerhalb von wenigen Atemzügen das ganze Haus in Brand gesteckt.

Mist! Mist! Mist! Hanifa sah zurück zu dem Mann unter der Planke. Er war aufgesprungen und sah so wie Hanifa zuvor in Richtung des Feuers im Osten. Im nächsten Moment brüllte jemand an Deck des Schiffes über ihnen:»Feuer!« Auch auf den Decks der übrigen Schiffe um Hanifa brach die Hölle los.

»Es brennt! Die Schiffe brennen!«

Männer rannten in großer Aufregung umher. Schreie gellten durch die Nacht. *Die Beamten werden versuchen, die wertvollsten Rollen zu bergen*, dachte Hanifa grimmig. *Vielleicht ist das meine Chance ... meine einzige.* Kniend wandte sie sich um. Die dunkle Gestalt des Mannes unter der Planke war verschwunden. Im nächsten Moment wurden am landseitigen Ende des Stegs, auf dem Hanifa sich verborgen hielt, Fackeln sichtbar. Ein Trupp, bestehend aus einem halben Dutzend Römer, betrat den Steg. Sie kamen rasch näher. Hanifa kroch auf die andere Seite der Ballen und duckte sich, so tief sie konnte, in den Schatten des Rumpfes. Die Soldaten näherten sich beinahe ohne einen Laut. *Wie Gespenster*, dachte Hanifa. Sie glitten an dem im Schatten zusammengekauerten Mädchen vorbei und betraten Augenblicke später das gegenüberliegende Schiff. Oben versperrte ein einzelner mutiger Beamter den Römern den Weg und gestikulierte wild mit den Händen. Hanifa sah das Aufblitzen von Metall. Der Anführer der Römer hatte nicht einen Lidschlag lang gezögert. Mit Entsetzen sah sie, wie sich das Schwert in den bloßen Oberkörper des Beamten bohrte. Einen Moment später fiel der Mann wie eine leblose Puppe rücklings in den dunklen Spalt zwischen Schiffswand und Kaimauer und schlug mit einem Platschen aufs Wasser. Hanifa duckte sich tiefer in ihr Versteck.

Die Römer an Deck des Schiffes verschwanden aus ihrer Sicht und kehrten bald darauf zurück. Im Rumpf des Schiffes schwoll unterdessen das gleiche Tosen an, das allmählich den gesamten Hafen zu ergreifen schien. Ein Fressen und Reißen, wie das eines großen Tieres.

Feuer! Verdammt, verdammt, verdammt! Hanifa musste handeln. Ihr lief die Zeit davon. Noch ehe die Römer die Bordwand erreicht hatten, rannte sie zur Planke am Ende des Stegs und hinauf zum Deck der Galeere. Niemand hielt sie auf. Mit schnellen Schritten eilte sie zum hinteren Teil des Decks und stieß dabei einen Beamten zu Boden, der wie aus dem Nichts plötzlich vor ihr aufgetaucht war. Mit einem Satz sprang sie über den fluchenden Mann hinweg und gelangte an die Tür des hinteren Aufbaus. Sie war halb geöffnet. Von drinnen hörte sie aufgeregte Rufe, doch Hanifa konnte unter dem Aufbrausen des Feuers auf dem benachbarten Schiff keines der Worte verstehen. Funken flogen herüber. Überall schwebten kleine brennende Papyrusfetzen in der Luft und senkten sich auf die Planken der Decks.

Als die ersten römischen Soldaten hinter Hanifa das Deck der Galeere betraten, glitt sie schon durch die Tür und stolperte eine kurze Treppe hinab in den Bauch des Schiffes. Am Fuß der Treppe folgte ein lang gezogener Raum, der sich in Richtung Bug erstreckte. An den Wänden und in der Mitte waren Regale aufgestellt, die bis zur niedrigen Decke reichten. Sie waren mit Hunderten von Schriftrollen gefüllt. Hanifa griff eilig und mit beiden Händen zu und zog wahllos einige der Rollen heraus. Fieberhaft versuchte sie zu erkennen, worum es sich bei den Schriften handelte. Buchstaben und Zahlen waren da aufgereiht. Für Hanifa nichts als willkürliche Striche und Punkte.

Da sie nichts entziffern konnte, schwoll die Verzweiflung in ihr an. Wie sollte sie die richtige Rolle erkennen? *Das Zeichen,* schoss es ihr durch den Kopf. Und noch einmal. *Das Zeichen!* Hastig zerrte sie weitere Schriftrollen heraus und suchte nach dem Symbol, das der Fremde ihr gezeigt hatte. Nichts. Sie warf alles achtlos zu Boden und zerrte die nächsten heraus. *Das muss das richtige Schiff sein*, flehte sie innerlich. Über ihr polterten die genagelten Sandalen der Römer über die Decksplanken.

Was hatte der Fremde gesagt? Sie würden die Rolle an einer besonderen Stelle aufbewahren. Hanifa sah sich um und versuchte, ihren Atem unter Kontrolle zu bringen. Am Ende des Raumes sah sie eine Tür. Sie rannte dorthin. Hinter der Tür lag eine weitere Kammer, wesentlich kleiner als die davor. Die Kammer verjüngte sich nach vorne zu einem Dreieck. Hanifa musste im Bug des Schiffes angekommen sein. *Hatte der Fremde nicht »im Heck« gesagt?*

Auch hier im Bugraum waren überall Regale. Die Schriftrollen darin waren allesamt herausgerissen worden. Der Boden war übersät von ihnen. In der Mitte der Kammer stand ein hölzernes Gestell. Darauf eine brennende Öllampe. *Eine Art Schrein*, dachte Hanifa an die Worte des Fremden. Plötzlich erkannte sie im Halbdunkel dahinter eine Bewegung. Zwei Beamte krochen auf allen vieren am Boden und wühlten zwischen den überall verstreuten Schriftrollen. Zwei Tragekörbe mit ledernen Riemen standen zwischen ihnen. Halb gefüllt mit Schriftrollen und einzelnen Blättern. Einer der beiden sah plötzlich auf. Sein Blick fiel auf das Mädchen. Panik stand darin, und eine Art von Wahnsinn, der Hanifa nie zuvor begegnet war. Einen Atemzug lang geschah nichts, doch gleich darauf bedeutete der Beamte ihr wütend, beim Einsammeln der am Boden verstreuten Rollen zu helfen. Als sich Hanifa nicht rührte, brüllte er: »Pack mit an, du Missgeburt!« Hanifa beeilte sich und ging in die Hocke. Zum Schein griff sie nach einigen Papyri, während sie sich weiterhin nach einer roten Hülle umsah, die ihr der Fremde als Smaragdtafel beschrieben hatte. Beide Beamte schrien Hanifa unentwegt an, während sie Schrift um Schrift in ihre Körbe stopften. Mit beiden Armen hielt Hanifa die eingesammelten Papyri und Schriftrollen vor ihre Brust. Schritte polterten am anderen Ende des Schiffes die Treppe herab. Hanifa bewegte sich auf Knien vorwärts zum vorderen Teil der Kammer, während die Schritte hinter ihr näher kamen. Ihre Augen rasten wie wild durch den Raum. *Ihr Götter, lasst mich einmal Glück haben! Nur dieses eine Mal.* Wertvolle Zeit verstrich.

Da war sie! Hanifa erkannte sie sofort. Direkt vor sich im Dunkeln am Fuße des Schreins. Nur zwei Schritte von ihr entfernt. Eine in tiefrot gefärbtes Leder gehüllte Papyrusrolle. Nun sah sie auch das Smaragdsiegel darauf. *Isis!* Die Rolle ragte mit einem Ende unter einem Berg von Schriften hervor. Sie musste vom Schrein heruntergefallen sein. *Ein besonderer Ort,* schoss es Hanifa durch den Kopf, und sie erhob sich. Ein kurzer Anflug von Euphorie überkam sie. Doch die beiden Beamten würden versuchen, sie aufzuhalten. Ebenso die Römer nebenan. Sie brauchte eine List.

Sie tat schließlich so, als entglitten ihr die gesammelten Schriftrollen, und ließ sie allesamt zu Boden fallen. Einer der Beamten sah das und fluchte. Hanifa ging auf die Knie. Sie tat, als begönne sie damit, die fallen gelassenen Schriftrollen wieder einzusammeln. Dabei bewegte sie sich langsam in Richtung der roten Hülle am Fuße des Schreins. Die beiden Beamten sammelten weiterhin Schriftrollen in ihren Körben, als könnten sie das Unvermeidliche aufhalten. Hanifa sah sich um. Noch immer hatte sie die Rolle nicht erreicht. Und jede Möglichkeit, mit ihr zu entkommen, war durch die Römer hinter ihr abgeschnitten. Sie spürte, wie ihr Herz raste. Durch die geöffnete Tür konnte Hanifa sehen, wie einer der Soldaten den Inhalt eines großen Kruges über dem mittleren Regal entleerte. Kurz darauf hielt ein anderer eine Fackel daran. Eine weiße Flamme schlug bis zur niedrigen Decke empor.

Hanifa kroch weiter. Nur noch eine Armlänge trennte sie von ihrer Beute. Der Schriftrolle, welche ihrer Familie Wohlstand bringen würde. Plötzlich sah einer der Beamten vor ihr auf und erkannte mit einem Blick, was Hanifa vorhatte. Rasch stürzte er nach vorne und kam dem Mädchen zuvor. Der Ägypter steckte die wertvolle Rolle zu einem Dutzend anderer in einen Korb, der nun bis zum Rand mit Schriften gefüllt war. Hanifa fluchte. Der Mann hob den Korb auf den Rücken, und das Mädchen musste mit ansehen, wie sich der Beamte an ihr vorbei aus der Kammer drängte. Mit ihm die Rolle. Hanifa folgte ihm, wie ein ausgehungertes Tier, dem man dessen Beute entrissen hatte. Sie wollte sich von hinten auf den Mann stürzen, doch im nächsten Moment hielt sie inne. Der Raum vor ihr brannte lichterloh.

Durch die Flammen hindurch sah sie, wie zwei der Römer dem Beamten auf der anderen Seite den Weg verstellten. Die anderen Römer gingen bereits über die Treppe im Heck des Schiffes nach oben. Der Beamte hatte den Korb vor sich auf den Boden gestellt und beschimpfte die beiden Soldaten des Caesar. Hanifa konnte nicht sehen, was vor sich ging, aber sie musste hier raus. Die Hitze war mörderisch. Und sie musste zuvor an die Schriftrolle in dem Korb des Beamten gelangen! Wegen des Rauchs fiel es ihr schwer, überhaupt noch Luft zu bekommen. Das Schwert eines Römers kürzte den Streit mit dem Beamten jäh ab. Hanifa konnte für einen kurzen Moment die Spitze einer Klinge sehen, die hinten zwischen den beiden Schulterblättern des Beamten herausragte. Dann wurde das Schwert zurückgezogen. Blut spritzte durch den Raum und verdampfte zischend auf dem brennenden Holz der Regale. Der Beamte sackte zusammen. Der Korb kippte um. Hanifa wich zurück. Die Römer sahen sie und schienen kurz zu zögern, wandten sich dann aber wegen des Feuers der Treppe und dem Ausgang zu. Nachdem die beiden verschwunden waren, kroch Hanifa in den brennenden Raum hinein und griff nach dem Korb des Mannes. Die Luft war mittlerweile glühend heiß. Hanifa erschrak, als plötzlich der zweite der beiden Beamten von hinten über sie hinweg und dem Ausgang entgegensprang. Hanifa sah ihm nach und zerrte an dem Korb mit den Schriftrollen. Der tote Beamte war darauf gestürzt und hatte die Rollen unter sich begraben. Schließlich bekam Hanifa den Korb frei und zog ihn zurück in den noch immer unversehrten kleineren Bugraum hinter ihr. Sie hustete. Mit großer Anstrengung kroch sie auf die Rückseite des Schreins und zog die gekennzeichnete und jetzt blutbefleckte Schriftrolle heraus. Das schützende Ziegenleder dampfte. Und das Papyrus darin schien wie durch ein Wunder unversehrt.

Über ihr polterten die Sandalen der Römer. Hanifa musste warten, bis die Soldaten das Schiff verlassen hatten. Wenn ihr noch so viel Zeit blieb. Gerade griffen die Flammen auf das nächste der Regale über. Der Schrein zwischen ihr und der Feuersbrunst hielt die Hitze ein wenig ab, und Hanifa beeilte sich, die kostbare Rolle in den mitgebrachten, eingeölten Hammeldarm zu drücken. Die Schriftrolle war in etwa so lang und breit wie Hanifas Unterarm. Sie hatte daher große Mühe, sie in den präparierten und geweiteten Darm zu zwängen. Schließlich gelang es. Nun musste sie nur noch raus hier!!

Auf der anderen Seite des Schreins tobten die Flammen, die sich nun auch zu dieser Kammer herübergefressen hatten. In dicken Schwaden quoll beißender Rauch aus den Regalen. Hanifa sprang auf und rannte mit vor die Augen gepressten Händen durch ein lichterloh brennendes Inferno in Richtung Ausgang und Treppe. Als die Hitze ihre Kleidung und Haut erfasste, hatte sie gerade erst die Mitte des Raumes erreicht. Ihre kurzen Beinkleider und das Tuch um ihre Brust waren noch nass vom Wasser des Meeres und dampften jetzt. Aber auf Hanifas dünnem Oberkörper und ihren Armen sowie überall, wo ihre Haut bloßlag, bissen tausend Flammen nach ihr. Ihre kurzen Haare wurden erst versengt und brannten schließlich ebenso lichterloh wie das Papyrus der Rollen um sie herum. Hanifa schrie auf vor Schmerz, stolperte und stürzte zwischen die brennenden Papyri. Funken stoben auf. Überall Rauch. Ihre Lungen schmerzten, als habe man sie ihr mit flüssigem Metall ausgegossen. Unfähig, auch nur einen einzigen weiteren Atemzug zu tun, drohte sie jeden Moment zu ersticken. *Ich muss… hier… raus!*

Mit der Kraft der Verzweiflung zog sie sich an einem der brennenden Regale hoch und ignorierte den Schmerz auf ihren Handflächen, die an einer Stelle in das brennende Holz griffen. Gerade als hinter ihr eines der Regale krachend in sich zusammenstürzte und explosionsartig Funken und brennende Fetzen in den Raum schleuderte, wurde Hanifa von der Druckwelle nach vorne geschleudert. Unter Schmerzen richtete sie sich auf und stolperte benommen die Treppe hinauf. Ihre Beinkleider brannten an einigen Stellen, und Hanifa klopfte im Laufen wie wild darauf herum.

Deshalb übersah sie auch den römischen Soldaten, der am Ausgang zum Deck kniete. Sie stolperte und fiel direkt auf ihn. Der Mann zischte ein paar wütende Worte und presste noch im Liegen seine starken Oberarme um Hanifas Rücken und Brustkorb. Das Mädchen schnappte nach Luft und versuchte sich verzweifelt aus dem eisernen Griff des Mannes zu befreien. Aber genauso gut hätte man versuchen können, aus einem Schraubstock freizukommen.

Eine weitere Explosion im Leib des Schiffes unter ihnen hob

sie beide an und schwächte den Griff des Mannes für den Bruchteil eines Augenblicks. Das Mädchen riss sich los und sprang auf die Füße. Sie spürte im Nacken, dass der Römer ihr nachsetzte. Aber Hanifa rannte jetzt mit ihrer Beute, als wären zehntausend Dämonen hinter ihr her. Quer über das Deck des Schiffes zum Bug. Mit einem Satz war sie auf der hölzerne Reling. Nur einen Lidschlag später prallte der Soldat dumpf gegen die Stelle, an der das Mädchen eben noch gestanden hatte, schnappte in die Luft und hätte sie beinahe am Fuß zu fassen bekommen. Aber Hanifa stürzte stattdessen kopfüber ins Wasser und tauchte unter. Mit raschen Zügen versuchte sie sich so schnell und so weit wie möglich vom brennenden Schiff und ihrem Verfolger zu entfernen. So lange, bis ihre Lunge unter Wasser fast zu zerreißen drohte. Das Salz des Meeres brannte in ihren Wunden. Über sich sah sie durch die Wasseroberfläche hindurch den hellen Widerschein der brennenden Schiffe. Als sie spürte, dass sie gleich ohnmächtig werden würde, schoss sie hinauf, durchbrach die Oberfläche und schnappte wild nach Luft. Mit den Armen rudernd, drehte sie sich um sich selbst. Kein Verfolger war zu sehen. Im Wasser des Hafenbeckens trieben überall brennende Teile. Das Ufer, die Lagerhallen, die Schiffe, alles brannte lichterloh. Immer wieder sah Hanifa Explosionen, und das Brechen und Splittern der unzähligen Schiffsplanken waren lauter als ein Gewitterdonnern. Menschen rannten schreiend umher. Es war, als hätten die Götter den Hades heraufgeholt.

Hanifa wandte sich ab und begann, westwärts zu schwimmen. Bald erreichte sie erschöpft den Strand der sandigen Bucht. Ihre Glieder schmerzten vor Anstrengung, und das Salzwasser hatte das Brennen ihrer Wunden verzehnfacht. Sie kroch an Land, streifte den Darm mit der erbeuteten Schriftrolle vom Rücken und ließ sich rücklings in den kühlen Sand sinken.

Einige Zeit lang lag sie einfach nur da, während in der Ferne das Tosen zu hören war und über ihr die Sterne im Schein des Feuers verblassten. Selbst hier, weitab vom Hafen, war der Himmel voller Funken.

So lag sie da. Ihr ging durch den Kopf, dass sie künftig etwas zu erzählen haben würde. Dass sie das alles gerade überlebt hatte. Und mit diesen Gedanken wich das Entsetzen allmählich. Hanifa richtete sich auf und stöhnte leise. Wenn der Fremde Wort hielt, so waren sie und ihre Familie von nun an nicht länger bettelarm. In dieser Nacht würde sich ihr Schicksal und das ihrer Nachfahren für immer wenden. Durch sie, Hanifa, *die durch die Flammen gegangen war*. Das Mädchen lächelte, berauschte sich noch einen Moment an diesem Gedanken und erhob sich dann. Ihre Haut war an vielen Stellen verbrannt, doch sie würde die Narben mit Stolz tragen. Sie biss die Zähne zusammen und griff nach der kostbaren Schriftrolle. Dann kletterte sie die kurze Böschung zur Straße hinauf und wandte sich in Richtung des Flammenscheins, zurück zur Stadt Alexandria, die in dieser Nacht siebenhunderttausend ihrer wertvollsten Schriften verlieren würde. Mit ihnen würde ein gewaltiger Teil des Wissens der Menschheit vorübergehend oder gar für immer verloren sein. Darunter große Werke der griechischen Philosophen. Dichtungen und Epen. Wahres und durch Menschen Erfundenes. Die geistigen Errungenschaften der hellenistischen Welt, die damit einer neuen Welt weichen würde. Einem neuen Zeitalter, in dem das römische Imperium emporsteigen und die Völker der Welt danach in eine herabfallende Dunkelheit entlassen würde. Das endgültige Ende der griechischen Antike hatte mit diesem Inferno im Hafen von Alexandria begonnen. Aber all das wusste jenes Mädchen nicht. Hanifa, die, humpelnd und immer wieder hustend, hinab in das Labyrinth ihres Viertels stieg und darin verschwand. Mit ihr eine kostbare Handschrift auf Papyrus. Eine Handschrift, von der nur dieses eine Exemplar existierte. Die Smaragdtafel des Hermes Trismegistos. Von nun an und bis in alle Zukunft allein für die Augen eines eingeweihten Kreises bestimmt. Wenige Männer, welche die Macht der Rezeptur im Verborgenen für ihre Pläne gebrauchten und gegen alle Außenstehenden mit ihrem Blut verteidigen würden. Um jeden Preis. Bis zum Tod.

Die Schule der Redner

Sankt Gallen, 6. Dezember 1247

D ialektik und die Kunst des verständigen Fragens willst du also studieren.« Maraudon hatte nicht aufgesehen. Er hielt Alberts Brief in Händen und schien darin weiterzulesen, während er sprach. Leon schreckte aus seinen Gedanken. Maraudons Worte klangen wie eine Aussage und waren doch zugleich eine Frage.

Da Leon nicht wusste, was Albert in dem Brief offenbart hatte, beeilte er sich und antwortete: »Äh, ja.« Und gleich noch einmal: »Ja.« *Wenn ich weiter so herumstottere, werden sie mich hier niemals aufnehmen. Man unterrichtet hier Redekunst. Nicht Stammelei. Reiß dich zusammen, Leon!*

Der alte Rektor sah von Alberts Zeilen auf. »Diese Kunst ist ein uraltes Geheimnis.« Seine Augen unter den buschigen Brauen funkelten im Halbdunkel des großen Saales. Durch die hohen, kunstvoll und farbig verglasten Fenster drang die weiße Sonne des winterlichen Morgens herein und warf überall bunte Sprenkel schwachen Lichts auf die breiten Säulen und den steinernen Boden.

»Älter noch als die Schrift. Wer die Kunst des verständigen Fragens beherrscht, gewinnt an großem Einfluss. Über andere und über sich selbst! Die Worte des fragenden Menschen leiten Freund und Feind an vorbestimmte Orte. Nur wenige vermögen es, sich einem mächtigen Frager zu widersetzen. Seine Worte zielen auf die unauslöschlichen Bilder der Gedanken und rufen sie wie Geister hervor. Der Gefragte ist gezwungen, sie anzusehen, da die Augen des Geistes lidlos sind. Ist es das, was du zu erreichen suchst?« Leon sah, wie klein die Hände des Alten waren. Sie flatterten beim Sprechen herum wie Spatzen und malten Figuren und Zeichen in die Luft. Es schien, als könne der Alte ohne diese Bewegungen keinen Laut von sich geben. Unterdessen sah Maraudon den Jungen forschend an. Für Leons Geschmack lag ein bisschen viel Drama im Auftritt des Rektors. Doch er war gleichzeitig auch ein bisschen eingeschüchtert. Er merkte, dass er trotz der Hitze des Feuers fröstelte.

Obwohl Albert ihm aufgetragen hatte, neben dem Brief auch Gottfrieds Buch an Maraudon zu übergeben, hatte Leon gezögert und das Buch dann für sich behalten. Leon hatte keine Ahnung, was Albert in dem Brief geschrieben hatte. Wenn darin von den Aufzeichnungen Gottfrieds die Rede wäre, würde Maraudon sicher danach fragen. Leon hatte sich entschlossen, es darauf ankommen zu lassen. Er misstraute dem Alten. Er wusste nicht genau, warum. Vielleicht ja aus dem Grund, weil Flint dem Alten misstraut hatte. Der Wildererjunge hatte auf dem letzten Teil ihrer Reise zu diesem Ort ein untrügliches Gespür für versteckte Absichten bewiesen. Wenn unter den wenigen Menschen, denen sie auf ihrem letzten Teil der Reise hierher begegnet waren, jemand log oder auch nur ein bisschen unaufrichtig war, erkannte Flint das. Wenn jemand etwas von sich gab, was nicht auch zugleich genau so gedacht oder gefühlt wurde. Flint witterte eine Lüge, als sei dem Lügner ein Zeichen auf die Stirn geschrieben. Leon hatte seinen Freund darauf angesprochen, und dieser hatte nur mit den Schultern gezuckt und gesagt: »Das sieht doch jeder!«

Nachdem sie Maraudon zum ersten Mal begegnet waren und der Alberts Brief entgegengenommen hatte, sollten die Freunde zunächst warten, bis man sie zu ihm hineingeleiten würde. Offenbar hatte Maraudon noch andere, dringlichere Dinge zu erledigen. Flint hatte dem alten Rektor nur kurz in die Augen geschaut und sich entschieden, ihn nicht zu mögen. Typisch für ihn. Außerdem hatte Flint geflüstert: »Gib es ihm nicht, Leon. Irgendetwas stimmt nicht mit dem Alten.«

»Albert hat ihm vertraut. Warum sollte ich ihm nicht vertrauen?«, hatte Leon erwidert.

»Ich kann es dir nicht sagen. Ich würde es ihm jedenfalls nicht geben. Wenn du willst, kannst du es ja später immer noch tun.« Das hatte Leon eingesehen und Flint versprochen, bei dem, was gleich kommen würde, vorsichtig zu sein.

Wenig später hatte man Leon dann in den Saal beordert. Flint sollte draußen warten. Zusammen mit Luke, dem Hund.

Der Alte hatte wortlos und im Beisein Leons das Siegel des Briefes gelöst, war rasch mit den Augen über Alberts Zeilen geflogen und hatte dann seinen Vortrag über die Kunst des Fragens gehalten. Dann hatte er noch einen Moment lang weitergelesen und fragte jetzt: »Wo hält sich dein Lehrer zurzeit auf?« Irgendetwas schien ihn zu irritieren. Jedenfalls wirkte er misstrauisch.

Leon antwortete: »Eure Magnifizenz, das vermag ich nicht zu sagen, denn unsere Wege trennten sich vor vielen Monaten. Zuletzt sahen wir uns während des vorletzten Winters auf der Burg meines Onkels.« Leon bemerkte selbst, wie gedrechselt er mit einem Mal gesprochen hatte. So als wolle er den alten Rektor durch die Geschliffenheit seiner Worte davon überzeugen, ihn unbedingt an der Schule aufzunehmen.

»Du bist Rudolfs Neffe, nicht wahr?«

»Äh … ja«, stotterte Leon. So viel zur Geschliffenheit seiner Worte.

»Und dort hast du Albert zuletzt gesehen?«

»Ja.«

»Wohin wollte er von dort aus?«

Ein mulmiges Gefühl beschlich Leon. »Er wollte hierher. Ich solle ihn hier treffen, hat er gesagt.«

»Hmm …« Der Alte stand auf und machte sich an den Falten seines Umhanges zu schaffen. So als gelte es, sie nach irgendeinem geheimnisvollen Prinzip zu ordnen.

Leon nahm den Faden noch einmal auf: »Albert sagte zuletzt zu mir, es sei an der Zeit, mich der Kunst des Fragens zuzuwenden. Was muss ich tun, um an dieser Schule aufgenommen zu werden?«, fragte er und sah, dass sein Gegenüber mit dem Faltwerk des Stoffes nun endlich zufrieden schien.

Der Rektor schaute von seinem Mantel auf, und sein Blick wurde durchdringender. Maraudon trat einen Schritt an Leon heran. »Was genau willst du hier?« Es klang beinahe unfreundlich.

»Ich verstehe nicht recht … ich sagte doch …« Ahnte oder wusste Maraudon, dass das nicht der wahre Grund war? Was hatte Albert ihm in seinem Brief offenbart?

Da fuhr der Alte überraschend fort: »In dem Moment, da du die Kunst des Fragens in all ihren Disziplinen beherrschst, wirst du ihren Einfluss spüren. Was gedenkst du, mit diesem Einfluss anzufangen? Worauf willst du ihn richten? Das ist es, was ich von dir hören will.«

»Ich …«

»Warte!«, unterbrach ihn Maraudon streng. »Denk nach, bevor du sprichst!«

Das Gesicht des Alten nahm jetzt einen undefinierbaren Ausdruck an. Eine zerklüftete, in sich verkehrte Oberfläche, aus der seine kantige Nase wie der Grat einer Klippe hervorragte. Einzig die klaren Augen unter den buschigen Brauen des Alten verrieten eine hohe Wachsamkeit. Die kleinen Spatzenhände hatten sich jetzt in das Faltwerk des Mantels zurückgezogen.

Während Maraudon sich noch einmal Alberts Brief zuwandte, dachte Leon nach. Was sollte er antworten? Dass er der Welt den Frieden bringen wollte? Er sah sich selbst noch einmal in vergangenen Gesprächen und Disputationen. Vor allem solchen, in denen er sich unterlegen gefühlt hatte. Er spürte die Ohnmacht, verbunden mit dem Gefühl, dass der Verlauf der Auseinandersetzung seinen Händen entglitt. Er dachte an Cecile und daran, wie Uther damals die Anklage gegen ihn und das Mädchen vorgebracht hatte. Leon spürte einen Stich im Herzen. Und da stieg eine Antwort in ihm auf. Sein Wunsch war es, nie wieder so nackt und so schutzlos unter Wölfen des Wortes zu sein. Aus irgendeinem Grund jedoch wollte Leon dem Alten das alles nicht gleich offenbaren. Er würde deshalb andere Beweggründe vorschieben müssen. Leon erinnerte sich an ein Gespräch mit Albert, in dem dieser eine ähnliche Frage gestellt hatte wie eben Maraudon. Was er denn mit der Macht anzufangen gedenke, die er durch den Einfluss der Redekunst erringen würde. Dem damaligen Gespräch war eine – aus Sicht von Albert offenbar ungute – Entwicklung vorausgegangen.

Das rhetorische Vermögen Leons hatte durch den Unterricht, für alle Bewohner der Habsburg und deren Gäste spürbar, zugenommen. Leon arbeitete mit Freude an der Vervollkommnung seiner Sprache und korrigierte schon bald andere darin, wie sie redeten und argumentierten. Dies machte den Jungen für viele bei Hofe zu einem echten Plagegeist. Und Leon disputierte mit Eifer. Seine Erfolge, die überwiegend darin bestanden, andere zu widerlegen oder manchmal schlichtweg sprachlos zu machen, beflügelten Leon damals mehr und mehr. Er manipulierte andere, wo immer er eine Gelegenheit fand, und freute sich über das Ergebnis. Wieder und wieder musste Albert ihn zur Zurückhaltung mahnen: »Jede ausgeübte Kraft gerät zu bloßer Unterdrückung, beruht sie auf einer zu selbstgefälligen inneren Haltung!«, hatte Albert ein ums andere Mal gesagt. »Zügele deinen Hochmut, Leon, denn er blendet dich und verzerrt dir dein Abbild der Welt.«

Darauf hatte Leon ein bisschen beschämt Besserung gelobt. Doch insgeheim war er widerwillig geblieben. In seinen kindlichen Träumen sah er sich, Salomon gleich, als mächtigen Herrscher, der mit wenigen Worten ganze Reiche unterwirft.

Einmal, so erinnerte sich Leon, hatte er deshalb einen Widerspruch gegen seinen Lehrer gewagt: »Wenn ich die Einwendungen und sprachlichen Widerstände all meiner Gegner zu überwinden wüsste, sodass sie mir hernach in meinen Thesen zuzustimmen gezwungen sind, so müsste ich doch alles erreichen, was auch immer ich mir zum Ziel setzte. Ich würde Gutes bewirken!« Albert hatte ihn darauf mit bestürzter Miene angesehen. Beinahe so, als suche er in Leons Worten und Mimik nach einer versteckten Bestätigung für irgendetwas, das er nicht auszusprechen wagte.

»Schlag dir das aus dem Kopf«, hatte Albert gesagt, eine Spur zu brüsk. »Eine solche Methodik existiert nicht und wird niemals existieren!«

Aber Leon hatte damals nicht nachgelassen: »Wie meinst du das? Ist es nicht so, dass alle Lehren der Rhetorik genau darauf gerichtet sind? Darauf, andere Menschen in ihrem Denken und Tun zu beeinflussen? Du selbst hast mich das immer wieder gelehrt. An welchem Punkt endet diese Beeinflussung?«

Albert hatte damals geseufzt und kurz geschwiegen. Nicht so, als müsse er über eine Antwort auf Leons Frage nachdenken. Vielmehr so, als suche er nach dem, was in Leon selbst vorging. Schließlich wurde Alberts Ausdruck milder, und er sagte ruhig: »Die gegenseitige Beeinflussung der Menschen hängt von so vielen Größen ab, Leon, dass nie ein einzelner Mensch absolute Macht über andere erlangen kann. Zumindest nicht ohne die Androhung oder Anwendung körperlicher Gewalt.«

»Was ist mit Papst Innozenz? Oder Eurem Vorbild Bernhard von Clairvaux?«, hatte Leon damals entgegnet und sogleich nachgesetzt: »Was ist mit all den Herrschern, die kraft ihrer Worte und kraft ihrer Vorstellungen Reiche geschaffen haben? Was ist mit Jesus Christus oder dem Propheten Mohammed? Was ist mit Kaiser Friedrich?«

Albert hatte den Kopf geschüttelt und geantwortet: »Die Gewalt der Worte und Vorstellungen hat ihre Grenzen. Sie verändern Wahrscheinlichkeiten im Verhalten der Menschen. Aber es gibt keine absolute Macht darin. Man kann sich ihrer entziehen.«

»Wie soll das vonstattengehen?«, fragte Leon, ein bisschen enttäuscht.

»Durch eine eigene gefestigte Haltung, Leon. Eine Haltung, die auf gereiften, inneren Überzeugungen beruht.«

Leon erinnerte sich, damals der festen Überzeugung gewesen zu sein, dass es für jede Situation in verbalen Auseinandersetzungen einen Griff – einen Hebel – gäbe, der, wenn man diesen nur anzuwenden wüsste, die Meinung des anderen würde verändern können. Er hatte deshalb damals zu Albert gesagt: »Du hast mir selbst gezeigt, wie leicht eine innere Haltung durch die Anführung von alternativen Beweisen zu erschüttern ist. Wie stark das erzwungene Wechseln von Perspektiven ist.«

»Es ist gefährlich, solchen Fantasien der Allmacht Glauben zu schenken. Gleichwohl genauso gefährlich ist es, nach Rezepturen dieser Art zu forschen und den eigenen Geist nach ihnen zu verzehren. Glaube mir, Leon, viele große Männer vor dir suchten nach Methoden dieser Art und gerieten in ihrer grenzenlosen Hybris an den Rand des Wahnsinns oder darüber hinaus. Sie sprachen davon, am Schlüssel zu den Beweggründen der Menschen die letzten Schliffe getan zu haben. Sie behaupteten, der Schlüssel passe nun ins Schloss und vermöge es, alle Gedanken aufzuschließen. Sie irrten allesamt. In ihrem grenzenlosen Hunger nach Macht forschten sie in jedem leisen Zucken eines Augenlides nach den hierin liegenden Gedanken, erforschten Blickrichtungen, Körperspannungen, Logik, Syntax, Sprachmelodie, Atem. Irgendwann bestand ihre Welt aus Millionen Bestandteilen, aber sie sahen das Ganze nicht mehr. Sie verloren sich in der Betrachtung der Teile und waren so der Welt enthoben. Gehe nicht ihren Weg, Leon! Sollte ein solcher Schlüssel existieren, und feilten wir ein Leben lang an seinem Barte, so kämen wir nur ein kleines Stück weit damit. Ein Stück, sagen wir in etwa entsprechend der Spanne unserer Hand. In Wahrheit jedoch hat dieser Schlüssel einen Bart, so lang wie der Weg von hier nach Samarkand. Und niemand vermag innerhalb einer einzigen Lebensspanne einen solchen Schlüssel zu feilen. Und selbst wenn dies gelänge, so hättest du nur einen einzigen Schlüssel. Es gibt jedoch weit mehr als nur ein einzelnes Schloss, zu dem dieser Schlüssel passen soll. Es gibt so viele Schlösser, wie es Menschen gibt. Und das sind Hunderttausende.« Albert hielt inne und suchte Leons Blick. »Nutze den Einfluss deiner Sprache, Leon. Schule deine Stimme, so wie man sich in der Handhabung eines Instrumentes übt. Doch übe dich auch in der bescheidenen Erkenntnis, dass jedes weitere Wissen über die Gesetzmäßigkeiten der Rhetorik vor allem eines nährt: die Erkenntnis darüber, dass wir niemals *alles* wissen werden. Denn das hieße, Gott zu sein.« Albert schwieg. Doch Leon war damals mit dieser Antwort nicht zufrieden gewesen.

»Immer wenn du auf Gott verweist, versuchst du auszuweichen. Du sagst, das Wissen um die Macht der Sprache ist begrenzt. Doch wer oder was bestimmte die Grenzen dieses Wissens in der Vergangenheit? Hat nicht jede Generation an klugen Männern diese Grenzen erweitert? Was, wenn auch du und ich daran mitwirken können? Lassen sich letztlich nicht weitere, bessere Antworten finden auf die Frage, wo der Einfluss unserer Sprache auf andere endet?«

Albert seufzte noch einmal, lächelte jetzt aber, denn Leon hatte in Teilen recht. »Lass es mich mit einem Bild versuchen. Stell dir vor, Leon, deine Suche nach Wissen gliche der Erkundung eines großen Gebäudes. Rhetorik zu verstehen hieße, das Gebäude in all seinen Winkeln zu kennen. Kannst du dir das vorstellen?«

»Ja«, hatte Leon, ohne zu zögern, geantwortet.

»Doch dieses Gebäude«, fuhr Albert fort, »das Gebäude der Sprache, ist nicht wie andere. Auf der Suche nach den Gesetzmäßigkeiten der Rhetorik öffnet man zuweilen die Tür zu einer Besenkammer und befindet sich unversehens im Innenraum einer gewaltigen Kathedrale. Und selbst wenn du das Gebäude in langen Jahren von oben bis unten untersuchst und durchmessen hast, fällt irgendwann dein Blick nach draußen, und du siehst erstaunt ein weiteres Gebäude, ebenso groß wie das erste. Du nimmst dir vor, in deiner verbliebenen Zeit auch dieses zu erforschen. Doch schon bald stellst du fest, dass auch dieses nicht das letzte war. Irgendwann trifft dich die Erkenntnis, dass es in Bezug auf die Rhetorik so viele Gebäude wie Menschen auf

Gottes Erde gibt. Und dass kein universeller Bauplan existiert, der für alle gleichermaßen gilt. Du erkennst Ähnlichkeiten hier, und du siehst Übereinstimmungen dort. Ein Türsturz gleicht vielleicht einem nächsten. Ein Korridor einem anderen. Doch letztlich ist die Anwendung der rhetorischen Methoden so einzigartig wie der Mensch, der uns gegenübersteht. Vergiss das nie«, hatte Albert gesprochen. »Und ...«, nachdem er damals lange in Leons Augen gesehen hatte, »... übe dich in Mäßigung, Junge. Versprich es mir.«

Ein Räuspern Maraudons riss Leon aus seinen Erinnerungen. Der Rektor hatte Alberts Brief beiseitegelegt und sah Leon aufmerksam an: »Nun? Bist du zu einer Antwort auf meine Frage gelangt?«

»Ich ... ich will, dass es aufhört«, antwortete Leon unvermittelt.

Der Rektor sah ihn fragend an. »Wovon sprichst du? Erkläre dich.«

»Wann immer ein Mensch von Dingen träumt und sich an deren Verwirklichung macht, begegnen ihm Zweifler und Kritiker. Widersacher, welche einzig danach trachten, den Traum zu vernichten, noch ehe er damit beginnt, gelebt zu werden. Ich erhoffe mir, in dieser Schule eine Kunst zu erlernen, die mir und anderen ein Mittel gegen ›Das geht nicht‹ und ›Das kannst du nicht‹ bietet. Eine Kunst, die all diese Einwendungen in das Gegenteil zu wenden vermag.« Selbst für Leons eigene Ohren klang das schwach und naiv. Eine Lüge. Aber immerhin ein nachzuvollziehender Grund, so hoffte er.

Da Maraudon nichts erwiderte, fuhr Leon fort: »Wenn es mir gelänge, alle Einwände und sprachlichen Fallstricke der Welt zu überwinden, so würde ich alles erreichen, was mein Herz oder das eines anderen begehrt.« Maraudons Augen verengten sich um eine Spur. »Ich würde diese Kunst nicht für mich allein verwenden«, beeilte sich Leon zu sagen. »Ich würde versuchen, damit Gutes zu tun.«

Der Alte schwieg und schien in dem, was Leon da hervorbrachte, keinen überzeugenden Grund zu sehen. Zumindest nicht dafür, ihn hier aufzunehmen. Doch dann kam Leon in Fahrt: »Sieht man einen Richter ein falsches Urteil treffen, so ist einzig und allein das Wort in der Lage, ihn umzustimmen, sofern Waffengewalt kein Mittel ist. Die meisten Geschicke dieser Welt werden nicht auf dem Schlachtfeld, wohl aber in Verhandlungen bestimmt.« Leon dachte an das Schicksal von Flints Schwester Pearl und an das, was John ihm über den Krieg und die Kreuzzüge erzählt hatte. War nicht Friedrich erfolgreich darin gewesen, Jerusalem allein mit Worten und Verhandlungen zu erobern? »Sobald aber Worte fallen, gibt es Widerworte. Sagt man, dieser oder jener sei in Wahrheit unschuldig, braucht ein Richter nur zu sagen: Das sehe ich anders! Bei machtlosen Menschen ist an dieser Stelle der Disput beendet. Ich möchte darüber hinaus. Weit hinaus.«

»Und was wird aus den anderen?«, fragte Maraudon mit einem beinahe lauernden Ausdruck.

»Welchen anderen?«

»Jenen, deren Einwendungen du künftig zu überwinden gedenkst. Was wird aus ihren Widerständen? Und was wird aus *ihren* Träumen und Vorhaben?«

»Sie lösen sich auf!« Leon wusste im selben Moment, dass dies eine törichte Antwort war. Aber er hatte keine bessere.

Der Alte lachte. Es klang beinahe wie das Meckern einer Ziege.

»Was belustigt Euch?« Leon fühlte sich gekränkt.

Der Alte kicherte noch einen Moment und beruhigte sich wieder. »Was vermutest du hinter meiner Erheiterung?«

»Ihr lacht mich aus, weil ich etwas Törichtes gesagt habe.«

»Bist du dir darin sicher?«

»Warum sonst solltet Ihr über meine Worte lachen? Ihr lacht mich aus!« Leon überkam bei seinen eigenen Worten das Bedürfnis, den kleinen Mann zu packen und ihm seine sauber sortierten Falten aus dem Mantel zu klopfen. Er errötete, als er in Maraudons Miene erkannte, dass dieser in seine Gedanken sah.

Doch der Alte wirkte nun ein wenig freundlicher. »Du wirst viel lernen müssen, wenn du diese Kunst ausüben willst. Du wirst vor allem lernen müssen, dein Urteil zurückzustellen, solange du deine Untersuchung noch nicht beendet hast. Und du wirst lernen müssen, dich gegen die Fragen anderer zu wehren. So wie gegen die meinen gerade eben. Doch nun lass es fürs Erste gut sein. Du hast einen starken Willen, Leon. So wie Albert es mir in seinem Brief beschreibt.« Maraudon erhob sich mit überraschender Schnelligkeit, setzte sich eine unförmige Kappe aus Brokat auf den Kopf und wandte sich zur Tür im hinteren Teil der Halle. »Überlassen wir es Meister Borkas, dich in den ersten Lektionen des verständigen Fragens zu unterweisen. Folge mir.«

Leon stutzte. »Heißt das, Ihr nehmt mich auf?«

»Du bist aufgenommen.« Maraudon winkte mit seiner rechten Spatzenhand, ihm zu folgen.

Erleichtert nahm Leon seinen Beutel und beeilte sich, zu ihm aufzuschließen. »Was ist mit meinem … Diener?«

»Wir lassen ihn später holen. Im Augenblick werden er und sein drolliger Hund in die Küche zu Agnes geführt. Und dort werden beide wohl erst mal durchgefüttert, so wie ich Agnes kenne.« Maraudon schien nun deutlich freundlicher gestimmt zu sein und öffnete eine Pforte zur rückwärtigen Seite des großen Gebäudes. »Sie ist in diesen Dingen sehr gründlich. Wie lange steht der Junge schon in deinen Diensten?«

Leon war nun vorsichtiger geworden, denn er vermutete eine Falle hinter dieser Frage. Er versuchte deshalb, so beiläufig wie möglich zu antworten.

»Erst seit Kurzem. Aber er ist sehr nützlich.«

»Er ist vor allem sehr schmutzig«, erwiderte Maraudon im Gehen und kicherte wieder. Dann sagte er zur Beschwichtigung: »Aber das mag von eurer langen Reise herrühren.«

Leon und Flint hatten untereinander ausgemacht, den Wildererjungen als seinen Pagen auszugeben. Flint war darüber natürlich nicht sehr glücklich. Aber er hatte am Ende auch keine bessere Idee gehabt. Ohne Empfehlung, ohne Geld und ohne Vorbildung war es unmöglich, an der Schule aufgenommen zu werden. Doch es hatte noch einen weiteren Grund gegeben, warum Flint niemals Schüler dieser Schule geworden wäre: seine heftige Abneigung gegen alles »gestelzte Geschwafel«, wie er es ausdrückte. Die Vorstellung, Flint in der Kunst der Rede zu schulen, war so abwegig, als wolle man einem Dachs beibringen, Laute zu spielen.

Sie durchschritten eine weitere Pforte, durchquerten einen langen Korridor und gelangten zu einem Säulengang. Dieser war auf der gegenüberliegenden Seite offen, und man konnte auf ein großes Gelände sehen. Zur Rechten befand sich eine Reihe hoher Fenster. Sie gehörten zu der Halle, in der sie gerade gewesen waren. Leon sah sich im Laufen staunend um. Vor ihnen erstreckte sich ein weiter, gepflasterter Hof, der an seinen Rändern von Grünanlagen und einzelnen Gebäuden gesäumt wurde. Das Gelände war riesig. Leon hatte noch nie so viele so große Gebäude beieinander gesehen. Vom Tal aus hatte man nichts davon erahnen können. Flint und er hatten im Näherkommen nur den Turm einer Kirche und eine große Festungsmauer erkennen können. Die ganze Anlage war perfekt zwischen die Flanken zweier hoher Ausläufer des Berges eingefügt. Der große Platz in der Mitte des Geländes stieg zum Berg hin leicht an. Rinnen waren in das Pflaster eingelassen, um das Wasser des Regens fortzutragen. Hier und dort erweiterten sich die Rinnen zu einem Becken. Alles war so kunstvoll gefertigt, wie Leon es noch nie zuvor gesehen hatte. Maraudon machte eine ausholende Geste und deutete damit über den Platz.

»Diese Anlage verfügt im Wesentlichen über vier Häuser«, sagte er im Gehen. Leon spürte, dass damit nicht etwa Gebäude gemeint waren, denn davon hatte er jetzt schon deutlich mehr gesehen als vier.

»In jedem der vier Häuser wird nur eine begrenzte Auswahl rhetorischer Disziplinen gelehrt. Deine Ausbildung beginnt im Haus des Wissens. Darin wirst du auch Antworten in Bezug auf die Kunst des Fragens finden. Meister Borkas wird dich darin unterrichten. Es sind die Grundzutaten unserer Kunst, die dort vermittelt werden. Werkzeuge, wenn du so willst. Fragen, Zuhören, Verstehen. Und tausend Kniffe, Figuren und Tricks. Borkas ist ein durchtriebener Geist.« Maraudon sagte das dem Anschein nach ohne eine Spur von Missbilligung. »Meister Heraeus Sirlink lehrt dich im zweiten Haus…« – Maraudon deutete in eine andere Richtung – »…wie du den Einsatz dieser Werkzeuge auf ein gesetztes Ziel ausrichtest. Es wird seit seinem vorletzten Meister auch das Haus der List genannt. Aber offen gesagt, gefällt mir der ursprüngliche Name besser. Es hieß einmal das Haus des Weges.«

Wissen und Wege. Leon erinnerte sich daran, dass das ein Leitspruch Alberts gewesen war.

»Im Haus der List lernst du den Entwurf und die Anwendung von Strategien und eben auch eine erkleckliche Reihe von Listen. Du lernst, dein Reden sinnvoll zu gliedern und Argumente aufeinander abzustimmen. Hier lernst du auch, wann welche Frage angebracht ist und wohin sie führt. Vor allem aber erlangst du Entschiedenheit in puncto Ziel. Was genau du zu erreichen wünschst, hat erheblichen Einfluss auf Verlauf und Ausgang deiner Disputationen.«

Maraudon blieb jetzt stehen, nahm für einen Moment seine Kappe aus Brokatstoff ab und kratzte sich am Kopf. Er hatte schütteres, weißes Haar. Maraudon war genau wie Albert bestimmt weit über siebzig. Außer Albert kannte Leon niemanden, der so alt war. Die meisten Männer wurden nicht älter als dreißig. Und das nur dann, wenn sie nicht zuvor durch irgendwen erschlagen wurden.

»Im Haus des Krieges unterrichtet Meister Hofmann«, fuhr der Rektor fort. »Und du kannst dir denken, worum es dort geht.« Maraudon sah Leon kurz an. »Gemeint ist nicht allein der Krieg der Worte. Es geht um Manipulation, aber auch um Diplomatie und Verhandlung.« Leon wurde mit einem Mal bewusst, wie viel er an dieser Schule lernen würde. Und er spürte plötzlich so etwas wie Vorfreude in sich aufsteigen.

Sie gingen weiter nach links entlang der Säulen zum Innenhof und gelangten über zwei Stufen hinab auf einen kiesbestreuten Weg, der durch eine der Grünanlagen und zwischen den Becken hindurchführte. Überall begrenzten hier sauber gestutzte, flache Buchsbaumhecken die Wege. Dahinter lagen Wiesen und Beete. Der Weg, den sie jetzt gerade nahmen, mündete in einen kreisrunden Platz, dessen gegenüberliegende Seite durch das beeindruckende Portal einer Kirche begrenzt war. Alle übrigen Gebäude waren ein Stück weit entfernt um den Platz herum verteilt. Zur Rechten hinter der hohen Kirche ragte ein mehrgeschossiger Turm aus massivem Stein zum Himmel empor. In der Ferne dahinter thronten die majestätischen Gipfel der Berge.

Maraudon sah Leons Blick. »Dies ist der Turm der Prüfungen. Du wirst am Ende darin bestehen müssen. Ebenso jedes Mal, wenn du eins der vorherigen drei Häuser abgeschlossen hast.« Maraudon deutete nun der Reihe nach auf einzelne Gebäude, die um den Platz herum verteilt waren. »Das Haus des Wissens, das Haus der List, das Haus des Krieges. Dazwischen siehst du das Dormitorium, die Schlafsäle für Schüler und Lehrer, die Bibliothek mit Leseräumen und Schreibstuben und die Wirtschaftsgebäude des Cellerars. Daneben das Refektorium, den Speisesaal, Vorratsräume und Stallungen. Dort drüben sind Schmiede, Waschhaus und die Stuben der wenigen Wachen, die wir hier oben unterhalten. Du wirst deine Ausbildung im Haus des Wissens am morgigen Tage beginnen. Der Bursche da drüben wird dir deinen Platz im Dormitorium zeigen.«

Maraudon winkte einem Jungen, der am Eingang der Wirtschaftsgebäude inmitten einer Gruppe von Schülern stand und gerade etwas zu erzählen schien. Der Junge sah zu Leon und Maraudon herüber und ließ offenbar noch eine letzte Bemerkung fallen, denn nun lachten alle. Darauf wandte er sich in ihre Richtung und begann mit raschen Schritten den Hof zu überqueren. Ehe er bei Maraudon und Leon angekommen war, sagte der Alte zu Leon: »Erwarte keinen allzu großen Komfort. Richte deine Sinne auf das Lernen.«

Sie schwiegen und warteten.

»Meister, verzeiht, eine Frage noch. Ihr spracht von vier Häusern, doch Ihr nanntet nur drei.«

295

Der Alte nickte und stützte sich auf seinen Stock. »Recht hast du. Du hast das vierte Haus bereits von innen gesehen, es ist das Haus des Willens und der mentalen Transformation. Und ich bin sein Meister. Deine erste bescheidene Prüfung liegt bereits hinter dir, doch du wirst am Ende dorthin zurückkehren und eine weitere, eine letzte Prüfung bestehen müssen.«

Leon sah ihn fragend an. Maraudon hob seinen Stab und zeichnete mit dessen Ende ein Dreieck in den Kies direkt vor Leons Füßen.

»Jedes Können, egal auf welchem Gebiet, ist umgeben von einem Dreieck an Kräften.« Er deutete auf die Eckpunkte des Dreiecks. »Wissen, Übung und Willen. Fehlt eine der drei, oder ist sie zu schwach, dann wird das Können« – er deutete auf den Mittelpunkt des Dreiecks – »immer nur ein kümmerliches bleiben. Du hast mir in meiner Halle für einen kurzen Augenblick dein inneres Brennen – deinen Hunger – offenbart. Auch wenn du nicht den eigentlichen Grund deines Hierseins nanntest.«

Leon erschrak. Er fühlte sich ertappt und nickte verlegen.

»Nun, du wirst deine Gründe haben«, schien Maraudon seine Gedanken zu erraten. »Dennoch blieb mir die Kraft deines Willens nicht verborgen. Eine Kraft, die ich nicht oft bei Schülern dieses Hauses sehe. Nun zeige, dass Üben und Wissen deinem Willen ebenbürtig sind.«

Maraudon sah ihn an, und zum ersten Mal an diesem Morgen erkannte Leon so etwas wie Güte in dessen Augen. Der Alte beugte sich, auf seinen Stab gestützt, zu Leon und flüsterte: »Ich denke, am Ende deiner Ausbildung wirst du vieles anders sehen als im Augenblick. Und einiges wird sich dir als das Ende einer furchtbaren Täuschung offenbaren.« Maraudon lächelte.

»Danke, dass Ihr mich und meinen Diener aufnehmt, Eure Magnifizenz«, sagte Leon.

Der Alte wirkte überrascht und erwiderte: »Danke nicht mir. Danke deinem Lehrer, Frater Albert von Breydenbach. Nichts von dem, was wir Menschen tun, ist ohne Eigennutz. Du wirst sehen: Mit dir an meiner Schule mache ich am Ende reiche Beute.« Er lächelte verschmitzt, und Leon sollte sich später noch oft fragen, wie dieser Ausspruch gemeint war.

Der junge Bursche, dem Maraudon zuvor gewunken hatte, war mittlerweile herangekommen und wartete in respektvollem Abstand auf ein weiteres Zeichen. »Tritt näher«, sagte Maraudon. Der Bursche gehorchte. Maraudon legte Leon eine Spatzenhand auf die Schulter und sagte, zu dem Burschen gewandt: »Zeige unserem neuen Schüler hier eine freie Bettstatt und führe ihn ein wenig herum.« Daraufhin nickte er Leon ein letztes Mal zu, wandte sich ab und entfernte sich ohne ein weiteres Wort in Richtung der Halle, aus der sie gekommen waren. Leon sah ihm noch kurz nach und wandte sich dann zu dem Burschen, der jetzt grinste und sich ebenfalls zum Gehen wandte. Leon schulterte seinen Beutel und beeilte sich, ihm zu folgen. Einen Moment lang gingen sie schweigend nebeneinanderher.

»Wie heißt du?«, fragte Leon schließlich seinen Begleiter auf dem Weg über den Hof. Ihm war keine bessere Frage eingefallen.

»Welcher Name würde denn zu einem wie mir passen?«, grinste der Junge statt einer Antwort und sah ihn an. Seine hellen Augen funkelten fröhlich.

»Was soll das?« Leon blieb stehen und sah sich seinen Begleiter ein wenig genauer an, bevor er antwortete: »Rübennase?«

Der Junge lachte. Er war in etwa so alt wie Leon und ein bisschen kleiner. Im Gegensatz zu Leon war er weniger schlaksig, und ihn umgab eine erfrischende Wachheit, die Leon auf Anhieb gefiel. Der Junge hatte blondes, erstaunlich feines Haar, das ihm über der Stirn gerade abgeschnitten war und ihm an den Seiten nur bis kurz über die Ohren reichte. Leon kannte diese Frisur von den Knappen zahlreicher Fürstenhäuser. Auch der Kleidung nach, die sauber und ohne Flicken war, entstammte der Junge nicht gerade ärmlichen Verhältnissen. Er hatte feine Gesichtszüge, fast eine Spur mädchenhaft, und trug weiche Stiefel aus hellem Leder, die ihm bis unter die Knie reichten. Über einem einfachen Rock aus hellblau gefärbter Wolle trug er einen schwarzen Ledergurt, dessen Schnalle die Form eines Wolfskopfes hatte. Der aufgerissene Rachen des Wolfes verschlang das silbern gefasste Ende des Gurtes. Das Gesicht des Jungen strahlte, während Leon ihn musterte.

»Richtig geraten. Rübennase ist jedoch nur mein Vorname. Und bei dir muss es sich dem Vernehmen nach um Karl Kackwurst handeln.«

Leon musste unwillkürlich lachen und reichte seinem Gegenüber die Hand. »Fast, mein Lieber, fast! Klemens Kackwurst, zu Diensten.« Jetzt lachten sie beide. Das Eis war gebrochen.

»Du trägst die Insignien des Wolfes.« Leon deutete auf den Gürtel des Jungen. »Mein Name ist Leon, der Löwe. Ist davon auszugehen, dass Wolf und Löwe sich vertragen werden?« Der Junge strahlte Leon an und zeigte dabei eine Reihe weißer Zähne. Ein weiteres Zeichen seiner vornehmen Herkunft. »Mein Name ist Konrad, aber alle sagen hier Konni zu mir. Und du bist ein kecker Bursche, lieber Kackwurst. Es wurde ja auch Zeit, dass hier mal ein bisschen frischer Wind reinkommt.«

»Wie lange bist du schon hier?«, fragte Leon, während sie nun weiter in Richtung Dormitorium schlenderten.

»Seit Ende des letzten Jahres. Dummerweise kam ich zwei Monate zu spät, um noch an den Lehren des ersten Hauses teilzunehmen. Ich musste warten. So verbrachte ich meine Zeit zu

Beginn damit, Däumchen zu drehen und hin und wieder einem der Mädchen nachzustellen.«

»Es gibt Mädchen hier?«, fragte Leon verblüfft.

»Und was für welche! Rotzfrech, aber überwiegend gerade gewachsen.«

Konni sah Leon von der Seite an. »Das scheint dich ja ordentlich außer Fassung zu bringen, mein lieber Kackwurst.«

Und in der Tat war Leon für einen winzigen Augenblick verwirrt. Ein Echo traf ihn. Cecile …

»Sie schlafen selbstverständlich in einem anderen Gebäude und haben ihre eigenen Wege, um in die Hörsäle zu gelangen. Ansonsten aber geht es hier freizügiger zu als im gesamten Rest dieser Welt, soweit sie mir bekannt ist.«

Leon sah Konni an und hegte die Vermutung, dass dieser einen weitaus größeren Teil der Welt mit eigenen Augen gesehen haben könnte als er selbst. Er beschloss, ihn später danach zu fragen.

»Wir dürfen mit den Mädchen sprechen. Und sie werden ebenso am Unterricht beteiligt wie wir Jungs. Lediglich Übungen und vertiefende Unterweisungen finden in getrennten Gruppen statt. Und man soll sich außerhalb des Unterrichts nicht mit ihnen herumtreiben, versteht sich.«

»Wer sind diese Mädchen?«, fragte Leon.

»Sie dürfen nicht über ihre Herkunft sprechen. Deshalb kennen wir nur ihre Vornamen.« Konni machte eine Pause. »Aber willst du meine Meinung hören?«

»Klar«, sagte Leon.

Sie waren nur wenige Schritte vor dem Eingang des Gebäudes stehen geblieben, das Maraudon als Dormitorium, den Schlafsaal, bezeichnet hatte.

»Es gibt an Fürstenhäusern und in den Familien reicher Handelshäuser neuerdings ein Bestreben, die eigenen Töchter in den Künsten der Rhetorik zu unterrichten, bevor man sie in andere einflussreiche Familien verheiratet«, sagte Konni.

»Zu welchem Zweck?«, fragte Leon, obwohl er die Antwort im selben Moment ahnte.

»Na, überleg mal. Wie sonst soll die Familie der Frau ihren Einfluss am anderen Hof ausüben? Die hier in der hohen Kunst der Manipulation ausgebildeten Frauen spielen nach außen hin weiterhin das duldsame Lieschen und üben ihre rhetorische Überlegenheit hinter den verschlossenen Türen der Bettkammer aus. Bisher waren es immer die Männer, die vom Zeitpunkt der Vermählung an die Macht ihrer Familien ausweiteten. Gesegnet war das Herrscherhaus, das über eine stattliche Reihe männlicher Nachkommen verfügte. Man konnte – und kann noch immer – durch geschickt eingefädeltes Heiraten Fürsprech und Machthabende über die halbe Welt verbreiten. Die Eltern der Mädchen gaben dagegen bisher einen Teil ihrer Macht und durch die Mitgift auch einen Teil ihres Vermögens ab. Sieh dich um! An diesem Ort werden ausschließlich Lehren vermittelt, die uns Schülern ermöglichen, andere Menschen in deren Willen und Taten zu beeinflussen. Deshalb sind die Mädchen hier. Und glaube mir: Deren Eltern zahlen einen nicht geringen Preis an Maraudon und seinen Orden.«

Leon beschäftigte eine weitere Frage: »Wer ist dieser Maraudon? Und woher kommt sein seltsamer Name?« Leon hoffte, eine Verbindung zwischen dem alten Rektor und seinem eigenen Lehrer Albert zu erkennen.

»Niemand weiß das so genau. Zumindest niemand von uns Schülern. Es heißt, er sei ein einfacher Priester. Hinter dir siehst du ein prächtiges Gotteshaus, doch glaube ich nach der kurzen Zeit meines Hierseins nicht mehr daran, dass Maraudon ein

Mann der Kirche ist. Klar, es werden Gottesdienste und Messen gehalten. Es gibt auch ein Dutzend Priester und Zisterzienserbrüder hier. Und einige Nonnen, die sich um die jüngeren Mädchen kümmern. Wir Schüler gehen zur Laudes, dem Morgengebet, doch die Regeln sind eher locker, verglichen mit dem, was man so von anderen Klöstern hört. Auch spricht die Vergangenheit einiger der Lehrer, die Maraudon an diesem Hof versammelt hat, nicht gerade für eine Gemeinschaft inbrünstig praktizierender Christenmenschen.«

»Wie meinst du das?«, wollte Leon wissen.

»Die Vielfalt der Lehrer reicht vom Trinker Borkas, einem wahrhaft verehrungswürdigen Bacchanten, wenn du mich fragst, bis zu Hofmann, der nicht nur dem Äußeren nach alles andere als ein Mann der Kirche zu sein scheint. Ich habe unten im Dorf und an einigen Höfen, an denen man Hofmann kennt, ein wenig nachgeforscht. Dem Bilde nach ist Hofmann eher ein Satanist als ein Mönch, wie er stets vorzugeben versucht. In seinem Umfeld finden sich sowohl okkulte Riten als auch sonderbare Besuche. Hofmann unterrichtet nicht ohne Grund im Haus des Krieges, und es scheint, als liefen viele Fäden zu den Intrigen und Kriegen dieser Welt dort zusammen. Hofmann ist ein einflussreicher Intrigant. Und er ist ein Freund des Kaisers. Unter den Anhängern des Papstes nennt man Hofmann den ›Herold des Teufels‹!«

»Du willst mir Angst machen«, sagte Leon grinsend.

»Warte, bis du ihm und seinen sonderbaren Besuchern zum ersten Mal begegnest.«

»Hat er dich schon unterrichtet?«

»Nein, das geschieht erst im dritten Jahr. Zuerst besuchen wir das Haus des Wissens, dann das der Strategeme.«

»Was sind Strategeme?« Leon schwirrte allmählich der Kopf.

»Ein Strategem ist eine List«, antwortete Konni.

»Das Haus wurde früher ›das Haus des Weges‹ genannt.« Das wusste Leon bereits von Maraudon.

»Uther, der Vorgänger unseres jetzigen Lehrers, hat es umbenannt.« Leon erschrak. *Uther?*

»Es ist nun das ›Haus der List‹. Dort lernen wir, unser rhetorisches Vermögen auf ein Ziel auszurichten«, sagte Konni.

Uther! Beim Namen seines Verfolgers krampfte sich Leons Magen zusammen. Das konnte nicht sein! Leon sprach die Frage aus: »Uther von Barkville hat hier unterrichtet?«

»Du kennst ihn?« Konni schien erstaunt.

Leon schwieg einen Moment lang und erwiderte: »Ich wünschte, es wäre anders.« Er beließ es aber dabei. Daher also Uthers Wortgewalt. Daher seine Macht über Rudolfs Gemüt. Und deshalb hatte Leon sich damals nicht im Geringsten gegen seine Anklage zur Wehr setzen können.

Uther hatte damals nicht nur Leons Affäre mit Cecile zur Anklage gebracht, sondern zugleich behauptet, Leon habe sich hierzu der Magie bedient. Zum Beweis hatte er den kleinen Stein aus Leons Sachen hervorgeholt und einen Zeugen herbeigeschafft, der beschwor, Leon dabei beobachtet zu haben, wie er damit gesprochen hatte. Beinahe wäre Leon nicht nur ausgepeitscht worden. Beinahe hätte Uther ihn auf den Scheiterhaufen gebracht. Allein Alberts Verteidigungsrede war es zu verdanken gewesen, dass Rudolf noch umgestimmt werden konnte. Leon erinnerte sich an das Gefühl der vollständigen Ohnmacht angesichts der Argumente, die gegen ihn vorgebracht worden waren. Und jetzt das: Uther war ein Lehrer an dieser Schule gewesen. Das erklärte einiges.

Konni fuhr fort, und Leon bemerkte, dass er für einen Moment nicht zugehört hatte. »Dort lernen also unsere Mädchen dann, wie sie an anderen Königshäusern und Fürstenhöfen listenreich die Pläne ihrer Familien durchsetzen können. Viele der Jungs sind aus ähnlichen Gründen hier. Sie stammen aus den Handelshäusern der Aachener, Venezianer, Hanseaten und Flamen. Sie erhoffen sich stärkere Positionen in den Verhandlungen ihrer Familien. Ich selbst bin ebenfalls aus diesem Grund hier. Auch wenn ich nicht aus einem Handelshaus, sondern aus einem eher unbedeutenden Fürstentum stamme.«

»Woher kommst du?«, fragte Leon.

»Aus Böhmen.«

Leon staunte. »Weshalb sprichst du meine Sprache?«

»Weil du mich sonst nicht verstehst!«, grinste Konni.

»Nein«, lachte Leon. »Ich meine, weshalb sprichst du so gut Deutsch?«

»Mein Vater hat sich auf einem seiner Raubzüge – so muss ich es leider nennen – unsterblich in die Tochter eines deutschen Bischofs verliebt, meine Mutter.«

»Tochter? Bischof? Ich dachte, Bischöfe leben im Zölibat.«

»Schon mal was von unbefleckter Empfängnis gehört?«, witzelte Konni. »Außerdem ist das mit dem Zölibat für Kirchenfürsten längst überholt. Mein Vater raubte sie jedenfalls und versteckte sie bis zu seiner Heirat auf unserer Burg. Als ich geboren wurde, sprach sie noch immer kein Wort Böhmisch. Das tut sie bis heute nicht. So wuchs ich mit zwei Sprachen auf.«

»War das schwierig für dich?«

Konni lachte. »Überhaupt nicht. Ich glaube, Mütter und Väter sprechen sowieso zwei verschiedene Sprachen. Überall auf der Welt. Und man sollte besser beide beherrschen.«

Das stimmte. Leon dachte an seine eigenen Eltern. Wie verschieden sie gewesen waren. Sein Vater war vor neun Jahren zusammen mit Rudolfs Vater Albrecht nach Palästina aufgebrochen und von dort nicht zurückgekehrt. Deshalb hatte Leon ihn kaum gekannt. Doch das wenige, was er über ihn wusste, passte irgendwie nicht an die Seite seiner sanften Mutter.

»Was ist?«, fragte Konni, der das plötzlich umwölkte Gesicht seines neuen Freundes missdeutete. »Mach dir keinen Kopf, Leon. Meine Mutter war keine sehr gramvolle Frau. Und mein Vater liebte sie wirklich. Er liebt sie bis heute.«

»Dann ist ja alles gut«, sagte Leon. Konni sah ihm in die Augen.

»Du bist ein komischer Vogel, mein lieber Kackwurst. Hörst eine Geschichte von Liebe und Raub und wirst empfindsam.«

Leon lächelte.

»Lass uns reingehen«, sagte Konni und deutete zum Eingang des Dormitoriums. »Dann zeige ich dir mal das, was unsere Lehrer hier an der Schule ›ein Bett‹ nennen.«

❧

Während Leon mit Maraudon sprach, hatte man Flint in die Küche geführt. Und das war ihm durchaus recht. Dort erwartete ihn eine ältere Frau, die hier das Regiment zu führen schien. Sie trug das braune Gewand einer Nonne und darüber eine helle Schürze. Ihr Name war Agnes, und sie hatte geschickte Hände, denen man die viele Arbeit in Küche und Garten ansah. »Nach dem Essen setzen wir dich erst einmal in einen Zuber Wasser. Und deinen Hund hier stecken wir gleich dazu.« Sie fuhr dem Jungen mit der Hand durch die verfilzten Haare. »Und du brauchst einen Haarschnitt!«

Was haben nur alle immer mit meinen Haaren?, dachte Flint. Aber er mochte die Frau. Sie roch nach Mehl und Butter. Und das war gut. So sagte Flint nichts, sondern stopfte weiter Hefeklöße in sich hinein, während Agnes seinen Hund fütterte.

Sie fragte: »Wie heißt der Kleine?«

»Wir nennen ihn Luke«, antwortete Flint mit vollem Mund. Luke hatte offenbar sofort einen Narren an der Herrin der Töpfe gefressen und wich ihr seit ihrem Eintreffen nicht von den Fersen. *Du kleines untreues Biest*, dachte Flint. Doch er war im selben Moment, in dem er die Küche betreten hatte, mit der Idee versöhnt gewesen, Leon hier an der Schule als dessen Diener zur Seite zu stehen. Die Klöße waren ein Gedicht. Nichts gegen die Kochkünste seiner Mutter, aber das hier war etwas anderes. Die Klöße schwammen in einer warmen Soße aus Eierschaum und Apfelwein und waren so locker, dass er sie mit einem leichten Druck seines Messers zerteilen konnte, wie kleine Wolken. Agnes sah von Zeit zu Zeit zu ihm hin und schien sich über den Appetit des Jungen zu freuen. Als der erste Teller leer gegessen war, hatte sie ihm wortlos drei neue Klöße aufgetan und mit der schaumigen Soße übergossen. *Hier wird es sich aushalten lassen*, dachte Flint

Ein anderer Junge betrat die Küche. Agnes wischte sich die Hände an ihrer Schürze ab und wandte sich dem Neuankömmling zu. »Was gibt es, Hindrick?«

Der so Angesprochene aber sah nur abschätzig zu Flint und fragte: »Wer ist das? Oder besser ... *Was* ist das?«

Flint ignorierte ihn, sah nicht mal auf. Luke dagegen tippelte dem Jungen fröhlich entgegen und schnüffelte an dessen Stiefeln. Der Junge sah angewidert auf ihn herab. Dann holte er plötzlich mit dem Fuß aus und trat zu. Der kleine Hund jaulte auf, wurde von der Wucht des Trittes quer durch die Küche geschleudert und blieb jammervoll winselnd am Fuß der Rückwand liegen. Im selben Moment war Flint aufgesprungen, rot vor Zorn, und hatte sein Besteckmesser nach dem Jungen geschleudert. Der schrie auf, als es sich in seine Schulter bohrte. Mit einem Satz war Flint bei ihm und warf ihn mit seinem ganzen Gewicht nach hinten. »Du Schwein!« Der Junge schlug mit dem Hinterkopf am Boden auf, und Flints Knie bohrte sich in dessen Brust. Außer sich vor Zorn, hämmerte Flint dem Jungen abwechselnd mit beiden Fäusten ins Gesicht. Es knackte, als die Nase des Jungen brach. Der Junge stöhnte und versuchte, sich zu wehren, aber Flint ließ nicht von ihm ab.

Agnes sprang hinzu und schrie: »Hört sofort auf damit!« Sie fasste Flint bei den Schultern und schaffte es irgendwie, ihn von dem anderen Jungen herunterzuzerren. Flint tobte und hätte sich beinahe gegen sie gewandt. »Beruhige dich, Junge!«

Da kam plötzlich ein hünenhafter Kerl durch die offene Tür und sah den am Boden liegenden Jungen. Dann blickte der Hüne zu Flint, ballte die Fäuste und machte einen Schritt vor.

»Wolfger! Schluss jetzt!« Agnes trat zwischen den Hünen und Flint. Sie rief: »Hindrick trägt selbst die Schuld. Er hat angefangen.« Und als der Hüne sich an ihr vorbeischieben wollte: »Ich dulde keine Streitereien in meiner Küche!« Und an Flint gewandt: »Und das gilt auch für dich, Junge! Für jeden hier.« Agnes schien wirklich wütend zu sein. Doch dann sah sie zu dem am Boden liegenden Jungen, und ihr Gesicht wurde milder. Mit einem Seufzer ging sie neben ihm auf die Knie und untersuchte seine verletzte Schulter. Das Besteckmesser steckte noch immer darin, jedoch nicht allzu tief. Der Junge, der offenbar Hindrick hieß, wimmerte. Der Hüne starrte Flint unterdessen feindselig an. Der Wildererjunge begegnete seinem Blick. Doch dann wandte er sich wortlos ab und ging zu seinem kleinen Hund. Der lag zitternd und kläglich winselnd am Fuße eines Stapels Brennholz. Flint nahm ihn vorsichtig auf und drängte sich ohne ein weiteres Wort an dem Hünen vorbei nach draußen. »Das hast du Bastard nicht umsonst getan«, zischte die Stimme des Hünen hinter ihm her.

Konni hatte Leon zu einem freien Platz im großen Schlafsaal geführt. Etwa zwei Dutzend Betten standen hier an beiden Seiten der langen Wände. Leons Bett war, genau wie die anderen, nicht mehr als eine längliche Holzkiste mit einem Sack Stroh darin. Daneben stand eine weitere, weitaus kleinere Kiste mit einem Deckel zur Aufbewahrung persönlicher Dinge. Leon legte seinen Beutel darauf und überlegte gleichzeitig, wo er in der kommenden Zeit das Päckchen mit Gottfrieds Buch verstecken könnte. Er konnte es unmöglich hierlassen, aber wohl auch nicht die ganze Zeit mit sich herumtragen. Nach und nach kamen ein paar Schüler herein und brachten ihre Mäntel und Schreibwerkzeuge in den Saal, bevor sie zum Abendessen gehen würden.

Die Schüler schienen aus allen Teilen der Welt zu stammen und waren unterschiedlichen Alters. Kinder und Erwachsene. Der älteste war Otto aus Sachsen. Otto war beinahe dreißig. Der jüngste war Leopold und gerade mal zehn. Viele der Schüler hatten merkwürdige Akzente oder sagten Leon etwas in einer fremden Sprache, das wohl jeweils so viel wie »Hallo« heißen sollte. Leon schüttelte ein paar Hände und versuchte gleichzeitig, sich so viele Namen wie möglich zu merken.

Später, als er wieder allein war, steckte er sich das Päckchen mit dem Buch in den Hosenbund und verstaute seinen Beutel in der Holzkiste neben seinem Bett. Dann folgte er den anderen nach nebenan in den Speisesaal.

Die Einrichtung des Refektoriums bestand im Wesentlichen aus drei langen Tafeln, die entlang der langen Seite und in der Mitte aufgestellt waren. Eine vierte, etwas kürzere Tafel stand quer vor der Stirnseite des großen Raumes auf einem Podest. Die Decke des Saales wurde von zwei Reihen hoher Säulen getragen, welche die drei Tischreihen in gleichen Abständen voneinander trennten. Die äußeren Wände waren mit dunklem Holz verkleidet, das im Schein der beiden großen Feuer wie poliert schimmerte.

»Gibt es eine Sitzordnung?«, wollte Leon von Konni wissen, nachdem sie zusammen mit den anderen eingetreten waren.

»Nein, nicht wirklich. Aber es ist Tradition, dass die Neuen eher hier im vorderen Teil der Halle und bei der Tür Platz nehmen. Ich leiste dir heute aber Gesellschaft.«

Sie setzten sich auf eine der Bänke, die rechts und links von der mittleren, massiven Holztafel standen. »Loss es där schmegge, Leön«, sagte Otto in seinem breiten sächsischen Akzent. »Meen Plodz is doa vonne, aba ma sähe uns no nochhär.« An jedem Platz lag ein Zinnteller, darauf ein kleines Messer und eine Gabel mit zwei Zinken. Leon sah sich um. »Wo essen die Mädchen?«

»Da oben. Die Mädchen haben ihren eigenen Tisch auf der Galerie.« Leon blickte hinauf und sah, dass an beiden Seiten des Saales jeweils eine Galerie eingezogen war. Auf ihr befanden sich die Plätze der Frauen und Mädchen an dieser Schule.

»Wo ist dein Diener?«, fragte Konni und zwinkerte Leon zu. Er hatte wohl gesehen, dass Leons Blick bei den Mädchen haften geblieben war.

Leon wusste die Antwort selbst nicht. »Ich denke nicht, dass es sich gehört, dass er hier bei uns isst. Aber ich mache mir, was das Essen betrifft, auch keine Sorgen um ihn. Er hat eine seltene Begabung für das Auffinden von Essbarem. Wahrscheinlich sind der Cellerar und er längst dicke Freunde.«

Konni lachte. Und im Schein der Kerzen fiel Leon erneut auf, wie fein dessen Gesicht geschnitten war.

Ihnen gegenüber drückte sich ein junger Mann zwischen

Bank und Tafel. Er war groß und seine Schultern breit und kräftig. Seine Haut war ungewöhnlich hell. Sein Gesicht und seine kräftigen Unterarme waren voller Sprenkel, die keine Sommersprossen zu sein schienen. *Ein Ire oder ein Kelte aus dem Norden Englands*, dachte Leon. Sein Haar war von hellem Rot. Nachdem er sich erfolgreich zwischen Bank und Tafel gequetscht hatte, streckte der Junge seine Hand quer über den Tisch und sagte: »Ich bin Angus.«

Leon schüttelte die Hand des Jungen. »Ich bin Leon.«

Eine Pause entstand, während ihm der Junge in die Augen sah. Schließlich fragte der Rothaarige: »Woher kommst du?«

Leon überlegte, ob er ihm die Wahrheit sagen sollte, und entschied sich dann dagegen. »Aus Wettingen.«

»Nie gehört«, sagte der Kelte.

»Und du?«, fragte Leon zurück.

»Meine Familie stammt aus Newcastle in Northumbria. Aber ich bin eigentlich nie dort gewesen. Mein Alter steht im Dienst des englischen Königs, und wir sind immerzu in Heerzügen unterwegs gewesen. Vor allem in der Normandie, in Aquitanien und Nordspanien.« Leon nickte beeindruckt.

Mittlerweile waren alle Plätze entlang der drei Tafeln besetzt. Nur der Platz links neben dem Kelten, gegenüber von Konni, war noch frei. Kerzen wurden entzündet, um auf den Tischen mehr Licht zu machen. Kurz darauf kamen die Lehrer durch eine Seitentür am Kopfende der Halle herein, und alle Schüler erhoben sich. Leon tat es ihnen hastig gleich. Maraudon kam als Letzter. Als er seinen Platz erreicht hatte, machte eine seiner Spatzenhände eine flatternde Bewegung, und alle setzten sich wieder. Maraudons Platz war in der Mitte der erhöhten Tafel an der Stirnseite der Halle. Mit ihm saßen dort neun weitere Männer und eine Frau, eine Orientalin.

»Gibt es so viele Lehrer an der Schule? Ich dachte, es gibt nur vier Häuser?«, erkundigte sich Leon flüsternd.

»Das ist wahr«, sagte Konni, während einige Mädchen Holzschalen mit gebackenem Brot und Käse hereinbrachten und auf den Tischen verteilten. »Doch da vorne sitzen auch der Bibliothekar, der Cellerar und einige der Gäste, die hier regelmäßig aufkreuzen. Die Priester haben ihren eigenen Speisesaal. Wahrscheinlich, weil sie lieber schweigend essen. Was ja an einer Schule für *Redner* eher komisch wirken würde«, sagte Konni und zwinkerte.

Konni hatte recht. Der Speisesaal war angefüllt von Stimmen und angeregten Gesprächen, Lachen und Rufen.

Auch vor Konni und Leon wurde eine Schale mit Brot, Käse und getrocknetem Schinken abgestellt. Dazu ein Topf mit Senf und einer mit eingelegten Gurken, Rüben und Rettich. Leon merkte plötzlich, wie hungrig er war. Er hatte seit dem vorigen Abend nichts mehr gegessen. Leon wollte nach einer der Schalen greifen, doch Konni legte eine Hand auf seinen Arm. »Warte, noch nicht.« Leon zog verlegen die Hand zurück. Weitere Holzschalen und Tröge wurden hereingetragen. Aus einigen dampfte es, und der Geruch von gebratenem Fleisch, Gemüse und Bratentunke erfüllte den Raum.

»Ihr kriegt hier montags Fleisch zu essen?« Im nächsten Moment dachte Leon, dass das eine törichte Frage war.

»Was denkst du denn?«, sagte Konni. »Sieh dich um, Leon. An diesen Tafeln sitzen die Sprösslinge der mächtigsten Häuser der Welt. Meinst du, die geben sich mit Hafergrütze ab? Du kannst dir also auf jeden Fall schon mal ein Bild davon machen, was unsere Eltern hierfür zahlen. Die Schule ist reich. Nicht nur durch die Gebühren. Der Orden betreibt viele weitere einträgliche Geschäfte. Vor allem in der Politik. Die Mitglieder des

Ordens entwerfen Reden, Kampagnen und Briefe. Sie verhandeln Preise für Kaufleute und werben ganze Heere an. Sie vermitteln in Erbstreitigkeiten und beraten die Gerichte in aller Herren Länder. Ein einträgliches Geschäft mit Worten.«

»Wer die Worte beherrscht, beherrscht die Welt«, murmelte Leon und dachte an den Satz, den er in den Aufzeichnungen von Gottfried von Auxerre gesehen hatte.

»Was hast du gesagt?«, wollte Konni wissen.

»Ach, nichts.«

Noch mehr Essen wurde hereingetragen. Große Platten mit Wildbret, gebratenen Hühnern und Rind. Mit einem Mal fiel Leon ein, dass er ja selbst nichts für seinen Aufenthalt an der Schule würde aufbringen können. Sein Onkel durfte nicht erfahren, dass er hier war, und würde deshalb auch nicht für ihn aufkommen. Warum nahm Maraudon ihn dennoch auf? Er erinnerte sich an die Worte des Alten: *Mit dir an meiner Schule mache ich am Ende noch reiche Beute.* Was hatte er damit gemeint? Wusste Maraudon *doch* von dem Buch in Leons Besitz?

Leon hatte es vorhin auf dem Weg hierher erst einmal unter einer losen Bohle in der Latrine versteckt. Und er hoffte, die Schweinsblase würde verhindern, dass das Buch den bestialischen Gestank seines Verstecks annahm. Wie sollte er Albert später erklären, dass er das kostbare Buch Gottfrieds in einem Abort aufbewahrt hatte?

Wo steckt Albert? Leon war inzwischen über zwei Jahre fort. Sein Lehrer hätte in der Zwischenzeit längst hier nach ihm gesucht. Aber Maraudon hatte gesagt, er habe Albert seit Jahren nicht gesehen. Leon musste dem nachgehen. Er musste sich auf die Suche machen. *Nur wie?*

Konni stieß ihn an und deutete auf das Tischende. Maraudon hatte das Zeichen gegeben, mit dem Essen zu beginnen. Die

Schüler stürzten sich auf die Platten. Leon wollte nach dem Brot greifen, um sich ein Stück davon abzubrechen, aber ein hünenhafter Mann auf der gegenüberliegenden Seite des Tisches kam ihm zuvor. Der Hüne legte einfach den ganzen Laib Brot auf seinen Teller und begann damit, ihn grob zu zerteilen. Da der Mann keine Anstalten machte, etwas davon zurückzulegen, sprach Leon ihn an: »Wärst du so freundlich und würdest uns auch etwas von dem Brot geben? Ich denke, es ist für alle an diesem Teil des Tisches gedacht.« Leon hatte sich redlich Mühe gegeben, trotz seiner Empörung einigermaßen freundlich zu klingen. Doch der Hüne überhörte seine Bitte. Ob absichtlich oder nicht, konnte Leon nicht ausmachen. Der Hüne wirkte sehr abweisend. Er hatte riesige Hände, die jetzt das Brot zerrissen und in die Bratentunke tauchten.

»Hallo?«, versuchte es Leon noch einmal. Der Hüne ignorierte ihn weiter.

»Lass ihn«, sagte Konni und stand auf. Er ging ein paar Schritte die Tafel hinauf und kam mit einem anderen Stück Brot zurück, das er mit Leon und Angus teilte.

»Warum sollten wir uns das gefallen lassen?«, wollte Leon wissen.

»Lass gut sein«, sagte nun auch Angus.

Leon wunderte sich über den Gleichmut der beiden und konzentrierte sich erst einmal auf sein Brot. Es war köstlich! Wer immer es gebacken hatte, war ein Meister.

»Ihr Name ist Agnes«, sagte Konni und lächelte.

»Woher weißt du, dass ich mir gerade diese Frage gestellt habe?«

»Das tut jeder, der hier zum ersten Mal isst!«

Das Essen war unbeschreiblich. Der Braten war so zart und aromatisch, dass Leon versucht war, beim Kauen von Zeit zu

Zeit die Augen zu schließen. Estragon. Thymian. Getrocknete Pflaumen, Zimt und Lorbeer. Das Ganze musste stundenlang in Rotwein geschmort haben. Leon hoffte, dass Flint ebenfalls in den Genuss dieser Speisen kommen würde. Leon vermisste Flint, und ihm wurde bewusst, dass er die letzten zwei Jahre jeden Tag und nahezu jede Stunde mit dem Wildererjungen verbracht hatte. Er würde ihn später noch aufsuchen. Unbedingt.

Als Leon das erste Stück Braten aufgegessen hatte, sah er zum Kopf der Tafel. Die Lehrer und Maraudon unterhielten sich.

»Hilf mir, Konni. Wer ist wer?«

»In Ordnung«, sagte Konni. »Ich fange in der Mitte an. Rechts neben Maraudon sitzt Heraeus Sirlink, der Meister des zweiten Hauses.« Konni deutete mit dem Kinn auf einen älteren Mann mit einem sauber gestutzten, dunklen Bart. Leon fiel auf, dass er einige lange, silberne Ketten um den Hals trug. An ihnen hingen vielfarbige Amulette und kleine Symbole.

»Was sind das für Amulette, die er da um den Hals trägt?«

»Das ist ein Geheimnis«, antwortete Konni. »Aber angeblich steht jedes der Amulette für eines der neunundvierzig Strategeme. Sieben mal sieben.«

Leon nickte grinsend: »Der Mann hat die List am Hals.«

»So ist die List zumindest immer mit ihm«, grinste auch Konni und fuhr fort: »Rechts daneben sitzt ein Gast, den ich nicht kenne.«

Leon sah einen Mann in purpurroter Kleidung. Ein Geistlicher offenbar. »Neben diesem sitzt die Dame Jafira.« Leon sah zu der dunkelhäutigen Orientalin. Er erinnerte sich daran, dass auch Albert diesen Namen genannt hatte. *Eine große Lehrerin*, hatte er damals gesagt. Bei ihrem Anblick überkam ihn jetzt ein sonderbares Gefühl. Sie war auf geheimnisvolle Weise alt und jung zugleich. Reif an Jahren und doch von jugendlicher Schönheit. Sie trug ein buntes, mit silbernen Fäden durchwirktes Tuch um den Kopf. In ihr langes, gewelltes Haar waren Perlen und Bänder geflochten. Die Perlen schimmerten im Schein der vielen Kerzen.

»Sie ist eine Sarazene, und es heißt, sie sei die Herrin des fünften Hauses«, sagte Konni.

Leon sah ihn erstaunt an. »Ich dachte, es gibt nur vier?«

»Das ist das Rätsel, das sich hier jedem neuen Schüler stellt. Wo ist das fünfte Haus? Und was wird dort gelehrt?«

»Und? Hast du das Rätsel schon gelöst?«, fragte Leon.

»Nein. Und wenn, dann dürfte ich dir die Lösung nicht verraten.«

»Aber du würdest es doch trotzdem tun, oder?« Beide grinsten.

Neben der Dame Jafira saß ein schlanker Mann. Er trug schlichte, dunkle Kleidung ohne jeden Schmuck, und dennoch hatte er etwas Aristokratisches an sich. Er hatte helle, beinahe weiße Haare und trug sie zu einem Zopf nach hinten gebunden. Sein Kinn war glatt rasiert, und er hörte seinem Nachbarn zur Linken gerade aufmerksam zu. *Praesentia!*, dachte Leon sofort. Es war offensichtlich: Dieser Mann beherrscht das Ausschließen der Welt. Aber das war bestimmt nichts Besonderes an dieser Schule. Der Gesprächspartner des glatt rasierten Mannes war offensichtlich ein reicher Kaufmann. Selbst hier im Saal, wo die beiden Kaminfeuer und die vielen Kerzen ordentlich einheizten, trug der Kaufmann eine prächtige Zobelmütze. So eine hatte Leon zuletzt bei einem russischen Diplomaten am Hofe seines Onkels gesehen.

Konni sagte: »Der mit dem Zopf ist Hofmann, der Meister des dritten Hauses. Ich hab dir schon von ihm erzählt.«

Der Herold des Teufels. Leon sah ihn sich genauer an. Der Mann mochte etwa vierzig Jahre alt sein. Viel jünger als die anderen Lehrer. Leon mochte die Konzentration, die im Ausdruck des Mannes lag. Hofmann nickte von Zeit zu Zeit und hob hin und wieder eine hölzerne Schale, um daraus zu trinken. Leon beobachtete, wie er lächelte und kurz etwas sagte, woraufhin sein Gesprächspartner lachte.

Konni sagte: »Bei Hofmann sitzt ein Gast. Der mit der Pelzmütze. Hofmann hat Verbindungen zu Alexander Newski. Ich denke, das ist wahrscheinlich ein Mann aus Nowgorod.«

»Und was soll jetzt so satanisch an dem Mann sein?«, fragte Leon.

»An dem Russen?«

»Nein, an Hofmann.«

»Der Satan wäre nicht der Satan, wenn er sich nicht zu verstellen wüsste«, sagte Konni. Leon nahm sich vor, sich ein eigenes Urteil zu bilden. Er mochte die aufmerksame Haltung des Mannes.

Konni fuhr fort und kam mit seinen Erklärungen zur anderen Seite des Tisches. »Links neben Maraudon siehst du Gorgias, den Bibliothekar der Schule.« Leon sah einen pockennarbigen Mann mit dunklen Augen. Ein Grieche, vermutete Leon aufgrund des Namens. Gorgias hatte pechschwarze, lockige Haare und einen ebenso lockigen Bart, der ihm bis auf die Brust reichte. Gorgias schwieg und war ganz und gar auf sein Essen konzentriert, während sich von links offensichtlich gerade ein Wortschwall über ihn ergoss. Der Mann, der da redete wie ein Wasserfall, musste Borkas sein. Die Schüler hatten von dem dicken Lehrer gesprochen. Ein stämmiger Mann mit starken Knochen, der beim Reden jetzt mit einem Stück Brot gestikulierte, sich immer wieder einen Brocken davon in den Mund schob und dabei gleichzeitig weiterredete. Er schien von seiner eigenen Rede erhitzt zu sein. Aber vielleicht lag das auch am Wein. Denn er versäumte es nicht, alle zwei, drei Bissen ausgiebig davon zu trinken. Hinter ihm stand ein junges Mädchen, das allein darauf konzentriert schien, den Becher des Lehrers aus einem Krug stetig nachzufüllen.

Borkas' Stimme war so laut wie eine Kirchenglocke. Man konnte einzelne seiner Worte über das Stimmgewirr hinweg bis hierher ans Ende der Tafel hören.

»Das ist Marcus Aloisius Borkas«, sagte Konni. »Der Meister des ersten Hauses. Du wirst ihn gleich morgen im Unterricht kennenlernen. Daneben sitzen zwei Händler«, fuhr Konni fort. »Und ganz außen sitzt unser Cellerar, der fette Berthold. Er hat hier in Sachen Essen das Sagen. Zumindest wenn es darum geht, wie man es heranschafft und aufbewahrt. Aber auch er selbst wird wohl stets einen gehörigen Teil davon abbekommen.« Konni nahm sich einen Apfel, biss ein Stück ab und deutete damit auf das Kopfende des Saales. »Aber die eigentliche Herrin über uns alle steht dahinten am Durchgang zur Küche«, sagte er kauend.

Leon sah dort eine groß gewachsene ältere Frau mit heller Schürze und Haube. Sie lehnte mit verschränkten Armen an der Wand und sah aufmerksam in den Saal. Hier und da schien sie einer der geschäftig umhereilenden Mägde kurze Anweisungen zu erteilen.

»Das ist Agnes«, sagte Konni. »Und es gibt niemanden hier, der nicht auf sie hören würde. Solltest du dir merken!« Leon nickte und sah auf das zweite Stück saftigen Braten, das er sich gerade aufgetan hatte. Es war innen zartrosa und außen knusprig braun gebacken. *Gottfried irrt!*, dachte Leon. *Es muss heißen: Wer die Töpfe beherrscht, beherrscht die Welt.*

»Einige hier sagen, Agnes habe bei einem der großen Maîtres in Paris gelernt. Aber wenn man sie selbst danach fragt, sagt sie, das seien alles Rezepte ihrer Großmutter.«

»Auf die Großmutter!«, sagte Leon und hob den Becher. Sie stießen zu dritt an und tranken. »Danke, dass du mich heute herumgeführt hast und mir alles erklärst.«

»Ehrensache«, meinte Konni und biss in ein Stück knusprig gebackenes Sauerteigbrot, sodass es krachte.

Ein weiterer Junge kam hinzu. Er wollte sich auf den freien Platz zwischen Angus und dem unfreundlichen Hünen setzen, doch der Hüne brummte nur »Ist besetzt«, ohne von seinem Teller aufzusehen. Der Neuankömmling stand einen Moment lang unschlüssig da, bis Leon sagte: »Komm rüber, wir rücken zusammen!« Die ganze Bank rückte ein Stück auf, und der Junge setzte sich neben Leon ans äußerste Ende der Tafel.

»Danke!« Der Junge sah zu Leon neben sich, und ihm schien erst jetzt aufzufallen, dass er ihn nicht kannte. Darauf reichte er Leon die Hand und sagte: »Ich bin Ben.«

»Leon von Wettingen«, sagte Leon und kam sich dabei immer dümmer vor. *Wettingen ist ein gottverdammtes Nest!* Irgendwann würde er damit auffliegen. Warum war ihm vorhin keine bessere Herkunft eingefallen?

»Wieso kommst du jetzt erst?«, fragte Konni an Ben gerichtet.

»Hatte noch in der Bibliothek zu tun«, antwortete Ben und nahm sich ein Stück Brot sowie etwas Gemüse aus einer der Schüsseln. Der Junge trug eine Kippa, und Leon sah die beiden Locken, die an seinen Schläfen herunterfielen. Er musste ein Jude sein. Schon bald waren Ben, Konni und Leon in ein Gespräch vertieft. Hin und wieder beteiligte sich Angus, der sonst eher schweigsam, aber ein sehr guter Zuhörer zu sein schien. Ihr Gespräch drehte sich um die Lektionen der vergangenen Stunden, und Leon verspürte zunehmend größere Neugier auf den kommenden Tag. Er konnte es kaum erwarten.

Etwa eine Stunde später verließen Maraudon und nach und

nach auch die übrigen Gäste den Saal. Nur Hofmann und die Dame Jafira saßen noch bei einem Becher Wein und sprachen miteinander. Leon hatte erfahren, dass Ben der erstgeborene Sohn eines reichen jüdischen Händlers aus Fulda war. Dass er durch seinen jüngeren Bruder Aaron getäuscht und hintergangen worden war und nur mit knapper Not und der Hilfe seines Onkels hatte hierher fliehen können. Aaron hatte seinem Bruder Ben einen Betrug angehängt, den er in Wahrheit selbst begangen hatte. *Sieh an*, dachte Leon. *Ich bin wohl nicht der einzige Flüchtling hier.* Von sich selbst erzählte Leon so gut wie nichts. Flint und er hatten sich auf ihrer Reise ein paar erfundene Geschichten zurechtgelegt. Aber dass sein Name Leon von Wettingen war und dass er von einer Burg dort stammte, hatten sie nicht ausgemacht. Er musste Flint unbedingt warnen.

Schließlich machte Schwester Agnes den Gesprächen ein Ende, und die jüngeren Schüler wurden dazu verdonnert, die Tische abzuräumen. Leon stapelte pflichtbewusst drei der Schalen, legte ein paar der Zinnteller und Besteckmesser hinein und brachte sie nach nebenan zum Spülstein. Dann stahl er sich heimlich nach draußen, obwohl die meisten Tische noch nicht abgeräumt waren. Die anderen halfen weiter mit.

Die Nacht war klar. Leon merkte erst jetzt, wie viel er gegessen hatte. *Vollgefressen!* Er entschloss sich, noch ein paar Schritte zu gehen, schlenderte hinüber zur Pforte der Kirche und atmete die reine Winterluft. Ihm fiel auf, dass die dunklen Erinnerungen, die ihn durch die vergangenen Monate begleitet hatten, schon nach einem einzigen Tag an diesem Ort wie verweht waren. So wie der Frosthauch vor seinem Gesicht gerade eben. Leon fühlte sich zum ersten Mal seit seiner Zeit im Wald etwas leichter ums Herz. Auch wenn er seinen Bruder Richard, Anna und John vermisste. Und Cecile! Leon seufzte und sah hinauf zu den Sternen. Die Aussicht auf die vielen vor ihm liegenden Tage, die seinen Wissensdurst stillen würden, stimmte ihn froh. Er mochte Konni. Und auch Ben und den schweigsamen Kelten. Mit jedem Atemzug in der klaren Luft wich ein weiteres Stück der Last aus seinen Gedanken.

Er sah hinüber zum Hof. Gerade kamen die drei Schüler aus dem Refektorium. Konni entfernte sich von den beiden anderen und ging an der Mauer entlang auf das Haus der Mädchen zu. Plötzlich verschwand er in einem Spalt zwischen den Gebäuden. Leon wunderte sich. Nichts geschah. Leon beschloss zu warten und drückte sich, einer Ahnung folgend, in den Schatten einer Mauer, um nicht gesehen zu werden. Wenige Minuten später kam eine junge Frau aus der Dunkelheit des Spalts geschlüpft. Sie trug ein Bündel bei sich, und Leon dachte: *Soso, ein Stelldichein. Hier geht's also doch zu wie unter Menschen.* Er würde Konni wohl einmal dazu befragen müssen. Lächelnd ging er von der Kirche über den Hof, hinein in die Wärme des Schlafsaales. Er hatte ein schlechtes Gewissen, weil er Flint nicht mehr aufgesucht hatte. Aber er war einfach zum Sterben müde. Angezogen, wie er war, ließ er sich auf sein Bett fallen. Er würde Flint gleich am nächsten Morgen aufsuchen. Und über diesem Gedanken schlief er ein.

Agnes räumte gerade noch in der Küche auf, als plötzlich der verwuschelte Junge vom Nachmittag neben ihr stand. Er trug seinen kleinen Hund auf dem Arm, der durch Hindricks Tritt augenscheinlich unverletzt geblieben war.

»Es tut mir leid«, sagte der Junge. »Werde ich jetzt rausgeworfen?«, fragte er mit einer Spur Trotz in der Stimme.

»Ist schon in Ordnung«, erwiderte Agnes, während sie ein

Tuch zusammenlegte. »Das ist dein erster Tag an diesem Ort, und man hätte dich ja auch warnen können, dass Hindrick ein Scheusal ist. Ich hoffe, er lässt dich ab jetzt in Ruhe. Aber sieh dich vor. Hindrick ist ein heimtückisches und vor allem nachtragendes Miststück. Und er hat in seinem Vasallen Wolfger einen tumben Helfer. Heimtücke und Dummheit sind leider ein sehr gefährliches Paar.«

»Danke, Agnes«, sagte Flint.

Agnes betrachtete den verwilderten Jungen. Das Fell seiner Jacke sah so aus, als seien dem Tier, von dem es stammte, schon zu Lebzeiten die Haare ausgegangen. »Ich denke, Hindrick wird den Vorfall auch nicht an die große Glocke hängen wollen. Einen kleinen Hund zu treten und dafür ein Besteckmesser einzufangen ist nicht gerade eine Ruhmestat.« Sie lächelte. »Hindrick von Barkville ist nicht nur heimtückisch und nachtragend, er ist auch eitel.«

Aus irgendeinem Grund mochte Agnes den verwuschelten Jungen und seinen ebenso verwuschelten kleinen Hund. Vielleicht erinnerte er sie an ihr eigenes Kind. Wo mochte ihr Junge heute sein? Sie hatte ihn seit Jahren nicht gesehen oder auch nur von ihm gehört. *Der verdammte Krieg.* Flint missdeutete die Wolken auf Agnes' Gesicht. »Mach dir keine Sorgen, Agnes, ich pass schon auf mich auf«, sagte er.

»Das habe ich gesehen.« Agnes erinnerte sich an die Schnelligkeit, mit der Flint reagiert und das Messer geworfen hatte. Sie hatte Hindrick danach zum Krankenzimmer bringen lassen und erst vor einer Stunde erfahren, dass es ihm besser ging. Die Wunde in der Schulter war nicht tief, und Hindrick war schon wieder auf den Beinen. Seine Nase allerdings war so wüst gebrochen, dass sie sich nicht mehr richtig gerade richten ließ. Sie würde wohl für den Rest seines Lebens deformiert bleiben. *Geschieht ihm recht*, dachte Agnes. Sie verabscheute Gemeinheiten. Im Lauf ihres Lebens hatte sie zu viele davon gesehen und erlebt. Warum mussten Menschen immer wieder so unendlich grausam zueinander sein? Wo es doch in Gottes Plan stand, einander mit Güte und Zuneigung zu begegnen. In Agnes' Augen brauchten Menschen einfach nur eine gute Mahlzeit, um den Frieden zu bewahren. Menschen, die gut gegessen und getrunken hatten, waren selten streitlustig. Vielleicht hatte sie deshalb ihr Leben lang danach getrachtet, anderen mit ihrem Essen Genuss zu bereiten.

Agnes seufzte und lächelte Flint an. »Hunger?« Er nickte eifrig, obwohl seit den letzten Hefeklößen kaum vier Stunden vergangen waren.

Mitten in der Nacht wurde Leon durch ein leises Geräusch geweckt. Direkt in seiner Nähe. Er richtete sich auf und sah, dass einige dunkle Gestalten neben seiner Bettkiste standen. Insgesamt waren es sechs. Schüler?

Einer von ihnen war relativ klein, und irgendetwas stimmte mit seiner Nase nicht, denn er näselte, als er zu sprechen begann: »Wo ist der Basta'd von deinem Diener?« Leon wollte sich aufrichten, aber gleich ein Dutzend Hände drückten ihn auf seinen Strohsack zurück und hielten ihn fest. Ehe Leon es sich versah, setzte sich einer der Kerle mit dem Hinterteil direkt auf sein Gesicht. Leon versuchte zu schreien, doch es gelang ihm nicht. Unter dem Gewicht des Angreifers konnte er sich nicht bewegen und drohte zu ersticken. Da dröhnte ein lang gezogener Furz direkt auf sein Gesicht. Es stank bestialisch. Gelächter. Kurz darauf wurde das Hinterteil zur Seite gestoßen.

»Lasst ihn in Ruhe!« Leon erkannte die Stimme des Kelten. Angus war wie aus dem Nichts neben Leons Bett aufgetaucht und hatte sich durch die Reihe der Angreifer gedrängt. Zwei gegen sechs. Leon sprang auf und versuchte gleichzeitig, sich mit dem Ärmel irgendwie den widerlichen Geruch aus dem Gesicht zu wischen. Er stellte sich neben Angus.

»Was soll das?«, rief er.

»Man wird doch wohl noch einen kleinen Willkommensgruß entrichten dürfen? Der guten alten Traditionen halber«, näselte der Kerl. Jetzt sah Leon, dass er eine Armschlinge trug. Seine Schulter war verbunden. In dem wenigen Mondlicht, das durch die Glasfenster fiel, konnte Leon kaum das Gesicht des jungen Mannes erkennen. Doch es schien mit dunklen Blutergüssen übersät zu sein.

Eine weitere Gestalt kam aus der Dunkelheit des Schlafsaales heran, drängte sich durch die Reihe der Angreifer und stellte sich neben Leon und Angus. Es war Ben. In der Dunkelheit sah er dem Anführer direkt in die Augen. »Falls du mit ›Traditionen‹ das meinst, was man auf der verlotterten Burg treibt, die du dein Zuhause nennst, Hindrick von Barkville, so mögt ihr dort aus Schweinetrögen fressen und euresgleichen auf die eben gezeigte Weise Gunst erweisen, sooft es euch beliebt.«

Hatte Ben gerade den Namen Barkville genannt? War der Kerl hier ein Verwandter Uthers? Jetzt trat aus der Gruppe der Angreifer ein riesiger Schatten nach vorn. Es war der unhöfliche Kerl, der beim Abendessen sein Brot nicht teilen wollte. Er stellte sich direkt vor Ben und senkte drohend die Stirn.

»Hat *es* etwas gesagt?«, flüsterte der Hüne. Seine Stimme war schwach und schien so gar nicht zu der Größe des Mannes zu passen.

»Lass 'n in Ruh', Wolfger.« Jetzt tauchte auch Otto auf. Er trug ein Nachthemd und trat zwischen den Hünen und den Jungen. Der Hüne knurrte etwas.

»Was mischst du dich hier ein, du sächsischer Bastard«, rief Hindrick wütend, weil dem Hünen offenbar die Worte ausgegangen waren. Jetzt wurden auch andere wach. Bewegung kam in den Schlafsaal.

»Geh in dein Bett und träum von deiner Mutter, Hindrick«, sagte Angus ruhig. Hindrick sah zu Leon und verzog das Gesicht. Doch sein spöttisches Grinsen verging ihm sehr schnell, da es offenbar höllisch wehtat. »Ich sehe, du hast dir gleich am ersten Tag drei hübsche Freunde ausgesucht, Leon von Wettingen. Einen sächsischen Bastard, einen keltischen Hund und einen jüdischen Speichellecker.«

Leon machte einen Schritt auf den Anführer zu und sah ihm in die Augen. Gleich würde es handgreiflich werden, und Leon hatte nicht vor, sich dabei zurückzuhalten. Er ballte die Fäuste.

Da ertönte plötzlich eine Stimme vom Eingang des Schlafsaales her, laut wie ein Glockenschlag: »Was ist hier los?« Es war Meister Borkas' dröhnendes Organ. »Legt euch gefälligst wieder schlafen!«

Das Wort eines Meisters hatte offenbar einiges an Gewicht. Denn tatsächlich trollten sich die Angreifer. Im Gehen wendete sich Hindrick allerdings noch einmal um und zischte: »Sag deinem Eselarsch von Diener, dass ich ihn finden werde. Bald. Und dann ist er dran.«

Flint schlief in dieser ersten Nacht in der Küche. Agnes hatte ihm ein paar Säcke Mehl als Matratze bereitet, und es war das beste Bett, in dem Flint seit Langem geschlafen hatte. Er erwachte früh, denn die beiden Mädchen, die in der Küche aushalfen, machten einen Heidenlärm. Sie hießen Sally und Efra, aber Flint hatte schon gestern mitbekommen, dass jeder hier sie

Salz und Pfeffer nannte. Schließlich kam auch Agnes und vertrieb ihn unsanft von seinem Lager. Also trollte er sich, denn er wollte auf keinen Fall mit anpacken.

Er beschloss, sich an diesem Morgen ein wenig auf dem Gelände umzusehen. Er vermisste seine Eltern. Er würde darüber nachdenken müssen, wann und wie er zu ihnen zurückkehren könnte. Leon war seit ihrer Ankunft an der Schule verschwunden, und Flint war deshalb ein bisschen gekränkt. Weil Leon ihn nicht aufgesucht oder sich zumindest nach ihm erkundigt hatte. Wenn Leon von nun an am Unterricht teilnehmen würde, müsste Flint sich etwas überlegen.

Als Gehilfe des Cellerars – so wie es Maraudon für ihn vorgesehen hatte – wollte er nicht bleiben. Er mochte das Wort »Arbeit« nicht. Noch weniger das, wofür es stand. Ansonsten aber war es hier in Ordnung. Vor Hindrick und seinem Hünen fürchtete er sich nicht. Er hatte schon anderen Kerlen beigebracht, dass es besser war, ihn in Ruhe zu lassen. Flint wusste um seinen inneren Dämon. Und er würde sich auf seine Weise zur Wehr setzen, wenn es sein musste.

Er schlenderte über das Gelände, während Luke nach einer geheimen Regel Markierungen an Büschen und Bäumen setzte, indem er sie anpinkelte. Es gab hier keine weiteren Hunde. Wozu also die Mühe mit dem Markieren? Flint lächelte. Er mochte dieses kleine, pelzige Wesen. Von Weitem sah Flint jetzt, dass einige Schüler über den großen Platz in der Mitte des Geländes liefen. Offenbar hatte der Unterricht begonnen.

Borkas

R hetorik ist keine Wissenschaft! Rhetorik ist eine Kunst!«, rief Meister Borkas im Hereinkommen. Leon unterbrach sein Gespräch mit Konni und sah hinab zum Podium. Er saß mit etwa zwei Dutzend weiteren Schülern und Schülerinnen im Auditorium des ersten Hauses. Ein großer Saal, ähnlich einem Amphitheater, wie Leon es auf einer gezeichneten Darstellung in einem seiner Bücher gesehen hatte. Drei Reihen erstreckten sich im Halbrund über einer Art Podest, auf dem nun ein überaus dicker Lehrer mit einigen schweren Folianten erschien. Borkas! Dessen Schädel war bis auf einen seitlichen Kranz dünner Haare kahl, und seine feisten Wangen waren errötet. Das Gesicht des Meisters glänzte heiter, und listige Augen funkelten herausfordernd in die Runde. Statt einer Nase schien eine Kartoffel in der Mitte seines Gesichts Platz gefunden zu haben. Eine rote Kartoffel.

»Die Kunst der Rede ist keine Wissenschaft, so wie Alchemie oder Arithmetik!«, rief der dicke Mönch. »Es gibt kein simples Erstens, Zweitens und Drittens! Befreit euch von der Vorstellung, eine überzeugende Rede ließe sich so einfach zusammenbacken, wie Schwester Agnes einen Butterkuchen bereitet. Es existiert keine universell gültige Rezeptur der wirksamen Rede. Nein! Aber genau wie in allen anderen Künsten basiert die Rhetorik auf Handwerk! Auf klar voneinander abgegrenzten Teildisziplinen und Verrichtungen, die es allesamt zu erlernen gilt, bevor sich die Schöpfung des Künstlers befreit und jenseits des Banalen zu wirken beginnt.«

Ein Netz feiner roter Adern säumte Borkas' stattliche Nase und ließ sie von Zeit zu Zeit aufglühen. Seine ganze Gestalt schien im Widerspruch zur Kunstfertigkeit seiner Worte zu stehen. Er sah mehr aus wie ein Zecher denn wie ein Meister der Redekunst. Doch Borkas hatte trotz der Fülle seines Gesichtes eine lebhafte Mimik und daher eine Unzahl von Falten um die Augen. *Lachfalten*, dachte Leon. Wie alle übrigen Mitglieder des Ordens trug auch Borkas ein dickes, rot eingefärbtes Seil um seinen gewaltigen, tonnenförmigen Leib, was den Schülern als stetes Ziel für Witze und Anspielungen gereichte.

»Was ist der Unterschied zwischen Kampfer und einem unserer Meister?«, hatte der kleine Leopold Leon am selben Morgen gefragt. Leon hatte gelacht und gesagt, er wisse es nicht.

»Aus Kampfer gewinnt man ein *Heilserum*, ein Meister hat ein *Seil herum*.« Der kleine Leopold hatte sich selbst darüber schlappgelacht. Leon hatte nur ein bisschen gelächelt, denn er fand das Wortspiel nicht außergewöhnlich witzig. Jedoch amüsierte er sich darüber, wie sehr Leopold sich selbst über seinen Witz zu freuen schien.

In der Tat hatte Borkas viel Ähnlichkeit mit einer festgezurrten Tonne auf zwei dünnen Beinen. Seine nackten Füße steckten in Sandalen. Und das schien bei jedem Wetter so zu sein. Sogar jetzt, da es draußen schneite, trug Borkas sein bevorzugtes Schuhwerk

»Der Maler erlernt den Umgang mit Pinsel und Spachtel, das Anrühren von Farben und Firnis«, fuhr Borkas fort. »Er erlernt verschiedenste Techniken des Auftragens, die Gesetze der

Perspektive und die anatomische Gestalt des Körpers. Er studiert Bewegungen, die Brechungen des Lichts und die balancierte Anordnung von Objekten auf einer leeren Fläche. Handwerk und Wissen! Ebenso wie in der Kunst gilt es auch in der Rhetorik, eine große Anzahl an Techniken zu erlernen, bevor sich euer Reden von den Fesseln des Gewöhnlichen befreit. Bevor eure Worte am Ende zu Architektur werden im Geiste eurer Zuhörer.« Borkas funkelte in die Runde. »Es gibt nicht *ein* Rezept. Es gibt *viele* Rezepte! Es sind die Zutaten. Und Agnes würde mir zustimmen, dass mit der Qualität der Zutaten die Qualität des bereiteten Mahles steigt!«

Borkas grinste und rieb seinen schweren Wanst mit beiden Händen. Die Schüler lachten, und Leon entschied in diesem Moment, mit Borkas einen weiteren Menschen an dieser Schule zu mögen.

Leon betrachtete die Gesichter der Schüler. Auch Hindrick und der Hüne waren hier, und selbst Hindrick schien erheitert. Der Hüne dagegen schaute finster wie gewohnt. Außerdem war der heutige Unterricht offensichtlich einer, an dem auch die Mädchen teilnehmen durften. Einige darunter waren wirkliche Schönheiten. Leon dachte an Cecile.

»Als erste Zutat aus der Küche des Fragens beginnen wir mit der sogenannten ›geschlossenen Frage‹. Genauer gesagt: der Unterscheidung in offenes und geschlossenes Fragen.«

Doch Leons Gedanken hingen weiter an Cecile. Wie es ihr wohl ging? Sicher hatte sie ihn längst vergessen. Hatte sie Rudolf – seinen Onkel – wirklich heiraten müssen? Oder war die Hochzeit vielleicht doch noch abgesagt worden? Leon merkte, dass er abgelenkt war, und versuchte, sich wieder auf seine erste Lektion im Haus des Wissens zu konzentrieren.

Borkas lief unterdessen mit einem für die Fülle seines dicken

Körpers erstaunlichen Tempo vor seiner Zuhörerschaft auf und ab. Unvermittelt blieb er stehen und rief:»Während die geschlossene Frage die Auswahl der Möglichkeiten auf ein Ja oder Nein einengt…« – dabei zog Borkas das rote Seil um seinen dicken Bauch eng zusammen –»…ermöglicht die offene Frage dem Befragten größtmögliche Bewegungsfreiheit.« Borkas lockerte das Seil wieder und atmete dabei hörbar aus. Die Kutte hing nun locker an ihm herunter.»Bei der offenen Frage bleibt es dem Gefragten überlassen, wie ausschweifend seine Antwort ausfällt. So viel zur Theorie.«

Borkas machte eine Pause.»Sehen wir uns zuerst die Funktion der geschlossenen Frage an.«

Leon kannte diese Unterscheidung bereits aus einer der Lektionen mit Frater Albert. Dennoch war er gespannt auf Borkas' Erläuterungen.

»Geschlossene Fragen sind also Fragen, auf die mit einem knappen Ja oder Nein geantwortet werden kann«, fuhr Borkas fort.»Wer von euch mag mir eine solche Frage stellen?«

Hindrick meldete sich mit der Hand, die nicht in einem Verband steckte. Er schien starke Schmerzen zu haben, denn beim Heben der Hand zuckte es kurz in seinem Gesicht.

»Bitte!«, forderte Borkas ihn mit einem Winken auf.

»Machen wir heute früher Schluss?« Alles lachte. Auch Borkas. Es klang wie das Donnern von Hufen auf einer Holzbrücke. Dann sagte er:»Nein!« Hindrick schien nun verstimmt zu sein, denn die wenigen Stellen in seinem Gesicht, die nicht mit blauen Flecken bedeckt waren, färbten sich rot.

»Im Haus der Strategeme werdet ihr lernen, eure Fragen auf ein Ziel auszurichten«, sagte Borkas.»Dazu gehört, dass ihr euch vor jeder gestellten Frage überlegt, ob ihr die mögliche Antwort tatsächlich willkommen heißt.« Und wieder an Hindrick gewandt, sagte er: »Deine geschlossene Frage, junger Mann, erweist sich als tückisch für dich selbst, denn sie ermöglicht es mir, mit einem einfachen Nein zu antworten. Solltest du mit deiner Frage beabsichtigt haben, auf eine Verkürzung dieses Unterrichtes hinzuwirken, hättest du sie offen formulieren sollen.« Borkas schwieg einen Moment lang und lächelte Hindrick nun an.

»Mein Nein hat dich zudem verstimmt. Stellvertretend für alle anderen in diesem Saal lass dir gesagt sein, dass jedes Nein als Antwort auf eine Frage über solche Macht verfügt. Das Nein eines Menschen ist mitunter ein Affront, ein Tritt in den Allerwertesten, zumindest jedoch ein Stolperstein in jedem Dialog. Vermeidet dieses Wort mit vier Buchstaben daher bei euch selbst wie auch bei eurem Gegenüber.

Die Frage ›Welche Möglichkeiten seht Ihr, den Unterricht heute etwas früher zu beenden, damit wir rechtzeitig an Agnes' dampfende Töpfe gelangen?‹ ist sowohl eine offene als auch anspornende Frage, auf die hin mein Widerstand etwas geringer ausfallen würde.«

Die meisten Schüler grinsten. »Auf jeden Fall ist sie nicht einfach mit einem Nein zu beantworten. Selbst in einer möglichen verneinenden Antwort taucht das Reizwort ›nein‹ nicht auf. Gleichzeitig bietet die zwangsläufige Länge meiner Antwort auf die offene Frage weitere Möglichkeiten, vertiefende oder erweiternde Fragen zu stellen.«

Hindrick nickte, noch immer etwas verkniffen. Es fiel ihm offenbar schwer, eine auch noch so kleine verbale Niederlage wegzustecken. Leon beschloss, sich diesen Umstand zu merken.

Eine der jungen Frauen meldete sich zu Wort: »Woran erkenne ich denn nun, dass eine Frage offen gestellt ist?«

»Ja«, antwortete Borkas, und das Mädchen schaute verdutzt.

»Was meint Ihr damit?«

»Nein«, antwortete Borkas.

Leon warf einen amüsierten Blick zu Konni, der ihn fragend ansah und mit den Schultern zuckte.

»Bist du irritiert, junge Dame?«

»Eure Antworten sind irritierend. Wenn nicht irr!«

Borkas lachte.

»Nur recht, Astrid. Du hast zweimal eine offene Frage an mich gerichtet, und ich habe sie jeweils mit Ja und Nein beantwortet. Wie du richtig bemerkt hast, ist dies vollkommen geistfrei. Ergo: Die offene Frage erkennt ihr daran, dass man sie nicht mit Ja oder Nein beantworten kann.«

Eine kurze Stille entstand, bevor Hindrick fragte: »Muss man dann vor jeder Frage überlegen, ob man mit Ja oder Nein antworten kann?« Sein Tonfall war dabei eine Spur zu aufsässig.

»Das erscheint dir schwerlich anzuwenden, richtig?«, fragte Borkas.

Hindrick nickte grimmig, war aber nun auf der Hut.

»Dann sag das, und versteck deine Meinung nicht hinter einer scheinbaren Frage!«

Hindrick wurde rot, und einige der Mädchen kicherten. Borkas schien Hindrick nicht sonderlich zu mögen. Hindrick warf wütende Blicke um sich und ließ sich in seine Bank zurücksinken.

»Die meisten Fragen, welche die Menschen einander stellen, sind in Wahrheit gar keine. Genau wie deine eben, Hindrick von Barkville. Sie sind stattdessen Aussagen, Meinungen oder Bedürfnisse, die sich in Frageform kleiden, um nicht entdeckt zu werden. Ihr werdet an diesem Haus lernen, die wahren Botschaften dieser Scheinfragen zu verstehen. Und indem ihr eure Sinne für die Beweggründe des Gesagten schärft, erhöht ihr zugleich die Zahl eurer möglichen Reaktionen und damit eure Beweglichkeit im Gespräch. Doch nun zurück zu deiner Frage, Hindrick von Barkville.«

Borkas sah in die Runde. »Es wäre fürwahr eine aufwendige Angelegenheit, seine Fragen jedes Mal einer vorausschauenden Prüfung zu unterwerfen. Wir müssen deshalb darauf vertrauen, dass das wiederholte Üben offener Fragen das offene Fragen selbst zu einer Gewohnheit werden lässt. Gewohnheiten ermöglichen es uns, Dinge zu verrichten, ohne dabei unsere Gedanken oder Aufmerksamkeit darauf verwenden zu müssen. Während der Zeit dieser Übung jedoch können wir unser Sprechen und damit unser Fragen nur dann steuern, wenn wir es unserer bewussten Aufmerksamkeit unterwerfen. Mit anderen Worten: Wir konzentrieren uns auf das, was wir sagen, *bevor* wir es sagen.« Borkas schwieg. Leon erschien das plausibel.

»Was die Formulierung offener Fragen während dieser Zeit des Übens betrifft, so hält die deutsche Sprache, anders als andere Sprachen, eine erhebliche Hilfe für uns bereit. Alle offenen Fragewörter beginnen mit dem Buchstaben W. Das Fragewort ist das, was die offene Frage erst zur Frage macht. Also: was, wie, weshalb, worin, woraus … Es existieren lediglich zwei Ausnahmen. Zwei Wörter, die ebenfalls ein offenes Fragewort verkörpern und dennoch nicht mit W beginnen. Wer sie mir als Erster benennen kann, erhält eine private Stunde und Zugang zu einer geheimen Zauberfrage, die ich nur den Gewinner unter dem Eid der Verschwiegenheit lehren werde.« Borkas zwinkerte in die Runde. »Welche weiteren Fragewörter mit W kennt ihr?«

»Ihr sagtet gerade: ›welche‹«, sagte Konni grinsend.

»Recht so! Welche noch?«, strahlte Borkas. Nach und nach sagten die Schüler Fragewörter der deutschen Sprache auf. Für Leon waren es erstaunlich viele. Er hätte sie sich am liebsten allesamt notiert. Doch sie hatten kein Schreibzeug. Pergament war teuer, und eine Schiefertafel bot nicht genügend Platz für all die Lehren dieses ersten Tages.

»Wendet euch eurem Nachbarn zu und sagt euch alle Fragewörter so lange gegenseitig auf, bis ihr keines mehr vergesst.« Leon wandte sich zu Konni und zählte auf: »Wessen, womit, woher, wohin, wer, wem, wen, welches, wo, wann, wie, woraus, worin ...« Konni unterbrach ihn: »Ich habe ein Fragewort ohne W gefunden!«

»Sprich leise«, flüsterte Leon. »Denk an den Preis!«

Konni näherte sich Leons Ohr und flüsterte ein einzelnes Wort: »Häh?«

Leon lachte: »Das zählt bestimmt nicht.«

Nachdem Flint an diesem Vormittag noch eine Weile ziellos auf dem Gelände herumgeschlendert war, kehrte er zur Küche und zu Agnes zurück, weil er hungrig wurde. Agnes aber wies ihn diesmal ab und schickte ihn stattdessen zu Berthold, dem Cellerar, was dem Wildererjungen nicht recht gefallen wollte. »Du musst dich schon nützlich machen. Faulheit und Müßiggang werden hier nicht geduldet!«, sagte Agnes. »Wenn du essen willst, musst du mit anpacken. So wie jeder andere hier auch.«

Flint grummelte ein bisschen, schlurfte dann aber doch hinüber zum Haus des Cellerars. Flint klopfte an der Tür. Berthold öffnete sie, ließ ihn herein und reichte ihm die fleischige Hand. Dann zeigte er ihm seinen neuen Schlafplatz, eine winzige Kammer unter dem Dach. Hier sollte er von nun an wohnen. *Die Küche wäre mir lieber gewesen*, dachte Flint. Doch er änderte seine Meinung, als ihm der ansonsten schweigsame Cellerar seine künftigen Aufgaben erklärte. Im Großen und Ganzen hatten sie allesamt mit Vorräten, Essen und Getränken zu tun. Und das gefiel Flint sehr. Nachdem er an diesem Vormittag dann ein paar Säcke Getreide halbherzig von hier nach da getragen hatte und dabei regelmäßig an einigen Würsten vorbeigekommen war, die merkwürdigerweise immer kürzer zu werden schienen, hatte sich Flint noch einen Apfel geschnappt und sich dann zusammen mit Luke in seine Kammer verdrückt. Der kleine Raum am oberen Ende einer schmalen Stiege im Haus des Cellerars war gerade groß genug für ein Lager aus sauberem Stroh, einen Schemel und eine Decke für Luke. Flint hatte beschlossen, sich nach der überaus anstrengenden Arbeit des Vormittages ein wenig auszuruhen, und erwachte erst wieder, als Luke winselnd neben seinem Lager stand, weil er offenbar dringend mal rausmusste.

Flint rieb sich die Augen und stand auf. »Na, komm!« Er ging mit Luke auf dem Arm die schmale Stiege hinunter und hinaus in den Garten hinter dem Haus. Dort erleichterte sich der kleine Hund an einem der Birnbäume. Flint tat das Gleiche an einem der anderen.

Flint sah sich um. Der Rasen, der jetzt mit Raureif bedeckt war, endete an einer hüfthohen Mauer, die westlich stand. Von dort aus, wo er sich gerade befand, konnte er nach Osten bis weit über die Berge sehen. Es war kalt, und die Berge und Hügel ringsum waren schneebedeckt.

Flint beschloss, mit Luke noch eine Runde zu drehen, bevor er ein weiteres Mal bei Agnes und ihren Töpfen vorbeischauen würde. Vielleicht mit ein bisschen mehr Glück. Er hatte sich ja inzwischen nützlich gemacht, so wie sie es gesagt hatte. Dem dicken Cellerar würde er heute lieber aus dem Weg gehen. Denn der hätte sicherlich nur noch mehr Arbeit für ihn.

Doch bevor er zurückging, wollte er noch einen Blick über

die niedrige Mauer werfen, um zu sehen, was sich dahinter befand. Darum schlenderte er über den Rasen bis zum ersten der Wachtürme am vorderen Teil der Anlage. Er gehörte wahrscheinlich zu einem viel älteren Teil, einer Festung vielleicht, dachte Flint. Luke sprang die ganze Zeit um seine Beine herum und freute sich über ein bisschen Bewegung. Vom Fuße des Turmes aus konnte Flint über die flache Mauer hinunter bis auf den Torweg sehen. Dort standen offenbar zu jeder Tages- und Nachtzeit bewaffnete Männer. Flint hatte in seinem Leben noch nicht viele Burgen aus der Nähe gesehen. Doch diese schien ihm im Vergleich zu anderen ziemlich stark gesichert zu sein. *Was für eine Art Schule ist das hier eigentlich?* Rechts und links des Haupttores befanden sich dicke Türme, so wie der, an dessen Fuß er gerade stand. Der Zugang konnte mit einer Zugbrücke und einem eisernen Fallgatter verriegelt werden. Sollte ein Feind die Anlage angreifen wollen, müsste er sich außerdem durch einen zweiten inneren Ring hindurchkämpfen, wo er damit rechnen musste, von den hohen Mauern und aus zahlreichen Schießscharten mit Pfeilen beschossen zu werden. Ein weiteres Fallgatter und ein eisenbeschlagenes Portal dahinter sicherten das eigentliche Gelände der Schule.

Hier, vom östlichen Wachturm aus, konnte Flint das ganze Areal zwischen innerer und äußerer Mauer überblicken. Er stützte sich auf die niedrige Mauer und sah über deren Kante nach unten. Auf der anderen Seite fiel die Mauer beinahe sechzig Fuß senkrecht ab. Bis hinunter in den Hof. *So lange Leitern gibt's nicht auf der Welt,* dachte Flint. Wer auch immer sich diese Verteidigungsanlage ausgedacht hatte, war bestimmt kein lausiger Anfänger gewesen.

Eben trat eine Gruppe Reisender durch das äußere Torhaus in den Hof des inneren Ringes. Mehrere Reiter und eine Schar Soldaten. Gleich darauf folgte eine geschlossene, eisenbeschlagene Kutsche, die von vier kräftigen Pferden gezogen wurde. Der Kutsche folgten noch sechs weitere, berittene Soldaten. Sie führten einige Packpferde mit sich sowie einen weiteren Reiter, der eine venezianische Kappe trug. *Vielleicht ein Kaufmann oder Gelehrter*, dachte Flint. Aus irgendeinem Grund wurde er neugierig. Er lehnte sich auf den Rand der Mauer und spähte hinunter. Ein Bediensteter der Schule eilte zu der Gruppe und öffnete die Tür des Wagens. Ein großer Mann stieg aus der Kutsche und sah sich um. Er sprach mit einigen Rittern, die mit ihm gekommen waren. Irgendetwas an seiner Gestalt beunruhigte Flint. Da streifte der Fremde die Kapuze seines Mantels nach hinten, und Flint blieb beinahe das Herz stehen. *Das ist nicht möglich!* Und doch gab es nicht den geringsten Zweifel: Dort unten im Hof stand das Scheusal, das seine Schwester Pearl auf den Scheiterhaufen gebracht hatte. *Das ist das Schwein!* Flint konnte kaum einen klaren Gedanken fassen. Am liebsten wäre er von der Mauer hinunter in den Hof gesprungen und hätte sich auf den Mann gestürzt. Er musste etwas unternehmen. Er musste Leon finden. Wahrscheinlich steckte der irgendwo im Unterricht, aber das war Flint jetzt egal. Er würde ihn da rausholen. Der Peiniger seiner Schwester war hier, und er würde alles dafür tun, um es dem Schwein hier und jetzt heimzuzahlen.

Er machte auf dem Absatz kehrt und rannte zurück zur Küche, ließ den kleinen Hund dort bei Sally und Efra zurück und stapfte gleich darauf hinunter zum Haus des Willens. Maraudon würde den Reisenden bestimmt begrüßen. Der Anzahl der bewaffneten Begleiter nach zu urteilen, war der Ankläger im Laufe der letzten acht Jahre zu noch wichtigeren Ämtern gekommen. Das Haus des Willens wurde seit seiner Ankunft jedenfalls genauso bewacht wie das Tor. Doch Flint wusste, wie er in das Innere des Gebäudes gelangen konnte, ohne gesehen zu werden. Durch einen ehemaligen Eiskeller, den der Cellerar ihm gezeigt hatte. Die Rückseite dieses Kellers war durch einen Zugang mit den unteren Gewölben des Haupthauses und der Halle Maraudons verbunden. Flint schlich hindurch, bis er kurz darauf an einer Tür zum Kellergeschoss des Haupthauses angekommen war.

Hier unten war niemand. Vorbei an ein paar leeren Zellen, die wohl als Karzer für Schüler dienten, schlich Flint weiter bis zu einer schmalen Treppe, die hinauf in die Eingangshalle führte. Der Zugang war oben durch eine eisenbeschlagene Tür versperrt. Sie war nicht verschlossen, und Flint konnte sie einen Spaltbreit aufschieben. Flint sah von hier aus, dass die Eingangshalle des Gebäudes voller Bediensteter und Wachen war, die geschäftig hin und her eilten. Nicht weit von der Tür entfernt standen drei Ritter. Sie trugen Kettenhemden unter ihren Waffenröcken und waren mit Schwertern gegürtet. Aus irgendeinem Grund kam ihm einer von ihnen bekannt vor. Flint sah genauer hin. Aber er konnte sich beim besten Willen nicht daran erinnern, wo er ihm begegnet sein könnte. Es war klar, dass die drei nicht zur Schule gehörten. Waren sie mit dem Ankläger gekommen?

Flint wartete, bis die Männer gegangen waren. In einem günstigen Moment schlich er durch die Tür und eilte quer durch die Halle zu der breiten Treppe, die hinauf zu Maraudon führte. Er kannte den Weg, seit er dort am Vortag auf Leon gewartet hatte. Oben angekommen, ging er auf die beiden Bewaffneten zu, die rechts und links des Eingangs zu Maraudons Halle standen. Diese kreuzten sofort ihre Hellebarden und gaben ihm damit zu verstehen, dass sein Weg hier zu Ende war.

Als hätte Flint nie die Absicht gehabt, an ihnen vorbei in das Innere zu kommen, wandte er sich nach links, einem anderen

Gang zu. Flint wusste, dass er von hier zum Hof und zu dem überdachten Säulengang auf der Rückseite der Halle gelangen würde. Er rannte nach draußen. Dort schlich er von Säule zu Säule bis zu einem der hohen Fenster, zog sich mit beiden Händen an dessen unterem Sims hinauf und sah verstohlen hinein.

Da war er. *Das Schwein!* Wieder flammte unbändiger Zorn in ihm auf. Wie ein Feuer, in das man eine Kelle Öl goss. Bei dem Ankläger befanden sich Maraudon und noch einige andere, die Flint von hier aus nicht erkannte, weil sie mit dem Rücken zu ihm standen. Auch der junge Ritter, der Flint bekannt vorgekommen war, hatte sich zu ihnen gestellt.

Flint sah den Ankläger reden und dabei die Hände bewegen. Die Übrigen schienen hin und wieder eine Frage zu stellen, ansonsten aber aufmerksam zuzuhören. Was der Ankläger berichtete, schien nicht besonders erfreulich zu sein. Die Gesichter wirkten ernst und in Maraudons Fall sogar besorgt.

Vom geschlossenen Fenster aus konnte Flint nicht verstehen, was sie besprachen. Nach kurzer Zeit wurde die Unterredung unterbrochen, und der junge Ritter eilte zur Tür hinaus. Flint wartete.

Wenig später kehrte der junge Ritter zurück. Er schob den Mann mit der venezianischen Kappe vor sich her.

Der Venezianer stellte sich vor die Versammlung und schien darauf irgendetwas Bedeutsames zu berichten. Die anderen Männer stellten viele Fragen, und einmal meinte Flint durch die Scheibe des Fensters das Wort »Verhandlung« zu hören. Nach einer kurzen Zeit führte der junge Ritter den Venezianer nach draußen und kam nicht wieder zurück.

Der Ankläger und die übrigen Männer sprachen weiter miteinander. Zunehmend hitziger. Flint wartete nur darauf, dass der Ankläger die Runde verlassen würde und er an ihn heran-

kommen könnte. Stattdessen verließ ein Mann mit einem weißen Zopf die Gruppe und ging raschen Schrittes in Richtung
der Pforte zum Hof. Wenn er hier herauskäme, würde er Flint
augenblicklich entdecken. Er musste weg. Schnell.

Flint ließ sich vom Fenstersims heruntergleiten und suchte
fieberhaft nach einem Versteck. Hastig duckte er sich hinter den
Sockel einer der Säulen und hielt den Atem an. Keine drei
Schritte neben ihm flog die Pforte auf, und der Mann eilte an
ihm vorbei. Er sprach offenbar mit sich selbst und fluchte in
einer fremden Sprache, während er über den breiten Hof stapfte
und im Eingang des dritten Hauses verschwand. Flint atmete
aus. Sein Herz klopfte heftig gegen das Innere seiner Brust. Er
musste zu Leon. Er brauchte seine Hilfe.

Plötzlich erklang eine Stimme in Flints Rücken.

»Darf man fragen, was du da treibst, Bürschlein?«

Zwei kräftige Hände packten Flint von hinten am Kragen,
rissen ihn auf die Beine und drehten ihn herum. Ein Mann richtete die Spitze eines Dolches auf Flints Hals, während zwei weitere Männer wie aus dem Nichts erschienen, hinzutraten und
Flint von hinten bei den Armen packten.

»Spuck's aus, was spionierst du hier herum?«

Flint entspannte sich, grinste und antwortete: »Na, was
schon? Ich hab mich natürlich verlaufen!« Ein Faustschlag traf
ihn in die Rippen und nahm ihm die Luft.

»Ist klar, Bürschchen!«, sagte der mit dem Dolch. Es war der
junge Ritter. Und Flint bemerkte erneut, dass er ihn irgendwoher kannte. Jetzt, da er sein Gesicht aus nächster Nähe sah,
kam er ihm noch vertrauter vor.

»Was machen wir mit ihm?«, sagte einer der beiden Männer
hinter ihm. Offenbar ein Franzose. *Auch das noch*, dachte Flint.

»Wir stecken ihn erst mal in den Keller. Soll sich der Haupt-

338

mann um ihn kümmern. Vielleicht ist das ja normal an diesem Ort, dass Schüler herumkriechen und an Fenstern lauschen.« Sie hatten ihn also offenbar schon eine ganze Weile beobachtet. »Wobei der hier bei genauerer Betrachtung wenig nach einem Schüler aussieht. Eher wie ein Kobold.« Sie lachten und stießen ihn vorwärts. Flint wollte sich wehren, doch schon im nächsten Moment verschwamm die Welt, als ihn ein mörderischer Schlag an der Schläfe traf.

⁊❧

»Was führt dich hierher, Uther? Ich hatte nach unserer letzten Unterredung nicht den Eindruck, dass dich dieser Ort noch sonderlich anziehen würde.«

Maraudon sah dem Neuankömmling in die Augen und schien darin nach einer Antwort zu suchen.

»Es fällt mir schwer, das zuzugeben, Rektor, aber ich benötige Eure Hilfe.« Uther hatte sich entschieden, gleich zur Sache zu kommen. Er kannte den Alten. Und ihm war bewusst, wie sehr er auf der Hut sein musste. Uther war überrascht gewesen, wie sehr der Rektor gealtert war. Es waren beinahe zehn Jahre vergangen, seit er ihn zuletzt gesehen hatte. Und Maraudon hatte recht. Uther hatte wirklich nicht vorgehabt, je hierher zurückzukehren. Er hasste diesen Ort.

Neben Maraudon stand Hofmann und sah ihm ebenfalls in die Augen. Seine Miene war undurchdringlich. Außer Hofmann und Maraudon waren Heraeus Sirlink, Meister Borkas und Gorgias, der Bibliothekar, zugegen. Ein Stück abseits standen Richard und die beiden Burgunderbrüder.

»Worum geht es?«, fragte Maraudon jetzt. Wenn er durch Uthers Antwort überrascht war, so merkte man ihm das zumindest nicht an.

»Ich bin auf der Suche nach einer Handschrift und hoffe, sie in Gorgias' Reich oben in der Bibliothek zu finden.« Uther deutete mit dem Kinn auf den Griechen. Etwas Abschätziges lag darin.

Gorgias streckte den Rücken durch und fragte: »Von welcher Handschrift sprichst du?« Auch Gorgias duzte den ehemaligen Schüler und Lehrer. So wie Maraudon und andere hier im Saal. Uther sah in das von Narben zerklüftete Gesicht des Griechen und entschloss sich, die Wahrheit zu sagen. »Es ist ein Manuskript aus der Hand des Gottfried von Auxerre. Oder gar des Bernhard von Clairvaux selbst. Ich hoffe, darin einen Hinweis auf die Lehren des Trismegistos zu finden. Ich tue dies nicht für mich. Mein Herr, Graf Rudolf von Habsburg, verlangt danach.«

»Du weißt sehr genau, dass wir dieses Manuskript nicht besitzen«, antwortete Maraudon anstelle des Griechen. »Albert von Breydenbach ist zuletzt im Besitz von Gottfrieds Aufzeichnungen gewesen. Das weißt du. Und Albert ist verschwunden ... vielleicht sogar tot.«

»Ihr habt recht. Doch was ist, wenn Albert in seiner Zeit an der Pariser Universität und hier an der Schule weitere Abschriften oder Aufzeichnungen eigener Gedanken zu Trismegistos' Lehren angefertigt hat?«

Jetzt schaltete sich Heraeus Sirlink ein: »Trismegistos ist ein Mythos. Würde eine der ihm zugeschriebenen Rezepturen existieren, wüssten wir das«, bemerkte er steif.

Gorgias nickte. Hofmanns Miene blieb unterdessen undurchdringlich.

Uther überlegte und setzte dann alles auf eine Karte. »Wir wissen, dass sie existiert. Wir haben Zeugen.« Stille senkte sich über die Halle.

»Du hast einen Beweis?«, fragte Sirlink.

»Erkläre dich!«, sagte Maraudon. Die Stille war einer leisen Unruhe gewichen. »Was weißt du?«

Statt einer Antwort drehte sich Uther zu Richard, der als eine seiner Wachen hinter ihm stand. »Hol mir den Venezianer!«

Richard nickte knapp und eilte zum Ausgang.

Der Venezianer. Uther hatte den Mann an Rudolfs Hof angetroffen. Er war dort eines Tages aufgetaucht und hatte ganz ungewöhnliche Dinge aus seiner Heimat berichtet. Dinge, die er allein mit Rudolf teilen wollte, da er ihn auf Friedrichs Seite wusste. Für Uther war es jedoch ein Leichtes gewesen, ihn zum Reden zu bewegen.

Was er damals berichtet hatte und nun in dieser Runde wiederholen würde, war in der Tat überraschend. Offenbar war eine der vier Abschriften der originalen Schriftrolle des Trismegistos gefunden worden. Darauf hatte Uther seit Jahren gewartet.

Richard brachte den Venezianer herein. Der Mann wirkte eingeschüchtert, als er seine Kappe abnahm und vor die Versammlung trat. Seine Haut war blass, und mit dünner Stimme berichtete er, dass er einige Wochen zuvor Zeuge einer Unterredung gewesen sei. Eine der zahlreichen kaufmännischen Verhandlungen, wie sie eine reiche Stadt wie Venedig oft erlebte. Doch diese war mehr als ungewöhnlich gewesen. Er beschrieb sie als auf seltsame Weise erstickend und erdrückend. Eine der Parteien hatte einen sprachlichen Einfluss ausgeübt, den selbst er, in der Kunst der Verhandlung nicht gerade unerfahren, so noch nie mit angesehen hatte.

»Ich war nur als Beobachter und Protokollant zugegen, doch es schien mir, als könne der Mann, der die Verhandlung für die eine Seite führte, nach Belieben in die Gedanken und Argumente der Gegenseite eingreifen. Es war erschreckend. Ich las im Nachhinein noch einmal das Protokoll, das ich teilweise wortwörtlich verfasst hatte. Noch nie sah ich solche Widersprüche und vollkommen willkürliche Argumente auf der Seite der Unterlegenen. Noch unheimlicher ist es, dass diese Seite der Verhandlung ihre eigenen Widersprüche nicht einmal zu bemerken schien. Am Ende waren sie gar mit dem Ergebnis zufrieden, obwohl es alles andere als vorteilhaft für sie war. Sie waren von dem Kaufmann so umfänglich manipuliert worden, wie ich es noch nie erlebt habe!« Die Versammlung schwieg für einen Moment.

»Hat der Kaufmann ihnen gedroht?«, wollte Maraudon wissen.

»Nein. Er hat auch keine andere der sonst üblichen Methoden angewandt. Kein Schmeicheln, kein Locken, nicht das leiseste Täuschungsmanöver, zumindest keines, das mir bekannt ist. Das ist ja das Erstaunliche. Die unterlegene Seite ging mit Freuden in das schlechte Geschäft.«

»Habt Ihr das Protokoll der Verhandlung bei Euch? Gibt es einen Vertrag?«, fragte Maraudon.

»Nein. Das ist die nächste Sonderbarkeit. Das Protokoll wurde noch am selben Abend aus meiner Werkstatt gestohlen, an dem ich es dort zur Abschrift und Aufbewahrung ablegte. Wie üblich sollten beide Parteien ein Exemplar erhalten. Aber als ich am nächsten Tag mein Skriptorium aufschloss, war das Protokoll verschwunden. Jemand war in die Räume eingedrungen. Es konnte nicht anders gewesen sein. Ich beschloss in meiner Not, ein Gedächtnisprotokoll anzufertigen, damit keine der Parteien mich anzeigen würde.«

»Was ist daraus geworden?«, fragte Sirlink.

Der Venezianer schluckte und sah von einem der Gelehrten zum anderen. »Ich entkam mit knapper Not einem Mordanschlag und flüchtete.« Der Mann sah jetzt zu Boden.

»Weshalb habt Ihr Euch nicht an den Dogen gewandt?«

Der Mann zögerte, und seine Hände rangen mit der Krempe seiner Kappe. Schließlich sagte er:»Die Männer, die mich umbringen wollten … waren Männer des Dogen.«

Einen Moment lang herrschte Schweigen.

Maraudon fragte schließlich:»Wer war der Kaufmann, der die Verhandlung gewann?«

»Sein Name ist Giancarlo di Padua«, sagte der Mann.

Nachdem der Venezianer von Richard wieder hinausgeführt worden war, berieten sich die Meister in Gegenwart Uthers und Gorgias' weiter.

»Und ihr meint, das sei ein Hinweis darauf, dass sich eine der Abschriften in Venedig befindet?«, fragte Gorgias skeptisch.

»Wir können das natürlich nicht mit Gewissheit sagen. Doch ich denke, wir sollten der Sache nachgehen«, sagte Heraeus Sirlink.

»Wie sollte die Abschrift aber nach Venedig gelangt sein, und um welche der vier handelt es sich?«, wollte Gorgias wissen.

»Auch das wissen wir nicht. Deshalb bin ich hierher zu Euch gekommen«, antwortete Uther. »Entweder es ist die Abschrift, die sich zuvor im Besitz Bernhards befunden hat, oder aber, und das ist meine Vermutung, es ist diejenige, die der Sultan dem Templer Gustave de Flaubertine abgenommen hat. Bei der Plünderung Konstantinopels im Jahr 1204 könnten die Venezianer, die den Kreuzzug finanziert und damit ein glänzendes Geschäft gemacht haben, darauf gestoßen sein. Angeblich war die Rolle im Serail des Sultans aufbewahrt, wenn man den Berichten von Gustaves Gesandtschaft Glauben schenken darf.«

»Das könnte passen«, meinte Heraeus Sirlink und rieb sich das Kinn.

»Seit Bernhards Tod sind beinahe einhundert Jahre vergangen. In dieser Zeit kann alles Mögliche passiert sein. Wer sagt uns, dass es nicht Bernhards Abschrift ist, die von Clairvaux nach Venedig gelangt ist?«, widersprach Gorgias.

»Wenn uns jemand Antworten darauf geben kann, dann ist es Gottfried von Auxerre selbst«, sagte Maraudon.

»Oder Albert«, ergänzte Sirlink.

Uther fragte: »Ist es möglich, dass es sich um die Abschrift handelt, die sich ehemals an dieser Schule befand?«

Statt einer Antwort warf Gorgias einen verstohlenen Blick zu Maraudon. Uther bemerkte es.

»Wie kommst du zu der Annahme, wir hätten je eine besessen?«, fragte der Rektor, nachdem er Gorgias' Blick erwidert und sich dann wieder Uther zugewandt hatte.

Also doch, dachte Uther. *Ich wusste es! Eine Abschrift war hier. Oder sie ist es sogar noch immer!*

Uther sagte: »Albert hat es mir vor einiger Zeit offenbart.« Das war gelogen. Aber er hatte es immer gewusst. Wo sonst sollte sein Meister eine solche Macht erlangt haben, wenn nicht hier? Uther erinnerte sich. Damals, während seiner Zeit als Lehrer dieser Schule, hatte er gesehen, wie sie die Köpfe zusammengesteckt haben. Heimlich. Maraudon und Albert. Sie hatten ihn nie eingeweiht, sondern trafen sich stattdessen im Geheimen. Oben in den Stollen, zu denen er keinen Zugang hatte. Auch Gorgias gehörte zu den Verschwörern. Wahrscheinlich auch Heraeus, Thomas und Roger. Alle außer Uther. Ausgeschlossen hatten sie ihn. Er würde es ihnen heimzahlen.

»Dann hat Albert sich geirrt«, rief Gorgias jetzt. »Wir haben diese Abschrift nicht.«

»Und wir hatten sie nie«, ergänzte Hofmann langsam. Es war das erste Mal, dass er sich äußerte. Der Grieche nickte, um Hofmanns Worte zu unterstreichen.

Uther sah in Gorgias' pockennarbiges Gesicht und dann zu Heraeus. Auch dieser nickte jetzt und spielte dabei mit einem der Amulette an seiner Kette, bevor er noch einmal sagte: »Es gibt hier keine Abschrift, Uther. Aber lasst uns unsere Brüder in Venedig kontaktieren. Sie sollen dem nachgehen.«

Und jetzt nickte auch Hofmann.

Am Nachmittag waren Leon und die übrigen Schüler zum Unterricht zurückgekehrt. Borkas hatte sich ein wenig verspätet und wirkte beunruhigt, so schien es Leon. »Wozu dient diese Unterscheidung in offenes und geschlossenes Fragen?«, wollte einer der Schüler wissen und knüpfte damit an die Lektion des Vormittags an.

»Eine treffliche Frage!«, antwortete Borkas. »Und ich richte sie an alle Anwesenden, ausgenommen mich selbst. Beginnen wir mit der geschlossenen Frage. Wann sollte sie eurer Meinung nach gestellt werden?«

»Wenn ich dem Gegenüber keine Wahl lassen will«, sagte Ben.

»Bedenkt, euer Gegenüber hat bei der geschlossenen Frage stets die Wahl zwischen ›ja‹ und ›nein‹, ›ob‹ oder ›ob nicht‹. Insofern könnt ihr mit der geschlossenen Frage weder das eine noch das andere ausschließen.«

»Hieße das nicht, niemals eine geschlossene Frage zu stellen, sofern eine Absicht verfolgt wird, auf deren Verfolgung die Frage gerichtet ist?«, fragte Ben etwas umständlich.

»Sprich klarer!«, sagte Borkas und lächelte.

Ben holte Luft: »Geschlossene Fragen sollten nur gestellt werden, wenn man sowohl mit einem Ja als auch mit einem Nein zufrieden ist.«

»Jetzt hast du ins Schwarze getroffen«, rief Borkas. »Wann immer ihr konkrete Absichten verfolgt, solltet ihr offen fragen! Ein Beispiel: Konni, stell dir vor, du wolltest einen Mitschüler dazu überreden, dir bei einer dir selbst auferlegten Aufgabe im Garten zu helfen.«

Konni spielte mit und setzte eine schuldbewusste Miene auf.

»Sprichst du nun einen deiner Mitschüler mit einer geschlossenen Frage an, so böte dies augenblicklich die Möglichkeit abzulehnen.« Borkas zählte auf: »Hast du heute Nachmittag Zeit? Nein! Kannst du mir beim Jäten der Beete helfen? Nein! Hilfst du mir bei meiner Aufgabe? Nein! Bei vielen geschlossenen Fragen schwingt das Nein als Antwort bereits mit.« Borkas sah in die Runde.

»Ein umgekehrtes Beispiel, in dem das Ja unerwünscht ist: Brauchst du deinen Esel am Markttag? Natürlich wird der so Gefragte Ja sagen, wenn ihm danach ist. Deshalb, ob Ja oder Nein, werdet ihr geschlossene Fragen künftig nur dann stellen, wenn beide Antworten, Ja oder Nein, für euch von Interesse sind. Die Antwort dient dann der bloßen Klärung. Die Frage verfolgt keine andere Absicht, als diese Information zu erhalten.«

»Habt Ihr ein Beispiel für eine solche Frage?«, fragte einer der Schüler, deren Namen Leon noch nicht kannte.

»Ja!«, sagte Borkas und schwieg. »Genügt dir diese Antwort?«, fragte er dann.

»Nein, ich wollte ein Beispiel hören«, erwiderte der Schüler.

»Dann frag entsprechend. Eine offene Frage hierzu lautet: Welches Beispiel könnt Ihr nennen?«

Der Schüler nickte.

»Aber nun sollst du dein Beispiel haben: Fragst du ein Mädchen danach, ob sie einem anderen versprochen ist, so ist dir an der Wahrheit ihrer Antwort gelegen. Ein Nein wäre dir als Antwort zwar von Herzen lieber, doch beide Antworten sind dir willkommen, sind sie doch für dein Vorhaben von herausragender Bedeutung. Du hast mit jeder der beiden Antworten etwas hinzugewonnen.« Borkas schwieg einen Moment lang.

»Zusammengefasst bedeutet dies: Geschlossene Fragen stellt man immer dann, wenn es darum geht, eine Information entweder falsifiziert oder bestätigt zu bekommen. Gleichzeitig ist man durch das Stellen einer geschlossenen Frage in der Lage, sein Gegenüber zu einer eindeutigen Aussage zu zwingen und es darauf festzunageln. Ja oder Nein.« Das schien Leon einleuchtend.

»Ein weiteres Verwendungsgebiet der geschlossenen Frage ist der Umgang mit der gefürchteten Logorrhö, dem Wortdurchfall. Im Umgang mit Vielrednern und Schwätzern ist die geschlossene Frage ein bescheidenes Mittel, dem Redefluss Einhalt zu gebieten. Ihr werdet dieses Mittel im Haus der List erlernen.«

Borkas machte eine kleine Pause, um das Gesagte wirken zu lassen.

»Wer fasst noch einmal zusammen? Welches sind die Anwendungsgebiete der geschlossenen Frage?«

»Wissen, Festnageln, Unterbrechen!«, sagte Ben. Alles lachte.

»Recht so!« Borkas schmunzelte. »In allen übrigen Fällen fragt der versierte Redner *offen*! Stets und immer! Schreibt euch das hinter die Ohren!«

Die Schüler verbrachten den Rest des Nachmittags mit Übungen, die vorsahen, geschlossene Fragen wieder und wieder in offene umzuformulieren. Am Ende fühlte sich Leon im Geist so erschöpft, als habe jemand seinen Kopf mit Morast gefüllt. Dennoch verspürte er eine Euphorie, die von der neu erkannten Möglichkeit zur Beeinflussung herrührte. Wenn schon der erste Tag so viel Neues bereithielt, dann würden die Lektionen der folgenden Jahre seine Sprache bestimmt zu einem gewaltigen Instrument der Macht anwachsen lassen, dachte Leon. An diesem Abend wurden immer und immer wieder die einfachsten Fragen wie »Gibst du mal das Brot rüber?« mit Nein beantwortet und spielerisch in »Welche Möglichkeiten sehen Eure Durchlaucht, mir eine Scheibe des Brotes angedeihen zu lassen?« umformuliert. Sprache war wie ein Spiel, und gerade die Jüngeren der Schüler spielten es mit Hingabe.

Dem humorvollen und wortgewaltigen Borkas brachte Leon Bewunderung entgegen. Mit Ausnahme weniger Schüler, die wie Hindrick kein gutes Haar an Borkas ließen, schien der listige Meister bei allen beliebt zu sein.

Auch an diesem Abend half Leon mit wenig Verve beim Abräumen des Geschirrs. Als er mit einem Stapel Schüsseln die Küche betrat und sie klappernd am Rand des Spülsteins abstellte, sprang plötzlich ein grau geflecktes Büschel Fell an seinem Bein auf und ab. »Luke!« Leon wurde siedend heiß bewusst, dass er den ganzen Tag nicht ein einziges Mal an seinen Freund Flint und den Hund gedacht hatte. Schuldgefühle überkamen ihn. Er kniete sich hin und streichelte das Tier, das seinen kleinen Kopf gegen Leons Schenkel drückte. Er sah sich in der Küche um. Wo war Flint? Was hatte er heute den ganzen Tag lang gemacht? Als Agnes mit einem Stapel Teller hereinkam, fragte er sie: »Habt Ihr meinen Diener gesehen?«

»Nein«, antwortete Agnes, während ihr eines der Mädchen den Stapel abnahm und in die Spüle stellte. »Kommt mir auch komisch vor, denn wenn er nicht gerade in Bertholds Speisekammer fündig geworden ist, müsste er sehr, sehr hungrig sein.« Agnes erzählte Leon von der Auseinandersetzung zwischen Hindrick und Flint am vergangenen Tag. Und davon, dass Flint Hindrick die Nase gebrochen hatte. »Ich fürchte, dein verwilderter Diener hat sich ihn zum Feind gemacht.« Jetzt war Leon noch mehr besorgt. Deshalb hatte Hindrick letzte Nacht im Schlafsaal nach Flint gefragt und ihm gedroht.

»Er war heute Mittag kurz hier«, sagte Efra, die das Gespräch mit angehört hatte. »Er hat Luke hiergelassen. Hat aber nichts gegessen.«

Agnes sah zu Leon. »Dass er hier war und nicht versucht hat, etwas zu essen, halte ich in der Tat für ungewöhnlich.«

»Ich gehe mich dann mal nach ihm umsehen«, sagte Leon. Dabei bemühte er sich, ruhig zu wirken, obwohl er sich nun wirklich Sorgen machte.

»Sieh beim Cellerar nach. Und gib mir Bescheid, wenn du ihn gefunden hast. Ich mache mir Sorgen.« Agnes ging es demnach genauso wie ihm. Leon gab Luke einen letzten Klaps und eilte hinaus. Er begann seine Suche bei Berthold.

»Der nichtsnutzige Bengel hat sich den ganzen Nachmittag nicht blicken lassen!«, schimpfte Berthold. »Scheint die Arbeit zu meiden wie der Teufel das Weihwasser. Einen tüchtigen Diener habt Ihr da in Euren Diensten!«

Leon wollte etwas erwidern, doch ihm fiel nichts ein, was er hätte sagen können, ohne damit gleichzeitig zu enthüllen, dass Flint gar nicht sein Diener war. Stattdessen suchte er in Flints Kammer, im Garten, überall auf dem Hof und in den Gebäuden, zu denen er Zugang hatte. Er sah sogar hinter der Kirche nach, ein Ort, an dem er noch nie gewesen war, und war überrascht, dass von hier aus ein kleines Tal zwischen zwei Ausläufern des Berges nach Norden führte. Im Schatten der Kirche lag ein Friedhof, und dahinter fand Leon eine Terrasse mit einem großen Garten. Ein Haus stand am Ende des kleinen Tales direkt vor einem Wasserfall. Leon beschloss, es sich in den kommenden Tagen einmal genauer anzusehen. Denn da es nun dunkel wurde, machte er sich noch mehr Sorgen um Flint und kehrte um. Er ging noch einmal zur Küche, aber dort schüttelte Sally nur den Kopf. Es blieb lediglich ein Ort, an dem er noch nicht nachgesehen hatte. Das Gästehaus. Es stand am südwestlichen Ende des Geländes auf dem tiefer gelegenen Plateau vor der Halle des Willens, im Hof zwischen erster und zweiter Befestigungsanlage. Er durchquerte das Haus des Willens und wandte sich auf der anderen Seite nach rechts dem Haus der Gäste zu. Der Schnee dämpfte alle Geräusche.

Auf einmal blieb Leon wie angewurzelt stehen. Vor dem Eingang des Gästehauses stand ein Ritter und sprach gerade mit einem anderen bewaffneten Mann. Leon erkannte ihn sofort. »Odo!«, rief Leon. Der Burgunder sah zu ihm herüber, und auf seinem Gesicht entlud sich eine Mischung aus Freude und grenzenlosem Unglauben. Leon rannte auf Odo zu, und sie fielen sich in die Arme.

»Leon! Du?«, rief Odo. Der Mann, der bei Odo stand, schaute die beiden erstaunt an. »Du lebst, Leon! Wie kann das sein?« Odo legte seinem Freund beide Hände auf die Schultern, sah ihm in die Augen und sprach es aus: »Wir hielten dich für tot, Leon! Ich kann es nicht fassen! Was für eine Freude!« Wieder umarmten sie sich, und Leon glaubte, Odo würde ihm dabei gleich die Rippen brechen.

Als beide wieder zu Atem gekommen waren, schilderte Odo in knappen Worten, wie er, Richard und Philipp monatelang nach ihm gesucht hatten. Und dass ihre Suche schon sehr früh hoffnungslos erschienen war, nachdem sie seinen Dolch und das Pferd seines Bruders am Flussufer gefunden hatten.

»Trotzdem sind wir danach noch monatelang auf der Suche nach dir gewesen. Dein Bruder wollte einfach nicht aufgeben!« Bei der Nachricht von Schattens Tod kam eine große Trauer über Leon.

Aber Odo lachte ihn an und sagte:»Du lebst, Leon, das ist es, was zählt! Wie hast du das angestellt?«

Plötzlich dachte Leon wieder an Flint.»Derjenige, der mich damals aus dem Fluss gezogen hat ... Sein Name ist Flint, und er schwebt vielleicht gerade selbst in großer Gefahr.« Odo sah seinen Freund fragend an.»Er ist seit heute Mittag verschwunden, und ich kann ihn nicht finden. Er hat ... Feinde hier.«

»Wir helfen dir, Leon!«

»Wir?«

»Philipp und dein Bruder sind auch hier, Leon!« Ein jähes Glücksgefühl überkam Leon. *Richard!*

»Wo?«, rief er.

»Gleich hier in dieser Halle. Bei Maraudon. Ich habe mir nur kurz die Beine vertreten und ein Wort mit der Wache gewechselt. Aber ich fürchte, wir können da gerade nicht rein. Komm, wir warten im Gästehaus auf sie. Das wird eine Überraschung. Mon dieu, Leon. Wie glücklich ich bin!« Odo schlug ihm auf die Schulter und zog ihn mit sich in Richtung Gästehaus.

Plötzlich hielt Odo an. Er drehte sich zu Leon und wirkte, als sei ihm plötzlich etwas eingefallen.»Wie sieht er denn aus, dein neuer Freund?«

»Wie ein Kobold«, brach es aus Leon hervor, und Odo musste lachen.»Ich weiß, das klingt blöd«, sagte Leon ernst.»Aber er hat ganz schwarze Knopfaugen und einen Schopf, der ihm nach allen Seiten wild vom Kopf steht.« Odos Gesicht hellte sich noch mehr auf. Er legte eine Hand auf Leons Schulter und sagte:»Ich glaube, wir haben ihn schon gefunden!« Odo schien kurz nachzudenken. »Komm mit, wir gehen erst mal zu deinem Freund, bevor wir Richard und Philipp die Überraschung ihres Lebens bereiten. Unsere Brüder werden ohnehin noch eine Weile beschäftigt sein.«

Odo erklärte Leon rasch, wo sie den Wildererjungen erwischt hatten. Leon war besorgt wegen Flint, aber auch aufgewühlt vor Freude. Er würde seinen Bruder wiedersehen! *Richard!* Leons Herz klopfte wie wild, und er folgte Odo hinauf zu dem großen Gebäude, in dem die Halle des Willens untergebracht war. Sie kamen in die mit Marmor getäfelte Eingangshalle und wandten sich nach rechts. Dann gingen sie am Fuß der breiten Treppe vorbei zu einer kleinen Pforte. Sie war mit Eisen beschlagen, und davor war eine Wache postiert. Leon erschrak, als er die Farben Rudolfs erkannte. Die Wache aber salutierte vor Odo und ließ sie wortlos hindurch. Sie stiegen eine schmale Treppe hinab. Unten angekommen, erwartete sie ein weiterer Posten mit einer Fackel, der sie darauf in den hinteren Teil des Kellergewölbes zu einem Gitter führte. »Aufschließen!«, sagte Odo. Hinter dem Gitter rührte sich etwas.

»Flint?«, flüsterte Leon.

»Leon?« Der Wildererjunge richtete sich von seiner Pritsche auf und war schnell auf den Füßen.

»Flint! Bist du in Ordnung?«

»Ja«, sagte Flint und warf einen grimmigen Blick auf Odo, der zur Seite sah.

»Was hast du angestellt?«, wollte Leon wissen.

Flint wies mit dem Kinn in Odos Richtung. »Frag den da! Sie sagen, ich hätte hier rumspioniert.«

»Unsinn!« Leon schüttelte den Kopf.

»Sag das denen!«

»Ich hole dich hier raus.«

»Schon klar«, sagte Flint. Dann flüsterte er: »Aber ich muss gleich jetzt mit dir reden.« Leon sah zu Odo und dem Posten.

»Schon klar«, sagte jetzt Odo. Er hatte verstanden, gab dem Posten einen Wink, und er und der Wachmann entfernten sich ein Stück. Flint wartete, bis sie außer Hörweite waren, und flüsterte dann: »Der Ankläger ist hier.«

»Welcher Ankläger?« Leon war besorgt über den Ausdruck auf Flints Gesicht. Flint zischte: »Das Schwein, das meine Schwester auf den Scheiterhaufen gebracht hat.« Leon erschrak. »Was? Woher weißt du ...«

»Ich habe ihn gesehen«, unterbrach ihn Flint. »Er ist hier!«

»Bist du sicher, dass er es ist? Du hast gesagt, du hättest ihn damals nur aus der Ferne gesehen.«

»Ich würde das kahlköpfige Scheusal überall erkennen. Glaub mir, er ist es! Er ist vorhin mit einer kleinen Armee hier angekommen.«

»Du kannst dich irren, Flint!« Leon überlegte. »Kennst du seinen Namen?«

Der Wildererjunge schüttelte den Kopf. Da kam Leon eine Idee.

»Wie hieß der Ort, an dem das alles damals geschah?«

Flint zögerte.

»Denk nach! So kann ich prüfen, ob er es wirklich ist.«

»Meran. Der Ort heißt Meran«, sagte Flint leise. Es schien ihm schwerzufallen, den Namen des Ortes auszusprechen.

»In Ordnung. Ich finde das für dich heraus. Aber versprich, dass du bis dahin nichts unternimmst. Sonst bekommst du noch mehr Ärger.« Leon dachte nach. Der Wildererjunge würde auf jeden Fall noch mehr Ärger bekommen. Denn er würde nicht ablassen, bis er seine Schwester gerächt hätte. Leon seufzte, wandte sich zum Gang und rief nach Odo. Als der mit dem

Posten wieder bei ihnen war, fragte Leon ihn: »Kannst du meinen Freund hier rausbringen?«

»Nicht so schnell«, antwortete Odo. »Nicht heute Nacht, Leon. Ihm wird Spionage vorgeworfen. Offenbar ein schwerer Vorwurf an diesem Ort. Aber ich denke, wenn du und ich morgen mit Maraudon sprechen, kriegen wir das schon wieder hingebogen.«

»Warum nicht gleich jetzt?«

»Maraudon berät sich gerade mit meinem Herrn.«

»Wer ist dein Herr?«

Odo sah zur Seite und antwortete: »Das willst du nicht wissen, Leon. Aber du wirst es noch früh genug erfahren.« Dann wandte er sich an Flint: »Tut mir leid wegen vorhin.« Odo streckte Flint die Hand entgegen. Flint aber nahm sie nicht, drehte sich wortlos um und legte sich wieder auf die Pritsche im Dunkeln.

Hinter Leon steckte Odo dem Posten eine Münze zu und sagte: »Besorg ihm was zu essen. Und eine Decke.« Der Posten nickte. Dann legte Odo Leon eine Hand auf die Schulter. »Wir können jetzt gerade nichts weiter für ihn tun. Lass uns zu deinem Bruder gehen, Leon. Ich kann es nicht länger erwarten, Richards Freude zu sehen. Sie müssen bald von der Unterredung zurück sein.« Leon wandte sich noch einmal zu Flint. »Ich hole dich hier raus. Versprochen!« Aber der antwortete nicht.

Schließlich gingen sie hinaus. Leon fühlte sich schlecht, als er seinen Freund dort unten in Kälte und Dunkelheit zurücklassen musste. Doch ebenso sehr zog es ihn jetzt dem Wiedersehen mit seinem Bruder entgegen. Und vielleicht war es sogar gut, dass Flint auf diese Weise keine Gelegenheit hatte, eine Dummheit zu begehen. Leon erinnerte sich an den Dämon, der aus Flint hervorbrechen konnte.

So gingen sie raschen Schrittes zurück zum Hof und dann zum Gästehaus hinunter. Dort wurden sie von weiteren Wachen Rudolfs gegrüßt. Einer von ihnen kam Leon bekannt vor, und das erinnerte ihn auf unangenehme Weise an seine Flucht von der Burg vor mehr als zwei Jahren.

Sie gingen hinein, durchschritten einen Vorraum und gingen nach rechts durch einen kleinen Innenhof zum ebenerdigen Kaminzimmer des Hauses. Odo öffnete eine Tür, und von einem Moment zum nächsten standen sie Philipp und Richard gegenüber. Die beiden erstarrten und sahen auf Leon, als sei er ein Geist. Genau genommen war er das. Richards Gesicht war aschfahl. Für einen Moment regte sich niemand. Dann schossen Richard Tränen in die Augen. Er sprang vor und fiel seinem Bruder in die Arme.

»Leon!« Beide Brüder schluchzten und lachten zugleich. »Ich kann es nicht glauben!«, rief Richard immer wieder und sah Leon an, als könne er nicht glauben, dass er es wirklich war. Philipp sah ergriffen auf die beiden Brüder und murmelte irgendetwas. Auch er hatte Tränen in den Augen. Wie konnte das sein? Schließlich lösten sich die Brüder voneinander.

Leon umarmte nun auch Philipp und sagte: »Du hast mich damals gerettet. Ohne dich wäre ich tot. Ich bin dir auf immer dankbar! Für das Fallgatter. Und für die verschlossene Ausfallpforte in meinem Rücken.«

»Wir waren sicher, du seist tot«, sagte Philipp ernst.

»Das war ich auch. Beinahe«, sagte Leon. »Ein Wilderer hat mich gerettet. Er und seine Familie.«

»Seht ihr?«, rief Richard zu Odo und Philipp gewandt. »Wie ich es euch gesagt habe!«

»Du hast ›Köhler‹ gesagt, nicht ›Wilderer‹!«, grinste Odo. Sie lachten. Immer wieder umarmten sie sich und schlugen einander auf die Schulter. »Dies wird auf immer der schönste Tag in meinem Leben sein«, sagte Richard. »Lasst uns darauf ordentlich trinken!«

Sie setzten sich ans Feuer, und Odo holte einen Krug mit schwerem Wein heran, aus dem sie abwechselnd tranken. Schließlich erzählte Leon seine Geschichte. Er berichtete von seiner Flucht durch die eisige Kälte. Von seinem Sturz in den Fluss. Von Flint und seiner Familie. Und davon, dass er die Erinnerung verloren hatte. Von dem Trunk, der schließlich wieder alles zutage brachte. In der Euphorie des Wiedersehens erzählte er den dreien auch von dem Buch und den Mördern, die im Wald versucht hatten, es zu rauben.

Als Leon das Buch erwähnte, fiel ihm auf, dass Odo und Philipp einen kurzen Blick wechselten.

Richard sah indes seinen wiedergefundenen Bruder an. Seine Miene war sonderbar ernst. Es schien Leon auf einmal, als läge nicht nur Freude darin. Noch etwas anderes zeigte sich im Blick seines Bruders. Doch Leon konnte es nicht deuten. Richard hatte die ganze Zeit über nichts gesagt. Nur zugehört. Als Leon zu der Stelle kam, an der Schatten im Schneegestöber davongesprungen war, trat eine Leere in Richards Augen. Aber nur kurz. Sie wich einem kurzen Aufflackern von Zorn, als Leon von Gottfrieds Buch und dem, was er darüber herausgefunden hatte, berichtete. Konnte das sein? War sein Bruder wütend auf ihn? Als Leon geendet hatte, erzählte Philipp noch einmal von ihrer Suche und ihrer Rückkehr auf die Habsburg. Rudolf hatte ihnen offenbar vergeben. Ihnen allen. Die Hochzeit war tatsächlich verschoben worden. Leon fiel ein schwerer Stein vom Herzen. Doch gleichzeitig blieb ein störendes Gefühl und breitete sich in Leon aus. Was war mit seinem Bruder? *Was ist das für ein Ausdruck auf seinem Gesicht?*

Schließlich konnte er sich nicht länger zurückhalten und sprach die Frage aus: »Was ist mit dir, Richard?«

Der Angesprochene schwieg. Leon sah ihn besorgt an. Schließlich sprach Richard mit leiser Stimme: »Warum bist du nicht zu mir gekommen?«

»Ich hatte auf der Burg keine Chance dazu, Richard. Ich hatte einen Mann getötet. Ich musste fliehen, und ich wollte nicht auch noch dich in Gefahr bringen.«

»Ich meine nicht auf der Burg, Leon. Ich meine danach. Als du deine Erinnerung zurückerhalten hast.«

»Glaub mir, Richard, ich habe jeden Tag darüber nachgedacht. Aber ich musste zuerst das Buch zu Maraudon bringen. Wenn ich mich in deine Nähe begeben hätte, in die Nähe Rudolfs und Uthers, hätten sie es mir abgenommen.« *Und mich selbst hätten sie mit Sicherheit getötet.* »Wie hätte ich das vermeiden sollen? Sag es mir.«

Philipp nickte zustimmend.

»Wo ist dieses Buch jetzt?«, fragte Richard, statt zu antworten.

Aus irgendeinem Grund war Leon plötzlich auf der Hut.

»Ich habe es nicht mehr«, log er. Aber er war seinem Bruder gegenüber schon immer ein schlechter Lügner gewesen. Die Situation entspannte sich ein wenig. Im weiteren Verlauf des Abends erzählte Leon schließlich alles, was er über Gottfrieds Buch wusste. Von der Schrift des Hermes Trismegistos. Von den Hinweisen auf die Abschrift Bernhards. Über den Äther und das geheimnisvolle Schattenwort-Muster, das schon Albert damals hin und wieder erwähnt hatte. Nachdem Leon alles offenbart hatte, bis auf den Umstand, dass Gottfrieds Buch gerade in der Nähe und in einer Latrine versteckt war, öffnete sich auch Richard seinem Bruder: »Leon, wir brauchen Gottfrieds Buch. Und wir brauchen eine Abschrift dieser Schriftrolle des Trismegistos. Wenn in Gottfrieds Buch der Aufbewahrungsort der Abschrift Bernhards verzeichnet ist, müssen wir es haben!«

»Weshalb?«, wollte Leon wissen. Ernsthaft überrascht, warum ausgerechnet sein Bruder nach dieser Rezeptur verlangte.

Richard legte ihm die Hintergründe der anstehenden Königswahl dar, so gut es ging. Rudolfs Rolle dabei. Die Rivalität mit den welfischen Herrschern. Wilhelm von Holland. Und die Konsequenzen des Interregnums für das einfache Volk. Richard erzählte von den zahllosen Gehenkten und Geschändeten auf ihren Reisen und von der Gesetzlosigkeit, die daran Schuld trug. »Die Welt braucht einen neuen Herrscher, Leon. Die Welt braucht Rudolf von Habsburg. Und die Macht der Rezeptur in Trismegistos' Schriftrolle verhilft ihm dazu, den Frieden wiederherzustellen. Verstehst du das, Leon? Wenn es eine Abschrift dieser Schriftrolle gibt und Bernhard von Clairvaux sie besaß, dann führen die Aufzeichnungen seines Sekretärs Gottfried zu ihr.«

Leon nickte, denn er hatte die zerstörten Dörfer und Weiler auch gesehen. Er dachte an Flints Eltern, an Pearl und die Willkür, welche allerorts an die Stelle der Gerechtigkeit getreten war.

Dennoch war er bestürzt über die Botschaft, dass sein Bruder nun offenkundig ein Mann Rudolfs war. Er hatte sich durch ihn sogar zum Ritter schlagen lassen und den Lehnseid geleistet. Vielleicht war der Onkel, der seinen eigenen Neffen auf dem Hof halb tot hatte peitschen lassen, am Ende doch wieder zu Verstand gekommen. Leon wollte es gern glauben. Plötzlich fraß sich eine dunkle Frage in seine Gedanken: »Was ist mit Uther?«

Odo und Philipp tauschten betretene Blicke. Richard schaute seinem Bruder dagegen weiterhin in die Augen, als er sagte: »Uther ist unser Freund.«

Richard hätte Leon genauso gut ins Gesicht schlagen können.

»Er ist *was*?« Leon sprang auf und stand jetzt über Richard. »Seid ihr verrückt geworden?«

»Beruhige dich, Leon«, sagte Philipp. Odo sah zur Seite.

Aber Leon beruhigte sich nicht. Er schrie jetzt beinahe. »Uther hat mich foltern lassen! Er ist es, der hinter dem Verrat steckt! Er wollte die Hochzeit mit allen Mitteln verhindern. Er hat damit nicht nur mich, er hat auch Rudolf verraten, deinen Lehnsherrn und Onkel!«

»Das ist nicht wahr, Leon«, sprach jetzt Philipp.

»Abgesehen von der klitzekleinen Nebensächlichkeit, dass er Leon gefoltert hat«, fuhr Odo seinem Bruder ins Wort. Odo schien ein anderes Urteil über den Vogt getroffen zu haben als Philipp und Richard.

Richard sah seinem Bruder jetzt in die Augen und sagte: »Uther wird sich bei dir entschuldigen, du wirst sehen. Und ja, ich mag ihn auch nicht besonders. Aber er kämpft für die richtige Seite. Gottfrieds Buch und die darin enthaltene Möglichkeit, an die Abschrift Bernhards zu gelangen, ist für diese Welt von so großer Bedeutung, dass er geglaubt hat, zu allen Mitteln greifen zu müssen. Ich kann ihn verstehen.«

»Verstehen? Du rechtfertigst einen Folterer und Verräter?« In seiner Wut machte Leon einen Schritt auf seinen Bruder zu. »Uther ist ein durch und durch böser Mensch. Durchtrieben und … falsch!«

Jetzt hielt Philipp Leon am Arm zurück und sagte noch einmal, was er zuvor schon angedeutet hatte: »Uther hat Cecile und dich nicht verraten.« Leon sah ihn entgeistert an und konnte nicht glauben, was Philipp als Nächstes aussprach: »Cecile hat es Rudolf selbst gesagt.«

Was? Leon schüttelte den Kopf. Das konnte nicht sein. Warum hätte Cecile das tun sollen? *Das stimmt nicht!*

»Es ist wahr, Leon«, bekräftigte jetzt auch Odo und sah zu Boden. »Sie selbst war es, die es Rudolf gesagt hat. Wir wissen es von Catherine. Sie war dabei. Und Cecile hat Philipp später selbst bestätigt, dass es so war.« Es gehörte zum Kodex eines Ritters, die Wahrheit zu sagen. Aber Leon las die Wahrheit auch so in ihren Gesichtern. Für ihn brach eine Welt zusammen.

»Sie hat es ihm selbst gesagt? Warum?«, flüsterte er. Leons Herz krampfte sich zusammen. Cecile hatte sie beide verraten.

»Das weiß ich nicht, Leon. Aber es ist noch weit schlimmer als das«, sprach Philipp weiter.

Was könnte schlimmer sein als das?, dachte Leon.

»Albert von Breydenbach steckte hinter dem ganzen Komplott. Er hat dich seinem Willen unterworfen und dich dann mit einer Waffe ausgestattet, die dir die Macht gegeben hat, Cecile zu verführen. Albert hat dich manipuliert. Mit allen Mitteln, die ihm dafür zur Verfügung standen. Er hat deine Neugier und deinen Experimentierwillen erkannt und als Antrieb genutzt. Er hat dich das ›Ausschließen der Welt‹ gelehrt, ist es nicht so?«

Etwas in Leon stemmte sich gegen die Wahrheit. Dass Cecile ihn verraten hatte und dass Albert ihn dafür benutzt hätte, eine Hochzeit zu vereiteln. »Ihr seid verrückt! Ihr müsst alle verrückt geworden sein!«

Philipp sagte: »Cecile war kreuzunglücklich, als sie dich kennengelernt hat. Albert wusste, dass das Ausschließen der Welt diese Wirkung auf sie haben würde. Deshalb hat er es dich gelehrt. Er hat dich manipuliert und auf sie angesetzt. Wir haben dich in dieser Zeit erlebt, Leon. Du warst nicht du selbst. Liebe hin oder her.«

»Das ist nicht wahr! Das hat euch Uther so eingetrichtert, oder? Und ihr glaubt dieser Schlange!«

Odo sah wieder betreten zu Boden.

Nun mischte sich Richard ein: »Wo ist Albert von Breydenbach, Leon? Kannst du dir erklären, warum er nicht hier an dieser Schule ist, wohin er dich mit dem gefährlichen Buch entsandt hat? Ich wette, wir finden ihn ganz leicht. Und zwar am Hof der Welfen.«

»Das ist absurd. Warum sollte Albert das Buch Gottfrieds aufgeben, indem er es erst mir und dann Maraudon anvertraut?«

»Er brauchte es am Ende nicht mehr«, antwortete Richard. »Albert hatte vierzig Jahre Zeit gehabt, um es zu studieren. Er wusste, dass es uns nichts nützen würde, selbst wenn wir es bekommen sollten. Anders als er würden wir keine vierzig Jahre Zeit haben, um es zu entschlüsseln. Wir haben nicht einmal eine Woche. Wir brauchen es jetzt, Leon. Jetzt, bevor Albert durch sein Wissen an die kostbare Abschrift Bernhards gelangt und sie für die Welfen verwendet.«

Philipp nickte und sagte: »Wir sind alle wie Hunde dem Köder hinterhergelaufen, während er sich in aller Ruhe auf die Suche nach der Rezeptur auf Bernhards Abschrift, der wahren Macht begeben hat. Wahrscheinlich besitzt er sie schon.«

Leons Welt brach in Stücke. Das konnte alles nicht sein! Sie schwiegen eine Weile, während Leon versuchte, seine wie wild rasenden Gedanken zu sortieren. Richard erhob sich, ging einen Schritt auf seinen Bruder zu und erhob beschwichtigend die Hände. »Leon, du hast nicht gesehen, was ich gesehen habe. Die Welt da draußen stürzt in Finsternis. Gott hat keinen Richter mehr auf Erden. Gewalt und Irrsinn verwüsten das Land. Wir müssen dabei helfen, die Welt zur Vernunft zu bringen. Das Land braucht einen König. Die Welt braucht einen Kaiser.«

Leon hörte seinen Bruder reden. Etwas war fremd an ihm. Ein innerer Protest wuchs in Leon.

»Und du meinst, Uther von Barkville ist der richtige Mann dafür?« Es klang so zynisch, wie es gemeint war.

»Ja, das glaube ich. Uther mag ein Scheusal sein. Aber er kämpft auf der richtigen Seite. Auf der Seite unseres Onkels.«

»Das rechtfertigt gar nichts! Wie kannst du dich mit einem solchen Teufel verbünden? Ihm … dienen?!«

»Seit meiner Schwertleite diene ich allein Rudolf, Leon. Nicht Uther. Und du solltest es mir gleichtun, wenn dir etwas am Frieden dieser Welt liegt.« Richard trat zu ihm, legte ihm eine Hand in den Nacken und lehnte seine Stirn an die seines jüngeren Bruders. »Leon, du bist mein Bruder. Bitte vertraue mir.« Eine Weile standen sie so da. Stirn an Stirn. Leon hörte das Pochen seines eigenen Blutes in den Schläfen. Er dachte an seine Verurteilung, an die Folter, an Pearl. Seine Gedanken rasten. Richard ließ ihn schließlich los, trat einen Schritt zurück und sah ihm in die Augen, bevor er sagte: »Leon. Wo ist das Buch?«

Leons Körper versteifte sich. Er wich einen Schritt zurück. »Weshalb sucht ihr es immer noch, wenn es doch nur der Köder ist?« Leon war schlagartig klar geworden, was hier nicht stimmen konnte. Aufgewühlt sah er in das Gesicht seines Bruders. Welchen Einflüsterungen waren er, Philipp und Odo erlegen? Richards Miene war ernst. Dann traten Ärger und schließlich Zorn hinzu. Richards Hände ballten sich zu Fäusten, als er ungehalten sagte: »Ein letztes Mal, Leon. Wo ist das verdammte Buch?« Leon wich zurück.

»Richard … drohst du mir?«

Richard tat einen Schritt nach vorn, die Hände noch immer zu Fäusten geballt. »Ich versuche dir zu helfen, Leon! Uns allen! Will das nicht in deinen Schädel?!« Die letzten Worte hatte Richard beinahe geschrien.

Leon sah, dass sein Bruder das wirklich glaubte. *Uther hat ihn vollkommen manipuliert und auf seine Seite gezogen.* Leons Gedanken rasten, und schließlich flammte ein trotziger Entschluss in ihm auf. »Ich werde Gottfrieds Buch Maraudon geben. So, wie ich es Albert versprochen habe. Uther darf es nicht bekommen. Und Uther *wird* es nicht bekommen!«

Richard verzog das Gesicht und wandte sich ab. Er schien einen Moment zu zögern und sich noch einmal zu seinem Bruder umdrehen zu wollen. Stattdessen hämmerte er mit der Faust gegen einen Balken. Einmal. Zweimal. Er drehte sich zurück zu Leon und schrie jetzt: »Was hat Albert aus dir gemacht, Leon? Ich will meinen verständigen Bruder wiederhaben. Siehst du denn nicht, dass das alles sein Werk ist?«

Philipp stellte sich zwischen die Brüder. »Beruhigt euch!«

Richards Augen hatten sich zu Schlitzen verengt.

»Wenn du uns das Buch nicht geben willst, Leon, wird es sich dein Freund wohl noch für eine Weile im Kerker bequem machen müssen.«

Hatte Richard das gerade wirklich gesagt? Etwas in Leon zerbrach. Er sah seinen Bruder fassungslos an. Dann wandte er sich wortlos ab und verließ den Raum, während ihm Tränen in die Augen schossen.

Sein Name war Tādsch ad-Dīn Abū l-Futūh ibn Muhammad. Doch seine Anhänger nannten ihn bei seinem Ehrennamen: der Alte vom Berg. Schon immer hatten sie den Schriftbewahrer so genannt. Er selbst war dessen zweihundertzweiundsiebzigste Inkarnation. Der wiedererstandene Imam.

Seine Aufgabe war es, so wie die jedes Imam zuvor, die Weisheit des Hermes Trismegistos und die Macht der Rezeptur zu behüten. Sie in jedem Jahrhundert nur einem einzelnen Menschen zuzuführen. Ausgewählt durch den Bund der Erben, dessen bewaffneten Arm der Alte vom Berge anführte.

Zwei Monate hatte die Nachricht gebraucht, um zu ihm nach Alamut zu gelangen. Und sie war alarmierend. Sein verlässlichster Diener hatte versagt. Sie hatten das Buch Gottfrieds in den Händen eines Halbwüchsigen gefunden und wieder verloren. Zwei seiner Assassinen waren dabei getötet worden. Das schien ungeheuerlich. Der überlebende Assassine war geflohen und dem Besitzer von Gottfrieds Buch gefolgt. Bis zu einer geheimnisvollen Schule für Redner. Eine Schule, die befestigt war wie eine Burg. Ein Berater Friedrichs waltete dort als Lehrer und Meister im Haus des Krieges. Der Imam kannte seinen Namen, denn er war ihm in Jerusalem begegnet. Hofmann. Er war ein enger Vertrauter des Kaisers. Irgendwie war es ihm gelungen, Jerusalem einzunehmen, ohne einen einzigen Akt des Kampfes. Allein mit Worten. Das hatte das Misstrauen des Imam geweckt. Und den Verdacht, dass man an jener Schule über Teile der Rezeptur, wenn nicht gar eine Abschrift selbst verfügte.

Er musste handeln. Er wusste nun mit Sicherheit, wo sich Gottfrieds Buch befand. Und wenn sich auch seine weiteren Informationen als richtig erweisen würden, enthielt Gottfrieds Buch den Weg zu mindestens zwei der vier Abschriften. Das Original war sicher hier in Alamut verwahrt. Tief unten im Berg. An dem Ort, den Christen und Moslems das Paradies nannten. Was für eine fatale Fehleinschätzung! Der Ort war die Hölle. Zumindest für die, die es wagten, in seine Nähe zu kommen.

Der Alte vom Berg unterbrach sich in seinen Gedanken und sah dem Boten ins Gesicht. »Du selbst wirst vier Dutzend unserer besten Männer den Weg dorthin weisen. Jeder von euch wird allein gehen. Unbemerkt. Jeder für sich. Doch an dem Ort, an dem mein erster Assassine euch erwartet, werdet ihr euch wieder vereinen. Und alle töten, die ihr dort vorfindet.«

Der Bote verneigte sich und eilte hinaus.

Die Stimme des Meisters

Schule der Redner, 7. Dezember 1247

Der Junge war auf einem Hocker in der Mitte des Gewölbes zusammengesunken. Vollkommen regungslos. Er mochte höchstens neun, vielleicht zehn Jahre alt sein. Selbst in der Dunkelheit sah man, wie schmächtig und blass er war. Nur eine einzige Fackel warf ihr unstetes Licht auf die Ketten und Gestelle um ihn herum. Hindrick und sein Vater standen hinter dem Jungen. Irgendwo tropfte es.

»Das ist nur einer der Einflüsse, die man dank des Musters ausüben kann.« Die Stimme des Meisters drang durch den Raum bis an Uthers Ohr.

»Und Ihr meint, man könnte ihm nun Dinge befehlen, und der Junge würde sie klaglos tun?«

Statt einer Antwort sagte der Meister: »Hindrick, gib dem Jungen ein Messer.« Hindrick ging zu dem Jungen und legte ihm seinen eigenen Dolch in die schlaffe Hand.

»Seht zu!«, sagte die Stimme.

Der Meister ging neben dem zusammengesunkenen Jungen in die Knie und flüsterte ihm etwas ins Ohr. Es dauerte eine Weile, und Uther sah, wie dem Jungen Tränen über die Wangen liefen. Schließlich richtete sich der Meister wieder auf und entfernte sich.

Hindrick und Uther hörten den Befehl. Nur ein Wispern.

Und beide sahen, was nun geschah. Der Junge schien zu erwachen, sah den Dolch in seiner Hand, hob ihn und drehte ihn beinahe verwundert vor seinem Gesicht.

»Tu es«, sagte die Stimme. Der Junge erschrak und sah angstvoll und mit weit aufgerissenen Augen in die Richtung, aus der sie gekommen war. Er schien jedoch nichts sehen zu können. Da senkte er die Spitze des Dolches auf seinen linken Oberschenkel und drückte sie auf den Stoff seiner Beinkleider. Immer fester. Die Spitze durchdrang das grobe Gewebe, und Blut quoll hervor. Immer weiter drückte der Junge und blickte jetzt, da er den Meister nicht sehen konnte, verängstigt und mit großen Augen zu Uther. Schließlich schien er aus seiner Katalepsie zu erwachen und begann zu wimmern. Doch der Meister sprach zwei weitere Worte, und der Junge war wieder ruhig. Mehr Blut durchdrang dessen Beinkleider und tropfte zu Boden. Das Messer steckte jetzt bis zum Heft im Fleisch.

»Er wird verbluten«, bemerkte Hindrick. Aber er konnte dabei ein Grinsen kaum unterdrücken.

Uther nickte nur. »Kümmere dich darum«, sagte er und sah seinen Sohn nicht an.

Hindrick ging zu dem Jungen und löste dessen kleine Faust von dem blutigen Griff. Dann hob er ihn an und trug ihn, so gut es mit seiner eigenen Verletzung ging, zu einer hölzernen Pritsche am Rande des Kellerraums. Dort ließ er ihn achtlos fallen.

»Wie lange dauert es, einen solchen Einfluss aufzubauen?«, wandte sich Uther erneut an seinen Meister.

»In diesem Fall waren es nur vier Sitzungen. Würden wir das Original der Schrift des Trismegistos besitzen, wäre die Macht sicher noch größer und der Aufwand geringer.«

Uther dachte nach. Warum zeigte ihm sein Meister das hier? Um seine Macht zu demonstrieren? Uther kannte diese Macht.

Seit vielen Jahren. Seit er seinem Meister zum ersten Mal begegnet war und dieser damit begonnen hatte, sie an ihm auszuüben. Uther kannte das schleichende Gefühl. Den Brandgeruch und die Katalepsie. Ein Zustand vollkommener Gefühls- und Antriebslosigkeit. Nie hatte der Meister ihn gezwungen, sich selbst etwas anzutun. Doch er, Uther von Barkville, hatte andere Dinge getan. Schlimmere Dinge als das hier.

Sein Meister hatte eine Abschrift der Schriftrolle des Trismegistos studiert. Doch es war nicht die von Bernhard gewesen und auch nicht jene, die vor einigen Wochen in Venedig aufgetaucht war. Uther vermutete vielmehr, dass sein Meister sie während seiner Zeit an der Universität in Paris gelesen hatte. Denn er schien sie nicht selbst zu besitzen. Oder zumindest nicht mehr. Uther schien es eher, als habe man seinem Meister in einem bestimmten Stadium und für kurze Zeit einen Einblick gewährt. Auf Paris war Uther gekommen, weil viele ehemalige Freunde seines Meisters eine Zeit lang an der dortigen Universität und dem Kolleg der Sorbonne tätig gewesen waren. Darunter auch einige große Namen. Thomas von Aquin, Roger Bacon und vor allem Albertus Magnus. Allen gemein war ihre Bekanntheit für große und bewegende Reden. Das mochte Zufall sein … aber …

Uther brachte den Gedanken nicht zu Ende, denn die Stimme seines Meisters unterbrach ihn: »Mein Wille ist, dass Ihr mir die Abschrift aus Venedig beschafft, Uther!«

»Ich selbst bin verhindert, wie Ihr wisst«, beeilte sich Uther zu antworten. »Ich muss zurück an Rudolfs Hof. Er duldet keinen Aufschub, und ich darf die Sache nicht verderben. Nicht so kurz vor dem Erfolg. Doch ich sende noch heute Männer nach Venedig, die Euch die Abschrift in meinem Namen beschaffen. Und sie werden erfolgreich sein. Dafür werde ich sorgen.« Dann kam Uther eine Idee. »Mein Sohn wird mit ihnen gehen.« Uther deutete mit dem Kinn auf Hindrick, der gerade den Oberschenkel des misshandelten Jungen mit einer Lederschnur abband, um die Blutung zu stoppen. Der Meister schwieg, und Uther deutete das als Zustimmung. Sein Sohn war zwar ein weinerlicher Waschlappen, aber er war auch gerissen. Er würde Wolfger, seinen tumben Haudrauf, mitnehmen. Und er würde ihm einige seiner besten Leute mitgeben. Aber nicht Philipp und Odo. Er traute den beiden Burgundern nicht. Vor allem nicht Odo. Und Richard steckte noch immer mit ihnen unter einer Decke.

»Wann können deine Männer aufbrechen?«, fragte die Stimme.

»Schon bald«, antwortete Uther. »Sehr bald.« Aber bevor Hindrick aufbrechen würde, musste er noch den blutenden Jungen verschwinden lassen.

Leon war innerlich aufgewühlt. Was war nur mit seinem Bruder geschehen? Er wischte sich die Tränen mit dem Ärmel aus dem Gesicht und stapfte durch den Schnee den Hang hinauf zum Dormitorium. *Uther ist hier!* Das musste zugleich der Kahlgeschorene gewesen sein, den Flint im äußeren Hof gesehen hatte. Uther war Leons Folterer und ebenso der Ankläger, der Pearl auf dem Gewissen hatte. Leon durfte ihm hier auf keinen Fall begegnen. Ob Richard Uther verraten würde, dass er hier war – und dass er Gottfrieds Buch noch immer besaß? Leon war sich nicht sicher. Etwas fraß an Richard. Etwas Fremdes.

Doch Leon musste sich jetzt erst einmal um Flint kümmern. Er entschloss sich, gleich am nächsten Tag mit Maraudon zu reden. Und er musste Uther zuvorkommen, bevor dieses Scheusal noch mehr Menschen seinem Willen unterwarf. Wieder dachte Leon an seinen Bruder und an die Veränderung, die er an ihm wahrgenommen hatte. Es schnürte ihm die Brust zusammen. Er musste das Buch Gottfrieds entschlüsseln und den Weg zur Abschrift Bernhards finden. Damit all das aufhörte. Und dafür würde er Hilfe brauchen. Leon entschloss sich in diesem Moment, Konni und Ben einzuweihen. Sie waren neben Flint die einzigen Menschen, denen er trauen konnte. Vielleicht hatten sie eine Idee, was jetzt am besten zu tun wäre.

Im Dormitorium schliefen schon alle. Auch Leon legte sich auf sein Bett, spürte jedoch, wie sehr sein Herz pochte. Bis spät in die Nacht konnte er nicht einschlafen. Tausend Dinge gingen ihm durch den Kopf. Sein Bruder. Albert. Das Buch. *Es muss entschlüsselt werden!* Irgendwann hielt Leon es nicht mehr aus, richtete sich auf und setzte sich auf die Bettkante. Er war erschöpft, doch er hatte sich entschieden zu handeln. Jetzt. Rasch zog er sich an und schlich vorbei an den Schlafenden auf die andere Seite des Saales zu Ben. Er ging neben dessen Bettkasten in die Hocke und flüsterte: »He, Ben, wach auf.«

»Mmmh … geht weg«, antwortete der Junge schlaftrunken.

Leon rüttelte sacht an ihm. »Wach auf!«

Ben regte sich und murmelte: »Leon? Bist du das?« Dann richtete er sich auf und rieb sich die Augen. »Was ist los?«

»Ich brauche deine Hilfe«, flüsterte Leon.

»Wieso?«

»Nicht hier! Zieh dir was an, wir müssen nach draußen.«

»Was? Jetzt? Mitten in der Nacht?«, protestierte Ben.

Statt einer Antwort fragte Leon leise: »Wo ist Konnis Bett?« Erst jetzt fiel Leon auf, dass er Konni in der letzten Nacht hier nicht gesehen hatte.

»Konni schläft nicht bei uns«, antwortete Ben leise.

»Wieso?« Leon war überrascht.

»Weiß nicht. Keine Ahnung«, sagte Ben und wollte sich wieder hinlegen. Doch Leon hinderte ihn daran.

»Es ist wichtig!«

Statt einer weiteren Antwort brummte Ben irgendetwas auf Hebräisch und schlüpfte dann doch in ein paar Beinlinge.

»Wo finden wir ihn?«, wollte Leon wissen.

»Weiß nicht. Du wirst ihn morgen früh fragen müssen.« Irgendwie schien es Leon, als ob Ben ihm ausweichen wollte.

»Ich brauche deine Hilfe«, sagte Leon noch einmal.

»Wehe, wenn das nicht dringend ist«, maulte Ben.

Sie schlichen sich leise an den Schlafenden vorbei und standen kurz darauf in der Kälte der Nacht.

»Komm mit«, sagte Leon, und sie gingen zur angrenzenden Latrine der Männer. Das *Scheißhaus* – wie jeder der Schüler es hier einfach nannte – war ein flaches, längliches Gebäude, das sich eine Wand mit der Rückseite des Dormitoriums teilte. Man konnte es nur von außen betreten. Schon im Näherkommen stank es entsetzlich.

»Ich muss nicht«, sagte Ben und zitterte in der kalten Luft der Winternacht.

»Warte hier.« Leon sog die Luft ein, hielt darauf den Atem an und verschwand im Inneren der Latrinen. Dort löste er die Bohle, unter der er das Päckchen versteckt hatte. Es war noch an seinem Platz. Erleichtert zog er es hervor und kehrte rasch zu dem wartenden Ben nach draußen zurück. Dort schnappte er erst mal nach Luft.

»Ein treffliches Versteck für was immer das ist«, bemerkte Ben und sah angeekelt auf das Päckchen in Leons Händen. »Ich hoffe, du hast es nicht direkt aus einem der Plumpsklos gezogen.«

»Wo können wir zu dieser Stunde ungestört reden?«, flüsterte Leon.

»Auf jeden Fall nicht hier draußen. Hier holen wir uns den Tod.«

Ben überlegte. »Komm mit.«

»Wohin?«

»Wir gehen zur Bibliothek.«

Ben

Ein steter Strom von Buchhändlern ging Tag für Tag an Maraudons Schule ein und aus. Die Hoheit über die Bücher aber hatte der Mann, der Gorgias hieß. Als Grieche sprach er ein so schlechtes Latein, dass man sich fragte, ob er überhaupt selbst jemals eines der auf Latein verfassten Bücher gelesen hatte, über die er wachte. Niemand hatte ihn je lesen oder schreiben gesehen. Doch keiner schien eine solch vollständige Übersicht über Standorte und Titel der Bücher im Kopf zu haben wie Gorgias.

Ben war gleich nach seiner Ankunft an der Schule der Bibliothek und damit Gorgias zugewiesen worden. Er half dem Griechen mit dem Pockengesicht beim Sortieren und Verzeichnen der zahllosen Werke. Die Bibliothek war ein eigenes Gebäude und teilweise in den Fels des Berges hineingebaut, welcher an der Rückseite des Geländes steil emporstieg. Lang und wie eine Kirche mit schmalen hohen Glasfenstern ausgestattet, die den ganzen Tag über die Sonne hereinließen.

Gorgias duldete keinen Staub in seinem Reich. Und so war eine Schar der jüngeren Schüler in jeder unterrichtsfreien Minute damit beschäftigt, in der Bibliothek zu wischen und zu kehren.

Das Geheimnis der Bibliothek hatte Ben durch Zufall schon wenige Wochen nach seinem ersten Arbeitstag dort entdeckt.

Hinter einem der Regale war eine schmale Pforte verborgen. Nicht breiter als zwei Bretter nebeneinander. Ben vermutete dahinter jene langen Stollen mit Büchern, von denen die älteren Schüler ihm berichtet hatten. Lange Tunnels, in den Fels getrieben, um die größten Schätze dieser Bibliothek vor Feuer und Feinden sicher zu verwahren. Die Stollen bildeten ein unübersehbares Labyrinth und mündeten in die unterirdischen Steinbrüche, aus deren Granit hier alles erbaut war. Ben hatte schon bald einen Weg gefunden, die kleine Pforte zu öffnen. Konni hatte ihm mit dem komplizierten Schlossmechanismus geholfen. Konni schien sich mit solchen Dingen auszukennen, und Ben dachte sich seinen Teil dazu. Jedenfalls hatte Konni stets ein passendes Werkzeug zur Hand, um die Schlösser zu öffnen. Werkzeug, wie es sonst wohl eher von Dieben benutzt wurde. Als die Pforte offen war, stellte sich Bens Vermutung als richtig heraus. Lange Stollen und Gänge waren in den Fels geschlagen. Führten teilweise zu unterirdischen Steinbrüchen und Kammern. Ben hatte in der folgenden Zeit lange Erkundungsgänge unternommen. Immer wieder brachte er geheime Zeichen an den Regalen oder direkt an den felsigen Wänden der Stollen an. Auch notierte er sich in Gedanken jeden Weg, den er ins Innere des Berges zurückgelegt hatte. Rechts, links, geradeaus. An jeder Abzweigung merkte er sich eine Richtung. So entstanden lange Ketten, die er irgendwann durch Buchstaben abzukürzen begann. Damit er sie sich einfacher merken konnte, fasste er sie zu Worten zusammen, indem er jeweils einen Vokal zwischen die Buchstaben für rechts, links und geradeaus fügte. So wurde aus rechts, links, links, geradeaus, rechts einfach nur *Rolologoro*. In diesem Fall wusste Ben, an welcher Stelle er, von der Pforte aus gesehen, im Berg landen würde. Als die Worte zu lang wurden, begann er, sie in mehrere Worte mit verschiedenen Vokalen zu unterteilen. *Laga Lagaga*

Rolo Gorolo Rigi Gigi Lurulu. Er war sich ein bisschen albern dabei vorgekommen, denn man musste die Worte ununterbrochen laut vor sich hin sprechen, um sie nicht zu vergessen oder versehentlich abzuändern. *Rugu Luguru Gelerge Ralaga.* Es klang wie Kinderreime und war etwas peinlich, aber sehr hilfreich.

Nach und nach erkannte Ben, dass der Berg von unzähligen großen und kleinen Gängen durchbohrt war. *Löchrig wie ein Schwamm,* dachte er. Hier und da war ein größerer Steinbruch in den Berg gehauen, der wie eine Kathedrale von Säulen gestützt wurde. Kleine Räume waren für die Bergleute angelegt worden. Und in einem davon befand sich ein merkwürdiger Schrein, der wie ein Altar aussah. Dahinter stand die Skulptur eines Kriegers. »Vercingetorix« stand dort in den Stein gemeißelt. Das war sonderbar. Aber schließlich hatte Ben sich auf den vorderen Teil der Stollen konzentriert. Denn nur hier befanden sich die kostbaren Bücher. Er hatte Konni ein paarmal mitgenommen. Aber Konni schien schon bald darauf das Interesse zu verlieren. Vielleicht, weil es hier kein Gold gab. Bücher interessierten ihn offenbar nicht so sehr wie die paar Münzen, die sie bei dem Schrein gefunden hatten.

Aber heute Nacht würde er mit Leon nicht in die Stollen gehen. Er hatte ein anderes Versteck für ihre geheime Unterredung im Sinn. Wärmer als die kalten Stollen.

Direkt an die Bibliothek grenzten die Schreibstuben, das Skriptorium der Schule. Hier fertigten die Schreiber tagein, tagaus Kopien von Büchern und Schriften an. Teilweise, um sie an andere Schulen auszuleihen oder zu verkaufen. Aber auch um Abschriften entliehener Bücher anzufertigen. Die Schule war wegen der hohen Schulgebühren nicht auf weitere Einnahmen angewiesen und konnte es sich leisten, die besten Schreiber, Übersetzer und Illustratoren Europas und des Orients anzustellen. So arbeiteten neben Christen und Juden auch Muslime an den Abschriften. Letztere waren absolut unentbehrlich, da viele Werke in arabischer und persischer Sprache verfasst waren.

Ben sah den Schreibern und Illustratoren oft bei der Arbeit zu und bewunderte ihre Kunstfertigkeit. Darüber hinaus nutzte er jede freie Minute, um selbst in den Büchern zu lesen. Aurel, Seneca, Epiktet, Belcanto, Aristoteles, Quintilian, Platon, Cicero, Vergil. Hätte der strenge Gorgias ihn anfangs nicht jeden Abend vor die Tür geschoben und gleich hinter ihm abgesperrt, hätte Ben niemals aufgehört zu lesen. Selbstverständlich durften Schüler keines der Bücher mit nach draußen nehmen. Dieses Privileg war den Lehrern vorbehalten. Und selbst das wurde akribisch protokolliert. Für die Schüler gab es stattdessen einen Lesesaal. Dort verbrachte Ben die meiste Zeit außerhalb des Unterrichts.

Wenn Ben ein Buch las, kam es ihm immer vor, als spräche der Autor zu ihm. Mit dessen eigener Stimme. Wie ein Vortrag. So konnte Ben Bekanntschaft mit großen Denkern schließen und mit ihnen in einen Dialog treten. Ben fragte sich, wie man als Mensch *nicht* lesen konnte. Jedenfalls hatte er sich seit seiner frühesten Kindheit das Paradies immer als eine Art Bibliothek vorgestellt. Und irgendwie konnte er sich beinahe alles, was er einmal gelesen hatte, auch merken. Konni und die anderen Freunde waren immer wieder verblüfft, wenn Ben irgendeinen Lehrsatz oder Ausspruch zitierte. Wort für Wort.

»Du bist selber eine wandelnde Bibliothek«, hatte Angus einmal gesagt. Ben bildete sich nichts darauf ein. Ja, er wusste viel. Aber das war nichts im Vergleich mit anderen. Er dachte oft an seinen Großvater, einen sehr gelehrten Rabbi, daheim in Fulda. Der hatte ihm einmal gesagt:»Deinen Besitz musst du schützen, Ben. Dein Wissen aber schützt dich!« Und daran glaubte Ben.

Er führte seinen neuen Freund jetzt zu dem Ort, der ihm

selbst der heiligste war und an dem sie um diese Tageszeit ungestört sein würden. Zum Lesesaal der Bibliothek.

Mit Konnis Hilfe hatte Ben längst einen Weg gefunden, wie man außerhalb der Öffnungszeiten heimlich hineinkam. Für Konni schien es keine Tür der Welt zu geben, die er nicht aufbekommen würde. Er hatte einen Nachschlüssel hergestellt, und den zog Ben jetzt hervor.

Ben führte Leon zu einer kleinen Seitentür am Fuß des Bibliotheksgebäudes, hantierte an deren Schloss herum und betrat dann drinnen vor Leon eine kleine Treppe. Sie führte nach unten in ein Lager für allerlei Rohmaterialien. Papyrus, Pergament und Leder. Auf der gegenüberliegenden Seite ging es wieder hinauf bis in den Lesesaal. Zwischen zwei Regalen blieb Ben stehen und griff hinter eine der Buchreihen. Dort zog er ein kleines Paket mit Zunderschwamm und Feuerstein sowie eine kleine Öllampe hervor. Er entzündete sie umständlich, und dann setzten sich beide auf den Boden. Ben sah Leon erwartungsvoll an und sagte: »Dann schieß mal los!«

Leon sah skeptisch auf das Licht der Öllampe. »Fürchtest du nicht, wir könnten von draußen gesehen werden?«, fragte er.

Ben schüttelte den Kopf. »Ich war schon viele Male hier und habe nachts gelesen. Aber jetzt erzähl endlich, was ist so dringend, dass es nicht bis morgen warten kann?« Ben war wirklich neugierig geworden.

Statt einer Antwort nahm Leon mit spitzen Fingern das Päckchen hervor, das er aus der Latrine geholt hatte. Er entfernte das Öltuch sowie eine Schweinsblase und enthüllte ein kleines Buch, das er in Bens Hände legte. Ben schlug es auf. Darin sah er Buchstaben und Worte in vielen Sprachen, Zeichnungen sowie merkwürdige Symbole.

»Es gehörte Gottfried von Auxerre, falls dir der Name etwas

sagt«, erklärte Leon. Ben nickte knapp und blätterte weiter in dem Büchlein. »Mein Lehrer Albert von Breydenbach hat es mir gegeben. Ich sollte es hierher zu Maraudon bringen.«

»Und warum hast du es Maraudon nicht gegeben?«, fragte Ben und sah für einen kurzen Moment auf.

»Ich weiß nicht genau. Ich glaube … na ja … ich traue ihm nicht. Vielleicht mache ich es später noch. Aber erst muss ich genauer wissen, worum es darin geht.«

Während Ben sich das Buch ansah, erzählte Leon ihm seine Geschichte. Er berichtete von der Flucht aus der Burg seines Onkels. Von den Machenschaften eines Vogts namens Uther. Und er erzählte, wie der Junge, den Ben am Vormittag kurz in der Küche gesehen hatte, ihn aus dem Fluss gezogen hatte.

Ben hörte zu und blätterte währenddessen weiter. Ganz allmählich konnte er sich ein Bild davon machen, was er da in Händen hielt. »Du hast recht, Leon. Es geht darin um eine verloren geglaubte Schrift des Hermes Trismegistos. Eine Abschrift davon. Der Name Trismegistos taucht immer wieder auf. Und irgendeine Rezeptur. Hat etwas mit Sprache zu tun.« Ben blätterte schweigend weiter.

»Kannst du das alles lesen?«, wollte Leon wissen.

»Nein«, sagte Ben und las weiter.

Leon sah ihm eine Weile lang zu. Er erinnerte sich an ihr Gespräch am ersten Abend. Ben las nicht nur Deutsch und Latein, er konnte auch Hebräisch, Arabisch, Englisch und Französisch.

Ben war unterdessen auf der letzten Seite des Büchleins angekommen, und seine Augen ruhten auf der Spirale aus einzelnen Worten. »Das sind Namen«, sagte er.

»Namen mit so vielen einzelnen Worten? Wie kannst du das so schnell erkennen? Was ist das für eine Sprache?«, wollte Leon wissen.

»Das ist keine Sprache, Leon. Das ist eine Chiffre. Eine einfache Atbasch-Chiffre.«

»Atbasch was …?« Leon war überrascht. Er hatte damals in der Waldhütte tagelang auf die Buchstaben gestarrt und war am Ende doch nicht daraus schlau geworden.

»Das ist eine sehr einfache Verschlüsselung. Jüdische Kaufmannsfamilien wie die meine verwenden sie seit vielen Jahrhunderten, um ihre Geschäftsgeheimnisse zu wahren. Weiter vorne in dem Buch sind weitaus schwierigere Stellen. Das ganze Buch ist irgendwie verschlüsselt. Deshalb kann ich auch nur wenig davon lesen und verstehen. Tut mir leid. Das wird eine Weile dauern. Aber das hier ist einfach.« Ben deutete mit dem Finger auf die Spirale. »Die ersten Worte ganz im Inneren der Spirale ›Yabeo itobun Mao exino tubaze xino muran‹ bedeuten ›Hermes Trismegistos‹.«

Leon nickte, auch wenn er immer noch nicht verstehen konnte, wieso man für diesen Namen so viele Buchstaben brauchte.

»Man löst diese Chiffre ganz einfach, indem man zweimal ein vollständiges Alphabet in zwei Zeilen übereinanderschreibt«, erklärte Ben. »Das obere in der richtigen Reihenfolge. Das darunter in umgekehrter Reihenfolge. Wenn man jetzt ein Wort verschlüsseln will, schaut man einfach nur, welcher Buchstabe jeweils unter dem richtigen Buchstaben steht. Aus a wird so z, aus b wird y und so weiter. Wie gesagt, eine einfache Chiffre. Ein bisschen komplizierter wird es, wenn die untere Reihe des Alphabets um eine gewisse Anzahl nach rechts oder links verschoben wird. In diesem Fall sind es sechs Stellen nach rechts.«

»Aber da stehen doch viel mehr Worte und Buchstaben als die in Hermes Trismegistos' Namen.«

»Um die verschlüsselten Worte für Uneingeweihte wie eine andere Sprache wirken zu lassen, fügt man nach jedem Buchstaben einen Vokal ein. Und zwar pro Wort immer in der Reihenfolge a, e, i, o, u. Daran habe ich es in diesem Fall erkannt. Siehst du hier: a, e, i, o, u … immer an den Stellen 2, 4, 6, 8 und so weiter.« Ben kramte jetzt von irgendwoher ein Stück Kreide hervor und begann, damit in schnellem Tempo Buchstaben auf die Dielen des Fußbodens zwischen ihnen zu zeichnen. »So wird aus Hermes Trismegistos erst Ybotbn Moxntbzxnmrn und dann …« – Ben setzte eine Zeile darunter an – »… Yabeoitobun Maoexinotubazexinomuran. Das kann man dann beliebig trennen, sodass es sich beim Lesen ein bisschen wie Latein oder eine noch ältere Sprache anhört. Yabeo itobun Mao exino tubaze xino muran«, schrieb Ben und sprach die Worte dabei laut aus.

»Stimmt, hört sich an wie Latein. Zumindest so, wie es für mich klang, als ich es noch nicht konnte«, sagte Leon.

»Die Wortanfänge erkennt man an den Großbuchstaben. Und die einzelnen Namen sind durch Punkte getrennt.« Ben zeigte auf einen Punkt innerhalb der Wortspirale. »Hier!«

»Und das hast du sofort gesehen?« Leon war wirklich beeindruckt.

»Auch meine Familie verwendet Verschlüsselungen dieser Art. Das jeweilige Datum eines Briefes zeigt uns an, um wie viele Stellen das untere, inverse Alphabet nach rechts verschoben werden muss. Ich habe viele dieser Briefe gelesen und beantwortet. Deshalb sehe ich bei einfachen Verschiebungen gleich, worum es sich handelt.«

»Auch wenn das untere Alphabet umgekehrt notiert ist?«

»Auch dann! Aber dass es sich hier um sechs Stellen handelt, hat mir Gottfried von Auxerre selbst mitgeteilt.«

»Wie das?«, fragte Leon erstaunt.

»Sieh dir das hier genauer an.« Ben deutete auf die Wortspirale.

Leon blickte noch einmal auf das Pergament, und jetzt fiel ihm auf, dass einige der Worte im inneren Teil der Spirale in einem etwas anderen Farbton geschrieben waren als die übrigen. Sie waren eher rötlich braun statt dunkelbraun. Wenn man genau hinsah, formten diese Worte in der inneren Spirale die arabische Ziffer Sechs.

»Du bist unglaublich, Ben!«

Ben lächelte bescheiden.

»Welche Namen stehen da noch?«, wollte Leon wissen.

»Lass mich nachsehen«, sagte Ben. Es dauerte eine Weile. Ben sah auf die Spirale, und seine Lippen formten Worte und Silben, während er sich konzentrierte.

»Nach Hermes kommt hier in der Spirale Qame riu obuta febilon, das bedeutet Ptolemäus.«

»Wer ist das?« Leon hatte den Namen noch nie zuvor gehört.

Ben sah kurz auf und schien erstaunt über Leons Unwissenheit. Dann aber blickte er wieder auf die Spirale und antwortete: »Ein ägyptischer König.« Er machte weiter. »Einige der Namen kenne ich nicht, aber hier steht Oafe tin obun. Ramses! Yabeo ifovu uaxem Kares Baqe yibo nuran. Heraklit von Ephesos.« Ben brauchte einen weiteren Moment für die nächsten Namen. »Und hier: Aristoteles.« Nach und nach entzifferte er eine Reihe weiterer Namen. Bedeutende Namen. »Salomon. Vergil. Marcus Aurelius. Johannes der Täufer.«

Ben stockte, bevor er weitersprach. »Wabe nilon Kares Safe gifo ouba mey ... Jesus von Nazareth!« Er sah zu Leon. »Da steht Jesus von Nazareth!«

Was soll das heißen? Warum hat Gottfried all diese Namen hier notiert? Eine Ahnung überkam Leon, doch er sprach sie nicht aus. Ben fuhr fort und nannte noch weitere Namen. »Cicero, Mohammed ... Was bedeutet das alles?«

Statt einer Antwort fragte Leon: »Welcher Name steht am Ende der Spirale?«

Ben las: »Eabeo iso yufao ec Cab Dau efixo ou kafelii … Bernhard von Clairvaux. Gottfrieds Abt und Meister. Aber merkwürdigerweise ist der Name geschrieben, aber danach auch wieder durchgestrichen. So als hätte Gottfried sich hier geirrt.« Ben sah zu Leon. »Meinst du, sie alle waren im Besitz der Schrift, um die es hier geht? Das Schattenwort-Manuskript des Hermes Trismegistos?«

Leon nickte. Das war es, was er die ganze Zeit schon gespürt hatte, ohne es klar benennen zu können.

»Aber vielleicht hat Gottfried das alles auch nur vermutet«, sprach Ben weiter. »Aufgrund der Bedeutung dieser Menschen.«

Gottfried hatte die Namen in chronologischer Reihenfolge notiert. Sie alle waren als einflussreiche und zugleich redegewandte Männer bekannt. Wortgewaltig. Zumindest galt das für diejenigen von ihnen, die Leon kannte.

Ben blätterte zum Anfang des Buches zurück und übersetzte eine Stelle aus dem Hebräischen:

»*Das All schafft in seinem unendlichen Bewusstsein zahllose Universen, die durch Äonen bestehen – und doch, für das All ist Erschaffung, Entfaltung, Verfall und Tod von Millionen Universen nicht mehr als ein Augenblick. Das All ist Bewusstsein. Das Universum ist mental.*«

Darunter hatte Gottfried notiert: *Der Äther?* und *Das unendliche Bewusstsein des Alls ist der Schoß der Universen.* Dann wechselte Gottfried ins Lateinische: *Mens agitat molem!*

»Der Geist bewegt die Materie!«, übersetzte Leon.

»Das ist von Vergil«, sagte Ben und blätterte weiter, konnte aber nicht lesen, was jetzt folgte, weil es verschlüsselt war. »Das hier ist keine Atbasch-Chiffre. Es sieht wesentlich komplizierter aus. Das sind Buchstaben eines mir fremden Alphabets. Sieht aus wie koptisch. Ist aber nicht koptisch.« Erst mehrere Seiten später fand Ben wieder eine Stelle, die er lesen konnte. Sie war in Hebräisch verfasst:

»Die Gesetze der Wahrheit sind sieben; derjenige, der sie kennt und versteht, besitzt den Meisterschlüssel, durch dessen Berührung sich alle Tore des Tempels öffnen.«

Ben sah auf. »Gottfried schreibt hier so, als zitiere er etwas. Es könnte ein Teil der Schrift von Trismegistos sein. Es könnte aber auch etwas sein, das Bernhard zu ihm gesagt hat.«

»Was bedeutet das alles?« Leon stellte diese Frage jetzt schon zum dritten Mal.

Ben ließ das Buch sinken. »Was immer das bedeutet, dein Bruder und Uther dürfen das Buch nicht bekommen!«

Leon war froh, Ben eingeweiht zu haben. Ben war unglaublich schlau und fand schon bald noch mehr Dinge heraus. Er entzifferte Schriften, über denen Leon tagelang ohne Ergebnis gebrütet hatte. Unter anderem enthüllte er, dass offenbar mehr als nur eine Abschrift des Originals von Trismegistos existierte. Insgesamt waren es sogar vier Abschriften. In vier verschiedenen Sprachen. Das war auch der Grund für die vier weiteren Spiralen im mittleren Teil des Buches. Sie waren deutlich kürzer und schienen zudem unvollständiger zu sein. Eine davon bestand aus lediglich vier Namen. Sie endete mit Friedrich Barbarossa, und Gottfried hatte darunter notiert, dass diese Rolle möglicherweise mit dem Tod Barbarossas untergegangen sei.

Die Spirale am Ende des Buches betraf eindeutig die Besitzer des Originals, der Schriftrolle aus Trismegistos' eigener Hand. Zumindest Gottfrieds Vermutung nach. Da sein eigener Name nicht dort stand und der Name Clairvaux durchgestrichen war, vermuteten Ben und Leon, dass auch Bernhard von Clairvaux nur im Besitz einer Abschrift gewesen war. Und nicht des Originals.

Irgendetwas schien die Abschriften vom Original zu unterscheiden. Sie fanden Bernhards Namen am Ende einer der anderen Spiralen. »Eabeo iso yufao ec Cab Dau e fixo ou kafelii … Bernhard von Clairvaux!« Fehlte in den vier Abschriften irgendetwas, was im Original enthalten war?

Wenn Gottfried Teile der Abschriften zitierte, schien es dabei um Sprechmuster und Worte zu gehen. Aber auch um den Einsatz von Stimme und Körper. Es war von insgesamt vier Kapiteln die Rede. Und von einem fünften, das fehlte.

Als es in den großen, mit dünnem Pergament bespannten Fenstern auf der Südseite des Lesesaales bei Anbruch des Tages allmählich heller wurde, mussten sie aufhören, um nicht entdeckt zu werden. Es war zwar Sonntag, und im Skriptorium und in der Bibliothek wurde nicht gearbeitet. Aber Gorgias wohnte irgendwo hier in diesen Räumen. Er würde gewiss bald wach sein und nach dem Rechten sehen. Außerdem waren sie todmüde.

»Was machen wir jetzt?«, fragte Leon.

»Wir müssen es weiter studieren«, sagte Ben. »Irgendwo darin verbirgt sich ein Zugang zu wenigstens einer der Abschriften. Wahrscheinlich zu der Bernhards. Ein Schlüssel oder eine Art Wegbeschreibung.«

»Es gibt aber ein Problem«, sagte Leon. »Mein Bruder weiß seit gestern Abend, dass ich das Buch habe. Er steht in Uthers

Diensten, und sicher werden sie es mir wegnehmen wollen. Ich habe deshalb entschieden, es Maraudon zu geben. Dort wäre es erst einmal in Sicherheit. Richard weiß das, und Uther wird Maraudon drängen, es ihm zu geben. Wenn Maraudon dann aber nichts davon weiß, weil wir es ihm nicht gegeben haben, sind wir aufgeflogen.«

Ben nickte zustimmend und überlegte. Doch er wollte das Buch um keinen Preis mehr hergeben, ohne zuvor dessen Geheimnis gelüftet zu haben. Irgendetwas sagte ihm, dass etwas Größeres davon abhing. Sein Großvater, der alte Rabbi, hatte ihm von Trismegistos erzählt. Angeblich war er ein ägyptischer Gelehrter jener Zeit gewesen, in der auch die Juden noch in Ägypten lebten. In der Diaspora. Bevor Moses das Volk der Juden nach Kanaan geführt hatte.

Ben kam eine Idee: »Hmm … Maraudon hat dieses Buch niemals zu Gesicht bekommen, richtig?«

»Das stimmt«, antwortete Leon.

»Auch Uther nicht?«

»Wahrscheinlich nicht.«

»Warte hier!« Ben stand auf und verschwand zwischen den Regalen im hinteren Teil des Lesesaals. Leon wartete bei der Öllampe und blätterte weiter in Gottfrieds Aufzeichnungen. Er erschrak, als er ein Stück weit entfernt ein schwaches Poltern hörte. Kurze Zeit später kam Ben zurück. Er hielt ein Buch in der Hand, welches kaum größer war als das von Gottfried.

Leon verstand sofort und wollte protestieren. Aber Ben kam ihm zuvor und hielt ihm das Buch hin, das er mitgebracht hatte.

»Das hier sind die Aufzeichnungen eines Irren. Komplett verrückt. Ich fand sie vor einigen Wochen in einem Stapel Neuerwerbungen und wurde überhaupt nicht aus ihnen schlau. Ein wirres Geplapper über Engel und Teufel mit Illustrationen, die kein Mensch versteht. Auch hier findest du jede Menge Verschlüsselungen und ein verschwörerisches Durcheinander. Der Autor wird nicht genannt und gibt sich auch nicht zu erkennen. Daran werden sie eine Weile zu knabbern haben«, zwinkerte Ben.

Leon lächelte und sagte: »Ich wusste, es war die richtige Idee, dich zu wecken. Danke, Ben!«

Sie schoben das Buch des Verrückten in die Schweinsblase, knoteten sie zu und wickelten das Öltuch darum. Äußerlich sah das Päckchen nun genauso aus wie das, in dem zuvor Gottfrieds Aufzeichnungen gesteckt hatten. »Was machen wir mit Gottfrieds Buch?«, fragte Leon.

»Kennst du den Ausspruch: Man sieht den Wald vor lauter Bäumen nicht?«

»Ja«, meinte Leon, verstand aber nicht, worauf Ben hinauswollte.

»Manchmal sieht man auch den Baum vor lauter Bäumen nicht! Wo würde man ein Buch, das um keinen Preis gefunden werden soll, als Allerletztes suchen?«

Jetzt verstand Leon. »Vor aller Augen. Im Lesesaal einer Bibliothek!«

»Warum vertraust du mir?«, fragte Ben auf dem Rückweg zu den Schlafsälen.

Leon war von dieser Frage überrascht. Ben hatte recht. Das mit Gottfrieds Buch war eine brisante und gefährliche Angelegenheit. Etwas, das man wirklich nicht einfach so jemand anderem anvertraute. Er dachte einen Moment lang über die Antwort nach, bevor er sagte: »Ich kann es dir nicht sagen. Vielleicht, weil du ein ehrlicher Mensch bist. Und weil du mir gleich am ersten Abend deine Geschichte erzählt hast. Ich denke, es ist deine Offenheit.« Leon merkte, dass Ben von dieser Aussage berührt war.

»Es kommt nicht oft vor, dass man uns Juden traut«, sagte Ben. »Wo wir doch allesamt an der Ermordung eures Herrn Jesus beteiligt waren, zu Ostern kleine Kinder essen und ansonsten unsere Zeit damit verbringen, Brunnen zu vergiften.« Beide lachten. Aber es lag auch ein wenig Bitterkeit darin.

»Ich weiß, was man sich über euch erzählt. Und ich wünschte, der Herr – oder wer auch immer – ließe Vernunft regnen.«

Vor dem Dormitorium blieben sie stehen und gaben einander die Hand. Ben sagte ernst: »Wenn die Schriftrolle einen Zugang zur Aufklärung der Menschheit darstellt, lass uns dieses Buch entschlüsseln und den Aufenthaltsort der Schrift enthüllen. Und lass uns morgen Konni einweihen. Wir werden ihn und seine Künste brauchen.« Leon nickte und dachte daran, dass sie auch Flints Hilfe brauchen würden. Dann folgte er Ben leise in die Dunkelheit des Schlafsaales.

Maraudon

Halle des Willens, 8. Dezember 1247

Leon hatte bis zum Mittag geschlafen, denn es war Sonntag. Trotzdem war er todmüde, als er sich als Allerletzter aus dem Bett quälte. Gleich nach dem Mittagessen ging er zur Halle des Willens, um dort Maraudon zu finden. Er hatte das Päckchen mit dem Buch des Verrückten bei sich. Unterwegs fiel ihm auf, dass ihr Plan einen Haken hatte. Was war, wenn Maraudon das Buch des Verrückten kannte und die Täuschung durchschaute? Und noch immer beschäftigte Leon die Frage, ob er Gottfrieds Buch nicht doch lieber seinem Bruder geben sollte. Um den Unfrieden zu beenden, der gestern Abend zwischen ihnen ausgebrochen war. Aber das hieße, dass Uther an das Buch gelangte, und das wollte Leon auf gar keinen Fall riskieren. Er würde seinen Bruder später aufsuchen und sich mit ihm versöhnen, wenn Richard das zuließ. Leon dachte an die Veränderung, die an seinem Bruder vor sich gegangen war. Was hatte ihn so zornig gemacht?

Leon betrat jetzt die Halle des Willens, und seine Gedanken kehrten zu dem Päckchen zurück, das er bei sich trug. Ben hatte gesagt, er habe das Buch des Irren unter den Neuerwerbungen gefunden. Leon hoffte, dass nicht Maraudon selbst es bestellt hatte, und entschied sich, es zu wagen. Welche Wahl hatte er auch sonst?

Er fand den Rektor an einem Schreibpult stehend, wartete einen Moment, bis ein anderer Besucher gegangen war, und ging dann zu ihm. Er wartete erneut, und als Maraudon ihn nicht zu bemerken schien, räusperte er sich. Doch der Alte war offenbar in Gedanken vertieft. Der Federkiel bewegte sich, und für eine Weile war nur ein leises Kratzen auf Pergament zu vernehmen. Gerade wollte Leon etwas sagen, als Maraudon ihm zuvorkam, ohne aufzusehen: »Du hattest mir nicht alles ausgehändigt, was Albert dir mitgegeben hatte, nicht wahr, Leon?« Jetzt blickte Maraudon auf und legte den Federkiel beiseite.

»Nein, verzeiht. Nicht alles. Aber ich habe das, was fehlte, hier bei mir.« Leon nannte keinen Grund, keine Entschuldigung. Er sah keinen Sinn darin, sich zu rechtfertigen. Maraudon nickte, trat hinter seinem Pult hervor und stand jetzt direkt vor ihm. Leon zögerte. Maraudon sah ihm in die Augen.

»Worauf wartest du? Gib es mir.«

Langsam zog Leon das Päckchen hervor und reichte es Maraudon. Der nahm es und sah es sich zunächst von allen Seiten an, roch daran, verzog das Gesicht und trug es dann zu einem großen Tisch am Kopfende der Halle. Leon folgte ihm. Dort angekommen, legte der Rektor das Päckchen mit spitzen Fingern auf die schwarze polierte Tischplatte. Aus irgendeinem Grund nahm Maraudon das Buch des Irren jedoch nicht gleich heraus. Irgendetwas hielt ihn zurück. Der Alte schien zu überlegen. Eine unangenehme Pause entstand.

»Was geschieht jetzt mit meinem Diener?«, wagte Leon schließlich zu fragen. Maraudon hob die buschigen Augenbrauen und fragte: »Was ist mit ihm?«

»Er sitzt zu Unrecht unten in einer Zelle«, sagte Leon.

»Was wird ihm vorgeworfen?« Maraudon schien tatsächlich nicht über Flints Verhaftung im Bilde zu sein.

»Er hat nach mir gesucht und von außen durch das Fenster da drüben hier hereingeschaut. Jetzt wird ihm vorgeworfen, er habe spioniert. Ich hatte ihm gesagt, dass ich gestern noch zu Euch gehen wollte, um Euch das Buch zu geben.« Maraudon erwiderte nichts, und Leon fühlte sich aufgefordert, sich nun doch zu erklären.

»Verzeiht mir, dass ich damit gezögert habe. Albert hatte mir dazu geraten. Ich sollte erst prüfen, ob Ihr vielleicht irgendwelchen Einflüssen unterworfen seid, die der Sache schaden könnten«, log er.

Maraudon schien erstaunt. »Was für Einflüsse? Welcher Sache?«

»Das hat Albert nicht gesagt. Aber ich finde diese Schule großartig und habe schon viel gelernt. Alles erscheint mir rechtens und gut. Verzeiht mir mein Zögern. Mein Diener jedenfalls wollte nur nach mir schauen und wurde dabei von drei Rittern Uthers verhaftet. Er hat nichts Böses getan. Werdet Ihr ihn freigeben?«

Statt einer Antwort verengten sich die Augen Maraudons. »Mich beschleicht der Eindruck, dass du mir ausweichst, Leon. Was weißt du über das Buch, das du mir hier gibst?« Seine Haltung hatte mit einem Mal etwas Lauerndes an sich.

»Nichts«, log Leon erneut. Er kam damit allmählich in Übung. »Nur dass es für Albert von großer Bedeutung ist. Ich sollte es vor Uther und Rudolf bewahren.« Leon hatte sich entschieden, diesen Teil der Wahrheit zu offenbaren. Für den Fall, dass Albert in seinem Brief darüber berichtet hatte, würde das seine Beweggründe für das Zögern etwas glaubhafter machen. »Ich denke, er sah in Euch einen Freund, bei dem das Buch sicher wäre. Weder Uther noch Rudolf dürfen davon erfahren.«

Maraudons Miene wurde undurchdringlich, als er sagte:

»Uther ist hier an der Schule.« Leon nickte zur Bestätigung, dass er davon wusste, und Maraudon fuhr fort: »Ohne Ankündigung ist er gestern mit seinen Männern erschienen und wird dem Vernehmen nach schon bald wieder abreisen. Ich fragte Uther nach dem Verbleib meines Freundes Albert. Die Antwort war niederschmetternd. Uther sagte mir, auch Albert sei von Rudolfs Hof geflohen. So wie du, Leon.« Leon erschrak. Was hatte Uther Maraudon über ihn und seine Flucht erzählt? Dass er dabei einen Mann getötet hatte? Maraudon fuhr unterdessen fort: »Und Uther sagte auch, Albert von Breydenbach habe sich kurz darauf dem welfischen Lager angeschlossen. Für den Papst und gegen Kaiser Friedrich.«

»Das ist eine Lüge!«, sagte Leon eine Spur zu hitzig.

Maraudon sah ihm ins Gesicht. »Möchtest du das mit Uther direkt disputieren?«

Leon erschrak. »Nein«, beeilte er sich zu sagen. »Uther darf mich hier nicht finden. Er hat mich damals gefoltert, um an Gottfrieds Buch zu gelangen. Ich denke, er will es unbedingt haben.«

»Weshalb?«, fragte Maraudon.

Mist! Leon durfte kein weiteres Wort sagen, wenn er nicht enthüllen wollte, dass er sehr wohl wusste, zu welchem Schloss das Buch einen Schlüssel lieferte. *Die Schriftrolle des Trismegistos.* Oder zumindest eine Abschrift davon. Maraudon beobachtete ihn aufmerksam.

»Ich weiß es nicht! Ich hoffe, Ihr findet es heraus, indem Ihr das Buch untersucht.« Maraudon nickte zur Antwort. Und damit war die Unterredung beendet.

Auf Maraudons Geheiß hin wurde Flint wenig später freigelassen. Leon war selbst hinunter in den Keller gestiegen und hatte seinen Freund dort abgeholt. Flint maulte noch eine Weile, ließ sich dann aber bereitwillig von Agnes wieder aufpäppeln. Das Hündchen Luke freute sich unermesslich, Flint wiederzusehen, sprang um ihn herum und wedelte mit dem Schwanz. Das heiterte alle auf. Leon wollte noch warten, bevor er Flint alles erzählen würde. Von seiner Begegnung mit Richard und davon, was Ben und er über das Buch herausgefunden hatten. Doch als Flint die Hälfte der Portion Schinken, Käse und Brot verschlungen hatte, kam dieser ihm zuvor und fragte: »Wirst du jetzt mit deinem Bruder nach Hause gehen?«

Leon war überrascht. »Woher weißt du, dass mein Bruder hier ist?« Er hatte ihm ja noch nicht davon erzählt.

»Ich weiß jetzt, wieso mir einer der Ritter so bekannt vorkam. Er sieht so aus wie du. Außerdem hat der Franzose unten im Keller zu dir gesagt: ›Komm, wir gehen zu deinem Bruder.‹ Und damit wird er ja bestimmt nicht den Bruder Cellerar gemeint haben.« Flint hielt inne und sah seinem Freund in die Augen.

»Nein, ich gehe nicht nach Hause, Flint«, sagte Leon und sah, dass sich Flints Miene entspannte. »Hast du das wirklich gedacht?«

»Hätte ja sein können.« Flint wandte sich wieder seinem Teller zu. Wo war der unerschütterliche Frohmut des Wildererjungen geblieben?, dachte Leon. Die Tatsache, dass der Peiniger seiner Schwester hier an der Schule gewesen und schon vor einer Stunde wieder abgereist war, hatte ihn offensichtlich sehr mitgenommen. Aber auch über Leon lag ein schwerer Schatten. Er hatte seinen Bruder zusammen mit Uther und seinen Schergen durch das Tor hinausreiten sehen und wäre ihm am liebsten hinterhergelaufen. Die zwei Jahre ohne seinen Bruder hatten Richard auf eine unheimliche Art verändert. Was war mit ihm geschehen? Wo war sein Lachen geblieben? Die Bruderliebe, die für ihn doch immer über allem gestanden hatte? Leon sah zu Flint, der weiter an seinem Schinken kaute. Auch er war ernster geworden. Sie alle hatten sich verändert.

Nun waren Uther und Richard erst einmal fort. Und Leon würde sich der Entschlüsselung des Buches widmen müssen. Sie brauchten Antworten.

Neue Bekanntschaften

He, Leon!«

Der Junge, der Leon am Montagmorgen vor Unterrichtsbeginn auf dem Hof entgegenkam, grüßte und ging vorbei. Leon blieb stehen und sah ihm nach. *Kennen wir uns?*, dachte Leon, schüttelte den Kopf und ging weiter in Richtung Auditorium. Gerade als er die Stufen zum Eingang hinaufstieg, kam ihm der Junge erneut entgegen.

»He, Leon!«

Leon schaute ihn entgeistert an. Der Junge grinste und ging an ihm vorbei. *Wie kann der Junge am entgegengesetzten Ende des Hofes sein und dann im nächsten Moment hier?* Leon schüttelte den Kopf, doch als er den Vorraum des Auditoriums betrat, traf ihn fast der Schlag. Da saß der Junge schon wieder! Und es sah nicht so aus, als hätte er sich in den letzten Minuten von dort, wo er jetzt zwischen den übrigen Schülern saß, wegbewegen können. *Teufel! Was ist mit mir los?!* Leon zweifelte an seinem Verstand. *Wie kann mir derselbe Junge innerhalb kürzester Zeit gleich dreimal an verschiedenen Orten begegnen?* Das war Hexerei! Vielleicht war es aber auch der Mangel an Schlaf. Er sah Konni bei den anderen Schülern stehen, ging zu ihm und erzählte ihm bestürzt, was gerade geschehen war. Konni grinste.

»Du bist den drei Peters auf den Leim gegangen!«

Leon schaute seinen Freund entgeistert an. »Den drei Peters?«
»Ja, Drillinge. Das machen sie mit jedem Neuen hier. Aber glaub mir, ich kann sie bis heute nicht auseinanderhalten. Ich vermute, das können sie nicht mal selber.« Leon sah hinüber zu dem Peter, der jetzt zusammen mit den anderen Schülern im Vorraum des Auditoriums stand. Der schaute zurück und grinste frech. Leon schüttelte den Kopf. *Drillinge!* Leon hatte einmal unter den Gauklern am Hof seines Onkels Zwillinge gesehen. Aber dass Menschen auch in dreifacher Ausfertigung zur Welt kamen, war ihm neu.

Während sie alle auf Borkas warteten, der sich zu verspäten schien, machte Leon einige neue Bekanntschaften. Da war Dietrich, ein freundlicher Kerl aus Frankfurt. Schon ein bisschen älter. Dietrich hatte einen seltsamen Akzent und konnte offenbar keine einmal angefangene Erzählung richtig zu Ende bringen. Aber Leon mochte den Mann. Die Schüler sprachen Deutsch miteinander, wenn auch in verschiedenen Dialekten. Hier und da war das nicht möglich, und dann sprachen sie Latein. Allerdings eine ziemlich vereinfachte Version davon.

Der vielleicht fremdartigste Schüler war ein Hunne namens Uglok, Sohn eines Anführers in seinem Volk. Konni erklärte, dass Uglok unten im Dorf ein Pferd untergebracht habe. Weil ein Hunne ohne Pferd eben nicht leben könne, wie er gesagt hatte. Am Unterricht nehme er dagegen nur selten teil. Seltsam, dass ausgerechnet ein Hunnenfürst auf die Macht der Sprache setzte, wo doch in seinem Volk das Kriegshandwerk in hoher Gunst stand.

Borkas schien an diesem Vormittag nicht ganz so gut gelaunt wie an Leons erstem Tag. Und die Nachwirkung von Schwester Agnes' gewürztem Wein am Vorabend schien nicht der einzige Grund dafür zu sein. Leon wollte ihm eine Frage stellen, doch

Borkas eilte grußlos an ihm vorbei und verschwand am südlichen Ende eines Säulenganges, der zum Haus des Krieges führte. *Weshalb beginnt Borkas nicht mit dem Unterricht?* Die übrigen Schüler warteten bereits drinnen. Aus einem Impuls heraus setzte sich Leon in Bewegung. Er folgte Borkas über den Hof und sah den beleibten Mann schließlich in einiger Entfernung an eine Pforte klopfen. Sie wurde geöffnet, und eine hochgewachsene Gestalt in dunklem Habitus trat heraus. Aus der Entfernung sah Leon die scharfkantigen Züge des großen Mannes mit dem hellen, beinahe weißen Haar, das in Höhe des Nackens zu einem Zopf zusammengebunden war. *Hofmann,* erinnerte sich Leon. Meister Hofmann war fast einen Fuß größer als Borkas und schaute den dicken Mönch freundlich an. Leon konnte von seinem Platz aus nicht hören, was die beiden besprachen. Er sah jedoch, dass Borkas zunehmend ungehaltener zu werden schien und schließlich wild mit den Armen fuchtelte. Mit einem Mal standen Borkas' Hände wie Klingen vor dem Brustkorb des anderen. Diesen schien sowohl das Gesagte als auch das Gefuchtel nicht im Geringsten zu rühren, denn Hofmann schaute Borkas zwar konzentriert, aber weiterhin freundlich an.

Schließlich sprach Hofmann wenige kurze Sätze, die Borkas nur noch mehr aufzubringen schienen. Das Gesicht des dicken Meisters färbte sich rot, als er mit dem Zeigefinger seiner rechten Hand gegen die Brust seines Gegenübers tippte. Hofmann wich einen Schritt zurück. Alles an ihm drückte Überlegenheit aus. Sprachfetzen wehten zu Leon herüber, als Borkas die Stimme erhob. Doch er konnte nur einzelne Worte verstehen. »Verantwortung« und »Integrität« waren zwei davon. Irgendetwas schien Borkas ungeheuer zu verärgern. Kurz darauf drehte er sich um und stapfte davon.

Da wandte Hofmann den Kopf und sah nun in Leons Richtung. Schnell drückte Leon sich rückwärts in eine Ecke. Aber er war überzeugt, dass ihn die hellen Augen des Meisters vom dritten Haus erkannt hatten. Leon beeilte sich, zurück zum Eingang des Auditoriums zu gelangen, bevor Borkas dort ankommen würde.

Leons Gedanken hingen noch eine ganze Weile an dem sonderbaren Vorfall. Auch erschien ihm Borkas noch immer erhitzt, als wenig später der Unterricht begann.

»Wir wenden uns heute erstmalig der Klassifizierung einzelner Fragearten zu«, begann Borkas ein wenig fahrig. »Während Offenheit und Geschlossenheit, also die Form der Frage, eher die Dosis der zu erwartenden Antwort bestimmen, so beeinflussen die einzelnen Fragearten Inhalt und Qualität der Antworten. Fragearten tragen Namen wie projektive Frage, rhetorische oder inquisitorische Frage. Es gibt Suggestivfragen, Kontroll- und Bestätigungsfragen. Zirkuläre Fragen und Fangfragen. Karneolfragen, Alternativfragen, Gegenfragen, Scheinfragen, kontrahierende und paraphrasierende Fragen …« Borkas leierte das alles wie den Eintrag aus einem Buch herunter. Mit einem Blick in die verwirrten Gesichter seiner Schüler unterbrach er sich und lächelte, wohl zum ersten Mal an diesem Tag. Dann seufzte er und fuhr mit ein bisschen mehr Wärme in der Stimme fort.

»… und eine Vielzahl von noch mehr Fragearten. Einige folgen grammatikalischen Gesetzen, andere nicht. Einige lassen sich mit anderen kombinieren. Wiederum andere haben Überschneidungen mit einer oder mehreren anderen Fragearten. Es gibt also keine erschöpfenden Definitionen. Beinahe jede dieser Fragen kann, wie ihr in eurer allerersten Lektion gelernt haben möget, sowohl offen als auch geschlossen gestellt werden.« Borkas machte eine Pause und sah in die Runde. »Wie soll man sich in diesem ganzen Haufen also orientieren?« Er hob die rechte

Hand. »Stellt euch vor, jede einzelne Frageart sei eine Gerätschaft, so wie ihr sie in einer Schmiede findet. Da gibt es Hammer, Zange, Blasebalg, Feile, Zwinge, Keile, Stange, Kohleschaufel, Amboss, Esse, Becken, Pfanne und so fort. Unter den Hämmern allein gibt es nun wiederum große Vorschlaghämmer, kleinere zum Treiben, winzige zum feinen Ziselieren oder Punzieren. Bei all den Gerätschaften handelt es sich um Werkzeuge, die daran beteiligt sind, ein jeweils ganz bestimmtes Ergebnis zu erzielen.« Borkas sah in die Runde und schwieg.

»Worauf wollt Ihr hinaus, Meister?«, fragte Konni nach ein paar Momenten der Stille und sprach damit die im Raum stehende Frage aus.

Doch statt zu antworten, fragte Borkas: »Worin unterscheiden sich Hammer und Zange?«

»Der Hammer sieht anders aus!«, sagte Dietrich. Alle lachten.

»So ist es, mein Freund. Doch das ist es nicht allein.« Borkas schwieg und sah in die Runde, eine weitere Antwort abwartend.

»Hammer und Zange erfüllen, so wie wahrscheinlich die Fragearten auch, verschiedene Aufgaben«, sagte Ben.

»Sehr wohl, Ben«, rief Borkas. »Die Zange biegt und kneift, der Hammer schlägt und treibt. Aber wer behauptet, dass man mit einer Zange nicht auch schlagen, mit einem Hammer nicht auch biegen kann?«

»Das geht auch, aber nicht so gut«, sagte einer der Peters.

»Richtig, Peter. Der Hammer ist zum Schlagen geeigneter als die Zange. Und so verhält es sich auch mit den einzelnen Fragearten. In Bezug auf ein ganz bestimmtes Ziel ist die eine Frageart besser geeignet als die andere.« Wieder machte Borkas eine Pause, um den letzten Satz wirken zu lassen.

»Wenn der Schmied nun ein Feuer entfachen will …«

398

»… dann nimmt er sich ein Weib«, vollendete Astrid den Satz unter dem Gelächter der anderen.

»Zügelt eure Gedanken, junge Dame«, sprach Borkas weiter, doch er lächelte dabei. »Wenn der Schmied das Feuer seiner Esse entfachen will, so wird er dies nicht mit dem Hammer tun.« Wieder kicherten einige. »Er wird Zunder und Blasebalg verwenden.« Und nun wurde Borkas wieder ernst.

»Ergo: Ein Schmied muss seine Werkzeuge in ihrer Verwendung und Nützlichkeit kennen, möglichst viele unterschiedliche davon besitzen und den Umgang mit ihnen beherrschen. Für die Fragen des geübten Redners gilt das Gleiche. Doch statt sie in fester Form zu besitzen, tragen wir sie in unserem Kopfe in Gestalt von Gedanken und Formulierungen mit uns herum. Möglichst viele davon in ihrer Verwendung zu kennen heißt in Bezug auf die eigenen Ziele, *Wahlmöglichkeiten* zu haben. Ein Schmied mit nur einem einzigen Hammer tut sich entweder schwer beim Ziselieren feiner Klingen oder aber beim Treiben eines festen Blockes Eisen. Einem Redner mit nur einer einzigen Art der Fragen im Gepäck ergeht es ebenso. Und so wie der grobe Hammer das feine Silber zerschlägt, vernichtet der ungeübte Redner die Aussicht auf den Erfolg seines Dialoges durch den Einsatz der falschen Frage. Im Übrigen gilt dies auch für alle anderen Disziplinen, die an diesem Haus gelehrt werden. Es gilt für die Kunst des Spiegelns, für die des Zuhörens und ebenso für alle weiteren. Vermehrt eure Wahlmöglichkeiten! Erweitert die Facetten eurer Sprache! Doch beginnen wir nun mit unserer ersten Frageart.«

Ein weiteres Mal an diesem Morgen sah Leon sich unter den übrigen Schülern um. Konni zeigte sein übliches Strahlen und folgte aufmerksam Borkas' Worten. Hindrick und Wolfger saßen ein Stück weiter außen und hatten den kleinen Leopold in ihrer

Mitte. Dieser wirkte ungewöhnlich blass und auf befremdliche Weise verstört. Seine Augenlider flatterten von Zeit zu Zeit, und es war, als drohte er gleich ohnmächtig zu werden. Leon gab Konni ein Zeichen und deutete mit dem Kinn auf die drei. Konni sah hin und schien danach Leons Besorgnis zu teilen. Was war los mit Leopold? Leon nahm sich vor, dieser Beobachtung nach dem Ende der Stunde nachzugehen. Doch es sollte nicht dazu kommen.

»Und? Wie lief es mit dem Buch?«, wollte Ben wissen, als Borkas' Lektion zu Ende war. »Hat der Alte was bemerkt?«

»Psst, nicht so laut!«, flüsterte Leon. »Ich glaube nicht. Zumindest hat er sich nichts anmerken lassen.« Ben und Leon räumten ihre Sachen zusammen und standen auf.

Als sie wenig später zusammen mit Konni aus dem Auditorium traten, sahen sie Hofmann auf der anderen Seite des Geländes. Er stieg gerade die lange überdachte Treppe an der Seite des Gebäudes hinab, in dem das Haus des Krieges untergebracht war. Bei ihm waren einige Schüler älteren Jahrgangs.

Plötzlich sah Hofmann zu ihnen herüber und winkte sie heran. »Meint der uns?«, fragte Leon. Hofmann winkte noch einmal.

»Sieht so aus«, sagte Konni. Sie überquerten den Hof, während die anderen Schüler nun zum Refektorium und zum Mittagessen aufbrachen.

»Seid gegrüßt, ihr drei«, sagte Hofmann schlicht, als sie bei ihm angekommen waren.

»Meister Hofmann!« Leon war keine bessere Begrüßung eingefallen. Als Dekan des dritten Hauses gebührte Hofmann eigentlich die Anrede »Eure Spektabilität«. Aber das wäre dann noch gestelzter gewesen. Hofmann lächelte und reichte Leon die

Hand. Leon ergriff sie. Ein fester und zugleich angenehm trockener Händedruck.

Hofmann nickte auch den anderen beiden zu. »Konni. Ben.« Noch immer hielt er dabei die Hand Leons. »Es wird Zeit, dass wir uns kennenlernen, Leon. Maraudon hat mir von dir und deinem Durst nach Wissen berichtet. Sei so gut und komme doch nach dem Abendessen auf einen kurzen Besuch in mein Arbeitszimmer.« Dann ließ er Leons Hand los. Leon war erstaunt. »Du findest es oben am Ende dieser Treppe.«

»Ja ... gerne«, beeilte sich Leon zu sagen und stotterte dabei fast. Nach allem, was er über Hofmann erfahren hatte, war dieser ein gelehrter und vor allem einflussreicher Mann. Was wollte er von ihm?

»Maraudon hat mir auch erzählt, dass Frater Albert dich unterrichtet hat. Ist das wahr?«

»Das ist wahr. Albert von Breydenbach war für etwas mehr als vier Jahre mein Lehrer und Mentor.« Leon ärgerte sich noch im selben Moment darüber, dass er das Wort »Mentor« gebraucht hatte. Es klang sehr großspurig. Aber Hofmann nickte freundlich.

Leon verkniff sich den Hinweis, dass das am Hofe seines Onkels Rudolf gewesen war. Wer wusste schon, was Hofmann bereits über den Vorfall mit Cecile erfahren hatte? Leon wollte um keinen Preis Verdacht erregen.

»Das freut mich zu hören«, erwiderte Hofmann. »Albert und ich waren einmal gute Freunde, bevor unser Auftrag uns an verschiedene Enden des Reiches führte. Ich freue mich darauf, später mehr über meinen alten Mentor zu erfahren.« Hofmann sah jedem der drei kurz in die Augen. »Und jetzt solltet ihr zusehen, dass ihr zum Refektorium und zu Agnes' Trögen kommt, bevor sich die übrigen Schüler darüber hermachen wie eine Heuschreckenplage.«

Als Hofmann sich abgewandt hatte, fragte Ben: »Was will er von dir? Seine Lektionen beginnen für dich erst in zwei Jahren!«

Leon zuckte mit den Achseln und antwortete: »Mich kennenlernen. Hast du doch gehört.« Als wäre das die normalste Sache der Welt.

Ben aber meinte: »Ich denke, Maraudon hat ihm noch ein paar mehr Sachen über dich erzählt. Sei auf der Hut, Leon.«

Konni sah die beiden fragend an. Sie hatten ihn noch nicht eingeweiht. Er war am Morgen schon im Auditorium gewesen, als Ben und Leon vom Dormitorium herübergelaufen kamen. Leon fragte sich noch immer, weshalb Konni nicht bei den übrigen Schülern im Schlafsaal schlief, wo auch Ben und Leon selbst ihren Platz hatten. Leon beschloss, Konni später unter vier Augen danach zu fragen. Jetzt sagte er: »Lasst uns zusehen, dass wir heute nur schnell eine Kleinigkeit essen und uns danach gleich im Garten des Cellerars treffen.«

»Was ist los?«, wollte Konni wissen.

»Wir müssen dir was erzählen«, antwortete Ben.

»Und wir brauchen vielleicht deine Hilfe«, fügte Leon hinzu.

Konni nickte und zuckte mit den Achseln, fragte aber nicht weiter nach.

Wie verabredet, beeilten sie sich mit dem Essen. Ben war der Erste, der das Refektorium verließ. Er musste noch etwas aus der Bibliothek besorgen. Leon ging als Nächster. Er nahm den Ausgang durch die Küche, weil er hoffte, dort auch Flint zu finden. Und er hatte richtiggelegen.

»He, Flint. Wie geht es dir?«

Flint saß über eine Schüssel gebeugt, aus der er mit einem großen Holzlöffel Eintopf in sich hineinschaufelte. »Wenn der Cellerar mich nicht gerade dazu verdonnert, Mehlsäcke zu schleppen, ganz gut.«

Leon sah seinen Freund an. Im Vergleich zum Vortag sah der Wildererjunge wirklich viel besser aus.

»Agnes wird dich schon wieder aufpäppeln.« Luke schnüffelte an Leons Hand und ließ sich streicheln. »Ich brauche dich jetzt mal.«

Flint sah von seinem Eintopf auf. »So wie du das sagst, klingt es wie eine Verschwörung.«

»Ist es auch«, sagte Leon. Flint drückte ein Stück Brot in den Rest des Eintopfs und stopfte es sich in den Mund. Dann stand er auf. Er stellte die Schüssel in den großen Spülstein und folgte Leon nach draußen.

»Die Sache mit dem Diener war eine blöde Idee«, sagte Flint, während sie zum Haus des Cellerars hinüberliefen. »Ich hätte mich als dein persönlicher Ratgeber ausgeben sollen.« Offenbar hatte Flint auch seinen Humor wiedergefunden.

Leon lächelte und sah im Gehen zur anderen Seite des Obstgartens. Von dort kamen Ben und Konni über den Hof zu ihnen herüber.

»Wer sind die?«, fragte Flint.

»Ich stelle euch gleich vor. Können wir uns in deiner Kammer beraten?« Der Obstgarten des Cellerars schien Leon nun doch ein wenig zu kalt und ungemütlich.

»Klar«, sagte Flint. »Es ist niemand im Haus. Aber wärmer ist es da oben unterm Dach auch nicht.« Ben und Konni waren nun bei ihnen und gaben Flint nacheinander die Hand.

»Ich bin Ben.«

Flint nickte und sagte: »Flint.«

»Und ich bin Konni.« Flint nahm Konnis Hand und antwortete: »Is' klar!« Seine Stimme hatte dabei einen merkwürdigen Unterton. Leon sah seinen Freund von der Seite an. War er etwa eifersüchtig, weil Leon neue Freunde gefunden hatte? Konni wirkte auf einmal irgendwie steif. Was hatte Flint mit seiner Bemerkung gemeint? Und wie hatte Konni sie verstanden? Nacheinander kletterten sie die Stiege zu Flints Dachkammer hinauf.

Ben zog Gottfrieds Buch hervor und wickelte es aus einem Stück Stoff. Dann schlug er es auf und legte es auf die Bretter des Fußbodens. Mit knappen Worten weihten sie Konni und Flint in ihre Entdeckungen der vergangenen Nacht ein. Die beiden hörten aufmerksam zu, bis Ben zu Ende gesprochen hatte.

»Und ihr meint, der übrige Text enthält eine Art Schatzkarte, ein Rätsel, das uns zum Aufbewahrungsort der Abschrift von Bernhard von Clairvaux führen kann?«, wollte Konni wissen.

Leon nickte: »Ja. Das wäre naheliegend. Und noch einige weitere Geheimnisse werden darin verborgen sein, wenn Uther es so sehr begehrt.«

»Wie wollen wir vorgehen, um es zu entschlüsseln?«, wollte Konni weiter wissen.

»Mich werdet ihr dazu wohl kaum brauchen«, unterbrach Flint. Der Wildererjunge konnte nicht einmal lesen.

Leon nickte. »Aber wer weiß, wo diese Schatzkarte uns hinführen wird? Flint, wir werden dich brauchen, sobald wir unterwegs sind.«

»Unterwegs? Du willst Bernhards Abschrift tatsächlich suchen gehen?«, fragte Ben ungläubig. »Wir können hier nicht einfach so kommen und gehen, wie wir wollen. Du weißt, dass wir darüber unseren Platz an dieser Schule verlieren.«

»Lass uns das entscheiden, wenn es so weit ist«, sagte Leon. »Uns wird dann schon was einfallen. Erst einmal müssen wir diese Schrift entziffern und die Rätsel darin lösen. Ich schlage vor, dass wir uns heute Nacht in der Bibliothek treffen und uns aufteilen, um an verschiedenen Stellen gleichzeitig zu arbeiten.«

»Nun, gebt mir Bescheid, wenn ihr damit fertig seid«, gähnte Flint und streckte sich.

Leon sagte: »Du könntest aufpassen, dass uns niemand entdeckt.«

Flint schien nicht sonderlich begeistert von der Idee und erwiderte: »Na, erst mal passe ich hier auf mein Strohlager auf und schlafe ein paar Stunden im Voraus.« Er gähnte noch breiter und schloss die Augen. »Das ist bestimmt in eurem Sinne.«

Leon schüttelte den Kopf und sah dann zu Ben und Konni. »Wir lassen das Buch erst einmal hier bei Flint. Er bringt es nachher mit. Ich hoffe, wir werden genug Zeit haben, bevor Maraudon unseren Betrug mit dem Buch des Irren bemerkt.«

Konni und Ben nickten. Wenn Maraudon es aus irgendeinem Grund Gorgias zeigen sollte, wären sie aufgeflogen. Der Grieche würde es sofort erkennen. Immerhin hatte er es selbst bestellt. Sie mussten schnell handeln. Aber erst einmal mussten sie zurück zum Unterricht, um keinen Verdacht zu erregen. Bevor Leon die Stiege hinabkletterte, drehte er sich noch einmal um und sah den Wildererjungen an. Der lag still auf seiner Bettstatt, hatte sich das Buch als Nackenstütze unter den Kopf geschoben und die Augen geschlossen.

Leon sagte: »Lass dich nicht von Hindrick erwischen, hörst du?«

»Hab ich nicht vor«, murmelte Flint.

Gorgias

Schule der Redner, 9. Dezember 1247

Nein, der Bibliothekar war nicht erfreut, Uther hier wiederzusehen. Ganz und gar nicht! Uther hatte damals während seiner Zeit an der Schule unentwegt hinter ihm herspioniert. Er wollte unbedingt an das Versteck der Schriftrolle gelangen, das Gorgias selbst zuvor und nur durch einen glücklichen Zufall entdeckt hatte.

Deshalb musste Gorgias die kostbare Abschrift unbedingt fortschaffen, bevor Uther sie hier finden würde. Außer ihm, Gorgias, hatten nur Albert, Maraudon, Roger und Thomas von dem Versteck gewusst. Und natürlich Albertus Magnus selbst, welcher die Rolle aus Paris hierhergebracht hatte und dann nach Köln weitergezogen war. Sie hatten den Bibliothekar schließlich in alles eingeweiht. Gezwungenermaßen. Weil er sie am Ende dabei ertappt hatte, wie sie sich Nacht für Nacht in den Stollen trafen. Die Schriftrolle, die eigentlich zur Bibliothek der Universität von Paris gehörte, hatten sie hier versteckt und trafen sich regelmäßig, um sie zu studieren. Von Gorgias hatten sie das Gelöbnis eingefordert, ihnen den Zugang zum Stollen nur zu öffnen, wenn mindestens zwei von ihnen anwesend waren. Alleine durfte niemand das Versteck betreten. Außer Gorgias selbst.

Neben dem Wissen um den Aufbewahrungsort der Schrift war es Gorgias' zweites Geheimnis, dass er sehr wohl lesen und schreiben konnte – und das in vielen Sprachen –, dies jedoch nie vor anderen tat. Auf diese Weise glaubten alle, er könne die geheimen Nachrichten, die hier im Skriptorium verfasst und danach in alle Welt gesandt wurden, nicht auch selbst lesen. Seine Aufgabe war es gewesen, Briefe, Verträge und Botschaften zu verschlüsseln und jeweils verschiedene seiner Schreiber mit deren Abschrift zu beauftragen. Dabei hatte er laut Maraudons Anweisungen streng darauf zu achten, dass derjenige Schreiber, der die geheime Nachricht jeweils kopierte, in dieser Sprache nicht bewandert war. So kopierten etwa Deutsche das Arabische, Engländer das Hebräische und Perser das Italienische. Eigentlich schrieben sie gar nicht. Sie zeichneten in solchen Fällen nur. Buchstaben und Zahlen. Anschließend fügte Gorgias die verschiedenen Teile wieder zusammen, und Maraudon oder seine Meister versandten sie in alle Welt. Es waren nicht nur einfache Nachrichten darunter. Manchmal handelte es sich um Reden oder komplizierte Verträge. Gorgias jedenfalls las sie alle. Und aus der einen oder anderen Information ließ sich nebenbei und auf geheimen Wegen ein vortreffliches Einkommen erzielen.

Nun war Uther vor einigen Tagen zurückgekommen und hatte diesen Venezianer mitgebracht. Was der berichtete, klang alarmierend. Jemand benutzte offensichtlich das Wissen der Schrift. Aber ganz sicher hatte dieser Unbekannte es nicht aus derjenigen Schriftrolle erlangt, die sich hier an der Schule befand, denn die war in all der Zeit stets an Ort und Stelle geblieben. Wahrscheinlich eher aus der Abschrift, die zuletzt in Konstantinopel vom Sultan verwahrt worden und bei der Plünderung der Stadt durch das Kreuzfahrerheer verloren gegangen war. Albert hatte vermutet, dass sie zu Antonius oder Franziskus gelangt sei, aber jetzt sah es so aus, als hätten die Dogen oder die

Kaufleute der mächtigen Stadt die Macht der Schrift erkannt. Je mehr Menschen von ihr wussten, desto wirkungsloser würde sie eines Tages sein.

Uther hatte ihn befragt. Und irgendwie klang es für Gorgias so, als wüsste Uther von der Schriftrolle, die sich hier im Berg befand. Gorgias musste sie unbedingt fortschaffen. Noch heute Nacht.

Er eilte hinauf zur Bibliothek. Seit dem Mittagessen fühlte er sich sonderbar schlaff, und sein Magen schmerzte. Er versuchte, das zu ignorieren, aber er merkte, dass er zitterte und ungewöhnlich stark schwitzte. *Was ist das?* Gorgias dachte an die Speise, die er zu Mittag gegessen hatte. Nichts weiter als Hafergrütze mit einem Stück Butter. Er würde sich gleich ein bisschen hinlegen. Aber vorher musste er die Schrift holen. Sie lag in ihrem Versteck. Es würde nicht lange dauern.

Er ging durch die Schreibstuben und weiter zum Lesesaal. Plötzlich überkam ihn das Gefühl, sich jeden Moment übergeben zu müssen. Magen und Hals krampften sich zusammen, und die Galle stieg ihm hoch. Gorgias hielt einen Moment inne und schleppte sich dann weiter bis zu der verborgenen Pforte, die den Eingang zu den Stollen versperrte. Er öffnete sie mit zitternden Händen, ging hindurch und verschloss sie hinter sich wieder. Dann musste er sich kurz an einem Regal abstützen, um nicht hinzufallen. Seine Finger, Hände und die Knochen seiner Arme schmerzten. Er ging weiter, bis er merkte, dass seine Zunge taub wurde und anzuschwellen begann. Nach einer Weile, in der er sich immer tiefer in das Labyrinth der Stollen hineingeschleppt hatte, taten ihm seine Beine so entsetzlich weh, dass er sich mit dem Rücken an einer Wand herabsinken ließ. *Ich … muss … einen Moment … ausruhen*, dachte Gorgias. Der Grieche war belesen genug, um zu wissen, dass das hier kein natürliches

Unbehagen sein konnte. Er hatte die Pocken überlebt, Skorbut und sogar den Typhus. Er spürte, dass das hier etwas anderes war. Seine Schleimhäute brannten, und seine Augen tränten. Seine Zunge war schwer und schließlich so sehr angeschwollen, dass Gorgias Mühe hatte zu atmen. Er wollte sich aufrichten und zum Lesesaal zurückgehen, aber seine Beine ließen das nicht zu. Der Grieche schloss die Augen und versuchte, sich zu sammeln. Er röchelte und musste sich übergeben, aber seine Zunge war im Wege. Das Erbrochene drang ihm deshalb durch die Nase und in seine Lunge. Gorgias hustete und rang nach Luft. Jetzt schwoll auch sein Gesicht. Seine schmerzenden Fingerkuppen tasteten danach. Er wollte schreien, aber sein Hals war fest verschlossen. Noch einen Moment lang pochte sein Herz gegen den brennenden Brustkorb. Dann lag er still. Irgendwo in den Stollen des Berges. An einem lichtlosen Ort, an dem ihn niemals jemand finden würde. Sein letzter Gedanke galt der Schriftrolle, die er hatte bergen wollen. Und dann starb er.

Leon, Konni und Ben kamen zu spät. Borkas hatte bereits mit der Vorlesung begonnen, warf den drei verspäteten Schülern deshalb einen tadelnden Blick zu und wartete, bis sie sich in eine Bank gedrückt hatten. Dann fuhr er fort: »Bei der Verwendung der Alternativfrage geht man wie folgt vor. Erstens: Stelle deinem Gegenüber mit deiner Frage zwei Alternativen zur Wahl, sodass er zwischen ihnen entscheide. Zweitens: Wähle deine Alternativen so, dass dir selbst beide gleichermaßen von Nutzen sind.« Um das zu illustrieren, erzählte Meister Borkas die Geschichte einer alten Frau, die unten im Dorf an Markttagen und Festen im Feuer gebackene Pastinaken feilbot. Das Stück zu einem halben Pfennig. Auf Wunsch gab es dazu Bratentunke oder frische Dickmilch, gewürzt mit allerlei Gartenkraut, welche die Alte selbst herstellte. Bratensoße und Dickmilch kosteten jeweils einen halben Pfennig extra. Deshalb verkaufte sie davon weitaus weniger als von dem Wurzelgemüse selbst. Die meist in armen Verhältnissen lebenden Dörfler bestellten eine der Pastinaken, aßen und gingen ihrer Wege. Borkas selbst beobachtete sie eines Tages dabei, wie sie einen Kunden bediente, der mit den Worten bestellte: »Gib mir eine Pastinake, Mütterchen!« Sie übergab ihm das Gewünschte, nahm darauf die Bezahlung entgegen und wünschte freundlich einen guten Tag. Borkas trat heran und sagte darauf zu ihr: »Seid Ihr verrückt, Mütterchen? Wollt Ihr Soße und Dickmilch denn nicht verkaufen?«

»Doch, doch«, antwortete die Alte kummervoll. »Allein, kaum jemand will etwas davon!«

»Ihr müsst es nur richtig anstellen. Seht mir einen Augenblick zu.«

Borkas stellte sich zu der Alten an den Stand und wartete auf den nächsten Kunden. Ein Bauer kam heran. Er führte ein Pferd hinter sich her und bestellte: »Eine heiße Pastinake bitte, aber eine schöne große.«

Borkas aber fragte: »Nehmt Ihr dazu von der würzigen Bratensoße oder lieber von der frischen Dickmilch mit Kräutern?« Borkas hob dabei die Deckel der beiden Soßentöpfe an.

Der Bauer sah von einem Topf zum anderen und zeigte dann auf die Bratensoße. »Davon«, sagte er und reichte einen ganzen Pfennig über den Tisch des Standes.

Die Alte sah den Meister erstaunt an, und Borkas sagte: »So macht Ihr es von jetzt an selbst. Ich werde Euch eine Weile lang dabei beobachten. Wollen mal sehen, wie Ihr damit vorankommt.« Schon die nächsten beiden Kunden entschieden sich jeweils für eine der beiden Soßen. Borkas lobte die Frau und lehrte sie ein paar weitere Verwendungen der Alternativfrage, denn genau darum handelte es sich.

»Darf es für Eure Gemahlin ebenfalls eine Pastinake sein, oder wollt Ihr lieber teilen?«, fragte Borkas einen der Bauern, der darauf für einen kurzen Moment irritiert zwischen seiner Frau und der Pastinake in seinen Händen hin und her sah. Am Ende kaufte er ihr lieber eine eigene, als dass er ihr etwas von seiner abgab. Borkas zeigte der Alten daraufhin, wie man Kunden aufgrund ihrer Art einzuschätzen vermochte und wie man ihnen immer die besten Kaufabsichten unterstellte, weil das nützlich war.

Er ging so weit, einem Bauern eine zweite Pastinake mit den Worten aufzuschwatzen: »Darf ich Euch für den Heimweg noch eine weitere Pastinake einwickeln, oder möchtet Ihr sie ebenfalls gleich hier essen?« Zu einem anderen Mann sagte er: »Darf ich solange Euer Pferd halten, damit Ihr beide Hände für Eure Pastinake mit Soße frei habt?« Dabei hatte der dankbare Bauer noch gar keine Soße erwähnt, doch schon im nächsten Moment hielt er sie dampfend in seinen Händen.

»Was meint ihr, wie die Geschichte ausging?«, fragte Borkas jetzt seine Schüler.

»Irgendwann werden die Bauern Euch durchschaut haben und auf Eure Frage, welche Soße es sein solle, einfach mit ›Keine‹ geantwortet haben«, sagte Hindrick abfällig und verdrehte die Augen.

»Mitnichten, junger Freund«, erwiderte Borkas. »Zwar sagten einige der Kunden tatsächlich ›Nein danke, ohne Soße‹, doch am Ende des Tages zählte das Mütterchen ihre Pfennige über zwei restlos leeren Soßentöpfen. Sie wusste gar nicht, wie sie mir für diesen einträglichen Tag danken sollte. Einen Großteil meines stattlichen Ranzens …« – bei diesen Worten schlug Borkas mit beiden Händen auf seinen dicken Bauch – »… habe ich ihren Pastinaken und der köstlichen Bratensoße zu verdanken. Sie hat sie mir in den folgenden Jahren förmlich aufgedrängt.« Borkas' Grinsen ließ erahnen, wie groß sein Widerstand gegen diese Gaben in Wahrheit ausgefallen war.

»Wann immer ihr also einen anderen Menschen künftig um etwas bittet«, fuhr der Meister fort, »nutzt die Macht der Alternativen. Alternativfragen verändern Wahrscheinlichkeiten.«

»Sagt denn nie jemand ›Nein‹ oder ›Weder noch‹?«, fragte Konni.

»Natürlich tun Menschen das. Doch eher selten. Probiert es aus! Sich eine weitere Alternative zu den gebotenen auszudenken widerspricht offenbar der Trägheit unseres Denkens. Ja, das Denken erfordert Aufwand, und wir ziehen es vor, mit so wenig Aufwand wie möglich durchs Leben zu gehen. Mit der Alternativfrage habt ihr eurem Gegenüber zwei Bilder in den Kopf gepflanzt, zwischen denen seine Gedanken hin und her rennen wie ein junger Hund, der sich nicht entscheiden kann, welchen Knochen er zuerst schnappen soll. Für einen kurzen Moment schaltet die Alternativfrage eigene Gedanken aus. Wir sind es gewohnt, uns zwischen dem Angebotenen zu entscheiden. Es ist so, als stolpere unser Freund Otto in eine Vorratskammer des Cellerars, und von der Decke hingen eine große und eine kleine Wurst. Nach welcher der beiden wird er zuerst greifen? Und was kümmert es ihn da, dass hinter der Tür eines Schrankes verborgen eine noch viel größere auf ihn warten würde?«

Otto grinste.

»Besonders mächtig sind Alternativfragen also, wenn sie wie im Falle der größeren Wurst eine eindeutig vorteilhafte Alternative bereithalten«, fuhr Borkas fort. »Meist wählen wir in solchen Situationen den größeren Nutzen. Oder im umgekehrten Falle das kleinere Übel. Wenn euch also ein gerissener Kaufmann anspricht, ob er euch eure Waren mit seinem Fuhrwagen nach Hause senden soll oder ob ihr gedenkt, sie selbst zu tragen, habt ihr es mit einem solchen Fall zu tun. Wie werdet ihr antworten, wenn ihr im Kopf die Wahl habt zwischen übler Plackerei und dem gemütlichen Warten zu Hause?« Borkas sah in die Runde.

»Die Frage aber, ob ihr euch überhaupt schon entschieden habt, seine Waren zum verlangten Preis zu kaufen, ist zu diesem Zeitpunkt nicht präsent. Gerissene Kaufleute nutzen diese Frageart, um ihren Klienten gegen Ende des Gespräches den letzten Ruck zu geben. Denkt darüber nach, wo ihr selbst diese Erkenntnis verwenden und einsetzen könnt.«

So ging es an diesem Nachmittag noch eine Weile weiter, und Leon erkannte, wie mächtig es war, Vorschläge und Argumente nicht einfach auszusprechen, sondern in Fragen zu kleiden. Als es draußen zu dämmern begann und rasch dunkel wurde, waren die Lektion dieses Tages und die damit verbundenen Übungen beendet. Borkas wünschte ihnen allen einen guten Abend, und die Schüler strömten hinaus auf den Hof. Leon konnte später nicht sagen, woher der erste Schneeball gekommen war, der dumpf an seinem Hinterkopf zerplatzte. In der gleich darauf entfesselten Schneeballschlacht jedenfalls bekam jeder seinen Anteil ab. Es war schließlich Schwester Agnes, die dem Treiben ein Ende bereitete. Ärgerlich rief sie vom Speisesaal herüber. Die Schüler folgten lachend und hungrig ihrem Ruf, während noch immer einzelne Schneebälle flogen und zerplatzten. Am Ende waren alle weiß wie Mehlwürmer.

Meister Hofmann

Schule der Redner, 9. Dezember 1247

Vor dem Eingang zum Haus des Krieges klopfte Leon sich wenig später den Schnee aus dem Umhang. Ein Bediensteter öffnete die Tür und begleitete ihn über eine lange Treppe an der Außenwand des Hauses hinauf, durch eine Pforte und über einen Gang zu Meister Hofmanns Arbeitsräumen. Dort öffnete der Diener eine weitere Tür. Leon betrat einen großen Raum. Der Diener verbeugte sich und schloss die Tür von außen. Leon sah sich um.

Das Arbeitszimmer war sauber und aufgeräumt. Statt aus grob gehobelten Dielen wie in den übrigen Häusern bestand der Boden hier aus dunklem, poliertem Holz. Darin waren seltsam fremdartige Intarsien in Form von Symbolen und Mustern eingelegt. In den Regalen zu beiden Seiten des Raumes und an der Rückwand waren unzählige Schriftrollen, Pergamente und Buchbände ordentlich gestapelt. Ein großer Tisch aus dunklem, ebenfalls poliertem Holz stand auf einer Empore vor dem imposanten Kamin. Hofmann erhob sich von seinem Schreibtisch und kam Leon entgegen. Der Fußboden knarrte leise, als er darüberging. Der Meister des dritten Hauses blieb vor Leon stehen, nahm seine Hand und hielt sie einen Moment lang, während er den Jungen freundlich musterte. »Danke, dass du gekommen bist, Leon von Wettingen.«

Leon nickte verlegen, und Hofmann sprach weiter: »Dein Lehrer Albert und ich standen uns sehr nahe. Ich freue mich über einen Austausch mit dir. Du musst nach Borkas' Lektionen müde sein. Komm, wir setzen uns.« Zwei gepolsterte Stühle mit bequemen Armlehnen und Kissen standen in der Nähe des Feuers. Sie ließen sich darauf nieder. »Offenbar haben du und ich einiges gemeinsam. Albert war einst auch mein Mentor. Wie geht es ihm?«

Frater Albert war auch Hofmanns Mentor? Leon war überrascht, und ihm kam vor Augen, wie wenig er in Wahrheit über seinen alten Lehrer wusste. »Ich habe ihn seit über zwei Jahren nicht mehr gesehen. Leider«, sagte er.

Hofmann schien verwundert. »Steht er denn nicht mehr in den Diensten Rudolfs?«

»Doch, ich denke schon. Aber ich selbst bin schon vor zwei Jahren fortgegangen. Ich hatte gehofft, ihn eines Tages hier anzutreffen.« Woher wusste Hofmann, dass Albert ihn an Rudolfs Hof unterrichtet hatte? Das hatte Leon bis jetzt bewusst noch nicht erwähnt. Hatte Maraudon es ihm gesagt? Oder vielleicht Albert selbst?

Hofmann sprach: »Ich werde versuchen, Albert eine Nachricht zukommen zu lassen. Gleich morgen. Eine gute Gelegenheit, unsere Korrespondenz zu erneuern und den Faden wieder aufzunehmen. Ich vermisse diesen klugen Mann und seinen weisen Ratschlag.«

»Das hat Maraudon auch schon getan«, sagte Leon. »Ich meine, Albert geschrieben. Einige Monate vor meiner Ankunft hier. Maraudon war in Sorge gewesen, weil er schon mehr als ein Jahr lang nichts mehr von Albert gehört hatte.«

»Und?«, wollte Hofmann wissen.

»Keine Antwort. Nichts. Darauf hat Maraudon an Rudolf

selbst geschrieben. Sein Vogt Uther hat an Rudolfs Stelle geantwortet, dass Albert mit unbekanntem Ziel von der Habsburg aufgebrochen sei. Und zwar schon im Frühjahr desselben Jahres. Ich finde das ungewöhnlich für einen über siebzig Jahre alten Mann. Es war ein sehr harter Winter. Jedenfalls mache ich mir Sorgen.« Leon erinnerte sich an seine eigene Reise durch das eisige Land. Allein hätte Albert das niemals geschafft.

»Ja, dies sind höchst unsichere Zeiten«, sprach Hofmann. »Seit die Welt keinen Kaiser mehr hat, nimmt sich jeder noch so unbedeutende Landedelmann von den Reisenden, was ihm beliebt. Das Leben eines Fremden bedeutet nichts.«

Leon nickte.

»Aber erzähl mir von dir, Leon. Was führt dich hierher, und was wünschst du hier zu erlernen? Ich bin offen gesagt mehr als neugierig und froh über ein bisschen Ablenkung bei all der Politik, um derentwillen man mich beinahe jeden Tag um Rat ersucht.« In seinem Tonfall lag nicht eine Spur von Überheblichkeit. Leon wusste von Konni und Ben, dass Hofmann Ratgeber und Vermittler für viele Königs- und Fürstenhäuser war. Ben hatte ihm berichtet, dass viele darunter sogar den weiten Weg an diese Schule nicht scheuten, um Hofmann zu konsultieren. Als Meister des dritten Hauses war er ein gefragter Mann in der Welt der Intrigen und Fehden.

»Möchtest du etwas trinken?«

Leon nickte. »Gerne.«

Hofmann stand auf, ging zu einer Anrichte und goss Rotwein aus einer Karaffe in einen Becher. Danach goss er aus einer anderen Karaffe klares Wasser in eine hölzerne Trinkschale und warf noch etwas hinzu, das wie Holzspäne aussah. Hofmann nahm die beiden Gefäße, drehte sich um und sah Leons fragenden Gesichtsausdruck. Er lachte. »Ich mag das Aroma von frisch geschnittenem Holz in klarem Wasser. Möchtest du probieren?«

»Äh, nein … danke, Meister«, antwortete Leon, der mit dem Becher Wein, der ihm gerade gereicht wurde, recht zufrieden war. Hofmann setzte sich. Sein beinahe weißes Haar war wie zuletzt im Nacken zu einem lockeren Zopf gebunden. Sein Gesicht war jünger, als Leon angesichts der weißen Haare erwartet hatte. Wie alt mochte er sein? *Vielleicht vierzig? Höchstens fünfzig.* Hofmanns Augen sahen ihn aufmerksam an.

Praesentia, dachte Leon. Von Hofmann ging eine ungeheure Gegenwärtigkeit aus. Eine starke Wachheit und Konzentration. Leon war sicher, dass diesem Mann nichts entging.

»Also, welches Verlangen führt dich an diese Schule? Du wirkst wie ein junger Mann, der das ganze Wissen der Welt trinken will.« Leon war geschmeichelt angesichts des Interesses an seiner Person. Schließlich war Hofmann ein berühmter Mann.

»Es ist wahr. Mich treibt eine Frage um, deren Antwort nicht leicht und vielleicht nicht innerhalb einer einzelnen Lebensspanne gefunden werden kann.«

»Jetzt hast du mich noch neugieriger gemacht«, sagte Hofmann und lächelte.

»Während der Zeit, in der Albert mich unterrichtete, habe ich … na ja … Experimente unternommen.«

Hofmann sah ihn aufmerksam an. Und Leon fuhr fort: »Menschen sind so leicht zu beeinflussen, denkt Ihr nicht?«

Leon berichtete von seinen Erfahrungen mit den Menschen an der Burg seines Onkels. Und von seinen Experimenten. Davon, wie er andere allein mit Worten zu Taten und Aussagen bewegt hatte. Er erzählte ihm jedoch lieber nichts davon, wie viel Genugtuung er dabei empfunden hatte. Es hatte ihm Spaß gemacht, anderen unbemerkt seinen Willen aufzuzwingen. Sie zu manipulieren und sie zu Dingen anzustiften, die am Ende vor allem ihm selbst genützt hatten. Leon erzählte Hofmann stattdessen vom Ausschließen der Welt, wie Albert es ihm beigebracht hatte, und wie viel Einfluss es auf andere ausübte. Von Cecile erzählte er natürlich nichts. Leon spürte, dass dieser Mann ihn verstand, und fuhr fort, seine Gedanken darzulegen: »Ich frage mich, an welcher Grenze die Macht der Sprache zum Halten kommt. Und auf welche Weise sie letztendlich wirkt. Albert hat mich einiges gelehrt. Doch zugleich hat er mich andauernd gewarnt. Davor, zu viel von dieser Macht zu erlangen. Und auch davor, dies mit brennendem Herzen und um jeden Preis zu … *wollen.*« Leon stockte, so als sei ihm das selbst gerade erst klar geworden.

Hofmann sah ihn aufmerksam an und nickte, sagte aber nichts.

»Ich aber frage mich …«, fuhr Leon fort, »… hängt denn nicht alles davon ab, *wofür* diese Macht gebraucht wird? Was man damit *macht?*« Hofmann nickte erneut, und Leon legte seinen Gedanken hierzu dar: »Es kann nicht von Grund auf schlecht sein, Macht zu besitzen. Man kann sie dafür nutzen, Gutes zu tun und das Böse abzuwenden. Das Gegenteil von Macht wäre Ohnmacht. Das bedeutete, anderen und deren Handeln *ausgeliefert* zu sein. In meinem vergleichsweise kurzen Leben habe ich bis jetzt schon so viele Geschichten darüber gehört und auch eigene Erfahrungen gemacht, in welchen das richtige Wort, auf die richtige Weise zur rechten Zeit gesprochen, so viel Leid verhindert hätte.« Leon dachte an Pearl und seine eigene gescheiterte Verteidigung an Rudolfs Hof. Damals, als es um seine Bestrafung ging.

»Ich stimme dir in allem zu, Leon«, sagte Hofmann ernst,

und wieder war Leon geschmeichelt. »Macht ist per se weder gut noch böse. Es geht bei ihrer Ausübung nicht darum, Macht *über* andere zu entwickeln. Es geht vielleicht vielmehr darum, Macht *für* Dinge einzusetzen. Dinge, die man bewegen möchte. Dinge, die diese Welt des Unfriedens und des Hungers dringend benötigt. Auch ich wünschte mir diese Macht.«

Leon hörte zu und trank einen Schluck von seinem Wein. Er war schwer und wunderbar.

»Allein, ich besitze sie nicht«, fuhr Hofmann fort, nachdem er ebenfalls von seiner Schale getrunken hatte. »Und ich fürchte, kein Mensch kann sie je in dem Ausmaß erlangen, wie es Jesus Christus gelang.«

»Jesus Christus war Gottes Sohn.« Leon kam sich schon im nächsten Moment töricht vor, das gesagt zu haben, denn es klang belehrend. Hofmann aber schmunzelte. Dann fuhr Leon fort: »Ich meine, wir kennen seine Worte nur aus der Bibel. Und diese ist von Menschen verfasst. Menschen, die erst lange nach Jesus' Tod aufgeschrieben haben, was er gesagt hat. Vielmehr: was er gesagt haben *soll*. Ich kann beim Lesen darin keine geheimen Muster der Macht erkennen. Könnt Ihr es?«

»Was du in den Evangelien findest, sind allein Worte«, erwiderte Hofmann. »Doch du vergisst Stimme und Körper, die noch beredter sind als das Wort. Doch auch in Sätzen, Worten, ja sogar einzelnen Silben, geschrieben oder gesprochen, liegt Macht. Nicht nur in der Bibel, sondern überall. Die Macht, Gefühle auszulösen oder aber unfertige Gedanken des Zuhörers oder Lesers auf neue Art zu ordnen oder zu verbinden. Wir Menschen handeln nach dem, was wir denken und fühlen. Wenn du das Denken und Fühlen der Menschen beeinflusst, beeinflusst du ihr Handeln und Sprechen. Das ist das Fundament der Macht.«

»Was ist mit den Armeen und der Gewalt der Waffen. Auch sie bedeuten Macht, oder nicht?«

»Auch Armeen werden durch Worte gelenkt, Leon. Und die Waffe ist nur eine Verlängerung des Armes eines hassenden Menschen. Oder eines furchtsamen. Man kann es sehen, wie man will. Aber die Gefühle, die zu Waffengewalt führen, werden durch Gedanken und Vorstellungen in den Köpfen der Menschen ausgelöst. Geschaffen aus Worten durch den, der sie benutzt.«

Meister Hofmann und Leon sprachen an diesem Abend noch lange miteinander. Und Leon konnte nicht sagen, ob er vom köstlichen Rotwein oder dem belebenden Gespräch so berauscht war. Schließlich musste er sich widerwillig verabschieden, weil er noch mit Konni und Ben in der Bibliothek verabredet war.

Als Leon das Arbeitszimmer des Meisters wenig später verließ, war es schon spät in der Nacht. Es hatte erneut zu schneien begonnen, und es war kalt. Doch es schien Leon, als wärmte der Wein ihn von innen. Er stieg die überdachte Treppe an der Außenwand des Gebäudes hinab und trat an deren unterem Ende auf den Hof hinaus. Leon atmete klare Luft. Sie schmeckte nach Schnee und dem Fels der hohen Berge ringsum. Sie tat ihm gut, denn es war nicht bei einem Becher Wein geblieben. Als er sich dem Auditorium des ersten Hauses näherte, um von dort aus weiter zur Bibliothek zu gelangen, lösten sich vor ihm zwei Gestalten aus dem Schatten einer Mauer. Die beiden kamen auf ihn zu. Ein Riese und ein anderer, etwas kleinerer Kerl. Der kleinere humpelte leicht. *Mist! Hindrick!* Leon blieb stehen und überlegte einen kurzen Moment lang, ob er einfach über den Hof oder zurück zu Hofmann rennen sollte. Er sah sich nach einem der Bediensteten oder einer Wache um. Doch niemand war zu sehen. Der Hof war leer.

Als die beiden näher gekommen waren, blieben sie direkt vor Leon stehen. Im Licht des Mondes sah er, dass Hindrick noch immer den Verband trug. »Was wollt ihr von mir?«, fragte Leon. Aber er wusste im Grunde ganz genau, was die beiden jetzt von ihm wollten. Leon sah Wolfgers Faust nicht kommen. Sie traf ihn in die Magengrube. Leon krümmte sich vor Schmerz und fluchte. Als er wieder zu Atem gekommen war, hörte er Hindrick: »Sag deinem verlotterten Hundsarsch von Diener, dass wir ihn fertigmachen werden, wenn er sich hier irgendwo blicken lässt.« Leon zweifelte nicht daran. Ein Tritt warf ihn zur Seite in den Schnee. Er biss die Zähne zusammen und richtete sich mühsam wieder auf. Dann machte er sich gerade, drückte den Rücken durch und versuchte ein Lächeln, um nicht ganz so ängstlich zu wirken, wie er in Wahrheit gerade war.

»Euch beiden ebenfalls einen schönen Abend.«

Der Hüne Wolfger machte einen Schritt vor, um erneut zuzuschlagen, aber Hindrick gab ihm mit der Hand ein Zeichen. »Warte, Wolfger.« Er hatte wohl den Bediensteten gesehen, der jetzt hinter Leon die Treppe herabkam und sich dann auf den Weg über den Hof machte.

Leon sagte: »Wenn du es nicht schaffst, deine Händel mit Worten auszutragen, was suchst du dann an dieser Schule?«

Hindrick kam einen Schritt näher und sah Leon direkt in die Augen. Leon spürte Wut in sich aufsteigen, und ihm kam ein seltsamer Gedanke. Er dachte daran, dass er schon zwei Mal einen Menschen getötet hatte. Auf der Burg seines Onkels. Und im Kampf gegen die Assassinen auf der Lichtung im Wald. *Ich habe Männer getötet.* Mit diesem Gedanken entfaltete sich in ihm eine sonderbare Kraft. Er ballte die Fäuste. Hindrick schien das zu bemerken und zögerte.

»Wie du willst, Leon von Wettingen. Wir werden es gleich

morgen mit Worten austragen. Aber fühl dich nicht zu sicher. Und was deinen Kobolddiener und dessen Schoßhündchen betrifft, wirst du verstehen, dass Worte hier nichts bewirken würden. Sie sind wie Vieh und sprechen eine andere Sprache. Mein Freund hier und meine Wenigkeit werden in genau dieser Sprache mit ihnen sprechen. Verstehst du?«

Leon zitterte jetzt beinahe vor unterdrückter Wut. *Das werdet ihr nicht*, wollte er sagen, aber die beiden hatten sich schon abgewandt. So stand Leon noch eine Weile einfach nur da, bis die Wut in ihm halbwegs verklungen war. Dann riss er sich innerlich los und machte sich auf den Weg zur Bibliothek und zu seinen Freunden. Die Angelegenheit mit Hindrick und seinem Wachhund würde er ein andermal regeln. Er brauchte erst mal einen Plan.

❧

Hinter der versteckten Pforte, die hinunter in den Keller der Bibliothek führte, fand er Flint. Der Wildererjunge kauerte im Schatten des Eingangs und bewachte die Tür. Leon erzählte ihm von seiner Begegnung, und Flint nickte grimmig. »Sollen sie's doch versuchen!«

Leon wollte an ihm vorbei ins Innere der Bibliothek schlüpfen, doch Flint hielt ihn am Arm zurück und drehte ihn zu sich um. Leon sah, dass Flint jetzt grinste.

»Bevor du da reingehst, beantworte mir eine Frage.«

»Klar!« Leon wartete gespannt.

»Seid ihr hier alle blind?«

Leon war überrascht. »Wieso?«

Flint zögerte und sagte dann: »Bei deinem Freund Konni da …«

»Ja?«, sagte Leon.

»Fällt dir da nichts auf?«

»Du meinst, dass er auffällig bewandert darin ist, Schlösser und Türen zu knacken? Ja ... das ist mir schon aufgefallen.«

»Nein, das meine ich nicht«, widersprach Flint.

»Was dann?« Leon wurde ungeduldig. »Nun spuck's schon aus.«

»Na gut. Ihr seid wirklich blind. Dein neuer Freund da, Konni ... Der Kerl ist ein Mädchen!«

»Was? Spinnst du?« Leon sah seinem Freund ins Gesicht.

»Jede Wette«, sagte Flint.

❧

Später, in ihrem Versteck im Lesesaal der Bibliothek, erkannte Leon es im Schein der Öllampe dann auch. Und er fragte sich, wie ihm das zuvor entgangen sein konnte. Es war ein bisschen unheimlich. Er bemerkte die langen Wimpern des Mädchens. Und die feinen Gesichtszüge, die ihm zuvor schon aufgefallen waren. Trotzdem sprach er sie nicht darauf an, sondern verhielt sich so wie immer. Zumindest versuchte er das. Es verstörte ihn, dass Konni – oder wie auch immer ihr richtiger Name war – es geschafft hatte, sie alle bis auf Flint zum Narren zu halten. Und ... was war der Grund dafür?

Leon beschloss, sich für heute Nacht auf die Entschlüsselung von Gottfrieds Buch zu konzentrieren und sie später zur Rede zu stellen.

Was die Entschlüsselung betraf, traten sie gerade ziemlich auf der Stelle. Mit der Anwendung der bisherigen Methode entstanden nur willkürliche Aneinanderreihungen von Buchstaben, die allesamt keinen Sinn ergaben. Gottfried hatte offensichtlich noch viele weitere Schlüssel verwendet. Zudem einige Sprachen, die niemand von ihnen verstand.

»Das werden wir niemals hinkriegen«, sagte selbst Ben irgendwann. Auch er war entnervt. »Ich für meinen Teil habe genug für heute.« Er wirkte müde und auch ein bisschen wütend, weil es ihm nicht gelingen wollte, hinter die Bedeutung der Zeichen und Symbole zu kommen, mit denen er sich zuletzt beschäftigt hatte.

»Wir brauchen Hilfe«, sagte Ben und klappte das Buch zu.

»Meinst du, wir sollten einen der Lehrer um Unterstützung bitten?«

»Die würden sofort durchschauen, worum es in dem Text geht, und dann fliegen wir auf«, antwortete Ben.

»Was ist mit Hofmann?«, schlug Leon vor.

Konni und Ben sahen ihn entgeistert an.

Ben schüttelte den Kopf und sagte: »Hofmann wird dir das Buch wegnehmen und es Maraudon geben.«

»Wir müssen ihm ja nicht das ganze Buch zeigen. Wie wäre es, wenn wir eine der verschlüsselten Stellen kopieren und ihm nur diese vorlegen?«, erwiderte Leon.

»Er wird sofort merken, dass mehr dahintersteckt«, sagte das Mädchen, das sich als Junge ausgab.

»Aber so kommen wir nicht weiter!«, rief Leon, eine Spur zu laut. »Wir drehen uns im Kreis. Wir wissen, es geht um eine Schrift des Trismegistos. Und um insgesamt vier Abschriften davon. Offenbar wussten sowohl Gottfried als auch Albert, wo einige dieser Abschriften zu finden sind. Die Rezeptur, von der Gottfried da die ganze Zeit spricht … sie scheint sehr mächtig zu sein. Wir müssen diese Abschrift kriegen, bevor andere es tun. Versteht ihr denn nicht?«

Ben und Konni sahen sich an, dann nickte Ben. »In Ordnung, lass es uns noch ein paar Nächte weiter versuchen.«

»Aber nicht mehr heute«, gähnte das Mädchen.

Später, als Ben gegangen war, sprach Leon sie an. Ihm fiel nichts Besseres ein, als direkt mit der Tür ins Haus zu fallen: »Du bist ein Mädchen, Konrad!« Leon wurde im nächsten Moment bewusst, wie dämlich das klang. Das Mädchen war schlagartig starr vor Schreck und wollte sich gleich darauf abwenden, doch Leon hielt sie am Arm zurück. »Wie ist dein wirklicher Name?« Das Mädchen wollte sich losreißen, doch Leon hielt sie weiterhin fest. »Sag es!«

Sie zappelte an seinem Arm und wich dabei seinem Blick aus. Als sie offenbar erkannte, dass sie so einfach nicht davonkam, zischte sie zornig: »Lass mich los!« Leon sah, dass sich ihr Gesicht verändert hatte. Wut und auch Angst lagen darin. Das Mädchen schien sich vor ihm zu fürchten. Sie sah auf, und ihre Blicke trafen sich.

»Du brauchst nichts zu befürchten«, sagte Leon. »Was immer deine Gründe sind, ich werde dich nicht verraten.«

Leons Griff lockerte sich. Einen Herzschlag lang sah das Mädchen Leon in die Augen. Dann riss sie sich los und rannte im nächsten Moment davon.

Konni

Am nächsten Morgen trafen sich Ben und Leon zur Laudes in der Kirche. »Hast du es gewusst?«, flüsterte Leon ohne ein Wort der Begrüßung. Ben kniete neben ihm in der engen Kirchenbank. Es war die erste Stunde des Tages, und sie waren zur Frühmesse gerufen worden, die sie von nun an jeden Morgen besuchen würden. Das galt auch für Ben, obwohl er Jude war. Er wirkte verschlafen. Und auch Leon fühlte sich wie gerädert. Er war zum ersten Mal hier, und das Kirchenschiff erschien ihm von innen auf geheimnisvolle Weise größer, als es von außen gewirkt hatte. Es roch nach dem Firnis, mit dem das Holz der Bänke bearbeitet worden war. Außerdem nach Staub und Stein. Beides hatte im Lauf der Zeit den Duft des Weihrauches angenommen.

»Was meinst du?«, fragte Ben.

»Das mit Konni ... also, dass Konrad ein Mädchen ist«, sagte Leon, und ihm war klar, wie komisch das klang.

Ben schwieg und sagte dann: »Ich weiß es. Schon seit einer Weile. Hat sie es dir selbst gesagt?« *Also doch!* Ben wusste Bescheid. Warum hatte er es ihm nicht verraten? Wem konnte Leon hier eigentlich noch vertrauen, wenn jeder Geheimnisse vor ihm hatte?

Doch er beruhigte sich schnell wieder und flüsterte: »Flint

hat es auf den ersten Blick gesehen. Und ich frage mich, wie ich selbst so blind sein konnte.«

Sie knieten ein wenig abseits von den übrigen Schülern. Deshalb traute sich Ben, leise weiterzusprechen. »Ihr Name ist Konstanze. Sie kam als Mädchen an diese Schule. Als man ihr am ersten Tag sagte, dass sie nicht an allen Vorlesungen würde teilnehmen dürfen, begann sie damit, sich von Zeit zu Zeit als Junge zu verkleiden.«

»Und das hat bisher niemand bemerkt?«

»Ich schon!«, sagte Ben. »Aber Konni … oder Konstanze … ist eine Meisterin der Verstellung. Sie kann ihren gesamten Habitus wie einen feinen Mechanismus bedienen. Sie verstärkt die Spannung ihres Kiefers, die Kraft ihrer Gesten, und gleich wirkt sie ein bisschen weniger weiblich. Auch kann sie ihre Stimme auf natürliche Weise jeder Färbung unterwerfen. Keinem fällt das auf.«

»Außer Flint … Und dir.«

»Ich habe es ehrlich gesagt auch erst nicht geschnallt«, sagte Ben. »Erst als ich ihr eines Abends nachging, weil ich wissen wollte, weshalb *Konrad* nicht bei uns übrigen Jungs schläft, habe ich sie dabei beobachtet, wie sie in einem Spalt zwischen den Gebäuden die Kleidung wechselte.«

Leon erinnerte sich jetzt daran, dass er Konni in diesem Spalt hatte verschwinden sehen. Und dass ein Mädchen wieder herauskam. »Hast du sie dann zur Rede gestellt?«

»Nein. Ich dachte mir, sie wird ihre Gründe haben, weshalb sie unbedingt an das ganze Wissen dieser Schule gelangen will. So wie wir alle unsere Gründe haben und nicht alle davon auch aussprechen.«

Ben sah Leon jetzt von der Seite an, und Leon verstand, dass Ben auch ihn damit meinte. Leon nickte und sah genau wie Ben wieder auf seine gefalteten Hände. Eine Gruppe Mönche hatte jetzt einen Choral angestimmt.

»Irgendwann hat sich Konstanze mir dann offenbart. Sie hat mir vertraut, aber ich musste ihr schwören, dass ich sie niemals verraten würde. Daran habe ich mich dann auch gehalten. Und ich hätte sie auch nicht verraten, wenn du und Flint nicht von selber darauf gekommen wärt.«

»Weiß an der Schule noch jemand davon?« Leon konnte sich beim besten Willen nicht vorstellen, dass jemandem wie Hofmann so etwas entging.

»Agnes weiß es. So wie sie alles weiß. Aber sonst niemand. Nicht mal die Meister. Konstanze zeigt sich nur als Konrad, wenn es unbedingt sein muss. Also im Unterricht. Und dann sitzt sie immer ganz hinten. Ansonsten ist sie hier als Mädchen unterwegs. Dass du sie als Konrad kennengelernt hast, muss ein Zufall gewesen sein. Nein, ich glaube nicht, dass es noch jemand weiß.«

»Können wir ihr vertrauen?«, fragte Leon nach einer Weile.

Ben überlegte einen Moment. »Ich denke schon.«

Beide schwiegen. Schließlich sagte Leon: »Ich würde gerne wissen, welche Lügen uns Konni sonst noch erzählt hat.«

»Ich weiß es nicht«, antwortete Ben.

An diesem Tag kamen weder Konstanze noch Konrad zu Borkas' Unterricht. Leon hatte überall nach ihr gesucht. Er hatte ein schlechtes Gewissen, weil er sie am Arm festgehalten und so brüsk mit der Wahrheit konfrontiert hatte. Er wollte sich entschuldigen und ihr sagen, dass er ihr Geheimnis nicht verraten würde. Doch Konni war tagsüber nirgends zu finden. Erst am Abend sah er sie wieder. Im Refektorium, oben auf der Galerie der Mädchen. Sie blickte ein paarmal zu ihm herunter, doch

Leon konnte auf die Distanz nicht erkennen, was in ihr vorging. Er nahm sich vor, sie nach dem Abendessen abzufangen und anzusprechen. Was er dann auch versuchte.

»Konstanze? He, warte mal!«

Leon hatte draußen vor dem Refektorium an der Pforte für die Schülerinnen gewartet. Er trat auf sie zu, als sie mit einer Gruppe Mädchen auf den Hof kam. Astrid war bei ihr. Und auch einige andere Schülerinnen, deren Namen Leon nicht kannte. Konstanze wich seinem Blick aus und sah zu Boden. Da schob sich Astrid zwischen die beiden und lächelte Leon an. »Na, kaum drei Tage an dieser Schule und schon auf Minne?« Leon mochte Astrid. Aber jetzt störte sie. Konstanze ging mit gesenktem Blick weiter, und Leon wollte ihr nachlaufen. Doch Astrid ließ ihn nicht folgen. »Du weißt schon, dass das untersagt ist, oder?« Leon sah Astrid jetzt ins Gesicht. Sie lächelte noch immer.

»Dann bewegt sich unsere Unterredung hier wohl auch schon am Rande der Sünde?«, seufzte er und lächelte jetzt selbst. Astrids Art hatte etwas Entwaffnendes an sich.

»Wenn das deinen wahren Absichten entspricht, war es schon Sünde, hierherzukommen und Konstanze anzusprechen.« Eine der Nonnen trat aus der Pforte des Refektoriums, und Astrid beeilte sich, um zu den übrigen Mädchen aufzuschließen. Nicht ohne sich noch einmal umzudrehen und Leon einen Luftkuss zuzuwerfen.

Heilige Mutter Gottes! Diese Frau beherrscht ihr Spiel. Vielleicht sollte man die Rezeptur der Beeinflussung eher bei ihr suchen als in einer uralten Schriftrolle eines längst verstorbenen Mannes, dachte Leon.

»Was suchst du hier?« Die Nonne sah Leon mit strenger Miene ins Gesicht.

»Schon gut, schon gut«, sagte er und trollte sich.

Konstanze ärgerte sich. Ihr Geheimnis war aufgeflogen. Nur weil Maraudon sie ausgewählt hatte, um den Neuen auf dem Gelände herumzuführen. Und zwar ausgerechnet in einem Moment, in dem sie als Konrad unterwegs gewesen war. Sie hatte sich vorher hundertmal geschworen, ihre Jungengestalt nur während des Unterrichts zu verwenden, und auch nur während der Stunden, die für die Mädchen verboten waren. Keiner der Jungs hätte sie dort erkannt. Und auch Leon nicht. Männer waren einfach blind. Vielleicht hatte Ben es Leon verraten. Obwohl er ihr geschworen hatte, das nicht zu tun. Damals, als er sie beim Umziehen erwischt hatte und sie sich ihm später von sich aus offenbart hatte. Weil sie ihm vertraut hatte. Zum ersten Mal seit sehr langer Zeit hatte sie einem anderen Menschen vertraut. *Mist. Mist. Mist.*

Sie würde von der Schule fliegen, wenn das herauskam. Sie hatte so viel dafür getan, um hier aufgenommen zu werden. Vor allem eins hatte sie getan: gestohlen.

Konstanze war die Tochter eines Scharfrichters. Damit war ihr von Geburt an jeder ehrliche Beruf verwehrt gewesen. Zumindest an den Orten, wo man sie und ihren Vater kannte. Ihr blieb die Wahl zwischen Abdeckerin, Bettlerin oder Hure. Alles, was als unrein und unehrlich galt. Damit war sie nicht allein, denn auch ihre Brüder konnten nicht einfach irgendeinen Beruf ergreifen. Anders als die Mädchen in ihrer Familie durften sie nur das werden, was auch ihr Vater schon war: Scharfrichter. So war es in ihrer Familie seit Generationen. Eine lange Linie von männlichen Henkern und Folterknechten.

Konstanze erinnerte sich an ihren Großvater. Bis ins hohe Alter hatte er darauf bestanden, die Verurteilten eigenhändig mit dem Schwert zu enthaupten, obwohl er längst viel zu schwach dafür geworden war. Konstanzes Brüder hatten ihr erzählt, dass der Greis am Ende bis zu fünfmal mit dem Richtschwert zuschlagen musste und dabei immer eine mächtige Sauerei auf dem Richtplatz verursacht hatte. Einmal war ihm einer der Delinquenten entlaufen. Mit halb abgetrenntem Arm. Irgendwann hatte deshalb endlich ihr Vater den Auftrag der Stadt übernommen und Verhöre sowie Hinrichtungen durchgeführt.

Die Hinrichtungen selbst waren in ihrer Heimat wie Volksfeste gewesen. Auch Konstanze hatte als Kind mit angesehen, wie ihr Vater die Verurteilten mit Eisenstangen schlug und sie danach wie Stoffpuppen in ein großes Wagenrad flocht. Die Leute hatten bei jedem Schlag laut gerufen, geklatscht und gejubelt, wann immer knackend ein Knochen brach.

Konstanze hatte später auch ihren Brüdern zugesehen, wenn sie Diebe henkten oder ihnen Hände und Füße abhackten. Ihr Vater war besonders stolz auf die beiden und zeigte ihnen, wie man mit dem fünfpfündigen Richtschwert einen Kopf mit nur einem einzigen Schlag abtrennte. Er galt als Meister seiner Zunft und übte zu Hause, indem er eine große Rübe an einem Seil von der Decke hängen ließ und dann mit dem Schwert dünne Scheiben davon abschlug. Konstanze schüttelte sich bei dieser Erinnerung. Doch die Brüder taten es ihrem Vater irgendwann gleich. Der älteste ging nach Augsburg. Der andere nach Ulm.

Konstanze versuchte es eine Weile lang als Abdeckerin. Das hieß, Tag für Tag Kadaver, Exkremente und Unrat von den verdreckten Straßen zu sammeln. Eine ihrer älteren Schwestern und auch ihre Mutter traten in Wirtshäusern und an Markttagen als Wahrsagerinnen auf und boten Tränke gegen allerlei wahre und erfundene Leiden an. Die anderen zwei Schwestern waren Huren. Was blieb ihnen anderes übrig?

Ihr Vater, der im Grunde seines Herzens ein sanfter Mensch war, wünschte sich, dass sie es einmal besser haben sollte. Er brachte ihr bei, ein wenig zu lesen und zu schreiben. Gerade so viel, dass sie schon bald bei den hochnotpeinlichen Verhören Protokoll führen konnte. So sparten sie sich das Geld für den Schreiber.

Konstanze machte ihre Sache gut, wenn auch in recht ungelenker Schrift. Doch die Schreie und das erbärmliche Geheul der Delinquenten verfolgten sie bis in den Schlaf.

So war Konstanze irgendwann fortgegangen und hatte gelernt, sich zu verstellen. Sie lebte von Almosen und begann schon bald zu stehlen. Es machte ihr nichts aus, anderen Leuten Geld oder Essen wegzunehmen. Was sollte sie auch sonst tun? Als sie dann eines Tages erwischt wurde und die Knechte eines Bauern sie erst windelweich geprügelt und sich dann an ihr vergangen hatten, kam sie – halb tot – in ein Spital, das von Nonnen geführt wurde. Da sie nicht bezahlen konnte, blieb sie dort und trug ihre Schuld durch Arbeit ab. Sie konnte ja schließlich leidlich lesen und schreiben und lernte schnell dazu. Eines Tages erfuhr sie von der Schule der Redner. Viele Äbtissinnen hätten dort studiert. Konstanze wollte das bald ebenfalls. Es schien ihr ein Ausweg zu sein. Sie hatte jedoch weder eine Empfehlung noch das Geld für den Unterricht.

Ihr Schicksal wurde erneut auf die Probe gestellt, als das Kloster, zu dem das Spital gehörte, überfallen wurde und mitsamt den geschändeten und ermordeten Nonnen verbrannte. Konstanze war in dieser Woche auf einem weit entfernten Markt gewesen, um Arznei zu kaufen, und fand bei ihrer Rückkehr nur noch Schutt und Asche vor.

Daraufhin begann sie notgedrungen wieder mit dem Stehlen. Sie ging dabei jetzt aber vorsichtiger vor und entwickelte allmählich ein so großes Geschick, dass sie es damit zu einigem Reichtum brachte. Sie zeigte außerdem großes Talent für Betrügereien. Einmal verkaufte sie ein Pferd am selben Tag gleich an vier verschiedene Bauern. Jedes Mal, wenn die Geprellten den Betrug entdeckten, war sie schon längst über alle Berge und hatte eine neue Identität angenommen. Das Verstellen wurde ihr Leben. Schließlich fälschte sie Wechsel und Papiere. Urkunden und Frachtbriefe. Und sie war so gut darin geworden, dass ihr Vermögen eines Tages dafür ausgereicht hatte, an der Tür der Schule anzuklopfen. Die Empfehlungsschreiben und die Urkunde, die sie als böhmische Adelige ausgab, waren gefälscht. Zum ersten Mal sah die Zukunft für sie etwas rosiger aus. Sie musste nun nicht mehr stehlen. Niemand kannte sie hier. Ihre einzige Verstellung beschränkte sich auf die Teilnahme am verbotenen Unterricht. Zum ersten Mal in ihrem Leben war sie richtig glücklich gewesen. Und jetzt sollte sie durch ihre eigene Dummheit wieder ganz von vorn beginnen?

Sie war wütend. Denn sie träumte davon, eines Tages als Äbtissin in irgendeinem der neuen Frauenklöster, die gerade überall gegründet wurden, ihren Frieden zu finden. Und dieser Traum war nun in Gefahr. Was sollte sie tun?

Erst einmal würde sie Ben und Leon aus dem Weg gehen. Und dann würde ihr schon irgendetwas einfallen.

Die Tage an der Schule vergingen. Noch immer hatten es Ben und Leon bei ihren nächtlichen Forschungen nicht geschafft, in den Aufzeichnungen Gottfrieds irgendeinen Hinweis auf den Aufbewahrungsort einer der vier Abschriften zu finden. Sie wussten jetzt, dass auch Kaiser Friedrich nach der Schrift gesucht hatte und dass die Abschrift, die sich in Konstantinopel befunden hatte, bei der Plünderung durch die Kreuzfahrer im Jahr 1204 wahrscheinlich geraubt worden war. Vermutlich von venezianischen Söldnern. Aber weiter waren sie nicht gekommen. Vor allem eine Stelle des Buches machte ihnen zu schaffen: die mit den koptischen Buchstaben. Ben hatte vorgeschlagen, den Text einem der Schreiber zu zeigen, aber das kam Leon zu riskant vor.

So vergingen die Wochen. Gorgias wurde vermisst. Und niemand konnte sich erklären, warum er einfach verschwunden war. Der Unterricht wurde fortgesetzt. Leon folgte den Lektionen, so gut es ging, doch war er mit seinen Gedanken die meiste Zeit bei Trismegistos und den vier Abschriften. Konstanze vermied weiterhin jede Begegnung. Sie hatten seit jenem Abend nicht ein Wort miteinander gesprochen. Die Adventszeit kam und mit ihr die Prüfungen. Leon und Ben bestanden alle davon. Mühelos.

An Weihnachten wurde in der Kirche eine feierliche Messe gelesen. Noch immer war Gorgias nicht wieder aufgetaucht. Man betete für ihn.

Leon, Flint und Ben feierten mit Agnes, Sally und Efra ein fröhliches Weihnachtsfest in der Küche, und Luke bekam an diesem Abend einen besonders schönen Knochen.

Schließlich brach ein neues Jahr an.

Mit der Entschlüsselung des Buches waren Ben und Leon seit Wochen nicht ein Stück vorangekommen.

Die Halle des Krieges

Schule der Redner, 14. Januar 1248

Leon und Hofmann setzten ihre abendlichen Unterhaltungen fort. Wenn Hofmann nicht gerade auf Reisen oder anderweitig beschäftigt war, trafen sie sich regelmäßig nach dem Abendessen in seinem Arbeitszimmer und disputierten. Leon lernte dabei eine Menge über Diplomatie und die Einflussnahme in Verhandlungen. So erfuhr er anhand vieler Beispiele aus Hofmanns Erfahrung, dass der Aufbau einer Verhandlung viel wichtiger ist als jedes vorbereitete Argument. Und das leuchtete ihm ein.

»Die Vorgehensweise bestimmt das Ergebnis«, erklärte Hofmann ihm. Und dass es in verbalen Auseinandersetzungen vor allem darum gehe, als Letzter zu argumentieren. Wenn alle anderen Argumente genannt und damit aufgebraucht waren. »Ein Argument, das ein zweites Mal innerhalb einer einzigen Unterredung verwendet wird, ist in der Regel geschwächt«, deutete Hofmann an. Leon fragte sich, warum der Lehrer sich ausgerechnet ihm so ausgiebig widmete. Vielleicht war es die Nähe zu Albert. Die Tatsache, dass sie denselben Mentor hatten. Doch es schien mehr zu sein als das. Hofmann zeigte aufrichtige Sympathie für Leon und wirkte beeindruckt von seiner Reife. Einmal sagte Hofmann: »Du bist im Geiste sehr weit für deine achtzehn Jahre, Leon. Ich genieße unsere abendlichen Unterhaltungen sehr.« Leon nickte und fühlte sich geschmeichelt. »Und ich denke, du wirst in der Redekunst noch sehr viel erreichen. Ich wünschte, ich wäre in deinem Alter so erfahren und wissend gewesen wie du.« Hofmanns Gesicht trübte sich für einen kurzen Moment. Dann erhob er sich und sagte: »Komm mit, Leon, ich will dir etwas zeigen.« Sie verließen das Arbeitszimmer, und Leon folgte dem Meister einen Gang mit einer Reihe von Rundbogenfenstern entlang. Sie traten durch die Tür zur überdachten Treppe an der Außenwand und stiegen sie hinab. Hofmann nahm eine Fackel aus einer Halterung an der Wand und ging voraus. Am Fuß der Treppe wandte er sich zu einer Art steinernem Vorraum. Der Vorraum war zum Hof hin offen und wurde von gotischen Säulen getragen. Im Zentrum der gegenüberliegenden Wand sah Leon ein riesiges, zweiflügeliges Portal. Er wusste, dass sich dahinter die Halle des Krieges befand. Doch jetzt betrachtete er zum ersten Mal die reichen Verzierungen und Schnitzereien darauf. Die beiden Türflügel waren so hoch wie drei Männer und aus schwerem, dunklem Holz gefertigt. Die Schnitzereien zeigten Szenen eines fürchterlichen Kampfes. Männer in Rüstungen waren ineinander verkeilt oder hieben mit Schwertern, Äxten und Keulen aufeinander ein. Pferde wurden von Lanzen durchbohrt. Überall sah man abgetrennte Gliedmaßen und Köpfe. Ein fürchterliches Bild.

»Das ist der Krieg, Leon«, sagte Hofmann.

Leon erinnerte sich an die verwüsteten Landstriche, die er mit Flint durchquert hatte. Hofmann hielt die Fackel ein wenig höher, und das tanzende Licht ließ die Schnitzereien fast lebendig erscheinen. Leon sah mehrere Frauen auf Knien um ihr Leben flehen. Eine davon hielt einen Säugling vor sich in die Luft. Ein Soldat hatte das Kind mit seinem Schwert durchbohrt.

»Jeder, der durch dieses Portal in die Halle des Krieges tritt, sollte sich der Erbarmungslosigkeit des Kampfes gewärtig sein. Im Krieg gibt es nicht nur Gut gegen Böse. Es gibt auch Gut gegen Gut. Und Böse gegen Böse. Hass sät Hass. Krieg ist Untergang. Unser ganzes Bestreben sollte darauf gerichtet sein, ihn zu verhindern. Mit allen Mitteln.«

Leon dachte über die Worte nach, während er auf das Portal sah. *Hass sät Hass.* Er sah Szenen grausamer Folter, Gehenkte und zerteilte Körper. Hunde rissen sich um deren Überreste. Eine Gruppe von Söldnern verging sich an Frauen und Kindern. Im Zentrum des fürchterlichen Bildes war ein Mann auf einem Pferd zu sehen. Er hatte sein Schwert erhoben und trug eine Krone aus Knochen. Eine große Kriegsfahne neben ihm deutete an, dass es sich um einen Heerführer handelte. Anstelle eines Gesichtes aber fletschte ein Totenschädel die Zähne. Eine grausige Fratze, die dem Betrachter frech entgegengrinste. Triumphierend. Hofmann sah Leons Blick. »Der Einzige, der sich am Krieg erfreut, ist der Tod. Er ist derjenige, der Gewinn daraus schlägt. Niemand sonst.« Darauf öffnete er eine Tür im rechten Flügel des Portals und betrat vor Leon das Innere der Halle.

Sie war so groß, dass Leon beim Eintreten beinahe das Gefühl hatte, vornüberzufallen. Die Halle schien weitaus älter zu sein als der Vorraum, durch den sie gerade gekommen waren. Älter auch als die Kirche und Maraudons Halle, die beide im gotischen Stil errichtet worden waren. Statt gotischer Kapitelle und Spitzbögen hatte die Halle des Krieges ein imposantes Tonnengewölbe und eine hohe Kuppel am vorderen Ende. Überall brannten Öllampen an den Wänden.

Unter der Kuppel stand ein gewaltiger, kreisrunder Tisch von etwa zehn Schritt Durchmesser. Die Platte schien aus einem einzigen Stein gefertigt zu sein, und Leon fragte sich, wie man etwas so Großes und Schweres wohl hier hineinbekommen hatte.

Es schien ihm fast so, als habe man erst den Tisch aufgestellt und dann erst das Gebäude darum errichtet.

Hinter dem Tisch befand sich an der Stirnseite der Halle ein riesiger Kamin, in dem ein großes Feuer aus geschichteten Holzscheiten brannte. Jeder einzelne davon war so dick wie ein Baumstamm. Das Deckengewölbe wurde von rechteckigen Ziegelsäulen getragen. Diese waren ebenso mit Dämonen und Schlachtenszenen verziert wie das Portal. Im flackernden Schein der Lampen wirkten auch sie auf erschreckende Weise lebendig. Der hintere Teil des kastenförmigen Raumes schien noch älter zu sein als der Rest des Gebäudes. Dort waren die hohen Wände aus Feldstein gefügt, und Leon hatte den Eindruck, dass sie vielleicht einmal zu einer Art Festung gehört hatten. Er sah sich weiter um. Die äußeren Mauern der Halle wurden in etwa sechs Metern Höhe von hohen schmalen Fenstern durchbrochen. Sie waren mit hölzernen Läden verschlossen, sodass kein Mondlicht hereindrang.

Leon war in der Mitte des gewaltigen Raumes stehen geblieben und drehte sich staunend um sich selbst. Der Raum war ergreifend. Jetzt sah er, dass an den äußeren Wänden unter den Fenstern in regelmäßigen Abständen kunstvolle Altäre und Schreine aufgestellt waren. Beinahe wie in den Abseiten einer Kirche. Große Wandteppiche bedeckten die freien Stellen dazwischen. An den Säulen und übrigen Wänden hingen Waffen und Schilde verschiedenster Art. Lanzen, Wurfspieße und Hellebarden. Kriegshämmer. Eiserne Keulen und Morgensterne. Dazu Schwerter in großer Zahl. Krumme und gerade. Kurze und solche, die man wohl nur mit beiden Händen führen konnte. Helme, Harnische und teilweise verbeulte, rostige Rüstungsteile standen auf Ständern davor oder waren ebenfalls an den Wänden aufgehängt.

Hofmann sah Leon die ganze Zeit aufmerksam an. »Du siehst, man kann sich hier ganz und gar dem Krieg hingeben.« Seine Worte klangen bitter. Nachdem sie eine Weile so gestanden hatten, sagte er: »Folge mir.«

Leon folgte Hofmann vorbei an den mächtigen Säulen zum östlichen Seitenschiff der Halle. Während sie an den Wänden entlanggingen, sah Leon, dass auch die Wandteppiche Szenen von Schlachten aus unterschiedlichen Jahrhunderten darstellten. Ebenso die Altäre und Schreine dazwischen. Darauf befanden sich weitere Waffen, Stoffe von Fahnen und Wimpeln sowie Büsten von Eroberern und Kriegsherren. Leon erkannte die Namen von Achilles, Philipp von Makedonien, Alexander dem Großen, Leonidas von Sparta, Hermann dem Cherusker, Marcus Antonius, Caesar, Vercingetorix. Die Wandteppiche zeigten einige ihrer Schlachten. Leonidas und die Schlacht bei den Thermopylen, als nur fünftausend Helenen, darunter dreihundert Spartiaten, eine Armee von beinahe hunderttausend Persern unter Xerxes aufgehalten hatten. Leon erinnerte sich an die Legende von Leonidas. Albert hatte sie ihm erzählt und Leon damals daran erinnert, dass der König der Spartaner sein Namensvetter war. Leonidas war in der letzten Schlacht gefallen, weil er mit seinen unerschrockenen Männern als Einziger zurückgeblieben war, um den Rückzug der übrigen Griechen zu sichern. Sie waren verraten worden. Ein tapferer König.

Leon sah eine Büste Wilhelm des Eroberers und die Darstellung der Schlacht bei Hastings vor fast achtzig Jahren. Und Philipp, König von Frankreich, ein Teppich mit der Schlacht von Bouvines im Jahr 1214. Albert hatte Leon von dieser Schlacht erzählt. Otto war seit 1209 römisch-deutscher Kaiser gewesen und hatte den französischen König angegriffen, obwohl am heiligen Sonntag ein Gebot zur Waffenruhe galt. Zwölftausend

Mann kämpften an diesem Tag. Leon besah sich den kostbaren Wandteppich. Hofmann ging neben ihm, während sie der Galerie der Schlachten und Kriegsherren weiter folgten. Hattin, Alesia, Las Navas de Tolosa, Liegnitz, Mohi, Salamis.

Aber nicht allein Schlachtenfürsten der abendländischen Welt waren in der Halle des Krieges ausgestellt. Auch jene des Orients und ferner Reiche waren vertreten. Leon sah Büsten und Devotionalien von Xerxes, Darius, Attila, Dschingis Khan und Saladin. Der älteste Schrein war einem Sumerer namens Gilgamesch gewidmet. Ein König von Uruk, wie Hofmann erklärte. Leon hatte weder von Gilgamesch noch von seinem Reich je gehört. Das galt auch für den Großteil der anderen hier ausgestellten Feldherren. Leon fiel außerdem auf, dass es keinerlei sinnvolle Reihenfolge der Schreine und Wandteppiche zu geben schien. Er fragte Hofmann nach dem Grund.

»Ich weiß, das hätte man mal sortieren können. Aber ich denke, jeder meiner Vorgänger hatte seine ganz eigenen Idole und hat deren Schreine einfach dahin gebaut, wo noch Platz war. Man sollte das mal in Ordnung bringen.«

»Habt Ihr all diese Schlachten studiert?«, fragte Leon weiter.

»Jede Schlacht und jedes Scharmützel. Sofern es überlebende Augenzeugen oder Aufzeichnungen ihrer Berichte gibt.« Hofmann seufzte. »Bei einigen der letzten war ich selbst zugegen.« Hofmanns Blick verdüsterte sich. »Ich habe das gottlose Gemetzel gesehen. In Bouvines. Auf dem Katharerkreuzzug gegen die Albigenser. Und auf dem Peipussee vor sechs Jahren.«

Leon war überrascht. »Ihr habt selbst gekämpft?«

»Nein«, antwortete Hofmann. »Ich bin ein Ratgeber. Mehr nicht.«

»Auf wessen Seite standet Ihr am Peipussee?«, fragte Leon, um das Schweigen zu beenden, das entstanden war.

Hofmann seufzte erneut. »Auf der Seite Alexander Newskis. Aber ich hoffe, auch auf der Seite der Menschen in diesen Landen.«

Das war ein merkwürdiger Ausspruch, empfand Leon und dachte einen Moment darüber nach. Leon war sehr beeindruckt. »Dann habt ihr dort gegen die Schwertbrüder und den Deutschen Orden gesiegt!«, sagte er. Albert hatte ihm von der Schlacht auf dem zugefrorenen See erzählt.

»Das war mit Sicherheit nicht mein Verdienst«, antwortete Hofmann und verzog im Halbdunkel das Gesicht. »Wichtiger war es, im Nachhinein einen belastbaren Friedensvertrag zu verhandeln. Seitdem ist die Narwa der Grenzfluss zwischen Nowgorod und den Ländern des Ordens.«

Leon sah ihn von der Seite an und erinnerte sich an den russischen Diplomaten mit der Zobelmütze, der an seinem ersten Abend an der Schule neben Hofmann gesessen hatte. Wie weit reichte der Einfluss dieses Mannes, wenn ihn selbst Fürsten aus dem fernen Nowgorod um Rat ersuchten?

Nachdem sie die gesamte Außenwand der Halle abgelaufen hatten, kamen sie schließlich zurück zu dem steinernen Tisch, und Leon sah jetzt, dass eine Weltkarte auf dessen Oberfläche eingelegt war. Ein wunderbares Mosaik aus verschiedenfarbigen Steinen und Glasstücken. Neugierig betrachtete er sie. Zahlreiche hölzerne Figuren, Symbole und andere Gegenstände standen darauf. Schiffe, Pferde, merkwürdige Beutel aus Stoff, Türme und Kegel. Münzen, Halbedelsteine, kunstvolle Pfeile und winzige Schwerter aus echtem Metall.

»Was ist das alles?«, fragte Leon.

»Das ist unsere Welt. Die Welt, in der wir leben.«

Leon staunte. Er hatte schon einige Karten in seinem Leben gesehen, aber das hier war etwas Außergewöhnliches. »Und was stellen all diese Gegenstände darauf dar?«, fragte er, obwohl er sich die Antwort denken konnte.

»Einige stehen für Herrscher, andere für Heere. Oder Geld. Was du siehst, Leon, ist die Verteilung der Macht in unserer Welt. Zumindest so, wie ich diese Verteilung derzeit einschätze. All die Menschen, die du täglich bei mir ein und aus gehen siehst, bringen mir Informationen. Briefe, Augenzeugenberichte, manchmal auch einfach nur ihre eigene Bewertung der Ereignisse da draußen. Manche kommen mit Bitten. Manche drohen oder locken. Und so manches Täuschungsmanöver ist auch darunter. Aus alldem machen wir das hier.« Hofmann zeigte mit der Hand auf die steinerne Tischplatte. »Ein Abbild der Welt.«

Leons Blick fiel auf einige geschnitzte Holzfiguren, die wie Könige aussahen. »Sind das die Herrscher der Welt?«

»Ja, einige von ihnen«, sagte Hofmann. »Dort oben siehst du Wilhelm von Holland. Er bereitet mir gerade die meisten Sorgen und schlaflosen Nächte.«

»Weshalb?«

»Weil er das fragile Gleichgewicht der Welt empfindlich stört. Er wurde erst vor zwei Monaten durch die päpstliche Partei in Worringen zum Gegenkönig von Friedrichs Sohn Konrad gewählt. Du weißt, dass der Papst Friedrich exkommuniziert und als Kaiser abgesetzt hat?«

Leon nickte.

»Wilhelm ist wahrscheinlich einer der wenigen deutschen Fürsten, der sich bereitfindet, im Namen der Kirche gegen die Staufer zu kämpfen. Vielleicht ist er auch einfach nur verrückt. Während wir hier sprechen, ist er jedenfalls dabei, eine Streitmacht zur Belagerung der Stadt Kaiserswerth am Niederrhein zu führen. Friedrich wird das nicht dulden. Ein neuer Krieg zieht auf. Und jeder Fürst im Reich wird sich für eine Seite entscheiden müssen. Für die Staufer oder für den Papst.«

»Wird der Papst Wilhelm denn zum neuen Kaiser krönen?«

»Das kann ich nicht vorhersehen. Auch wenn die sieben Kurfürsten ihn gewählt haben …« Hofmann unterbrach sich und setzte neu an: »Wilhelm hat mächtige Gegner. Noch immer hält Rudolf zu den Staufern. Aber die Erzbischöfe von Trier und Mainz haben sich auf die Seite des Papstes geschlagen.« Leon dachte daran, dass Siegfried, der Erzbischof von Köln, Cecile und seinen Onkel hätte trauen sollen, und ein Anflug von Bitterkeit überkam ihn.

»Friedrich selbst ist im Moment mit der Niederschlagung der kommunalen Aufstände in Oberitalien beschäftigt. Der Kaiser bereitet sich darauf vor, mit seinem Heer gegen Parma zu ziehen.« Hofmann deutete auf eine Reiterfigur. »So wird er sich gerade kaum den zersetzenden Vorgängen im Norden widmen können.« Wieder sah Hofmann Leon an.

Leon spürte etwas Prüfendes in seinem Blick und sprach schließlich aus, was er dachte: »Ihr habt einen Grund, mir all das hier zu zeigen.«

Hofmann nickte und sagte: »Das alles hier, Leon, ist ein Abbild der Wirklichkeit, die ausschließlich durch Worte erschaffen wurde.«

»Worte?«

»Ja, Worte. Eine Beleidigung hier, ein Entgegenkommen da. Hier eine Schmeichelei, dort eine Drohung. Verhandlungen mit befriedigendem Ausgang und solche mit keinem. Eine abweichende Auffassung hier und ein Missverständnis da. Die Menschen verstehen einander nicht, und der Krieg ist das Ergebnis ihrer unzulänglichen Sprache. Ihrer Unfähigkeit, den Wunsch nach Frieden in ihren Herzen in Worte zu kleiden.« Hofmann sah Leon in die Augen. »Sprache erschafft Wirklichkeit, Leon. Und hinter der Sprache stehen Gedanken. Deshalb ist die Welt mental. Sie ist ein Produkt unserer Gedanken. Kannst du mir folgen?«

Leon erschrak. Genau diese Worte hatten Ben und er in Gottfrieds Aufzeichnungen gefunden. *Die Welt ist mental.* War das Zufall? Oder kannte Hofmann das Buch? Leon nickte und beschloss, diesem Verdacht unbedingt nachzugehen. Doch jetzt schien ihm nicht der passende Augenblick dafür. Er nickte stattdessen und wiederholte die Worte des Meisters: »Die Welt ist mental.«

Am nächsten Morgen erzählte er Ben und Flint davon.

»Die Welt ist mental. Das sind dieselben Worte wie in Gottfrieds Buch«, bemerkte Ben und schien aber nicht sonderlich beeindruckt. Er berichtete stattdessen, dass er in der vergangenen Nacht endlich ein weiteres der Rätsel gelöst hatte. Er erklärte den beiden, wie Gottfried diesen Teil verschlüsselt hatte. Und dass Ben weitere Bücher der Bibliothek benötigt hatte, um diese Verschlüsselung zu enträtseln. Gottfried hatte Textstellen in anderen Büchern zur Auflösung seiner Chiffren genutzt, und Ben hatte Stunden damit zugebracht, sie jeweils in den richtigen Ausgaben der Bibliothek zu finden und zusammenzutragen. Ben berichtete das alles mit Eifer, aber Leon und Flint verstanden so gut wie nichts davon. »Nun sag schon, was steht da?«, fragte Flint.

»Gottfried beschreibt, wie Bernhard seine Manipulationen auf zwölf Gefühlszustände richtet.«

»Gefühlszustände?«, fragte Leon.

»Ist klar«, sagte Flint spöttisch.

»Ja«, sagte Ben und erklärte unbeirrt weiter: »Gottfried nennt sie ›Aggregate‹. Und Bernhard manipuliert sie wohl einzeln, um andere Menschen zu bestimmten Taten zu bewegen. So wie es angeblich in der Schriftrolle von Trismegistos selbst aufgezeigt wird.«

»Was sind das für Gefühlszustände?«, fragte Leon.

»Eigentlich sind es nicht nur Gefühle. Es sind ... na ja, hört selbst.« Ben kramte ein Stück zerfetztes Pergament heraus und las einzelne Wörter und Wortpaare vor: »Unwissenheit. Trauer. Ungerechtigkeit. Begierde/Wollust. Ungeduld. Habsucht. Irrtum/Täuschung. Neid/Arglist. Leichtsinn/Unbesonnenheit. Wut/Zorn. Bosheit/Niedertracht. Ehrgeiz/Herrschsucht.«

Ben machte eine Pause, sah Leon und Flint in die Augen, und als er keinerlei Resonanz darin entdeckte, fuhr er fort: »Gottfried schreibt, dass sich jeder dieser Zustände laut Bernhard zur Beeinflussung verwenden lässt. An einer Stelle scheint Gottfried eine andere Schrift zu zitieren. Der ganze Teil ist auf Griechisch verfasst, deshalb habe ich mich mit der Übersetzung ein bisschen schwergetan. Aber für mich klingt vor allem diese Stelle hier ...« – Ben zeigte auf das Pergament und dann auf eine Stelle im Buch – »... wie eine Abschrift aus der Schriftrolle des Trismegistos selbst. Vielleicht hat Bernhard sie diktiert oder anderswie verwendet. Hört her: ›Bewusstsein kann ebenso gut wie Metalle und Elemente von Zustand zu Zustand umgewandelt werden. So wie aus Wasser Eis oder Dampf wird, kann die Haltung eines Menschen von einem Zustand in den anderen umgewandelt werden. Jedoch immer nur innerhalb eines Aggregates. Aus Wasser wird kein Feuer. Und aus Stein kein Eis. Bewusstsein kann von Zustand zu Zustand umgewandelt werden, von Beschaffenheit zu Beschaffenheit. Von Pol zu Pol; von Schwingung zu Schwingung.‹ Und darunter hat Gottfried eindeutig

Bernhard zitiert«, fuhr Ben fort, »indem er dessen Namen mit einem Doppelpunkt vorangestellt hat. Wie in einem Drama: ›Wahre hermetische Transmutation ist eine mentale Kunst. Und Hermes hat sie uns gelehrt.‹«

»Was für ein Schwachsinn«, brach es aus Flint heraus. »Dieser Gottfried fantasiert!«

Leon aber sagte: »Ich finde, das ergibt irgendwie Sinn. Letztlich sagt er nichts anderes als: Nimm ein vorhandenes Gefühl und nutze es auf derselben Polarität. Nimm also Habsucht und versprich Reichtum. Nimm Trauer und versprich Trost oder Glück. Albert hat einmal zu mir gesagt, dass Liebe und Hass dasselbe bedeuten wie Nichthass und Nichtliebe. Zu jedem Gefühl gehört ein Gegengefühl. Und deshalb hasst man mitunter die Menschen am meisten, deren Liebe man sich eigentlich gewünscht hätte.« Eine Pause entstand. Leon sah in zwei absolut leere Gesichter. »Na gut, vergesst das einfach wieder.«

Aggregate

Schule der Redner, 2. Februar 1248

Zwei weitere Wochen vergingen, bis Leon das nächste Mal auf Meister Hofmann traf. Gorgias war noch immer verschwunden, und niemand hatte eine Erklärung hierfür. Sie hatten wochenlang und am Ende systematisch nach ihm gesucht. Selbst an den Berghängen unterhalb der Anlage, denn ein Schüler kam auf die Idee, der Grieche könnte vielleicht von einer der Mauern in den Abgrund gestürzt sein. Aber auch dort fanden sie ihn nicht. Seine Wohnung in der Bibliothek wirkte, als käme er gleich zurück. Nichts deutete darauf hin, dass er vielleicht abgereist wäre. Dass er einfach so verschwunden war, beunruhigte Schüler und Lehrer gleichermaßen sehr.

Noch immer hielt der kalte Winter das Land im Griff. Doch heute war ein sonniger Tag gewesen, und der Himmel leuchtete jetzt in einem atemberaubenden Rot, da der Abend hereinbrach. Diesmal begleitete Flint seinen Freund zu dem Treffen mit Hofmann. Widerwillig. Aus irgendeinem Grund hatte Hofmann beim letzten Mal darauf bestanden, Leons Diener kennenzulernen.

»Was soll ich da? Ich langweile mich bestimmt zu Tode«, hatte Flint protestiert.

»Es gibt Wein«, hatte Leon statt einer Antwort gesagt. Und mehr Überredungskunst war nicht nötig gewesen. *Aggregate*, dachte Leon.

Jetzt standen sie zu dritt am Kamin des Arbeitszimmers und sahen in die Flammen. Eine Weile lang sagte niemand etwas. Dann riss Hofmann den Blick vom Feuer los und bat sie, sich zu setzen.

»Ist es Euer Wunsch, dass mein Diener hier bei uns sitzt?«, fragte Leon gestelzt.

Hofmann lächelte. »Das ist nicht dein Diener.«

Leon erschrak, doch Flint schien weiterhin ungerührt. Hofmann sah die beiden freundlich an. »Als dein Diener sollte der Junge wohl um einiges beflissener darin sein, dir zur Hand zu gehen, Leon. Stattdessen sehe ich ihn eigentlich überwiegend in Agnes' Küche. Auch schenkt er sich den Wein wie eben erst selbst ein, bevor er auch deinen Becher füllt. Ich erkenne, wie nahe ihr euch steht. Da ist eine Verbindung zwischen euch. Am Anfang hätte ich gesagt: Brüder. Vielleicht von verschiedenen Müttern. Doch ihr habt so gar keine Ähnlichkeit miteinander, und daraus schloss ich, dass ihr schlichtweg gute Freunde seid.«

Flint zuckte mit den Achseln. »Ich bin sein Berater. Aber sagt es niemandem!« Hofmann lächelte Flint an, und der Wildererjunge drehte sich zu Leon. »Ich hab dir ja gesagt, dass der nicht blöd ist.«

Doch Leon fühlte sich überrumpelt. Was sollten sie jetzt tun? Flint würde nicht auf der Schule bleiben können. Doch etwas in ihm vertraute dem Meister. Also sagte er: »Ihr habt recht. Flint ist mein Freund. Wir sahen keinen anderen Weg, ihn hier unterzubringen. Meint Ihr, Maraudon hat uns ebenfalls durchschaut?«

»Maraudon ist der klügste Mann, den ich kenne. Gewiss hat er das«, antwortete Hofmann lächelnd.

Leon schämte sich ein bisschen. »Warum hat er die Sache dann nicht aufgedeckt, sondern stattdessen zugelassen, dass Flint hier an der Schule bleibt?«

»Maraudon wird seine Gründe dafür haben. Menschliches Verhalten ist nicht zufällig.«

»Was meint Ihr damit?«, fragte Leon.

»So wie Maraudons Taten folgen alle Handlungen der Menschen – und auch ihr Sprechen – Mustern und inneren Antrieben. Da das gezeigte Verhalten in der Regel nicht willkürlich auftritt, wird es für denjenigen vorhersagbar, der über die Antriebe und Muster des anderen Bescheid weiß.«

Leon warf einen Blick zu Flint, der jetzt genauso verständnislos dreinschaute wie Leon selbst.

Hofmann lachte: »Ich will euch ein einfaches Beispiel geben.« Dann wandte er sich Flint zu und fuhr fort: »Nehmen wir an, es gäbe in Agnes' Küche eine Speise, die dir nicht schmeckt.«

»So was gibt's nicht«, sagte Flint. »Nicht bei Agnes.«

»Auch dann ist mein Beispiel noch passend«, fuhr Hofmann fort. »Alles schmeckt dir. Egal, was ich dir von Agnes herrichten lasse, du wirst es mit Wonne essen.«

»Wenn Agnes es selbst zubereitet hat, auf jeden Fall und ohne den leisesten Mucks!«, sagte Flint und nickte grinsend.

»Wie du siehst, wäre dein Handeln in diesem – zugegebenermaßen recht simpel konstruierten Falle – vorhersehbar. Weil wir den Beweggrund für dein Handeln im Voraus kennen.«

Leon begann zu verstehen, worauf Hofmann hinauswollte. Der fuhr fort: »Bei anderen Beweggründen ist es nicht ganz so einfach, doch im Prinzip ähnlich. Etwas treibt uns Menschen an. Den einen dies, den anderen das. Wir handeln niemals vollkommen willkürlich. Alle Prinzipien der Beeinflussung beruhen auf dieser Grundlage. Um das Verhalten eines Menschen in eine bestimmte Richtung zu lenken, musst du seinen entsprechenden Antrieb kennen. Fehlt diese Kenntnis, ist mit Worten wenig zu bewirken.«

Leon sah den Meister nachdenklich an. »Ist das der Grund, weshalb wir in den ersten Wochen so vieles über die Kunst des Fragens gelernt haben?«

»Du durchschaust die Sache recht schnell«, antwortete Hofmann. »Meister Borkas lehrt euch die verschiedenen Wege, an Antworten zu gelangen, auch aus diesem Grunde. Denn hat dein Gegenüber seine Beweggründe erst einmal offenbart, ist es hernach umso leichter, ihn zu beeinflussen. Ihn in seinem Verhalten zu steuern.« Leon dachte an den Satz Maraudons. *Mit dir an meiner Schule mache ich am Ende noch reiche Beute.* Hatte Maraudon Leons Antrieb erkannt? Oder war das einfach nur eine ganz allgemeine Aussage gewesen? Leon staunte erneut darüber wie schnell ein Gespräch mit Hofmann tiefsinnig wurde. Als sei jedes oberflächliche Wortgeplänkel stets nur eines: Zeitverschwendung.

»Gibt es auch allgemeine Beweggründe? Also Antriebe, die allen Menschen innewohnen?«, fragte Leon. Er dachte an die Liste der zwölf Aggregate, wie Gottfried sie in seinen Aufzeichnungen genannt hatte.

»Ja, doch sie sind weniger wertvoll in Situationen, die ein spezifisches Handeln deines Gegenübers zur Absicht haben. Es gibt Beweggründe wie physischen Selbsterhalt, die Verteidigung deiner Angehörigen oder die Perspektive einer fortdauernden Sicherheit. Und es gibt Mechanismen, die so allgemein und bekannt sind, dass man mit ihnen großen Einfluss auf die Gefühle der Menschen nehmen kann. Nimm die Künstler und Dichter, Leon. Seit der frühsten Antike schaffen es Poeten wie Euripides, Aischylos oder Sophokles, uns mit ihren Tragödien zum Weinen oder mit ihren Komödien zum Lachen zu bringen. Weil sie die allgemeinen Beweggründe der Menschen kennen. Das Werk eines Künstlers kann Wut, Lust oder Trauer in uns auslösen.

Stolz und Ergriffenheit. Wenn man kleinen Kindern Märchen erzählt, schafft man es mit Vorsatz, Grusel zu erzeugen. Nun stellt euch vor, wie viel mehr man in Menschen hervorrufen kann, wenn man die Beweggründe des Einzelnen *genau* kennt. Nicht nur allgemein.«

Leon nickte nachdenklich.

»Nun, ich kenne die Beweggründe Maraudons in diesem Falle nicht«, kam Hofmann auf die ursprüngliche Frage Leons zurück. »Doch es wird sie zweifelsohne geben. Da ich nicht danach trachte, Maraudon zu beeinflussen, werde ich dem auch nicht nachgehen.«

Leon nickte dankbar. Doch dann kam ihm ein weiterer Gedanke. Ihm ging ein Zusammenhang durch den Kopf, den sie in Gottfrieds Buch entschlüsselt hatten. »Gibt es eine Methode, diese Beweggründe mit Worten anzurühren?«

»Wie meinst du das?«, fragte Hofmann.

»Ich habe Albert von einem ›Schattenwort‹ sprechen hören, und jetzt scheint es mir, als wäre damit ein Wort gemeint, das die im Schatten liegenden Antriebe des Menschen zu berühren weiß.«

»Von einer solchen Methode weiß ich nichts«, sagte Hofmann nachdenklich und nahm einen Schluck aus seiner Schale. Nicht ohne Leon dabei weiter aufmerksam zu beobachten.

Leon zögerte kurz und beschloss dann, alles auf eine Karte zu setzen: »Was wisst Ihr über den ›Äther‹ oder die sogenannten Aggregate?«

Hofmann senkte die Schale, und statt einer Antwort stellte er eine Frage: »Hast du das auch bei Albert aufgeschnappt?« Flint, der zuvor noch ganz und gar mit seinem Becher Wein beschäftigt wirkte, sah warnend zu Leon. Hofmann bemerkte den Blick und sah Leon in die Augen. »Ihr könnt mir vertrauen.«

451

Dennoch zögerte Leon. »Ich las davon in einem Buch«, sagte er schließlich ausweichend.

Eine kurze Pause entstand, bevor Hofmann fragte: »Handelte das Buch von einem gewissen Trismegistos?«

Leon erschrak. Wieder sah Flint zu ihm herüber und deutete ein Kopfschütteln an. Aber es war zu spät. Leon hatte sich entschlossen, Hofmann zu vertrauen. Zumindest bis zu einem gewissen Grad.

»Ja ... Hermes Trismegistos«, sagte Leon.

»Ist es ein Buch hier an dieser Schule?«, fragte Hofmann weiter und sah Leon dabei direkt in die Augen.

»Nein«, log Leon. »Ich fand es unter Alberts Büchern.« Und das war diesmal nicht gelogen.

Hofmann wirkte entspannt, als er antwortete: »In den Lehren dieses merkwürdigen Mannes geht es um den Stoff, der alles in diesem Universum verbindet, so auch uns Menschen.«

»Wieso nennt Ihr ihn einen merkwürdigen Mann?«

»Weil wir bis heute nicht herausgefunden haben, ob er wirklich gelebt hat oder nur ein Mythos ist. Hermes ist, wie du weißt, ein Gott der Griechen. Aber eine Legende besagt, dass er eigentlich ein sterblicher Mensch war, der im Lauf der Zeit zu einem Gott verklärt wurde. Hermes Trismegistos lebte in Ägypten und war sowohl ein Schriftgelehrter, wenn nicht gar der Erfinder der Schrift selbst, als auch ein Alchemist und Priester. Deshalb nannte man ihn Trismegistos, den ›dreifachen Meister‹. Angeblich existierten Aufzeichnungen dieses Meisters, der sich auch mit der Rede und ihren Möglichkeiten der Beeinflussung über den Äther beschäftigte. Er soll einen Weg gefunden haben, die Verbindung zwischen Mensch und Materie, also den Äther, wie er es nennt, zur Beeinflussung zu nutzen. Auf beiderlei gerichtet, also sowohl auf Menschen als auch auf Materie.« Hofmann nahm einen Schluck aus der hölzernen Schale und hielt sie mit beiden Händen vor seine Brust.

»Der Geist bewegt die Materie«, sagte Leon.

Hofmann sah auf. Er schien ernsthaft überrascht.

»Das ist Vergil«, wiederholte Leon das, was Ben in der Bibliothek gesagt hatte. Es klang ein bisschen altklug.

Hofmann sah Leon einen weiteren Moment lang aufmerksam an. »Ja. Und der Geist bewegt vor allem andere Geister. Jedenfalls wird behauptet, dass Trismegistos das so sagte. Und wenn dem so ist, so ist zumindest etwas davon wahr. Wir nennen es ›Empathie‹. So gelingt es uns, durch Methoden wie das ›Ausschließen der Welt‹ …« – wieder ein prüfender Blick – »… uns in andere Menschen einzufühlen. Bis wir fühlen wie sie. Bis wir uns in ihren Gedanken und Gefühlen bewegen, als seien es unsere eigenen. Albert hat es dir gezeigt, nicht wahr?«

Was weiß Hofmann noch? Leon nickte, ohne etwas zu erwidern.

Hofmann sagte: »Praesentia. Im Zustand dieser Verbundenheit über den Äther können wir in die Gedanken des anderen eindringen und diese sogar neu ordnen. Indem wir Schlüsselworte hinterlassen. Sogenannte Schattenworte. Das ist es, was man in Trismegistos' Schriften vermutet. Eine Rezeptur. Aber auch dies ist nur eine Legende.«

»Was ist aus den Schriften geworden?«, fragte jetzt Flint, der offenbar doch aufmerksam zugehört hatte.

»Sie sind verbrannt«, antwortete Hofmann. »Beim großen Feuer in der Bibliothek von Alexandria untergegangen. In deren Register wurden sie zuletzt erwähnt. Doch jetzt sind sie verloren.« Hofmann seufzte und trank aus seiner Schale.

Nein, sind sie nicht. Aber das sagte Leon nicht. Es gibt zumindest Abschriften. Vier. Und Gottfrieds Buch würde sie zu mindestens einer von ihnen führen. Sie mussten Gottfrieds Rätsel entschlüsseln. Unbedingt.

☙

Der Winter war fast vorüber. Das Mädchen Konstanze mied sie noch immer. Mit wenigen Ausnahmen arbeiteten Ben und Leon Nacht für Nacht an der Entschlüsselung des Buches. Aber es kam schließlich doch der Moment, an dem sie sich eingestehen mussten, dass sie am Ende waren.

Ben zeigte auf die Stelle mit der Keilschrift. »Was ist, wenn das ausgerechnet der Teil in Gottfrieds Aufzeichnungen ist, in dem er die Rezeptur beschreibt?«

»Wir kriegen diese Chiffren aber nicht entschlüsselt.« Leon seufzte. Sie hatten einen Stapel Pergament und Kohle aus der Schreibstube entwendet, um darauf Zahlen- und Buchstabenkombinationen auszuprobieren. Ohne Ergebnis.

Flint hatte sich angewöhnt, es sich drinnen auf einem Stapel unbehandelter Tierhäute bequem zu machen, statt draußen in der nächtlichen Kälte des abklingenden Winters Wache zu schieben. Kein Mensch schien sich nachts für die Bibliothek und den Lesesaal zu interessieren. Eigentlich erstaunlich angesichts der Kostbarkeiten, die hier aufbewahrt wurden. Seitdem Gorgias verschwunden war, der einzige Mensch, der in diesem Gebäude sein Schlafgemach hatte, fühlten sie sich noch sicherer als zuvor. Flint gähnte und blinzelte hinüber zu seinen Freunden. Weil niemand an der Pforte Wache hielt, sahen sie die Gestalt erst, als sie in den Schein der Öllampe trat.

Sie erschraken bis ins Mark. Flint sprang auf, entspannte sich aber schon im nächsten Augenblick wieder. *Konstanze!*

»Ihr sagt es keinem!«, zischte das Mädchen.

Die drei Freunde nickten eilig.

»Schwört es.« Sie sah grimmig von einem zum anderen.

»Wir … ich …«, stammelte Ben, als ihr Blick ihn traf.

Flint antwortete: »Alles klar!«, und legte sich wieder auf seinen Stapel Häute.

»Schwört es!«, sagte Konstanze noch einmal.

Ben und Leon hoben die Hand und sagten gemeinsam: »Ich schwöre!«

»Konstanze, ich …«, wollte Ben noch einmal anheben, aber das Mädchen unterbrach ihn erneut.

»Nix Konstanze! Für euch bin ich weiterhin Konni. Damit ihr euch nicht verplappert.«

»Klar!« Ben und Leon nickten eifrig.

»Ist klar.« Flint grinste und schloss die Augen.

»Wie weit seid ihr?«, fragte Konni im nächsten Moment, ohne irgendeine weitere Erklärung für ihr Verhalten abzugeben. Die ganze Sache schien für sie damit erledigt zu sein. Niemand ging weiter darauf ein. Stattdessen erklärte Ben ihr in knappen Worten die bisherigen Fortschritte und zeigte die Aufzeichnungen, die sie in der Zwischenzeit gemacht hatten. Als er zu den Ausführungen in koptischer Keilschrift kam, endete er mit den Worten: »Es ist ein Rätsel.«

Konni kniete sich hin und sah auf das Buch. Und auf die Aufzeichnungen. Sie blätterte eine Weile darin herum.

Dann sagte sie: »Diese Stelle scheint nicht von Gottfried geschrieben worden zu sein.« Sie deutete auf eine Seite im hinteren Drittel des Buches.

»Ja, das ist uns auch schon aufgefallen«, nickte Leon.

»Konntet ihr sie übersetzen?«, wollte Konni wissen.

»Ja, das war eine der leichteren Stellen«, antwortete Ben. Leon nickte erneut, obwohl er die Chiffre auf dieser Seite niemals ohne Ben entschlüsselt hätte. Alle Silben darauf waren einfach umgedreht worden. Aus der Silbe *Her* wurde *Reh*. Aus *mes* wurde *sem*. So wurde aus dem Wort »Hermes« »Rehsem«. Zudem fehlten die Leerzeichen zwischen den Worten. Das Ganze las sich deshalb wie das Gestammel eines Irren. Ben erklärte: »›Nirednudlekteihsedrebseg‹. In der Dunkelheit des Berges. ›Tshcännedegnubnedne‹. Das heißt: Nächst den Gebundenen.«

Konni verstand und fragte nach der vollständigen Bedeutung der entschlüsselten Stellen: »Nächst den Gebundenen? Was ist damit gemeint? Gefangene?«

»Wir wissen es nicht«, antwortete Ben. »Der Text scheint in Versen gefasst und besteht aus sechs Zeilen. Sein weiterer Wortlaut ist: ›Nicht Altar, aber auch nicht eitler Tisch. Der Heiden Werk sich hier verrichtet sieht.‹«

»Könnte das Albert gewesen sein?«, fragte Konni und sah zu Leon.

»Ja, das vermuten wir auch. Das würde erklären, weshalb die Schrift hier so anders aussieht.«

Leon sah sich die Übersetzung unterdessen noch einmal im Ganzen an:

In der Dunkelheit des Berges nächst den Gebunden.
Nicht Altar, aber auch nicht eitler Tisch.
Der Heiden Werk sich hier verrichtet sieht.
Den Weg weist Abba-Ababus.

Doch schlau wurde Leon aus diesen Worten nicht. Vor allem die letzte Zeile schien ihm wirr. Was sollte das heißen?

»Wer hat Gottfrieds Buch außer Albert noch besessen?«, fragte Ben jetzt.

»Nach meinem Wissen wirklich nur Albert selbst.«

»Dann muss es auch Alberts Handschrift sein. Leon, sieh noch einmal hin.«

Leon kannte Alberts Handschrift. Diese hier schien ihm jedoch irgendwie fremd. Vielleicht waren die Zeilen auch in großer Eile geschrieben worden. Leon sah sich das Blatt genauer an. Hinter den Versen war eine Zeichnung zu sehen. Aber sie war stark verblasst. Er reichte das Buch wieder an Ben zurück und sagte: »Siehst du die Zeichnung hinter der Schrift?«

»Das sieht aus wie ein Palimpsest«, sagte Ben.

»Ein was?«, fragten Leon und Konni wie aus einem Mund.

»So nennt man das, wenn Pergament mehrfach benutzt wird. Die Beschriftung wird vorher mit einem Messer abgeschabt oder mit Bimsstein abgeschliffen. Das muss nichts bedeuten. Bei einem Buch wie diesem hier wundert es mich ohnehin, dass Gottfried neues, zudem sehr dünnes Pergament benutzt hat.«

»Warum?«, fragte Konni.

»Das ist eigentlich für persönliche Aufzeichnungen viel zu teuer«, antwortete Ben. »Das hier sieht sogar aus wie die Haut einer ungeborenen Ziege. Das teuerste Pergament, das es gibt. Deshalb wundert es mich auch nicht, dass er es an einigen Stellen mehrfach verwendet hat.«

Konni sah auf das Blatt und versuchte zu erkennen, was wohl vorher darauf zu sehen gewesen war. Es wirkte wie ein Grundriss. Oder ein Gebäudeplan. Sie fragte: »Habt ihr versucht herauszufinden, was diese Zeichnung darstellt?«

»Ja, das haben wir. Unserer Einschätzung nach ist es ein Grundriss der Universität von Paris. Hier kannst du eine Bezeichnung erkennen.« Leon deutete auf eine Stelle am unteren Rand der Darstellung und las vor: »u.m.e.s.«

»Was bedeutet das?«, fragte Konni.

»universitas magistrorum et scholarium«, antwortete Ben

und fügte hinzu. »Es kann aber natürlich auch irgendein anderer Gebäudegrundriss sein, und der Hinweis auf die Universität weist stattdessen auf die Herkunft des Grundrisses hin.«

»Hm …«, sagte Konni. »Aber die Universität von Paris wäre zumindest schon mal eine Spur. Wir wissen von Leon, dass auch Albert in Paris studiert hat. Am Kolleg der Sorbonne. Er wird dort Kontakt zu den großen Kirchenlehrern Albertus Magnus, Bonaventura und Thomas von Aquin gehabt haben.«

Ben nickte, um Konnis Worte zu bestätigen. »Eine der fünf Spiralen im Buch Gottfrieds endet mit dem Namen des heiligen Dominikus. Und der war für einige Zeit Albertus Magnus' Lehrer.«

»Gottfried ist 1188 gestorben. Er hat diese Spiralen angefertigt. Wir gehen deshalb davon aus, dass er wusste, wer die Vorbesitzer der vier Abschriften waren. Demnach wäre eine davon im Besitz Dominikus gewesen. In Paris. Und da Dominikus Albertus Magnus' Lehrer war, könnte es sein, dass Albertus in den Besitz der Abschrift gelangt ist.«

Leon raufte sich die Haare. »Das alles bringt uns nicht weiter. Das sind alles nur Mutmaßungen. Ich werde Hofmann bitten, uns zu helfen.«

Konni sah ihn an. »Du machst einen Fehler, wenn du das tust.«

»Glaubst du immer noch, Hofmann sei ein Satanist?« Leon sah Konni an und lächelte jetzt aber.

Konni richtete sich an Ben und fragte: »Was sagst du?«

Zur Antwort zuckte Ben mit den Schultern. »Das kommt darauf an, wie viel Zeit wir noch haben. Ich jedenfalls bin mit meinem Latein am Ende. Wenn ihr mich fragt, würde ich auf jeden Fall erst einmal Borkas fragen, bevor ich damit zu Hofmann ginge.«

Alle drei schwiegen.

»Es gibt aber noch etwas anderes, das ich herausgefunden habe«, sagte Ben schließlich.

Konni und Leon sahen ihn an.

»Albert verweist an einer Stelle auf das Abba-Ababus-Glossar. Erinnert ihr euch an den Satz: ›Den Weg weist Abba-Ababus‹?«

»Was ist das?«

»Ein kleines lateinisches Wörterbuch im Besitz der Schule. Ich habe es mir … na ja, ausgeliehen.« Ben zog ein Büchlein hervor. »Ich habe es mir genau angeschaut, bin aber nicht schlau daraus geworden. Mir fiel lediglich auf, dass die drei Buchstaben r, i und s im Abba-Ababus-Glossar hin und wieder unterstrichen sind.« Er hatte das kleine Glossar jetzt aufgeschlagen und deutete auf die Buchstaben, während die Freunde ihm über die Schulter sahen. Ben fuhr fort: »Und zwar in der Reihenfolge r, r, i, s, s, r, i, i, s, r, r, i.«

»Und was soll das heißen?«, fragte Konni.

»Das heißt Rrissriisrri«, sagte Flint von seinem Lager aus, ohne dabei die Augen zu öffnen.

»Sehr witzig«, sagte Konni.

»Keine Ahnung«, antwortete Ben jetzt auf Konnis Frage. »Da es immer dieselben drei Buchstaben sind, glaube ich diesmal nicht an eine Chiffre. Eher ein Muster oder eine Schablone für irgendetwas.«

»Vielleicht hat es auch gar nichts mit Gottfrieds Aufzeichnungen zu tun.« Leon seufzte.

Sie mutmaßten noch eine Weile herum und beschlossen dann, es für heute gut sein zu lassen. Beim Hinausgehen entschuldigte sich Leon bei Konni. »Es tut mir leid, dass ich dich so brüsk auf deine … na ja … Verwandlungen angesprochen habe. Für mich ist das kein Problem. Nur damit du das weißt.

Ich finde, du bist mutig. An deiner Stelle würde ich auch alles tun, um an das Wissen dieser Schule zu gelangen.«

Konni blieb stehen und sah Leon in die Augen. »Würdest du dafür auch Mädchenkleidung tragen?«

Leon musste lächeln. »Ich würde mich als der Beelzebub höchstpersönlich verkleiden, wenn ich dadurch an den Lektionen teilnehmen könnte!«

Jetzt lachten beide. Sie gaben sich die Hand. So als würden sie etwas besiegeln.

Als Konni die kleine Tür hinter ihnen ins Schloss zog und mit einem Haken zusperrte, den sie aus dem Wolfskopf ihres Gürtels gezogen hatte, fragte Leon: »Weshalb kennst du dich so gut mit Schlössern aus? Ben sagt, du hast sogar den Mechanismus zu den Stolleneingängen aufbekommen.«

»Nach dem Tod meines Vaters musste ich mir meinen Unterhalt notgedrungen selbst verdienen«, antwortete Konni, auch wenn das wiederum nicht ganz der Wahrheit entsprach. »Mir blieb danach die Wahl, entweder eine Hure oder aber eine Diebin zu werden. Ich entschied mich für Letzteres. Auch den Unterhalt für diese Schule habe ich damit ganz und gar selbst aufgebracht. Ich habe gestohlen. Überall. Da begegnet einem so manche hinderliche Tür.«

Leon war beeindruckt, und er überlegte einen Moment, bevor er seine nächste Frage stellte: »Kommst du wirklich aus Böhmen?«

»Nein. Das habe ich erfunden«, antwortete Konni, ohne mit der Wimper zu zucken.

Leon war bestürzt. Nicht über die Tatsache, dass Konni nicht aus Böhmen kam, sondern darüber, dass er so leicht zu beschwindeln war. Konnte er nicht in die Gedanken anderer Menschen sehen? Er hatte Konni von Beginn an jedes Wort geglaubt.

In diesem Augenblick wusste er nicht mehr, ob er ihr überhaupt je wieder vertrauen könnte. Lüge und Wahrheit schienen für das Mädchen Konstanze ein und dasselbe zu sein.

»Woher kommst du dann wirklich?«

»Aus China natürlich«, grinste Konni.

Leon seufzte und beließ es dabei.

Der Äther

L eon hatte beschlossen, Bens Rat zu befolgen, und suchte am folgenden Morgen nach Meister Borkas. Er fand ihn im Gespräch mit Berthold, dem Cellerar, und wartete in einigem Abstand, bis die beiden ihre Unterhaltung beendet hatten.

»Meister Borkas?«

»Leon?«

»Habt Ihr einen Moment für mich?«

Borkas schien neugierig und an diesem Morgen gut gelaunt zu sein. Er nickte, und gemeinsam ließen sie sich auf einer nahe gelegenen, niedrigen Mauer nieder, die an einer Grünanlage entlangführte. Der heutige Tag schien einer der ersten richtigen Frühlingstage zu werden. Die Sonne schien, und kleine weiße Wolken zogen über den hellblauen Himmel. Auf Bäumen und Büschen waren die ersten zarten Knospen zu sehen, und es war zum ersten Mal wieder richtig warm.

»Worum geht es?«, wollte Borkas wissen. Er lächelte und sah Leon dabei in die Augen.

»Inwiefern und inwieweit«, sagte Leon.

»Wie bitte?« Borkas sah den Jungen verständnislos an

»Nicht ›wie bitte‹. ›Inwiefern‹ und ›inwieweit‹. Die beiden Fragewörter, die im Deutschen nicht mit W beginnen.«

Borkas lachte. »Ich dachte schon, in diesem Jahrgang kommt

niemand mehr dahinter. Gut gemacht, Leon. Du sollst deinen Preis haben.« Borkas erkannte aber sogleich, dass das nicht der wirkliche Anlass dieser Unterredung war.

»Worum geht es dir tatsächlich, Leon?«, fragte er.

»Ich brauche Eure Hilfe.«

Borkas blickte Leon aufmerksam an. »Sprich, Junge.«

Leon trug das Buch bei sich, war aber nicht mehr sicher, wie viel von seinem Wissen er Borkas preisgeben und wonach er genau fragen wollte. Er entschied sich, behutsam vorzugehen und nicht gleich mit dem koptischen Text zu beginnen.

»Wie gut kanntet Ihr Frater Albert?«, begann Leon.

»Welchen meinst du?«

Borkas sah, dass Leon seine Frage nicht verstand.

»Meinst du Albertus Magnus oder Albert von Breydenbach? Beide sind mir wohlbekannt.«

Leon war überrascht. »Woher …?«

Borkas sprach schon weiter: »Beide gingen hier eine Weile lang ein und aus. Aber Albertus Magnus kenne ich schon länger. Wir studierten zusammen in Paris. Albert von Breydenbach ist ein Freund von Maraudon. Doch ich kenne ihn nicht so gut wie Albertus Magnus.«

»Ich meine Albert von Breydenbach. Wann habt Ihr ihn zuletzt gesehen?«

»Lass mich nachdenken.« Borkas sah hinauf zum Himmel, über den gerade eine Schar Wildgänse zog. »Ich denke, es wird nach seiner Rückkehr aus Palästina gewesen sein. So etwa im Jahr 1242. Oder '43. Er ist nur für wenige Tage geblieben und dann auch rasch wieder aufgebrochen. Ich hörte, dass er am Hof Rudolfs dessen Neffen unterrichten sollte.«

Leon nickte und entschied sich, einen Teil der Wahrheit zu offenbaren. »Das stimmt. Ich bin einer von ihnen.«

Borkas sah Leon in die Augen und wirkte nicht überrascht. Stattdessen lächelte er. »Ich habe mich sowieso schon gefragt, weshalb ein Weiler wie Wettingen neuerdings Adlige hervorbringt.«

»Ihr kennt Wettingen?« Leon schämte sich. Weniger für seine Lüge als vielmehr für seine Einfallslosigkeit.

»Ich bin ein bisschen herumgekommen«, sagte Borkas. Für einen kurzen Moment schwiegen beide.

»Ich frage nach Albert, weil er verschwunden ist.«

»Auch das habe ich gehört«, seufzte Borkas.

»Ich mache mir Sorgen.«

»Und die sind berechtigt in diesen Zeiten.«

Das Gespräch verebbte, und Borkas schien nicht bereit, es wiederzubeleben. Offenbar wartete er darauf, dass Leon zur Sache kam.

Leon wagte sich noch ein bisschen weiter vor: »Was könnt Ihr mir über den Äther sagen?« Leon bemerkte, wie sich Borkas augenblicklich versteifte, und sprach deshalb schnell weiter: »Ich weiß von Albert, dass es die Möglichkeit gibt, zwischen den Menschen eine Verbindung herzustellen und sie auch wieder zu unterbrechen. Ich selbst habe mich unter seiner Anleitung im ›Ausschließen der Welt‹ geübt. In Euren Lektionen lerne ich jetzt, die Gedanken anderer Menschen durch Fragen zu erforschen. Besteht da ein Zusammenhang?« Dann erzählte er Borkas von der Unterredung mit Hofmann. Er vermied es jedoch, dabei das Schattenwort zu erwähnen.

»Schlag dir das aus dem Kopf!« Borkas schien plötzlich verärgert.

»Weshalb … ich …«, stammelte Leon. Weiter kam er nicht.

»Ich mag ein Trinker sein und ein alternder Zausel. Gleichwohl entgeht mir nicht der Grund deiner Frage.«

»Was meint Ihr? Ich frage aus reiner Neugierde und aus dem Wunsch nach mehr Wissen.«

»Ist das so?« Borkas sah Leon jetzt direkt ins Gesicht. »Ich will dir sagen, was dich in Wahrheit bewegt. Und ich will dich warnen, Leon von *Wettingen*.« Die spöttische Art, mit der er den Namen des Weilers aussprach, versetzte Leon einen Stich. »Du trachtest so wie Tausende andere in diesen Zeiten nach Macht. Ich kann es dir ansehen. Und ich muss keine einzige Frage stellen, um deine wahren Beweggründe zu erkennen.« Leon fühlte einen Knoten im Bauch. »Du hast das Wort ›Äther‹ irgendwo aufgeschnappt. Wahrscheinlich hat Albert es dir genannt. Vielleicht hat er dich sogar Gottfrieds Aufzeichnungen sehen lassen.«

Leon war schockiert. »Ihr wisst von Gottfrieds Buch?«

»Albert hat es mir gezeigt. Und willst du wissen, was ich davon halte?«

»Ich kann es mir nach dieser ankündigenden Frage denken«, antwortete Leon und versteifte sich. »Wahrscheinlich nicht viel.«

»Falsch!«, sagte Borkas. »Ich halte das, was darin steht, für anmaßend und gefährlich. Es verspricht, dass man Menschen allein mithilfe von Worten dazu bewegen könne, ein vorher berechnetes Verhalten zu zeigen. Das nennt man Allmacht! Aber es ist eine kranke Fantasie.« Borkas sah grimmig zu Boden.

Leon fühlte sich überrumpelt. Aber er spürte auch eine Art leiser Empörung in sich aufsteigen. »Alles, was Ihr lehrt, ist ebenfalls auf Beeinflussung ausgerichtet«, sagte er trotzig.

»Wieder falsch, Leon. Alles, was wir tun, *ist* Beeinflussung! Und ich verstehe es als meine Bestimmung, möglichst viele junge Menschen wie dich rechtzeitig darüber aufzuklären, auf welche Weise das vonstattengeht.«

»Aber indem Ihr uns darüber aufklärt, liefert Ihr uns die Werkzeuge für diese Beeinflussung. Ihr mehrt unsere Macht. Wollt Ihr das abstreiten?«

Jetzt seufzte Borkas, und sein Ausdruck verlor ein wenig an Grimm. »Nein, das will ich nicht.« Borkas, der Meister des ersten Hauses, sah jetzt geradeaus über den Rand der Mauer in die Ferne der Landschaft dahinter. »Indem ich Menschen darüber aufkläre, was sie aneinander bewirken, möchte ich dazu beitragen, dass sie sich davon unabhängiger machen. In Zeiten wie diesen kann jeder halbwegs sprachlich gewandte Mensch aufstehen und für irgendeine hirnrissige Sache agitieren. Die Menschen folgen ihm wie blökende Schafe. Sie werden zu willigen Sklaven, allein weil er über größere sprachliche Macht verfügt als sie.«

Leon stimmte ihm innerlich zu. »Aber was ist mit denen, die für etwas Gutes einstehen? Würde man ihnen nicht ebenso ihren Einfluss rauben, wenn jeder wüsste, was sie mit ihren Worten anstellen?«

Borkas nickte. »Ja, das stimmt. Ich glaube, dass deshalb am Ende etwas ganz Bestimmtes übrig bleibt, nämlich das Wahrhaftige. Das, was auf beobachtbaren Tatsachen beruht. Dinge, die nicht verneint werden können. So wie diese Wolken da oben.« Leon sah zum Himmel. »Sie sind *da*«, sagte Borkas. »Man kann sie beobachten. Wenn jetzt jemand kommt und sagt, diese weißen Dinger sind Dampf aus den Kratern der Hölle, dann ist das keine Beobachtung, sondern eine Annahme ohne Herleitung. Ein Mensch, den man zuvor in Angst und Schrecken versetzt hat, dem man das Inferno der Hölle mit Worten ausgemalt und dessen Gefühle man bis zum kochenden Aufruhr erhitzt hat, wird das möglicherweise auch glauben wollen. Für mich aber sind Wolken nichts anderes als Wolken. Und ich wünschte, mehr Menschen in der Welt hielten sich an die Tatsachen.«

Leon dachte einen Moment lang darüber nach. »Was ist mit all den Dingen, die wir nicht beobachten können? Dinge, an die wir glauben, die wir aber nicht sehen?«

»Sprich es ruhig aus, Leon.«

»Na gut … Was ist mit Gott?«

»Ein trefflicher Punkt.« Borkas schien jetzt wirklich beeindruckt. »Hast du bemerkt, wie viel Streit in dieser Welt herrscht, weil die Existenz Gottes schwer beweisbar ist?«

Leon staunte über Borkas' Offenheit. Es war reine Blasphemie, also erwiderte er schnell: »Ist Gott nicht in allen Dingen?«

Borkas verzog das Gesicht. »Wie soll man beweisen, dass Gott *nicht* in allen Dingen ist? Da wir nicht wissen, wie die meisten Dinge entstanden sind, können wir nur mutmaßen. Solange wir keinen Beweis haben, ist jede Mutmaßung gleichermaßen richtig oder falsch. Je nach Belieben.« Borkas sah wieder zum Himmel. »Gott hat diese Wolken geschaffen. Wollen wir darüber streiten?«

Leon musste unwillkürlich lächeln.

»Das genau ist es, was Religionen tun. Wie unbedeutend ist die Antwort. Die Wolken sind … *da*! Mir genügt das. Zumindest bis zu dem Tag, an dem mir jemand erklärt, wie sie entstehen und weshalb sie so unterschiedlich geformt sind.«

»Und der Äther? Ist der Äther auch so etwas, das wir nicht erklären können, sondern nur darüber mutmaßen?«

»Dass es eine Verbindung zwischen uns Menschen gibt, kann niemand bestreiten«, antwortete Borkas. »Und es gibt Menschen, die sie von Natur aus leichter herstellen und benutzen können als andere. Das können wir beobachten. Sie sind traurig, wenn andere traurig sind. Ausgelassen, wenn andere ausgelassen sind. Wir Menschen können einander fühlen. Spüren körperlichen Schmerz, wenn sich jemand in unserer Nähe verletzt oder wehtut. Freude, wenn jemand herzhaft lacht. Harmonie, wenn ein Choral gesungen wird. Ob man das nun Äther nennt oder Empathie … mir ist es gleich.«

Leon spürte eine Frage in sich aufsteigen, war sich aber nicht sicher, ob sie nicht zu töricht war. Schließlich stellte er sie trotzdem: »Ist es nun gut oder schlecht, dass diese Verbindung zwischen uns hergestellt und benutzt werden kann?«

Borkas lachte mit einem Mal sein donnerndes Lachen. Es brach vollkommen überraschend aus ihm hervor, und Leon war ein bisschen erleichtert darüber, dass sich die Stimmung zwischen ihnen wieder etwas aufgehellt hatte.

»Du stellst kluge Fragen, junger Mann!«, sagte Borkas und schüttelte den Kopf. »Es ist gut und schlecht zugleich. Ohne diese Verbindung wäre es wohl arg einsam in dieser Welt. Wie sollten wir Trost und Zuspruch finden, wenn niemand mit uns fühlen würde? Zugleich sorgt die Verbindung dafür, dass wir einander in unseren Entscheidungen berücksichtigen. Dass wir auch für andere denken und handeln statt allein für uns selbst. Wir würden uns untereinander zerfleischen wie wilde Tiere, hätten wir nicht einen Gemeinsinn. Und vergiss die Liebe nicht. Die höchste Form des Mitfühlens und des Eins-Seins.«

Leon dachte an Cecile. An die Verbindung, die er zu ihr gespürt hatte. Borkas sah Leon von der Seite an, und Leon errötete.

»Ich sehe, auch du hast schon davon gekostet. Vielleicht ist diese Verbindung der Grund, weshalb die Liebe so viel Macht über uns Menschen hat. Die Macht, uns sowohl zu heilen als auch zu zerreißen und ins Verderben zu stürzen.«

Leon spürte die Sehnsucht und wandte den Blick ab, um sich nicht noch mehr zu offenbaren.

Borkas sagte: »Das Schlechte an der Verbindung oder dem ›Äther‹, wie Trismegistos sie nennt, ist, dass sie uns der Beeinflussung durch andere aussetzt. Andere Menschen finden Zugang zu unserem Inneren. Für ihre Manipulationen. Für ihre Saat.« Offenbar wusste Borkas auch, dass es in Gottfrieds Buch um die Schriften von Trismegistos ging. Nicht nur um den Äther.

»Ist es dann besser, zu denjenigen Menschen zu gehören, die diese Verbindung herstellen können und empfänglich sind, oder zu jenen, die hierfür unzugänglich sind?« Borkas antwortete nicht. Und Leon wiederholte deshalb seine Frage. »Ist es besser mitzufühlen oder besser nicht?«

Borkas schmunzelte. »Was denkst du selbst?«

Leon dachte nach. »Hmm, indem ich mich dem Äther verschließe, bin ich vollkommen geschützt vor den Beeinflussungen anderer, kann dafür aber selbst kaum Einfluss ausüben. Wenn ich mich dem Äther öffne, finde ich Zugang zu den Gedanken und Beweggründen anderer, bin dafür aber auch selbst beeinflussbarer.« Leon zuckte mit den Schultern. »Klingt nach einem Dilemma.«

Borkas nickte und sagte: »Deshalb geht es gar nicht so sehr darum, *ob* du einen Zugang zum Äther hast …« – Borkas machte eine rhetorische Pause – »… sondern *wann* du ihn hast und wie stark er ist. Es geht darum, die Verbindung an- und abstellen zu können.« Das leuchtete Leon ein.

»Sind dann all die Werkzeuge, die Ihr lehrt, nicht nutzlos, wenn die Schüler zuvor nicht gelernt haben, genau *das* zu tun?«

»Damit hast du schon recht, Leon«, nickte Borkas und kramte jetzt in einem Beutel, den er bei sich trug. Leon schwieg, weil er auf eine Antwort hoffte. Stattdessen zog Borkas einen kleinen, ledernen Schlauch hervor, öffnete ihn und nahm einen kräftigen Schluck daraus. Er schien für einen Moment gedanklich weit entfernt zu sein. Schließlich sagte er leise: »Nicht jeder Schüler sollte in diese Dinge eingeweiht werden.« Leon sah Borkas von der Seite an. Der Meister sagte: »Ich meine in das Wissen um den Äther und die Verbindungen zwischen uns Menschen. Ich bitte dich, Stillschweigen darüber zu bewahren.«

»Weshalb?«, wollte Leon wissen.

Die Antwort des Meisters überraschte ihn: »Weil du recht hast, Leon. All das Wissen meines Hauses ist nutzlos ohne die Verbindung. Doch nicht jeder Schüler in diesem oder in irgendeinem anderen Jahrgang ist dazu geeignet, die Werkzeuge auf vernünftige Weise und in friedlichen Absichten zu verwenden. Genauso verhält es sich in den Häusern der List, des Krieges und des Willens. Wir bewahren uns den Schlüssel deshalb bis ganz zuletzt. Das Wissen um die Verbindung. Oder den Äther, wie Trismegistos die Verbindung nennt. Bevor wir die Macht all dessen entfesseln, was hier gelehrt wird.«

Ein Gedanke stieg in Leon auf und wurde deutlicher. Er konnte die Frage schließlich nicht mehr für sich behalten: »Ist es das? … Ist das das fünfte Haus?«

Borkas seufzte und trank einen weiteren Schluck. Schließlich bewegte er den Kopf zur Seite und sah Leon in die Augen. Dann nickte er kaum merklich. »Ob die Anwendung eines Werkzeuges gelingt oder nicht, hängt vor allem davon ab, wie stark deine Verbindung zu deinem Gegenüber ist. Und davon, mit welcher Haltung du das gewählte Werkzeug verwendest. Ich will es dir erklären: Die beiden Fragewörter, die du herausgefunden hast, ›inwiefern‹ und ›inwieweit‹, sind wunderbare, ergründende Wörter. Doch nur eine winzige Variation in deren Aussprache enttarnt sie als eine zweifelnde, irritierte oder gar empörte Frage. Wenn du am Ende der Frage ›Inwiefern?‹ deine Stimme im Ton nach unten senkst, klingt sie friedfertig und so, als ob du wirklich an einer Antwort interessiert wärst. Geht deine Stimme dagegen am Ende der Frage nach oben, klingt sie nach Irritation oder auch nach Zweifel.« Borkas machte es ihm vor, und Leon verstand den Unterschied. »Da wir in unseren Gesprächen und im Laufe des Tages sehr viel mehr als nur ein einzelnes Wort sprechen und wir zudem beim Sprechen selbst kaum Aufmerksamkeit auf die Modulation der Stimmhöhe verwenden, weil wir uns ja in der Regel auf den Inhalt konzentrieren, schleichen sich viele verräterische oder zerstörerische Konnotationen in unser Reden.«

»Was sind ›Konnotationen‹?«, wollte Leon wissen.

»Das sind mitschwingende Botschaften. Das, was zwischen den Zeilen *noch* gesagt wird. Konnotationen entstehen nicht allein durch die Modulation unserer Stimme, so wie in meinem Beispiel eben. Es sind zudem die Lautstärke und deren Variation, die Menge des Atems, den wir auf die Aussprache verwenden. Rhythmus, Pausen, Melodie. Mitlaute wie ›ähm‹ oder ›äh‹. Stimmsitz, Klangfarbe, Tempo und vieles mehr.«

Leon verstand. Er erinnerte sich an Alberts Lektionen darüber.

»Aber nicht nur unsere Stimme sorgt für diese Konnotationen«, fuhr Borkas fort. »Auch der Körper spricht mit. Unsere Mimik, Gestik, Körperspannung. Schon die Bewegung eines winzigen unbedeutenden Muskels beim Sprechen ...« – Borkas deutete mit dem Zeigefinger in den Winkel neben seiner knolligen Nase – »... verändert die Bedeutung unserer Worte. Sieh her.« Borkas sagte noch einmal »Inwiefern?« und zog dabei den rechten Nasenflügel leicht nach oben. »Siehst du?« Leon musste lachen und sagte: »Das ist Ekel. Was Ihr damit ausdrückt, ist Abneigung.«

»Gut erkannt, Leon. Das ist übrigens ein Muskel, der nur das kann. Ekel anzeigen. Aber er ist neben seinem Bruder auf der anderen Seite der Nase nur ein winziger Bestandteil der Dinge, die unsere Worte begleiten. All diese Dinge sprechen mit. Die räumliche Distanz unserer Körper zueinander, deren Ausrichtung, Kinnhöhe, Schulterstellung, Stand, Dynamik. Alles spricht, und niemand kann das alles ununterbrochen kontrollieren. Es geht deshalb immer auch um unsere innere Haltung, Leon. Um die zugrunde liegende Einstellung den Dingen und anderen Menschen gegenüber. Sie ist entscheidend. Und deshalb lehren wir euch dies erst, wenn wir erkannt haben, was ihr mit der hier erworbenen Macht vorhabt. Denn die Mittel sind für jeden die gleichen. Ob Despot oder Heiliger, Verführer oder Prophet.«

Borkas schwieg jetzt. Leon dachte über das Gesagte nach. Er zögerte, bevor er seine Frage wiederholte: »Ist es also das? Das fünfte Haus, von dem hier immer alle reden? Das Haus der … Haltung?«

Borkas nickte. »Ich sehe in dir einen jungen Mann, der nach Einfluss strebt, auch wenn ich noch nicht erkennen kann, aus welchen Beweggründen heraus.« Borkas erhob sich von der niedrigen Mauer. »Vielleicht wirst du es selbst erst einmal erforschen müssen. Auch ich habe früher den Wunsch gehegt, Einfluss auf andere zu erlangen. Ich wollte Gutes tun. Das Böse in dieser Welt bekämpfen.« Borkas streckte seinen fülligen Leib und gähnte, bevor er Leon ansah und sagte: »Am Ende korrumpierte ich mich nur selbst.«

»Aber Ihr habt großen Einfluss auf andere!«

»Du überschätzt mich, Leon. Du überschätzt all diese Dinge«, sagte Borkas jetzt sehr ernst. »Genauso, wie Albert es getan hat.« Und dann fügte er hinzu: »Es existiert keine Schattenwort-Rezeptur, Leon.«

Leon sah Borkas nach, als der in Richtung Kirche davonstapfte.

Wie viel hatte Borkas von Albert erfahren? Er kannte den Begriff der Schattenwort-Rezeptur. Leon war zutiefst erschrocken, als Borkas es ausgesprochen hatte. Was wusste der Meister des ersten Hauses also noch? Über Trismegistos? Über dessen verlorenes Manuskript und dessen vier Abschriften?

Und noch ein anderer Gedanke stieg in Leon auf und verfestigte sich. Borkas hatte ihm offenbart, dass Albertus Magnus hier gewesen war. Zweimal. Der Name Albertus Magnus stand in Gottfrieds Buch. Zusammen mit anderen Besitzern einer Abschrift des Originals. Was hatte Frater Alberts Lehrer und Namensvetter also hier an der Schule gemacht?

»Albertus Magnus ist ein Idiot!« Konni stapfte wütend davon. Leon und Flint sahen einander verständnislos an. Leon hatte Konni gerade von der Begegnung mit Borkas erzählt. Sie hatten sich wie immer kurz vor Mitternacht an ihrem Versteck in der Bibliothek getroffen. Ben war diesmal nicht mitgekommen. »Man muss ja auch mal schlafen«, hatte er gesagt. Und Leon musste zugeben, dass diese nächtlichen Treffen allmählich auch an seinen eigenen Kräften zehrten. Er fühlte sich erschöpft. Und auch ein bisschen verzweifelt, weil es ihnen nicht gelang, den restlichen Teil von Gottfrieds Buch und damit die Auskunft über den Aufbewahrungsort der Abschrift Bernhards zu entschlüsseln.

»Es stimmt, Albertus Magnus ist hier gewesen«, hatte Leon seinen Freunden offenbart, gleich nachdem sie in ihrem Versteck im Lesesaal angekommen waren. »Eigentlich wollte ich Borkas über Albert von Breydenbach und das Schattenwort befragen. Aber stattdessen erfuhr ich, dass auch Albertus Magnus hier gewesen ist. Zweimal.«

Als Konni den Namen Albertus Magnus hörte, war sie wütend aufgestanden und zwischen den Regalen der Bibliothek verschwunden. Flint und Leon hörten sie jetzt in einiger Entfernung noch immer fluchen. »Kreuzteufelsdonnernochmal, wo ist dieses Scheißbuch?!« Offenbar suchte sie in den Regalen nach einem bestimmten Werk. Leon fiel auf, wie häufig Konni fluchte, seit sie sich ihnen gegenüber nicht mehr verstellte. Das Fluchen schien offenbar zu der wahren Konstanze zu gehören. »Heiland Sakra!« Sie kam mit einem Stapel Pergament zurück. Noch immer aufgebracht. Sie kramte in den Pergamenten und warf Leon schließlich eines davon hin. »Da, lies!«

Offenbar sollte daraus mal ein Buch entstehen, denn es war nicht gebunden und auch noch nicht illustriert worden, so wie es für Traktate dieser Art üblich war. Was er las, machte es ihm leicht, Konnis Ärger zu verstehen. Er schüttelte den Kopf.

»Was?«, fragte Flint.

Leon las vor:

»Die Frau ist ein unvollkommener Mann. Wie es zweierlei Samen gibt, gibt es zweierlei Blut. In den Männern ist der Same gut verarbeitet. Schlecht verarbeitet ist er in den Frauen. Die Frauen haben grobes, sehr schlaffes und schleimiges Blut. Seine Wärme ist kraftlos und schwach ...«

Konni, die zugehört hatte, verzog angewidert das Gesicht.

»Was soll das sein?«, unterbrach sich Leon.

»Das ist der Schwachsinn, den Albertus Magnus in Paris und überall über uns Frauen lehrt«, schnaubte Konni.

»Wirklich?«

Konni riss Leon das Pergament aus der Hand und las an einer anderen Stelle weiter:

»Die Frauen sind lügenhaft, unbeständig, ängstlich, schamlos, geschwätzig und betrügerisch. Kurz gesagt: Die Frau ist nichts anderes als das Abbild des Teufels.«

Flint grinste, aber Leon sagte:
»Das kann nicht sein Ernst sein.«
»O doch!«, sagte Konni. »Und das Schlimme ist, er spricht damit den meisten Männern nur zu sehr aus dem Herzen.«
»Na schön. Was geht uns das an? Können wir uns jetzt wieder Gottfrieds Buch zuwenden?«, fragte Flint. Doch Konni war noch nicht fertig.
»Hört euch diesen Scheiß an:

›Die Frau ist ein missratener Mann und hat im Vergleich zum Mann eine fehlerhafte Natur. Ihre Sinnesart treibt die Frau zu allem Bösen, wie der Verstand den Mann zu allem Guten.‹«

Konni feuerte das Pergament in eine Ecke. »Hundsfott, verdammter.« Dann beruhigte sie sich allmählich wieder.
Flint grinste wieder. Aber er schien sich jetzt eher über Konni zu amüsieren als über Albertus' Worte.
»Und du grins nicht so!«, fuhr Konni ihn an.
Flint zuckte mit den Schultern und versuchte, ein schuldbewusstes Gesicht aufzusetzen. Es gelang nicht ganz.
»Na gut. Ich sehe, Albertus hat ein Problem mit Frauen. Aber was geht uns das an!?«, wiederholte er.
»Was uns das angeht?!«, schnaubte Konni. »Dass er diesen Drecksmist in der ganzen Welt verbreitet. Das geht uns das an.«
»Auf jeden Fall ist er laut Borkas zweimal hier gewesen«, versuchte Leon das Gespräch wieder zurück auf ihre Aufgabe zu lenken.

»Meinst du, das hat etwas mit den vier Abschriften zu tun?«
Konni hatte sich jetzt wieder einigermaßen im Griff.

»Wenn Albertus Magnus im Besitz einer der Abschriften war«, sagte Leon, »dann hat er sie vielleicht beim ersten Mal hier verborgen und Maraudon davon erzählt.«

»Vielleicht hat er sie aber auch beim zweiten Mal wieder mitgenommen«, mischte sich Flint ein.

»Oder er wollte nachsehen, ob sie noch da ist«, erwiderte Leon.

»Lasst uns mit der koptischen Schrift weitermachen.«

Leon fühlte, dass dies vielleicht ihre allerletzte Chance war, den Aufbewahrungsort der Abschrift herauszufinden. Und damit die geheimnisvolle Schattenwort-Rezeptur zu entdecken, bevor andere es taten.

❧

Sie machten aus, gleich am folgenden Tag einen der Schreiber über die koptische Schrift zu befragen, und entschieden sich für einen Griechen namens Nikólaos. Ben kannte ihn, seit er zur Arbeit in der Bibliothek eingeteilt worden war. Niko, so nannten ihn alle hier, war für seine zwanzig Lenze bereits ein gelehrter Schreiber. Zusammen mit Konni besuchten sie ihn im Skriptorium. Sie hatten Gottfrieds Buch bei sich.

»He, Niko.« Nikólaos sah von seiner Arbeit auf und war erstaunt, Ben hier mit einem Mädchen zu sehen. Konni machte einen Knicks.

»He, Ben. Was gibt es?«

»Wir brauchen mal kurz deine Hilfe.«

»Nur zu!« Nikólaos legte den Federkiel beiseite und wandte sich den beiden zu. Ben zog das kleine Buch hervor, schlug die Seite mit dem koptischen Text auf und hielt es Nikólaos hin.

»Wo hast du das her?«, wollte Niko wissen.

Ben war darauf vorbereitet und stellte einfach eine Gegenfrage: »Kannst du das lesen?«

»Nein«, sagte Nikólaos knapp und hatte seine erste Frage offensichtlich vergessen. »Aber eigentlich *müsste* ich es lesen können ...«

»Wie meinst du das?«

»Das ist ugaritisch.«

»Uga... was?«, fragte Konni.

»Ugaritisch. Eines der ältesten Alphabete, die wir kennen. In einer Keilschrift verfasst. Dieses Alphabet hat die ägyptischen Hieroglyphen und die akkadischen Keilschriften abgelöst. Woher habt ihr das?«

»Erzähl uns mehr von der Schrift«, wich Ben zum zweiten Mal aus.

»Ugaritisch ist eng mit Phönizisch, Hebräisch, Kanaanäisch und Aramäisch verwandt. Seht her.« Nikólaos ging von seinem Pult zu einem der Regale im hinteren Teil des Skriptoriums. Ben und Konni folgten ihm. Nach kurzem Suchen zog Nikólaos eine Schriftrolle heraus und entrollte sie. Dabei knisterte sie leise. »Das hier ist Aramäisch. So wie alle semitischen Alphabete besteht es lediglich aus Konsonanten. Sie werden ›Abschads‹ genannt. Die ersten drei Buchstaben lauten Aleph, Beth und Gimel. Später entstand daraus das griechische Wort Alphabet.«

»Warum kannst du es nicht lesen, wenn es dem griechischen Alphabet so sehr ähnelt?«, fragte Konni. Nikólaos schien noch immer irritiert, weil sie ein Mädchen war, und sah weiter zu Ben, während er sprach.

»Weil das da kein Griechisch ist. Und auch kein Koptisch, so wie die meisten in Keilschrift verfassten Texte. Kann ich es noch einmal sehen?«

Ben zeigte ihm das Buch erneut. Nikólaos sah noch einmal genau hin und kniff dabei die Augen zusammen. Dann schüttelte er den Kopf. »Das ist einfach nur ein Wirrwarr aus Buchstaben. Der Autor dieses Buches ist womöglich nicht ganz richtig im Kopf.«

Na klar, ist ja wahrscheinlich auch verschlüsselt, dachte Ben. Aber wenn sie erst einmal die richtigen Buchstaben hätten, würden sie wahrscheinlich mit einer weiteren Atbasch-Chiffre Erfolg haben.

Nikólaos legte die Schriftrolle mit dem ugaritischen Alphabet zurück in das Regal, drehte sich wieder zu den beiden und wiederholte seine Frage zum dritten Mal: »Wo habt ihr das her?« Er schien jetzt doch misstrauisch geworden zu sein.

»Äh, wir müssen jetzt gehen«, sagte Ben, und ehe Nikólaos seine Frage noch ein weiteres Mal stellen konnte, waren sie auch schon davongeeilt. Nikólaos sah ihnen nach, schüttelte den Kopf und wandte sich wieder seinem Pult und einem Stapel Papyri zu.

»Ugaritisch! Demnächst müssen wir noch Chinesisch lernen«, beschwerte sich Ben, als sie am späten Abend wie gewohnt zusammenkamen. Diesmal in Flints Kammer. Seit die Tage und Nächte wieder wärmer geworden waren, trafen sie sich häufiger hier statt in der Bibliothek. Das war ungefährlicher, weil sie vor und nach ihren Zusammenkünften nicht jedes Mal über das gesamte Gelände schleichen mussten.

»Mit Chinesisch könnte Konni dienen«, sagte Leon und grinste sie an. »Sie kommt da her.« Konni streckte ihm die Zunge raus und grinste zurück.

Ben regte sich weiter auf: »Wieso hat Gottfried so unglaublich viel Aufwand betrieben, um seine Aufzeichnungen zu verschlüsseln? Wovor fürchtete er sich so sehr? Was soll das alles? Wenn er nicht gewollt hatte, dass jemals jemand den Inhalt erfährt, hätte er sein Wissen genauso gut für sich behalten können, statt es aufzuschreiben.«

»Vielleicht werden wir es noch herausfinden«, erwiderte Leon. »Wie kommen wir jetzt an ein ugaritisches Alphabet?«

Statt einer Antwort zog Konni den Papyrus hervor, den Nikólaos ihnen am Morgen gezeigt hatte.

»Wie …?« Ben staunte. »Du hast …?« Konni schien einfach alles stehlen zu können, was nicht niet- und nagelfest war.

»Du bist ein Phänomen!«, sagte Leon anerkennend. Konni lächelte und reichte Ben den Papyrus. Ben sah sich den Text darauf genauer an. Seine Stimmung war plötzlich wie ausgewechselt. »Treffer! Klasse, Konni.«

Der Papyrus enthielt einige griechische Übersetzungen. Auf diese Weise konnten sie das ugaritische in ein griechisches Alphabet übertragen. Es dauerte nicht lange, und sie konnten damit beginnen, Gottfrieds Text zu entziffern. Erneut mit einer Atbasch-Chiffre. Doch ihre Hoffnung, dass sich daraus etwas Verständliches würde ableiten lassen, wurde enttäuscht. Wie auch immer sie es anstellten, es entstanden nur unsinnige Silben und Wortwiederholungen.

»Es wird immer schlimmer«, sagte Leon entmutigt. »Wir brauchen Hilfe. Darum werden wir nicht herumkommen.«

»Noch einmal Borkas? Willst du ihm das Buch zeigen?«

Doch Leon dachte an Hofmann, den Meister des dritten Hauses. Er würde ihnen helfen können. Wenn nicht er, dann niemand.

Der Wettstreit der Worte

Schule der Redner, 6. April 1248, Vorosterwoche

ann, Leon!« Ben war vollkommen außer Atem und schien sehr aufgeregt zu sein. Leon saß, in ein Buch vertieft, in der Bibliothek.

»Was ist los?«, fragte Leon.

»Ich suche dich seit mindestens einer Stunde. Es gibt einen Wettstreit. Komm schnell!«

»Jetzt gleich?« Eilig stellte Leon das Buch zurück an seinen Platz im Regal, und schon waren beide zur Tür hinaus.

»Borkas hat Hofmann herausgefordert!«, rief Ben im Laufen. »Offiziell!«

Leon kannte die Regeln des Wettstreits mit Worten. Er und seine Freunde hatten sich selbst schon darin geübt. Aber noch nie zuvor, während Leons Zeit hier an der Schule, hatten die Lehrer miteinander gestritten. Schon gar nicht vor Publikum.

»Worum geht es?«

»Irgendetwas mit Eliten. Und Macht. Ich kann es dir nicht genau sagen«, rief Ben.

Sie rannten quer über den Hof und hinauf zur Kirche. Das Auditorium war anscheinend zu klein, um alle Zuschauer aufzunehmen, die dem Kampf beiwohnen wollten. Atemlos kamen sie schließlich an, bekreuzigten sich am Eingang hastig mit Weihwasser und drängten sich durch das innere Portal.

»Du bist Jude. Was sollte das gerade mit dem Weihwasser?«, grinste Leon seinen Freund von der Seite an.

»Kann ja nicht schaden. Ist eh derselbe Gott«, zwinkerte Ben und sah nach vorn.

Die drei langen Reihen der Bänke links, rechts und in der Mitte des Kirchenschiffes waren alle besetzt. Auch die Gänge dazwischen waren mit Menschen vollgestopft. Teilweise saßen sie Schulter an Schulter auf dem kalten Kirchenboden, um den hinten Stehenden die Sicht nicht zu verdecken. Neben den Schülern und Bediensteten erkannte Leon auch einige Dorfbewohner. Aber vor allem viele Fremde, zumeist Adlige und Kleriker, waren zugegen. Wie lange war das hier schon geplant worden? *Wo kommen die auf einmal alle her?*

Der hohe Raum war erfüllt von Weihrauch, und überall brannten Kerzen. Vorne, am Altar, saßen Borkas und Hofmann auf schlichten Holzstühlen mit hohen Armlehnen einander gegenüber. Hofmann hatte sich vornübergebeugt, die Ellenbogen auf die Lehnen gestützt. Er lächelte, und sein Kinn lag auf seinen gefalteten Händen. Borkas dagegen saß zurückgelehnt mit verschränkten Armen und wirkte etwas weniger entspannt als sonst. Leon erkannte es daran, dass Borkas sich hin und wieder seine rot geäderte Nase rieb. Leon mochte beide Meister, doch gerade jetzt tat Borkas ihm ein bisschen leid. Deshalb war er innerlich eher auf dessen Seite. Auch wenn er sich keine Illusionen über den Ausgang dieses Wettkampfes machte. Er hatte Hofmann bereits in Disputationen erlebt und wusste, welcher Scharfsinn die Worte des Gelehrten formte. Borkas' Schläue und rhetorische Rüstung würden dagegen wenig ausrichten können.

Rektor Maraudon trat vor. Mit ihm die Dame Jafira, Heraeus Sirlink und ein fremder Mann, den Leon noch nie zuvor gesehen hatte. Der Fremde sah aus wie einer der Orientalen aus Johns Erzählungen. Ein Türke oder Seldschuke vielleicht. Er trug einen weißen Turban und eine goldbestickte Weste unter einem sandfarbenen Umhang. Darunter weite Pluderhosen und ulkige Pantoffeln, deren Spitzen nach oben gebogen waren. In einer Binde um seinen schlanken Bauch steckte ein reich verzierter Dolch, auf dem kostbare Edelsteine angebracht waren. Ihr Funkeln war selbst hier im hinteren Teil der Kirche noch zu erkennen. *Kein armer Mann*, dachte Leon. In der Kirche wurde es still.

»Wir führen hier einen Wettstreit der Worte, und wir haben euch Schüler gerufen, um diesem Disput beizuwohnen und daraus zu lernen!«, sprach Maraudon jetzt mit lauter Stimme, die von den hohen Wänden der Kirche widerhallte.

Auf den drei vordersten Bänken rechts, links und in der Mitte sah Leon die Männer des Schiedsgerichts. Neun Schöffen, wie es üblich war. Bei einer Streitfrage unter Gelehrten wurden von einem Richter – in diesem Falle sicher Maraudon – dreimal drei Schöffen ausgewählt. Sie hatten über Sieg oder Niederlage eines Wettkampfes zu entscheiden. In der Regel dauerte die Anbahnung eines solchen Streites mehrere Wochen. Wie also hatte dieser hier so schnell auf die Beine gestellt werden können?

»Für die Neueren unter euch Schülern hier noch einmal die Regeln«, rief Maraudon. »Sie gehen zurück auf die Lehren des Disputs, so wie sie uns Aristoteles in seinem Werk *Topik* hinterlassen hat. Erstens: Die Kontrahenten akzeptieren jedweden Schiedsspruch der Schöffen. Zweitens: Die Jury besteht, wie es die Tradition vorschreibt, aus drei Gruppen zu jeweils drei Schöffen. Gruppe eins ist von der These des Kontrahenten Borkas zur Gänze überzeugt.« Die drei Männer auf der linken Bank nickten. »Sie schwören bei Gott, dass sie zu dieser Meinung durch eigene Studien, unbeeinflusst durch den Kontrahenten Borkas, gelangt sind.«

»Wir schwören es!«, sagte die Gruppe im Chor.

Maraudon fuhr fort: »Gruppe zwei hat sich weder mit der These des einen noch des anderen Kontrahenten beschäftigt und schwört, sich bis zum jetzigen Zeitpunkt keinerlei feste Meinung gebildet zu haben.«

»Wie misst man eine feste Meinung?«, flüsterte Leon.

»Na, auf einer Skala von ›Vollkommen egal‹ bis ›Ich würde dafür töten‹«, flüsterte Ben zurück und lächelte.

»Wir schwören es!«, sprachen nun die Männer der mittleren Kirchenbank im Chor. Leon fiel auf, dass ausnahmslos alle Schöffen dem Anschein nach Gelehrte waren. Kein Ritter befand sich unter ihnen. Kein Bauer. Kein Mann der Kirche.

»Vielleicht sollte man noch eine Gruppe aus Dummen hinzufügen«, spottete Leon.

»Du meinst eine Gruppe von Männern, die zu nichts eine Meinung haben«, lachte Ben. Vor ihnen drehte sich ein Zuschauer um und machte ein empörtes Gesicht.

»Entschuldigung«, flüsterte Ben und tat schuldbewusst.

Maraudon sagte: »Gruppe drei vertritt die These des Kontrahenten Hofmann und schwört, selbst und unabhängig zu ihrer Meinung gelangt zu sein.«

»Wie kann man unabhängig zu einer Meinung gelangen?«, flüsterte Ben. »Schon allein der Leumund der Person, welche die These aufstellt, beeinflusst den Zuhörer immens. Ethos, Pathos, Logos.«

»Pst!«, machte Leon. Er wollte unter gar keinen Umständen auch nur ein einziges Wort verpassen.

Auch Konni und Flint waren jetzt neben sie getreten. »He«, sagte Konni.

»He«, sagte Leon. Zwei Reihen weiter vorn drehte sich Hindrick zu ihnen um und sah Flint grimmig an. Dieser blickte ebenso grimmig zurück. Hindrick tauschte einen Blick mit Wolfger.

»Wir schwören bei Gott dem Herrn!«, sagten die Männer in der rechten Kirchenbank.

Maraudon sprach: »Gewonnen hat die Partei, die mehr Stimmen für ihre Meinung erhält. Jede generelle Zustimmung durch einen Schöffen gilt als eine Stimme. Eine zusätzliche Stimme wird gezählt, wenn der jeweilige Schöffe aus dem gegnerischen Lager kommt. Die Abstimmung erfolgt direkt im Anschluss und noch einmal am folgenden Morgen.«

»Wieso das denn?!«, flüsterte Konni.

Ben antwortete ihr: »Für den Fall, dass sich die Meinung des Schöffen über Nacht und in stiller Ergründung ändert. Man will der impulsiven, nicht bedachten Entscheidung vorbeugen. Es ist schon vorgekommen, dass einzelne Schöffen ihr Urteil über Nacht wieder geändert haben. Am Ende werden alle Stimmen addiert. Spontane sowie bedachte.«

»Ich frage nun noch ein letztes Mal alle Schöffen«, fuhr Maraudon fort, »ob einer unter ihnen ein persönliches Interesse am Ausgang dieses Wettkampfes hat oder mit einem der beiden Kontrahenten verwandt, verschwägert oder freundschaftlich verbunden ist. Ich weise zugleich darauf hin, dass ein nachträgliches Entdecken einer solchen Verbindung den ewigen Ausschluss aus dem Bunde des Rates zur Folge hat.« Der Reihe nach beantworteten alle Schöffen die Frage mit Nein.

»Wo und wie findet man diese Männer?«, fragte Leon.

»Im Bund des Rates. Eine uralte Vereinigung zur Bewahrung der Redekunst«, antwortete Ben.

»So möge der Wettstreit beginnen«, kam es jetzt von vorne.

»Beide Kontrahenten verfügen über das gleiche Kontingent an Redezeit.« Maraudon zeigte auf zwei Sanduhren. Eine war mit weißem, die andere mit schwarzem Sand gefüllt. Sie würden die bereits verbrauchte Redezeit des jeweiligen Redners anzeigen.

»Die Zeit des Wettkampfes darf die Dauer von drei Stunden nicht überschreiten. Den Kontrahenten sind kurze Pausen erlaubt.« Eine dritte, größere Sanduhr, die mit grauem Sand gefüllt war, stand zwischen den beiden anderen. Rechts und links davon standen zwei Männer, um die Sanduhren zu bedienen.

»Drei Stunden! Verdammich. Jetzt hätte ich doch gerne einen Sitzplatz«, fluchte Konni.

Es sah jedoch schon bald so aus, als würde der Wettkampf keine drei Stunden andauern. Nach weniger als eineinhalb Stunden waren Borkas' Thesen mehr oder weniger zerlegt und lagen in Bruchstücken am Boden. Er verstrickte sich in eine schlau begonnene, aber bald schon ausweglose Argumentation, und Hofmann versetzte ihm Stich für Stich, ohne sich selbst dabei je angreifbar zu machen. Der Meister des dritten Hauses wirkte immer freundlich und entschieden. Was man von Borkas und seiner mitunter derben und bissigen Art nicht behaupten konnte. Borkas hatte mächtig und wortgewaltig begonnen und etliche Fallstricke ausgelegt, auf denen Hofmann jedoch entlangtänzelte wie ein Artist auf einem Seil. Gegenfragen folgten auf Fragen und Paraphrasen auf Hypothesen. Am Ende hatte Hofmann sogar noch mehr als eine Stunde Redezeit übrig.

Leon fiel auf, wie sehr Hofmann darauf bedacht schien, seinem Gegner den Vortritt zu lassen. Wie er Borkas durch Präsenz und kluge Fragen aufs Glatteis führte. Und wie er das Gesagte des anderen für seine eigenen Argumente einzusetzen wusste. Er ließ sich dabei oft einige einzelne Sätze und Prämissen Borkas' noch einmal bestätigen, bevor er sie für sich selbst verwen-

dete. Leon verstand, dass Borkas dadurch nicht mehr zurück-
konnte. Denn eine einmal bestätigte Aussage konnte nicht
zurückgenommen werden, ohne an Glaubwürdigkeit einzubü-
ßen. Borkas war am Ende so in die Ecke getrieben worden, dass
er in seiner Verzweiflung sogar auf das »argumentum ad perso-
nam« zurückgriff, mit dem er die Person des Gegenübers direkt
angriff und dessen Glaubwürdigkeit zu schmälern suchte. »Ihr
seid noch recht jung, um eine solche These zur Gänze zu durch-
steigen«, sagte Borkas. Er musste sehr verzweifelt oder sehr wütend sein.

Hofmann nahm es gelassen und verstärkte Borkas' Angriff
durch eine Bestätigung. »Ja, mir fehlt in etwa ein Drittel Eures
Alters.« Leon wusste sofort, welche Falle gerade aufgestellt wurde. Hofmann fügte eine Scheinfrage an: »Was habt Ihr angestellt
mit Eurer Zeit, Borkas, wenn Ihr Euch nun mit einem jungen
Burschen wie mir und dessen Thesen plagen müsst? Wo sind
die Argumente, die Eurer Lebenserfahrung entsprechen?« Vereinzelt wurde gekichert. Borkas wurde puterrot und erkannte,
wie weit er sich durch seinen Angriff selbst erniedrigt hatte.

Im Großen und Ganzen ging es in dem Wettstreit um Borkas'
These, dass der Ausübung sprachlicher Macht Grenzen gesetzt
seien und dass die volle Macht allein Gott zustehe. Hofmann
vertrat dagegen die These, dass es die Pflicht eines jeden Menschen sei, zu Gottes Werk hinzuzutun, was in seiner eigenen
Macht stehe. Je mehr Macht, desto mehr Zutun. Eine, wie Leon
fand, sehr klare und überzeugende These.

»Gott braucht den Menschen nicht, um seine Ziele zu verwirklichen!«, hatte Borkas gerufen. »Es braucht daher auch kein
Zutun, um Gottes Willen erfüllt zu sehen«, argumentierte er.

Hofmann erwiderte leise: »Weshalb erobert Gott dann Jerusalem nicht selbst zurück?« Ein Raunen ging durch die Reihen.

Das war Blasphemie. Hofmann aber ließ sich nicht beirren. »Weshalb sendet der Herr nicht eine Schar von Engeln und vertreibt die Ungläubigen aus unseren heiligen Stätten in Outremer?«

Borkas schwieg. Leon dachte, Borkas wolle Hofmann in die Blasphemie-Falle tappen lassen. Sollte das gelingen, hätte er ohne Zweifel die Reihen der Schöffen hinter sich. Aber der Meister des Hauses des Krieges war schlauer.

»Ich will es Euch sagen.« Hofmann machte eine rhetorische Pause. »Gott *könnte* es! Gewiss. Doch Gott hat entschieden, uns und unseren Glauben zu prüfen. Und Gott will uns zugleich die Gelegenheit geben, unsere Seele von unseren Sünden reinzuwaschen, indem wir in seinem Sinne handeln und für ihn kämpfen.« Die Blasphemie-Falle war umschifft.

»Was aber …«, fuhr der Meister des Krieges fort, »… wenn nicht genügend wackere Kämpfer unserem Ruf nach Vergeltung folgen? Was, wenn zu wenige die Aufforderung Gottes vernehmen oder verstehen? Es braucht mächtige Fürsprecher für die Werke Gottes auf Erden. Stimmt Ihr mir darin zu?«

Borkas erkannte die Falle und nickte zögerlich. Wollte er nicht das Amt des Papstes und der Kirche als Stellvertreter Gottes infrage stellen, musste er Hofmann zustimmen.

»Und mächtige Fürsprecher werden nicht als solche geboren, Borkas. Sie werden gemacht. An einer Schule wie dieser. Und in den vielen Studierzimmern von Paris oder Prag. In Canterbury, Rom und Konstantinopel. Es sind Lehrer wie wir, Borkas. Und Schüler wie die hier anwesenden, die die Geschicke der Welt in Gottes Namen lenken. Wir müssen ihnen unsere beste Ausbildung und unser wertvollstes Wissen geben. Sie zu starken Fürsprechern machen. Zu Menschengewinnern und -bewegern.«

Leon erkannte den Syllogismus hinter Hofmanns Argumentation. Prämisse eins: Gott braucht Fürsprecher in der Welt. Prämisse zwei: Fürsprecher werden nicht als solche geboren. Konklusion: Wer Menschen zu starken Fürsprechern Gottes erzieht, tut das Werk Gottes.

Aber Borkas gab nicht nach: »Seht Ihr denn nicht auch, wie viel Unheil durch das Wort über diese Welt kommt und wie jeder Verführer sich dazu aufschwingt, die Geschicke der Welt beeinflussen zu wollen? An Gottes Stelle und in dessen Namen?«

Hoffmann antwortete ruhig: »Das ist eine Suggestivfrage. Und ja, ich sehe diese Verführer. Wir alle sehen sie. Aus diesem Grunde plädiere ich seit Jahren dafür, das Wissen um die Beeinflussung durch Sprache, Stimme und Körper in die Hände einer fähigen und gebildeten Elite zu legen. Einer Elite, die über den Gebrauch dieses Wissens wacht und nur jenen Zugang verschafft, welche reinen Herzens sind. Denn sagt mir, Meister Borkas, wie sonst sollen wir jenen Mächten Einhalt gebieten, die gerade jetzt und überall in dieser Welt ganze Völker in den Abgrund reißen? Und zwar nicht allein durch Waffengewalt, sondern durch das wortgewaltige Verbreiten unheilvoller Ideen.«

»Unheilvolle Ideen lassen sich leichter in Köpfe pflanzen, welche sich nicht zu wehren wissen«, konterte Borkas. »In leere Köpfe passt zudem oft mehr hinein. Es sind die Dummen, die schuldlos Ungebildeten dieser Welt, die unser Wissen brauchen. Um sie sollten wir uns sorgen. Denn sie sind es, die den wahren Einfluss der Verführer mehren!«

Leon verstand den Punkt, den Borkas machen wollte, und wünschte, er hätte ihn trefflicher und ausführlicher dargestellt. Leon dachte an den ganzen Wahn der Hexenverfolgung. An Pearl und an Bens unglückliche Familie, die in einer Pogromnacht, zu der Bürger Fuldas mit Worten gegen die Juden aufgehetzt hatten, ausgelöscht worden war. So oft standen Unwissen und Ohnmacht in dieser Welt für alles Schlimme. Leon merkte, wie er innerlich immer mehr auf Borkas' Seite rückte.

»Ihr seid ein Träumer, Borkas. Und ja, ich träume mit Euch von einer Welt, in der die Menschen aufgeklärt, gottesfürchtig und anständig miteinander leben. Lasst uns in diesem Punkte einig sein.« Diese Wendung kam unerwartet. War das ein Friedensangebot? Oder lenkte Hofmann am Ende sogar ein?

»Allein, Ihr und ich, wir sehen unterschiedliche Wege, diese Welt zu erschaffen. Ihr auf Eure, ich auf meine Art. Und tief in Eurem Herzen habt Ihr bereits erkannt, dass mein Weg der direktere ist. Lasst uns gemeinsam dieses Wissen mehren und in die Hände derer legen, die aufrecht und stark genug sind, den Versuchungen der Macht zu widerstehen. Für Gottes Werk.« Und besänftigend fuhr Hofmann fort: »In Euch, Borkas, sehe ich einen solchen Menschen, und ich bin froh, dass Ihr es seid, der über ein solch gewaltiges Wissen verfügt. Denn bei Euch ist es in guten Händen.«

Hofmann wirkte vollends aufrichtig, als er das sagte. Leon wusste, dass dieser Umstand Hofmann viel Zuneigung unter den Schöffen einbringen würde. Ein Kombattant, der es vermag, seinen Gegner zu umarmen, wirkt furchtlos und überlegen.

Borkas schwieg einen Moment lang und schien einen inneren Kampf auszufechten. Schließlich sagte er leise: »Ihr macht mir nichts vor, Hofmann. Ich weiß, welchem Bund Ihr angehört und wonach Ihr in Wahrheit trachtet. Möget Ihr diese Zuhörerschaft und die Schöffen täuschen, mich täuscht Ihr nicht. Euer Einfluss ist bereits größer, als es einem Einzelnen zusteht. Ich sehe die Abgesandten. Sehe, wie an einem Tag ein Mann des Papstes, am nächsten ein Mann Friedrichs Euer Studierzimmer verlässt. Ihr schmiedet Ränke. Und ich weiß, nach welchem

Wissen und welcher Macht Ihr strebt.« Ein Raunen ging durch den Raum. Das war ein direkter Angriff.

Hofmann schwieg. Wieder war er gänzlich bei seinem Gegenüber. Er lächelte nicht, doch er sah Borkas direkt in die Augen.

Borkas wendete sich an Maraudon: »Es ist genug! Weiter will ich nicht gehen.« Laute der Empörung waren aus dem Publikum zu vernehmen. Auch Enttäuschung lag darin.

Maraudon war nun hinzugetreten und fragte Hofmann: »Seid Ihr einverstanden?«

Hofmann nickte und sagte: »Mit Bedauern, denn ich schätze die Meinung meines Kollegen sehr und empfand unseren Disput als überaus anregend. Ich wäre gerne weiter fortgeschritten.« Hofmann schien kurz nachzudenken und schwieg. »Doch ich akzeptiere.« Dann nickte er erneut und sah Borkas in die Augen.

Das Gemurmel im Publikum schwoll an.

Borkas straffte den Rücken, stand auf und ging raschen Schrittes zum Ausgang. Alle sahen ihm nach. Er drängte sich zwischen den Zuschauern hindurch und verschwand durch eine offene Pforte im Kirchenportal.

Die Abstimmung war so ausgegangen, wie Leon und wahrscheinlich jeder andere, der in der Kirche anwesend gewesen war, es hätte voraussagen können: Hofmann siegte. Und das mit einem deutlichen Vorsprung von vier Punkten. Zwei der unentschiedenen Schöffen und einer aus Borkas' Lager hatten auf Hofmanns Seite gewechselt. Der dritte zuvor unentschiedene Mann hatte sich Borkas' Lager angeschlossen. Immerhin war es Borkas erspart geblieben, einen Wettstreit abzubrechen, bevor sich alle zuvor unentschiedenen Schöffen eine Meinung gebildet hatten. Das galt als unfein. Am Ende stand es sieben zu drei für Hofmann. Das Ergebnis blieb nach der zweiten Abstimmung am nächsten Morgen im Verhältnis das gleiche. So stand es am Ende vierzehn zu sechs.

Drei Tage waren seit dem Wettstreit der Worte vergangen, und Meister Borkas war seitdem wie vom Erdboden verschluckt. »Warum sind Zuneigung und Zustimmung so mächtige Waffen im Disput?«, fragte Leon seinen Mentor Hofmann. Auf die Frage hin sah Hofmann ihn für einen kurzen Moment an und lächelte. »Ist das eine Anspielung auf meine kleine Finte während des Wettstreits?«

Sie liefen nebeneinander entlang der Außenmauer des Geländes, um sich im Gespräch ein wenig die Beine zu vertreten.

»War es denn eine Finte?«

»Ja und nein«, antwortete der Meister. »Ja, es ist eine Finte gewesen, denn als solches wird sie im Allgemeinen gesehen. Und nein, denn ich habe das, was ich gesagt habe, auch wirklich und aufrichtig empfunden. Sie war deshalb nicht vorsätzlich angewendet.«

»Ich habe gesehen, was Eure Worte mit Borkas …« – Leon suchte nach dem richtigen Wort – »…*gemacht* haben. Ihm ist doch sicher bewusst gewesen, was Ihr getan habt, als Ihr ihm an diesem Punkt des Disputes zugestimmt und ihm damit den Wind aus den Segeln genommen habt.«

Hofmann antwortete: »Es ist ein Mysterium, Leon. Doch dem Anschein nach sucht alle Welt nach Zuneigung und Liebe. Zustimmung und Bestätigung. Jeden Tag. Zu jeder Stunde. Auch Borkas. Es ist eines dieser Dinge, die Gott in unsere Welt gebracht hat. Wir können uns diesem Sehnen nicht entziehen. Nur sehr wenige vermögen es, ganz und gar ohne diese Zuneigung zu existieren. Ich traf hier und da auf Einsiedler. In der Abgeschiedenheit eines Waldes oder in einer einsamen Höhle. Wusstest du, dass der große Thomas von Aquin über zehn Jahre in einer Höhle lebte?« Leon nickte. Hofmann fuhr fort. »Die meisten Einsiedler, die ich traf, Männer, die wirklich völlig abgeschieden lebten, hatten Wege gefunden, sich selbst ohne nachlassende Wirkung anzuerkennen. Sie mussten erfinderisch sein, da kein anderer Mensch zugegen war, der ihnen Aufmerksamkeit schenkte.«

»Wie haben sie das gemacht?«, fragte Leon.

»Sie sprachen mit sich selbst oder waren im Dialog mit Gott. Manche auch mit Tieren oder Gegenständen in ihrer Umgebung. Ich vermute deshalb, dass wir Menschen nicht ohne die auf uns gerichtete Aufmerksamkeit anderer leben können. Jedenfalls nicht, ohne verrückt zu werden.«

»Oder zu sterben. So wie die Kinder von Palermo«, fügte Leon hinzu.

»Du kennst die Geschichte?« Hofmann war stehen geblieben und sah Leon aufmerksam an.

»Ja. Man sagt, Kaiser Friedrich wollte herausfinden, welche Sprache der Mensch von Natur aus entwickelt. Dann, wenn er ohne Einfluss von außen aufwächst. Er ließ sieben Säuglinge in einem Turm isolieren und die Ammen anweisen, in Gegenwart der Kinder weder zu sprechen noch sie zu liebkosen. Friedrich wollte herausfinden, ob die Kinder ihre ersten Worte auf Griechisch, Hebräisch, Latein, Arabisch oder in irgendeiner anderen Sprache sprechen würden. Diese wäre dann die Ursprache, nach der Friedrich suchte.«

Hofmann schüttelte den Kopf: »Der Franziskaner Salimbene von Parma hat diese Geschichte erfunden, Leon. Das Ganze ist nichts weiter als Propaganda, um Friedrich zu verunglimpfen.

Auch über mich erzählt man solche diskreditierenden Geschichten. Ich sei ein Satanist, sagt man. Und ein Herold des Teufels.«
Leon nickte bestätigend. »Du hast auch schon so etwas über mich gehört«, erkannte Hofmann und lächelte.

»Äh … ja«, gestand Leon.

»Salimbene ist ein Mann des Papstes«, fuhr Hofmann fort. »Männer wie er setzen solche Märchen in die Welt. So wie die Geschichte, Friedrich habe zwei Männern von gleicher Statur das Gleiche zu essen gegeben. Den einen habe er danach ruhen lassen, der andere tat tausend Schritte. So wie in dem Sprichwort: Post cenam stabis aut passus mille meabis.«

»Nach dem Essen sollst du ruh'n oder tausend Schritte tun«, übersetzte Leon.

»Ja. Friedrich wollte angeblich herausfinden, wer von ihnen danach mehr verdaut haben würde, und ließ ihnen deshalb anschließend die Bäuche aufschlitzen. Wenn du mich fragst, ein weiteres Märchen, um Friedrich in ein schlechtes Licht zu rücken.«

»Das ist möglich. Ich weiß, dass Ihr Friedrich persönlich kennt und mit ihm in Kontakt steht.«

»Liest du meine Korrespondenz?« Hofmann lächelte.

»Nein«, erschrak Leon. »Natürlich nicht. Borkas hat es vor Kurzem erwähnt.«

»Soso«, sagte Hofmann. Sie setzten ihren Spaziergang fort.

»Jedenfalls sind die sieben Kinder von Palermo in der Geschichte allesamt gestorben. Einfach so. Obwohl sie zu essen und zu trinken hatten«, sagte Leon.

»Und du sähest darin gerne einen Beweis dafür, dass wir ohne die an uns gerichtete Sprache nicht leben können?«

»In gewisser Weise ja.«

»Ich stimme dir zu, Leon. Und auch ohne einen Beweis sehe

ich, welchen Einfluss und welche Macht die ausgesprochene Zuneigung haben kann. Wusstest du, dass es eine uralte Fabel gibt, die diesen Umstand beschreibt?«

»Nein«, antwortete Leon.

»Sie ist rasch erzählt und illustriert doch das ganze Prinzip der Einflussnahme. In der Fabel streiten Wind und Sonne darüber wer von ihnen der Stärkere sei. Wer es besser zustande brächte, einen Wanderer dazu zu zwingen, seinen Mantel abzulegen. Der Wind bläst stark und stärker, um dem Wanderer den Mantel zu entreißen. Doch je mehr der Wind bläst, desto fester hält der Mann seinen Mantel an sich geklammert. Dann ist die Sonne dran. Sie wärmt den Mann mit ihren Strahlen, und schließlich legt der Mann den Mantel ab. Plus fait douceur que violence. Mehr bewirkt Sanftheit denn Gewalt.«

Leon verstand. »Vielleicht ist es das, was wir während des Wettstreits an Borkas wahrgenommen haben.« Und nach einem kurzen Moment des nachdenklichen Schweigens kam Leon auf seine ursprüngliche Frage zurück: »Habt Ihr in diesem Moment gedacht, es sei jetzt hilfreich, Zustimmung und Anerkennung zu benutzen?«

»Nein«, antwortete Hofmann. »Denn dann hätten sie keine Wirkung gehabt.«

»Weshalb?« Leon war überrascht.

»Die Methode der Zuwendung funktioniert allein, wenn die dahinterstehende Wertschätzung für das Gegenüber aufrecht empfunden ist. Wenn sie *echt* ist. Ist sie es nicht, sät sie Misstrauen und bewirkt somit das *Gegenteil* dessen, was Wertschätzung vermag. Wird sie zudem mit dem bewussten Vorsatz vorgetragen, den anderen beeinflussen zu wollen, so wird auch das erkannt werden. Man durchschaut die Absicht und ist verstimmt.«

»Aber ist es dann nicht ein Paradox?«, fragte Leon.

»Was denkst du selbst?« Wieder sah Hofmann ihn an.

»Wenn ich Zuwendung als Methode verwende, also mit einer Absicht versehe, wird sie als solche durchschaut, und ihre Wirkung schwindet. Also kann man sie gar nicht mit Absicht verwenden.«

»Und?«, fragte Hofmann.

»Hm ... ich müsste mich irgendwie selbst überlisten, sodass mir nicht bewusst ist, dass ich meine Anerkennung gerade als Mittel verwende.«

Hofmann musste lachen. »Das wäre wahrlich ein Meisterstück!« Es war das erste Mal, dass Leon den Meister wirklich hatte lachen sehen. »Es ist viel einfacher, als du denkst«, sagte Hofmann jetzt.

Leon sah ihn fragend an.

»Was immer du für dein Reden als nützlich erachtest, übe es so lange, bis es dir zur Gewohnheit geworden ist. Dann brauchst du nicht darüber nachdenken, ob du es einsetzen sollst oder nicht. Du benötigst keine Bewusstheit mehr darüber. Du tust es einfach. Weil es zu deiner Art geworden ist. Es gehört zu dir und ist daher immerzu authentisch. Das ist der Weg. Mache dir Wertschätzung zur Gewohnheit.«

»Und funktioniert die Methode dann immer?«, wollte Leon wissen und bemerkte zugleich, dass das eine wirklich törichte Frage war.

»Nein. Es gibt keine Garantien. Und jeder Mensch, der ein ausreichendes Maß an Liebe und Wertschätzung erfährt, ist dadurch auch weniger anfällig für Schmeicheleien. Es ist in etwa so wie beim Essen. Wenn du bereits satt bist, ist die Verlockung eines Kuchens geringer, als wenn du großen Hunger hast. Bei jemandem wie dir, Leon, würde die Finte der Zustimmung wahrscheinlich nicht funktionieren«, sagte Hofmann und lächelte dabei.

»Warum nicht?«

»Du genießt die Zuneigung deiner Freunde. Das macht dich stark und wehrhafter gegen die Einflussnahme durch andere.«

Leon dachte an diesem Abend noch lange über Hofmanns Worte nach. Er hatte recht.

»Das hier gehört dir, Leon.« Philipp war direkt nach seiner Ankunft an der Schule der Redner auf die Suche nach Leon gegangen. Er musste ihn warnen. Und ihm etwas geben. Einen Brief von Cecile. Nachdem sie das letzte Mal mit Uther von hier abgereist und an den Hof Rudolfs zurückgekehrt waren, hatten sich die Ereignisse dort überschlagen. Philipp würde Leon nicht alles davon berichten können, aber er wollte ihm wenigstens die gute Nachricht überbringen, dass die Hochzeit nun endgültig abgesagt war. Er fand Leon im Vorraum des Auditoriums im Haus des Wissens. Sie umarmten einander, und Philipp legte Leon einen länglichen Gegenstand in die Hand. Leon lächelte wehmütig, als er seinen Dolch erkannte. Das kleine keilförmige Ding, das er selbst als Kind geschmiedet hatte. Philipp berichtete, dass sie den Dolch damals am Fluss gefunden hatten. In jenem Winter vor zwei Jahren.

»Danke«, sagte Leon und betrachtete den Dolch wie eine ferne Erinnerung. Sein Gesicht umwölkte sich, als er daran dachte, dass er während seiner Flucht einen Hund damit erstochen hatte.

»Und das hier ist von meiner Schwester für dich.« Philipp hielt einen gefalteten und versiegelten Brief in Händen. *Ein Brief von Cecile!* Eine plötzliche Hitze überwältigte Leon, als ihm gewahr wurde, dass sie offenbar noch immer an ihn dachte. Philipp glaubte sogar, dass sie ihn immer noch liebte. Das sagte er zumindest, als er ihm den Brief übergab. Und er sagte, dass sie jetzt wahrscheinlich in ein Kloster gesteckt würde. *O nein,* dachte Leon. Und etwas in ihm wollte stehenden Fußes zu ihr aufbrechen. Er riss sich innerlich zusammen. Seine Hände zitterten. Philipp bemerkte es, und Leon fragte zur Ablenkung: »Wie geht es Odo und meinem Bruder?« Er machte sich wirklich Sorgen um Richard. Und der Nachhall ihres Streites tat noch immer weh.

»Odo ist wohlauf. Stell dir vor, er ist verlobt. Mit einer ganz entzückenden jungen Dame aus Aquitanien.« Über Richard sagte Philipp nichts. Womöglich, um die Wunde, die der Streit zwischen den beiden Brüdern verursacht hatte, nicht wieder aufzureißen.

Der Burgunder sah, dass Leon unruhig war. Wahrscheinlich wollte er möglichst schnell Ceciles Zeilen lesen. Philipp musste ihn jedoch noch warnen: »Uther weiß jetzt, dass du hier bist, Leon. Und er weiß, dass du Maraudon Gottfrieds Buch gegeben hast. Er ist hier, um es sich zu holen.«

Leon erschrak. Er musste Uther um jeden Preis aus dem Weg gehen. Ob Maraudon ihn an seinen Widersacher ausliefern würde? Leon schluckte trocken.

»Danke, Philipp«, sagte er, drehte sich auf dem Absatz um und rannte zum Haus des Cellerars. Dort stieg er zu Flints Kammer hinauf. Der Wildererjunge war nicht da. So wie Leon vermutet hatte.

Lange hielt er Ceciles Brief in Händen, ohne ihn zu öffnen. Das Herz hämmerte ihm in der Brust. Schließlich öffnete er ihn doch und begann zu lesen.

Liebster Leon,

so sehr habe ich gehofft, Du würdest leben. Odo hat es mir gesagt, und ich kann meine Freude darüber nicht in Worte fassen.

Ich weiß bis heute nicht, was Du damals mit mir angestellt hast, aber ich will Dir sagen, dass es mich unendlich glücklich gemacht hat. Ich fühlte mich auf eine kostbare Weise mit Dir und Deinen Gedanken verbunden. Ich fühle es noch immer. Wie kann ein Mensch sich so sehr verstanden wissen? Seitdem sehe ich mich erkannt, getragen, geliebt. Seitdem gab und gibt es keinen Tag, keine Stunde, in der ich mich nicht nach Dir und Deiner Nähe sehne. In jenem Moment waren wir ein einziges Wesen. Du warst ich. Und ich war Du. Leon, ich liebe Dich.

Wenn wir nur begreifen würden, dass nicht Angst, Stolz oder Hass unsere Herzen leiten sollten, sondern unsere Zuneigung, so wäre diese Welt eine bessere. Und ich wünschte, die großen Denker und mächtigen Herrscher würden diese einfache Botschaft begreifen und mehren. Vielleicht fehlt es ihnen allein an der Erfahrung, die ich mit Dir habe teilen dürfen. Dass zwei Menschen einander so viel geben können, ohne dafür im Gegenzug etwas nehmen zu müssen. Und ich meine nicht das, was wir in jener Nacht im Wald getan haben. Du siehst mich selig lächeln in der Erinnerung daran. Ich meine vielmehr das, was alle Menschen einander geben können, indem sie, für einen kurzen Moment oder eine lange Zeit, ganz und gar in ihren Gedanken miteinander verbunden sind. In Zuneigung und Verständnis. In Mitgefühl.

Ich hatte eine schwere Zeit am Hof, seit Du fort bist. Ich habe herausgefunden, dass es Mona war, die uns verraten hat. Uther hat sie auf jede Art und Weise missbraucht, auch mit Mitteln, die ich hier nicht schildern mag. Und er hat sie gezwungen, mich für ihn auszuspionieren. Nach Deiner Bestrafung und Flucht war

Uther auch mir gegenüber zudringlich, und einmal wurde ich in letzter Minute durch meinen Bruder Odo vor dem Schlimmsten bewahrt.

Es sah lange so aus, als würde Rudolf weiterhin auf einer Hochzeit bestehen. Und ich hatte mich am Ende in mein Schicksal gefügt. Vergib mir.

Doch Dein Onkel und meine Eltern haben letztendlich eine andere Übereinkunft getroffen. Wir werden die Häuser Habsburg und Burgund nicht mehr vereinen müssen. Die politischen Geschicke haben sich geändert. Nach dem Verrat Uthers und der Kränkung, die Deinem Onkel durch die Sache mit uns widerfahren ist, scheint er auch alles Interesse an mir verloren zu haben. Diese ganze Sache ist ein politisches Schauspiel, Leon. Nicht mehr.

Ich fürchte sehr, dass Uther Mittel finden wird, mich in Nevers aufzuspüren und sein verderbtes Werk zu vollenden. Er hat mit meinen Eltern gesprochen, und nun verhandelt er über eine neue Hochzeit. Er will, dass ich IHN heirate. Zu meinem Entsetzen scheinen meine Eltern seinem Wunsch nachgeben zu wollen. Uther hat auf eine unheimliche Art großen Einfluss auf sie. Leon, ich bin verzweifelt und wünschte, Du könntest bei mir sein. Ich werde schon morgen den Hof meiner Eltern verlassen und mich auf die Suche nach einem Kloster begeben, wo man mir hoffentlich einen Platz zuteilen wird. Irgendwo am Ende der Welt. Catherine begleitet mich, und ich hoffe, dass Uther mich dort niemals finden wird. Vergib mir, Leon! Auf immer liebe ich Dich.

Tu seras pour moi unique au monde. Je t'embrasse des toutes mes forces.

Vergiss mich nicht.

Cecile

Als Leon den Brief zu Ende gelesen hatte, war sein Gesicht tränenüberströmt. Alles war mit einem Mal wieder da. Das Reißen. Die Nähe. Ihr sommerlicher Duft. Die tanzenden Sprenkel in ihren blassblauen Augen. Er liebte sie noch immer. Und er würde sie eines Tages finden, das schwor er sich. Am liebsten wäre er sofort zu ihr aufgebrochen. Gleich jetzt.

Aber erst musste er Gottfrieds Buch das Geheimnis entreißen und eine der Abschriften beschaffen. Bevor Uther es tat und mit der Macht der Rezeptur seinen Plan in Bezug auf Cecile verwirklichen würde. Und sein verderbtes Werk an Rudolf und der Welt.

Der Meister des Krieges

Mark Brandenburg, 13. August 1202

Die Männer kamen am Mittag. Sie mussten sich zuvor aufgeteilt haben und um das Dorf herumgeritten sein, denn nun rückten sie von allen Seiten gleichzeitig an. Es gab kein Entkommen. Die Bewohner des Dorfes Nahmitz, dessen Grenzen und umliegende Wiesen zugleich die Grenzen von Hannes' Welt waren, arbeiteten auf den nahe liegenden Feldern. Es war Mitte August und deshalb Erntezeit. Das galt auch für Hannes' Eltern, seine drei älteren Brüder und die beiden Schwestern. Auch den Säugling, den kleinen Christian, hatten sie mitgenommen. Hannes' Mutter trug ihn in einem Tuch vor ihrer Brust.

Sie hatten zwar keine eigenen Felder – Hannes' Vater Carl war der Müller des Dorfes –, aber die Familie des Müllers half den anderen, so wie es Brauch war. Denn wurde die Ernte zu spät eingefahren, konnte das Korn entweder zu trocken oder aber zu nass zum Dreschen werden. Sie hatten Hannes am frühen Morgen zusammen mit seiner steinalten Großmutter in der Mühle zurückgelassen, um auf das Mahlwerk zu achten. Die Mühle war seit drei Generationen im Besitz der Familie gewesen, bevor man sie im Sommer vorletzten Jahres enteignet und ihnen eine hohe jährliche Pacht aufgebürdet hatte. Es hieß, Großvater sei deshalb gestorben. Vor Kummer.

Wenn Erntezeit war und das Korn gedroschen werden sollte,

stand die Mühle niemals still und musste immerzu beaufsichtigt werden. Getreide musste nachgefüllt und fertiges Mehl in Säcken abgepackt werden. Der achtjährige Hannes war stolz, dass man ihm die Aufgabe in diesem Jahr anvertraut hatte. Eigentlich interessierte sich der schlaksige Junge nicht sonderlich für die Arbeit des Müllers, aber das Räderwerk und die komplizierte Mechanik der Mühle faszinierten ihn. Draußen hörte er das alte Wasserrad ächzen. Es musste bald repariert und instand gesetzt werden, damit der Bach es nicht in Stücke schlagen würde, wenn er durch den Regen des Herbstes und den Schnee im Winter wieder zu schwellen begann. Im Winter gab es für den Müller und seine Familie selten etwas zu tun. Die Menge an Korn, welche die Dörfler für den Winter übrig behielten, war so spärlich, dass die meisten es mit der Handmühle oder zwischen zwei Steinen mahlten. So mussten sie dem Müller davon nichts abgeben. Das Mehl der jetzigen Ernte aber sollte zum Markt getragen werden. Und auch zum nahe gelegenen Kloster, an das sie Pacht und Zehnt zahlten.

Hannes würde den Hof eines Tages verlassen müssen, denn es konnte immer nur einen Müller geben. Möglicherweise würde er dann an die Klosterpforte klopfen und um Aufnahme bei den Zisterziensern bitten, so wie bereits viele Männer des Dorfes vor ihm. Im Kloster gab es immer Arbeit, denn die Zisterzienser bewirtschafteten eigene Felder, Obst- und Weingärten. Sie brauten Bier, nicht nur für den Eigenbedarf, und unterhielten Handelsbeziehungen zu anderen Klöstern ihres Ordens sowie Niederlassungen in den Städten. Hannes interessierte sich für das Lesen und Schreiben. Sein Onkel Ludger, ein fahrender Krämer, hatte ihm zudem ein bisschen Rechnen beigebracht.

Hannes hörte die Schreie, als er gerade einen Sack Mehl durch die Luke nach unten warf. Es waren Schmerzensschreie und panische Rufe. Der Junge ging darauf zu der kleinen Dachluke und nahm das Brett heraus, das vor Wind und Regen schützte. Er wollte wissen, was da vor sich ging.

Er sah etwa zehn Männer auf Pferden. Und noch einmal vier zu Fuß. Außerdem rennende Dorfbewohner. Niemand setzte sich zur Wehr. Hannes sah, wie sie auf den Feldern starben. Sie wurden einfach niedergeritten oder mit dem Schwert erschlagen. Seinen Brüdern wurden der Reihe nach die Köpfe abgetrennt. Die fremden Männer lachten, während sie das taten. Andere fingen die noch lebenden Frauen und Mädchen ein und rissen ihnen die Kleider vom Leib. Sie legten sich auf sie oder vergewaltigten sie im Stehen, während ein anderer sie festhielt. Auch Hannes' Schwestern wurden auf diese Weise behandelt. Obwohl sie erst fünf und neun Jahre alt waren. Als die Männer mit ihnen fertig waren, ließen sie sie einfach am Boden liegen und stachen mit ihren Spießen auf sie ein. So wie man im Dorf ein überzähliges Kätzchen mit der Heugabel aufspießen würde.

Hannes stand an der Dachluke, und merkwürdigerweise empfand er rein gar nichts bei dem, was er sah. Es war, als fände das ganze grausame Schauspiel in einer anderen Welt statt. Erst als die Männer sich dem Dorf zuwandten, die zurückgebliebenen Alten und Säuglinge aus den Häusern zerrten, erst als auch diese erschlagen wurden und die Männer damit begannen, das Getreide und die Häuser in Brand zu stecken, erst als die ersten stroh- und schindelgedeckten Dächer in Flammen standen und qualmender Rauch den Himmel verdunkelte, erst dann wandte sich Hannes zur Flucht.

Kurz darauf ging auch die alte Mühle in Flammen auf. Und alles Getreide und Mehl darin. So wie auch alles andere, was die Hofmanns je besessen hatten.

»Dein Versagen als Schüler ist auch mein Versagen als Meister«, sagte Maraudon. Uther stand vor ihm und zitterte vor unterdrückter Wut. Es war mitten in der Nacht, und sie waren mit Maraudon allein in dessen Halle. Hindrick und Wolfger standen im Hintergrund und achteten darauf, dass die Wachen sie hier nicht stören würden.

»Ihr habt Thomas und Roger immer bevorzugt. Ihnen habt Ihr den Zugang zur Pariser Abschrift gewährt. Mir nicht«, sagte Uther.

»Sieh es doch ein. Du warst zu jung.«

»Und Hofmann? Hofmann war wohl nicht zu jung, was?«

Maraudon erwiderte nichts.

»Nacht für Nacht musste ich mit ansehen, wie sie sich aus dem Schlafsaal stahlen. Um Euch selbst und Albert oben in den Stollen zu treffen!«

»Du wusstest davon?« Maraudon war überrascht.

»Ihr habt Gorgias als Wächter aufgestellt, aber ich habe Euch hineingehen sehen. Verschwörerisch. Und Ihr habt zugelassen, dass Thomas und Roger ihr Wissen angewendet haben. An mir. An den Schülern. In jedem Wettstreit der Worte.« Maraudon nickte schuldbewusst. Schon damals hatte er geahnt, was daraus erwachsen würde. Ein Fehler. Er wollte sich entschuldigen, aber Uther ließ ihn nicht zu Wort kommen: »Ihr wart nachsichtig mit ihnen. Was Euch dagegen an anderer Stelle immer gefehlt hat, waren eigene Ambitionen! Ihr wolltet stets nichts weiter, als jedes beliebige Kind in dessen Willen zu stärken. Egal worauf dieser Wille gerichtet war.«

»Was soll daran falsch sein?«, fragte Maraudon.

»Ihr habt gelebt, ohne Eure wahre Wirksamkeit entfaltet zu haben. Ihr hättet mit Eurem Wissen zeitlebens weitaus mehr erreichen können als das hier.« Uther deutete mit gestrecktem Arm um sich.

»Du irrst dich, Uther!« Maraudon fiel sehr wohl auf, dass Uther in der Vergangenheitsform sprach. Und er wusste, was das bedeutete. Er sah zu Hindrick und Wolfger an der Tür.

Er wollte etwas sagen, aber Uther war noch nicht fertig: »Ihr hattet Kenntnis von der Rezeptur und habt sie nicht genutzt!«

»Es fehlte das fünfte Kapitel. Du weißt, was das bedeutet, Uther. Das fünfte Element seiner Lehren. Ich musste herausfinden, dass die ersten vier wenig bewirken, wenn das fünfte fehlt. So wie Erde, Wasser, Luft und Feuer durch den Äther voneinander getrennt sind. So wie die Allnatur in allem steckt. Die Rezeptur aus der Abschrift ist wertlos, Uther.«

»Das ist nicht wahr. Ich kenne Männer, die die Abschrift ebenso studierten wie Albert und Ihr. Und sie gewinnen daraus große Macht.« Uther dachte an seinen Meister. Und an die unheilvolle Kraft, die dessen Stimme innewohnte. »Die Rezeptur ist mächtig! Das ist es, was Ihr nie begriffen habt und nie begreifen *wolltet*!«

Maraudon antwortete ruhig. »Die Macht, von der du träumst, Uther, ist nichts anderes als reine Gewalt. Dasselbe wie Quälen, Schlagen und Töten. Warum nimmst du also nicht einfach einen Hammer und erschlägst deine Widersacher, statt sie mühsam zu bewegen, in deinem Sinne zu handeln? Du hast nichts verstanden, Uther.« Maraudon hielt inne. Uther erwiderte nichts und sah zur Seite. Maraudon nutzte die Pause, die dadurch entstand: »Du weißt, dass es so ist, Uther. Nimm lieber ein Schwert zur Hand. Töte so, dass andere es sehen!«

Eine Weile lang sprach keiner der beiden Männer. Hindrick wurde offenbar ungeduldig und meldete sich zu Wort. »Was ist, Vater? Wir müssen handeln.« Uther machte eine winzige Bewegung mit der Hand, und Hindrick verstummte.

»Wo ist Gottfrieds Buch?«, fragte Uther.

Statt zu antworten, lachte der alte Rektor. »Deshalb bist du hier?«

»Gottfrieds Buch wird mich zu Bernhards Abschrift führen. Wo ist es?«

»Ich habe es nicht!«

»Ihr lügt!«, rief Uther wütend.

Aber Maraudon sagte die Wahrheit. Das Buch, das Leon ihm gegeben hatte, war das Werk eines anderen. Maraudon hatte das sofort erkannt. Und er wusste auch, von wem es stammte: Roger Bacon. Der Junge hatte voller verrückter Ideen gesteckt, als er noch Schüler dieser Schule gewesen war. Als Maraudon den kleinen Roger damals nach dem Sinn der angefertigten Bilder und Schriftzeichen gefragt hatte, hatte Roger geantwortet: »Ich habe mich beim Zeichnen und Schreiben so weit von mir selbst entfernt, dass es mir danach selbst eine Überraschung bereitet, darin zu lesen. Ich beabsichtige eine höhere Weisheit zu erringen, als die Vernunft mir bieten kann.«

Maraudon hatte damals augenzwinkernd geantwortet: »Wer weiß, vielleicht wählt dich ja eines Tages ein Engel aus, um durch dich zu sprechen.« Und dann hatte er Gorgias angewiesen, dem kleinen Roger weiterhin Pergament und Tinte zur Verfügung zu stellen. Er wollte sehen, wohin das führte. Als Maraudon das Buch gesehen hatte, das Leon ihm gab, hatte er es gleich wiedererkannt. Er hatte nichts gesagt, weil er denselben Forschergeist, der Roger beseelt hatte, auch in Leon sah. Maraudon kannte das Buch Gottfrieds zudem sehr genau. Albert und er hatten es entschlüsselt und die Abschrift aus Paris zusammen mit Albertus Magnus hierhergeholt. Die Abschrift Bernhards war hingegen verborgen geblieben. Auch er und Albert wussten nicht, wo sie sich befand.

»Ihr lügt, alter Mann«, wiederholte Uther. »Doch wenn Ihr mir die Wahrheit nicht aus freien Stücken verraten wollt, werde ich wohl Euren Ratschlag befolgen und sie ohne die Macht der Worte aus Euch herausholen.« Uther gab seinem Sohn Hindrick ein Zeichen und verließ die Halle. Hindrick und Wolfger blieben zurück und gingen auf den alten Rektor zu, der in einer ganz und gar unsinnigen Handlung die Falten seines Mantels ordnete. Ein letztes Mal.

❦

Leon hatte eine Entscheidung getroffen. Er hatte Gottfrieds Buch aus der Bibliothek geholt und war am Abend damit zum Haus des Krieges gegangen. Es führte kein Weg daran vorbei.

»Ich möchte Euch etwas zeigen«, eröffnete er Hofmann geradeheraus. Der sah von seiner Schale mit Wasser auf.

»Das hier sind die Aufzeichnungen des Gottfried von Auxerre. Albert hat sie mir gegeben.« Hofmann sagte nichts und stellte die Schale ab.

Leon legte das Buch auf die dunkle polierte Platte des Tisches und schlug es auf. Ausführlich schilderte er, was seine Freunde und er schon herausbekommen hatten. Zeigte Hofmann die entsprechenden Stellen. Die Atbasch-Chiffre. Das Zeichen am Anfang des Buches. Das Symbol des Äthers. Er zeigte ihm die Spiralen und übersetzte die Namen dazu. Am Ende berichtete er ihm von seiner Flucht. Und davon, dass Uther das Buch um jeden Preis haben wollte.

Hofmann hörte aufmerksam zu. Als Leon nach einer ganzen Weile mit seinem Bericht fertig war, nickte Hofmann und sagte nachdenklich: »Du warst nicht ehrlich zu mir. Doch ich verstehe gleichzeitig, dass du keine Wahl hattest.« Leon fiel ein Stein vom Herzen.

507

»Doch eine Frage beschäftigt mich«, fuhr Hofmann fort. »Wenn dies hier das Buch Gottfrieds ist, das Albert all die Jahre aufbewahrt hat, was habt ihr dann Maraudon gegeben?«

»Das Buch eines Irren. Wir wissen nicht einmal, wer der Autor ist. Der Inhalt ist jedoch so verrückt, dass wir gehofft haben, es würde Maraudon und Uther für eine Weile beschäftigen.«

»Das hat es wohl. In der Tat, das hat es.« Hofmann sah Leon in die Augen. »Wie kann ich dir helfen?«

Leon gab ihm das Buch und zeigte ihm die Stelle mit den ugaritischen Schriftzeichen. Sie zog sich über eine ganze Seite. Hofmann sah lange darauf.

»Das scheint mir koptisch und verschlüsselt zu sein«, sagte Hofmann. »Ich kann es nicht lesen, Leon.«

Leon wollte Hofmann aufklären, doch der las gerade laut aus einer anderen Stelle vor:

In der Dunkelheit des Berges
Nächst den Gebundenen.
Nicht Altar, aber auch nicht eitler Tisch.
Der Heiden Werk
sich hier verrichtet sieht.
Den Weg weist Abba-Ababus.

Leon war erstaunt. »Ihr kennt die Geheimschrift Alberts?« Hofmann lächelte. »Ja, die einzelnen Silben werden rückwärts geschrieben. Albert und ich tauschten oft Geheimnisse auf diese Weise aus. Wir konnten uns sogar auf diese Weise unterhalten.« Hofmann schwieg für einen kurzen Moment, bevor er fragte: »Haben du und deine Freunde herausbekommen, was es damit auf sich hat?«

»Es ist ein Glossar«, sagte Leon. Hofmann nickte; natürlich

kannte er das Buch. Leon fuhr fort: »Ein Buch hier an der Schule. Aber wir haben noch nicht herausgefunden, auf welche Weise das nützlich ist und wohin es weisen soll.«

Leon sah Hofmann zu, der in dem Buch blätterte.

»Habt Ihr eine Idee, auf welche Weise wir die Keilschrift entziffern können? Wir vermuten, dass sie einen Teil des Wortlauts aus Bernhards Abschrift enthält.«

»Du meinst, Gottfried hat sie mit eigenen Augen gesehen?«

»Ich weiß es nicht. Es wäre möglich. Es kann aber auch sein, dass Bernhard selbst Teile abgeschrieben und studiert hat. Vielleicht hatte Gottfried Zugang zu einer solchen Abschrift.«

Hofmann sagte nichts und blätterte stattdessen weiter in dem kleinen Buch. An einer Stelle blieb sein Blick für einige Zeit haften.

»Was ist?«, wollte Leon wissen.

»Nichts. Ich dachte, etwas erkannt zu haben. Das hier ist Alberts Schrift. Er schreibt vollkommen unzusammenhängendes Zeug. Das sieht ihm nicht ähnlich. Dahinter war früher offenbar irgendeine Zeichnung. Es sieht fast so aus, als habe er hier nur irgendetwas hingeschrieben, um diese ursprüngliche Zeichnung zu verstecken.«

»Ein Palimpsest«, sagte Leon.

»Ja, das ist wohl ein Palimpsest«, nickte Hofmann. Er schloss das Buch und sagte: »Wenn es für dich und deine Freunde möglich ist, würde ich das Buch gerne eine Nacht und einen Tag lang studieren. Wir treffen uns morgen Abend wieder, und ich sage dir dann, was ich herausgefunden habe.«

Leon war dies nicht recht, aber er traute sich nicht zu widersprechen.

»Dann morgen Abend«, sagte er.

»Morgen Abend«, bestätigte Hofmann.

Zu Leons Überraschung gab Hofmann das Buch jedoch bereits am nächsten Morgen zurück und sagte: »Ich habe auch nicht mehr herausgefunden als ihr. Was auch immer es ist, das Albert darin verstecken wollte … er hat es gut versteckt.«

»Drohen! Locken! Täuschen!« Auch eine Woche nach dem Wettstreit der Worte war Meister Borkas noch immer wie vom Erdboden verschluckt. An seiner statt hatte Meister Heraeus Sirlink den Unterricht des ersten Hauses übernommen. Doch statt Borkas' Lektionen fortzusetzen, hatte Sirlink sich offensichtlich entschlossen, mit der Einführung in die Lehre des zweiten Hauses zu beginnen. Dort saßen die Schüler nun auch.

Statt des gewohnten Auditoriums bestand der Vorlesungssaal des Hauses aus einem lang gestreckten Raum mit an der Seite aufgestellten Bänken. In der Mitte trugen Doppelsäulen das Tonnengewölbe des alten Gebäudes, was dazu führte, dass man Heraeus nicht von jedem Platz aus sehen konnte. Da er zudem beim Sprechen herumzuwandern pflegte, versperrten immer wieder Säulen die Sicht.

»Drohen! Locken! Täuschen!«, wiederholte Sirlink. »Alle menschliche List lässt sich auf diese drei Grundprinzipien zurückführen. Da, wo mit Vernunft und klugen Argumenten, mit der Nennung von Fakten und der Wahrheit der Arithmetik nicht voranzukommen ist, muss der Mensch sich zur List bequemen. Selbst wenn deren Urheber die Schlange des Paradieses und damit der Teufel selbst ist. Ja, der Leibhaftige hat sie in die Welt gebracht, doch die Natur ist ihr Vorbild. Denn alles Leben beruht auf Töten und Getötetwerden.« Heraeus Sirlink machte eine bedeutsame Pause. »Und da alles Leben auf Töten und Getötetwerden beruht, wurden Mensch und Tier von Gott dazu befähigt, immer geschickter zu töten und gleichzeitig immer mehr Geschick darin zu entwickeln, selbst nicht getötet zu werden. Die Geschichte der Menschheit ist voller List. Doch auch im Tier- und Pflanzenreich kann man sie beobachten. Denn selbst die Blume hat der Herr in aller Farbenpracht erschaffen, damit Biene und Hummel sie als verlockend empfinden.«

Leon und Ben waren an diesem Morgen nicht ganz bei der Sache. Ben flüsterte:»Wo ist Leopold?«

Leopold war am Vortag nicht zum Abendessen gekommen. Auch im Schlafsaal hatten sie ihn später nicht finden können. Leon sah jetzt hinüber zu dem Platz, an dem Leopold immer gesessen hatte. Er war leer. Und auch Hindrick und Wolfger fehlten. Leon überkam ein mulmiges Gefühl, und er wandte sich flüsternd an Ben:»Wir müssen Flint warnen. Bestimmt suchen sie nach ihm.« Ben nickte zur Antwort.

Unterdessen sprach Heraeus Sirlink weiter.»Für viele der Listen, Strategeme genannt, verfügen wir über allgemein geläufige Namen. So wie das ›Trojanische Pferd‹, die Methode der ›Isolation‹ oder das ›Kalkei‹. Manche unter ihnen haben wahrlich prosaische Namen wie ›Den Wolf aus dem Wald auf das freie Feld hinausführen‹ oder ›Den Baum mit Blüten schmücken‹. Manch andere List jedoch ist namenlos und daher schwer zu entdecken. Im zweiten Haus fügen wir den Werkzeugen der Rhetorik die Macht der List hinzu.«

»Meinst du, wir sollten Maraudon unterrichten, dass Leopold fehlt?«, flüsterte Ben.

»Wahrscheinlich besser. Vielleicht ist er auch einfach nur krank. Wir sollten vielleicht vorher im Krankenzimmer vorbeisehen.«

Aber auch dort war Leopold nicht.

Nachdem sie auch im Dormitorium und selbst im Latrinenhaus nachgesehen hatten, blieb nur noch das Gästehaus unten im ersten Hof. Leon ging hinunter und traf dort überraschend auf Odo und Philipp. Nachdem sie sich umarmt hatten, entstand ein kurzes, betretenes Schweigen

»Wo ist mein Bruder?«, fragte Leon schließlich. Er wollte ihn sehen. Sich, wenn möglich, mit ihm versöhnen.

»Uther und er sind heute Morgen schon wieder abgereist. Wohin, das wollten sie selbst uns nicht sagen«, antwortete Odo und zuckte mit den Achseln.

»Uther verfolgt irgendeinen Auftrag und braucht Richard dafür«, sagte Philipp. »Dein Bruder wird immer verschlossener. Früher hätte er uns anvertraut, wohin die Reise geht. Und er hätte uns wahrscheinlich mitgenommen.« Leon nickte. Seit dem unseligen Abend, an dem Richard ihm gedroht hatte, waren sie einander nicht mehr begegnet. »Irgendwann müssen wir etwas unternehmen«, sagte Odo. »Vielleicht schon bald. Uther übt einen schlechten Einfluss aus. Stell dir vor, Richard nennt Hindrick jetzt seinen Freund.«

Leon schüttelte ungläubig den Kopf.

Philipp seufzte und wechselte abrupt das Thema. »Ihr habt verflixt hübsche Mädchen hier an der Schule.«

»Stimmt«, sagte Leon und dachte an Astrid.

»Kannst du da was für uns einfädeln?«, fragte Philipp.

Leon musste lachen. »Vergiss es, Philipp. Die Mädchen hier manipulieren dich so sehr, dass du am Ende von der Felswand da vorne runterspringst. Freiwillig. Ich würde dir empfehlen, die Finger von ihnen zu lassen. Sie sind schlimmer als die Sirenen!«

Philipp lachte, wurde dann aber gleich wieder ernst: »Uther und sein Sohn Hindrick planen noch irgendetwas anderes. Es sieht so aus, als würden Hindrick und Wolfger in der kommenden Woche eine Reise antreten. Wir wissen das, weil sie einige von Rudolfs Männern mitnehmen. *Unsere* Männer.«

»Konntest du herausfinden, wohin sie reisen wollen?«, fragte Leon.

»Nach Venedig«, antwortete Philipp. Dann erzählte er Leon alles, was der Venezianer berichtet hatte.

Später erzählte Leon seinen Freunden, was er durch Philipp erfahren hatte. »Es klingt wirklich so, als sei eine der Abschriften in Venedig aufgetaucht. Wollen wir hoffen, dass Hindrick sie nicht in die Hände bekommt.«

Doch das war nicht Leons einzige Sorge.

Wolfger

L eon, Konni und Flint waren auf dem Weg ins Dorf, um dem dortigen Wirtshaus einen Besuch abzustatten. Andere Schüler hatten sich ihnen angeschlossen, denn es war Pfingsten und für die Feiertage kein Unterricht angesetzt. Es roch nach Frühling, und überall stand sattes Gras auf den Weiden.

Seit ihrer Ankunft vor vier Monaten waren Leon und Flint nicht mehr unten im Dorf gewesen. Sie freuten sich auf ein kühles Bier und ein bisschen Abwechslung. Agnes war über Pfingsten zu ihrer Familie nach Metz gefahren, und die Schüler hatten schon gleich am ersten Abend feststellen müssen, dass die Fähigkeiten von »Salz« und »Pfeffer« leider nicht an die Kunst ihrer Herrin heranreichten. Das Gemüse war zerkocht und fad, das Fleisch teilweise angebrannt und zugleich innen noch roh. Flint hatte es trotzdem mit Heißhunger gegessen und gereimt: »Den Gourmet erkennt man in der Weise, dass er nicht klagt bei karger Speise!«

Flint hatte seinen Humor wiedergefunden. Zudem fiel Leon auf, dass er und Konni sich recht gut verstanden. Leon hatte seinen Wildererfreund deshalb geneckt, aber Flint wich jedes Mal aus, wenn Leon ernsthaft fragte, wie er zu ihr stand. Flint mochte Konni sehr. Das sah und spürte man. Auch ohne Äther.

Gemeinsam schlenderten sie den Weg ins Tal hinab, entlang der hohen Felsen, die unterhalb der Schule steil abfielen, bis sie in flacheres Gebiet kamen. Überall blühten wilde Blumen und Kräuter. Das Dorf lag direkt am Fuß des Berges. Es bestand aus flachen Holzkaten und einigen wenigen Steinhäusern. Eine kleine Kirche gab es auch. Als die Freunde den Eingang der Ortschaft erreichten, begann gerade eine Glocke zu läuten.

»Na, das ist doch mal eine hübsche Begrüßung«, meinte Flint.

Der Fremde hatte gerade abgesessen und wollte sein Pferd an einem Pfosten anbinden, als er zwischen den Häusern auf der anderen Seite des Dorfes eine Gruppe junger Leute sah. Er erkannte die beiden sofort. *Bei Allah!* Leon und der Wildererjunge. Der Fremde murmelte einen Fluch, band sein Pferd los und saß gleich wieder auf. *Anderthalb Jahre! Endlich!* Er hatte sie gefunden. Uglok hatte nicht gelogen, und der Mann mit der silbernen Maske würde zufrieden sein. Und vielleicht könnten sie bald nach Hause zurückkehren. Er vermisste seine Heimat, auch wenn er ein solches Gefühl der Schwäche den anderen gegenüber niemals eingestanden hätte. Alamut. Der Fremde trat seinem Pferd in die Seiten und verschwand bald darauf auf der Straße nach Osten.

Im Wirtshaus ging es hoch her. Der Wirt machte gewiss ein gutes Geschäft. Bierkrüge wurden krachend aneinandergestoßen. In einer Ecke sang man ein zotiges Lied. Die Freunde mussten beinahe schreien, um einander zu verstehen.

»Hat man dir echt nie von der geheimen Macht des Kopfnickens erzählt?« Konni war schon ein bisschen angeheitert und sah Leon erstaunt an.

Der sah sie ebenfalls an und schien tatsächlich so gar nichts von dieser geheimen Macht zu wissen. Auch Flint schaute jetzt auf, obwohl er sich für diese Dinge eigentlich gar nicht interessierte. Aber Konni war heute sehr hübsch anzusehen. Sie trug ein grünes Kleid und hatte ihre blonden Haare in Zöpfen um den Kopf geflochten. Auf dem Weg hierher hatte sie einige Wiesenblumen hineingesteckt. Sie sah aus wie der Frühling selbst.

Die Freunde saßen in einer gemütlichen Ecke der Schankstube und tranken bereits ihr drittes Bier. Es war kühl und frisch und hatte eine herrliche Schaumkrone. Ben, Angus, Astrid und Otto waren wenig später nach ihnen hereingekommen und hatten sich zu ihnen gesetzt.

»Ich weiß …«, sagte Leon, »… dass das Nicken einer der sechs Stimuli des belebenden Zuhörens ist.

»Oha!«, bemerkte Otto.

»Außerdem ist das Nicken dazu geeignet, eine Aura der Präsenz zu erzeugen«, ergänzte Leon. *Praesentia.* Er erinnerte sich an Alberts Lektionen dazu. An den Stein und an die sechs Stimuli. »Dadurch bekommt man mehr Aufmerksamkeit.«

»Richtig. Doch das ist noch nicht alles«, sagte Konni und lächelte. »Das Nicken ist nämlich auch ein wirksames Mittel der Beeinflussung. Das kommt daher, dass unsere Körper einander unter bestimmten Bedingungen folgen, wie beim Tanz. Nickst du einem Menschen ins Gesicht, so wird der andere mehr oder weniger gezwungen sein, ebenfalls zu nicken. Es ist ein Reflex. Warte, ich zeige es dir.« Konni wandte sich einem fremden Mann am Nachbartisch zu und stieß ihn an. Ohne etwas zu sagen, machte Konni eine Bewegung mit dem Kopf. Ein kurzes Nicken. Der andere Mann nickte im selben Moment zurück und sah Konni erwartungsvoll an.

»Danke«, sagte Konni und ließ den verdatterten Kerl links liegen.

Der drehte sich ein bisschen ärgerlich weg und murmelte: »Die spinnen doch alle da oben an der Schule.«

»Es ist ein Reflex!«, wiederholte Konni. »Probier es aus. Es geht über das normale Ritual des Grüßens auf der Gasse hinaus. Wenn dir jemand entgegenkommt, und du nickst ihm zu, dann wirst du erleben, wie dieser Mensch zurücknickt und sich wahrscheinlich im nächsten Moment fragt, wer zum Teufel du eigentlich bist.« Sie lachten.

»Und?«, fragte Leon, der immer noch nicht ganz verstand, was das Ganze bringen sollte.

»Wenn du in deiner Rede von Zeit zu Zeit deinen Zuhörern zunickst, wirst du ein Nicken ihrerseits erwarten können. Versuche, dir das bildlich vorzustellen. Eine Gruppe nickender Zuhörer. Das gibt dem Redner Kraft, weil sein eigener Geist das als Zustimmung deutet, obwohl es doch nur ein simpler Reflex ist.«

»Man gibt sich selber Kraft, indem man andere zum Nicken auffordert?«

»Genau«, sagte Konni.

»Ist klar!«, sagte Flint und wandte sich seinem Bier zu. »Ich muss dem Mann am Nebentisch zustimmen: Ihr spinnt euch vielleicht was zusammen!«

»Aber das ist noch immer nicht alles«, schaltete sich nun Astrid in das Gespräch ein. »Versuch, dir eine Gruppe nickender Zuhörer vorzustellen. Und dann stell dir vor, was geschieht, wenn du am Ende deiner Rede appellierst: ›Wollen wir es nun so machen?‹ Vorausgesetzt, niemand bemerkt die List, wird es jetzt leichter sein, ein Ja zu bekommen, als wenn man vorher den Kopf geschüttelt hätte.«

»Warum?«, wollte Leon wissen, der nicht vollkommen von Astrids These überzeugt war.

»Versuch es mal. Nicke und sage dabei Nein.«

Leon versuchte es und musste prompt lachen. »Dabei verrenkt man sich ja den Hals!«

»Eben!«, fuhr Astrid fort. »Es fühlt sich irgendwie unnatürlich an, zu nicken und dabei Nein zu sagen. Nicht mal denken kann man es. Umgekehrt ist es ähnlich. Wenn du den Kopf schüttelst und dabei Ja sagen willst, ist das genauso komisch. Menschen, die beim Sprechen nicken, sind deshalb etwas überzeugender als solche, die aus Gewohnheit oder Unvermögen ständig ihren Kopf schütteln.«

»Menschen, die beim Sprechen nicken, sind also überzeugender«, wiederholte Leon den Satz und schüttelte dabei seinen Kopf von rechts nach links. Die drei mussten lachen, weil das sehr komisch aussah.

»Merkst du, wie unglaubwürdig deine Worte wirken, wenn sie durch ein solches Signal begleitet werden?«, sagte Konni. »Meister Sirlink hat uns das im letzten Jahr beigebracht. Übrigens wieder mal eine Lektion nur für Jungs. Aber die Wirkungsweise ist wirklich erstaunlich. Wenn du jemanden um etwas bittest und dabei nickst, kannst du förmlich sehen, wie die Widerstände deiner Bitte gegenüber eingerissen werden. Selbst Schwester Agnes ist dagegen nicht gefeit.«

Leon beschloss, sich diese Lektion zu merken.

Ihr Gespräch wurde plötzlich unterbrochen, als eine große Gestalt gegen ihren Tisch rempelte. Es war Wolfger. Heute Abend offensichtlich ohne seinen Herrn und Meister. Und mächtig angetrunken.

»Gebt ihr einen aus?«, brüllte er. Konni verdrehte die Augen.

»Verzieh dich«, sagte Astrid. Schneller, als sie reagieren konnte, klatschte Wolfger ihr mit seiner riesigen Hand auf die Wange. Astrids Kopf wurde zur Seite geschleudert. »Mit dir hab ich nicht geredet, du Hure.« Flint wollte aufspringen, aber Konni hielt ihn zurück. »Ich hab den da gefragt.« Wolfger deutete mit seinem leeren Krug auf Leon. »Gibs' du jetzt einen aus, oder braucht's noch 'ne weitere freun'liche Aufforderung?«, lallte Wolfger und stierte Leon dabei an.

Flint konnte sich nicht zurückhalten. »Wenn du ihn noch einmal artig bittest und hernach auf immer sein engster Freund sein willst?«, sagte er und zeigte dem Hünen sein Koboldgrinsen. Wolfger stierte zurück. Es war, als könne man die hölzernen Räder einer Turmuhr in seinem Schädel knirschen hören, so langsam schien es darin zuzugehen. Schließlich fand er offenbar eine passende Erwiderung. Er hob einen halb leeren Bierkrug vom Tisch. Flint duckte sich, um dem Schlag auszuweichen, doch Angus war aufgesprungen und fiel dem Hünen rechtzeitig in den Arm.

»He, ihr Burschen!«, bellte eine Stimme durch den Schankraum. »Haltet Frieden oder trollt euch aus meiner Wirtschaft! Sucht euch einen anderen Ort für euer Gezänk!« Der Wirt hatte den Streit bemerkt. Alle Gesichter wandten sich nun Angus und Wolfger zu, gespannt darauf, wie es weitergehen würde.

»Ich erwarte euch am Eingang der Schule. Euch alle«, sagte Wolfger stumpf und schüttete den Rest seines Biers über Flints Brust und Beine. Flint wollte erneut aufspringen, doch diesmal war es der starke Angus, der ihn zurückhielt. Wolfger glotzte noch einen Moment und wandte sich dann ab.

»Lass ihn.« Leon legte seine Hand auf Flints Schulter.

Der schrie jetzt beinahe vor Wut: »Warum lasst ihr euch das gefallen? Von so einem Spatzenhirn! Der hat nicht mal genug Grips, um damit 'nen Fingerhut zu füllen!« Angus und Konni wechselten einen seltsam vielsagenden Blick. Und als sich Flint wieder auf seine Bank plumpsen ließ und mit beiden Händen das Bier aus seiner Pelzjacke wrang, begann Angus zu sprechen:

»Wolfger hat eine dunkle Geschichte. Und wo andere Erinnerungen besitzen, besitzt er wahrscheinlich nur Schmerz.«

»Warum sagst du das?«, fragte Leon.

»Willst du den Arsch auch noch verteidigen?«, rief Flint wütend.

Angus schüttelte zur Antwort den Kopf. »Wir müssen uns vor ihm schützen, doch wir können ihn nicht verurteilen.«

»Wovon sprichst du?«, fragte Leon, der jetzt wissen wollte, was hinter den Blicken und Anspielungen steckte.

»Ich erzähle es euch. Doch nur, wenn du sitzen bleibst, Flint, und dich wieder beruhigst«, sagte Angus. Konni winkte der jungen Bedienung zu und gab zwischen ein paar galanten Bemerkungen die Bestellung für sechs weitere Krüge Bier auf. Danach steckten sie die Köpfe zusammen, damit Angus nicht so laut sprechen musste.

»Es ist eine traurige Geschichte«, begann er. »Und ich habe erst von ihr erfahren, nachdem ich Bekanntschaft mit dem Karzer der Schule gemacht hatte. Auch ich hatte mich nach meiner Ankunft schnell mit Hindrick und Wolfger angelegt. So wie ihr. Ich ließ mir nichts gefallen. Schlug zu, wann immer ich eine Gelegenheit sah. Nach einigen Verwarnungen und einer ernsten Schlägerei hatte der Rektor genug und ließ mich für eine Woche in die Dunkelheit des Karzers sperren. Den Mistkerl Wolfger warfen sie zu meinem Missvergnügen gleich in die Zelle nebenan. Nachdem er mich eine ganze Weile angeschrien hatte und ihm dann irgendwann die Schimpfworte und Flüche ausgegangen waren, gab er endlich Ruhe. In der Nacht bin ich dann aber aufgewacht. Sein Stöhnen hatte mich geweckt.«

Astrid verdrehte die Augen.

»Nein«, sagte Angus schnell. »Nicht so ein Stöhnen. Es klang eher irgendwie gequält. Dann ein Wimmern. Beinahe so, als weinte ein kleines Kind. Nach und nach verstand ich undeutlich einzelne Worte. Wolfger träumte und redete im Schlaf. Es schienen schwere Albträume zu sein. Und er weinte.«

Angus wurde von der Schankmaid unterbrochen. Die junge Frau stellte sechs Krüge zwischen die Freunde und verschwand wieder. Nicht ohne Angus ein keckes Lächeln zuzuwerfen. Doch der lächelte nur kurz zurück und sah dann wieder düster auf seinen Krug.

»In den darauffolgenden Nächten setzte sich das Stöhnen und Wimmern fort, sodass mir nach und nach alles etwas klarer wurde. Gleich im Anschluss an unsere Strafe bat ich Borkas um ein Gespräch und erzählte ihm, was ich durch Wolfgers Reden im Schlaf erfahren hatte. Borkas kannte jedoch Wolfgers Geschichte bereits und gab mir die noch fehlenden Bruchstücke.«

Angus schwieg und trank einen Schluck. Leon hatte den Kelten noch nie zuvor so ernst erlebt.

»Was war mit Wolfger?«, fragte Astrid schließlich.

»Die Geschichte reicht weit zurück, und Konni kennt sie bereits.« Konni nickte und sah hinunter auf ihren Krug. »Doch ich erzähle sie euch nur, wenn ihr mir – so wie Konni – versprecht, darüber zu schweigen, so wie ich es meinerseits Meister Borkas versprochen habe.«

»Klar!«, sagte Leon. Auch die anderen gaben ihr Versprechen.

»Es hat mit den Umständen seiner Geburt und dem Verlauf seiner frühen Kindheit zu tun. Seine Eltern waren einst unbescholtene Bürger der Stadt Mainz. Sein Vater war ein angesehener Steinmetz und später Baumeister am Mainzer Dom. Eine einträgliche und einflussreiche Stellung. Als seine Frau mit Wolfger schwanger war, unternahm die Familie eine Reise zu Verwandten nach Braunschweig. Auf dem Weg dorthin kamen sie durch das Gebiet des Fürsten zu Waldeck. Dort wurden sie ohne irgendeinen Grund aufgegriffen und in den Kerker des Schlosses geworfen. Wie sich herausstellte, war der Fürst von Waldeck ein erbitterter Gegner des Mainzer Erzbischofs. Er erhoffte sich, dem Bau des Domes zu schaden, indem er dessen ersten Steinmetz und Baumeister einfach verschwinden ließ. Und der Fürst ging so weit, ihn und seine Familie aller möglichen Straftaten und Gräuel zu bezichtigen. Darunter eine ganze Reihe von Verbrechen wie Mord, Wucher und Blasphemie. Unter der bald darauf angesetzten Folter gestand Wolfgers Vater natürlich alles, was die Inquisitoren ihm unterstellten. Auch Wolfgers Mutter haben sie gefoltert, und Borkas sagt, dass sie ihr Kind während der Tortur durch eine Sturzgeburt zur Welt gebracht hat. Kurz bevor sie gestand, als Hexe mit dem Teufel im Bunde zu stehen. Die Scharfrichter wollten das Kind einfach beseitigen, doch just zu dieser Stunde traf eine Gesandtschaft des Mainzer Erzbischofs ein und bat in dessen Namen um Gnade für die Familie des Baumeisters. Gerade noch rechtzeitig, denn der in Waldeck übliche Hexensturz war für den nächsten Tag angesetzt gewesen. Ein grausames Ritual, in dem man die als Hexe angeklagte Frau durch ein schmales Loch warf, das sich in der Decke eines fünf Meter hohen Kellergewölbes befand. Im Fußboden genau darunter gab es ein weiteres Loch, unter dem ein Kerker mit einer Deckenhöhe von sieben Metern lag. Traf die arme Frau das Loch und starb beim Aufprall in zwölf Metern Tiefe, so galt sie als vom Teufel befreit. Blieb sie aber am Leben, so war dies der Beweis, dass sie besessen war. Dann wurde sie auf den Scheiterhaufen gezerrt und verbrannt. Das ist freilich nie geschehen, weil natürlich keine der beklagenswerten Frauen jemals überlebt hat.«

Leon war erschüttert. »Wer denkt sich solche Grausamkeiten aus?«

»Der Mensch ist dem Menschen ein Wolf«, meinte Astrid ernst, und Angus sprach weiter.

»Wie gesagt, Wolfgers Mutter hatte großes Glück, dass die Gesandtschaft rechtzeitig eingetroffen war. Das Glück hielt jedoch nicht lange. Der Fürst zu Waldeck war nun mehr oder weniger gezwungenermaßen bereit, auf das Gnadengesuch des Erzbischofs einzugehen, und wandelte die Strafe für Wolfgers Eltern in lebenslange Haft um.

Als der Mainzer Erzbischof wenig später davon unterrichtet wurde, soll er getobt haben wie ein Stier, hatte er doch in seinem Gesuch auf eine sofortige Freilassung bestanden. Der Streit kam schließlich vor ein königliches Gericht, und man einigte sich am Ende.«

»Damals gab es eben noch einen König«, sagte Astrid.

Angus nickte und fuhr fort: »Als das Urteil endlich gefällt wurde, war Wolfger bereits zwei Jahre alt und hatte sein bisheriges kleines Leben in der Finsternis eines Kerkers verbracht. Bei Kälte, Wasser und stockigem Brot. Dass er das überlebt hat, gleicht einem Wunder. Seiner Mutter gelang das nicht. Sie starb schon wenige Wochen nach dem Urteil an Erschöpfung, Hunger und den Folgen der Misshandlungen. Der Überlebenswille seines Vaters und die Milch einer Mitgefangenen haben am Ende auch Wolfger das Leben gerettet. Doch was nun kam, war noch schlimmer. Der Fürst hatte mit dem Mainzer Erzbischof vor Gericht ausgehandelt, er würde den Steinmetz ziehen lassen, sobald er ihm und den Waldeckern auf dem Schloss einen Brunnen gebaut hätte. Der Erzbischof hatte zugestimmt, weil er dachte, die Freilassung seines fähigen Baumeisters würde sich dadurch bestimmt nur um wenige Wochen verzögern. Man sperrte den Steinmetz jedoch zusammen mit seinem Sohn und einem weiteren Verurteilten in einen bereits begonnenen

Schacht auf der Burg, gab ihnen Werkzeug und befahl ihnen, sich eigenhändig durch den harten Fels zu meißeln, bis sie in der Tiefe auf Wasser stoßen würden.«

»Zu zweit?« Leon konnte es nicht glauben.

Angus nickte. »Der Schacht war nur fünf Fuß breit, sodass die beiden Männer sich beim Schlafen zusammenkrümmen oder abwechseln mussten. Ihr Essen bekamen sie in einem Eimer, der zu ihnen hinabgelassen werden konnte und mit dem auch Steine und Staub nach draußen geschafft wurden. Der Fels war hart wie Eisen, und die beiden Männer kamen am Tag selten mehr als zwei Fingerbreit voran. Trotzdem war der Steinmetz entschlossen, sich und seinen Sohn aus dieser Lage zu befreien. Und so schlugen sie weiter gegen den harten Stein, aus dem sie Splitter für Splitter lösten. Sie schufteten wie Besessene. Nach zwei Monaten waren sie kaum mehr als anderthalb Meter nach unten gelangt. Ein Jahr verging. Natürlich schwand angesichts der lächerlichen Fortschritte schon bald die Hoffnung, ihr Martyrium könne bald vorüber sein. Wolfger muss zu dieser Zeit wahrscheinlich schon mitgeholfen haben, und sei es nur, indem er die Splitter aufhob und in den Eimer warf. Könnt ihr euch das vorstellen?«

Leon war zu schockiert, um zu antworten, und schüttelte nur langsam den Kopf.

»Es wurden zehn Jahre. Zehn Jahre in der Dunkelheit! Wolfger wuchs ohne Licht heran.« Angus verstummte für einen Moment. »Zehn Jahre, bis sie in hundertzwanzig Meter Tiefe endlich auf Wasser stießen. Als man sie heraufholte, war ihre Haut weiß wie ein Laken. Der zweite Mann hatte ein schwaches Herz und überlebte die Fahrt hinauf in die Freiheit nicht. Wolfgers Vater sah oben zu schnell in das Licht der Sonne und erblindete, während er seinem dreizehnjährigen Sohn die Augen zuhielt.«

Angus verfiel in Schweigen und starrte auf den Bierkrug in seinen Händen. Lange Zeit sagte niemand etwas.

»Ich habe noch nie eine traurigere Geschichte gehört«, sagte Astrid schließlich. Leon schämte sich für seine vorherige Reaktion. Wolfger tat ihm leid. Er sah hinüber zu dem armen Mann, der jetzt allein an einem Tisch saß, mit gesenktem Kopf vor sich hin murmelte und hin und wieder einen Schluck von seinem Bier trank.

Nach einer Weile sprach Angus: »Borkas sagte mir damals, jedes Verhalten habe seine Wurzeln. Nur kennen wir sie nicht immer. Wir müssen uns vor üblen Taten anderer Menschen schützen. Doch über sie urteilen können wir erst, wenn wir ihre Geschichte kennen. Borkas hat mir das damals erzählt, um mich diese Lektion zu lehren. Ich fürchte, ich habe verstanden. Und gleichwohl fällt es mir schwer, nach ihr zu handeln. ›Urteile nie, ohne zu prüfen‹, hat Borkas damals gesagt. Ich für meinen Teil versuche, mich daran zu halten.«

Als sie den Nachhauseweg antraten, war es bereits finstere Nacht. Sie hatten ein bisschen zu viel getrunken. Alle, außer Flint. Der Wildererjunge hatte sich sogar noch einen Krug mit auf den Weg genommen.

Als sie den steilen Weg zur Schule hinaufstiegen, sahen sie mit einem Mal Fackeln vor sich auf dem Weg. Was war da los? Als sie näher kamen, erblickten sie einige Männer am Rand des Weges. Sie standen am Fuß des hohen Felsens unterhalb des Schulgeländes. Beinahe zweihundert Fuß über ihnen waren die Außenmauern und darüber einer der Wehrtürme zu sehen. Sie schienen sich über irgendetwas am Boden zu beugen und redeten aufgeregt miteinander.

»Was ist los?«, fragte Angus, als sie an der Stelle angekommen waren. Die Männer sahen auf und blickten sie erstaunt an.

»Es ist ein Junge. Wahrscheinlich einer der Schüler von da oben. Kennt ihr ihn?« Der Anführer der Männer hielt eine Fackel hoch, sodass die Szenerie mit einem Mal beleuchtet wurde. Astrid stieß einen spitzen Schrei aus und drehte sich abrupt zu Otto. Der war kreidebleich geworden. Otto nahm Astrid am Arm und führte sie behutsam ein Stück beiseite. Sie schluchzte leise. Leon trat näher heran, und als er an Angus' breitem Rücken vorbei zu Boden sah, musste er abrupt würgen. Auf einem Stück Felsen lag ein Körper mit grotesk verrenkten Gliedern. Er war klein. Der Kleidung nach handelte es sich um einen Jungen. Sein Schädel war zerschmettert, und das Innere war zusammen mit ein paar Haarbüscheln über den Stein verteilt. Das Gesicht des Jungen konnte Leon nicht erkennen. Aber das brauchte er auch nicht. Es war Leopold.

Einer der Männer hob etwas auf, das neben dem zerschmetterten Körper lag. Es war blutverschmiert und sah aus wie ein kleiner Keil aus Holz und Eisen. Und da erkannte Leon seinen eigenen Dolch.

»Was zum Teufel …?«

Hindrick hatte getan, was sein Vater ihm aufgetragen hatte. Er hatte es gerne getan, denn es vermittelte ihm jedes Mal ein Gefühl von Macht. Einen Menschen zu töten, noch zudem ein Kind, hieß, an die Stelle des Schicksals zu treten. Leopold hatte sich nicht einmal mehr gewehrt, als Hindrick ihn zur Mauer über dem hohen Felssturz geführt hatte. Sie hatten ihn in den letzten Wochen gequält und zu Dingen bewegt, die selbst Hindrick pervers erschienen. Aber sein Vater wollte es so. Und er hatte dabei mit sonderbaren Dingen experimentiert, die Hindrick nicht verstand. Er und Wolfger hatten zugesehen. Und manchmal auch weggeschaut.

Sein Vater war ein Teufel. Hindrick hatte das in seiner eigenen Kindheit erfahren müssen. Seine Mutter, Uthers zweite Frau, hatte ihn nicht schützen können. Aber es hatte ihn am Ende auch hart gemacht. So hart, wie er heute war, wenn es darum ging, für seinen Vater oder dessen Meister Dinge zu erledigen. Hindrick konnte nicht mehr sagen, wann er aufgehört hatte, für andere Mitgefühl zu empfinden. Egal, was man anderen Menschen vor seinen Augen antat, er sah zu, und nichts in ihm regte sich. Weder Abscheu noch Unbehagen. Er hatte Tiere gequält. Ihnen in ihrem Schmerz und Todeskampf zugesehen. Und er hatte dabei nicht mehr empfunden als eine Art Aufmerksamkeit oder Wachheit. Beides gefiel ihm. Seinem Diener Wolfger schien es ähnlich zu gehen. Auch wenn er in Bezug auf die Dunkelheit eine Heulsuse war.

Hindrick hatte Wolfger vor Jahren aus der Gosse geholt. In Frankfurt. Wolfger hatte in den Diensten eines Bettlerkönigs gestanden, eines üblen Halsabschneiders namens Häfner. Hindrick und Wolfger hatten ihn dann zusammen ermordet und in den Main geworfen. Vor den Augen seiner Leute. Wolfger war ihm seitdem gefolgt. Bis zu dieser Schule. Beide konnten mit dem, was hier gelehrt wurde, nichts anfangen. Es war auch gar nicht Uthers Absicht gewesen, ihnen irgendetwas beizubringen. Es ging allein um das Aufspüren einer Schrift, die sein Vater hier vermutete. Irgendein geheimnisvolles Manuskript und ein Buch, das irgendwie damit verbunden war. Hindrick sollte den Bibliothekar Gorgias im Auge behalten. Und den Meister. Während sein Vater und sein neuer Verbündeter Richard von Kandern unterdessen anderswo nach etwas suchten. Vor Weihnachten hatte Hindricks Vater ihm befohlen, Gorgias zu beseitigen. Unauffällig. Sie hatten ihn vergiftet. Aber das Merkwürdige war, dass ihn später niemand – so wie geplant – tot in seiner Kammer aufgefunden hatte. Gorgias war verschwunden. Ob er den Giftanschlag überstanden hatte und geflohen war? Egal. Auf jeden Fall stand er ihnen nicht mehr im Weg.

Hindrick und Wolfger würden in wenigen Tagen abreisen. Uthers Spitzel in Venedig hatten den Palast des Kaufmanns aufgespürt und Nachricht geschickt. Wolfger und er würden sich darum kümmern. Aber vorher würde er hier an der Schule noch etwas anderes erledigen müssen. Und bei dem Gedanken daran ballte Hindrick grimmig die Fäuste.

Die Anklage

Ist es also wahr, dass dies dein Dolch ist, Leon?«
Man hatte Leon vorgestern festgenommen, nachdem Leopold am Fuße der Steinwand gefunden worden war. Es war tatsächlich Leons Dolch. Nicht nur Hindrick und Wolfger bestätigten das, auch viele andere Schüler hatten den auffälligen, keilförmigen Dolch bei Leon gesehen. Wie war er ihm entwendet worden? Und von wem? Jeder hätte im Dormitorium an seine Kiste gehen und den Dolch stehlen können.

Man hatte Leon in ein Verlies gebracht. Dort, wo man auch Flint schon gefangen gehalten hatte. Direkt unter Maraudons Halle des Willens. Zwei Tage lang war niemand zu Leon gekommen. Zwei Tage lang hatte er kein Auge zugetan. Er war hungrig und durchgefroren. Dann hatten sie ihn geholt. Mit gesenktem Kopf stand er jetzt vor der Versammlung der Lehrer in Maraudons Halle und konnte sich kaum rühren vor Müdigkeit.

»Ich wiederhole meine Frage: Ist das dein Dolch, Leon?« Sirlink klang ungeduldig.

Leon nickte matt.

»Wir wollen es hören, Leon!«, insistierte Sirlink.

»Ja ... Es ist meiner.«

Sag etwas zu deiner Verteidigung, hallte es in Leons Kopf. Es gelang ihm zu flüstern: »Ich war es nicht.«

»Was hast du zu deiner Verteidigung vorzubringen?« Diesmal war es Borkas' Stimme, die gesprochen hatte. Leon nahm all seine Kraft zusammen und sah auf. Borkas war zurückgekehrt. Trotz der bedrohlichen Situation, in der er steckte, überkam Leon eine Spur von Erleichterung, als er den Meister des ersten Hauses sah. Neben Borkas und Heraeus Sirlink waren da Berthold, der Cellerar, einige der älteren Schüler und die Dame Jafira. Hofmann saß ein wenig abseits in einem hölzernen Sessel und hatte das Kinn auf seine zusammengelegten Fingerspitzen gestützt. Eine Geste der Konzentration. Seine Miene war ernst, so wie auch die Gesichter der übrigen Menschen im Raum.

»Ich habe Leopold nicht getötet. Warum sollte ich so etwas tun?« Leon wurde sogleich bewusst, dass dies das schwächste aller Argumente war. Aber was sollte er sonst zu seiner Verteidigung sagen? Er blickte in die Runde. Auf Jafiras Miene lag Mitgefühl. Und Borkas schien eher nachdenklich denn erzürnt. Nur Heraeus sah voller Argwohn auf ihn herab. Plötzlich begriff Leon, dass jemand fehlte. Wo war Maraudon? Wo war der Rektor der Schule?

Als Leon noch immer nicht antwortete, sagte Sirlink: »Wenn du weiter nichts zu sagen hast, wird ein weltliches Gericht darüber entscheiden müssen, was mit dir geschieht. Wir werden die Rückkehr Uthers abwarten. Als Vogt des Grafen Rudolf von Habsburg – und damit Stellvertreter deines Herrn – kann er bestimmen, welche Strafe dich ereilen soll.«

Leon erschrak und sah jetzt Hilfe suchend zu seinem Mentor. Hofmann blickte ihm direkt in die Augen. Ein Ausdruck lag darin, den Leon nicht zu deuten wusste.

Sirlink sagte: »Ich rate dir, dich gut auf deine Verteidigung vorzubereiten. Uther wird sicher weniger nachsichtig mit dir verfahren, als wir, deine Lehrer, es tun.«

Leon war sich dessen auch ohne Sirlinks Mahnung mehr als bewusst. Uther wartete nur auf eine Gelegenheit wie diese. Und er würde sie nicht ungenutzt verstreichen lassen.

ॐ

Der Mönch lag mit dem Gesicht nach unten auf dem kalten Stein. Der Stoff seines schwarzen Skapuliers war an vielen Stellen zerfetzt und klebte in Blut, Wunden und offenem Fleisch. Die weiße Tunika war durchtränkt, der Boden um ihn bespritzt und verschmiert. Es sah aus, als sei ein Tier geschlachtet worden.

Richard wusste selbst nicht mehr zu sagen, warum er nach dem ersten, tödlichen Schlag immer weiter auf das weiße Gewand des Zisterziensers eingeschlagen hatte. Der Mönch hatte sich ihm als Letzter in den Weg gestellt. Unbewaffnet. So wie zuvor der Abt und die anderen, die ihn nicht bis zu dieser Stelle des Klosters vorlassen wollten. Uther hatte bei ihrer Ankunft versucht, die Brüder des Ordens mit Worten zu überzeugen. Aber deren Reden waren ebenso mächtig wie die seinen. *Das Erbe Bernhards*, hatte Richard gedacht. Uther war es nicht gelungen, sie zu beeinflussen.

Richard und der Vogt waren nach einer nur zehntägigen Reise am Kloster Clairvaux in der Nähe von Troyes angekommen und hatten sich sogleich auf die Suche nach dem Versteck von Bernhards Abschrift machen wollen. Laut Uther war die wertvolle Schriftrolle aus Papyrus in einer der Säulen auf dem Gelände des Klosters versteckt. Aber woher wusste Uther, welche die richtige Säule war? Es gab hier Hunderte davon! Die Klosteranlage war weitläufig, und beinahe jede Halle, jede Kapelle und jede Kirche wurde von Säulen getragen. Auch die vielen Wandelgänge, Galerien und Innenhöfe. Und woher wusste Uther überhaupt von dem Versteck der Abschrift?

531

Richard war es eigentlich egal. Solange das Wissen des Trismegistos als Waffe für seinen Herrn eingesetzt werden würde, war es ihm gleich, wie es dazu kommen sollte. Seine Aufgabe war es, Uther den Weg zu bahnen. Mönche hatten sich ihnen in den Weg gestellt. Und auch einige wenige Bewaffnete, die das Kloster unterhielt. Nachdem der Abt gleich zu Beginn jeden Zugang verweigert hatte, waren sie einfach losgegangen und hatten jeden erschlagen, der sich ihnen in den Weg stellte. Sie waren zu viert, denn Uther und Richard wurden von zwei weiteren Männern aus Rudolfs Gefolge begleitet. Die unbewaffneten Mönche waren ihren langen Schwertern hoffnungslos unterlegen. Die meisten flohen.

Sie waren über Gänge und Flure bis hierher, in den Innenraum einer großen Kirche, gelangt. Hier hatte Uther ein Pergament entrollt, daraufgeblickt und einige Säulen bis zum hinteren Teil des Hauptschiffes abgezählt. An einer steinernen Säule von drei Fuß Durchmesser blieb er stehen und untersuchte sie. Er ging dabei einmal um sie herum und klopfte mit dem Ring an seiner rechten Hand gegen den bemalten Stein. Er schien nach einer ganz bestimmten Stelle zu suchen, ging in die Knie, klopfte immer weiter, und mit einem Mal hellte sich sein Gesicht auf. Er klopfte erneut, und jetzt konnte Richard es auch hören. Das Geräusch unterschied sich von denen zuvor. Es klang, als sei ein Hohlraum dahinter. Uther drehte sich zu einem der beiden Männer um: »Gib mir deinen Streithammer, rasch!« Der Mann gehorchte, zog den Hammer aus seinem Gürtel und reichte ihn Uther.

Dieser griff danach und schlug mit der spitzen Seite auf die Säule ein. Stein splitterte und fiel herab. Uther schwitzte. Richard konnte nicht sagen, ob vor Anstrengung oder aus Erregung. Jeder Schlag wurde mit einem vielfachen Echo von den hohen Wänden zurückgeworfen. Es stellte sich heraus, dass die breite, aus Sandstein gehauene Säule an dieser Stelle nur von einer Art Lehm ummantelt war. Sie war mit derselben Farbe gestrichen wie die Säule selbst. Deshalb konnte man mit bloßem Auge keinen Unterschied feststellen. Als die Schicht zertrümmert war, trat eine schmale Vertiefung zutage. Drei Fuß hoch und halb so breit, mit geraden Wänden, wie ein Regalfach. Darin stand aufrecht ein hölzerner Kasten, der gerade so hineinpasste. Uther zerrte ihn heraus. Der Holzkasten war mit Eisen beschlagen und schien sehr schwer zu wiegen. Richard erkannte ein eisernes Schloss daran. Uther stellte den Kasten am Boden ab und schlug mit dem Streithammer darauf ein. Viele Male. Richard sah, wie das Schloss schließlich zerbrach und Uther den Streithammer fallen ließ. Der Vogt war jetzt außer Atem und öffnete die Kiste sogleich. Richard hörte, wie der Vogt die Luft einsog.

»Das ist sie!«, sagte er, beinahe ehrfürchtig.

In der Kiste lag ein längliches Futteral aus rotem Leder. Hastig hob Uther sie heraus und zog eine brüchige Rolle Papyrus aus ihr hervor. Sie knisterte leise, als Uther sie gleich an Ort und Stelle entrollte.

»Griechisch!«, hörte Richard den Vogt sagen. Es klang triumphierend. Über Uthers Schulter hinweg sah Richard viele Buchstaben, die eng beieinanderstanden. Richard konnte sie nicht lesen. Aber Uther schien vollkommen verzückt: »Sie ist es. Es ist die Abschrift Bernhards!«

Richard hatte verstanden, dass es diese Abschrift gewesen war, welche Bernhard die Macht verliehen hatte, die halbe Welt zum Kreuzzug zu bewegen. Uther hatte Richard auf dem Weg hierher alles darüber erzählt. Wie Bernhard die Abschrift aus der Hand von Innozenz erhalten hatte. Wie er sie seitdem versteckt gehalten hatte und wie nur sein Sekretär Gottfried von Auxerre nach und nach hinter das Geheimnis gekommen war. Jetzt hielt Uther die Abschrift in Händen. Seine Wangen glühten. Würde Uther der Welt den Frieden bringen, so wie Bernhard zuvor den Krieg gebracht hatte? Uther steckte den kostbaren Papyrus vorsichtig zurück in die lederne Hülle, legte sie in die Kiste und schloss sie wieder. Er griff nach dem am Boden liegenden Streithammer und erhob sich. Im Umdrehen holte er plötzlich aus und schlug einem der beiden wartenden Männer die spitze Seite des Hammers zwischen die Augen. Das Ganze ging so schnell und war so unerwartet, dass der zweite Mann wie erstarrt dastand und sich nicht rührte. Jetzt wich er einen Schritt zurück und hob langsam das Schwert, als sei er aus dem Schlaf erwacht.

»Erledige das«, sagte Uther zu Richard. Und der verstand. Es durfte keine Zeugen geben.

Man hatte Leon nach der Versammlung in Maraudons Halle in seine Zelle zurückgebracht. Dann vergingen Wochen, in denen Leon sich das Hirn darüber zermarterte, wie er sich würde verteidigen können. Er durfte offenbar keinen Besuch empfangen, denn niemand von seinen Freunden war gekommen. Weder Flint noch Konni oder Ben. Auch nicht sein Mentor Hofmann, der doch sicher einflussreich genug war, um einen Besuch zu bewirken. Leon wusste nicht, was mit seinen Freunden geschehen war. War Flint noch an der Schule, oder hatten sie ihn gleich davongejagt? Er war ja kein Schüler, sondern nur der Diener. Der Diener eines Mörders. Warum sollten sie ihn weiter durchfüttern?

Eines Tages waren am Eingang des Verlieses leise Stimmen zu

vernehmen, und kurz darauf näherten sich Schritte. Leon war überrascht, ausgerechnet Borkas in Begleitung einer der Wachen zu sehen. Der Wachmann schloss das eiserne Gitter zu Leons Zelle auf, steckte eine Fackel an eine Halterung in der Wand und ging an Borkas, der ebenfalls eingetreten war, vorbei nach draußen. Seine Schritte wurden leiser, und Leon konnte hören, wie die äußere Tür zum Verlies geschlossen wurde. Borkas stand in der Mitte des Raumes und sah Leon an. Dann seufzte er und setzte sich auf das hölzerne Gestell an der Wand, das Leon als Schlafplatz diente. Borkas blickte sich in der Zelle um. Es gab keine Decken. Keinen Eimer, um seine Notdurft verrichten zu können. Nur nackte Steinwände und Morast auf dem Boden.

»Entschuldigt den Gestank«, sagte Leon. Er hatte versucht, seine Notdurft wenigstens auf eine Ecke zu konzentrieren, aber gegen den damit verbundenen Geruch konnte er nichts ausrichten.

Borkas schüttelte den Kopf. »Warum hat man dir keinen Eimer dagelassen?«

»Erst war da einer. Aber seit Uther zurück ist, haben sie ihn irgendwann nach dem Ausleeren nicht wiedergebracht.«

»War Uther schon hier?«

»Nein«, antwortete Leon. Stattdessen waren Hindrick und Wolfger in unregelmäßigen Abständen hier unten gewesen und hatten ihn verhöhnt. Leon war sicher, dass sie etwas mit Leopolds Tod zu tun hatten, konnte es aber nicht beweisen. Er hatte so viele Fragen und wusste nicht, wo er beginnen sollte.

»Weshalb seid Ihr hier, Meister Borkas?«

Borkas zögerte einen Moment, bevor er sagte: »Ich will dir helfen, Leon.« Borkas seufzte. »Es braucht nicht viel, um zu erkennen, dass du kein Kindermörder bist, Leon. Ich frage mich dic ganze Zeit, wie Heraeus und auch Hofmann auf so eine Idee kommen können.« Als Borkas den Namen seines Mentors erwähnte, versetzte es Leon einen Stich. Warum hatte ihn Hofmann nicht besucht? Warum glaubte er ihm nicht?

»Ich bin hier, um mit dir deine Verteidigung durchzugehen, denn Uther hat angekündigt, dich am kommenden Freitag vor Gericht zu verhören. Du brauchst eine Strategie. Und gute Argumente. Bessere als das eine, das du vor einigen Wochen gebraucht hast.« Das war eine Anspielung auf das schwache Argument, das er bei seiner ersten Vernehmung gebraucht hatte. *Warum sollte ich das getan haben?*, hatte er gefragt. Leon schämte sich fast ein wenig dafür. Mit einer Umkehr der Beweislast würde er gegen Uther nicht weit kommen.

»Habt Ihr denn eine Idee?«, fragte Leon in matter Hoffnung.

Borkas nickte. Noch einmal schien er zu zögern, bevor er sagte: »Ich werde dich lehren, ein Schattenwort zu gebrauchen.«

In den kommenden Tagen kehrte Borkas immer wieder in Leons Zelle zurück. Er brachte einen Eimer. Und Essen. Mit einem Gruß von Agnes. Niemand an dieser Schule schien zu glauben, dass Leon ein Mörder war. Nicht einmal Heraeus Sirlink, wie Leon später erfuhr. Der Meister des zweiten Hauses war einfach nur sehr besorgt, weil gerade viele Dinge zusammenkamen. Dinge, für die er keine Erklärung hatte. Maraudon war verschwunden. Und kurz vor Uthers Rückkehr war auch Hofmann abgereist. Eine Begründung hierfür gab es nicht, und alle vermuteten, dass Kaiser Friedrich nach seinem Ratgeber geschickt hatte. So lag nun die Leitung der Schule bei Heraeus Sirlink, und das schien ihn zu überfordern. Am schlimmsten aber war, dass seit der Rückkehr Uthers und Richards weitere Kinder verschwunden und wenig später an verschiedenen Stellen ermordet aufgefunden worden waren.

»Was ist mit meinen Freunden?«, fragte Leon besorgt, nachdem Borkas ihm all das berichtet hatte.

»Ben und Konrad sind wohlauf. Und dein Diener ist noch immer in den Diensten des Cellerars. Agnes passt auf ihn auf und hält ihn davon ab, eine Dummheit zu begehen. Seltsame Dinge gehen hier vor, Leon. Jafira hat sich in ihr Tal zurückgezogen und kommt nicht mehr heraus.«

Gleich bei seinem ersten Besuch in Leons Zelle hatte Borkas damit begonnen, Leon in die Schattenwort-Rezeptur einzuweihen. Leon wollte natürlich wissen, wieso Borkas davon wusste. Der Meister des ersten Hauses wich einer Antwort immer wieder aus, doch nach und nach verstand Leon, dass sowohl sein Lehrer Albert von Breydenbach als auch Albertus Magnus im Besitz des Wissens um die Rezeptur gewesen waren. Zumindest teilweise. Es schien, als habe Borkas keine der Abschriften je mit eigenen Augen gesehen. Doch wie sich herausstellte, hatten ihn sowohl Albert von Breydenbach als auch Roger Bacon einiges gelehrt. Leon war erstaunt darüber, dass auch Bacon an dieser Schule gewesen und offenbar ein Freund Alberts gewesen war. Und wie so oft dachte er daran, was er wohl noch alles nicht über seinen ehemaligen Lehrer und Mentor wusste.

Die Schattenwort-Rezeptur, in die Borkas Leon einführte, erwies sich als ein kompliziertes Verfahren, das im Wesentlichen aus drei Schritten bestand. Zuerst ging es darum, die eigene Präsenz aufzubauen und über den Äther Zugang zu den Gedanken des Gegenübers zu erlangen. Leon war darin schon geübt, und es gelang ihm deshalb schon bald, zu Borkas' Gedanken vorzudringen. Es war nicht so, dass er die Gedanken des anderen wörtlich hörte. Es war auch kein *Lesen* von Gedanken. Vielmehr schien es Leon, als sei es eine Art Mitgefühl. Er fühlte, was Meister Borkas dachte.

»Der Weg zu den Gedanken und Gefühlen anderer Menschen führt vorbei an drei Wächtern. Sie heißen Stimme des Urteils, Stimme des Zorns und Stimme der Angst.« Leon fiel es leicht, seine eigenen Gedanken verstummen zu lassen und mit dem Herzen zu hören statt mit dem Verstand. Er beherrschte ja das Ausschließen der Welt.

Schließlich lehrte ihn Borkas, wie er sich im zweiten Schritt anhand einiger Kriterien für eines der zwölf Aggregate entschied, mit dem er anschließend Einfluss auf die Gedanken des Gegenübers ausüben konnte.

»Jedes Aggregat hat zwei Pole. Zum Beispiel Liebe und Hass. Oder Schmerz und Lust. Wenn du die richtige Polarität erst einmal gefunden hast, suchst du nach dem geeigneten Wort, um den Gegenpol, den du zuvor genährt hast, auszulösen. Um bei dem Beispiel Schmerz und Lust zu bleiben: Du nährst den Schmerz, bis er unerträglich ist, und dann erzeugst du die Aussicht auf Lustgewinn. Je größer der Schmerz, desto wirksamer die Aussicht auf Lust.«

Borkas nannte einige Beispiele hierfür, und Leon war entschlossen, sich jedes einzelne davon einzuprägen.

Dann kam der dritte Schritt. Das Auslösen des Gegenpols in den Gedanken des anderen. »Das Schattenwort ist der Auslöser«, sagte Borkas. »Es wird zuvor gesetzt und aufgeladen. Es ist in etwa so, als ob du einen Bogen spanntest und die Sehne zuletzt losließest. Aufgeladene Schattenworte entfalten mit ihrer Auslösung eine ungeheure Macht in den Köpfen der Menschen.«

Leon nickte und dachte nach.

»Ihr meint, ich bin dann wirklich in den Gedanken meines Gegenübers?«

Borkas schüttelte den Kopf. »Nein, das ist nur das Gefühl, das du dem anderen vermittelst. Du bist aufgrund deiner *Praesentia* so nah bei ihm, dass er deine Worte mit seinen eigenen Gedanken verwechselt. Du sprichst nicht mehr *mit* ihm … du sprichst an seiner statt.«

৯৯

Der Tag der Verhandlung kam heran. Es war Freitagmorgen, als man Leon aus seiner Zelle holte und hinauf in die Halle Maraudons brachte. Verdreckt und entsetzlich stinkend, stellte man ihn in Ketten vor das Tribunal. Leon wagte nicht aufzuschauen, denn er wusste, er würde das verhasste Gesicht Uthers erblicken. Er fürchtete, jeden Moment seine Stimme zu hören. So wie damals, als man ihn wegen der Ausübung von Magie angeklagt und ausgepeitscht hatte.

Doch anstelle von Uthers Stimme vernahm er jetzt die von Heraeus Sirlink: »Leon. Man hat dich beschuldigt, den Schüler Leopold von Lovenberg ermordet zu haben. Als Beweis gilt ein Dolch, der dir gehört und der bei dem Leichnam des Jungen gefunden wurde. Untersuchungen belegen, dass die ungewöhnliche Form der Klinge zu den Wunden passt, die Leopold zugefügt wurden, bevor er die steinerne Wand vor dem Schulgelände hinabgestoßen wurde.« Sirlink machte eine Pause. »Was hast du zu deiner Verteidigung zu sagen?«

Jetzt sah Leon auf. Und da saß Uther. Nicht mehr als zehn Schritte von Leon entfernt auf einem hölzernen Podest, auf dem sich auch die übrigen Lehrer und Jafira befanden. Hofmann fehlte, ebenso Maraudon. Uther wirkte unverändert, seit Leon ihn das letzte Mal gesehen hatte. Sein kahl geschorener Schädel glänzte im Tageslicht, das durch die hohen Fenster fiel. Und er lächelte.

Das Gefühl kam so plötzlich, dass Leon taumelte. Uther war in seinen Gedanken. Es schien, als bestünde der ganze Raum nur noch aus ihnen beiden. Alles andere war ausgeschlossen, verschwunden. Während Leon seinerseits begonnen hatte, eine Verbindung zu dem Vogt aufzubauen, hatte Uther ebenjene Verbindung genutzt, um umgekehrt in Leons Kopf zu gelangen und alles andere auszuschließen.

»Ich sehe dich, Leon. Und ich sehe auch, dass du dazugelernt hast!« Uthers Stimme war in Leons Kopf. Er konnte undeutlich hören, das Sirlink im Hintergrund weitersprach. »Äußere dich.« Aber in Leons Kopf war nur noch Uther, der nach einer weiteren Pause gleichzeitig zu der Menge der Versammelten sprach: »Wir brauchen uns wohl nicht lange mit diesem Fall aufzuhalten. Die Beweise sprechen für sich. Und ich allein werde das Urteil fällen.«

»Dazu seid Ihr nicht befugt, Uther!« Alle Augen richteten sich auf Leon, der jetzt redete. »Ihr beruft Euch auf Euer Amt als Stellvertreter Rudolfs. Rudolf von Habsburg. Ich bin Leon, Sohn des Hartmann von Habsburg, Sohn des Albrecht von Habsburg. Rudolf ist mein Onkel. Ich bin weder enterbt noch entrechtet. Ihr seid damit auch mir zum Dienst verpflichtet, so wie Ihr der ganzen Familie Habsburg zu Dienst verpflichtet seid. Ihr werdet kein Urteil über mich sprechen. Das steht nur Maraudon zu. Doch der ist nicht hier. Heraeus Sirlink ist sein Vertreter, also entscheidet er über diesen Fall.«

Leon sah zu Sirlink, deutete ein Nicken an und schloss ihn in seine Gedanken. Sirlink nickte unmerklich zurück. Es war eine saubere Herleitung gewesen. Doch sie war nichts weiter als eine Finte. Uther würde Leon am Leben lassen, weil dieser ihm gerade demonstrierte, dass er Macht besaß. Eine Macht, die Uther um jeden Preis selbst besitzen wollte. Leon blickte dem Vogt ins

Gesicht. Uther sah ihn aufmerksam an. Wieder wurde alles außerhalb von ihnen beiden ausgeschlossen. Praesentia. Uther schien beeindruckt, versuchte diesen Umstand aber im nächsten Moment wieder zu verbergen. Leon entschied sich für das sechste Aggregat, »Habsucht«, und löste es aus, indem er sagte: »Ich habe, wonach Ihr sucht.« Uther würde um jeden Preis wissen wollen, was Leon wusste. Niemand in der Halle hätte vernehmen können, was Leon gesagt hatte und jetzt wiederholte: »Ich habe, wonach Ihr sucht.« Allein Uther tat es.

»Was sagt Ihr dazu, Uther?«, wandte Sirlink sich an den Vogt. Doch der antwortete nicht. Jedenfalls nicht laut.

Leon erschrak, als er die Worte Uthers in seinem Inneren fühlte: »Ich weiß, welches Spiel du hier treibst, Leon!«

Leon stemmte sich gegen die Verbindung zwischen ihnen, konnte sie jedoch nicht trennen. »Du denkst, ich sei auf dich angewiesen«, sagte die Stimme. »Du versuchst ein Schattenwort in mir auszulösen, aber du überschätzt deinen Einfluss. Und du unterschätzt mein eigenes Wissen. Ich brauche dich nicht, Leon. Ich besitze bereits alles, wonach es mich verlangt.« Dann wandte er sich an Heraeus: »Mir ist es gleich, Meister. Entscheidet Ihr, wie mit einem Mörder zu verfahren ist. Leon hat recht – das hier ist Eure Schule. Zumindest so lange, bis Maraudon wieder auftaucht.«

Was soll das? Warum geht er die Gefahr ein, mich davonkommen zu lassen?, ging es Leon durch den Kopf. Er konzentrierte nun seine ganze Präsenz auf den Meister des zweiten Hauses, Heraeus Sirlink. Und erschrak. Sirlink schien entschlossen, Leon zu verurteilen und … hinzurichten. Leon beendete seine Praesentia und sah zu Uther. Dieser blickte erst zu Sirlink und dann wieder zu ihm, Leon. *Uther! Er spielt mit den Menschen hier!* Leon musste sich unbedingt wieder auf Sirlink konzentrieren. Er durfte nicht verurteilt werden! Er würde sterben! Leon richtete seine Präsenz auf Heraeus und sprach: »Ich unterwerfe mich Eurem Urteil, Meister, denn Ihr seid als bedacht und weise bekannt.« *Das war zu schwach*, dachte Leon und sah kurz zu Uther. »Ich bitte Euch, Euch zuvor noch einem letzten Argument zuzuwenden, das für meine Unschuld spricht. Ihr wisst, dass ich nicht beweisen kann, dass ich es nicht getan habe. Ich war zwar den ganzen Abend lang unter Menschen, die bezeugen, dass ich in ihrer Gegenwart war. Doch dieses Argument ließe sich leicht entkräften, indem man behauptete, Leopold wäre zu einem früheren Zeitpunkt ermordet worden. Einem Zeitpunkt, zu dem ich niemanden als Zeugen meiner Anwesenheit benennen kann.« Sirlink nickte. »Auch das Argument, ich würde nicht meinen eigenen Dolch bei der Leiche zurücklassen, ist leicht zu entkräften, indem man sagt, ich hätte ihn dort zurückgelassen oder verloren, ohne es zu bemerken. Selbst wenn ich danach mit einem leeren Futteral des Dolches herumgelaufen wäre.« Leon bemerkte den ersten Zweifel auf Sirlinks Gesicht, und sein Nicken war unmerklich schwächer als das zuvor. Er hatte den Haken im Gegenargument entdeckt, nämlich den, dass Leon, hätte er seinen Dolch verloren, das ja aufgrund des leeren Futterals irgendwann hätte bemerken müssen. Dann wäre er doch gewiss zur Leiche zurückgekehrt, um den Dolch zu holen. »Vielleicht hätte mich auch irgendjemand anders an diesem Tag mit einem leeren Futteral an meinem Gürtel herumlaufen sehen. Vielleicht hätte ich das Futteral auch einfach fortgeworfen.« Leon machte eine Pause und ließ den Zweifel wirken. Borkas nickte ihm von der Seite zu. Hätte Leon das Futteral fortgeworfen, hätte er ja gewusst, dass der Dolch fehlte. Und dann hätte er ihn zurückgeholt. Dieses Bild wirkte in den Köpfen der Zuhörer.

»Dann gäbe es noch ein weiteres Argument«, sprach Leon leise weiter. »Jemand könnte den Dolch aus der Kiste neben meinem Bett im Dormitorium gestohlen haben, um den Verdacht auf mich zu lenken. Immerhin war ich den ganzen Nachmittag und Abend unten im Dorf. Aber wie sollte ich das beweisen?« Leon zuckte mit den Schultern und sah zu Boden. Dieses Argument war wieder eine Finte. Es diente einzig und allein dazu, das Dilemma aufzuzeigen, in dem Leon stand, weil er beweisen musste, dass er Leopold *nicht* umgebracht hatte. Es fehlte ein Indiz, das auf einen anderen Täter als ihn selbst hinwies. Und das lieferte er jetzt.

Er blickte mit ernstem Gesicht nacheinander Heraeus und jeden der Lehrer an, zuletzt Jafira: »Sicher habt Ihr Euch auch gefragt, weshalb das Morden nach meiner Verhaftung weiterging. Weshalb noch mehr Schüler erst verschwanden und dann ermordet aufgefunden wurden, während ich doch unten in einer Zelle saß und auf diese Verhandlung wartete. Die Antwort ist …«, sagte Leon ernst, »… weil ich nicht der Mörder bin, den Ihr sucht. Und dass in Wahrheit noch immer jemand unschuldige Kinder tötet, während ich hier vor Euch stehe.« Leon sah traurig zu Boden. »Entscheidet Ihr.« Dann schwieg er.

Jafira sprach jetzt leise mit Sirlink. Dieser nickte und beriet sich danach mit Borkas. Uther fixierte Leon indes mit gesenkter Stirn. Und sein Lächeln war eine Spur grimmiger geworden.

Man hatte Leon gehen lassen. Heraeus Sirlink hatte ihn aus Mangel an Beweisen freigesprochen. Man hatte ihm die Ketten abgenommen, und Borkas hatte ihn in sein eigenes Haus am Rande des Schulgeländes geführt. Agnes kam, und man bereitete Leon in einem großen Zuber ein Bad. Das tat Wunder. Zum ersten Mal seit Wochen war ihm wieder warm. Efra brachte später etwas Essen und einen Krug Wein für ihn und Borkas. Dann schickte Borkas sie zurück, um einen weiteren Krug zu holen, und gab ihr außerdem den Auftrag, Flint zu suchen.

»Es hat nicht funktioniert«, sagte Borkas ernst, nachdem er einen kräftigen Schluck aus einem irdenen Weinbecher genommen hatte.

Leon schüttelte den Kopf. Er wusste sofort, worauf Borkas anspielte. »Nein, es hat nicht funktioniert.« Er erinnerte sich an die Gegenwehr, die Uther aufgebaut hatte. »Uther war irgendwie in der Lage, mich sofort zu durchschauen. Und er hat die Verbindung über den Äther gegen mich verwendet. Er war …«, Leon stockte, weil ihm die Vorstellung selbst verrückt vorkam, »… in meinem Kopf. Ich musste sofort abbrechen. Wahrscheinlich bin ich viel zu ungeübt dafür.«

»Bei Heraeus hat es funktioniert«, sagte Borkas.

»Nur der erste Teil. Ich hatte kein Schattenwort.«

»Ich war mir sicher, du würdest das Wort ›Futteral‹ dazu aufbauen, wie wir es besprochen hatten.«

Leon schüttelte den Kopf. Es war ihm so vorgekommen, als hätte Uther die Gedanken Sirlinks abgeschirmt. Er konnte nicht sagen, wie.

Vielleicht war das auch alles nur ein Irrglaube. Schließlich äußerte er seinen Zweifel: »Ich glaube, die Schattenwort-Rezeptur des Trismegistos ist ein Mythos.« Doch das Erlebnis mit Uther wies zumindest darauf hin, dass die Verbindung über den Äther existierte.

In diesem Moment polterte Flint herein, gefolgt von Konni und Ben. Nacheinander umarmten sie einander.

Borkas' Haus war ungeheuer gemütlich, wenn auch sehr unaufgeräumt. Sie saßen an einem schweren Tisch aus dunkler Eiche und berichteten der Reihe nach von den Ereignissen der letzten Wochen. So wich die anfängliche Freude des Wiedersehens einer gedrückten Stimmung.

»Du musst dich unbedingt verstecken, Leon«, sagte Ben. »Uther wird es nicht dabei belassen. Schon jetzt lässt er überall nach dir suchen.«

»Du musst hier weg«, meinte jetzt auch Konni.

»Aber wo soll ich denn hin?«, fragte Leon verzweifelt.

Ben hatte eine Idee. »Nach oben, in die Stollen. Wir werden dich mit Essen versorgen. So lange, bis Uther wieder weg ist und Gras über die Sache gewachsen ist.«

Leon nickte.

»Das gilt auch für dich, Flint. Du musst ebenfalls verschwinden«, sagte Konni. »Du gehst mit Leon.«

Der Wildererjunge zuckte mit den Achseln. Und so beschlossen sie, noch in derselben Nacht in die Stollen zu gehen. Doch vorher schenkte Borkas allen noch einmal nach. Eine Weile lang tranken sie schweigend, während sie ihren Gedanken nachhingen. Schließlich sagte Leon leise: »Danke, Meister Borkas. Ohne Euch wäre ich jetzt tot.«

Borkas nickte und wurde noch eine Spur nachdenklicher. »Ja, es ist ein Wunder, dass du noch lebst, Leon ... dass wir alle noch leben.« Leon sah dem Meister an, dass er offenbar noch etwas loswerden musste, und fragte deshalb: »Wie meint Ihr das?«

»Das Wissen um die Handschrift des Hermes Trismegistos und die Macht der Rezeptur wird seit vielen Jahrhunderten durch einen Geheimbund geschützt. Er nennt sich der Bund der Erben und mordet vollkommen rücksichtslos, wenn es darum geht, das Geheimnis des Aufbewahrungsorts und den Inhalt der

Abschriften zu schützen.« Leon dachte an die drei Assassinen im Wald bei Flints Eltern. »Ihr meint die Nizariten?«

Jetzt sah Borkas ihn erstaunt an. »Du weißt von ihnen?«

»Er ist ihnen schon begegnet«, sagte Flint.

»Das kann nicht sein, denn dann wäre er jetzt tot«, sagte Borkas und nahm einen Schluck aus seinem Becher. Aber Flint widersprach: »Es war auf der Lichtung vor dem Haus meiner Eltern. Es waren drei von ihnen, und sie fragten nach dem Buch Gottfrieds.« Borkas sah auf. »Sie wussten, dass Leon es hatte?«

»Ja«, antwortete Flint.

»Was geschah dann?« Borkas wirkte alarmiert.

»Wir töteten zwei von ihnen. Der dritte entkam.«

»Hat er Gottfrieds Buch erbeutet?«

»Nein«, antwortete jetzt Leon.

»Wo ist es jetzt?« Borkas schien plötzlich hellwach.

»Ich habe es Maraudon übergeben«, log Leon.

Borkas sah wieder auf seinen Becher und sagte: »Dann ist es verloren. Wir alle aber müssen uns von nun an hüten. Wenn sie dich damals im Wald aufspüren konnten, wissen sie sicher längst, dass du hier bist. Sie lassen nicht zu, dass jemand ihr Geheimnis preisgibt. Es heißt, selbst unser Herr Jesus musste deshalb sterben.«

»Im Ernst?« Leon sah den Meister an. War er betrunken? Hatte er das gerade wirklich gesagt?

Borkas nickte. »Ich habe es von Albert. Er hat mir erzählt, er habe im Laufe seiner Nachforschungen herausgefunden, dass Jesus zu Unrecht im Besitz der Schrift des Trismegistos gewesen sei. Johannes, den man den Täufer nennt, habe sie ihm gegeben. Ein Verrat. Denn Johannes war ein Mitglied des Bundes. Der Alte vom Berg, so nennen die Nizariten ihren Anführer, ließ erst Johannes und später Jesus beseitigen.«

Leon bemerkte den zynischen Unterton und sagte: »Ihr selbst seid nicht von dieser These überzeugt.«

»Nein, bin ich nicht«, antwortete Borkas. »Aber Albert schien fest daran zu glauben. Er sagte, er habe es in Gottfrieds Aufzeichnungen gefunden. Und Gottfried hat es direkt von Bernhard. Wenn ihr mich fragt, alles Gerüchte. Aber eines ist wahr.«

»Was?«, wollte Konni wissen.

»Dass es diese Assassinen-Armee gibt und dass sie die Verräter der Schrift jagen und töten, wenn sie ihrer habhaft werden. Immer hatten sie nur dieses eine Ziel. Sie wüteten in Jerusalem. Doch niemand weiß genau, wo ihre Heimat liegt.«

»Werden sie uns dann nicht weiterhin suchen?«, fragte Leon. »Werden sie dann nicht am Ende auch hierherkommen?«

Borkas nickte. »Ja, das werden sie.«

Man hatte Maraudon schließlich doch noch gefunden. Oder vielmehr das, was von ihm übrig war. Er hing an einem Querbalken im Dachstuhl über der großen Halle des Willens. Mit dem Kopf nach unten und von der zugigen Luft getrocknet wie Dörrfleisch. Das Blut war aus ihm herausgelaufen und bildete am Boden unter seiner Leiche einen großen, jetzt ebenfalls trockenen Fleck. Jemand hatte sich die Mühe gemacht, seine nackte Haut in schmalen Streifen abzuziehen. Selbst im Gesicht und an den Genitalien. Die Hautfetzen waren am Boden zu Buchstaben drapiert. Auch diese ausgetrocknet und welk. Die Botschaft aber war immer noch klar zu erkennen:

Für den Meister
Für Marcus Aloisius Borkas

547

Die Entscheidung

In den Stollen, 1. Dezember 1248

Flint sah Leon in die Augen. »Du musst von hier verschwinden, Leon!« Die Freunde hatten sich in ihrem Versteck in den Stollen getroffen. In einer kleinen Kammer, die den Bergarbeitern früher wohl als Andachtsraum gedient hatte, hatten sie sich in den letzten Wochen ein kleines Lager eingerichtet. Konni und Ben hatten Leon und Flint in all den Wochen mit Essen und Wasser versorgt. Leon vermisste das Tageslicht, und Flint drehte hier drin beinahe durch.

Ab und an waren sie nachts in den Lesesaal geschlichen, um Öl für ihre Lampen und Kerzen zu stehlen. Und Leon hatte sich immer wieder neue Bücher und Schriften besorgt. Flint tat ihm leid, weil er nicht lesen konnte und sich darum zu Tode langweilte. Aber als Leon eines Tages anbot, es ihm beizubringen, lehnte Flint ab. Als der Wildererjunge es vor Langeweile schließlich nicht mehr aushielt, fing er an, in den Stollen herumzuwandern. Immer tiefer in den Berg hinein.

»Pass auf, dass du dich da drin nicht verläufst. Das hier ist das reinste Labyrinth«, warnte ihn Leon.

»Ja, Mama«, erwiderte Flint. Aber Leons Befürchtungen waren offenbar unbegründet. Flint schien sich wirklich ausgezeichnet orientieren zu können.

»Ist wie ein Wald«, sagte er später. »Nur eben aus Stein. Und ohne Licht oder Tiere und so was.« Flint überlegte.»Na ja, irgendwie wohl doch kein Wald.«

Manchmal begleitete Leon ihn und staunte über die riesigen säulengestützten Hallen der ehemaligen Steinbrüche. An einer Stelle gab es eine unterirdische Zisterne. So groß wie ein See. Bei einem dieser Ausflüge fanden sie schließlich Gorgias. Es stank bestialisch, als sie in seine Nähe kamen. Sein Körper war aufgedunsen, und seine Haut war überall aufgeplatzt, obwohl sie zugleich ganz trocken war. Blättrig und schwarz wie Holzkohle. Flint und Leon bestatteten ihn in einer kleinen Kammer, indem sie einen Haufen Steine über seiner Leiche aufschichteten. Danach gingen sie nicht mehr in diesen Teil der Stollen.

Später berichteten sie Konni und Ben davon.»Meint ihr, wir sollten es Heraeus sagen?«

»Dann weiß er, dass ihr hier in den Stollen rumschleicht. Nein. Wir können im Moment niemandem mehr trauen. Wir wissen nicht, wie weit der Einfluss Uthers schon reicht«, sagte Ben.

»Was ist mit deinem Mentor, Hofmann?«, fragte Konni, an Leon gewandt.

Leon überlegte.

»Ihm würde ich trauen. Lasst ihm eine Nachricht zukommen. Vielleicht können wir uns vorne im Lesesaal treffen. Nachts. Sobald er kann.«

Aber dazu kam es nicht. Als Ben am nächsten Morgen zurückkehrte, erfuhren sie, dass Hofmann noch immer nicht zurückgekehrt war. Leon machte sich große Sorgen.

Der Unterricht wurde weiterhin von Heraeus Sirlink abgehalten. Konni und Ben erzählten Leon jeweils von den neuesten Lektionen. Aber sie merkten bald, dass Leon ihnen nicht mehr folgte. Er schien über etwas nachzugrübeln, und sie wussten nicht, was es war.

Auf diese Weise waren Wochen vergangen.

»Du musst hier verschwinden«, wiederholte Flint, und Ben stimmte ihm zu. »Uther weiß längst, dass du Maraudon damals nicht das richtige Buch gegeben hast. Wenn er dich findet, wird er dich so lange auseinandernehmen, bis du es ihm gegeben hast«, sagte Ben.

Leon nickte. Wohin sollte er sich jetzt wenden? Ihm kam ein Gedanke. »Was ist mit Meister Borkas?«

»Borkas wurde angeklagt«, antwortete Ben. »Er soll den Mord an Maraudon beauftragt haben. Das behauptet Uther zumindest. Angeblich, weil Borkas zum Rektor der Schule aufsteigen wollte. Man fand das Buch des Irren in Borkas' Kammer und hält es für Gottfrieds Buch. Alle außer Uther natürlich. Sie glauben jedenfalls, dass Borkas Maraudon auch wegen des Buches ermordet hat.«

»Das ist absurd«, sagte Konni. »Wer Borkas kennt, weiß, dass er vollkommen frei von Ambitionen in dieser Richtung ist.«

»Wo ist Borkas jetzt?«, fragte Leon.

»Man hat ihn in einen Kerker gesperrt. Irgendwo unter dem Turm der Prüfungen. Wir wissen nicht genau, wo«, sagte Ben und fuhr fort: »Sirlink ist vorübergehend unser Rektor, und ihm blieb nichts anderes übrig, als Borkas erst mal in den Kerker zu stecken. Uther erhebt Anklage. Und in den nächsten Tagen werden die Schöffen erwartet«, erklärte er. Sie schwiegen, und eine düstere Stimmung breitete sich aus.

»Ich war bei ihm«, sagte Konni dann.

»Bei wem?«, fragte Flint.

»Bei Borkas.« Alle sahen sie an.

»Wie bist du denn da reingekommen?« Die Frage erübrigte sich.

Statt zu antworten, sah Konni Flint mit einem Blick an, der

Mitleid ausdrücken sollte. Es gab einfach keine Tür, die Konni nicht aufbekam. Wann würde er das begreifen?

»Soll ich jetzt erzählen, was Borkas sagte, oder möchtet ihr zuerst wissen, wie man Schlösser aufmacht und Wachen besticht?«

»Ist ja gut«, sagte Flint. »Erzähl!«

»Borkas war's nicht.«

»Ach was!«, sagte Flint.

Konni ließ sich nicht irritieren und fuhr fort: »Aber Borkas hatte eine wichtige Botschaft für uns. Uther sucht euch beide überall. Er und Richard sind seit ein paar Tagen zurück. Er weiß, dass ihr Gottfrieds Buch habt. Aber noch wichtiger ist, dass Uthers Leute eine andere Abschrift der Schriftrolle des Trismegistos in Venedig aufgespürt haben.« Das wusste Leon bereits von Odo. »Borkas war dabei, als ein Zeuge vom Einsatz der Schattenwort-Rezeptur während einer Verhandlung in Venedig berichtet hat. Uther weiß nun, wo die dazugehörige Abschrift ist und wer sie besitzt.«

»Und?«

»Was, und?«

»Wo ist sie?«

»In Venedig. Hörst du nicht zu? Ein Kaufmann namens di Padua hat die Abschrift in seinem Palast. Hindrick und Wolfger sind bereits auf dem Weg dorthin. Schon vor vier Wochen hat Uther sie losgeschickt. Zusammen mit einigen Männern Rudolfs. Sie sind auf dem Weg, um die Abschrift zu rauben.«

»Das müssen wir unbedingt verhindern!«, sagte Leon aufgebracht. *Was ist, wenn die Abschrift in Venedig wirklich das fünfte Kapitel enthält? Oder aber den Weg zum Original weist?* Leon schauderte. Er dachte an Cecile.

»Und wie willst du das anstellen?«, wollte Flint wissen.

»Wir werden ebenfalls nach Venedig gehen und ihnen zuvorkommen!« Leon hatte nicht wirklich einen Plan im Kopf. Es war ein spontaner Einfall und aus der Not geboren. Wie sonst sollten er und seine Freunde verhindern, dass Uther noch mehr Macht erlangte?

»Du willst über die Alpen gehen?« Flint sah Leon mit einer Mischung aus Erstaunen und Empörung an. »Hast du komplett den Verstand verloren?«

Auch Ben protestierte: »Weißt du, welche Jahreszeit uns bevorsteht? Bis nach Venedig braucht man mindestens einen Monat… im Sommer! Die Pässe sind sicher schon jetzt komplett verschneit. Unpassierbar! Und der Winter hat noch nicht einmal begonnen.«

Als Leon dennoch darauf beharrte, rief Flint: »Verdammt, nur ein Idiot geht im Winter über die Alpen!«

»Beruhige dich, Flint«, sagte jetzt Konni. »Oder hast du eine bessere Idee? Ich schwöre dir, ich habe ebenfalls nicht die geringste Lust auf die verfluchte Kälte da oben. Wenn wir aber bis zum Frühjahr warten, wird Hindrick die Abschrift bereits haben. Und Uther ist am Ziel.«

»Du bist diesen Weg schon einmal gegangen, Flint«, sagte Leon.

»Das war im Sommer! Und wir waren viel weiter im Osten. Wir sind über den Brenner gegangen. Den Sankt Gotthard kannst du im Winter vergessen!«

»Hindrick und Wolfger wagen es ja schließlich auch«, sagte Leon.

»Vielleicht gehen sie ja drum herum, was weiß ich. Außerdem war es vor einem Monat noch viel wärmer als jetzt.«

»Können wir nicht durch das Inntal erst einmal bis zum Brenner gehen?« Unter den Büchern, die Leon sich in den vergangenen Wochen angesehen hatte, waren auch einige Kartensammlungen gewesen. Er erinnerte sich an eine davon. Bis zum Inntal würden sie etwa zwei Wochen brauchen. Der Weg entlang des Flusses würde flach und passierbar sein, bevor er nach Süden über den Brennerpass und nach Bozen abzweigte.

Flint schien zu erkennen, dass er seinen Freund nicht mehr von diesem Plan würde abbringen können. Er seufzte und lenkte schließlich ein:»Irgendwie hatte ich mich an Agnes' Küche gewöhnt.«

»Dann lasst uns Proviant einpacken und gleich morgen früh aufbrechen«, sagte Konni.

Leon nickte.

»Ich werde nicht mitkommen.« Die drei Freunde sahen bestürzt zu Ben.

Konni reagierte als Erste:»Warum? Du willst doch nicht etwa freiwillig an der Schule und bei Uther bleiben? Hier verschwinden Leute. Du bist hier nicht sicher, Ben!«

»Ich werde hierbleiben und versuchen, Gottfrieds Buch fertig zu entschlüsseln. Aber ich will ehrlich zu euch sein, der eigentliche Grund ist, dass ich für die Kälte nicht gemacht bin. Ich wäre nur Ballast für euch. Ich werde mich bemühen, hier irgendetwas für Borkas tun zu können. Und vielleicht finde ich noch die Lösung des letzten Rätsels.«

Leon nickte widerwillig. Er hatte gehofft, unterwegs auf Bens Wissen und seinen Einfallsreichtum zählen zu können. So entschieden sie sich jedoch, am nächsten Morgen ohne ihn aufzubrechen.

❧

»Richard, nimm Vernunft an!« Odo hatte lange auf seinen Freund eingeredet.»Lass uns von hier verschwinden. Du musst dem Einfluss dieser Schlange entkommen. Uther hat Macht über dich. Ich weiß nicht, wie er das anstellt, aber du bist nicht du selbst in seiner Gegenwart.«

Statt einer Antwort lachte Richard grimmig. Odo sah ihn entgeistert an.

»Sieh dich an, Richard. Du bist …« – Odo wusste nicht, wie er es ausdrücken sollte – »… herzlos geworden.«

Richard schien mit einem Mal zornig zu werden. Er machte einen Schritt auf Odo zu und stieß ihm mit dem Finger vor die Brust.

»Ich sag dir, wer hier herzlos geworden ist. Mein Bruder! Und seine dämlichen Freunde. Statt das Buch herauszurücken, haben sie sich irgendwo versteckt. Die Welt versinkt in Finsternis, und mein Bruder will nichts dagegen unternehmen. Das nenne ich herzlos.«

Odo stieß ihn von sich. »Du siehst das falsch, Richard. Uther will das Buch für sich selbst. So, wie er die Abschrift Bernhards für sich selbst haben wollte. Du hast ihm geholfen, sie in Clairvaux zu rauben. Siehst du nicht, was er jetzt mit ihr anstellt? Merkst du nicht, wie sehr du selbst dich unter diesem Einfluss verändert hast?«

In den letzten Monaten war Richard immer schwermütiger und zum Teil auch jähzorniger geworden. Ein ständiger und oft unvermittelter Wechsel der Gefühlslagen. Gestern dann am späten Abend hatte es einen Vorfall gegeben. Sie waren nach dem Essen vor das Gästehaus getreten, um ein wenig Luft zu schnappen. Philipp hatte Wachdienst, und so waren Odo und Richard allein auf dem Gelände herumgegangen. Als sie auf eine Gruppe Mädchen stießen, machte Richard abfällige Bemerkungen über sie und beleidigte sie dann. Odo hatte so etwas noch nie bei Richard gesehen. Die Mädchen waren einfach weitergegangen, und Richard hatte ihnen anzügliche Dinge hinterhergerufen.

»Bist du betrunken, oder was?«, hatte Odo ihn danach zur Rede gestellt.

»Was ist? Lass mich in Ruhe!«, brummte Richard.

»Soll ich dir einen kurzen Vortrag über Ritterlichkeit halten, oder soll ich dir im Namen dieser Damen gleich direkt eine reinhauen?«

Statt einer Antwort hatte Richard ihm vollkommen unerwartet mit der Faust ins Gesicht geschlagen und war davongestapft. Odos Lippe hatte geblutet, aber schlimmer als das war die Bestürzung, die er dabei empfunden hatte. Es hatte sich angefühlt, als habe er in diesem Moment einen Freund verloren. Was ging mit Richard vor sich? War es wirklich nur der Verlust seines Bruders, der in ihm wühlte?

Später hatte Richard sich dann doch entschuldigt. Und Odo wollte es dabei belassen. Doch jetzt, in diesem Augenblick, hatte Richard ihm schon wieder gedroht.

»Was ist los mit dir, Mann?«

Richard zögerte einen Moment. Dann flüsterte er: »Uther braucht das Buch. Die Welt braucht das Buch. Leon hat es. Und er ist verschwunden. Wenn ich es Uther nicht bringe, wird er jemanden töten.«

Odo sah Richard in die Augen. »Wen?«

Richard sah zur Seite. »Mich«, sagte er und stapfte ohne ein weiteres Wort davon.

Dritter Teil

»Wie es nur eine Erde gibt für alles Irdische,
ein Licht für alles, was sehen kann,
und eine Luft für alles, was atmet,
so ist es auch nur ein Geist,
der unter sämtlichen Vernunftwesen verteilt ist.«

Aus *Selbstbetrachtungen* von Marcus Aurelius,
römischer Kaiser und Philosoph,
Anno Domini 178

»*Der Äther?*«

Dem obigen Zitat nachgestellt im Tagebuch des
Gottfried von Auxerre, Sekretär des heiligen Bernhard von
Clairvaux, Anno Domini 1196

Über das große Gebirge

Sankt Gallener Land, 2. Dezember 1248

Lange vor Sonnenaufgang machten sich die drei Freunde auf den Weg. Es war seit über zwei Monaten das erste Mal, dass Leon die Stollen und die Gebäude der Bibliothek verließ. Die Luft war klar und kalt. Aber noch immer hatte es nicht geschneit. Das würde zumindest den ersten Teil der Reise ein wenig erleichtern. Konni hatte sich in Konrad verwandelt und sich leise aus ihrem Schlafsaal geschlichen. Nicht ohne ihre Bettstatt mithilfe einiger Säcke so herzurichten, als läge sie noch darin. Bis zu den Laudes würde ihr Fehlen niemandem auffallen. Hoffentlich. Sie traf Leon und Flint im Durchgang neben dem Refektorium. Am Boden vor Flint stand eine schwere Kiepe, und Konni erkannte am Grinsen des Wildererjungen, dass sie prall gefüllt mit Essbarem war.

»Müssen wir uns sorgen, dass unsere Kommilitonen den Winter über Hunger leiden werden?«, fragte sie.

Statt einer Antwort grinste Flint nur noch breiter. Er lud sich die Kiepe auf den Rücken und verschwand im Dunkel des Durchgangs. Er schien froh zu sein, endlich aus der Enge der Stollen zu entkommen und sich wieder unter freiem Himmel zu bewegen. Im Garten des Cellerars trafen sie auf Ben. Er wirkte etwas betreten. Wohl eher, weil er seine Freunde vermissen würde als aus schlechtem Gewissen.

Durch das Tor der Schule konnten sie nicht hinaus. Man würde sie aufhalten. So blieb den dreien nichts anderes übrig, als durch die kleine Pforte mit dem Eisengitter zu gehen und dann den steilen Kletterpfad an der Flanke des Berges hinab zum Dorf zu steigen. Flint hatte ein dünnes Seil dabei, und so würden sie sich, zumindest über kurze Strecken, gegenseitig sichern können.

Doch bevor sie den Abstieg begannen, verabschiedeten sie sich von Ben. Er würde hierbleiben und weiterhin versuchen, die letzten beiden Rätsel in Gottfrieds Aufzeichnungen zu entschlüsseln: das Palimpsest mit dem Grundriss und die Abba-Ababus-Chiffre im ugaritischen Teil.

»Pass auf dich auf, Ben«, sagte Flint.

»Passt ihr auf euch auf!«, erwiderte Ben und trat dabei von einem Fuß auf den anderen.

Konni umarmte Ben. Leon nickte knapp und gab seinem jüdischen Freund die Hand.

»Ich komme schon klar«, sagte Ben.

»Ich mache mir weniger Sorgen um dich als um uns, wenn wir dich nicht dabeihaben, Ben«, sagte Leon aufrichtig.

Sie sahen sich einen Moment in die Augen.

Dann wandten Leon, Konni und Flint sich ab und begannen den gefährlichen Abstieg. Ben sah ihnen von oben aus zu und löste, nachdem sie unten angekommen waren, das Seil, das sie an einer jungen Birke am Rand des Felsens festgemacht hatten. Das Seil fiel zu ihnen herab. Sie sahen noch einmal hinauf. Ben winkte zum Abschied. Dann war er verschwunden.

Sie stiegen durch das dichte Unterholz. Der Hang war hier noch immer steil, und sie mussten achtgeben, um auf dem losen Geröll nicht den Halt zu verlieren. Doch bald wurde der Weg flacher, und sie gingen über die Weiden zum Waldrand bis hinunter ins Dorf. Von dort aus wandten sie sich auf der Straße nach Osten. Es war noch immer stockdunkel, und sie mussten langsam gehen, um nicht ständig zu stolpern. Als es allmählich heller wurde, schritten sie rascher voran. Bis zum Sonnenaufgang waren sie schon weit außer Sichtweite der Schule. Als die letzten noch bis zum Winter gebliebenen Vögel in der Morgendämmerung zwitscherten und am Himmel über ihnen eine verspätete Gruppe Wildgänse nach Norden zog, hob sich ihre Stimmung ein wenig. Erst zur neunten Stunde schob sich die Sonne erhaben über die hohen Berge im Südosten und schenkte den drei Wanderern ihr noch kühles Licht.

Den ganzen ersten Tag lang bis zum späten Abend gingen sie weiter nach Osten. Immer die Straße entlang. Sie trafen vereinzelt Händler und andere Reisende. Aber niemand interessierte sich für die drei jungen Wanderer. Hier und da wurde ein knapper Gruß getauscht. Sie wagten nicht, in einer der wenigen Herbergen zu übernachten, denn Uther hatte nach dem plötzlichen Verschwinden Leons, als sie in die Stollen gegangen waren, gewiss Späher in alle Richtungen gesandt. Wahrscheinlich vermutete Uther sogar, dass sie von Venedig und der Abschrift dort wussten und deshalb versuchen würden, dorthin zu gelangen. Sie mussten auf der Hut sein. So machten sie an diesem Abend nur eine kurze Rast und gingen dann weiter durch die bitterkalte Nacht. Bis zum nächsten Morgen, als Konni vor Erschöpfung beinahe umfiel.

»Wir brauchen ein Lager für den Tag«, sagte Leon.

»Geht klar«, sagte Flint und verschwand im Gebüsch am Straßenrand. Wenige Augenblicke später kehrte er zurück. »Wo bleibt ihr?«

»Was hast du vor?«, fragte Leon.

»Wonach sieht es denn aus? Hast du meine Mutter nicht

gehört: Die Welt ist ein Gehölz! Hier werden wir uns irgendwo ein Lager machen. Ein Stück weg von der Straße.«

So stolperten auch Konni und Leon die niedrige Böschung zum Waldrand hinab und folgten Flint ins Gestrüpp. Das Unterholz wich schon bald einem dichten Tannenwald, und als sie sich weit genug weg von der Straße wähnten, ließen sie sich am Fuß einer riesigen Tanne nieder. Die Luft des Morgens war erfüllt vom intensiven Aroma der Bäume. Es roch nach Rinde, Harz und den Tannennadeln, welche den müden und frierenden Wanderern nun ein weiches Lager bieten würden. Es war noch immer trocken, und bald erwärmte sich die Luft durch das kleine Feuer, das Flint entzündet hatte. *Niemand kann so gut mit Zunder und Feuerstein umgehen wie Flint*, dachte Leon. Ein Steinkrug mit gewürztem Wein kreiste zwischen den drei Freunden. Niemand sprach ein Wort. Und schon kurz darauf fielen ihnen vor Müdigkeit die Augen zu. Eingewickelt in ihre Decken, schliefen sie ein. Nur einmal, es musste bereits Nachmittag sein, tauchte Leon kurz aus seinen Träumen auf und vernahm das leise Wiehern von Pferden in einiger Entfernung. Gleich darauf schlief er wieder ein.

Als die Dunkelheit langsam zurückkehrte, wurden sie von der wachsenden Kälte geweckt. Das Feuer war längst erloschen, und die Decken vermochten ihre Körper nicht mehr länger zu wärmen. Leon erwachte als Erster und sah, dass Konni und Flint eng beieinanderlagen. Der Wildererjunge hatte einen Arm um Konni gelegt. Leon lächelte.

In der Halle des Willens war es eiskalt, denn seit Tagen hatte hier kein Feuer gebrannt. Der Junge stand nackt in der Mitte der Halle und zitterte am ganzen Leib. Vor einer Stunde hatte man ihn entkleidet und mit kaltem Wasser übergossen. Seine Lippen waren blau gefroren, und er war leichenblass.

»Wo sind deine Freunde?« Uther, der neue Rektor, hatte diese Frage wieder und wieder gestellt. Lange hatte Ben sich dagegen gewehrt zu antworten. Richard hatte ihn geschlagen. Doch schlimmer als das waren Uthers Worte. Irgendetwas hatte er mit Bens Geist getan. Ben zitterte nicht allein vor Kälte. Er hatte entsetzliche Angst. Ein unerklärliches nacktes Grauen, das an ihm fraß wie ein Tier.

Er würde seine Freunde verraten. Er würde alles und jeden verraten, wenn der Kahlgeschorene nur aufhörte, ihm diese Angst zu machen. Eine diffuse, undefinierbare und zugleich panische Angst. *Wie ein Kind, das sich in der Dunkelheit fürchtet und nicht sagen kann, wovor,* dachte Ben in einem der letzten klaren Momente. Uther sah ihn unterdessen an. Es schien, als studierte er ihn. Er murmelte einige Worte und sah dabei auf ein Manuskript in seinen Händen. Seine Worte schmerzten wie Stacheln aus Eis.

Zwei weitere Nächte waren Leon, Konni und Flint nach Osten gegangen, als sie mitten in der Nacht das entfernte Murmeln von Wasser vernahmen. Zuerst ganz leise, dann lauter, bis es zu einem steten Rauschen angeschwollen war. Sie gelangten in der Dunkelheit an den Saum eines breiten und rasch dahinfließenden Flusses.

»Das ist der Inn!«, rief Flint. Leon hatte noch nie einen so großen Fluss gesehen. »Wie kommen wir da rüber?«, fragte Konni und sah zu Flint.

»Müssen wir nicht! Wir bleiben am südlichen Ufer, bis wir uns bei Innsbruck nach Süden wenden und dann den Brenner erreichen.«

»Wie weit ist es noch bis dahin?«, wollte jetzt Leon wissen, und Flint antwortete: »Ich schätze zehn Tage. Vielleicht zwölf. Wenn wir in den Nächten weiter so vorankommen wie zuletzt.«

»Wir müssen zwischendurch Vorräte auffüllen«, sagte Konni. Ihre Stimme zitterte vor Kälte. Sie rieb die Hände vor dem Gesicht und pustete hinein.

»Keine Sorge«, grinste Flint. »Ab heute steht wieder frischer Fisch auf dem Speiseplan!«

Und in der Tat: Mit der Leichtigkeit, die Leon von Flint kannte, holte der Wildererjunge in den folgenden Tagen einen Fisch nach dem anderen aus dem Fluss. Forellen, Saiblinge, Barben und zweimal sogar einen Hecht. Sie schlugen sich damit die Bäuche voll.

Noch immer gingen sie ausschließlich bei Nacht. Im Gehen war es leichter, sich einigermaßen warm zu halten. Seitdem sie von der Schule aufgebrochen waren, war es mit jedem Tag kälter geworden.

Nachts waren nur wenige Reisende unterwegs. Doch hin und wieder trafen sie welche. Die meisten waren Bauern auf dem Weg nach Innsbruck. Für eine Weile schlossen sie sich einer Gruppe von Händlern und Tagelöhnern an, in der Hoffnung, an Auskünfte über den weiteren Weg nach Venedig zu gelangen. Doch keiner der Leute war auf dem Weg dahin, und nur wenige waren überhaupt jemals dort gewesen. Ein Händler bestätigte, dass es in dieser Jahreszeit unmöglich sei, die Alpen zu überqueren. Man müsse um sie herumgehen, um nach Venedig zu gelangen. Die Stimmung der drei sank mit jeder weiteren Auskunft. Es wurde kälter.

ご

Eines Nachts sahen sie in großer Entfernung auf der anderen Seite des Flusses die Lichter der Stadt Innsbruck und wussten, sie würden sich jetzt nach Süden wenden müssen, um den Durchgang zum Brenner zu finden.

Sie sahen das Tal, das bis zum Brennerpass hinaufführte, an dem Morgen, an dem es zu schneien begann. Erst waren es nur vereinzelte Flocken, dann immer mehr in dichten Schwaden, bis die drei Freunde schließlich eng beieinander gehen mussten, um sich im Schneegestöber nicht aus den Augen zu verlieren. Sie hatten beschlossen, auch nach Tagesanbruch weiter den Brenner hinaufzugehen, da sie nirgends einen Platz zum Schlafen finden würden und es auch nicht möglich sein würde, ein Feuer zu machen. Sie hofften, noch bis zum Abend irgendwo einen Weiler oder doch zumindest einen Heuschober zu finden, der ihnen ein Dach über dem Kopf bieten würde. Je höher sie kamen, desto kälter wurde es. Trotz seiner dicken Handschuhe spürte Leon seine Finger kaum noch. Beide Füße waren schon länger taub. Konni neben ihm erging es nicht besser. Leon sah, dass sie im Gehen die Lippen bewegte. Wahrscheinlich fluchte sie still vor sich hin. Sie hatte sich verändert.

»Wir brauchen einen Unterstand!«, rief Leon durch das Schneegestöber zu Flint hinüber. Der Wildererjunge erwiderte nichts, ging voraus und verschwand im Weiß der fallenden Flocken.

Die Zeit verging. Konni und Leon schleppten sich nebeneinander voran. Von Flint war keine Spur zu sehen. Doch schließlich tauchte der Wildererjunge genauso unvermittelt wieder vor ihnen auf, wie er verschwunden war. »Da vorne ist der Hof eines Bauern«, rief er durch den Wind. »Ein Stück nach rechts von der Straße entfernt. Lasst uns da anklopfen!«

Leon nickte. *Vielleicht dürfen wir uns dort ein wenig aufwärmen.*

Und die Leute können uns bestimmt sagen, wie wir von hier über den Pass nach Süden kommen.

Konni und Leon folgten Flint, und schon bald wandte sich dieser nach rechts, weg von der Straße. Sie mussten sich über einen bereits kniehoch verschneiten Anstieg quälen, bis sie schließlich vor der Tür eines niedrigen Holzhauses standen.

»Wie hast du das gefunden?«, fragte Leon.

»Ich hab's gerochen«, grinste Flint und pustete sich eine Schneeflocke von der Nasenspitze.

Auch Leon hatte den Geruch der Feuerstelle im Näherkommen bemerkt. Gepaart mit dem Duft von gekochtem Gemüse.

»Du bist ein Spürhund!«

»Trüffelschwein«, sagte Flint.

Konni klopfte an. Doch statt einer Antwort legte sich ihr von hinten ein Arm um den Hals. Eine Faust traf Leon seitlich an der Schläfe. Im Fallen sah er, dass auch Flint zu Boden ging. Drei Männer in den Farben der Habsburg beugten sich über sie. Die Tür vor ihnen öffnete sich. Ein vierter Kerl trat von innen in den Türrahmen und sagte: »Bringt sie herein.« Es war Richard.

Man zerrte die drei Freunde über die Schwelle nach drinnen. Benommen von dem Schlag, sah Leon im Hintergrund eine verängstigte Frau stehen. Ihre Kleider waren zerrissen, und sie hielt die Reste davon mit beiden Armen an sich gepresst. Ein Mann war vor der Feuerstelle an einen Stuhl gefesselt und übel zugerichtet. Sein rechtes Auge war blutunterlaufen und zugeschwollen. Sein Unterkiefer stand auf unnatürliche Weise zur Seite ab.

»Na, da können wir uns den weiteren Weg wohl sparen«, sagte einer der Männer und blickte zu Richard.

»Richard?« Leon war erstarrt und versuchte, zu seinem Bruder durchzudringen.

»Sieh an«, sprach Leons Bruder. »Ein Waldschrat und ein weibischer Jüngling. Sind das deine neuen Freunde, Leon?« Richard riss Konni die Fellmütze vom Kopf, und ihr langes Haar fiel darunter hervor bis auf ihre Schultern. Die drei anderen Männer grinsten lüstern und tauschten Blicke. Leon löste sich aus seiner Erstarrung. »Richard, hör auf, du musst mir zuhören!«

»Halt den Mund!«, brüllte Richard, tat einen Schritt vor und schlug seinem jüngeren Bruder die Faust ins Gesicht. Leon taumelte.

Flint wollte sich losreißen und auf Richard stürzen, wurde aber von zweien der Männern aufgehalten und unsanft auf die Knie gezwungen. Leon wischte sich mit dem Handrücken Blut aus dem Gesicht und sah seinem Bruder direkt in die Augen. Irgendwo hinter dieser zornigen Maske musste sein Bruder sein. Der Mensch, dem Leon seine ganze Kindheit über vertraut hatte. Der in seiner Aufrichtigkeit und Liebe sein unumstößlicher Bruder gewesen war. Was hatte Uther mit ihm gemacht? *Wie kann sich ein Mensch so wandeln?*

»Wir werden uns morgen auf den Rückweg zur Schule machen. Dieser Trottel da …«, Richard zeigte mit dem Kinn in Flints Richtung, »… hat uns eine ungemütliche Passüberquerung erspart. Hier ist das Ende eurer Reise.«

»Richard, verdammt noch mal. Was hat Uther mit dir gemacht?«, schrie Leon. »Sieh dich an! Was für ein Scheusal ist aus dir geworden?«

Richard sah wieder zu Leon, und sein Blick war nicht zu deuten. »Du bist es, der nicht mehr er selbst ist. Oder du bist nun der, der du in Wahrheit immer warst. Ein Verräter!«

»Was?«

»Du hast deinen Onkel, unseren Herrn, Cecile und viele andere verraten, indem du gestohlen hast, was für uns alle, für dieses ganze Land ein Segen sein würde. Und du hast mich betrogen. Dein eigen Fleisch und Blut. Deinen Bruder.«

»Richard, komm zur Vernunft! Hörst du dich eigentlich selbst reden?! Merkst du denn nicht, dass Uther dies alles inszeniert, um dich als Waffe gegen mich zu verwenden?«

Richard sah seinen jüngeren Bruder abfällig an und erwiderte: »*Albert* ist es, der *dich* manipuliert und zu einem Verräter gemacht hat. Er hat deine Eitelkeit und deinen Machthunger verwendet, um dich zu seinem Instrument gegen unseren Onkel zu machen.«

»Was sollte ich schon gegen Rudolf ausrichten, Richard? Geh in dich! Das alles ist eine Täuschung! Wir beide fielen ihr zum Opfer. Ich, weil ich nicht wusste, welche Bedeutung das Buch Gottfrieds für die Welt hat. Und du, weil du glaubst, ich sei der Verräter. Uther will das Buch für seine eigenen Zwecke. Er will die Abschrift und die Schattenwort-Rezeptur. Hindrick und Wolfger sind auf dem Weg nach Venedig, um sie zu rauben. Wir müssen sie aufhalten.« Richard wandte das Gesicht zur Seite. Leon folgte seinem Blick, sah auf die misshandelte Frau des Bauern und sagte noch einmal: »Richard, das bist nicht du! Der Bruder, den ich kannte, hätte so etwas Schändliches wie hier niemals zugelassen. Das kannst nicht du sein!«

»Ach nein?«, brauste Richard jetzt auf. »Und wer lässt zu, dass weiterhin Tausende armer Bauern überall in Europa Hunger und Elend erleiden und sich der Willkür ihrer Feinde wie Herrscher ausgeliefert sehen? Sie werden, im Leben wie im Tod, behandelt wie Vieh. Sie werden abgeschlachtet! Ganze Länder sind verwüstet und öd. Du hättest Uther das Buch geben müssen, damit er es Rudolf aushändigt. Rudolf braucht die Macht der Schrift, um König zu werden. Und du weißt das. Niemand außer ihm kann den Frieden dieser Welt wiederherstellen. Wenn er nicht die Mehrheit der Kurfürsten hinter sich einen kann, werden seine Gegner, allen voran Wilhelm von Holland, siegen und die Welt, wie wir sie kennen, in den Untergang führen.«

Leon schwieg. Aus irgendeinem Grund war er innerlich mit einem Mal ganz ruhig. Sein Zorn riss ab. So als habe man an einem stürmischen Tag ein Fenster geschlossen. »Hat Uther dir das so gesagt?«, fragte er seinen Bruder jetzt.

»Ich brauche keinen anderen Menschen, um zu verstehen, was offensichtlich ist. Diese Welt braucht Frieden.«

»Ist das der Frieden, den du meinst?« Leon deutete mit dem Kinn auf die misshandelte Frau. »Von welcher Art Frieden sprichst du?« Leon presste die Zähne aufeinander, denn er spürte, wie sein Zorn, entfacht durch seine eigenen Worte, zurückkehren wollte. Zorn – einer der drei Wächter. Schalte ihn ab, dachte Leon angestrengt. *Schalte ihn ab und baue eine Verbindung.*

Richard hatte die Stirn gesenkt und ballte die Fäuste. Es sah so aus, als würde er gleich erneut zuschlagen. Leon aber fuhr fort. Unbeirrt. »Richard, wach auf! Macht korrumpiert Menschen. Du und deine Schergen hier, ihr hattet die Macht. Ihr hattet die Macht, diesen Menschen wehzutun oder ihnen zu helfen. Ihr habt euch ohne Not für Ersteres entschieden. Warum, Richard? Sag es mir! Wenn Uther in den Besitz der Abschrift von Venedig gelangt, wird er über ein weiteres Mittel verfügen, seine böse Macht auszuüben. Und er wird dies tun, denn seinem ganzen Trachten liegt nur eins zugrunde: die Gier nach mehr.«

Richard wich dem Blick seines Bruders aus. Er sah weiter zu Boden und sagte: »Uther braucht die Abschrift di Paduas nicht. Uther hat bereits eine andere.«

Leon starrte seinen Bruder entsetzt an. »Was sagst du da?«

»Uther braucht die Schriftrolle aus Venedig nicht mehr, um seine Macht auszuüben«, wiederholte Richard ruhig. »Er ist im Besitz der Abschrift des Bernhard von Clairvaux.« Konni und Flint wechselten einen bestürzten Blick.

»Seit wann?« Leon erkannte, dass sein Bruder die Wahrheit sagte. Das erklärte Uthers Einfluss an der Schule der Redner.

»Seit wir sie vor Wochen in Clairvaux gefunden haben.«

»Wir?«

»Ja, Leon. Uther und ich. Und mit ihrer Macht wird Uther dieser Welt den Frieden zurückbringen.«

Leon sah, dass Richard seine Worte tatsächlich selbst glaubte. Tränen schossen Leon in die Augen. Er versuchte, sich zusammenzureißen, aber Bestürzung und Trauer waren zu groß. Dennoch bemühte er sich, mehr zu erfahren. »Woher wusstet ihr, wo in Clairvaux ihr suchen musstet?«

»Uther hat es gewusst. Die Abschrift war im Inneren einer Säule versteckt. Ich habe ihm den Weg dorthin … nun … frei gemacht, und er hat sie geborgen. Er studiert sie bereits.«

Er studiert sie nicht nur. Er verwendet sie auch schon. Leon spürte, wie aller Mut in ihm sank. Da kam ihm ein Gedanke. »Warum aber hat er dann Hindrick und Wolfger nach Venedig gesandt? Wenn er doch schon über eine der Abschriften verfügt?« Leon sah seinem Bruder in die Augen.

Richard zuckte mit den Schultern. »Er will verhindern, dass andere über die gleiche Macht verfügen wie er. Deshalb sollen Wolfger und Hindrick sie ihm bringen. Oder sie vernichten.«

Uther hat das Wissen der Rezeptur! Das durfte nicht sein! Leon erkannte in diesem Moment, dass die Abschrift in Venedig ihre vielleicht letzte Hoffnung war, Uther aufzuhalten. Wenn er die Rezeptur verwendete, würden alle um ihn herum sich seinem

Willen ergeben. So wie es damals auch bei Bernhard der Fall gewesen war. Leon dachte an Cecile. An Uthers Vorhaben, sie zur Heirat zu zwingen. Das durfte nicht geschehen! Leon musste seinen Bruder zur Vernunft und zum Einhalten bewegen. Er musste unbedingt nach Venedig und an die Abschrift di Paduas gelangen. In diesem Moment entschied sich Leon, den Weg des Äthers zu gehen und die Kraft auf seinen Bruder zu verwenden.

Leon versetzte sich in seine Präsenz, begab sich außerhalb seiner selbst, und der Schmerz des Faustschlages verging augenblicklich. Stattdessen erfüllte Stille den engen Raum der Hütte. Leons Sinne schärften sich. Er fühlte die Hitze des kleinen Kaminfeuers in seinem Rücken. Spürte, wie die Wärme mit kleinen Stichen in seine Finger und Füße zurückkehrte. Die Bretterwände der Hütte rochen nach geröstetem Holz und dem Harz der Tannen, aus dem sie gemacht waren. Eine kleine Rußflocke schwebte zwischen ihm und seinem Bruder. Leon ging noch tiefer in seine Präsenz, bis er ganz und gar von ihr erfüllt war. Schließlich sah er seinen Bruder in dessen wahrer Gestalt vor sich. Ohne Verblendung. Ohne Fassade. Ohne Schutz. Richard senkte den Blick, als könne er nicht länger standhalten. *Ich erkenne dich!* Richards Gesicht zuckte kurz. Über die Verbindung des Äthers spürte Leon die Schuldgefühle und den Schmerz seines Bruders, als seien sie seine eigenen. Leon versuchte, das Gefühl erst zurückzudrängen, kam aber nicht dagegen an. Er ließ es zu und empfand in diesem Moment tiefes Mitleid für seinen Bruder. *Zeige dich!* Richard sah auf, konnte aber Leons Blick nicht begegnen. *Du bist mein Bruder, Richard.* Leon sprach diese Worte nicht aus. Er dachte sie. Aber seine Präsenz drängte sie über den Äther in die Gedanken seines Bruders. *Bruder!* Richards Schultern zuckten. Etwas wollte aus ihm hervorbrechen. Die drei Wachen standen ratlos dabei und tauschten irritierte Blicke.

Sie konnten nicht verstehen, was hier zwischen ihrem Hauptmann und dessen Bruder vor sich ging. Sie wagten es aber auch nicht einzugreifen.

Ich bin dein Bruder! Noch einmal dachte Leon diesen Satz und sandte ihn hinüber zu Richard. *Bruder.* Und das Wort »Schuld« – Richards Schattenwort. Leon hatte es die ganze Zeit gewusst. Schuld, dass seine Eltern gestorben waren. Schuld, dass sein jüngerer Bruder in Ungnade gefallen und grausam bestraft worden war. Schuld an der Flucht und dem vermeintlichen Tod seines kleinen Bruders. Schuld am Schicksal Rudolfs und der ganzen Welt.

Richards Gesicht zuckte erneut. Leon sah seinen Bruder an und bemerkte, dass er zu schluchzen begann. Also ließ er von ihm ab. Verließ die Präsenz und atmete leise aus. Die kleine Rußflocke vor seinem Gesicht wurde davongeblasen. Die Zeit nahm ihr gewohntes Tempo wieder auf.

Mit einem Ruck löste sich Richard aus seiner Erstarrung. Er zögerte und sagte schließlich: »Fesselt sie!« Dann wandte er sich ab, wirkte jedoch verstört, als er hinzufügte: »Morgen früh brechen wir auf!«

Die drei Freunde wurden zu einer schmalen Tür im hinteren Teil der Hütte gebracht, die in einen kleinen Verschlag führte. Man fesselte sie an Händen und Füßen und stieß sie hinein. Nachdem man die kleine Brettertür wieder geschlossen hatte, war es stockfinster. Der lehmige Boden des engen Raumes war gefroren.

»Geht es dir gut?«, flüsterte Konni.

»Ja«, sagte Leon.

»Was war das gerade eben?«

»Was meinst du?« Leon wusste jedoch, dass Konni auf die Präsenz anspielte.

»Du weißt, was ich meine«, beharrte Konni.

»Nichts. Mein Bruder ist vielleicht doch noch für einen kleinen Moment zur Besinnung gekommen.«

»Nein. Ich meine das, was du davor gemacht hast.« Konni blieb hartnäckig. »Du hast eine Verbindung zu ihm aufgenommen.« Leon schwieg. Aber Konni hakte nach: »Du hast den Scheiß-Äther benutzt. Seit wann kannst du das?«

»Jeder kann es. Und jeder tut es. Nur nicht immer mit derselben Kraft.«

»Zeigst du es mir?«, bat Konni.

»Nicht jetzt.«

»Aber irgendwann?«

Leon überlegte. »Ja, versprochen. Aber jetzt brauchen wir einen Plan, wie wir hier rauskommen.«

Konni zischte: »Du hast es doch gehört: Uther hat die Scheiß-Abschrift von dem Scheiß-Bernhard. Und er wird sie benutzen, nachdem er sie ausreichend studiert hat. Wir müssen hier verdammt noch mal raus und Hindrick in Venedig zuvorkommen!« Konni war jetzt in Fahrt.

»Wir kommen hier aber nicht raus«, mischte Flint sich ein und wandte sich im Dunkeln an Leon: »Dein Bruder ist nicht so dumm, uns jetzt noch einmal entwischen zu lassen.«

»Flint hat recht«, sagte Konni und rieb die Hände vorm Gesicht. »Außerdem wird es da draußen immer kälter. Wir kämen sowieso nie über den Pass. Die ganze Unternehmung war von Anfang an eine Scheiß-Idee. Wir hätten wie Ben in der Schule bleiben sollen.«

Leon überlegte und sagte schließlich: »Je länger wir warten, desto schwieriger wird es werden. Die Schneefälle haben gerade erst begonnen. Wir müssen es wagen, bevor da oben alles dicht ist.«

»Du redest gerade so, als wären wir hier schon raus. Das, was da gerade in deine Handgelenke schneidet, sind übrigens stabile Lederriemen«, zischte Flint. »Und wie willst du an den drei Kerlen und deinem Bruder vorbeikommen?« Nebenan war das Wimmern der Frau zu hören. Und Leon war froh, dass sie Konni nicht auch drüben bei sich behalten hatten.

»Schweine!« Mit einem Mal packte Leon eine solche Wut, dass er am liebsten laut geschrien hätte. »Wir werden hier rauskommen, und zwar gleich. Noch bevor die Kerle der Frau noch einmal etwas antun können.« Er drehte sich auf den Knien um und streckte Flint seine verbundenen Hände hin. »Sieh zu, dass du die irgendwie abkriegst.«

»Vergiss es. Die Männer haben die Lederriemen nass gemacht, damit sie sich richtig schön eng zusammenziehen. Die kriegst du nicht auf!«

»Doch. Und zwar solange sie noch nass sind. Versuch es!«

»Ich kann meine Finger nicht spüren«, jammerte Flint.

»Geh beiseite«, mischte sich Konni ein und robbte sich in dem engen Raum an Leon heran. Als sie Rücken an Rücken saßen, fanden ihre Finger Leons Hände und die Lederriemen daran. Eine Weile lang versuchte sie, den Knoten zu finden und nestelte daran herum. Und dann – zu ihrer aller Überraschung – hatte Konni ihn gelöst. Leons Hände waren frei. Rasch streifte er die Lederriemen ab und befreite auch seine gefesselten Füße. Dann löste er, einen nach dem anderen, die Knoten an den Fesseln seiner Freunde.

»Du bist ein Phänomen, Konni!«, sagte Flint anerkennend und rieb sich die schmerzenden Handgelenke.

»Was machen wir jetzt?«, fragte Konni.

»Wir nutzen das Überraschungsmoment«, antwortete Flint.

»Du meinst, wir sollen einfach da rausstürmen und alles niederschlagen? Ich bezweifle, dass das eine gute Idee ist«, sagte Leon.

»Genau das ist es, was sie nicht erwarten!«

Leon konnte Flint im Dunkeln nicht sehen, aber er wusste, dass er grinste.

»Gibt es irgendetwas in der Welt, was deinen Mut und deine Laune trüben kann?«

»Ja. Schlechtes Essen.« Flint kroch zur Tür des Verschlages und spähte durch eine Ritze nach nebenan.

Dort machten sich die drei Kerle gerade daran, die Frau des Bauern erneut auf die Platte des Tisches zu zerren. Zwei hielten sie an den Armen und spreizten ihre Beine, während der Dritte die Schnalle seines Gürtels öffnete. Die Frau wimmerte leise.

Als die Tür zum Verschlag mit einem Krachen aufgestoßen wurde, erschraken die drei Männer so sehr, dass für einen kurzen Moment keiner daran dachte, sich in irgendeiner Form zur Wehr zu setzen. Schon einen Herzschlag später hatte Flint dem ersten der Männer den Dolch aus dem Gürtel gerissen und war ihm damit über die Kehle gefahren.

»Eins!«, rief der Dämon in ihm.

Ein Blutschwall ergoss sich auf die bloß gelegten Brüste der Frau. Flint sprang auf den nächsten Mann zu, der seine Hose zwischen den Beinen hängen hatte, und trat ihm mit voller Wucht seitlich ans Knie. Es knackte, und der Mann ging augenblicklich zu Boden. Sofort war Flint über ihm und stieß ihm den Dolch in den Hals.

»Zwei!«

Das Ganze war so schnell gegangen, dass erst jetzt Bewegung in den Rest der Hütte kam. Richard hatte am anderen Ende des Tisches am Kamin gesessen und sprang nun auf. Der Bauer saß noch immer gefesselt und halb ohnmächtig in seinem Stuhl am

Feuer. Leon war bei den an der Wand stehenden Schwertern angelangt, als sein Bruder sich am gegenüberliegenden Ende des Tisches auf Konni warf. Er legte dem Mädchen den Arm um den Hals und hielt ihr einen Dolch an die Kehle. »Vergiss es, Leon!«

Der dritte Mann hatte nun ebenfalls seinen Dolch gezogen und stand neben Richard. Leon ignorierte die Worte seines Bruders, warf Flint ein Schwert samt Scheide und Gurt zu und zog ein anderes blank. In der Enge der Hütte würden sie damit nicht viel ausrichten können, doch würden sie die beiden noch lebenden Männer auf Abstand halten. Einer der am Boden liegenden Männer röchelte und starb.

Richard sah Leon in die Augen und rief: »Lasst die Schwerter fallen, oder eure Freundin hier ist tot.«

Flint stand sprungbereit am anderen Ende des Tisches. Seine Koboldaugen funkelten vor Zorn. Der Wildererjunge hatte gerade innerhalb weniger Augenblicke zwei Männer getötet. Leon sah den Dämon, der erneut aus seinem Freund ausgebrochen war.

»Richard, du musst uns gehen lassen«, sagte Leon. Doch diesmal erreichte er seinen Bruder nicht über den Äther.

»Das werde ich nicht«, antwortete Richard. »Legt die Waffen auf den Tisch.« Er deutete mit dem Kinn zur Tischplatte und gab dem Mann neben ihm damit ein Zeichen. Der Mann gehorchte und näherte sich Flint, um ihm das Schwert abzunehmen. Doch stattdessen zog jetzt auch Flint blank und ließ Scheide und Schwertgehenk fallen.

Der Mann zögerte. »Mach keinen Ärger, du Bastard. Gib mir dein Schwert«, zischte er.

»Komm und hol's dir!«, gab Flint kalt zurück.

Leon starrte zu Richard und Konni, die in dessen kräftigen

Armen gefangen war wie in einem Schraubstock. Dann sah er wieder zu Flint. Ratlos. Mit einem Mal ertönte ein lauter Schlag, wie von Eisen auf Holz. Das Geräusch schien aus diesem Raum zu kommen, aber niemand konnte sich erklären, woher. Der Griff um Konnis Hals lockerte sich, und Richard sank zusammen. Der letzte der Männer drehte sich um und wollte im nächsten Moment auf Konni losgehen, doch Flint war schneller, sprang ihn von hinten an und bohrte ihm das Schwert in den Rücken. Ungläubig sah der Mann über seine Brust nach unten, eine blutige Schwertspitze ragte aus seinem Bauch. Dann brach er zusammen.

»Drei«, sagte der Dämon.

Konni machte einen raschen Schritt nach vorn und drehte sich panisch um. Richard lag am Boden. Dahinter stand der Bauer, einen eisernen Topf mit beiden gefesselten Händen umklammernd. Mit einem Mal roch es wieder nach gekochtem Gemüse. Und nach Blut. Der Bauer schnaubte durch seine gebrochene Nase. Er holte aus und wollte ein zweites Mal auf den am Boden liegenden Richard einschlagen, aber Konni hielt ihn auf.

»Was machen wir jetzt?«, fragte Konni.

Sie hatten die toten Männer nach draußen geschafft und saßen jetzt mit dem Bauern am Tisch. Die Frau hatte sich in die Dachkammer über dem Verschlag zurückgezogen. Noch immer hörten sie von Zeit zu Zeit ihr leises Wimmern. Der Bauer konnte wegen seines gebrochenen Kiefers nicht richtig sprechen. Es war deshalb schwer, irgendetwas Verständliches aus ihm herauszubekommen. Doch er schien ein tapferer und aufrechter Kerl zu sein. Er hatte mit dem Topf beherzt zugeschlagen. So fest, dass schwer zu sagen war, ob Richard sich davon jemals erholen würde. Er lag jetzt gefesselt am Boden. Nahe am Feuer und noch immer ohne Bewusstsein. Leon sah seinen Bruder an, und wieder fühlte er Mitleid und Trauer. Flint bemerkte Leons Blick und schüttelte den Kopf, sagte aber nichts.

Schließlich war es Konni, die vorschlug, die Nacht in der Hütte zu verbringen, um am Morgen den Aufstieg auf den Pass zu versuchen. Als der Bauer das hörte, machte er mit der Hand ein Zeichen, und als die drei Freunde ihn nicht verstanden, nuschelte er zwischen seinen aufgeplatzten Lippen: »Schuu schwierich.«

»Wir haben die Pferde meines Bruders. Wir können es schaffen«, widersprach Leon.

»Aischack-Schuchd«, mischte sich der Bauer erneut ein und spuckte Blut. »Sssu.« Es brauchte vier weitere Versuche, bis Flint verstand: Die Eissack-Schlucht war zu. Der Fluss Eisack war über die Ufer getreten, und die Schlucht selbst hatte keinen Saum.

»Da kommen wir nicht durch. Mit Pferden erst recht nicht«, meinte Flint.

Ratlos sahen sie einander an.

»Bisch Frühjah' waten.« Der Bauer hatte Tränen in den Augen. Das Sprechen schien ihm wirklich große Schmerzen zu bereiten.

Leon sagte: »Ruht Euch aus, Bauer. Wir sind Euch sehr dankbar, aber wir können nicht bis zum Frühjahr warten. Wir haben unsere Gründe.«

Der Bauer sah Leon in die Augen und nickte. Er hatte verstanden und wusste: Was immer auch die Gründe waren, die drei Fremden schienen entschlossen zu sein. »Dasch Ridden-Maschif!«

Wieder brauchte es drei Anläufe, bis Leon verstand. »Er

meint, wir sollen von Brixen aus auf das Ritten-Massiv, südlich vom Rittner Horn, ausweichen, um die Schlucht zu umgehen.

»Ich habe davon gehört«, sagte Flint, »kenne aber den Weg dahin nicht.«

Leon wandte sich wieder an den Bauern. »Könnt Ihr uns eine Zeichnung machen? Das ist vielleicht weniger schmerzhaft als das Reden.«

Flint kramte in seiner Kiepe auf der Suche nach irgendetwas herum, womit man zeichnen konnte. Er fand ein einigermaßen sauberes Stück helles Leder, breitete es auf dem Tisch aus und hielt dem Bauern ein Stück Kohle hin. Der Bauer nahm es und fertigte etwas an, das man mit viel Fantasie als den Versuch einer Karte bezeichnen konnte. Während er das tat, kramte Flint weiter in seiner Tasche und förderte eine tönerne Flasche mit Obstbrand zutage. Konni stand auf, fand zwischen dem am Boden liegenden Geschirr einen hölzernen Becher und stellte ihn vor den Bauern auf den Tisch. Flint öffnete die Flasche und goss den Becher voll. »Trinkt. Das wird ein bisschen wehtun, aber auch lindern. Ihr müsst das sobald wie möglich behandeln lassen.« Statt einer Antwort deutete der Bauer mit dem Daumen in Richtung der Empore und seiner Frau. »Kann sie Euch helfen?« Der Bauer nickte und trank den ersten Schluck, woraufhin sich sein Gesicht verzog. Er musste höllische Schmerzen haben. »Wir lassen Euch etwas Geld da. So könnt Ihr in Innsbruck einen Bader aufsuchen, der Euch den Kieferbruch richten kann. Vielleicht gibt es sogar einen Arzt.«

Der Bauer fuhr damit fort, seine Karte zu zeichnen. Die Freunde sahen ihm zu. »Mit ein bisschen Glück sind wir in zwei Tagen in Brixen. Ich glaube nicht, dass Uther außer Richard weitere Männer in diese Richtung gesandt hat. Was meint ihr?«, fragte Konni.

»Ich weiß es nicht«, antwortete Leon.

»Was machen wir mit deinem Bruder?«, fragte Konni, obwohl sie die Antwort ahnte.

»Wir müssen ihn mitnehmen«, antwortete Leon.

»Wir müssen was?«, rief Flint. »Bist du übergeschnappt? Es ist für uns drei schon schwer genug. Selbst wenn wir das lebend überstehen, was sollen wir in Venedig mit ihm machen?«

»Wir haben die Pferde«, antwortete Leon. »Und wir können ihn hier nicht zurücklassen.« Eine Hand legte sich auf seinen Unterarm. Es war die des Bauern. Mit dem Daumen der anderen Hand fuhr er sich über die Kehle.

Zur Antwort schüttelte Leon den Kopf. »Er ist mein Bruder. Ich werde ihn weder umbringen noch hierlassen. Wir nehmen ihn mit!«

Flint seufzte und ließ sich nach hinten gegen die Lehne seines Stuhles sacken. Konni sah Leon an und schien Verständnis zu haben. Aber der Wildererjunge verdrehte die Augen, seufzte noch einmal und gab schließlich nach: »Na gut. Dann nehmen wir deinen liebenswerten Bruder mit. Wird ein hübscher Familienausflug.«

❧

Im ersten Licht des anbrechenden Morgens machten sie sich auf den Weg. Irgendwann im Laufe der letzten Nacht hatte es aufgehört zu schneien, und sie blickten nun über ein weißes, weites Tal, das nach rechts in Richtung Süden steil anstieg. Die hohen Berge ringsum waren zur Gänze schneebedeckt. Ein steter Wind blies ihnen entgegen, und es war bitterkalt. Doch der Himmel war klar, und es sah nicht so aus, als würde es so bald wieder zu schneien beginnen.

Der Bauer war früh mit ihnen aufgestanden und half ihnen

beim Satteln der Pferde. Seine Frau bekamen sie an diesem Morgen nicht mehr zu Gesicht. Wieder spürte Leon Mitleid und Zorn in sich aufsteigen. Mit dem Zorn kam Entschlossenheit. Mithilfe der Abschrift, die sie in Venedig zu erbeuten hofften, würde er die Rezeptur des Trismegistos aus den Schatten hervorholen und zur Befriedung dieser ungerechten, erbarmungslosen Welt nutzen. Er. Leon. Doch als ihm die Größe dieser Aufgabe bewusst wurde, seufzte er, und alle zuvor gefasste Entschlossenheit fiel von ihm ab.

Sie banden Richard auf eines der Pferde. Die Stute rieb ihre weiche Schnauze an Leons Schulter und schnaubte aufmunternd. Sein Bruder hatte die Augen geschlossen und sah im Licht des Morgens und in seiner Ohnmacht zum ersten Mal wieder so friedfertig und freundlich aus, wie Leon sich an ihn erinnerte. Bevor alles begonnen hatte. Vor seiner Flucht. Und vor ihrem Zerwürfnis.

Er stieg schließlich auf sein eigenes Pferd und folgte Flint und Konni auf dem verschneiten Pfad hinunter zur Straße. Der Bauer begleitete sie noch ein Stück, bevor er sich von ihnen verabschiedete. Nicht ohne noch einen letzten hasserfüllten Blick auf Richard zu werfen. *Hass sät Hass.* Leon dachte an Meister Hofmanns Worte, während sie auf das Portal zur Halle des Krieges gesehen hatten. Vielleicht konnte die Rezeptur auf der Abschrift ihm dabei helfen, seinen Bruder zu retten.

Als sie an der Straße angekommen waren, wandten sie sich nach rechts und ritten den ganzen Tag stetig aufwärts. Sie schwiegen. Jeder von ihnen war seinen eigenen Gedanken verhaftet. Nur einmal kam ein kurzes Gespräch auf, das schon bald wieder verebbte. Als es Abend wurde, gerieten sie in eine Klamm und entschlossen sich, in einer kleinen Höhle im Schutz eines überhängenden Felsens zu übernachten. Sie hatten dem Bauern den Schnaps überlassen und dafür zwei Arme voll Feuerholz bekommen, das für ihr Überleben in den eisigen Nächten unerlässlich sein würde. Geschickt wie immer, entzündete Flint das Feuer und schichtete drei Scheite so, dass sie langsam brennen und ihre Wärme in die kleine Höhle im Fels abgeben würden. Die vier Pferde hatten sie als Schutz gegen Kälte und Wind vor dem Eingang angebunden. Mit geschlossenen Augen saß Richard, mit dem Rücken an einen Felsen gelehnt, im hinteren Teil der Höhle. Er sprach hin und wieder leise, war aber noch immer nicht bei Bewusstsein. Leon machte sich Sorgen deswegen. Konni war kurz bei ihm gewesen und hatte erfolglos versucht, Richard ein wenig von der warmen Suppe einzuflößen, die sie aus geschmolzenem Schnee und ein bisschen getrocknetem Fisch bereitet hatte. Flint sah ihr dabei zu und schüttelte wortlos den Kopf. Leon bemerkte es. Als Konni ihren Versuch aufgegeben hatte, kam sie zu Leon, der am Feuer saß.

»Woher wusste dein Bruder, dass wir auf dem Weg nach Venedig sind?«

Leon hatte den ganzen Tag über diese Frage nachgedacht. Es gab nur eine einzige Erklärung.

»Du kennst die Antwort, Konni«, sagte Leon trüb.

»Ben«, nickte Konni nach einer ganzen Weile. Flint sah zu ihnen. Leon nickte ebenfalls.

»Und er hat es ihm bestimmt nicht freiwillig gesagt.« Leon sprach den nächsten Gedanken nicht aus. *Ben ist sicher nicht mehr am Leben.*

»Wenn Richard es weiß, weiß es der verdammte Uther auch«, fluchte Flint und warf einen Stein in die Dunkelheit. Danach redeten sie nicht mehr viel in dieser Nacht. Jeder von ihnen machte sich auf seine Weise große Sorgen um ihre Freunde an der Schule.

Vier weitere Tage und Nächte vergingen, bevor sie Brixen endlich erreichten. Brixen war der größte Ort, den Leon je gesehen hatte, fürstlicher Bischofssitz und ganz und gar aus Stein gebaut. Eine Feuersbrunst hatte die Stadt vor nur vierzehn Jahren beinahe vollkommen zerstört, wie Flint ihnen erzählte. Aber schon jetzt sah man kaum noch Spuren davon. Sie fanden einen Stall für ihre Pferde.

Sie blieben nur einen Tag und eine Nacht in Brixen. Sie fanden ein Hospiz in einem der vielen Klöster der Stadt, in dem sie Richard zurücklassen würden. Nicht ohne im Voraus zu bezahlen. Sollte er je wieder zu sich kommen, würde Leon ihn hier finden und nach Hause holen. Als Leon sich von seinem Bruder verabschiedete, lag dieser auf einem sauberen Bett. Die Mönche hatten ihn gewaschen und gekämmt. Er sah verletzlich aus. Tränen stiegen dem jüngeren Bruder in die Augen, als er sich schweren Herzens zum Gehen wandte. Sie mussten Venedig erreichen. Bald. Die Reise würde noch weitere zehn Tage dauern.

Am Abend aßen sie in einer Taverne. Von den Leuten dort erfuhren sie, dass Friedrich ein Jahr zuvor eine furchtbare Niederlage vor Parma erlitten hatte und fliehen musste. Offenbar unterstützte der Papst die lombardischen Städte, obwohl sie für ihn selbst ebenso eine Bedrohung waren wie für Friedrich. Die drei Freunde würden sich auf dem letzten Teil des Weges in Acht nehmen müssen.

Gegen Mittag des nächsten Tages zogen sie durch das östliche Tor der Stadt. Flint ritt voraus. Leon saß auf der Stute, die zuletzt seinen Bruder getragen hatte. Dahinter kam Konni. Sie führte das vierte Pferd, beladen mit Vorräten, hinter sich her.

Sie trieben ihre Reittiere einen ansteigenden Weg zum Ritten-

Massiv hinauf. Im Norden sahen sie schon bald das Rittner Horn emporragen, bevor es schließlich im Schneegestöber verschwand und während der folgenden zwei Tage nicht mehr zu sehen war. Der Wind nahm zu, und die drei Freunde stemmten sich ihm mit aller Kraft entgegen. Sie trieben die Pferde jetzt Tag und Nacht an. Das Schneegestöber war so dicht, dass Leon oftmals Mühe hatte, Flint zu sehen, obwohl er direkt vor ihm ritt. Zwischendurch aßen sie von den gefrorenen Vorräten. Ein Weg war schon lange nicht mehr zu erkennen. Sie hielten sich daher so, dass sie den Wald zur Rechten und die Flanke des gewaltigen Hochplateaus zur Linken hatten. Als die Pferde vor Erschöpfung umzufallen drohten, hielten sie an und rasteten zwischen den verschneiten Bäumen. An Schlaf war bei der Kälte nicht zu denken. Flint gelang es immerhin, ein kleines Feuer zu entfachen, um das sich die drei Freunde bis zum Morgengrauen drängten. Die aufgehende Sonne war durch das Schneetreiben nur als fahles Leuchten im Osten zu erkennen.

»Was denkst du, wie lange noch?«, fragte Leon an Flint gewandt. Beide zitterten vor Kälte.

»Kommt darauf an, ob wir noch auf dem Weg sind«, antwortete der. »Ich kann bei dem Wetter nichts erkennen und bin froh, dass noch keiner von uns in eine Felsspalte gefallen ist. Wenn wir halbwegs richtig sind, dann dauert es noch mindestens zwei Tage, bis es wieder bergab zur Via Alpini geht. Dann wird es einfacher. Das Wetter wird da unten auch nicht ganz so grausam sein wie hier.« Flint musste die letzten Worte schreien, so sehr heulte der Wind. Aber Flint sollte am Ende recht behalten.

Sie erreichten Solighetto und die Ebene vor Venedig am Mittag des 28. Dezember 1248. Am folgenden Tag überquerten sie den Fluss Piave bei Priula und übernachteten in Treviso. Zwei

Tage später erreichten sie Venedig. Alle drei waren vollkommen erschöpft. Leon hatte Fieber.

Und erst jetzt sollte der wirklich schwierige Teil ihrer Mission beginnen.

Venedig

Wir können da nicht einfach reinspazieren. Auch nicht mit einem freundlichen ›Hallo‹. Wir müssen uns was anderes einfallen lassen.« Flint spuckte ins Wasser und sah hinüber zur anderen Seite des Canal Grande und zum Palazzo von di Padua.

Am frühen Morgen hatten die drei Freunde ein Boot geliehen, um an die dem Kanal zugewandte Seite des Palastes zu gelangen. Genau genommen hatte Konni das Boot gestohlen, aber sie würden es zurückbringen, wenn sie die Zeit dazu fänden. Sie waren von Cannaregio auf der nördlichen Seite der Stadt durch schmale Kanäle bis zum Canal Grande gerudert. Der Kanal war breit und um diese Tageszeit voller Menschen in Booten und Schiffen. Waren wurden verladen. Überall Geschäftigkeit. Männer schrien sich Dinge zu, die die drei kaum verstanden. Wenn man sich, so wie Konni und Leon, mit Latein auskannte, konnte man die italienischen Worte halbwegs zuordnen. Doch die vielen Gondolieri, Fischer, Mägde und Händler sprachen in einem ungeheuren Tempo und in einem Dialekt, der schwer zu verstehen war. Venedig war eine atemberaubende Stadt. Gebaut im Wasser oder auf Inseln inmitten einer Lagune, wirkte die Stadt wie einer Sage entsprungen. Die Inseln waren durch zahllose Brücken und Stege miteinander verbunden. Leon hatte so etwas noch nie gesehen. Die Stadt und ihre Bürger waren reich. Überall sah man prunkvolle Kirchen, Paläste und Häuser. Während der vergangenen Stunden waren die Freunde aus dem Staunen kaum herausgekommen.

Doch Leon fühlte sich an diesem Morgen noch immer hundeelend. Seine Erkältung war nicht wirklich besser als am Vortag. Er hatte starke Kopfschmerzen, und seine Nase lief ohne Unterlass. Dauernd musste er niesen und schnäuzte sich in ein dreckiges Tuch, das der Wirt ihres Gasthauses ihm nach viel Gezeter gegeben hatte. Er hatte zwei Kupfermünzen dafür haben wollen, und Leon hatte sie ihm am Ende trotz Flints Protest gegeben. »Besser, als sich die ganze Zeit in den Ärmel zu rotzen«, hatte Konni gesagt.

Sie waren bis zu einem Anleger am Campo de la Pescaria gerudert, hatten dort festgemacht und saßen nun auf dem sanft schaukelnden Boot, während sie auf eine Eingebung warteten. Die Frage war, wie sie ungesehen in den Palast gelangen sollten. Der protzige Palazzo di Paduas war drei Stockwerke hoch. Die Fassade bestand aus zahllosen Säulen mit byzantinischem Zierwerk. Im ersten Stockwerk gingen hohe verglaste Fenster auf den Kanal hinaus, im Stockwerk darüber war ein Balkon zu sehen, der über die ganze Breite der Wasserfront reichte. Die Fassade war überall mit Figuren aus Terrakotta verziert. Gesichter, Wappen und fantastische Tiere. Di Padua musste wirklich sehr reich sein. Leon sah zu Konni und schnäuzte sich. »Was denkst du?«

»Ein Paradies für Fassadenkrabbler«, meinte Konni. »Das ist so leicht, da klettert meine Großmutter dran hoch.«

»Klettert sich nur ein bisschen blöd mit lauter Pfeilen im Hintern.« Flint deutete auf die bewaffneten Männer, die sowohl am Anlegesteg vor dem Gebäude als auch auf den Balkonen postiert waren. Di Padua hatte offenbar viele Feinde. Oder Neider. Selbst auf dem Dach des Hauses waren Männer zu sehen.

Neben dem Steg zum Anlegen und Festmachen der Boote sah Leon ein Gittertor am Fuß der Fassade. Dahinter lag ein breites Gewölbe über einem Wasserbecken. Man konnte offenbar mit dem Boot direkt unter das Haus fahren. Auch dort standen Männer neben einem der vertäuten Boote. Hinter ihnen führte eine breite Marmortreppe aufwärts in das Innere des Palazzos.

»Das können wir vergessen«, sagte Flint. »Da kommen wir nie rein. Und selbst wenn uns das durch ein Wunder gelingt, wie sollen wir in einem so riesigen Haus einen einzelnen Papyrus finden? Die Abschrift kann überall sein.« Flints Laune hatte sich in den letzten Tagen nicht gebessert.

Konni schüttelte den Kopf. »Wenn wir erst mal drin sind, werden wir die Abschrift schon finden. Keine Ahnung, warum das so ist, aber die meisten reichen Säcke verstecken ihre wertvollsten Sachen immer in denselben Räumen an denselben Stellen.« Leon sah sie fragend an. »Im Arbeitszimmer oder im Schlafgemach«, ergänzte sie. Konni zuckte mit den Schultern. »Ist so.«

Leon fragte sich in diesem Moment, in wie viele solcher Häuser Konni wohl schon eingebrochen war. Immerhin konnte sie sich die Studiengebühr an Maraudons Schule leisten, und das war sicher keine geringe Summe. Eher ein Vermögen. Hatte sie sich das wirklich alles zusammengestohlen?

Konni sah Leons Blick und sagte: »Jetzt guck nicht so empört. Nicht einer von diesen satten Fettsäcken hat so großen Reichtum verdient. Auf den Rücken der Bauern und armen Leute häufen sie das an. Es ist nur gerecht, wenn hin und wieder mal einer von ihnen ein Scherflein abgibt.«

»Das löst aber noch nicht das Problem, wie wir da reinkommen«, bemerkte Flint. Leon bekam einen Niesanfall. Konni sah ihn an.

»Mann, du siehst scheiße aus, Leon.«

»Danke schön«, näselte Leon, nickte dann aber. »Mir ging's auch wirklich schon mal besser.«

»Bist du dir sicher, dass wir das hier durchziehen wollen? Wir können noch ein, zwei Tage warten, bis es dir wieder besser geht. Oder Flint und ich gehen ohne dich da rein.« Leon schüttelte den Kopf. Sie hatten das in den letzten Tagen ein paarmal besprochen. Natürlich wäre es im Sinne der Verstohlenheit besser, Konni ginge allein hinein. Die Wahrscheinlichkeit, entdeckt zu werden, war für sie allein viel geringer. Doch andererseits konnten sie sich zu dritt weitaus besser zur Wehr setzen, sollten sie von einzelnen Wachen oder Bediensteten aufgehalten werden. Sicher waren auch Familienmitglieder di Paduas zugegen, auch wenn der Hausherr, wie sie herausgefunden hatten, verwitwet und seitdem unverheiratet geblieben war. Nein, sie mussten zu dritt in den Palazzo gehen, zumal sie sich dann auf ihrer Suche zur Not auch aufteilen konnten, sollte die Zeit knapp werden. Zum wiederholten Mal fragte sich Leon, wie weit er gehen würde, wenn sie während ihrer Suche auf Widerstand stoßen würden. Würde er einen Menschen für die Abschrift töten? Der Wildererjunge – oder vielmehr der Dämon in ihm – würde es tun. So viel war klar. Aber Leon wollte das um jeden Preis vermeiden.

»Wir können nicht warten«, beantwortete Leon Konnis erste Frage. »Uther hat die Rezeptur. Er wird sie studieren und weiter einsetzen. So wie er es schon getan hat. Wir müssen uns beeilen, ihre Macht zu brechen. Wir brauchen das Wissen der Abschrift di Paduas. Jeder Tag, jede Stunde zählt. Solange Uther im alleinigen Besitz des Wissens ist, kann er jeden anderen seinem Willen unterwerfen.« Leon dachte an Cecile, und seine Brust schnürte sich zusammen. »Wir müssen da rein. Noch heute Nacht.«

Einige der bewaffneten Männer sahen jetzt zu ihnen herüber.

»Hier haben wir genug gesehen.« Flint löste die Vertäuung des Bootes und machte sich daran, entlang des Ufers außer Sichtweite zu rudern. Das Boot schwankte.

»Wir müssen irgendwie an die Rückseite des Gebäudes gelangen. Oder von einem Gebäude rechts oder links davon reingehen.«

»Ich bin gestern Abend da gewesen«, sagte Konni.

»Wo?«, fragten Leon und Flint gleichzeitig.

»Auf der Rückseite des Palazzo.«

Flint und Leon sahen ihre Freundin erstaunt an. »Wann? Und warum hast du das nicht erzählt?«

»Ihr habt nicht gefragt.« Das stimmte. Leon hatte den ganzen Abend und die Nacht über mit seiner Erkältung zu kämpfen gehabt. Er hatte auf dem Stroh in der Gästekammer gelegen, während Flint unten im Schankraum gesessen hatte und irgendwann, ordentlich angetrunken, aufs Zimmer gewankt war. Konni hatten sie erst wiedergesehen, als sie am Morgen alle gemeinsam aufbrachen. Sie hatte ein Boot, und alle waren so damit beschäftigt, den Weg von der Taverne zu di Paduas Palazzo auszukundschaften, dass keiner gefragt hatte, wo Konni die ganze Nacht über gesteckt hatte.

Jetzt berichtete sie. »Ich bin zuerst nicht wirklich nahe an das Gebäude herangekommen. Der nächstgelegene Kanal ist ein ganzes Stück vom Palazzo entfernt. Es gibt aber ein paar schmale Gassen so wie die Via Mari. Über sie gelangt man auf die Rückseite des Palazzo, aber auch da stehen erst einmal andere zweistöckige Gebäude im Weg. Ich fand heraus, dass zwischen ihnen und der Rückseite der Paläste am Canal Grande entweder Höfe, Gartenanlagen oder aber große, hölzerne Lagerhallen stehen. Viele Palastbewohner sind verdammt reiche Kaufleute und haben ihre Lager mit den wertvollsten Waren lieber direkt in ihrer Nähe. Auch die Lager sind bewacht. Aber nicht so stark wie der Palazzo di Padua.«

»Meinst du, hinter di Paduas Palazzo steht auch so eine Lagerhalle?«, fragte Flint.

»Ja, ich weiß es. Weil ich drin war.«

Leon sah Konni erstaunt an. »Du bist in die Lagerhalle eingebrochen?«

»Klar. Wenn ich schon mal da war, konnte ich mir das ja auch gleich mal anschauen, oder?«

Leon schüttelte den Kopf. Konni überraschte ihn immer wieder.

»Wenn niemand da ist, ist es stockfinster in dem Lager. Es gibt keine Fenster. Wahrscheinlich, um es mir und meinen Zunftgenossen nicht allzu leicht zu machen. Außerdem stehen da überall Wachen rum.«

»Wie bist du dann reingekommen?«, wollte Flint wissen.

Konni zuckte mit den Schultern. »Über das Dach. Zwischen den Lagerhäusern ist manchmal ein schmaler Spalt, in dem man sich nach oben schieben kann. Auf dem Dach angekommen, kann man ein paar Holzschindeln beiseiteschieben und sich reinhangeln. Ein Spaziergang. Es liegen da überall riesige Stapel von Fellen und Tuchballen herum. Ich konnte mich vom Dachbalken aus einfach fallen lassen.«

»Und dann?«

»Wie gesagt, es war stockfinster. Hätte ich nicht ein Loch in das Dach gemacht, ich hätte die Hand vor Augen nicht gesehen. Ich konnte mich bis zum hinteren Ende des Lagers durchschleichen. Ein paar Leute kamen zwischendurch rein. Mit Lampen. Stellten was ab oder holten irgendwas. Ich hörte sie herumkramen. In dem Lager kann man sich überall prima verstecken. Liegt ja alles Mögliche rum, um darunterzukriechen. Als die Leute alle weg waren, bin ich durch eine kleine Holztür hinten raus. Und wäre beinahe mit der Stirn gegen den Palast geknallt. Da ist nur ein ganz schmaler Zwischenraum. Links von mir ging's eine Treppe rauf. Zu einem Eingang. Aber da war ein Gitter davor und ein Mann dahinter. Deshalb hatte ich keine Lust, das aufzumachen. Dürfte aber möglich sein. Müsste man nur den Mann da wegmachen. Hab mir stattdessen die Mauer genauer angeschaut. Die ist ganz mürbe und durchweicht von der Feuchtigkeit. Da kannst du dich mit 'nem morschen Holzlöffel durchkratzen.«

»Wirklich?«, unterbrach Leon.

»Wirklich. Ich habe nur ganz kurz mal mit dem Dolch rumgestochert und hatte schon gleich zwei Steine lose. Die Ziegelsteine selbst sind hohl. Die machen das hier wegen dem Gewicht. Die Häuser sind auf Stelzen im Wasser gebaut. Wenn das Gewicht also zu groß ist, werden die Stelzen noch weiter runtergedrückt. Keine Ahnung, wie dick die Mauern an der Stelle sind. Bestimmt nicht mehr als zwei Ellen. Es könnte leicht klappen, da ein Loch durchzukratzen.«

Leon überlegte. *Ja, das könnte klappen.*

Weil niemand etwas sagte, legte Konni nach: »Wenn wir abwechselnd zu zweit arbeiten und immer einer aufpasst und sich dabei ausruht, könnte das in ein paar Stunden erledigt sein, und wir wären im Erdgeschoss des Palazzo.«

Flint schüttelte den Kopf. »Das ist ein blödsinniger Plan.«

»Hast du einen besseren?«, sagte Konni und schob das Kinn vor.

»Wir könnten vorne unter dem Gitter zu dem Becken durchtauchen. Dann wären wir an den vordersten Wachen vorbei.«
Wie zur Antwort darauf bekam Leon einen heftigen Niesanfall. »Da holen wir uns den Tod«, schniefte er, als der Anfall vorüber war. »Über das Dach kommen wir nur rein, wenn wir die Wachen oben überlisten. Durch die Paläste nebenan könnten wir uns natürlich auch durchgraben, aber dann müssten wir schon in zwei Paläste einbrechen. Und uns zudem gleich durch zwei Außenmauern durchgraben. Nein, ich fürchte, Konnis Plan ist zwar gefährlich, aber einen besseren haben wir gerade nicht.«

»Gab es zum Lager raus Fenster in den oberen Etagen des Palastes?«, versuchte Flint es ein letztes Mal.

»Klar«, sagte Konni. »Sind aber alle vergittert. Der Abstand zwischen der hölzernen Lagerhalle und den Palastmauern ist allerdings so schmal, dass man sich dazwischen mit gestreckten Beinen einfach hochschieben könnte. Vom Dach der Lagerhalle aus käme man sogar direkt an eines der Fenster heran. Ich denke, deshalb sind die Gitter da. Verdammt stabile Eisenstangen.«

Leon überlegte und sagte schließlich: »Lasst es uns mit Konnis Plan versuchen.« Eine Weile lang schwiegen sie.

»Und was machen wir, wenn wir drin sind?«, wollte Flint wissen.

»Dann machen wir den nächsten Plan«, sagte Konni.

Der Kaufmann Giancarlo Lorenzo di Padua war an diesem Abend überaus gelöster Stimmung. Ja, er war regelrecht berauscht. In Begleitung zweier bewaffneter Diener eilte er die breite Marmortreppe im Innenhof seines Palazzo hinauf. Bei jedem einzelnen Schritt beglückwünschte er sich selbst zur freudvollen Blüte seiner brillanten Existenz.

Er war reich! Und es war wohl die Aussicht auf noch größeren Reichtum, die seine Schritte beflügelte. Die fein gesponnenen Gewebe ausgehandelter Verträge und Handelsbeziehungen griffen seit dem heutigen Tag nunmehr perfekt ineinander. Endlich vollkommen. Ein gewaltiges Werk, entworfen allein in seinen Gedanken. Ermöglicht und beflügelt durch di Paduas ungeheure rhetorische Kraft. Eine Gewalt in Sprache und Stimme, die es ihm ermöglichte, andere im Handumdrehen für sich und seine Sache einzunehmen, Widerstände und Vorbehalte seiner Verhandlungsgegner auf eine nahezu magische Art zu brechen. Di Padua wusste, dass es keine Magie war. Hatte er die Rezeptur doch mit eigenen Augen gelesen und ihre Verwendung über einen Zeitraum von mehreren Jahren nach und nach erlernt. Es waren Muster der Macht, die seitdem, in Worte gekleidet, über di Paduas Lippen glitten. Wie Schatten senkten sie sich in die Gedanken seiner Zuhörer. Ob Freund oder Feind. Sanft und zugleich hinterhältig drangen sie ein. Worte, die im Kopfe sichtbare Formen und Strukturen bildeten, Vorhandenes aufnahmen und sich schließlich zu festen Figuren und Gebäuden fügten, die den Ahnungslosen am Ende zu einer Reaktion bewegten, die ganz in di Paduas Sinne war.

Die Rezeptur des Hermes Trismegistos. Uralt. Mächtig und verloren geglaubt. Schon bei den ersten Proben dieser Kunst, die auf einer jahrhundertealten Abschrift in schlichten Anweisungen vermerkt waren, war di Padua das Ausmaß seiner Entdeckung bewusst geworden. Er stand noch immer erst am Anfang. Aber wenn selbst jetzt schon wenige Worte es vermochten, andere umzustimmen, wie viel Macht war dann im Verlauf seines weiteren Studiums zu erwarten?

Während di Padua über die glatten Fliesen seines Palazzo in Richtung seiner privaten Gemächer eilte, rekapitulierte sein niemals ruhender Geist die soeben beendeten Verhandlungen. Es war so einfach gewesen. Ein Spaziergang. Bei dem Gedanken an seine übervorteilten Gegner schürzte er genüsslich die schmalen Lippen, und schließlich brach eine helle schadenfrohe Stimmung hervor wie flüssiger Dotter aus einem zerbrochenen Ei. Seine Diener folgten ihm durch ein Portal in einen weiteren Korridor, und ihre Rüstungen gaben bei jedem Schritt ein leises eisernes Klirren von sich.

Es waren gefährliche Zeiten. Die Reiche waren seit der Absetzung Friedrichs durch Papst Innozenz vor drei Jahren ohne Kaiser, und große Königshäuser stritten um die Macht. Gleichzeitig stopften sich die Fürsten allerorts die Taschen voll, denn solange kein Kaiser ihnen Einhalt gebot, hinderte sie niemand daran. Die Welt verlotterte. Überall lauerten Beutelschneider und Räuber, Intriganten und Mörder. Doch Giancarlo Lorenzo di Padua verschwendete seine Gedanken selten auf Sorgen dieser Art. Er überließ sie dem gemeinen Volk. Der Kaufmann hatte im Grunde schon lange gar keine Sorgen mehr. Zum einen wegen seines über Jahrzehnte angesammelten epischen Reichtums, zum anderen durch die Protektion, die er sich davon erkaufen konnte. Wächter, Dogen, Söldner. Der Preis war zwar nicht unerheblich, jedoch angesichts der beinahe unermesslichen Mittel di Paduas eine geradezu läppische Investition.

Der achtundfünfzigjährige Abkömmling eines umbrischen Olivenbauern – eine Herkunft, die sein bestgehütetes Geheimnis darstellte – unterhielt seit nun etwas mehr als drei Jahrzehnten Kontore und Handelshäuser in der halben Welt. Stetig hatte di Padua im Laufe der vergangenen Jahre Ränke geschmiedet und am Ende schließlich eine Reform des Geldwesens bewirkt. Geld ließ sich nunmehr mittels simpler Unterschrift auf einem Pergament von einem Teil der Welt zum anderen transferieren.

Vorbei an Zöllen, Fürsten, Wegelagerern und anderen Blutsaugern, die es auf sein Vermögen und das jedes anderen reichen Kaufmannes abgesehen hatten. Di Padua besaß unter verschiedenen Namen Silberminen in den Alpen und eine riesige Flotte aus Handelsschiffen im Mittelmeer. Er handelte mit Holz aus Skandinavien, Wein aus Frankreich, Deutschland, Spanien und Italien. Mit Glas aus Böhmen und aus dem Riesengebirge, Pelzen aus Russland und Getreide aus den vor dem Kaukasus gelegenen Ländereien. Riesige Fuhrwerke, zu langen Kolonnen zusammengefügt, transportierten unter dem Schutz ganzer Heere von Bewaffneten sein Salz, seine Heringe, seine Gewürze, seine Wolle quer durch Europa.

Die Menschen kauften sein Tuch, sein Fleisch, sein Obst. Di Padua diktierte den Wollmärkten seinen Preis, ebenso dem Handel mit Erzen und Gold.

Vom heutigen Tage an würde er auch den Geldmarkt beherrschen, weil er berechtigt war, den venezianischen Geldleihern den Zins zu diktieren, und ein nahezu uneingeschränktes Kaufrecht für Kredite diesseits und jenseits der Alpen besaß. Schon lange übernahmen er und seine Strohmänner Schuldscheine und Wechsel von Muslimen, Christen und Juden, denn sein Geschäft kannte keine Konfession.

Vor allem die Übernahme der jüdischen Kredite hatte di Padua zuletzt noch reicher gemacht. Christen wie ihm war es nicht gestattet, für verliehenes Geld Zinsen zu nehmen. Die Kirche verbot jeden Wucher, und di Padua verspürte nicht das geringste Verlangen, auf einem öffentlichen Platz über einem brennenden Haufen aus Holz und Reisig bei lebendigem Leibe gebraten zu werden.

Nur ein einziges Mal hatte er einer Veranstaltung dieser Art beigewohnt. Als im Verlauf der makabren Vorstellung flüssiges

Fett aus der aufgeplatzten Haut der schreienden Delinquenten tropfte, hatte di Padua sich in seiner Loge still übergeben und sich darauf rasch vom Schauplatz entfernt. Nicht etwa, weil Mitleid sein Herz beschwert hätte. Es war lediglich die Vorstellung von körperlichem Schmerz, welche di Padua seit seiner Kindheit verabscheute.

Seine älteren Brüder hatten ihn einmal mit verbundenen Augen und geknebelt an einen Olivenbaum gefesselt und ihn in der glühenden Mittagshitze mit allerlei Beschreibungen seines bevorstehenden Martyriums gequält. Die Folter hatte schließlich nicht stattgefunden. Doch der kleine Giancarlo hatte sich, sehr zum Gespött seiner Peiniger, in seine Beinkleider entleert. Als sein Onkel ihn spätnachts frierend und beschmutzt am Baum fand, weinte er immer noch.

Szenen wie diese gab es in der Folge häufiger. Es war, als hätten sich sämtliche Kinder des Dorfes in geheimer Abstimmung auf ihn als Opfer geeinigt. Und es blieb nicht bei Beschreibungen. Sie quälten ihn. Einmal sahen seine Brüder grinsend dabei zu, wie zwei starke Jungen den kleinen Giancarlo hielten, während ein dritter ihm einen rauen Olivenast in den Anus zwang. Er hatte geschrien. Vor Pein, Verzweiflung und Scham. Aber am schlimmsten war der Schmerz. Er schnitt von seinem Hinterteil hinab in die Beine und bis hinauf zu seiner Kopfhaut. Wie ein Messer aus kaltem Eisen. Ein Schmerz, der ihn schließlich ohnmächtig werden ließ und später noch jahrelang nachhallte. Auch jetzt schüttelte es di Padua bei der Erinnerung daran.

Er hatte es seinen Brüdern später heimgezahlt, indem er sie eines Nachts aus ihren Ehebetten direkt an Bord einer Galeere hatte verschleppen lassen. Die Galeere war vier Jahre später in einem Sturm vor Zypern untergegangen. Ob seine Brüder zu diesem Zeitpunkt noch lebten, wusste di Padua nicht. Selbst gewöhnliche Rudersklaven waren ungeheuren Torturen ausgesetzt und starben wie die Fliegen. Doch seine Brüder waren keine *gewöhnlichen* Rudersklaven. Der Kaufmann hatte dafür gesorgt, dass ihnen eine Sonderbehandlung zuteilwerden würde. Geringere Essensrationen, dafür mehr Schläge. Diese Vorstellung hatte di Paduas Hass in der Folgezeit etwas gelindert. Als Zeugen seiner ärmlichen Herkunft mussten auch die Familien seiner Brüder sowie alle Bekannten von damals zum Schweigen gebracht werden. Er hatte sie alle töten lassen, noch in derselben Nacht, als er auch die Brüder holen ließ. Man schilderte ihm später, wie die gedungenen Mörder sich stundenlang an Frauen, Töchtern und Söhnen vergangen hatten, bevor sie ihnen schließlich die Kehlen durchschnitten. Doch auch angesichts dessen rührte kein Mitleid das Herz des Kaufmanns. Es war immun gegen die Leiden der anderen. Imprägniert wie eine gut geölte Schweinsblase.

Doch wenn es um seinen eigenen Schmerz ging, war der Kaufmann seit den Ereignissen seiner Kindheit sehr empfindlich. Die Zahnschmerzen etwa, die ihn von Zeit zu Zeit heimsuchten, ertrug er nur, indem er sich bis zur Besinnungslosigkeit betrank. Und der Anblick der armen Teufel auf den Scheiterhaufen der Kirche schreckte ihn, nicht aus Mitgefühl, sondern wegen der Erinnerung an den vergangenen Schmerz, noch heute. Nein, mit der Kirche musste er sich unbedingt gut stellen.

Die Einschränkung, keinen Wucher treiben zu dürfen, umging di Padua ganz einfach, indem er den Juden den Zins erließ und sie stattdessen zur Abnahme seiner Waren verpflichtete. Zu erheblich erhöhten Preisen natürlich. So einfach war das. Der Kaufmann lächelte, und ein Gefühl der Erregung überflutete seinen durch allerlei Luxus auf milde Weise verweichlichten Körper.

Angeführt von di Padua, gelangte die kleine Gruppe über einen langen Korridor, der von edlen Vasen und prunkvollen Marmorstatuen gesäumt war, zu einem kleinen Rondell, in dessen Mitte eine Büste des Kaufmanns auf einem Sockel aus schwarzem und glänzend poliertem Marmor thronte. Di Padua blieb vor dem steinernen Abbild seiner selbst stehen, um ihm gedankenverloren über die kühle steinerne Wange zu streichen. Einer der Diener sah verlegen zu Boden. Der andere richtete seinen Blick an di Padua vorbei auf einen Wandteppich. Noch einen weiteren, verträumten Moment lang sah der Kaufmann auf sein durch einen namhaften Florentiner Künstler erschaffenes Ebenbild. Die Büste stellte ihn in heroischer Pose nach Art antiker Götterstatuen dar. Mit seitlich gewandtem Kopf und himmelwärts gerichtetem Blick. Das Haupt von kühnen Locken umspült. In ihrer jugendlichen Anmut überhöhte die Büste den beinahe sechzigjährigen Mann maßlos. Der echte di Padua lächelte ein selbstgefälliges Lächeln. Noch einmal überwältigte ihn das Gefühl des Triumphes wegen des soeben getätigten Geschäftes.

Die erheblichen Widerstände seiner Verhandlungspartner hatte er durch sein zum Stilett geschärftes rhetorisches Vermögen kurzerhand ins Gegenteil gewandt. Eine Serie gezielter Listen, falscher Deduktionen, Kontrahierungen, die Anwendung der Isolation, diverse verbale Rückstellungen und vertikale Verwerfungen, paradoxe Aufforderungen und weitere Interventionen aus dem Arsenal seiner jahrelang erweiterten rhetorischen Kunst hatten die Gemeinschaft von Kaufleuten, einflussreichen Bürgern und Advokaten in die irrige Annahme geleitet, sie selbst wären am Ende Sieger der Verhandlung gewesen. Der so entstandene Vertrag – auf gänzlich falschen Annahmen beruhend – würde seinen Einfluss unter den Geldverleihern von Venedig bis hinauf nach Hamburg und Lübeck ungemein ausbauen. Di

Padua lächelte erneut und strich über seinen säuberlich und nach der Mode der reichen Venezianer gestutzten Bart, als er sich schließlich von seinem eigenen Anblick losriss. Er und seine zwei Begleiter setzten darauf ihren Gang über die weiten Flure und Treppen des Hauses fort.

Besonders stolz war di Padua über alledem auf die erfolgreiche Anwendung ebenjener Rezeptur, deren Abschrift ihn beinahe die Hälfte seines angehäuften Vermögens gekostet hätte. Dass es zu dieser beträchtlichen Zahlung nicht gekommen war, lag an der Anwendung einer alternativen, auf den Tod des Besitzers gerichteten Lösung. Di Padua hatte den mehr als naiven Hehler kurzerhand in den winterlichen Kanal werfen lassen. Di Padua und seine Wachen hatten dabei zugesehen, wie der Mann samt seinen drei Bewachern unter der dünnen Eisdecke im Canal Grande versank und nicht mehr auftauchte. Beinahe auf den Tag genau drei Jahre war das nun her. Damals hatte er die wahre Macht der Rezeptur noch nicht erkannt. Hätte di Padua das ganze Ausmaß der auf brüchigem Papyrus festgehaltenen Weisheit begriffen, dann wäre er sofort bereit gewesen, sein ganzes Vermögen für dieses Wissen herzugeben. Das so investierte Geld wäre innerhalb kürzester Zeit zu ihm zurückgeflossen.

Vor ihm, di Padua, waren große Männer im Besitz der Rezeptur gewesen. Heraklit, Salomon, Alexander der Große, Augustus, Seneca, Mohammed, Harun al Raschid, Karl der Große, Bernhard von Clairvaux, Lancaster. Allem Anschein nach sogar der Heiland selbst. Er und alle anderen hatten das Wissen benutzt und zugleich das Original der Schrift des Trismegistos geschützt. Auch wenn dies hier nur eine Abschrift war, die sich zuletzt im Besitz des heiligen Antonius befunden hatte, so war sie doch mächtig. Nun war es an ihm, sie zu verwenden, die Schattenwort-Rezeptur.

Di Padua und seine Begleiter waren jetzt bei den privaten Gemächern angekommen. Ein weiterer Diener öffnete den Flügel einer hohen Tür an der Stirnseite des Korridors. Für einen kurzen Moment sah di Padua sein eigenes Antlitz auf dem mit Wachs spiegelglatt polierten Edelholz. Und erneut gefiel ihm, was er sah, auch wenn dieses Bild jener marmornen Büste in keiner Weise gleichkam. Die Locken fehlten, denn di Padua hatte niemals Locken gehabt. Genau genommen hatte di Padua überhaupt kein Haar mehr auf dem Kopf. Zumindest kein echtes. Trotzdem mochte er den Anblick dieses in vornehme Stoffe gehüllten Edelmannes, der sich soeben anschickte, sein Vermögen in Höhen zu katapultieren, von denen ganze Reiche und ihre Herrscher nur träumen konnten.

Wenige Momente später gelangten sie vor eine weitere Tür, hinter der seine Gemächer lagen. Die Bewaffneten postierten sich seitlich des Eingangs, während ein Kammerdiener von innen lautlos beide Türflügel öffnete. Sofort eilte ein weiterer Diener herbei und nahm seinem Hausherrn Mantel, federgeschmückten Hut und Perücke ab, während ein dritter ihm aus den verschmutzten Stiefeln half. Der zweite Diener erschien nun erneut, um di Padua in den Hausmantel zu helfen. Ein ebenso kostbares wie prachtvolles Kleidungsstück aus bestickter Seide, das di Paduas enorme Fülle um Bauch und Hüften zu kaschieren vermochte. Man reichte ihm ein hohes, fein geschliffenes Glas, welches einer der Diener mit kostbarem Wein füllte.

Di Padua schwenkte das edle Bleikristall, indem er es locker am Stiel hielt, mit einer sachten Bewegung seines ausgestellten Armes und schlenderte dabei langsam zu einem der drei hohen Fenster, die auf den Canal Grande hinaussahen. Er führte das Glas an die Lippen. Das fruchtige Aroma von Johannisbeere, Akazienblüte und leichtem Mineral drang an seine feine Nase. Er sog den Duft ein. Ein edler Tropfen, gereift an den Hängen von Pouilly-sur-Loire im Frankenreich. Nach kurzem Innehalten füllte di Padua seinen geschulten Mundraum mit einem winzigen, köstlichen Schluck des Weines, der weit gereist war, um ihn nun zu erfreuen. Genüsslich ließ er das sich entfaltende Aroma im Mund verweilen, bevor er den delikaten Körper des teuren Getränks durch Hals und Speiseröhre herabrinnen ließ. Wärme stieg in ihm empor. Versonnen spürte er dem Echo des Weines nach, während sein Blick über den nächtlichen Canal Grande schweifte.

Di Padua beschloss in diesem Moment, die heutigen Ereignisse durch ein besonderes Fest am Abend zu würdigen. Er würde sich wie immer einige dieser kindlichen Knaben bringen lassen und sie für seine sublimen Fantasien herrichten lassen. Er würde dabei noch mehr von diesem wunderbaren Tropfen zu sich nehmen, zusammen mit einem Festmahl aus Fasan, gebackenem Fisch und allerlei Zuckerwerk für die Kleinen. Di Padua lächelte. Leichter Schneefall setzte vor den bleigefassten Gläsern des Fensters ein. Über allem lag eine Stille, die durchtränkt war von Wohlgefühl. Die Glocken der Basilica di San Marco läuteten in der Winternacht.

Der Schlag traf ihn aus dem Nichts. Schmerz explodierte in di Paduas Nacken. Der Kaufmann taumelte und vermochte nicht zu fühlen, wo genau am Kopf er getroffen war. Die Aussicht auf den Canale zerstob wie Funken in seinem Bewusstsein. Lichtblitze tanzten hinter seinen weit aufgerissenen Augen, als das Weinglas seiner erstarrten Hand entglitt und am marmornen Boden zu tausend glitzernden Splittern zerschellte. Di Padua nahm einen Schatten wahr, der sich an seiner Seite bewegte. Einen Herzschlag später spürte er ein heißes Brennen an seiner Kehle. Sein Atem geriet zu einem Rasseln, als habe er sich an einer größeren Menge zäher Flüssigkeit verschluckt.

Ungläubig umfasste er seine Kehle, als ihn ein zweiter Stoß in den Rücken gegen die Bleiverglasung des Fensters schmetterte. Das Glas zersplitterte genau wie der Weinkelch zuvor, und der Körper des Kaufmanns stürzte nach vorne, hinab in die plötzliche Kälte der Nacht. Er hustete noch im Fallen eine dunkle, schäumende Flüssigkeit, die sich über beide um den Hals gelegten Hände und auf die kostbare Seide seines Gewandes ergoss, während er sich kopfüber um sich selbst drehte. Das Geräusch des Windes schwoll im Fallen zum Sturm. Flatternde Gewänder.

Ein harter Aufprall, und für ein paar Momente setzte der Herzschlag in der Finsternis des Kanals gänzlich aus. Betäubung. Dann kam die Kälte. Obwohl seine Lippen in plötzlichem Schock aufeinandergepresst waren, spürte di Padua seltsamerweise Wasser in seine Lungen dringen. Kaltes Eis breitete sich in seinem Brustkorb aus. Mit vor Schmerz und Kälte kraftlosen Armen ruderte er durch das schwarze Element, während sich seine Kleider voll Wasser sogen und ihn langsam zum Grunde des Kanals zogen. Die Kälte fraß nun am ganzen Körper, an jeder Stelle seiner Haut wie ein gieriges Tier. Während er durch die Schwärze zum stinkenden Morast des Grundes hinabsank, füllte sich sein nun vor blanker Empörung schnappender Mund mit Unrat und Exkrementen. Das Abwasser der Haushalte, Gerbereien, Schlächtereien, Fischstände, Märkte. Aller Dreck über die Gosse in die Kanäle der Stadt gespült. Di Paduas geschulter Mund, der zuletzt so wohlgefasste Worte zu formen in der Lage gewesen war, füllte sich mit den Abfällen der Stadt. Ekel erfüllte einen Teil seines nur noch schwachen Bewusstseins. Als der Atemreflex schließlich siegte, drang eine weitere Flut bracken Wassers in seine Atemwege.

Venedig, jene Stadt, die Mittelpunkt des Weltenraums geworden war, zu dessen Herrscher di Padua sich selbst auserkoren hatte, erwürgte ihren eitlen Sohn mit ihrem Ausfluss an Exkrementen. Dann erlahmten die Glieder des Kaufmanns. Er trieb noch eine Weile mit schwindendem Bewusstsein dahin. Das Letzte, was di Padua empfand, war Bedauern. So wie man es über ein allerletztes, schlecht gewähltes Wort empfand. Dann war es vorbei.

❧

Draußen waren Glocken zu hören. Flint wurde ungeduldig. Warum dauerte das so elendig lange? Aus seinem Versteck in der Lagerhalle heraus sah er plötzlich, wie sich in einiger Entfernung der Schein einer Lampe näherte. Er fluchte leise. Das schwache Licht der Lampe erhellte die Balken der Deckenkonstruktion über den Waren. Auf der Rückseite des Ganges, der dem seinen am nächsten war, sah er das Licht plötzlich flackern und hörte gleichzeitig ein dumpfes Geräusch. Als sei ein Sack Getreide aus größerer Höhe herabgestürzt. Alarmiert horchte er in die Dunkelheit. Leon und Konni kratzten jetzt schon seit Stunden an der Rückwand des Palazzo, und die hohlen Ziegelsteine erwiesen sich als weitaus härter, als sie angenommen hatten. Draußen war es dunkel geworden. Flint hoffte, dass das Graben nicht die ganze Nacht dauerte, denn sie würden auch drinnen im Palazzo noch Zeit brauchen. Zeit, um die Abschrift zu finden.

Plötzlich erlosch das Licht vor ihm. Die Decke des riesigen Lagerraums war nun stockfinster. *Warum löscht jemand im Dunkeln sein einziges Licht? Vielleicht ist das Öl ausgegangen?* Flint blieb alarmiert und rückte ein Stück nach hinten, tiefer zwischen die gestapelten Felle. Er spähte durch den Spalt in die Dunkelheit, sah aber absolut nichts. *Aber es ist jemand hier*, dachte Flint. Er fühlte es. So wie damals beim Jagen, wenn ein

Tier in der Nähe gewesen war. *Warum macht er kein Licht an?* Der Wildererjunge dachte fieberhaft nach, was er jetzt tun sollte. Er kam zu dem Schluss, dass es besser war, seine Freunde zu warnen. Er hörte das Schaben ihrer Werkzeuge hinter sich, und plötzlich kam es ihm furchtbar laut vor. Flint drückte sich aus dem Spalt zwischen den Fellen hervor und schlich gebückt zur Hintertür des Lagerhauses.

»Wie weit seid ihr?«, flüsterte er.

»Schwer zu sagen.« Leon ächzte und nieste. Konni sagte: »Jedes Mal, wenn ich denke, das ist jetzt der letzte Stein, kommt dahinter ein neuer.«

Leon und Konni gruben abwechselnd und mussten sich dafür so weit in das Loch hineinbeugen, dass beinahe ihr ganzer Oberkörper darin verschwand. Schutt und lose Steine hatten sie neben sich in dem Spalt zwischen Lagerhaus und Palazzo gesammelt. Nach Tagesanbruch würde den Wachen das mit Sicherheit auffallen.

»Ich fürchte, da im Lagerhaus schleicht wer rum«, flüsterte Flint.

Konni sah den Wildererjungen erschrocken an. »Meinst du, die Wachen machen Rundgänge?«, flüsterte sie zurück.

»Nein, aus irgendeinem Grund schleicht da jemand ohne Licht herum.«

»Vielleicht sind es Diebe, so wie wir?«, sagte Leon.

»Wenn in einer einzigen Nacht gleich zwei Diebesbanden in dieselbe Lagerhalle einbrechen, dann hat diese Stadt echt ein Problem«, meinte Flint.

In diesem Moment brach Konni durch die Wand. Ein Poltern war zu hören. »Mist!«, fluchte sie.

Sie rührten sich nicht und lauschten angespannt, ob irgendwo eine Antwort auf den Lärm zu hören wäre. Bis auf ein leises

Glucksen des nahen Kanals auf der anderen Seite des Palazzo war es absolut still.

»Wir sind durch. Jetzt müssen wir das Loch nur noch ein bisschen erweitern, dann können wir rein«, flüsterte Konni.

»Ich schaue weiter nach unserem Besucher«, sagte Flint, zog seinen Dolch und verschwand wieder in der Dunkelheit hinter der Tür zum Lager.

Leon und Konni hatten es bald geschafft und das Loch so weit verbreitert, dass sie hindurchschlüpfen konnten. Leon schlich zur Tür des Lagerhauses und flüsterte: »Flint. Wir sind durch.« Vor ihm löste sich ein Schatten aus der Dunkelheit. »Komme«, flüsterte Flint.

Als Leon hinter Konni und Flint durch das Loch gekrochen war, sah er, dass der Boden des niedrigen Raumes mit Wasser bedeckt war. »Deshalb verrotten die Wände hier.« Zu dritt standen sie in dem überfluteten Raum. Das eiskalte Wasser reichte ihnen bis über die Knöchel.

»Zum Glück bist du ja schon erkältet«, meinte Flint zu Leon.

An den Wänden standen Regale. Sie waren leer. Es roch nach Staub, Kohle und Rattendreck. Sie tasteten sich die Regale entlang bis zur gegenüberliegenden Wand, wo zwei Stufen zu einer schmalen Tür hinaufführten. Sie war verschlossen, doch Konni zog die Haken aus dem Wolfskopf an ihrem Gürtel und hatte das Schloss kurz darauf geöffnet. Auf der anderen Seite führten weitere Stufen hinauf in ein Zwischengeschoss. Hier brannten vereinzelt Lampen an den Wänden. Dieser Teil des Hauses schien für die Küche und die Wirtschaftsräume vorgesehen zu sein. Es roch nach erkalteten Speisen und Vorräten. Und tatsächlich fanden sie einen Vorratsraum, in dem große Behälter mit eingemachtem Gemüse und anderen Dingen standen. An einem Gestell hingen Würste in allen möglichen Formen und

Größen. Schinken, tote Gänse und Fasane baumelten von der Decke. An den Wänden stapelten sich Säcke mit Mehl. Mehrere große Käselaibe lagen in den Regalen. Sie erschraken plötzlich, als vor der Vorratskammer Stimmen zu vernehmen waren:»Il signor viene restituito. Mettersi al lavoro!« Gleich darauf kam Leben in diesen Teil des Gebäudes.

»Was hat er gesagt?«, flüsterte Konni.

»Dass jemandes Herr zurückgekommen ist. Und dass sich alle an die Arbeit machen sollen«, antwortete Leon. Konni schien überrascht und sah ihn in der Dunkelheit an. Leon zuckte mit den Schultern. »Ist wie Latein.«

Geschäftiges Treiben und Rufe von vielen Menschen waren jetzt zu hören. Und Leon schlussfolgerte: »Sie bereiten das Abendessen vor. Hier wird es gleich von Bediensteten nur so wimmeln!«

»Mist«, zischte Konni.

Wenig später trat stattdessen jedoch nur ein einzelner, pickeliger Küchenjunge über die Schwelle zur Vorratskammer und glotzte die drei mit weit aufgerissenen Augen an. Bevor er etwas sagen konnte, hatte Flint ihn mit einer armlangen Hartwurst niedergeschlagen und biss danach ein Stück davon ab, während Leon und Konni sich beeilten, den bewusstlosen Jungen zu fesseln und zu knebeln. Sie zogen ihn gerade zwischen die Mehlsäcke, als bereits der nächste Küchenjunge, ein bisschen dicker und etwas älter als der erste, hineinkam. Kauend zog Flint auch ihm eins mit der Wurst über den Schädel.

»Das können wir jetzt nicht den ganzen Abend lang machen!«, zischte Konni, während sie auch den zweiten Küchenjungen fesselten und zwischen die Mehlsäcke zogen. Konni ging geduckt zur Tür der Vorratskammer, zog sie nach innen auf und spähte hinaus. Links stand am Ende des erleuchteten Ganges ein bewaffneter Diener mit dem Rücken zu ihr. Hinter ihm schien sich ein großer Innenhof mit einer breiten Marmortreppe zu den oberen Stockwerken zu befinden. Konni sah weitere Bewaffnete im Hof und zog schnell den Kopf zurück. Sie zählte leise bis zehn und steckte ihn dann ein zweites Mal hinaus. Diesmal sah sie in die andere Richtung. Rechts lag ein breiter Gang. Er mündete an einer großen Tür. Offenbar ging es da zur Küche, denn von dort war der Lärm von Töpfen und Tiegeln zu hören. In der Ecke direkt neben der Tür zur Küche sah sie einen schmalen Durchlass. Dahinter schien eine Wendeltreppe nach oben zu führen.

Konni drehte sich um und flüsterte: »Kommt, wir müssen zu den oberen Etagen gelangen. Vielleicht ist dahinten ein Aufgang für das Küchenpersonal, um das Essen nach oben zu bringen.«

Konni scheint sich in Palästen auszukennen, dachte Leon.

Konni sah wieder zu den Wachen im Hof und gab den beiden anderen ein Zeichen zu warten. Kurz darauf huschte sie nach draußen in den breiten Gang und entlang der Wand nach rechts bis zu dem schmalen Durchlass neben der Tür zur Küche. Ein Stück die Stufen hinauf wartete sie auf Flint und Leon, die rasch folgten.

»So weit, so gut!«, flüsterte sie.

Die drei schlichen sich die steilen Treppenstufen hinauf, vorbei an einer Tür zur ersten Etage. Sie war geschlossen, und die drei Freunde vermieden es, sie zu öffnen und nachzuschauen, was dahinterlag. Sie wollten das Haus von der dritten, obersten Etage aus nach unten durchkämmen. Di Padua war Kaufmann. Er musste so etwas wie ein Arbeitszimmer haben. Sollten sie das nicht finden, würden sie sein Schlafgemach aufsuchen. Konni vermutete aufgrund ihrer Erfahrung, dass sich das Arbeitszimmer im dritten Stockwerk des Hauses befand. Die zweite Etage des Hauses schien höher gebaut zu sein als die erste, denn sie erreichten die nächste Tür zur dritten Etage erst nach deutlich mehr Stufen. Hier warteten sie einen Moment lang und lauschten. Von der anderen Seite der Tür war kein Geräusch zu hören. Dafür aber unter ihnen, auf der Wendeltreppe. Offenbar war die Tür zum ersten Stock geöffnet und wieder geschlossen worden. Schritte waren zu hören. Zum Glück schienen sie sich abwärtszubewegen. Die drei Freunde atmeten erleichtert auf. Konni kniete sich hin und spähte durch das Schlüsselloch in den Raum hinter der Tür. »Volltreffer! Das ist ein Arbeitszimmer. Wahrscheinlich lässt sich di Padua über die Wendeltreppe mit Essen versorgen.«

»Siehst du jemanden?«, flüsterte Flint.

»Nein, der Raum scheint leer zu sein.« Konni bewegte vorsichtig die Klinke nach unten. »Verschlossen.«

Wie üblich bekam Konni die Tür jedoch ohne große Mühe auf. Alle drei schlichen sich ins Arbeitszimmer des Kaufmanns. Flint ging sofort zu der größeren Tür auf der gegenüberliegenden Seite und postierte sich mit gezogenem Dolch davor. Leon stolperte über etwas am Boden und versuchte gleich darauf, ein Niesen zu unterdrücken. Es gelang ihm nicht. In der Stille des Raumes war das Geräusch erschreckend laut. Konni sah Leon warnend an. Flint verdrehte die Augen. Sie warteten und lauschten in die Geräusche hinter der Vordertür. Eine Weile geschah nichts. Sie entspannten sich etwas und begannen ihre Suche.

Konni fand ein paar Kerzen und entzündete sie an den bereits brennenden Öllampen. Große Lüster mit reichen Verzierungen. Sie stand jetzt in der Mitte des Zimmers, drehte sich langsam um die eigene Achse und sah sich aufmerksam um. Es wirkte so, als wollte sie ein Gespür für den Raum entwickeln. Er war für ein Arbeitszimmer erstaunlich groß. Er war rechteckig und maß zehn Schritt in die eine Richtung und etwa fünfzehn Schritt in die andere. Die Decke war mit kunstvoll ausgemalten hölzernen Kassetten verkleidet. Die Wände waren da, wo sie nicht mit Regalen verstellt waren, bis zur Brusthöhe vertäfelt und mit Intarsien verziert. Darüber waren die Wände mit antiken Motiven farbig bemalt worden. Das Ganze sah sehr prachtvoll und kostbar aus. Die Stirnseite des Raumes war neben der kleinen Tür, durch die sie gerade gekommen waren, oberhalb der polierten Holzvertäfelung mit einer Weltkarte bemalt. Ein Fresko mit einer Reihe hervorstehender Details. Venedig bildete das Zentrum der Karte, und Leon erkannte die Miniatur des Palazzo, in dem sie sich gerade befanden.

Auf einem breiten Schreibtisch aus schwerem Holz lagen zahllose Pergamente und Bücher verstreut. Konni begann, darin zu wühlen. Dann untersuchte sie die Schubladen und Fächer unterhalb der Tischplatte. Nichts. »Ich glaube nicht, dass er die Abschrift hier einfach so rumliegen lässt«, sagte sie. »Es muss irgendwo ein Versteck geben.«

»Ja, aber es muss gleichzeitig eines sein, an das di Padua schnell und unkompliziert herankommt«, sagte Leon.

Konni sah auf die Landkarte. »Hm, besonders raffiniert ist das Versteck aber nicht.«

»Was meinst du?«

Auch Flint, der noch immer an der Tür stand und nach draußen horchte, richtete jetzt seinen Blick auf die große Karte.

»Siehst du die hervorgehobenen Stellen des Freskos?«

Leon nickte. Außer Venedig schienen auch andere Städte ein Stück hervorzustehen. Hamburg, Aachen, Paris und noch einige mehr. Es sah so aus, als hätte man hier den Putz ein wenig dicker angelegt, sodass er an dieser Stelle ein wenig mehr hervorstand. Sie gingen an die Karte heran und sahen sich die Darstellung der Stadt Florenz genauer an. Florenz war nicht größer als eine Walnuss. Außer den Stadtmauern sah man noch einen einzelnen Turm. Aus nächster Nähe bemerkten sie, dass dieser Turm aus bemaltem Holz gestaltet worden war, nicht aus Kalkputz. Konni glitt mit den Fingerspitzen darüber. Als sie, einer Eingebung folgend, auf das Holz drückte, war ein Klicken zu hören. »Ich sage doch: Nicht besonders raffiniert.« Sie sahen sich im Arbeitszimmer um, fanden jedoch keinerlei Veränderung. Der Mechanismus hatte offenbar nichts bewirkt. Also suchten sie auf dem Fresko weitere Stellen nach Art des Turms. »Hier, eine Kathedrale in Palermo«, rief Leon plötzlich aufgeregt. Er drückte mit seinem Finger darauf. Wieder das Klicken. Und wieder geschah nichts.

»Hier, Jerusalem«, sagte nun Konni. Sie stand jetzt am rechten Rand der Weltkarte. Klick. Keine Veränderung. So probierten sie eine ganze Reihe von kleinen Tasten auf dem großen Fresko aus. Manche der hölzernen Elemente ließen sich gar nicht bewegen. Bei anderen hörte man kein Klicken.

»Es muss ein System dahinterstecken«, sagte Leon.

»Das weiß ich.« Konni wirkte hoch konzentriert, während sie das große Fresko nach weiteren Tasten absuchte. Mit einem Mal schien sie eine Idee zu haben und trat ein paar Schritte zurück. *Nein, di Padua ist nicht sehr einfallsreich gewesen,* dachte sie. Konni nahm jetzt eine der großen Kerzen und beleuchtete die Wand damit aus nächster Nähe. »Hier!« Leon ging zu ihr. »Siehst du das?« Im Vergleich zu den anderen Holzelementen gab es hier eines, das etwas mehr schimmerte, wenn man das Licht der Kerze davorhielt. So als sei die Taste ein wenig abgegriffener als andere. »Modena! Dieser Mechanismus ist anscheinend ein bisschen häufiger benutzt worden als die übrigen.« Konni drückte die Taste. Ein Klicken. Doch wieder geschah nichts. Leon seufzte und hätte deshalb beinahe wieder geniest.

»Such nach weiteren solcher Tasten«, sagte Konni. »Vielleicht ist es eine Kombination.«

»Braucht ihr noch lange?«, meldete sich Flint von der Tür. »Da draußen sind 'ne Menge Leute unterwegs.«

Konni und Leon suchten weiter die Wand ab.

»Edessa«, flüsterte Konni.

»Hamburg«, erwiderte Leon leise. Er sah, dass das Holz an dieser Stelle schwach schimmerte, als wäre es poliert. Häufiger benutzt. Wie Konni es gesagt hatte. Er drückte darauf, und es klickte.

»Saragossa«, sagte darauf Konni, die den westlichen Teil der Weltkarte absuchte. »Und hier: Murcia.«

»Rom!«

Sie suchten noch eine Weile, um sicherzugehen, dass sie alle Stellen gefunden hatten.

»Saragossa, Hamburg, Rom, Edessa, Murcia.« Das waren die, die aussahen, als seien sie häufiger betätigt worden als die übrigen. Sie drückten alle Tasten noch einmal. Nichts geschah.

»Vielleicht muss man sie gleichzeitig drücken«, sagte Leon und nieste.

»Verdammt, Leon!«, zischte Flint von der Tür.

»Blödsinn«, sagte Konni. »Wenn man sie alle gleichzeitig drücken müsste, bräuchte di Padua Kraken-Arme. Sehr *lange* Kraken-Arme. Er wird es so eingerichtet haben, dass er keinerlei Hilfe dafür braucht, den Mechanismus zu bedienen. Ich kann mir nicht vorstellen, dass er jedes Mal ein paar Diener hinzuruft, wenn er doch das Versteck der Abschrift geheim halten will.«

Konni überlegte. Und dann lachte sie. »Herrgott, sind wir dämlich!«

Leon sah sie an. »Was ist?«

»Such nach einer weiteren Stadt, deren Name mit *E* beginnt.«

»Warum.«

»Mach's halt.«

Leon nahm sich den rechten Teil der Weltkarte noch einmal vor, fand aber keine zusätzliche Hervorhebung bei einer Stadt, deren Name mit E begann.

»Hier oben!«, rief Konni leise. »Edinburgh in Scotia.«

»Und jetzt?«

»Drück Hamburg«, antwortete Konni. Leon tat es. Es klickte.

Konni streckte sich und drückte auf Edinburgh ganz im Norden. »Jetzt Rom.«

Leon presste seinen Finger auf das Symbol der Engelsburg in Rom. Klick.

»Jetzt Murcia!«, befahl Konni und: »Dann Edessa.« Wieder war jeweils ein Klicken zu hören.

Die letzte Taste drückte Konni selbst. Saragossa. Ein weiteres Klicken, jetzt aber deutlich lauter. Es hörte sich an, als sei hinter der Wand ein ganzes Mühlwerk in Bewegung gesetzt worden. Etwas ratterte und fiel an seinen Platz. Gleichzeitig sprang ein Teil der Holzverkleidung unterhalb der Weltkarte auf. Eine Tür.

Leon war sprachlos. »Wieso … woher wusstest du die Reihenfolge?«

»Hamburg, Edinburgh, Rom, Murcia, Edessa, Saragossa …«

Da Leon noch immer nicht verstand, sagte Konni: »Die Anfangsbuchstaben der Städte ergeben das Wort ›HERMES‹. Ich sag doch, das hier ist nicht besonders raffiniert.« Mehr sagte sie nicht. Konni ging vor der aufgesprungenen Tür in die Hocke und öffnete sie ganz. Dahinter war ein Regal mit drei übereinanderliegenden Fächern in die Wand eingelassen. Die Innenseite der Tür sowie das Regal waren mit Blei verkleidet. Dick wie ein

Daumen. »Das hätte 'ne Weile gedauert, sich da durchzukratzen«, sagte Konni.

Leon staunte. »Woher wusstest du, dass Edinburgh vor Edessa kommt und nicht umgekehrt?«

»Wusste ich nicht. Das hab ich geraten.« Konni spähte in das Regal. Im mittleren Fach lag ein armlanges Futteral aus Leder. »Das ist es!«

Konni nahm es heraus, sah es sich von allen Seiten an und gab es Leon, der hinter ihr stand. Er betrachtete es und war plötzlich ein bisschen ergriffen. Sollte es so leicht gewesen sein? Rasch ging er zu di Paduas Arbeitstisch und öffnete das Futteral. Die Freunde folgten ihm. Vorsichtig zog Leon den alten Papyrus aus der Hülle. Er knisterte, als er ihn ausrollte. Leon spürte eine tiefe Ehrfurcht. Wenn es stimmte, was Borkas über die Assassinen berichtet hatte, dann hatte ein Schreiber diese Abschrift vor mehr als eintausendzweihundert Jahren angefertigt. Die Zeichen waren blass, aber immer noch gut lesbar. Es handelte sich dem Augenschein nach um die hebräische Abschrift des Originals des Trismegistos. Konni sah ihm über die Schulter, und er wandte sich zu ihr um. »Hebräisch«, flüsterte er. Sie würden Bens Hilfe benötigen, um sie zu entziffern.

»Da kommt jemand«, zischte Flint von der Tür her. Hastig rollte Leon den Papyrus zusammen und schob die Rolle zurück in das Futteral. »Schnell, lasst uns verschwinden!« Flint rannte quer durch den Raum und zur Wendeltreppe. Konni eilte unterdessen noch einmal zurück zu dem geheimen Fach im Regal, kniete sich davor hin und nahm rasch einige Gegenstände heraus. Sie schienen schwer zu wiegen. Dann drückte sie die geheime Tür in der Vertäfelung wieder zu und folgte Flint, der bereits im Treppenhaus verschwunden war. Leon, der noch rasch die Kerzen ausgeblasen hatte, ging hinter Konni als Letzter, während an der vorderen Tür des Arbeitszimmers von außen ein Schlüssel ins Schloss gesteckt wurde. Leon erschrak, machte einen Satz nach vorne und warf die schmale Tür hinter sich zu. Dann folgte er den anderen die Treppe hinab. Sie hatten die Abschrift. Es war beinahe ein bisschen zu einfach gewesen.

Jacopo Morosini hatte am Morgen Streit mit seiner Frau gehabt. Das war nichts Außergewöhnliches. Jacopo und Marina stritten sich seit dem Tag, an dem ihre Eltern sie füreinander bestimmt und sie kurz darauf geheiratet hatten. Das war jetzt mehr als fünfzehn Jahre her, und seitdem war kein Tag in Frieden vergangen.

Jaco, warum bist du so ein Trottel? Jaco, du bringst uns noch alle ins Gefängnis! Jaco dies, Jaco das! Jacopo hasste seine Frau. Am liebsten hätte er sie umgebracht. Aber er fürchtete zu Recht, dass der Verdacht sehr schnell auf ihn fallen würde. Das ganze Viertel rund um die Calle Dolera wusste, wie sehr er seine Frau hasste. Oft gab es Beschwerden, weil sie lautstark stritten und einander mit Gegenständen bewarfen. Jacopo dachte darüber nach, einfach zu verschwinden. Venedig zu verlassen und seine Frau mit den fünf nervigen Kindern zurückzulassen. Sollten sie doch sehen, wie sie ohne ihn zurechtkamen. Aber Weggehen wäre zugleich ein zu großes Wagnis. Hier in Venedig war Jacopo ein freier Mann und hatte einen angesehenen Beruf. Jacopo war Magazziniere. Er verwaltete Lagerhäuser. Ursprünglich kam er aus einer Familie von Hafenarbeitern und Tagelöhnern und hatte sich bis in die Dienste des steinreichen Giancarlo di Padua hochgearbeitet. Woanders hätte er wieder von vorne anfangen müssen. Und es waren verdammt harte Zeiten. Jacopo war außerdem ein Feigling. Als er in dieser Nacht gerade die schwere Tür zum Lager abschließen wollte, um gleich noch einen Abstecher in eine der nahe gelegenen Tavernen zu unternehmen, hielt er plötzlich inne.

Er hatte ein Geräusch gehört.

Jacopo kannte alle Geräusche in seinen Lagerhallen. Die Laute der Ratten und Nagetiere, wenn sie sich an etwas zu schaffen machten. Schaben, Käfer und Holzwürmer. Den Klang des Windes, der von außen gegen die Dachschindeln drückte. Manchmal fiel auch ein Stapel um. Einfach so. Wenn Waren nicht ordentlich gepackt und aufgeschichtet worden waren. Jacopo konnte dann sagen, ob es ein Sack mit Getreide, ein Ballen Tuch oder ein Stapel Leder war. Er konnte auch deuten, ob die Fäulnis von Fischen einen Verschluss anhob oder aber einem Fass mit gärendem Bier die Luft entwich. Einmal hatte er eine ganze Katzenfamilie aufgespürt, sie zusammen mit einem schweren Stein in einen Sack gesteckt und im Kanal ertränkt. Auch Dachse und Wiesel hatte er schon in seiner Halle gehabt. Und natürlich Tauben. Aber das hier war etwas anderes gewesen. Ein leises Schaben. Ganz am anderen Ende der Halle. Jacopo ging ein paar Schritte hinein in das Lager und spähte in die Dunkelheit. Was für ein Tier sollte das sein? Er zögerte und hörte jetzt angestrengt auf jedes kleinste Geräusch. Doch da war nun nichts mehr. Er wollte schon wieder hinausgehen, als er es ein weiteres Mal hörte. Vielleicht ein Hund, der von außen an der Lagerwand kratzte. Aber es hatte eher nach Eisen geklungen. Und Stein.

Jacopo seufzte. Die Taverne würde wohl noch einen Moment warten müssen, bis er nachgesehen hatte. Er zog die Tür des Lagerhauses nach innen zu, verschloss sie aber nicht. Wachen standen da draußen, und sie würden die ganze Nacht dort stehen. Er würde nur kurz nachschauen.

Er lief durch die schmalen Gänge zwischen den hohen Stapeln hindurch. Bog einmal rechts und einmal links ab, als er das

Geräusch zum dritten Mal hörte. Dahinten! Es war wirklich ein Schaben, und jetzt war Jacopo doch ein wenig beunruhigt. Er hielt die Öllampe vor sich und sah den Mann nicht, der von oben herab auf ihn fiel. Wenig später war Jacopo tot. Und das Streiten der Morosinis war für immer beendet. Nicht auf die Weise, auf die Jacopo es sich gewünscht hätte. Doch zumindest war jetzt Frieden in der Calle Dolera.

Wolfger stand auf und gab Hindrick, der noch oben auf dem Haufen Säcke kauerte, ein Zeichen. Wolfger war einfach von oben herab auf den Mann gesprungen und hatte ihm das Knie so fest in den Nacken gedrückt, bis dessen Genick gebrochen war. Rasch hob er die Öllampe auf, bevor sie hier alles in Brand stecken würde. Er drehte sich zu Hindrick, der heruntergeklettert war und jetzt neben ihm stand. Wolfger brummte: »Was machen wir jetzt?«

»Wir warten weiter, bis die drei Trottel mit der Abschrift hier durchkommen«, antwortete Hindrick. »Unsere Männer stehen am Ausgang des Lagers. Sie können hier nicht raus, ohne an uns vorbeizugehen. Mach die Lampe aus.«

Wolfger zögerte. Wenn es etwas in seinem Leben gab, wovor er sich fürchtete, dann die Dunkelheit. Vielleicht war es aber auch gar nicht die Dunkelheit selbst, sondern die Furcht davor, in sie zurückkehren zu müssen. Die dunkle Enge des Brunnens. Auf Waldeck. Sie war eins geworden mit der Dunkelheit seines Herzens. Dennoch löschte Wolfger die Lampe, indem er den Docht mit Daumen und Zeigefinger zusammendrückte.

Am Fuß der Wendeltreppe warteten die Freunde auf eine Gelegenheit, ungesehen zu der Tür mit der Kellertreppe dahinter zu gelangen. Im Palazzo schien plötzlich die Hölle los zu sein. Leon schnappte einige der Rufe auf und verstand Bruchstücke wie »Mord« und »toter Herr«.

»Irgendjemand ist umgebracht worden«, sagte er.

Flint schaute ihn schuldbewusst an und erwiderte: »Das war nur eine Hartwurst! Das kann nicht sein!«

»Nein, es klingt, als hätte es di Padua erwischt«, flüsterte Konni.

Leon schluckte. »Lasst uns zusehen, dass wir hier rauskommen.«

Konni schlich voran, und ihre beiden Freunde folgten ihr geduckt. Sie erreichten die Tür zur Kellertreppe, öffneten sie und huschten in die Dunkelheit. Am Fuß der Treppe rannten sie durch das knöcheltiefe Wasser und krochen durch das Loch in der Wand nach draußen. In dem Spalt zwischen Lagerhaus und Palazzo hielten sie kurz inne, weil direkt neben ihnen jemand aus dem Eingang des Palazzo gerannt kam und im Lagerhaus verschwand.

»Mist!«, zischte Konni.

»Was machen wir jetzt?«, fragte Leon und kämpfte schon wieder mit dem Niesreiz.

Konni sah nach oben. Der schmale Streifen Himmel über ihnen war pechschwarz. Durch die Spalte bis zur Dachkante des Lagerhauses würden sie klettern können. Aber dann würden die Wachen auf dem Dach des Palazzo auf sie aufmerksam werden. Nein, der Weg voraus durch das Lagerhaus schien ihr die bessere Alternative zu sein.

Leon sah, dass Konni überlegte. Dann aber wandte sie sich zur Tür des Lagerhauses und verschwand in der Dunkelheit dahinter. Flint und Leon folgten ihr.

Wolfger zitterte. Die Schwärze um ihn fraß an seinem Verstand. Er wollte weinen oder sich wie damals an seinen Vater schmiegen, doch sein Vater war nicht hier. Stattdessen hockte Hindrick irgendwo im Dunkeln vor ihm und lauerte auf die Rückkehr der drei, um ihnen die Schriftrolle abzunehmen. Wolfger hielt die Augen fest geschlossen, um sich der Illusion hinzugeben, er könne sie jederzeit öffnen, und dann würde ihn der helle Tag umgeben. Er erschrak, als ihn etwas am Arm berührte.

»Wir teilen uns auf«, flüsterte Hindrick.

Nein, dachte Wolfger, und ein Gefühl von Panik stieg in ihm auf. *Ich will nicht alleine hierbleiben! Nicht in der Finsternis.* Doch Hindrick war schon wieder verschwunden.

Es war totenstill im Lagerhaus. Wolfger hörte sein eigenes Herz pochen. Er musste hier weg. Er wollte nach draußen, wo die anderen warteten. Er wollte ins Licht. Wenigstens in das einer Fackel. Oder einer Kerze. Er konnte sich nicht beruhigen. Die Finsternis bedrängte ihn. Nahm ihm den Atem. Gleichzeitig raste ein Sturm von Bildern an seinem inneren Auge vorbei. Als er es schließlich nicht mehr aushielt, stand er auf und bewegte sich, mit den Händen voraustastend, durch die Schwärze des Lagers. Wolfger weinte. Still. Wie ein Kind in der Dunkelheit.

Ein Geräusch erschreckte Leon. Konni und Flint mussten irgendwo vor ihm sein. Da wieder! Leon machte einen Schritt zur Seite und tastete sich mit den Händen in die Dunkelheit vor. Seine Finger berührten ein Stück groben Stoffes. Offenbar lagen hier Säcke gestapelt. Er ging darauf zu und tastete sich von dort aus so lange nach rechts, bis er einen Spalt zwischen zwei Stapeln fand. Er quetschte sich dort hinein und lauschte weiter in die

Stille. Nicht der leiseste Laut war zu vernehmen. Leon wollte sein Versteck gerade wieder verlassen, als er plötzlich meinte, jemanden atmen zu hören. Ein leises Ein und Aus. Direkt vor seinem Versteck. Mehr eine Ahnung. Er erschrak, und in seinem Geist entstand das Bild einer Gestalt, wenige Handbreit vor seinem Gesicht. Er konnte in der absoluten Schwärze nicht das Geringste sehen, aber er hörte und *fühlte*, dass da jemand war. Das Atmen war ruhig. Leon wunderte sich, dass er es überhaupt wahrgenommen hatte. Er selbst hielt die Luft an. Dann hörte er ein leises Geräusch. Da, wieder. Es klang wie ein Schnüffeln. So als ob ein Tier nach etwas witterte. Plötzlich war in der Nähe ein Poltern zu hören. Das Schnüffeln verstummte, und Leon fühlte, wie sich die Gestalt in der Finsternis entfernte.

Wolfger stieß mit dem Fuß gegen irgendetwas und erschrak. Als er plötzlich spürte, dass sich das Irgendetwas am Boden blitzartig bewegte, geriet er in Panik. Etwas tat ihm weh. An der Hüfte. Ein Stechen. Er spürte, dass sein Bein darunter feucht wurde. Er stolperte blindlings nach vorn, fiel hin und riss dabei einen Stapel von irgendetwas anderem um, das in der Schwärze nicht zu erkennen war. Gegenstände fielen von oben auf Wolfger herab und trafen ihn an Kopf und Schultern. Sie zersplitterten. Es schienen tönerne Schalen oder Krüge zu sein. Weitere davon zerschellten am Boden und verursachten dabei einen Heidenlärm. Als Wolfger versuchte, sich aufzurichten und sich dabei mit den Händen am Boden abzustützen, zerschnitten Scherben seine Haut. Es knirschte unter ihm. Plötzlich wurde er zu Boden gedrückt. Jemand war hinter ihn getreten und drückte nun auch seinen Kopf auf die Scherben. Wolfger spürte die scharfen Kanten in seinem Gesicht. So wie damals die vielen

Steinsplitter, die er Nacht für Nacht unter sich gespürt hatte. Ein beinahe vertrautes Gefühl. Aber Wolfger spürte es nicht lange. Scharfes Metall drang mit einem Mal von hinten durch seinen Hals und vorne aus seinem Mund. Eine Klinge vielleicht, dachte Wolfger. Er wollte mit den Fingerspitzen danach tasten. Aber die Klinge war schon wieder weg. Stattdessen fanden seine Finger ein nasses Loch in seinem Hals. Und irgendetwas in Wolfger war froh, dass seine Angst nun zu Ende sein würde.

Hindrick hörte das Poltern, Krachen und Splittern. Es kam direkt aus dem Gang neben ihm. Ein gurgelnder Laut war zu hören, und jetzt hatte Hindrick genug. Er rannte mit nach vorne ausgestreckten Armen durch die Dunkelheit in Richtung Ausgang, stieß dabei immer wieder Dinge um und taumelte gegen die Regale an der Außenwand. Draußen musste jemand den Lärm gehört haben. Denn einen Moment später ging die Tür auf, und Fackellicht drang bis zu Hindrick. Er atmete auf. Hindrick rannte auf die Lichtquelle zu und war gleich darauf im Freien. »Sie sind da drinnen!«, rief er. »Holt sie euch!«

Hindrick zeigte hinter sich in das Dunkel des Lagerraums. Drei Männer mit Fackeln und gezogenen Schwertern drängten sich an ihm vorbei und verteilten sich in der Halle.

Konni und Flint hatten sich bei den Händen genommen und waren Seite an Seite durch die Finsternis in Richtung Ausgang geschlichen. Urplötzlich wurde die Stille von lautem Splittern und Krachen durchbrochen. Als ob hundert Tonkrüge in Scherben gingen. Sie duckten sich und krochen rasch an den Rand des Ganges. Kurz darauf hörten sie das entfernte Knarren einer

Tür. Sie sahen ein schwaches Licht. Flackernd, wie von Fackeln. *Verdammt, wo ist Leon?* Er musste irgendwo hinter ihnen sein, aber Konni konnte ihn nirgends erkennen.

Leon sah das Licht mehrerer Fackeln über die Decke des Lagerhauses tanzen. Es schienen drei zu sein, und jetzt verteilte ihr Licht sich über die ganze Breite des Raumes. Merkwürdigerweise erloschen schon bald darauf zwei der Lichter, sodass nur noch eines übrig blieb. Leise Geräusche waren zu hören. Eines davon klang wie ein Gurgeln. Leon drückte sich eng an die Stapel zu seiner Rechten und spähte den Gang hinunter. Ganz entfernt sah er ein einzelnes, flackerndes Licht. Es schien näher zu kommen. Plötzlich legte sich von hinten eine Hand auf seinen Mund. Er wollte schreien, erkannte aber gerade noch rechtzeitig, dass es Flint war. Konni huschte geduckt an ihm vorbei. Flint ließ los, und beide folgten jetzt dem Mädchen. Konni ging dem Licht entgegen. Sie waren nicht weit gekommen, als sie innehielt und sich gleich darauf alle drei duckten. Das Licht der Fackel war nun ganz nah. Plötzlich flackerte es, und die Fackel rollte über den Boden aus dem Seitengang in die Mitte des Ganges, in dem sich die drei Freunde befanden. Sie blakte noch einen Moment, bevor auch sie erlosch und die Dunkelheit zurückkehrte. Doch das Licht hatte gerade lang genug geleuchtet, um eine geduckte Gestalt zu erhellen. Und ein winziges Glimmen auf einer silbernen Maske.

Warum kommen sie nicht wieder heraus? Hindrick stand mit den verbliebenen zwei Männern am Eingang des Lagerhauses. Seine drei weiteren Wachen hätten längst schon den ganzen Raum

624

durchkämmt. *Was dauert da so lange?* Plötzlich war von drinnen ein Poltern zu hören. Und dann noch mehr Lärm. Kampfeslärm. Die beiden Männer an Hindricks Seite zückten die Schwerter und warteten auf den Befehl einzugreifen. Jetzt hörte es sich beinahe an, als würde da drinnen eine Schlacht toben. Klirren von Metall und das Zerspringen von Glas. Er musste hinein. Er musste Wolfger und den drei Männern helfen. Vielleicht waren es di Paduas Wachen, denn es klang, als würden Schwerter aufeinanderschlagen. Doch Hindrick war ein Feigling. Er war schon immer ein Feigling gewesen. So wartete er mit den Männern weiter darauf, was geschehen würde.

Er kann im Dunkeln sehen, schoss es Flint durch den Kopf, und diese Erkenntnis kam ihm im nächsten Moment selbst absurd vor. Aber so musste es sein. Der Assassine war blind und schien seine Umgebung auf andere Weise wahrzunehmen als normale Menschen. Flint hatte so etwas schon gesehen. In Palästina. »Er ist blind«, flüsterte er. »Er ist hier drinnen im Vorteil. Haut ab und versteckt euch irgendwo.« Flint war schon davon. Konni und Leon rannten ihm hinterher. So sprangen und stolperten sie alle drei durch die Dunkelheit, weg von der schleichenden Gestalt in ihrem Rücken. Sie flohen zum anderen Ende des Lagerhauses. Zurück zu der Hintertür, durch die sie vorhin hereingekommen waren. Sie prallten gegen gestapelte Waren, stießen sie dabei um oder rissen sie absichtlich hinter sich herunter, um dem blinden Assassinen wenigstens irgendetwas in den Weg zu stellen. Es war ihnen jetzt egal, ob sie dabei Lärm verursachten oder nicht.

Der Assassine war hinter ihnen nicht zu sehen. Doch hin und wieder hörten sie seine Schritte. Gedämpft und … schnell. Er schien sich im Dunkeln genauso behände zu bewegen wie sie selbst am helllichten Tag. Das war es, was Flint und John im Wald beobachtet hatten. Als der Assassine mit der silbernen Maske vor ihnen geflohen war. Erst jetzt begriff Flint. Der Assassine mit der silbernen Maske hatte in vollem Lauf durch die dicht stehenden Bäume den Kopf gesenkt gehalten. So als sähe er nach unten. Aber in Wahrheit sieht er nicht mit den Augen! *Er kann seine Umgebung irgendwie fühlen,* ging es Flint durch den Kopf, während er rannte, als sei ein Teufel hinter ihm her.

»Hierher. Hier ist die Tür!« Konnis Ruf kam von links. Für einen kurzen Moment war von dort ein schwaches Licht erkennbar. Konni musste die Tür erreicht haben und hatte sie geöffnet. Doch gleich darauf verlosch das Licht wieder. Jetzt hörte Leon gedämpfte Rufe. Sie kamen von draußen hinter der Tür und aus der Richtung des Palazzo. Das Licht kehrte noch einmal zurück. *Flint!,* dachte Leon. Der Wildererjunge musste den Ausgang ebenfalls gefunden haben. Plötzlich wurde Leon von hinten durch etwas getroffen und wäre beinahe gestürzt. Er spürte einen Aufprall an seiner hinteren Taille. Der Ausgang war nun schon ganz nah. Er duckte sich im Laufen, schlug einen Haken und griff ungelenk nach der Stelle. Sofort zog er die Finger wieder zurück. Er hatte sich an irgendetwas geschnitten. Noch einmal fühlte er nach der Stelle, diesmal vorsichtiger. In seinem doppelt gewundenen Ledergürtel steckte etwas Scharfkantiges aus Metall. *Ein Wurfstern. Verdammt!* Er stolperte weiter in Richtung der Tür, die er jetzt irgendwo dicht vor sich vermutete. Direkt hinter ihm war das Geräusch einer Klinge zu hören, welche aus einer Scheide glitt. Leon warf sich zur Seite. Der senkrechte Hieb riss ihm den ledernen Beutel vom Rücken. Direkt vor ihm ging die Tür zur Rückseite des Lagerhauses auf, und da war Flint. Konni direkt hinter ihm. Flint zielte mit einer Armbrust direkt auf Leon. Und schoss in die Dunkelheit. Der Bolzen sirrte dicht an Leons Schulter vorbei.

»Raus hier, Leon!« Leon wagte nicht, sich noch einmal umzudrehen, sprang auf und rannte durch die geöffnete Tür vorbei an Flint und Konni. Sie schlugen die Tür zu und rannten nach rechts, hinein in den Spalt zwischen Palazzo und Lagerhaus. Flint warf die Waffe auf einen am Boden liegenden Mann, dem er die Armbrust zuvor offenbar abgenommen hatte. Leon sah, dass der Kopf des Mannes fehlte. Er lag zwei Schritt neben dem leblosen Körper. Das musste das Werk des Assassinen gewesen sein. Oder war das Flint gewesen? Leon erschrak und sah zu seinem Freund, der schüttelte den Kopf, als ahnte er Leons Gedanken. Dann rannten sie weiter bis zum Ende des Spalts. Es war eine Sackgasse, denn hier versperrte ein weiteres Lagerhaus den Weg. Panisch sah Leon zurück. Der Assassine war noch nicht herausgetreten. Hatte Flint ihn mit dem Bolzen erwischt? Konni sah nach oben. Dann drehte sie sich mit dem Rücken zur steinernen Wand des Palazzo. »Folgt mir!« Schnell stemmte sie beide Füße gegen die gegenüberliegenden Bretter des Lagerhauses und schob sich geschickt mit dem Rücken aufwärts. Flint tat es ihr gleich nach. Leon sah noch einmal zurück und kletterte den beiden dann auf dieselbe Weise hinterher. Im Augenwinkel sah Leon eine Bewegung. Ein Schatten bewegte sich an der Tür zum Lagerhaus. Der Assassine war herausgetreten und hielt für einen Moment inne. Dann sah Leon ihn in ihre Richtung kommen. Konni war gerade oben an der Dachkante des Lagerhauses angekommen und reichte Flint die Hand, um ihn raufzuziehen. Leon schob sich weiter hinauf, während er fieberhaft überlegte, wie sie ihren Verfolger loswerden konnten. Der war jetzt direkt unter Leon stehen geblieben und legte etwas am Boden ab, das im Halbdunkel wie ein Beutel aussah. Eine rasche Bewegung, dann schossen wie aus dem Nichts kommend zwei Wurfsterne nach oben. Einer zertrümmerte die Regenrinne des Daches. Direkt neben Leons Hand, mit der er gerade danach greifen wollte. Der zweite erwischte die Unterseite seines Oberschenkels und blieb im Fleisch stecken. Leons getroffenes Bein erschlaffte, und er wäre um Haaresbreite abgestürzt. Mit der Kraft der Verzweiflung presste er das zweite Bein gegen die Bretter des Lagerhauses und rutschte trotzdem immer weiter abwärts. Sein unverletztes Bein zitterte vor Anstrengung, und er drohte im nächsten Moment abzurutschen. Da war auf einmal eine Hand. Konni hatte sich oben flach auf den Bauch gelegt und griff über die Dachkante hinweg nach Leons Handgelenk. Auch der Wildererjunge packte im nächsten Moment zu. Zu zweit hievten sie Leon über die Kante, kurz bevor weitere Wurfsterne senkrecht an ihren Gesichtern vorbeisirrten.

»Er wird uns nachsteigen. Wir müssen diesen Teufel loswerden!« Leon humpelte ein Stück aufwärts über die Holzschindeln des flach ansteigenden Daches und zog sich währenddessen den eisernen Stern aus dem Bein. Er fluchte leise. Flint blieb zurück und sah noch einmal vorsichtig über die Kante nach unten. Dann ging er in die Knie, brach ein Stück der tönernen Dachrinne heraus und schleuderte es hinab. Und dann noch eins. Unten krachte es. Dann wandte auch er sich ab und rannte so wie die anderen auf die gegenüberliegende Seite des Daches. Schindeln zerbrachen unter ihren Schritten.

»Hast du ihn getroffen?«, fragte Konni atemlos, als sie am gegenüberliegenden Rand des Daches angekommen waren.

»Weiß nich'«, sagte Flint außer Atem.

Leon sah zurück zum First des Daches und erwartete jeden Moment, den Kopf ihres Verfolgers dort auftauchen zu sehen. Doch nichts dergleichen geschah.

Flint kniete dicht an der Kante und sah nach unten. »Na klasse«, flüsterte er.

»Was ist los?«, wollte Leon wissen.

»Guck selber«, sagte Flint statt einer Antwort.

»Verfluchte Scheiße«, sagte Konni. Auch sie hatte nach unten gesehen.

Leon schob sich neben die beiden und sah hinab in die schmale Gasse. Drei Männer standen beim offenen Tor des Lagerhauses. Einer von ihnen spähte hinein. »Hindrick!« Leon konnte es nicht fassen. »Warum ausgerechnet jetzt?«

Zwei Männer in den Farben der Habsburg waren bei ihm. Das konnte Leon im schwachen Licht des anbrechenden Tages gerade so erkennen. Sie konnten hier nicht hinab, ohne ihnen in die Arme zu rennen.

Jetzt kamen weitere Männer hinzu. Offenbar Wachen di Paduas. Sie riefen lauthals und bedrängten Hindrick und seine Männer.

»Hier entlang«, flüsterte Konni. Sie hatte sich abgewandt und schlich nun entlang der Dachkante zu einem Spalt zwischen diesem und einem benachbarten Lagerhaus. Sie würden springen müssen. Flint und Leon folgten ihr.

Plötzlich hielt Leon an, und sein Herzschlag setzte aus.

»Wartet!«, rief er. Der Schock ließ ihm das Blut in den Adern gefrieren.

»Was ist?«

»Mein Beutel. Die Schriftrolle!«

»Was ist damit?«

Und jetzt sahen auch Konni und Flint, dass Leon den Beutel nicht mehr bei sich trug.

»Verflucht«, zischte Flint. »Wir müssen zurück nach unten und ihn holen!«

Aber sie hatten es dann doch nicht noch einmal gewagt. Denn unten wimmelte es jetzt von Wachen und Bediensteten. Überall waren Rufe zu hören. Und wahrscheinlich war auch der Assassine noch im Dunkel des Lagers versteckt. Sie hatten die Wahl zwischen Verhaftung und Tod.

Es war alles umsonst gewesen. Der Assassine hatte Leon den Beutel mit einem Schwertstreich vom Rücken getrennt. Ob beabsichtigt oder nicht. Die Abschrift war darin gewesen. Und der Assassine hatte den Beutel mitgenommen. Das war es, was der Nizarit unten abgelegt hatte, als Leon über ihm zur Dachkante des Lagerhauses geklettert war. Die Abschrift war verloren. Der Assassine hatte sie.

Sie hatten noch eine Weile gestritten. Flint wollte nicht einsehen, die Abschrift zurückzulassen. Als dann aber die ersten Wachen das Dach erklommen hatten, waren sie über die Dächer der angrenzenden Lagerhallen geflohen. Immer wieder mussten sie über breite Spalten springen, was mit Leons verletztem Bein mehr als ein Mal beinahe schiefgegangen wäre. An der Seitenwand eines etwas niedrigeren Gebäudes waren sie zu Boden geklettert und hatten sich auf den Rückweg zu ihrer Taverne gemacht. Sie gingen im Zickzack durch schmale Gassen und über kleine Brücken. Die Stadt war mittlerweile erwacht. Leon humpelte und blutete stark. Zu allem Überfluss verliefen sie sich im Labyrinth der Gassen Venedigs und brauchten bis zum frühen Morgen, um die Taverne zu erreichen. Sie war verschlossen. Konni brach die Tür auf, und sie schlichen durch den verlassenen Schankraum zurück in ihre Kammer.

Mehr noch als seine beiden Freunde war Leon am Boden zerstört. »Wir hatten sie«, flüsterte er.

Konni nickte matt. Die Aussicht, Uther etwas entgegensetzen

zu können, war nun verloren. Sie hatten ihr Leben riskiert, waren auf ihrem Weg über die winterlichen Alpen beinahe erfroren, und nun saßen sie da und mussten sich eingestehen, dass alles verloren war. Sie schwiegen.

»Was machen wir jetzt?«, fragte Flint nach einer ganzen Weile. Der Wildererjunge schien die Enttäuschung noch am ehesten wegzustecken, dachte Leon. Vielleicht hatte Flint noch immer nicht wirklich begriffen, welchen Einfluss der Besitz der Abschrift auf die Geschicke der Welt haben würde. Und wie sehr alles davon abhing, dass sie nicht in falsche Hände geriet. Nun war der Mann mit der silbernen Maske und damit der Bund der Erben in ihrem Besitz. Und Leon hoffte, sie würden sie vernichten oder zumindest ganz weit fortbringen. Nach Alamut. Zu ihrem Herrn.

»Der Nizarit wird längst über alle Berge sein. Wir können von Glück sagen, dass wir mit dem Leben davongekommen sind. Er hat di Padua getötet. Warum musste das auch genau an dem Tag geschehen, an dem wir bei dem Kaufmann einstiegen, um die Abschrift zu holen?« Konni schlug mit der Faust gegen die Kante des Bettpfostens. Die Nachricht, dass di Padua in der vergangenen Nacht ermordet worden war, hatte sich bis zum Mittag in der Stadt wie eine Lauffeuer verbreitet. Auch unten im Schankraum sprachen die Menschen, überwiegend Fischer und Lagerarbeiter, über den Vorfall. Man suchte nach drei Dieben. Die beiden Küchengehilfen hatten gewiss eine Beschreibung von Leon, Konni und Flint an die Wachen weitergegeben. Irgendwann würde auch ihr Wirt davon erfahren. Noch war er nicht hier aufgetaucht. Unten im Schankraum waren nur seine beiden Schankmädchen. Ob er schon auf dem Weg zu den Behörden war? Die Freunde mussten Venedig so schnell wie möglich verlassen.

»Geht es mit deinem Bein?«, fragte Konni.

Leon nickte. Die Fleischwunde war nicht so tief, wie es sich im ersten Moment angefühlt hatte. Konni hatte sie verbunden, und das Bluten hatte aufgehört.

»Lasst uns die Pferde holen und verschwinden«, sagte Flint und sah zu Konni. Sie trug ein schlichtes olivgrünes Kleid und sah bezaubernd darin aus. In der Nacht war sie in Männerkleidern unterwegs gewesen. Und sie hofften alle drei, dass man die zwei jungen Männer und die junge Frau, die sie jetzt wieder waren, nicht mit der Gruppe der drei männlichen Diebe in Verbindung bringen würde.

»Was?«, fragte Konni, die Flints Blick bemerkt hatte.

»Nichts!«, beeilte sich Flint zu antworten und sah in eine andere Richtung.

Leon seufzte. »Wir haben versagt.«

Nicht ganz, dachte Konni und legte die Hand auf einen der beiden schweren Beutel aus dem Geheimversteck di Paduas. Sie waren beide prall gefüllt mit Goldstücken.

Sie hatten darauf eilig gepackt, ihre Zeche bezahlt und waren zu den Ställen am Rande der Insel gegangen. Einzeln, denn die Stadt suchte nach einer Gruppe von drei Männern. Überall waren Bewaffnete des Dogen zu sehen.

Bei den Ställen angekommen, sattelten und beluden sie ihre Pferde, bezahlten den Stallmeister, gaben ihm zusätzlich noch ein stattliches Schweigegeld und ritten dann durch die engen Gassen bis zum Fährhafen. Ein Boot brachte sie und ihre Pferde hinüber zum Festland.

Als sie dort angekommen waren, galt es, eine Entscheidung zu treffen. Flint schlug vor, erst einmal zu seinen Eltern zu reisen. Aber Leon schüttelte den Kopf. »Ben und die anderen brauchen unsere Hilfe. Auch wenn wir die Abschrift nicht haben, vielleicht finden wir einen anderen Weg, Uther aufzuhalten.«

»Du glaubst, Ben ist noch am Leben? Uther wird ihn fertiggemacht haben«, sagte Flint und verzog das Gesicht.

Leon schluckte. Flint hatte wahrscheinlich recht. Aber Leon wollte nicht aufgeben. »Wir müssen es wenigstens versuchen.«

Konni nickte. Und so kam es, dass sie noch eine Weile stritten und sich dann doch auf den Weg zurück nach Sankt Gallen machten. Diesmal wollten sie einen anderen Weg nehmen. Über Meran. Auch wenn Flint sich geschworen hatte, niemals wieder an diesen Ort zurückzukehren. Doch zuvor mussten sie Richard aus Brixen holen. Ein weiter Umweg, der sich später als überflüssig erweisen sollte und viel Zeit kostete. Richard war nicht mehr hier. Und die Mönche des Hospizes konnten nicht sagen, wohin Richard gegangen war. Er war einfach eines Morgens nicht mehr in seinem Zimmer gewesen. Verschwunden. Leon machte sich große Sorgen.

Sie brauchten beinahe zwei Monate, um an den Fuß des Berges zurückzukehren, auf dem sich die Schule der Redner befand. Sie verirrten sich in den Bergen und mussten mehrmals wieder umkehren. In Meran mussten sie noch einmal mehr als zwei Wochen abwarten, weil das Wetter einen Aufstieg nicht zuließ. Flint war in der ganzen Zeit nicht ansprechbar. An dem Ort, wo Uther seine Schwester auf den Scheiterhaufen gebracht hatte, wollten ihn die Erinnerungen beinahe verschlingen. Doch schließlich wurde das Wetter besser, und sie schafften die Überquerung.

Als sie die Schule von Weitem sahen, war es Anfang März. Und die Tage waren endlich wieder wärmer geworden.

Sie durften sich nicht zu erkennen geben, deshalb hatten sie beschlossen, erst einmal Abstand zu halten und herauszufinden, was oben an der Schule vor sich ging. Sie fanden einen Stall, der geräumig genug war, um sie und ihre Pferde darin unterzubringen. Es stellte sich heraus, dass er den Eltern der Küchenhilfe Sally gehörte. Ein freundlicher Bauer und eine ebenso freundliche Frau, die ihnen den Stall gegen ein paar Münzen bereitwillig überließen. Außerdem würden sie Stillschweigen über ihre Anwesenheit bewahren.

»Wie geht es Sally und ihrer Freundin Efra?«, wollte Leon wissen.

»Wir haben sie schon seit über einem Monat nicht mehr gesehen«, antwortete der Bauer. »Auch die übrigen Schüler und Bediensteten der Schule kommen nicht mehr herunter. Das ist alles ganz sonderbar. Und als ich dann letzte Woche unter dem Vorwand, ein paar Hühner verkaufen zu wollen, dort oben war, hat man mich nicht zum Tor hineingelassen. Niemand komme gerade hinein, hat die Wache gesagt. Wir machen uns große Sorgen um unsere Tochter.«

Konni sah zu Flint, der nickte. »Dann werden wir uns wohl mal da oben umsehen müssen«, sagte sie.

In der darauffolgenden Nacht ging Konni das erste Mal nach oben auf das Gelände der Schule. Flint begleitete sie bis zur heimlichen Pforte zum Garten des Cellerars. Jene Pforte, durch die sie vor vier Monaten vom Schulgelände geflohen waren. Sie war versperrt, so wie Konni sie damals zurückgelassen hatte.

»Pass auf dich auf, Konni«, sagte Flint.

Statt einer Antwort drehte Konni sich noch einmal um und drückte dem Wildererjungen einen langen Kuss auf die Lippen.

Dann lächelte sie ihn kurz an und verschwand im nächsten Moment hinter dem Gitter der alten Pforte. Flint stand noch eine Weile in Verwirrung und vollkommen überrumpelt da. Dann schüttelte er den Kopf und machte sich an den Abstieg und auf den Weg zurück zu Leon.

❧

Ein schmaler Mond erhellte den Garten des Cellerars. Konnis Augen hatten sich an die Dunkelheit gewöhnt. Die niedrigen Obstbäume standen mit ihren knorrigen Stämmen wie erstarrte Tänzerinnen auf der kleinen Wiese. Konni wollte zu den Latrinen auf der Rückseite des Dormitoriums, um von dort aus zum Refektorium und zu Agnes zu gelangen, als ihr plötzlich etwas am Bein heraufsprang. Konni erschrak zu Tode und hätte beinahe geschrien. Wieder sprang das Etwas an ihrem Bein herauf und winselte. *Luke!* Das graue Fell des kleinen Hundes machte ihn in der Dunkelheit beinahe unsichtbar. »Luke!«, flüsterte Konni jetzt, ging in die Hocke und kraulte dem wild mit dem Schwanz wedelnden Hund den Kopf. »Was machst du denn mitten in der Nacht hier draußen, du Stromer? Bist du unter die Füchse gegangen?«

Konni lächelte und sah sich um. Niemand war zu sehen. Sie stand wieder auf und bewegte sich vorsichtig in Richtung der Latrinen. Luke folgte ihr aufgeregt und sprang von Zeit zu Zeit an ihr hoch. »Ruhig, Luke«, flüsterte Konni. »Du weckst ja noch alle auf.«

Am Durchgang zwischen Dormitorium und Küche ging sie erneut in die Hocke. Luke schleckte an ihrer Hand. Da sah sie den Wachposten. Ein Mann mit einem langen Spieß stand mit dem Rücken zu ihr vorm Eingang des Speisesaals. Er sah in die entgegengesetzte Richtung über den Platz. Konni folgte seinem

Blick. Da erkannte sie mit einem Mal überall Wachposten. Vor jedem Gebäude und dazwischen kleinere Gruppen, die offenbar patrouillierten. *Verflucht.* Sie musste zurück und hinten um das Gebäude herumgehen … zum Eingang der Küche. Rückwärts schlich sie vorsichtig zurück und versuchte dabei, Luke zu beruhigen, der sich offenbar immer noch freute, sie wiederzusehen. »Shhh …«, machte Konni. Luke legte den Kopf schief und tippelte ihr schwanzwedelnd hinterher.

Als Konni um die hintere Ecke des Refektoriums gekrochen war, richtete sie sich auf und rannte zum Eingang der Küche. Gerade wollte sie durch die offen stehende Tür schlüpfen, als sie von drinnen ein Geräusch hörte. Konni duckte sich instinktiv und horchte in die Dunkelheit. Da, wieder. Ein leises Plätschern. Sie spähte durch die geöffnete Tür nach drinnen, konnte aber in der Dunkelheit nichts erkennen. Da hörte sie Schritte. Schritte, die rasch näher kamen. Konni kauerte sich neben die Tür in den Schatten der Mauer und presste den kleinen Hund an sich, damit er sie nicht verriet. Eine Gestalt trat aus der Küche und spähte kurz umher. Dann ging sie links an Konni vorbei und bewegte sich in Richtung Berg. Sie ging gebeugt, als trüge sie etwas vor dem Bauch. In diesem Moment riss sich Luke von ihr los und sprang der Gestalt hinterher. Im nächsten Moment war das Hündchen an der Gestalt heraufgesprungen und bellte zweimal. Die Gestalt erschrak offenbar genauso wie Konni zuvor. »Luke!«, flüsterte die Gestalt. Es war Ben.

Ben war danach gleich noch einmal zu Tode erschrocken. Diesmal, als Konni aus dem Schatten der Mauer auf ihn zugetreten war. »Ben?« Dann hatten sie einander erkannt und waren sich in die Arme gefallen. »Du lebst!«

Jetzt saßen sie in der Sicherheit der Stollen. Eine Kerze brannte, und Konni erzählte Ben alles, was auf ihrer Reise geschehen war. Von ihrem Weg über die Alpen, der Begegnung mit Richard und dem Einbruch in di Paduas Palazzo. Von dem Assassinen mit der silbernen Maske und dem Verlust der Abschrift, nachdem sie sie kurz besessen hatten.

»Welche war es?«, wollte Ben wissen.

»Sie war in Hebräisch verfasst. Leon vermutet, dass es die Abschrift ist, die der Sultan für sich behalten hatte, nachdem Gustave de Flaubertine sich und seine Leute damit freikaufen wollte. Sie könnte nach der Eroberung Konstantinopels durch die Venezianer nach Venedig gelangt sein.« Ben verschwand kurz im hinteren Teil der steinernen Kammer, kramte nach irgendetwas und kehrte mit Gottfrieds Buch zurück. Er schlug eine Seite auf und zeigte sie Konni im Schein der Kerze.

»Hier.« Ben deutete mit dem Finger auf eine der Spiralen. »Das hier ist die hebräische Abschrift. Sie war wohl zuletzt im Besitz von Antonius von Padua. Der wurde vor fünfzehn Jahren ermordet.«

»Ist das der Prediger?«, fragte Konni.

»Ja«, antwortete Ben.

»Der, der zu den Fischen gepredigt hat?«

»Ja, und sie sollen ihm zugehört haben.« Ben schmunzelte. Dann wurde er wieder ernst. »Und du sagst, der Assassine hat sie?«

Konni nickte. Dann schwiegen sie eine Weile. Bis Konni schließlich die Frage stellte, derentwegen sie gekommen war. »Was ist hier oben los, Ben?«

»Nachdem ihr gegangen wart, hat Uther mich erwischt.« Ben erinnerte sich an die Kälte und die Schmerzen, die Uthers Worte in ihm ausgelöst hatten. »Uther hat irgendwie Zugang zu einer Abschrift. Ich weiß nicht, wie er das gemacht hat, aber ich habe die Macht der Rezeptur zu spüren bekommen. Ich konnte wenig später fliehen. Dank Angus und Otto. Ich hatte großes Glück. Aber Uther lässt überall nach mir suchen. Und er foltert die übrigen Schüler.«

»Was ist mit den Lehrern, warum wehren die sich nicht?«, fragte Konni.

»Hofmann war wochenlang verschwunden. Nach seiner Rückkehr hat er sich in seinen Arbeitsräumen über der Halle des Krieges zurückgezogen. Oder er wird dort von Uther gefangengehalten. Wir wissen es nicht. Meister Borkas sitzt noch immer im Kerker. Wenn er noch lebt. Die Dame Jafira hat sich mit dem größten Teil der Schülerinnen im Turm der Prüfungen zurückgezogen. Und Uther lässt sie aus irgendeinem Grund in Ruhe. Stattdessen hat er sich Sally und Efra vorgenommen. Es heißt, er hält sie zusammen mit einigen anderen als Sklavinnen in seinen Gemächern. Es ist schrecklich, Konni.« Ben machte eine kurze Pause und schüttelte den Kopf. »Seit ein paar Tagen schleicht Hindrick hier wieder herum. Er ist schrecklich zornig und noch grausamer als zuvor. Wie es scheint, ist Wolfger auf dem Weg nach Venedig etwas zugestoßen. Man sieht Hindrick jetzt nur noch allein. Oder zusammen mit Richard.« Konni erschrak. Offenbar hatte Richard den Weg von Brixen hierher zurückgefunden.

»Was ist mit Heraeus Sirlink?«, fragte sie.

»Der hat sich seit Wochen im Haus der List eingeschlossen. Rudolfs Männer bewachen ihn. Ich kann nicht sagen, ob sie ihn für Uther gefangen halten oder ihn vor Uther schützen. Rudolf ist mit einer ganzen Streitmacht gekommen. Sie haben ihr Lager unten auf den Wiesen beim Dorf.«

Konni nickte. Leon, Flint und sie hatten die Männer Rudolfs unten im Tal gesehen. Ein riesiges Heerlager.

»Es heißt«, fuhr Ben fort, »Rudolf habe das Heer eigentlich aufgestellt, um Kaiser Friedrich im Norden Italiens zu unterstützen. Doch zuvor braucht er Gottfrieds Buch. Ich weiß nicht, was Uther ihm erzählt hat. Aber Rudolf weiß, dass Gottfrieds Buch hier an der Schule ist. Sie suchen überall auf dem Gelände. Und vielleicht lässt Rudolf Sirlink bewachen, damit der ihm nicht zuvorkommt.«

»Wozu brauchen sie jetzt noch Gottfrieds Buch? Uther hat die Abschrift Bernhards«, sagte Konni. Ben sah sie erschrocken an und seufzte dann. »Dann stimmte meine Vermutung.«

Und Konni bestätigte noch einmal: »Ja, Uther hat die Abschrift, welche Bernhard von Clairvaux gehörte. Er ist irgendwie dahintergekommen, wo sie versteckt war. Seit er sie besitzt, experimentiert er damit.« Konni sah Ben in die Augen. »Du selbst hast das zu spüren bekommen.«

Ben schüttelte den Kopf. »Woher willst du das wissen? Ich meine, dass es die Abschrift von Bernhard ist?«

»Richard hat es uns gesagt. Am Brenner, in der Hütte des Bauern.«

Ben nickte langsam. »Ja, das ergibt Sinn«, sagte er. »Denn es erklärt die Umstände an dieser Schule. Uther hat Bernhards Abschrift. Hier laufen Schüler herum wie Geister. Vollkommen antriebslos. Er hat sie gebrochen. Irgendwie ist es ihm gelungen, sie seinem Willen zu unterwerfen. So wie zuvor schon Leons Bruder.«

Konni schlug mit der Faust in die offene Handfläche und wirkte mit einem Mal grimmig. »Wir müssen etwas dagegen unternehmen.«

Beide überlegten für einen Moment. Bis Ben sagte: »Auch ich habe etwas herausgefunden. Vielleicht hilft das. In der Zeit, in der ihr fort wart, ist es mir gelungen, den ugaritischen Teil zu entschlüsseln. Es war tatsächlich Albert, der das verfasst hat. Und er hat all sein Wissen aus vierzig Jahren der Forschung dort aufgeschrieben. Ich erkläre es dir irgendwann im Detail. Borkas hatte im Wesentlichen recht, was den Bund der Erben betrifft. Die Assassinen und der Alte vom Berg. Das Wesentliche aber, das Albert in diesem Teil schreibt, ist ...« Ben wusste offenbar nicht, wie er den Satz zu Ende führen sollte, und sagte deshalb schlicht: »Die Pariser Abschrift ist tatsächlich hier. Irgendwo auf dem Gelände!«

Konni sah ihn an. Jetzt war es an ihr, erstaunt zu sein. »Wo?«

»Albert hat es uns in dem kurzen Gedicht mitgeteilt:

In der Dunkelheit des Berges nächst den Gebundenen ...

die Buchstaben im Abba-Ababus-Glossar. Erinnerst du dich?« Konni nickte.

»Das muss eine Wegbeschreibung sein. *Den Weg weist Abba-Ababus.* Die unterstrichenen Stellen in dem Glossar. Aber egal in welcher Kombination ich die Worte gelesen habe, deren erste Buchstaben unterstrichen waren, es ergab einfach keinen Sinn. Nicht einmal so etwas wie ein wirklicher Satz kam dabei heraus.«

»Hm«, sagte Konni.

»Ich vermute trotzdem, dass sich die Abschrift irgendwo hier im Berg und in den Stollen befindet. Zuletzt hatten nur Gorgias und Albert Zugang dazu. Und die erste Zeile von Alberts Gedicht weist eindeutig auf den Berg.«

»Ja, du hast recht. Und wahrscheinlich war auch Gorgias auf der Suche nach ihr.« Konni dachte an den schwarzen Leichnam, den sie hier gefunden hatten. »Aber ohne eine genaue Wegbeschreibung macht die Suche keinen Sinn«, sagte Konni. »Die Stollen sind zu weitläufig. Ein Papyrus kann hier überall sein. Vielleicht ist die Abschrift in irgendeinem der Steinbrüche vergraben. Aber selbst ein Spalt im Fels würde genügen, um sie zu verbergen. Ohne Alberts Wegweiser finden wir sie nie.«

»Du hast recht, Konni. Ich habe aber noch eine weitere Vermutung.« Ben machte eine Pause und schien über seinen nächsten Satz nachzudenken. »Ich vermute, dass Albert in seinem Brief an Maraudon offenbart hat, wo genau die Abschrift liegt.«

»Das wäre möglich. Vielleicht weiß Leon, wo Maraudons Brief jetzt ist«, sagte Konni.

»Das musst du ihn mal fragen. Ich weiß es jedenfalls nicht«, sagte Ben. »Ich fürchte aber, Uther hat ihn jetzt. Maraudon wurde bestialisch gefoltert, bevor er starb. Wenn es ein Geheimnis gab, das er durch Alberts Brief erfahren hatte, so weiß es Uther jetzt auch.«

»Du meinst, er hat die Abschrift gefunden?«

»Ich weiß es nicht. Ich denke, er braucht außer dem Brief noch das Buch Gottfrieds. Leon sollte es Maraudon ja zusammen mit dem Brief übergeben. Und ich hätte es bemerkt, wenn sie hier gesucht hätten. Ich hielt mich die ganze Zeit hier versteckt. Außer Angus und Otto weiß niemand, dass ich hier bin. Und auch die beiden denken, ich würde mich vorne in der Bibliothek versteckt halten. Ich denke jedenfalls, dass ich mitbekommen hätte, wenn jemand hier in den Stollen gesucht hätte. Gewiss hätte man die Verriegelung an dem geheimen Eingang aufgebrochen.«

❧

Später in der Nacht las Ben Konni die gesamte Übersetzung des ugaritischen Textes vor. Es war die Rede davon, dass zuletzt Jesus Christus im Besitz des Originals gewesen sei. Johannes der Täufer hatte es ihm gegeben. Albert vermutete dies, weil weite

Teile der überlieferten Bergpredigt den Mustern des Trismegistos folgten. Vielleicht hatte Albert sich in diese Idee aber auch verrannt. Albert beschrieb, wie erst Johannes und später Jesus von Nazareth sterben mussten, weil der Bund der Erben auf den Verrat des Geheimnisses aufmerksam geworden war. Johannes war ein Mitglied des Bundes und eigentlich zum Schutz des Geheimnisses verpflichtet. Stattdessen hatte er Jesus darin unterrichtet. Konni hörte gebannt zu, während Ben weiterlas. An der Stelle, an der Albert beschrieb, auf welche Weise die Assassinen des Alten vom Berge das Geheimnis und den Aufbewahrungsort des Originals rigoros schützten, kam Konni ein Gedanke. Die ganze Zeit schon hatte er in ihr gekeimt. Woher wusste der Assassine, dass sie in Venedig sein würden? Jetzt schien es Konni, als könne es nur eine einzige Antwort geben: weil er ihnen dorthin gefolgt war. Der Assassine und damit der Bund der Erben wusste, dass sie hier waren. So wie er wusste, dass sie in Venedig nach einer Abschrift suchen würden. Wenn er ihnen von hier aus unbemerkt nach Venedig folgen konnte, so konnte er das auch in umgekehrte Richtung tun. Der Assassine würde hier sein. Und diesmal aller Wahrscheinlichkeit nach nicht allein. Jetzt, nachdem sie Alberts Worte gehört hatte, war ihr klar, dass der Bund der Erben niemals zulassen würde, dass zwei der vier Abschriften und zudem Gottfrieds Buch hier oben bleiben würden. Sie würden kommen und morden. So wie sie es dem Anschein nach über die Jahrhunderte hinweg immer getan hatten.

»Verdammt«, flüsterte Konni und sprang auf. »Ich muss Leon und Flint warnen! Sie sind unten im Dorf und haben keine Ahnung, wer hinter ihnen her ist.« Ben nickte. Konni wollte sich abwenden und zum Eingang der Stollen zurückgehen, blieb dann aber stehen und sah Ben erstaunt an. »Kommst du nicht mit?«, fragte sie, als sie sah, dass Ben keine Anstalten machte, ihr zu folgen.

»Nein. Ich erwarte euch hier. Beeilt euch, denn hier in den Stollen seid ihr sicherer als da draußen.«

Vor dem Sturm

Das ist ein Scheißplan!«, protestierte Konni und sprach damit aus, was sie dachte. Leon versuchte, sie zu beschwichtigen.

»Ich muss Hofmann finden. Nur er ist stark genug, um gegen Uther und die Rezeptur zu bestehen. Erinnert euch daran, dass Albert sie ihn gelehrt hat. Er wird sich wehren können.«

»Das ist Schwachsinn!«, beharrte Konni. Und Flint mischte sich ein, indem er sagte: »Ein Pfeil zwischen die Augen ist die beste Antwort auf diese Rezeptur.« Aber Leon schüttelte den Kopf. »Allein habe ich die größte Chance, bis zu Hofmann zu gelangen, ohne entdeckt zu werden.«

»Hofmann ist nicht da, Leon, warum kriegst du das nicht in deinen Dickschädel? Ben hat es mir gesagt. Und auch ich selbst habe ihn nirgendwo entdecken können. Er ist weg, Leon, begreife das doch!« Aber Leon beharrte: »Was, wenn Uther auch ihn gefangen hält?«

»Du darfst da nicht allein raufgehen. Sie werden dich schnappen, verflucht«, wiederholte Konni. Leon dachte nach. Sie saßen auf dem strohbedeckten Boden des Stalles. Flint lag neben ihnen auf einer Pritsche, die eigentlich für die Hühnernester vorgesehen war, und pustete sich eine flaumige Feder aus dem Gesicht. »Und was willst du dort tun, wenn Konni recht hat und Hofmann wirklich nicht da ist? In Uthers Kammer rennen und ihn höflich um Bernhards Abschrift bitten? Rudolfs Männer sind da oben! Rudolf ist mit einer verdammten Armee hier angerückt, um die Abschrift zu finden. Was willst du dagegen ausrichten?« Wie immer sprach Flint das Offensichtliche aus. »Du kommst nicht mal bis zum Tor, denn selbst auf dem Weg zur Schule stehen alle zwanzig Schritte Posten.« Flint hatte recht. Unweit von hier hatte Rudolf mit seinen Rittern ein Heerlager errichtet. Auf den Wiesen auf der anderen Seite des Dorfes. Sie konnten das Gejohle der Männer, die Pferde und das Lärmen des geschäftigen Trosses durch die Nacht bis hierher hören. Ein Teil von Rudolfs Streitkräften war bereits oben an der Schule. Mindestens dreißig von ihnen hatte Konni gezählt. Hier unten mochten es noch einmal dreihundert sein.

Konni blickte zu Leon. Und sie erkannte, dass er seine Entscheidung getroffen hatte. »Wir kommen verdammt noch mal mit dir, Leon!«, sagte sie grimmig.

Jetzt war es an Flint, erstaunt zu sein. »Bist du jetzt auch übergeschnappt?« Der Wildererjunge wollte sich aufrichten und stieß dabei mit dem Kopf an die über ihm liegende Pritsche.

»Verdammt.« Flint rieb sich den Scheitel. Seine Augen funkelten. »Leon, wenn ihr glaubt, ihr könntet da mit Worten etwas erreichen, müsst ihr irre sein! Ich habe verstanden, dass das, was in dieser Rezeptur steht, mächtig ist. Und ich habe auf dem Brenner mit eigenen Augen gesehen, was man damit anstellen kann. Aber du selbst hast nur einen Bruchteil der Rezeptur gesehen, Leon. Uther hat die ganze Abschrift!« Konni nickte zustimmend und sah von Flint zu Leon.

»Seht ihr einen anderen Weg?«, fragte Leon. »Wenn Uther die Rolle behält, wird er irgendwann auch Rudolf zur Gänze beherrschen. Falls er das nicht schon längst tut. Wenn er dann noch dafür sorgt, dass Rudolf zum König gewählt wird, hätte seine Macht den Höhepunkt erreicht. Er könnte seine böse Kraft vollends entfalten und seinen üblen Einfluss über Rudolfs Handeln ausüben, ohne jedweden Verdacht auf sich selbst zu lenken. So wie damals Bernhard Macht über Papst Eugen hatte. Über Ludwig und all die anderen Könige. Was folgt, sind neue Schlachten, Kriege und Kreuzzüge. Dann versinken wir in einem neuen Zeitalter der Dunkelheit, versteht ihr das nicht.« Leon musste sich in diesem Moment innerlich eingestehen, dass das nicht der alleinige Grund war, warum er Uther um jeden Preis aufhalten musste. Da war außerdem noch Cecile. Sie aufzuspüren und mittels der Rezeptur gefügig zu machen war keine leere Drohung Uthers gewesen. Und Ceciles Eltern waren laut den Worten in ihrem Brief an Leon offenbar kurz davor, der Hochzeit mit diesem Ungeheuer zuzustimmen.

»Und du glaubst immer noch, dass ausgerechnet du dazu berufen bist, das zu vereiteln? Den Lauf der Geschichte zu ändern? Sieh dich an!« Flint hatte recht. Was sollte ein einzelner Mensch gegen diese Übermacht ausrichten – selbst, wenn er treue Freunde hatte? Es war genau, wie Flint es sagte: Sie hatten nur Bruchstücke der Rezeptur. Nur das, was Gottfried als Ergebnis seiner Forschungen in seinen Aufzeichnungen hinterlassen hatte. Die Rezeptur in den Abschriften, über die nur Uther – und in Fragmenten auch Hofmann – verfügte, war viel mächtiger.

Leon ging zum Eingang der Scheune und sah hinaus in die Nacht. Vor dem Verschlag für die Hühner begannen die Weiden. In der Dunkelheit erkannte Leon vage einige Zäune, die sie umstanden. Seinen Freunden den Rücken zugewandt, sprach Leon das aus, was die ganze Zeit im Raum gestanden hatte: »Ihr müsst mich gehen lassen. Allein. Ihr könnt dort oben nichts mehr für mich tun.«

»Leon …«, begann Konni einen letzten Versuch, ihn aufzuhalten, aber Leon unterbrach sie.

»Ich habe mich entschieden.«

»Du blöder Dickschädel!«, schimpfte Flint jetzt und sprang auf. »Wir kommen mit dir. Ob du willst oder nicht.«

Konni nickte in der Dunkelheit, machte einen Schritt nach vorn und legte Leon die Hand auf die rechte Schulter. Es schien, als wolle sie noch etwas sagen. Aber stattdessen riss sie Leon plötzlich zu Boden. Leon wollte protestieren, doch Konni presste ihm im nächsten Moment die Hand über den Mund.

»Still!«, zischte sie.

Leon war zu überrascht, um sich zu wehren. Er lag mit dem Rücken auf dem Boden, Konni kniete über ihm. »Da draußen bewegt sich was … oder jemand!« Sofort war Flint bei ihnen. Konni stieg von Leon herunter, der sich schnell auf den Bauch drehte. Zu dritt starrten sie hinaus in die Dunkelheit. Und da sah Leon sie. Erst einzelne Schatten am gegenüberliegenden Ende der Weide. Aber rasch wurden es mehr. Geduckte Gestalten, die sich entlang der niedrigen Büsche parallel zur Straße bewegten.

»Nizariten!«, zischte Flint.

»Scheiße, wir müssen hier weg!«, fluchte Konni.

»Sie wollen zur Schule. Und sich zurückholen, was ihnen gehört. Bernhards Abschrift und Gottfrieds Buch.«

Flint kam eine Idee: »Wir sollten einfach *sie* die ganze Arbeit machen lassen«, flüsterte er.

Aber Leon schüttelte den Kopf. »Unsere Freunde sind da oben!« *Und mein Bruder*, ergänzte er in Gedanken. »Wir müssen sie warnen.« Leon überlegte nicht lange und sagte: »Die Pforte zum Garten des Cellerars!« Noch ehe Konni oder Flint protestieren konnten, huschte er geduckt zur Scheune hinaus und wandte sich weg von der Straße hin zur östlichen Flanke des Schulberges. Wenige Augenblicke später waren Konni und Flint neben ihm. Konni hatte einen Beutel übergeworfen, und Flint hatte sein Seil gegriffen. Jetzt wand er es sich im Laufen um den Bauch. Er fluchte dabei still vor sich hin.

Sie nahmen den direkten Weg über die Weide, sprangen über einen Zaun und kamen zu dem kleinen Bach am Fuße des Berges. Sie überquerten ihn und machten sich an den Aufstieg durch den dichten Tannenwald an der unteren Flanke des Berges. Sie stolperten bergan und mussten sich immer wieder mit den Händen an irgendeinem Gestrüpp oder Baumstamm hochziehen. Der Anstieg war mühsam. Vor allem an den Stellen, wo sie über Geröll und Felsen klettern mussten. Immer wieder drehten sie sich um und versicherten sich, dass sie noch nicht entdeckt worden waren.

»Wie viele waren das?«, fragte Leon in der Dunkelheit. Er war sichtlich außer Atem.

»Schwer zu sagen«, antwortete Flint. »Mindestens zwei Dutzend, schätze ich.« Hinter sich im Tal hörten sie entsetzte Rufe und Geschrei.

»Es geht los«, sagte Konni grimmig.

Sie kamen an die steile Felswand unterhalb des Felsüberhangs, auf dem die versteckte Pforte zum Garten des Cellerars führte. Konni kletterte voraus, und wenig später fiel das Seil zu den anderen beiden herab. Flint und Leon zogen sich daran hinauf und waren wenig später auf dem Vorsprung vor der Pforte angelangt. Das eiserne Gitter war verschlossen, so wie Konni es an diesem Morgen zurückgelassen hatte. Sie hantierte für einen Augenblick mit ihrem Werkzeug am Schloss herum, und wenige Augenblicke später ließ sich die Tür mit einem leisen Quietschen öffnen. Sie schlüpften hindurch, schlossen die Tür hinter sich, und Konni sperrte ab. »Was machen wir jetzt?«, fragte Flint.

»Wir gehen als Erstes zu Ben in die Stollen. Wir müssen ihn warnen. Dann suchen wir im Haus des Krieges nach Hofmann«, antwortete Leon. Flint und Konni nickten.

Überall auf den Mauern rund um die Schule ragten die Spieße der Wachen auf. Und auch an den Gebäuden standen vereinzelt Posten. Sie mussten, mit dem Bauch auf den Boden gepresst, durch den Garten kriechen, um die Rückseite des Refektoriums ungesehen zu erreichen. Dort am Fuße der hohen Mauer ruhten sie einen Moment lang aus und lauschten in die Stille. Um zur Bibliothek und danach zum Haus des Krieges und zu Hofmann zu gelangen, mussten sie den schmalen Durchgang zwischen Refektorium und den Schlafsälen der Jungen nutzen. Aber wie konnten sie den Hof überqueren, ohne gesehen zu werden?

»Lasst uns an der Außenseite der Gebäude um den Hof herumgehen. Wir können drüben das kurze Stück zwischen Kirche und dem Haus des Krieges überwinden, wenn wir uns einigermaßen geschickt anstellen.« Konni hatte von den dreien definitiv die meiste Erfahrung im Herumschleichen auf dem Schulgelände. Deshalb folgten Leon und Flint ihr ohne Widerrede.

So schlichen sie geduckt entlang der Rückwand, bis sie zu dem schmalen Durchgang kamen. Am anderen Ende konnten sie die Umrisse von zwei Wachmännern erkennen, die den Durchgang auf der Seite zum Hof hin bewachten. Sie bewegten sich nicht, schienen aber in Richtung Hof zu sehen. Rasch huschten die drei Freunde an dem Durchgang vorbei und schlichen entlang der Rückseite des Dormitoriums an den Latrinen vorbei weiter in Richtung Bibliothek. Dort würden sie sich nach links wenden und auf der Rückseite der Lehrsäle und der Kirche bis zum Haus des Krieges gelangen. Plötzlich sahen sie vor sich zwei Gestalten aufragen. Flint wäre beinahe in sie hineingerannt. »Mist!«, fluchte er. Die beiden Gestalten gingen sofort auf Flint los und warfen ihn zu Boden. Konni und Leon kamen ihm schnell zu Hilfe. Leon zog seinen Dolch und wollte gerade zustechen, als er eine der Gestalten erkannte.

»Peter?«

Beide Gestalten antworteten gleichzeitig: »Ja?«

Leon ließ den Dolch sinken und atmete erleichtert aus. »Lasst ihn los. Das ist Flint. Er gehört zu uns.«

»Leon? Konni?« Jetzt erkannten die beiden Peter ihre verschwundenen Mitschüler offenbar.

»Wir dachten, ihr seid tot.«

Die beiden ließen Flint los und klopften ihn ein bisschen ab. »Nichts für ungut!«, sagte einer von ihnen und reichte Flint die Hand.

»Was macht ihr hier?«, fragte Konni.

»Pst«, flüsterte einer der Peter, und alle fünf drückten sich dicht in den Schatten der Mauer. »Das müssten wir euch fragen.«

»Wo ist euer Bruder?«, wollte Leon jetzt wissen.

»Den haben sie erwischt. Weil sie dachten, sie wären mit dem Peter fertig, sind wir beide davongekommen. Sie wissen nicht, dass es drei von uns gibt.«

»Was haben sie mit ihm gemacht?«, fragte Leon.

»Der Teufel Uther hält hier seit einigen Tagen sogenannte *Sitzungen* ab. Diejenigen, die er dranhatte, kannst du danach vergessen. Er macht sie irgendwie fertig. Wir vermuten, es sind betäubende Substanzen. Pilze oder so.« Leon, Konni und Flint wussten es besser. »Jedenfalls laufen die seitdem hier rum wie blödes Vieh. Kaum ansprechbar und trotzdem eifrig am Arbeiten. Als sie das auch mit unserem Bruder gemacht hatten, haben wir beide hier mitgespielt. Dürfen uns aber nicht mehr zusammen blicken lassen wie früher. Sonst kriegen sie mit, dass es mehr von unserer Sorte gibt als nur einen.«

»Und euer Bruder, habt ihr mit ihm gesprochen?«, fragte Konni.

»Er erkennt uns nicht. Steht vor uns wie ein blödes Schaf und ist vollkommen teilnahmslos«, meinte einer der beiden. Sein Bruder nickte und sagte: »Pilze halt.«

Sie schwiegen kurz, bevor einer der beiden Peter fragte: »Wo habt ihr euch in den letzten Monaten rumgetrieben? Ihr wart einfach plötzlich weg, nachdem Maraudon ermordet wurde. Alle denken, Borkas war's nicht allein. Du, Leon, hättest ihm geholfen und bist noch mal davongekommen, weil Hofmann sich für dich eingesetzt hat. Nachdem du abgehauen warst, hat Uther überall verbreitet, dass du Borkas' Komplize bist und Maraudon eigenhändig ermordet hast.«

»Ich war's nicht. Und Borkas auch nicht«, antwortete Leon. »Was ist mit Borkas, wo ist er jetzt?« Leon fürchtete sich vor der Antwort.

»Er sitzt noch immer im Kerker. Er soll aber schon bald hingerichtet werden. Ich glaube, Ostern soll es so weit sein«, sagte ein Peter.

Leon erschrak.

»Vorne auf dem Platz zimmern sie schon am Galgen.«

»Uther will, dass die Schüler zusehen?«, sagte Konni überrascht und eine Spur zu laut.

»Scheint so.«

»Habt ihr Angus und Otto irgendwo gesehen?«, wollte Leon wissen.

Die beiden Peter schüttelten die Köpfe. »Nein«, sagte einer von ihnen.

»Hört zu, es kann sein, dass wir eure Hilfe brauchen«, sagte Leon entschlossen. Er hatte sich längst entschieden, den beiden zu vertrauen. »Wir sind hier, um Uther etwas sehr Wertvolles wegzunehmen und ihn auszuschalten. Schon bald wird hier allerdings die Hölle los sein.«

»Noch mehr Hölle? Wieso?«, fragte einer der beiden.

»Weil das Gelände bald angegriffen wird.«

»Was?«, zischte ein Peter erstaunt.

»Von wem?«, wollte der andere wissen.

»Sie nennen sich Nizariten. Es sind Auftragsmörder. Eine ganze Armee davon. Finstere Gesellen. Ihr geht besser und warnt die anderen. Wir müssen zum Haus des Krieges und Meister Hofmann finden. Er kann uns vielleicht helfen. Auf dem Weg dahin stehen sicher noch mehr Wachen. Ein paar haben wir schon entdeckt. Könnte einer von euch vorausgehen und uns warnen? Die eine oder andere Wache vielleicht sogar ablenken, damit wir an ihrem Rücken vorbeikönnen?«

Beide Peter nickten. »Geht klar.«

Dankbar wandte sich Leon an Flint und Konni. »Kommt weiter.« Einer der beiden Peter ging voraus, der andere verschwand bald darauf, um die übrigen Schüler zu warnen, sofern diese ansprechbar sein würden.

Sie schlichen an der Rückwand des Refektoriums entlang. Und tatsächlich: Wenig später trafen sie auf die erste Wache, diesmal auf der Rückseite des Turmes der Prüfungen. Peter ging geradewegs auf den Mann zu. Der schien alarmiert und richtete die Spitze seiner Lanze direkt auf Peters Brust.

»Gott zum Gruß!«, sagte Peter. »Verzeiht, dass ich Euch während Eurer Wache anspreche. Ich bin jedoch durch unseren Cellerar angehalten, für jeden Mann auf diesem Gelände zu sorgen, und frage mich, ob Ihr genug zu essen hattet.«

»Willst du mich verscheißern?«, zischte der Mann zur Antwort.

Peter hob beschwichtigend die Hände. Der Mann beäugte ihn misstrauisch. Dann aber richtete er die Lanze wieder in die Höhe und gab nur einen Grunzlaut von sich.

»Ich könnte Euch in der Küche ein paar Kleinigkeiten besorgen, wenn Ihr noch eine Weile hier auf dem Posten stehen müsst.« Der Mann brummte irgendetwas Abfälliges. Sein Misstrauen schien jedoch nachzulassen, als Peter fortfuhr: »Steht Euch der Sinn eher nach einem Stück Käse oder nach Schinken? Ich könnte beides für Euch erfragen.« Es folgte eine endlose Reihe weiterer Fragen, auf die der Wachmann jeweils eine kurze Antwort brummte, während ihm sicher das Wasser im Munde zusammenlief. Während Peter ihn auf diese Weise ablenkte, schlichen die Freunde hinter seinem Rücken am Turm vorbei und warteten dann im Schatten der Säulen am Eingang zur Bibliothek auf Peter. Flint und Konni waren durch den Keller ins Innere der Bibliothek eingedrungen und sollten Ben von dort holen. Leon wartete. Von hier aus konnte er den gesamten Hof überschauen. Überall waren Männer postiert oder eilten von einem Gebäude ins nächste. Sie trugen Fackeln, und noch immer schienen sie nichts vom bevorstehenden Angriff der Assassinen bemerkt zu haben.

Leon überlegte, ob er besser Alarm schlagen sollte. Aber vielleicht war das Chaos, das hier gleich losbrechen würde, ihre einzige Chance. Leon hatte in Venedig und schon vorher im Wald bei Flints Eltern gesehen, wozu ein einzelner dieser fremdartigen Männer fähig war. Er schauderte angesichts der Vorstellung, dass gleich Dutzende von ihnen an den äußeren Mauern der Schule heraufkommen würden. Wo sollten sie sich verstecken? Sollten sie sich vielleicht besser ergeben und die Abschrift an ihre jahrhundertelangen Hüter ausliefern? Nein, erst einmal mussten sie selbst an den Papyrus gelangen. Wo hielt Uther die Rolle versteckt? Bestimmt irgendwo in seiner Nähe. Sie warteten weiter. Es dauerte eine ganze Weile, bis Peter wieder bei ihnen erschien. »Hast du ihm das ganze Zeug tatsächlich gebracht?« Statt einer Antwort warf Peter Leon ein Stück Käse zu.

Kurz darauf kehrten Konni und Flint zurück. Sie hatten Ben dabei. Leon und Ben umarmten sich wortlos.

»Weiter!«, flüsterte Konni. »Wir haben keine Zeit!«

Sie eilten gebückt an den Säulen entlang, überquerten das Podest vor dem Eingang der Bibliothek und sprangen zwischen die niedrigen Buchsbaumhecken, welche die Wege zwischen den Gebäuden begrenzten. Von dort aus krochen sie bäuchlings bis an die Seite des Gebäudes, in dem sie Hofmann vermuteten. Das Haus des Krieges.

»Wie kommen wir jetzt da rein?« Flint spähte um die Ecke und sah, dass vor dem Eingang des Gebäudes und an dem Treppenaufgang an der Außenwand zwei Posten standen.

»Gibt's hier noch einen Nebeneingang?«

»Nein«, sagte Konni, »aber ein verdammtes Fenster. Kommt mit!«

Gleich darauf waren sie auf der Rückseite des Gebäudes angekommen. Etwa dreißig Fuß vor und über ihnen sahen sie die Bögen eines Doppelfensters, das nach Westen auf das Tal und das Dorf hinausging. Leon war noch nie auf dieser Seite des Gebäudes gewesen. Das Fenster schien zu einem Zimmer oberhalb der Halle des Krieges zu gehören. Jetzt erinnerte sich Leon, dass Hofmanns Arbeitszimmer genau so ein Fenster gehabt hatte. Zumindest sah es von innen so aus.

»Das ist es«, flüsterte er. »Das ist das Fenster zu Hofmanns Arbeitszimmer.« Genau wie auf der Vorderseite des gewaltigen

Gebäudes waren auch hier in regelmäßigen Abständen Nischen mit Statuen eingelassen. Kriegsherren. Achilles, Alexander, Vercingetorix, Cäsar, Attila, Siegfried, Dietrich von Bern, Karl der Große. Insgesamt vierundzwanzig in gleichmäßigen Abständen über die ganze Länge der Außenwand verteilt. Die Reihe wurde in der Mitte durch das Fenster unterbrochen, das die Freunde jetzt erreichen mussten. Die Figuren waren mannshoch, aus weiß schimmerndem Marmor gehauen, und sahen mit ernsten Mienen über die Freunde hinweg in die Ferne. Das Haus des Krieges war auf unebenem Gelände gebaut, deshalb befanden sich die Nischen am südlichen Ende sehr viel höher über dem Boden als hier am nördlichen Ende der Rückwand. Dort, wo die Freunde jetzt standen, waren es vielleicht zwanzig Fuß. Es war dennoch zu hoch. Wie konnte man ohne Leiter dort hinaufkommen?

Konni kramte in ihrem Beutel. Sie zog schließlich ein kleines Stück Tuch und eine dünne Schnur heraus. Flint hatte sofort verstanden, wickelte sein eigenes kräftiges Seil los und suchte gleichzeitig den Boden nach einem handlichen Stein ab. Er fand einen, etwa so groß wie ein Hühnerei, und gab ihn Konni. Rasch wickelte sie den Stein in das Tuch. Dann band sie das kleine Paket an das Ende der dünnen Schnur, zog den Knoten fest und prüfte das Gewicht in der rechten Hand, während sie das andere Ende der Schnur in der Linken hielt wie eine Steinschleuder. Sie trat ein Stück weg von der Wand und sah nach oben.

»Wird das nicht einen Mordslärm machen?«, flüsterte Ben.

Aber Konni holte bereits aus, wirbelte den Stein ein paarmal mit der Schleuder herum und ließ ihn dann nach oben schnellen. Mit einem leisen Poltern prallte er am Knie Attilas ab und fiel zurück nach unten. In der Stille war das Geräusch so laut wie ein Händeklatschen. Alle duckten sich in die Schatten und warteten. Als nichts geschah, versuchte Konni es erneut. Diesmal landete der Stein hinter der Statue des Hunnenfürsten, prallte aber nicht stark genug ab, um zu ihnen zurückzufallen. Konni fluchte und zog an der Schnur, sodass sie samt Stein zum zweiten Mal zu ihnen herabfiel. Vier Versuche später gelang es endlich. Der Stein prallte von der Rückwand der Nische ab und kullerte auf der anderen Seite von Attilas Fuß und über den Rand zu ihnen zurück. Konni ließ den Stein an der Schur herab. Schnell befestigte Flint das Ende seines Seiles an der Schnur, sodass sie es zu der Statue hinauf- und auf der anderen Seite wieder zu sich herunterziehen konnten. Das war geschafft. Konni würde wieder als Erste gehen. Flint und Leon hielten das eine Ende des Seiles und halfen Konni beim Anstieg über den glatt gehauenen Stein, indem sie kräftig zogen. Konni hielt das Seil mit beiden Händen, stemmte sich mit den Füßen von der Mauer ab und lief die Wand hinauf. Leon fürchtete, die Statue Attilas könne durch das Gewicht nach vorne kippen, aber der steinerne Hunnenfürst in seiner Nische blieb standhaft.

Oben angekommen, ging Konni neben der Statue in die Hocke und zog das Seil zu sich herauf. Dann wickelte sie es sich um die Hüfte und sah von Attila aus zur nächsten Statue in der Reihe. Siegfried.

Der Abstand zwischen den Nischen war etwa sechs Fuß breit. Konni musste sich mit der Linken an der Innenkante der Nische festhalten, mit Schwung in Richtung der nächsten Nische springen und dort mit der Rechten wiederum deren Innenkante erwischen. Am Fuß der Mauer hielten die Freunde den Atem an. *Das ist viel zu weit,* dachte Leon.

Konni nahm Schwung und schaffte es. Auf eine gewisse Weise hatte es sogar mühelos ausgesehen, und Leon war ein weiteres Mal beeindruckt. Seine Freundin verstand ihr Handwerk.

Konni schaffte es, über zwei weitere Statuen und Nischen bis zum Sims des breiten Fensters zu gelangen. Dort ging sie erst einmal in die Hocke, um Luft zu holen. Die Wand unter ihr war weitaus höher als die Stelle, an der sie heraufgeklettert war. Etwa dreißig Fuß bis zum Boden. Das Gelände dahinter fiel steil ab. Zur Rechten sah sie ihre Freunde, die zu ihr heraufschauten und auf ein Zeichen warteten, ihr nachzukommen. Konni sah sich um. Als ihr Blick über die nächtliche Landschaft und auf das entfernte Dorf fiel, stockte ihr Atem. Gerade begannen – erst einzeln, dann immer mehr – Dächer zu brennen. Schober, Hütten und Felder, überall loderten in rascher Folge neue Feuer empor. Nein, die Assassinen würden keine Zeugen zurücklassen – mit oder ohne Eroberung der Abschrift. Sie mussten sich beeilen.

Konni drehte sich auf dem schmalen Fenstersims herum und versuchte, durch eines der bleiverglasten Fenster in das Innere von Hofmanns Arbeitszimmer zu sehen. Es war dunkel, doch sie bemerkte den schwachen Schein einer glimmenden Glut. Ob Hofmann hier war? Konni hoffte es. Sie stemmte ihr Gewicht gegen den rechten Fensterflügel. Das Fenster war verschlossen. Behutsam presste sie eines der kleinen Gläser aus seiner bleiernen Fassung. Klirrend fiel es auf den inneren Fenstersims und von da zu Boden. Dort zerbrach es in tausend Stücke. Konni hielt vor Schreck den Atem an. Doch nichts geschah. Sie atmete aus. Dann griff sie mit dem rechten Arm durch die Öffnung im Fenster und tastete nach einem Griff oder Riegel. Als sie ihn fand, betätigte sie ihn und wäre beinahe nach vorne in das Zimmer gekippt, als das Fenster plötzlich nach innen aufschwang. Sie konnte sich gerade noch abfangen und sprang in das Halbdunkel des Zimmers. Sofort ging sie in die Hocke und sah sich um. Sie war allein im Raum. Rasch drehte sie sich herum, befestigte das Seil am steinernen Fensterpfosten und warf das lose Ende zu ihren Freunden hinunter.

Konni sah, dass Peter und Ben verschwunden waren.

»Was ist mit Peter und Ben?«, fragte sie Leon, als der sich wenig später auf den Sims zog. Leon drehte sich um und sah nach unten. Flint war unter ihm etwa zur Hälfte heraufgeklettert. Die anderen beiden waren nirgends zu sehen. »Peter sollte eigentlich da unten bleiben und aufpassen. Und Ben wollte uns ebenfalls folgen.«

Leon sah besorgt zu Konni. »Sollen wir auf sie warten?«

»Nein«, antwortete Konni. Leon sprang in den Raum und ging neben ihr in die Hocke. Dort kauerten sie im Schatten, bis auch Flint über den Sims geklettert kam. Auch ihn fragten sie: »Wo sind Ben und Peter?« Aber Flint zuckte mit den Achseln. »Plötzlich waren sie unter mir weg. Haben es sich wohl anders überlegt.« Sie sahen einander ratlos an. Leon kletterte noch einmal zurück auf den Sims und spähte nach unten. Aber die Freunde blieben spurlos verschwunden. Ein ungutes Gefühl schlich sich bei Leon ein: Was, wenn Ben noch immer unter dem Einfluss Uthers stünde? Wenn er jetzt auf dem Weg zu ihm wäre, um sie zu verraten? Er versuchte, den Gedanken zu vertreiben, aber das Gefühl blieb.

»Wie geht es jetzt weiter?«, wollte Flint wissen, nachdem Leon wieder zu ihnen nach drinnen gestiegen war und sie sich in dem leeren Raum umgesehen hatten.

»Hofmann ist nicht hier«, antwortete Konni.

»Vielleicht schläft er ja«, sagte Leon. »Wir müssen Hofmanns Schlafgemach finden. Das Seil lassen wir draußen hängen, für den Fall, dass wir fliehen müssen.«

»Habt ihr die Brände gesehen?«, fragte Flint. Leon und Konni nickten zur Antwort, und Leon sagte: »Es hat begonnen.«

»Los jetzt!«, zischte Konni.

Sie schlichen zur gegenüberliegenden Wand des Raumes. Von dort führte eine Tür auf einen Gang hinaus. Leon erkannte ihn. Er führte links zu der Tür und der Treppe, die außen an der Mauer hinab in den Hof führte. Noch weiter hinten, am Ende dieses Ganges, war eine schmale Tür, durch die Leon zuvor nie gegangen war. Hofmann und er hatten sich entweder im Arbeitszimmer oder aber unten in der Halle des Krieges getroffen. Konni war nach rechts vorausgegangen und verschwand gerade in einer der seitlichen Türen. Leon und Flint folgten ihr. So kamen sie in die privaten Gemächer Hofmanns. Doch niemand war hier. Konni kramte in einigen der Truhen und Schränke.

»Lass das, Konni«, flüsterte Leon. »Dafür haben wir keine Zeit.«

Sie kehrten zurück in den Gang und eilten zu der kleinen Tür an dessen Ende. Sie war unverschlossen und führte auf einen kleinen steinernen Absatz in einer Art Turm. Eine enge Wendeltreppe führte nach unten. Die drei Freunde folgten ihr hinab und kamen an deren Fuße zu einer weiteren Tür aus schwerem Holz.

»Sollen wir anklopfen?«, fragte Leon. »Was ist, wenn Hofmann da drinnen ist?«

Statt einer Antwort schüttelte Konni den Kopf. Sie drückte die Klinke und schob die Tür beinahe lautlos auf. Dahinter verdeckte ein schwerer Vorhang die Sicht. Konni schob ihn mit einer Hand einen Spaltbreit beiseite. Der Raum, den sie nun vor sich sahen, war riesig. Größer noch als der Saal in Maraudons Haus. Es war die Halle des Krieges.

Angriff der Nizariten

Der Pfeil kam aus dem Nichts und durchschlug den Hals des Mannes, der direkt vor Philipp stand. Ein Schwall Blut spritzte zur Seite. Der Mann brach mit vor Überraschung und Entsetzen weit aufgerissenen Augen zusammen. Philipp taumelte zurück und duckte sich instinktiv. In rascher Folge zischten weitere Pfeile über seinen Kopf hinweg und prallten an die steinerne Wand hinter ihm. Kleine Splitter fielen auf ihn herab. *Was zur Hölle …?* Er rollte zur Seite, sprang auf und warf sich in den Schutz einer niedrigen Mauer. Es war die seitliche Brüstung der großen Treppe, die hinauf zur Halle des Willens führte. Immer mehr Pfeile wurden von irgendwoher auf ihn abgeschossen. Er zog sein Schwert und spähte vorsichtig durch das steinerne Geländer der Treppe. Er sah die Männer Rudolfs. Sie schrien und rannten hinunter zum Tor. *Was ist hier los, verdammt?* Vor ihm auf der Treppe lag der Mann, mit dem Philipp gerade eben noch geredet hatte. Seine toten Augen starrten in seine Richtung. Die Pfeile waren von oben gekommen, aber Philipp konnte in der nächtlichen Dunkelheit schwer erkennen, woher genau. Sie schienen einfach vom Himmel zu fallen. Gehetzt flog sein Blick über Mauern und Wehrgänge. *Nichts.* Da läutete mit einem Mal die Alarmglocke im Toreingang. *Wir werden angegriffen.* Aber von wem? Und weshalb hatte Rudolfs Armee das nicht verhindert? Ein neuer Gedanke kam ihm. *Wo ist Odo?* Philipp drehte sich um und sah in die Richtung, in der er seinen Bruder zuletzt gesehen hatte. Da war er. Bei den Ställen. Odo war hinter einem steinernen Trog in Deckung gegangen und sah zu Philipp herüber. Auch er hatte sein Schwert gezogen. Und auch er schien nicht zu erkennen, woher die Pfeile kamen, denn er zeigte nach oben in die Luft und zuckte darauf mit den Schultern. Philipp gab ihm mit der freien Hand ein Zeichen, in Deckung zu bleiben. Und dann brach mit einem Mal die Hölle los.

Am gegenüberliegenden Ende der Halle des Krieges brannte ein großes Feuer im Kamin. Er war hoch und breit, und man hatte darin drei Lagen beindicker Holzscheite aufgeschichtet. Beinahe wie einen Scheiterhaufen. Leon spürte die Hitze bis hierher. Vor den Flammen stand ein Mann. Er stand mit dem Rücken zu ihnen und blickte ins Feuer. Der Mann trug die mönchische Kutte und den Gurt eines Meisters. *Hofmann?* Nach Leon und Flint trat nun auch Konni hinter dem Wandbehang hervor, der die kleine Tür zur Wendeltreppe verbarg. Leon konnte nicht erkennen, ob der Mann vorne am Feuer wirklich Hofmann war. Aber es war seine Halle, und wo sonst sollte er sich zu dieser Stunde aufhalten? Oben in seinen privaten Gemächern oder im Arbeitszimmer war er nicht gewesen.

Leisen Schrittes durchquerten sie die Halle. Wie auch bei den letzten Malen, an denen Leon hier in dieser Halle gewesen war, ließ das Licht des Feuers die geschnitzten Dämonen und Schlachtszenen auf den Säulen und Schreinen wie lebendig wirken. Die Seitenwände des Saales und die Wandteppiche daran lagen in Dunkelheit, während in der Mitte des Raums zwischen den Säulen zahllose Kerzen brannten. Im Feuer knackte ein Scheit.

»Hofmann?«, fragte Leon zaghaft.

Der Mann straffte die Schultern, drehte sich aber nicht um. Unentschlossen blieben die Freunde in einiger Entfernung stehen. Dann trat Leon einen Schritt vor. Was sollte schon geschehen?

»Meister Hofmann, seid Ihr es?«, versuchte Leon es noch einmal. Plötzlich durchfuhr ihn ein erschreckender Gedanke. Was, wenn Uther auch Meister Hofmann einem Schattenwort unterworfen hatte? Wenn er ihn manipuliert hatte wie seinen Bruder und alle anderen?

Da plötzlich sprach der Mönch vor ihnen: »Seid ihr also doch noch gekommen.«

Leon durchfuhr es bis ins Mark. Das war nicht Hofmann.

Er wollte wegrennen, doch noch bevor er seine Freunde warnen konnte, drehte sich die Gestalt um, streifte dabei die Kapuze zurück und entblößte seinen kahl geschorenen Schädel. *Uther.*

»Wir werden angegriffen!«, brüllte Philipp.

Die ganz und gar schwarz gekleideten Krieger tauchten plötzlich überall gleichzeitig auf. Philipp duckte sich unter einem mit Wucht geführten Schwertstreich hinweg und stieß dann blitzschnell sein eigenes Schwert nach vorn. Direkt in den Bauch des Angreifers. Weitere Pfeile prallten neben Philipp gegen die Mauer.

Im nächsten Moment war Odo bei ihm und rief: »Sie sind überall!« Ein weiterer Angreifer sprang ihn an. Odo wehrte ihn mit dem Schild ab, und Philipp hieb ihn von hinten nieder. Die Brüder sahen jetzt am südlichen Ende des Geländes Dutzende Seile mit Wurfankern über die Außenmauer nach innen fliegen. Gleich darauf glitten schattenhafte Gestalten über die Mauer und bewegten sich dabei gespenstisch schnell. Die Brüder standen mit erhobenen Schwertern im Eingang zur Halle des Willens und sahen, wie einige der Angreifer ausscherten und jetzt über den Hof zu ihnen herüberrannten. Mindestens zehn von ihnen. Mehr Männer folgten. Wo waren die Wachen des Torhauses?

Philipp sah einige reglose Körper in den Schatten am Fuß der Außenmauer liegen. Hatten die Angreifer sie alle überwunden? Dutzende von Rudolfs Wachen waren auf den Außenmauern postiert gewesen. Und wieso war der Angriff so überraschend gekommen? Man hätte die Angreifer den Berg heraufkommen sehen müssen. Ihnen blieb keine Zeit. Gegen diese Übermacht konnten sie zu zweit nichts ausrichten. Da hörte Philipp Rufe im Gewölbe des Torhauses. Offenbar waren doch noch einige der Wachen Rudolfs am Leben und kämpften dort verbissen gegen die Angreifer. Die fremden Krieger würden versuchen, das große Tor von innen zu öffnen. Ohne ein Wort der Absprache setzten sich die Brüder in Bewegung. Drei der Angreifer waren heran und stellten sich ihnen in den Weg. Sie bewegten sich wie ein einziger Körper, wie eine Hydra mit drei Köpfen, die in perfekter Koordination nach ihnen schnappten. Doch die beiden Brüder schlugen zurück. Wie besessen. Auch sie kämpften nicht zum ersten Mal Seite an Seite. Einen Gegner nach dem anderen nahmen sie sich vor, ihre Schwerter schnitten, schlugen und stachen wie ein Gewitter aus Eisen. Die Anderthalbhänder der burgundischen Ritter hatten im Vergleich zu den gekrümmten Klingen der Angreifer die weitaus größere Reichweite und ließen niemanden nah genug heran. Zumindest solange sie zu zweit kämpften und der eine dem anderen im Moment des Zuschlagens oder Stechens Schutz bot. Denn die Angreifer waren schnell, wichen aus, sprangen immer wieder nach vorne und versuchten, die Deckung zu durchbrechen. Doch die beiden Burgunder hielten stand. Und so fiel ein Angreifer nach dem anderen auf das steinerne Pflaster, zerschmettert, zerschnitten und zertrümmert durch die mächtigen Schläge ihrer Schwerter. Die Brüder hetzten zum Haupttor, erschlugen auf dem Weg zwei weitere der gespenstischen Kämpfer und sahen, als sie im Torgang ankamen, gerade noch, wie der letzte der Wachposten unter dem Hieb eines Angreifers starb. Die schwarze Gestalt wirbelte herum, doch da war Odo schon bei ihr und bohrte ihr das Schwert tief in die Brust. Ein Schatten näherte sich von rechts. Odo riss sein Schwert zurück, um gerade noch rechtzeitig den Hieb eines anderen Angreifers damit zu parieren. Immer mehr von ihnen drängten jetzt hierher. Der Rückweg war versperrt. Sie standen allein gegen eine Übermacht. Odo brüllte vor Zorn.

Uther! Der Schock lähmte Leons Glieder. Auch Konni und Flint konnten sich nicht rühren. Sie waren ihrem Feind geradewegs in die Arme gelaufen.

Flint reagierte als Erster. Er trat vor und wollte sich auf den Mörder seiner Schwester stürzen, doch Uther hob die Hand und sagte: »Du bist ganz ruhig, Junge.« Seine Stimme klang verändert und schien für einen Moment von überall herzukommen. Flint erschlaffte und senkte den Kopf. Dann wandte sich Uther an Konni: »Auch du, Mädchen.« Leon sah fassungslos zu, wie Konni offenbar von einem Moment zum nächsten in Trance geriet. Das war es, was Peter gemeint hatte. Uther konnte Menschen über den Äther in eine Art Schlaf versetzen. Leon spürte, dass er vor Wut zitterte. Er rang mit dem Gedanken zu fliehen. Gleichzeitig war er so wütend, dass er sich am liebsten auf Uther gestürzt hätte. »Bleib, Leon«, sagte Uther, als habe er seine

Gedanken erraten. Irgendetwas nagelte jetzt auch Leon an der Stelle fest, an der er gerade stand. Es war nicht der Klang von Uthers Worten. Es war eher ihr Echo in seinem Kopf, das wie ein lähmendes Gift jeden Antrieb in ihm erstickte. Er wehrte sich, versuchte, die Welt auszuschließen, um die Verbindung zu Uther zu trennen, doch es war bereits zu spät. Leon wusste, dass er gegen die Macht der Rezeptur nicht würde ankommen können. Sein Kopf war mit einem Mal voller Stimmen. Fremde Stimmen. Und welche, die seltsam vertraut schienen. Wie konnte Uther das mit nur zwei Worten auslösen?

»Setz dich doch, Leon.« Es sah nicht so aus, als würde er dabei die Lippen bewegen. Uther deutete mit einer Hand auf einen gepolsterten Stuhl, der nah beim Feuer stand. Hätte Uther ihm gesagt, er solle ins Feuer gehen, dann hätte Leon es wahrscheinlich getan. Aber offenbar nahm er gleichzeitig bewusst wahr, was geschah. War in der Lage, eigene Gedanken zu denken. Er war also noch nicht ganz unter der Macht der Rezeptur gefangen. Er ging zu dem Stuhl, den Uther ihm gewiesen hatte, setzte sich und versuchte, sich irgendwie gegen das zu wappnen, was gleich kommen würde. Uther hatte einen weiteren Sessel herangerückt, und während Konni und Flint noch immer wie versteinert dastanden, setzte er sich gegenüber von Leon ans Feuer. Uther lächelte. Leon spürte ein letztes Aufflackern von Wut in sich.

»Du bist ganz ruhig. Alles ist, wie es sein soll«, sagte Uther in seinem Kopf. Leon wollte sich die Ohren zuhalten, aber jetzt gehorchten ihm auch seine Hände nicht mehr. Wieder sprach die Stimme in seinem Kopf. Doch schien es Leon jetzt, als spräche nicht Uther, sondern irgendjemand anders. Dann veränderte sich die Stimme erneut und wurde zu der seines … *Vaters*. Ein letzter Rest seines Verstandes sagte Leon, dass das nicht sein konnte. Leon war nicht einmal sechs gewesen, als sein Vater fortgegangen war. Wie sollte er sich an dessen Stimme erinnern? »Du kannst ganz und gar beruhigt sein, Leon. Du hast diesmal nichts Falsches getan.« Das Wort »diesmal« löste in Leon eine Flut von Gefühlen aus und fügte ihm körperliche Schmerzen zu. Leon krampfte beide Hände um die Lehnen des Stuhles. »Diesmal nicht«, sagte Uther noch einmal, und Leons Brust zog sich zusammen. So sehr, dass er keine Luft mehr bekam und zu ersticken drohte. Ein Nicken Uthers löste die Enge so plötzlich, wie sie entstanden war. Und Leon konnte wieder atmen.

Der schwarze Stein! Verzweifelt versuchte Leon, seinen Körper zu verlassen und sich selbst von Weitem zu beobachten. Zu seiner eigenen Überraschung gelang es ihm. Er sah, wie er hier mit Uther saß. Uther schien seinen Fluchtversuch zu bemerken und schüttelte lächelnd den kahl geschorenen Kopf. Leon klammerte sich jetzt an die Außensicht seiner selbst wie ein Ertrinkender an ein Stück Holz. Sollte auch diese letzte Möglichkeit des Widerstandes schwinden, würde er ganz und gar unter den Einfluss Uthers geraten. Er konzentrierte sich deshalb darauf, nicht in seine innere Wahrnehmung zurückzukehren.

»Gib es auf, Leon.« Schmerz überflutete Leons Körper. Er musste irgendwie verhindern, dass Uther weiter über den Äther in ihn eindringen konnte. »Gib … es … auf …« Auch diesmal hatte Uther nicht laut gesprochen. Es war wieder die Stimme von Leons Vater in seinem Kopf gewesen. Er musste sie vertreiben. Sich vom Äther entkoppeln. Seine Präsenz auf sich selbst lenken. Die Welt ausschließen. Ein Poltern an der Tür zum Vorraum unterbrach Uther, und Leon spürte, wie der Sog für einen Augenblick nachließ. Leons verkrampfter Atem löste sich. Es war, als habe Leon außerhalb seiner selbst ein zweites Ich geschaffen. Losgelöst von dem, das Uther gerade beherrschte. Er hatte einen Teil seines Bewusstseins abgespalten und konzentrierte sich nun darauf, nicht gleich auch diese Abspaltung zu verlieren. Er musste sie mit aller Macht abschotten, bevor Uther erneut in seine Gedanken eindringen würde.

Ein weiteres Geräusch war jetzt in Leons Rücken zu hören. Offenbar wurde hinter ihm die Tür zum Vorraum der Halle geöffnet. Schritte näherten sich. Mehrere Männer in schweren Stiefeln. Mindestens drei. Leon wollte sich nach ihnen umdrehen, doch es gelang nicht. Er fühlte sich, als wäre er am Holz des Stuhles festgenagelt. Die Schritte stoppten in Leons Rücken. Uther deutete mit dem Kinn auf Konni und Flint und sagte: »Ergreift die beiden.« Zwei Männer in den Farben der Habsburg traten hinter Leon hervor, eilten zu Konni und Flint und ergriffen sie. Sie rissen ihnen die Arme nach hinten und hielten sie fest. Die beiden wehrten sich nicht.

»Was sollen wir mit ihnen machen?«, fragte ein weiterer Mann in Leons Rücken. Es dauerte einen Moment, bis Leon erkannte, dass es sein Bruder war.

»Richard!«, rief Leon. Sein Bruder trat neben Leons Stuhl, sah dabei jedoch zu Uther. So als wäre Leon gar nicht da. »Richard!«, rief Leon noch einmal. Dann blickte sein Bruder ihn an, als sei er einen kurzen Lidschlag lang erwacht. Er blinzelte irritiert.

»Leon«, sagte Richard, und seine Augen wirkten traurig. Uther betrachtete die beiden Brüder wachsam. Bereit, jederzeit einzuschreiten. »Du musst ihm sagen, wo das Buch Gottfrieds ist«, sagte Richard. Seine Stimme klang monoton.

Leon war verwirrt. »Wozu, Richard? Uther hat bereits die Abschrift von Bernhard. Du selbst hast sie ihm aus Clairvaux beschafft!«

Richards Blick flackerte. »Das Buch, du musst es ihm geben«, wiederholte er. Doch diesmal sprach er mit Uthers Stimme. Leon erschrak. Das Ganze war so unwirklich. Ein Albtraum. Richard stand ganz und gar unter der Kontrolle des Vogts.

Leon sah zurück zu Uther. »Das Buch? Was wollt Ihr jetzt noch damit? Ihr besitzt das Geheimnis bereits!«

Der Vogt aber seufzte: »Ich könnte dir jetzt die ganze Geschichte erzählen, aber die Zeit drängt. Die Abschrift in meinem Besitz ist mächtig. Doch zugleich ist sie auch unvollständig. Es fehlt ein wichtiger Teil. Das fünfte Kapitel.«

Eine winzige Flamme, ein Widerschein des Feuers, tanzte in Uthers steingrauen Augen, während er sprach. Leon schwieg. »Ich will dieses Kapitel!«, fuhr Uther fort. »Du wirst mir das Buch Gottfrieds geben. Es muss einen Hinweis enthalten, der mich zu einer weiteren Abschrift führt. Oder gar zum Original des Trismegistos.« Wieder zerrte etwas an Leons Innerem. Wie der Sog einer Strömung. »Wo ist es?« Uthers Stimme wurde hart, und aus der Strömung wuchs die Kraft von Gezeiten. Leon wollte nachgeben, sich einfach fortziehen lassen. Er würde Uther sagen, dass sich eine weitere Abschrift des Originals von Trismegistos wahrscheinlich hier auf dem Schulgelände befand. Dass Albertus Magnus diese Abschrift aus Paris hierhergebracht hatte. Dass Albert von Breydenbach sie zusammen mit Maraudon, Thomas und Roger studiert hatte. Und dass er sein Wissen an Hofmann weitergegeben hatte. Er wollte einfach alles gestehen und dann seine Ruhe haben. Er wollte zu Cecile gehen und mit ihr zusammen alles vergessen.

»Sag ihm, wo das Buch ist, Leon«, sagte Richard mit Uthers Stimme. *Das Buch, Leon,* sagte die Stimme seines Vaters in Leons Kopf. *Sag ihm, wo das Buch ist, Geliebter.* Cecile. Leon schossen Tränen in die Augen. Er hörte ihre Stimme zwischen seinen Ohren. Sie sagte: *Gib nach!* Leon hob das Gesicht und sah, dass

Konni ihn flehend anblickte. Das riss ihn ein letztes Mal zurück in die Wirklichkeit. Er stemmte den letzten Rest seines Willens gegen den Sog, der an ihm riss: »Wir … haben … es nicht!«, presste er die Worte heraus.

Uther sah Leon an. Äußerlich ruhig. Doch hinter seinen Schläfen pochte es gefährlich. Es sah beinahe so aus, als würde sich Uther gleich auf ihn stürzen wollen. Doch dann schien plötzlich ein ganz anderer Gedanke in ihm aufzukeimen. »Nun gut«, sagte Uther. »Nehmen wir mal für einen Moment an, ich würde dir Glauben schenken, Leon. Nur für einen Moment. So stelle ich denn eine andere Frage: Wo ist der Papyrus, die Schriftrolle, die ihr in Venedig aus di Paduas Palazzo gestohlen habt?«

Leon presste die Lippen zusammen.

Uther sagte: »Ich weiß, dass ihr da wart. Hindrick hat es mir gesagt.«

»Aber wir haben sie nicht!«, antwortete Leon. Und das entsprach der Wahrheit. »Der Anführer der Nizariten hat sie uns abgenommen.« Leon dachte an Venedig und den Mann mit der silbernen Maske, der ihm seinen Beutel genommen hatte.

Uther wirkte beherrscht, beugte sich nach vorne und flüsterte: »Du weißt, dass ich viele Wege kenne, die Wahrheit aus dir und deinen Freunden herauszubekommen. Nicht nur mit Worten. Erinnere dich!« Leon zitterte, als er an die Folter dachte. Auf der Burg seines Onkels. Vor vielen Monaten. »Soll ich mit dem Mädchen beginnen?« Leon wurde übel. »Oder soll ich erst einmal meine Männer ranlassen?« Leon wusste, dass das keine leeren Worte waren.

»Ich schwöre es … wir haben sie nicht …« Die Übelkeit wuchs, und Leon hatte das Gefühl, dass es dunkler um ihn wurde. Er musste sich wehren. Musste sich selbst wieder aus der Welt nehmen. Uther ließ nicht damit nach, über den Äther in ihn einzudringen. Gleich würde Leon die Wahrheit herausschreien. Dass es eine weitere Abschrift hier an der Schule gab. Und dass sie mit Hofmanns Hilfe herausfinden könnten, wo genau Albert die Abschrift versteckt hatte.

»Wo ist di Paduas Rolle? Wo ist die Rolle, die Antonius gehörte?«

»Ich weiß es nicht«, wiederholte Leon. »Ich habe sie nicht.«

»Du lügst«, zischte Uther und sprang auf.

Eine andere Stimme mischte sich ein: »Er sagt die Wahrheit.« Die Stimme war von weiter hinten aus dem Saal gekommen. Uther sah auf und spähte in die Dunkelheit jenseits der Säulen. Er schien alarmiert zu sein. »Er hat die Abschrift nicht!«, sagte die Stimme noch einmal. Diesmal näher. Ein Mann in einer Mönchskutte trat hinter einer der Säulen hervor und ging auf sie zu. *Hofmann!* Leon atmete auf. Er hatte die Stimme erkannt. Augenblicklich schien Uthers Einfluss auf ihn nachzulassen. »Das Vorhaben in Venedig ist gescheitert«, sagte Hofmann im Näherkommen. Woher wusste Hofmann das? Aber Leon war so erleichtert, dass er den Gedanken rasch vertrieb. Hofmann schlug im Gehen die Kapuze seiner Kutte zurück. Uther richtete sich auf und sah den Meister des Krieges an. Seine Augen verengten sich. Er war wachsam. Konni und Flint schienen wieder bei sich zu sein und wollten sich losreißen. Aber die beiden Männer hinter ihnen hielten sie noch immer an den Armen fest.

Hofmann blieb vor Uther stehen und blickte ihm direkt in die Augen. Richard war einen Schritt zurückgetreten. Uther schien verwirrt, sagte aber nichts.

»Der Junge spricht die Wahrheit«, sagte Hofmann nun noch einmal. Ein Gefühl der Zuversicht keimte in Leon auf. Und

Erleichterung. *Hofmann lebt.* Jetzt würden sie Uther gemeinsam besiegen.

Uther starrte Hofmann feindselig an. Und noch etwas anderes lag in seinem Blick. Einen Augenblick lang sah es so aus, als würde es zum Kampf kommen, doch Hofmann wandte sich stattdessen an Leon. »Ich bin froh, dich und deine Freunde unversehrt zu sehen. Was ist in Venedig geschehen?« Leon war verwirrt. Wie konnte Hofmann das jetzt hier vor Uther aussprechen? Und woher wusste er überhaupt, dass sie in Venedig gewesen waren? Hat Hindrick auch *ihm* davon berichtet?

»Du kannst offen reden, Leon. Dir und deinen Freunden wird nichts geschehen.« Uther wollte etwas sagen, doch Hofmann schnitt ihm mit einer Geste das Wort ab. Wieso hatte Hofmann hier mehr zu sagen als Uther? Der Vogt war der neue Rektor der Schule und stand somit in der Hierarchie auch über Hofmann. Dieser fragte jetzt noch einmal: »Wo ist die Abschrift aus dem Palazzo, Leon?«

Leon schüttelte seine Verwirrung ab und antwortete wahrheitsgemäß: »Wir haben sie nicht. Einer der Nizariten hat sie uns in letzter Minute abgenommen.«

»Du lügst!«, rief Uther. »Hindrick hat euch mit der Abschrift verschwinden sehen. Nachdem ihr Wolfger umgebracht habt.«

»Das waren nicht wir!«, antwortete Leon.

Hofmann sah ihn an und nickte. »Der Junge sagt die Wahrheit. Zumindest, was Wolfger betrifft.«

Leon wandte sich an Hofmann: »Ihr müsst uns helfen, Hofmann. Uther hat die Rolle Bernhards gefunden. Er hat sie in Clairvaux entdeckt. Uther verfügt über mehr Macht, als ihr euch vorstellen könnt. Er hat die Schattenwort-Rezeptur! Zumindest den Teil, den die Abschriften des Originals in den ersten vier Kapiteln preisgeben.«

671

Hofmann sah zu Uther, und sein Gesicht verfinsterte sich. Leon sprach hastig weiter. »Wir wissen also jetzt, dass Bernhard wirklich eine der Abschriften besaß. Er hatte sie von Papst Eugen bekommen. Man wollte Bernhard damals den größtmöglichen Einfluss verschaffen, um für den zweiten Kreuzzug zu werben. Als die Kirche die Abschrift nach dem gescheiterten Kreuzzug zurückforderte, verweigerte sich Bernhard. Sein eigener Freund Malachias sollte ihn im Auftrag des Vatikans dazu bewegen, sie zurückzugeben. Doch Bernhard hat sich dagegen verwehrt.« Leon überlegte, ob er die ganze Wahrheit sagen sollte. Schließlich entschied er sich dafür. »Am Ende hat Bernhard Malachias umgebracht.«

Hofmann wirkte erstaunt. »Woher weißt du das?«

»Bernhard hat es seinem Sekretär gebeichtet. Gottfried von Auxerre. Es war eine der am schwersten verschlüsselten Stellen in Gottfrieds Aufzeichnungen. Bernhard hat Malachias vergiften lassen. Erinnert Euch. Die Stelle, die in ugaritischer Keilschrift verfasst war.«

»Wo ist Bernhards Abschrift jetzt?«, fragte Hofmann nach kurzem Schweigen und sah dabei zu Uther.

Dieser wand sich unter Hofmanns Blick. »Meister, ich …«

Leon erschrak. Hatte Uther Hofmann gerade Meister genannt? Uther schwankte. *Verwendet Hofmann die Rezeptur?* Leon sah eine Zornesfalte auf Hofmanns Stirn. »Ihr habt die Abschrift Bernhards?« Hofmann flüsterte, und seine Stimme klang dabei merkwürdig verzerrt. Ein dunkler Ton war hinzugekommen. Wie der einer Totenglocke.

»Hinzzak rrogul«, zischte Hofmann.

Was waren das für Laute?

»Ich wollte sie Euch geben, Meister. Wirklich! Aber Ihr wart ja bis zum heutigen Tag verschwunden!«

»Seit wann, Uther …?« Hoffmann schien sich zu sammeln und wiederholte: »Seit wann habt Ihr sie?«

Uther zitterte und hob die Hände vor sich.

»Lasst es mich Euch erklären, Meister … ich …« Plötzlich schlug Hofmann Uther mit der flachen Hand ins Gesicht. Uther taumelte und fiel zu Boden. Er war mit einem Mal leichenblass.

Was geschieht hier?, dachte Leon. *Uther ist der Rektor der Schule! Seine Wachen sehen zu, wie Hofmann ihn schlägt?* Selbst Richard rührte sich nicht vom Fleck. *Was geschieht hier gerade?* Konni und Flint sahen genauso ungläubig zu Hofmann wie Leon selbst.

»Sie ist hier, Meister. Ich gebe sie Euch gleich jetzt. Seht Ihr?« Uther sprang auf, griff nach einer Kerze und eilte zur westlichen Seitenwand der Halle. Dort ging er zu einem der Schreine. Leon konnte nicht erkennen, wessen Schrein es war. Hofmann folgte ihm langsam. Ebenso zwei der Wachen, die zuletzt mit Richard hereingekommen waren. Uther fegte die auf der Platte des Schreins abgestellten Utensilien beiseite, sodass sie polternd und klirrend zu Boden fielen. Dann stellte er die Kerze ab und mühte sich, den steinernen Deckel des Schreins beiseitezuschieben. Leon konnte sehen, dass er vor Anstrengung schwitzte. Schließlich zog er eine längliche eisenbeschlagene Truhe aus dem Spalt, der entstanden war, und wandte sich damit ächzend zur Mitte des Saales und dem großen steinernen Kartentisch.

»Was steht ihr da herum, packt mit an, ihr Rindviecher!«, fuhr er die Wachen an. Einer der Männer beeilte sich, mit anzufassen. Zu zweit hievten sie die Truhe auf den riesigen Tisch mit der Weltkarte. Einige der Figuren fielen um. Richard folgte Hofmann zum Rand der steinernen Platte. Leon, Konni und Flint blieben zurück. Leon sah zu Flint.

Das Gesicht des Wildererjungen war rot vor Zorn, und er

verfolgte Uther, den Mörder seiner Schwester, mit hasserfüllten Blicken. Konni sah zu Leon. Im nächsten Moment nickten sie einander zu, um sich zu versichern, dass Uthers Stimme aus ihren Köpfen verschwunden war. Ob das an Hofmanns Einfluss lag? Währenddessen hatte Uther die Kiste geöffnet und ein längliches Futteral hervorgezogen. Leon erkannte selbst aus der Entfernung, dass es dem Futteral in Venedig glich bis aufs Haar. Uther öffnete die Verschlüsse und zog den uralten Papyrus heraus. Er knisterte brüchig, als er ihn auf dem Tisch ausbreitete. Hofmann beugte sich darüber. Niemand wagte etwas zu sagen. Der Papyrus war über und über mit lateinischen Buchstaben bedeckt. Offenbar handelte es sich, so wie bei der hebräischen Abschrift in Venedig, um mehrere Bögen, die ineinandergerollt waren. Hofmann schien nach einer ganz bestimmten Stelle in dem langen Text zu suchen.

»Jerusalem«, flüsterte Hofmann in die Stille, die entstanden war. Und Enttäuschung lag in seiner Stimme.

»Ja, Jerusalem«, beeilte sich Uther zu sagen. »Der Tempel Salomons. Es ist genau so, wie wir immer vermutet haben.«

Wir?, dachte Leon. *Hat Uther gerade wir gesagt?* Leon sah zu Konni. Sie hatte es offenbar auch gehört, denn sie sah bestürzt aus.

»Das Original war dort in all der Zeit unter der Obhut und in der Sicherheit des Bundes«, sprach Uther schnell.

»Khrazagh! Und wann hattet Ihr vor, mir das mitzuteilen?«, zischte Hofmann. Uther schwieg, und Hofmann sagte: »Ihr müsst die Rolle schon vor meiner Abreise besessen haben. Schon lange davor!« Wieder diese Totenglocke. Und mit einem Mal nahm Leon einen seltsamen Duft wahr. Ein Brandgeruch, der jedoch nicht vom Kamin her zu kommen schien. Ein Geruch, als brenne Leder. Fell. Oder … Haut.

Uther versuchte, sich zu rechtfertigen. »Ihr wart beschäftigt, Meister. Ich wollte es Euch die ganze Zeit sagen. Doch jetzt spielt es keine Rolle mehr. Das Original befindet sich in Jerusalem. Und wir werden es dort finden, Meister.«

Hofmann richtete sich auf. »Du irrst dich, Uther. Das Original ist nicht mehr in Jerusalem.«

Uther sah Hofmann erstaunt an. »Da steht aber Jerusalem!« Uther deutete auf den Papyrus und sah wieder zu Hofmann. »Wie meint Ihr das?«

»So, wie ich es gesagt habe. Die Schriftrolle … sie ist nicht mehr dort. Seit mehr als tausend Jahren.«

Uther schien irritiert. »Woher wisst Ihr das?«

»Weil ich dort gewesen bin. Zweimal. Flaubertine hat alle vier Abschriften mitgenommen. Aber nicht das Original.«

»Also ist es noch da«, beharrte Uther.

»Hört Ihr nicht zu, Uther? Ich war dort, und nach jahrelanger Suche fand ich nichts weiter als die vage Auskunft, dass man das Original schon Jahrhunderte zuvor fortgeschafft hatte. An einen sicheren Ort irgendwo im Osten. Wo genau, vermochte man mir nicht zu sagen. Auf einer der Abschriften wurde dieser Ort anstelle von Jerusalem vermerkt. Nicht aber auf den übrigen drei.« Hofmann deutete mit dem Kinn auf den Papyrus, der auf der steinernen Platte des Tisches lag. »Das hier ist eine von den dreien, die noch immer den falschen Ort vermerkt haben. Ihr fehlt die Änderung mit dem Hinweis auf den Aufbewahrungsort des Originals. Sie ist deshalb wertlos. Sie führt uns nicht zum Original und deshalb auch nicht zu Hermes' fünftem Kapitel.«

Uther sah verwirrt von dem uralten Papyrus zu Hofmann und zurück.

»Aber … die Rezeptur darin ist mächtig, Meister! Wir brauchen das Original nicht.«

»Ohne das letzte Kapitel ist sie wertlos. Diese Rezeptur ...« – Hofmann deutete auf den Papyrus – »... ist nur denjenigen gegenüber wirksam, welche sie nicht selbst kennen. Doch zu viele wissen bereits von ihr oder haben sie studiert. Der Vatikan, der wahrscheinlich noch immer im Besitz einer der vier Abschriften ist, schläft nicht. Ich brauche das Original, denn nur das letzte Kapitel offenbart das ganze Wissen und damit die Macht des Hermes Trismegistos«, wiederholte Hofmann. »Ihr wisst das so gut wie ich. Deshalb brauchen wir den Hinweis auf den wahren Aufbewahrungsort. Und deshalb brauchen wir die Rolle, welche die Korrektur enthält.« Leon war innerlich aufgewühlt. Hofmann hatte sie alle verraten.

Der Meister des Krieges wandte sich jetzt zu ihm um. »Deshalb brauchen wir die Rolle des Giancarlo di Padua. Was ist in Venedig geschehen, Leon? Wo ist die Abschrift?« Schrecken erfasste Leon, als er mit einem Mal spürte, dass die Strömung zurückgekehrt war. Wieder dieses innerliche Reißen.

Flint rief: »Sag ihm kein Wort!« Richard war mit zwei Schritten bei ihm und legte dem Wildererjungen die Klinge seines Schwertes an den Hals.

»Das ist nicht nötig«, sagte Hofmann mit einem abschätzigen Blick auf Flint, doch Richard hielt die Waffe weiterhin auf Flints Hals gerichtet.

Flint rief: »Hofmann ist ein Lügner, Leon. Er lügt uns an. Er hat uns die ganze Zeit angelogen! Und du hast ihm das Buch gegeben. Er war es, der Uther den Weg nach Clairvaux gewiesen hat. Siehst du das denn nicht?«

Richard trat dem Wildererjungen von hinten in die Beine, und Flint schlug mit den Knien vornüber auf den Steinboden. Leon sah Hofmann in die Augen. Hatte Flint recht? Hatte Hofmann sie die ganze Zeit getäuscht? Hofmanns Gesicht war ernst und ruhig. Er wartete. In voller Präsenz. Die Strömung in Leon war stark und trug ihn mit sich fort.

Deshalb erzählte Leon ihm schließlich, was in Venedig geschehen war. Von der hebräischen Abschrift und wie sie sie beinahe erbeutet hätten.

»Konntet ihr sie studieren?«, fragte Hofmann.

»Nein«, antwortete Leon wahrheitsgemäß. Er berichtete vom Angriff des blinden Assassinen und von ihrer Flucht. Als Hofmann daraufhin begann, Leon über die Rätsel in Gottfrieds Buch zu befragen, schrie Flint: »Halt deinen Mund, Leon! Du lieferst ihnen alles!«

Doch Richard machte dem ein Ende, indem er dem Wildererjungen die flache Seite seiner Schwertklinge gegen die Schläfe hieb. Flint kippte zur Seite und blieb reglos am Boden liegen. Leon sah es, schluckte und sprach leise weiter. Er konnte sich nicht dagegen wehren.

»Eine der Abschriften ist hier auf dem Gelände. Albert kannte sie. Ich sollte Maraudon bei meiner Ankunft einen Brief Alberts und das Buch Gottfrieds aushändigen.« Leon zögerte. »Aber aus irgendeinem Grund gab ich Maraudon nur den Brief. Niemand außer Maraudon hat dessen Inhalt je zu Gesicht bekommen, aber ich bin mir sicher, dass er einen Hinweis enthielt, wo die Abschrift auf dem Gelände versteckt ist. Wahrscheinlich ein Hinweis, der nur in Verbindung mit Gottfrieds Buch selbst entschlüsselt werden konnte. Aber nun ist Maraudon tot und der Brief verschwunden. Wir müssen nach Frater Albert suchen und hoffen, dass er noch lebt.«

»Teufel noch mal, warum erzählst du ihm das alles?«, rief jetzt auch Konni empört. Sie konnte nicht wissen, wie sehr Leon gegen die Strömung in ihm ankämpfte. Und wie sehr er ihr erlegen war.

»Wir werden Albert nicht finden«, sagte Hofmann jetzt ruhig.

Leon sah ihn an. »Was …?« Doch er ahnte, was nun als Nächstes gesagt werden würde.

»Albert von Breydenbach ist tot«, kam es aus Uthers Mund. »Und das schon seit über zwei Jahren.«

Hofmann nickte. Es war nur eine winzige Bewegung des Kinns nach unten, aber Leon las daraus die ganze Wahrheit.

Die Erkenntnis traf ihn wie ein Faustschlag. »Ihr habt es gewusst!«

Hofmann sah unbewegt in Leons entsetztes Gesicht.

»Ihr habt es die ganze Zeit über gewusst!« Wenn es noch eines Beweises dafür bedurft hätte, dass Hofmann sie betrogen hatte – da war er. Er hatte gewusst, dass Albert tot war. Hofmann hatte sie benutzt. Leon wollte sich auf ihn stürzen, doch die Strömung in seinem Inneren ließ das nicht zu. Er konnte sich einfach nicht rühren. »Ihr seid ein Ungeheuer, Hofmann! Ein Betrüger!« Und eine weitere Gewissheit stieg in Leon auf. »Ihr habt Maraudon und die Kinder getötet!«

Zu seinem Entsetzen erwiderte Hofmann: »Und du hast mir dabei geholfen, Leon.«

Sie waren getäuscht worden. Er hatte sie die ganze Zeit getäuscht! Leon sah den Meister des Krieges an. Der erwiderte seinen Blick, und jetzt erkannte Leon, dass weder Genugtuung noch Überlegenheit darin lag. Eher eine … unendliche Müdigkeit.

»Warum?«, flüsterte Leon.

Hofmann antwortete ebenso leise: »Du weißt, warum, Leon.«

In diesem Moment spaltete Leon in seinem Inneren einen Teil von sich ab. Den Teil, der wusste, dass er noch nicht alles offenbart hatte. Leon hatte nicht von den Assassinen erzählt, die in diesem Augenblick wahrscheinlich bereits angriffen. Leon wünschte ihnen den Sieg.

»Was sollen wir jetzt mit ihnen machen?«, fragte Uther unschlüssig.

Hofmann schien zu überlegen und sagte dann, an Leon gewandt: »Du verdienst es, die ganze Wahrheit zu erfahren, Leon.« Und dann begann der Meister vom Haus des Krieges.

»Wir wissen mit Sicherheit, dass es vier Abschriften des Originals gegeben hat. Sie wurden durch Gustave de Flaubertine aus Jerusalem gerettet. Eine davon ist in Konstantinopel geblieben. Friedrich hat versucht, ihrer habhaft zu werden, und ist gescheitert. Aber sie könnte auch bei der Plünderung Konstantinopels 1204 in die Hände der Kreuzfahrer geraten sein. Wer weiß. Vielleicht ist sie es, welche über Antonius nach Venedig und zu di Padua gekommen ist.

Eine zweite Abschrift gelangte jedenfalls zu Bernhard. Es stimmt, was Leon sagt: Eugen wird sie Bernhard überlassen haben, als er ihn zu seinem Kreuzzugprediger ernannte. Vielleicht hatte Bernhard sie aber auch schon vorher von Papst Innozenz bekommen. Bernhard hat während des Schismas in dessen Namen mit Heinrich von England verhandelt. Bernhard hat Heinrich damals für Innozenz' Sache gewinnen können. Das ist verdächtig, denn die Situation schien zuvor verfahren und ausweglos.«

»Klingt so, als hätte Bernhard durch die Rezeptur schon damals eine ungewöhnlich große Überzeugungskraft gehabt«, fügte Uther hinzu und nickte. »Sonst hätte er nicht gleich auch noch zwei Klostergründungen in England erwirkt.«

Hofmann rekapitulierte weiter: »Bernhards Mission im Auftrag von Innozenz setzte sich fort, als er Herzog Wilhelm von Aquitanien für die Beendigung des Schismas und gegen Anaklet, den Gegenpapst, gewann. Papst Innozenz traf Bernhard 1131 in Clairvaux. Bernhard begleitete Innozenz auf dessen Zug nach

Italien 1133. Dabei wurde er im Auftrag des Papstes in den Verhandlungen zwischen Genua und Pisa tätig. Städte, die beide zuvor dem Gegenpapst Anaklet anhingen und damit eigentlich Bernhards Feinde waren. Sie änderten ihre Meinung. Bernhard war als Diplomat so erfolgreich, dass ihm sogar der Bischofsstuhl von Genua angeboten wurde. Bernhard lehnte ab. Er brauchte kein Amt auf Erden mehr, um seinen Einfluss auszuüben. Er hatte die Rezeptur, und seine Erfolge setzten sich fort. Auf der Rückreise nach Frankreich gab ihm Papst Innozenz den Auftrag, die strittige Erzbischofwahl in Tours zu entscheiden. Was Bernhard wiederum gelang. Ich denke also, Bernhard hatte die Abschrift schon seit dem ersten Besuch eines Papstes in Clairvaux besessen.«

Hofmann sah Leon weiterhin in die Augen.

»Eine dritte Abschrift lagert womöglich noch immer im Vatikan, nachdem der Templer Gustave de Flaubertine sie 1098 vor den Fatimiden aus Jerusalem gerettet hatte.« Hofmann schien nachzudenken. Flint regte sich am Boden und zog die Nase hoch. Er blutete.

»Egal, ob es so ist oder auch nicht – es bleibt nur eine Frage offen: Wo ist die vierte Abschrift? Wo ist die Abschrift der Pariser Universität? Die, welche Albert gefunden und deren Wissen er mich gelehrt hat? Ich dachte die ganze Zeit, es wäre die von Bernhard gewesen, und Albert hätte sie durch Gottfrieds Aufzeichnungen gefunden. Aber so war es nicht. Wo ist die Abschrift der Universität von Paris? Die griechische?« Leon antwortete nicht.

Uther sagte: »Sie muss hier irgendwo auf dem Gelände sein. So wie Leon es sagt.« Uther sah zu der Weltkarte auf der Steinplatte des riesigen Tisches. »Genauso gut kann sie schon lange verloren sein. Vielleicht hat Albertus Magnus sie zurückgebracht.

Wir wissen nichts über sie, außer dass sie vor Paris zusammen mit den anderen im Vatikan gelagert war. Vielleicht wurde sie von dort entwendet.«

Hofmann sah auf den ausgebreiteten Papyrus. »Das hier ist Bernhards Abschrift. In ihr ist als Aufbewahrungsort noch immer Jerusalem verzeichnet. In nur einer der drei anderen Abschriften wurde der geänderte Aufbewahrungsort des Originals vermerkt. Bernhard muss von den drei anderen Abschriften gewusst haben. Aber nicht davon, dass eine davon den wahren Aufbewahrungsort enthält. Er glaubte fest daran, das Original in Jerusalem zu finden. Und damit das letzte Kapitel und die Offenbarung der Macht, die ihm noch fehlte. Deshalb rief er mit Eifer zum Kreuzzug und zur Befreiung der Heiligen Stadt auf. Deshalb zog er sogar schließlich selbst dorthin. Und musste vor den Mauern der Stadt kläglich umkehren. Denn Jerusalem wurde nicht zurückerobert. Der ganze Kreuzzug endete in einem Fiasko.«

Hofmann schien einen Moment lang zu überlegen und fuhr dann fort: »Bernhard ist nie auf die Idee gekommen, dass sich der Inhalt der anderen Abschriften von dem der seinen an dieser wesentlichen Stelle unterschied. Aber er wusste um deren Existenz. Und deshalb erfuhr es auch Gottfried von Auxerre und vermerkte es in seinen Aufzeichnungen. So erfuhr Albert davon. Auch Albert war nach Jerusalem gezogen und hatte erkennen müssen, dass hier nichts mehr zu finden war.«

Uther nickte und sprach: »Ich selbst hatte ihn seit dieser Zeit verfolgen lassen und war dabei, als Albert an Rudolfs Hof zurückkehrte.«

»Aber wie hätte die vierte Abschrift zu Albert gelangen können? Und wenn er tatsächlich eine Abschrift gefunden und hier versteckt hatte, dann hätte er doch wohl wissen müssen, dass das Original nicht mehr in Jerusalem ist.«

Hofmann sprach weiter, aber auch Leon hatte den Grund bereits erkannt. »Weil er in Wahrheit gar nicht auf dem Weg nach Jerusalem war. Albert kannte den wahren Aufbewahrungsort des Originals. Er muss dort gewesen sein!« Hofmann schwieg einen weiteren Moment lang. Als müsse er diese neue Erkenntnis erst einmal verdauen.

»Wenn dem so ist, dann war er auf jeden Fall nicht erfolgreich«, sagte Uther.

»Er war im Jahr 1238, also vor zehn Jahren, mit Rudolfs Vater Albrecht nach Palästina gezogen. Aber Ihr habt recht. Die Richtung stimmt. Doch Albert kann damals an vielen Orten gewesen sein. Damaskus, Bagdad, Edessa, Tripolis, Antiochia, Akkor ... wir wissen es nicht.«

»Meint Ihr denn, Albert hat damals das Original gefunden?«

»Nein, das glaube ich nicht«, antwortete Hofmann.

Leon wunderte sich. Hofmann und Uther erörterten diese Dinge so, als wären sie allein im Raum. Als hätten sie in Leon, Flint, Konni, Richard und den Wachen keine Zuhörer. Vielleicht würden sie am Ende alle töten. Doch während Leon weiter zuhörte, stiegen Fragen in ihm auf. Was, wenn Albert die vierte Rolle schon viel früher gehabt hatte? Warum hatte er das Wissen darin nicht genutzt? Er erinnerte sich an Alberts Worte: *Strebe nicht danach*, hatte er gesagt.

Und noch eine weitere Frage quälte ihn, die er Uther schließlich auch stellte: »Woher wusstet Ihr, wo Ihr Bernhards Rolle finden würdet?« Leon sah Uther ins Gesicht. Die Frage schwebte im Raum wie ein mitten in der Bewegung stehen gebliebenes Pendel.

»Von mir.« Leon sah zu Hofmann, der gerade wie beiläufig geantwortet hatte und dabei weiter auf den Papyrus sah. »Ich hatte den Ort in Gottfrieds Aufzeichnungen gleich erkannt.«

Natürlich, dachte Leon. Das Palimpsest. Sie hatten Hofmann das Buch Gottfrieds für eine Nacht überlassen. Er hatte Gottfrieds Zeichnung durchschaut und Uther nach Clairvaux gesandt. Dass Uther ihn hintergehen könnte, weil er mit dem Besitz der Schrift ebenfalls an Macht gewinnen würde, hatte Hofmann nicht vorausgeahnt.

»Das Palimpsest. Die überschriebene Seite in Gottfrieds Aufzeichnungen. Es war der Grundriss des Klosters von Clairvaux. Gottfried hat ihn gezeichnet und danach überschrieben. Ich aber habe ihre Struktur hinter der Schrift gleich erkannt. Schon als du mir das Buch zum ersten Mal gezeigt hast.«

Leon erinnerte sich: Hinter Gottfrieds sauberer Handschrift waren Linien und Punkte zu erkennen gewesen. Mit einer blassen Tinte gezeichnet und dann wieder abgeschabt. Konni hatte sie damals entdeckt, aber sie konnten nirgendwo in den Karten der Bibliothek eine Zeichnung wie diese finden.

»Es war so einfach. Gottfried hat den Aufbewahrungsort auf der Karte vermerkt, indem er das Wort ›Schrift‹, mitten in einem Satz versteckt, über diese Stelle setzte. Hinter dem Text auf dieser Seite des Buches waren viele Punkte, möglicherweise Säulen auf dem Gelände der weitläufigen Klosteranlage.« Hofmann sah zu Uther.

»Ja, mit Richards Hilfe habe ich die Schriftrolle gleich im hohlen Inneren dieser Säule gefunden«, sagte Uther und wandte sich wieder an Hofmann. »Ich wollte sie Euch gleich nach Eurer Rückkehr geben, Meister. Ich schwöre es. Aber Ihr wart … abgelenkt.«

In Wahrheit hatte Uther nicht im Traum daran gedacht, die kostbare Rolle aus den Händen zu geben. Und als er schon nach seinen ersten Experimenten herausfand, wie groß die Macht war, die er dadurch errang, wurde ihm klar, dass er dieses Wissen niemals aushändigen würde. Der Meister würde keine Macht mehr über ihn haben. Und wahrscheinlich war Uther ihm bereits jetzt schon überlegen. Denn im Gegensatz zu ihm hatte Hofmann keine Abschrift je mit eigenen Augen gesehen. Er war auf das angewiesen, was Albert ihn gelehrt hatte. Ein zorniger Blick Hofmanns traf Uther, und dieser erschrak bis ins Mark.

❧

Wie habe ich das übersehen können?, dachte Ben und tappte weiter durch den dunklen Stollen. An vielen Stellen der niedrigen Wände waren Regale in den harten Fels des Berges gehauen und schützten die wertvollsten Bücher vor Feuer und Raub. Irgendwann kamen keine Regale mehr, aber die Gänge setzten sich fort. Ein Labyrinth. Durchbrochen von hohen Räumen, auf Säulen getragen. Alle Steine, die zum Bau der Gebäude verwendet worden waren, stammten aus diesem Berg. Ein gewaltiger unterirdischer Steinbruch, durchzogen von Hunderten von Gängen, welche die einzelnen Abbaustellen miteinander verbanden.

Die Abschrift der Universität von Paris musste sich dort befinden, wo er zuletzt den Schrein gesehen hatte. Wie sonst hätte man die Worte Alberts auslegen sollen: »Nicht Altar, aber auch nicht eitler Tisch. Der Heiden Werk sich hier verrichtet sieht.«

Es war ihm ganz plötzlich eingefallen, als er vorhin am Fuß der Mauer hinter dem Haus des Krieges gestanden hatte und sein Blick auf die Statue des Vercingetorix gefallen war. Konni war an ihr entlanggeklettert, und plötzlich war Ben alles klar gewesen. Ein Geistesblitz. *Natürlich! Vercingetorix!* Der Schrein. Er wollte seinen Freunden etwas zurufen, wagte es aber wegen der Wachen auf der anderen Seite des Gebäudes nicht. Leon und Konni waren hinter dem Fenster in Hofmanns Arbeitszimmer verschwunden, und auch Flint war schon beinahe oben.

Ben hatte sich nach kurzem Zögern umgewandt. Er wusste jetzt, wo er die Pariser Abschrift finden würde. Peter war ihm gefolgt.

Ben hatte den Schrein des Galliers schon bei seinem allerersten Erkundungsgang in den Stollen entdeckt. *In der Dunkelheit des Berges nächst den Gebundenen.* Damit waren die Stollen gemeint! Und mit ›Gebundenen‹ hatte Albert nicht ›Gefangene‹ beschrieben, sondern gebundenes Pergament. Es waren *Bücher* gemeint! Die Bücher und die Bibliothek!

Die Anfangsbuchstaben aus dem Abba-Ababus-Glossar waren nichts anderes als eine Wegbeschreibung durch die Stollen gewesen. Rechts, links, links, rechts … Ben hätte es damals sicher gleich erkannt, wären es deutsche Buchstaben gewesen. Dann hätte er begriffen, dass Albert sich den Weg in den Stollen genauso gemerkt hatte, wie er selbst es auch getan hatte. Rechts, links, links, geradeaus. Stattdessen aber waren die Buchstaben im Abba-Ababus natürlich Abkürzungen für *lateinische* Wörter gewesen. I, s, r… iustum, sinistram, recta. Rechts, links, geradeaus. Albert hatte den Weg bis zum Versteck der Abschrift im Abba-Ababus-Glossar notiert, indem er abwechselnd Buchstaben hervorgehoben hatte. Aber jetzt, während er durch die Stollen eilte, wusste Ben auch ohne Hilfe des Abba-Ababus-Glossars, wohin Alberts Spur ihn führen würde. *Der Heiden Werk sich hier verrichtet sieht.*

Ben eilte bis ans Ende des Stollens und bog nach rechts ab. Der Gang, in dem er nun war, führte abwärts. Ben erinnerte sich, dass er einen solchen Gang benutzt hatte, als er das erste Mal zusammen mit Konni hier gewesen war. Der Schrein des Vercingetorix. Ein Gallier, ein Ungläubiger. Das hatte Albert gemeint. Es war ein Opferaltar. *Der Heiden Werk sich hier verrichtet sieht.* Ben folgte dem Gang im Schein seiner Öllampe, während Peter vorne in der Bibliothek den Eingang bewachte.

Ehe Richards Klinge ihn hätte aufhalten können, war Flint nach vorne gestürzt. Und bevor auch irgendjemand anders hätte reagieren können, war er schon bei dem Papyrus. Das uralte Material bröckelte und riss, als Flint es zusammenknüllte und wie ein Bündel Wäsche an sich presste. Richard war ihm hinterhergerannt und versuchte jetzt, ihn aufzuhalten. Aber Flint war zu schnell. Die anderen Männer setzten sich in Bewegung. Plötzlich drehte sich Flint abrupt um und rannte geradewegs zurück. Dabei stieß er den überraschten Richard zu Boden. Leon erkannte, was der Wildererjunge vorhatte, denn er rannte direkt auf den großen Kamin zu.

Eine der beiden Wachen wollte sich ihm entgegenstellen, aber Flint schlug einen Haken und rannte an dem bewaffneten Mann vorbei, während Konni gerade dem dritten Mann in die Kniekehlen trat, sodass dieser fluchend zu Boden ging.

»Bleib stehen, du Hundsfott!«, donnerte Uthers Stimme. Doch Flint war bereits am Kaminfeuer angelangt und hielt das Bündel Papyrus mit ausgestrecktem Arm über die Flammen. Gefährlich dicht. Uther war sofort bei ihm, wagte es aber nicht, näher als zwei Schritte heranzukommen. »Du bist ganz ruhig, mein Junge«, sagte er beschwörend.

»Deine Säuseleien wirken bei mir nicht, du Schlange!« Flint zitterte vor Wut. Uther schien überrascht. Auch Richard und die beiden Wachen waren jetzt herangekommen. Sie hatten die Schwerter gezogen.

»Gib mir den Papyrus, du Bastard«, zischte Uther.

»Komm und hol ihn dir!«

Wieso wirkten Uthers Worte mit einem Mal nicht mehr?, dachte Leon. Er sah, wie Uther sich sammelte und noch einmal sagte: »Du bist ganz ruhig!« Er verwendete ein Schattenwort und den

Äther. Und dennoch funktionierte offenbar beides nicht. Flint reagierte nicht. Vielleicht lag es daran, dass der Wildererjunge seinen Dämon abgespalten hatte. Leon erinnerte sich an Flints Worte: *Das bin irgendwie nicht ich.*

Hofmann war jetzt neben Leon getreten.

»Bleibt da, wo ihr seid!«, rief Flint. »Und dann werdet ihr brav dabei zusehen, wie meine beiden Freunde hier aus der Halle spazieren. Wenn nicht, wird dieser Papyrus zur Hölle gehen.« Flint wedelte mit dem Bündel in seiner Hand. Dabei brach ein Fetzen ab und bröselte in die Glut. Eine kleine weiße Stichflamme flackerte auf.

»Lass das, du Bastard!« Uther starrte entsetzt auf die kostbare Abschrift über den Flammen. Gleich würde die Hitze sie erfassen, und dann würde sie dahin sein. Für immer! »Wage es nicht.« Uther sprach jetzt langsam. Aber Flints Dämon schien tatsächlich immun gegen die Macht seiner Worte zu sein.

Leon sah zu Hofmann. Der wirkte gelassen. *Warum?* Leon schrie ihn beinahe an: »Weshalb habt Ihr uns hintergangen, Hofmann? Wir haben Euch vertraut!«

Die Stimme Hofmanns schien verändert. Nachdenklich und irgendwie müde. Er sagte: »Weil ihr Narren seid! Weil du ein Narr bist, Leon! Weil ihr nicht wisst, welche Mächte dieser Welt ihr heraufbeschworen habt, und euer kindlicher Sinn nicht begreifen will, dass der Besitz der wahren Rezeptur die einzig verbliebene Chance auf einen Frieden bietet.«

»Frieden?«

»Ja. Frieden, Leon. Diese Macht in den Händen der richtigen Leute würde die Welt zur Vernunft führen.«

»Mit ›richtige Leute‹ meint Ihr wohl solche wie Euch! *Ihr* wollt die Macht, um die Welt zu unterwerfen. Das ist es, wonach Ihr trachtet.«

687

Hofmann lächelte: »Nicht unterwerfen, Leon. Befrieden.«

Leon dachte an Leopolds aufgeplatzte Leiche am Fuß des Berges. An den geschundenen und ermordeten Maraudon.

»Eure Form der Befriedung habe ich gesehen, Hofmann. Ihr seid ein grausamer Mensch. Eine solche Macht in Euren Händen offenbart nur das Scheusal, das Ihr in Wahrheit seid.«

Hofmann sah ihn traurig an. »Du verkennst mich, Leon.«

Uther war unterdessen einen weiteren Schritt an Flint herangetreten und streckte langsam die Hand nach ihm aus. »Gib mir die Abschrift, Junge!« Er schien seine ganze Aufmerksamkeit auf den Wildererjungen zu richten. Die ganze Kraft seiner Präsenz. Leon konnte sie sogar am eigenen Körper spüren, obwohl die Macht nicht auf ihn gerichtet war. Flints Dämon wehrte sich. Sein ausgestreckter Arm zitterte.

»Was du hier tust, wird deine Schwester nicht zurückholen. Sie hatte wunderbares rotes Haar. Erinnerst du dich?« Es war nicht Uthers Stimme. Nein, es war Hofmann, der sprach, ohne die Lippen zu bewegen.

Flints Gesicht verzerrte sich vor Schmerz. Tränen glitzerten in seinen Koboldaugen.

»Deine Schwester wird nicht mehr lebendig. Aber viele andere müssen nicht so sterben wie sie. Gib mir den Papyrus, und ich werde dafür sorgen, dass so etwas nie wieder geschieht. Nirgendwo«, sagte Hofmanns Stimme. Sie war in ihren Köpfen, in ihren Gedanken. Und sie breitete sich darin aus wie Rauch in einem brennenden Haus.

❧

Da ist es! Ben hatte den Schrein gefunden. In einer ovalen Höhle, die direkt in den harten Fels gehauen war, befand sich ein heidnischer Altar. Ein steinerner Tisch und eine Statue des Vercingetorix. Hier also hatten sich die Verschwörer um Thomas, Roger und Albertus getroffen. Hier hatten sie die Abschrift studiert, die Albertus aus der Universität von Paris hierhergebracht hatte. Ben trat näher und hielt die Lampe hoch. Im flackernden Licht sah er einen großen Schild auf dem Tisch liegen. Die Farben darauf waren abgeblättert, und das Leder war löchrig. Ben zog ihn beiseite und fand darunter das, was er vermutet hatte. Eine Vertiefung. Eine Kiste stand darin. Sie war verschlossen, aber Konni würde sie schon aufbekommen. Er nahm die Kiste aus dem hohlen Schrein. Sie war etwas länger als Bens Unterarm und schwer, denn sie war mit Eisen beschlagen.

Leon versuchte angestrengt, Hofmanns Einfluss auf seine Gedanken abzuwehren. Er spürte die Präsenz in seinem Kopf. Und er kämpfte gegen sie an. Gegen die leise Vernunft, die darin lag. Die Versuchung, ihr nachzugeben. Der Widerstand dagegen begann, Leon Schmerzen zuzufügen.

»Vertrau mir, Flint«, flüsterte die Stimme Hofmanns. »Junge aus dem Wald. Vertrau mir nur noch ein Mal. Ich will die Schrift mit deiner Hilfe und zusammen mit deinen Freunden für etwas Gutes verwenden. Menschen wie Uther wollen das nicht. Sie trachten nach Macht und Reichtum. Sieh mich an, Flint. Ich tue dies nicht. Du kannst es an mir sehen. Vertraue deinem Instinkt.« Flint blickte jetzt angestrengt zu Uther, als wolle er auf keinen Fall in Hofmanns Augen sehen. »Hilf mir, Flint. Bitte. Ich brauche deine Hilfe.« Das Wort »Hilfe« schien den Widerstand in Flint langsam zu brechen. »Hilf mir, bitte. Zieh uns alle aus dem Fluss.« Hofmann hatte das Schattenwort gefunden.

Leon sah, dass Flint schwankte. Niemand sagte etwas. Zumindest nicht laut. Doch Leon wusste, was gerade geschah. Er spürte die Verbindung, die Hofmann zu seinem Freund aufgebaut hatte. Hörte Hofmanns Worte in seinem eigenen Kopf. »Hilfe, Flint.« Dann ging ein Ruck durch den Körper des Wildererjungen, und er machte einen Schritt weg vom Feuer. Der Dämon war verschwunden. Schließlich ließ Flint die Hand mit dem Papyrus sinken.

»Nein, Flint!«, schrie Konni. Richard näherte sich ihm rasch und nahm Flint den Papyrus aus der Hand. Dann gab er ihn Uther. Flint ließ den Kopf sinken und stand einfach nur da.

»Töte ihn«, sagte Uther kalt. Richard richtete die Spitze seines Schwertes auf Flints Brust. Dorthin, wo dessen Herz schlug.

Ben hatte die Kiste auch ohne Konnis Hilfe aufbekommen. Er zertrümmerte sie einfach mit einem großen Felsbrocken und nahm das Futteral heraus. Dann eilte er die langen Stollen bis zum Lesesaal zurück und wollte sich dann zusammen mit Peter, der am Eingang auf ihn warten würde, auf die Suche nach seinen Freunden machen. Hoffentlich hatten sie Hofmann gefunden. Er musste sich beeilen. Aber Peter stand nicht wie verabredet am Eingang zu den Stollen. Ben sah sich um, aber der Drilling war nirgends zu entdecken. »Peter?«, wagte Ben zu flüstern. Keine Antwort. *Sonderbar.* Ben setzte sich in Bewegung und rannte durch den Lesesaal, stieg hinab in die Materialkammer und gleich darauf gegenüber die Treppe zur kleinen Pforte hinauf.

»Peter?«, flüsterte er noch einmal. »Ich habe sie.«

»Das ist sehr schön«, antwortete eine andere Stimme. Es war die von Hindrick.

»Richard!«, schrie Leon. »Nicht!« Richard aber hielt die Spitze seines Schwertes immer noch auf Flints Brust gerichtet. »Richard, das ist Mord!« Leon wollte zu seinem Bruder gehen, um ihn aufzuhalten. Doch Uther stellte sich ihm in den Weg. Leon war außer sich vor Zorn und schrie Hofmann an: »Ist das das Gute, das Ihr in die Welt bringen wollt? Ihr seid nicht besser als die Despoten und Mörder, die Ihr angeblich aufzuhalten sucht. Das da ist mein Freund.« Leon zeigte mit ausgestrecktem Arm auf Flint. »Was hat er getan, dass er den Tod verdient? Wie nützt das Eurem Frieden? Sagt es mir! Ihr seid ein Verräter und ein Wahnsinniger, Hofmann.« Leon wandte sich an seinen Bruder. »Richard, siehst du nicht, was dieser Teufel aus dir gemacht hat? Er manipuliert dich und hat deinen Schmerz in Hass gewandelt. Du bist mein Bruder. Erinnere dich!« Richard zögerte. Leon war zu aufgewühlt, um seine Präsenz zu errichten. Er sah, dass die Schwertspitze leicht zu zittern begann, und richtete seinen Zorn wieder auf Hofmann. »Was hat mein Bruder getan, dass Ihr ihn zwingt, einen Mord zu begehen?«

Hofmann antwortete ruhig: »Dein Bruder kämpft für eine gerechte Sache, und dein Freund hat sich ihm in den Weg gestellt. So wie du selbst.«

»Und soll mein Bruder mich danach auch umbringen? Und Konstanze? Und jeden, den ihr hernach dafür aussucht?« Der Druck von Richards Klinge auf Flints Brust ließ nach. »Ihr seid verblendet, Hofmann! So wie alle, die im Namen dieser Schriften seit Jahrhunderten morden und intrigieren. Seht Ihr das nicht?« Leon bemerkte, dass Uther grinste. Ein unverschämtes, abscheuliches Grinsen. Sein wahres Gesicht. »Euer eigenes Schicksal hätte Euch lehren können, was mit Menschen geschieht, in deren Geschichte sich Hass mit Macht vereint«, rief Leon.

Draußen hörte man plötzlich Lärm und aufgebrachte Rufe.

»Wenn die Auslegung von Gerechtigkeit über den Menschen gestellt und zu nackter Willkür deformiert wird. Ihr seid blind, Hofmann.« Alle Wut und Verzweiflung, die sich in Leon aufgestaut hatte, brach sich nun Bahn. »Ihr seid ein Teufel!« Die Rufe kamen näher.

»Du bist es, der verblendet ist«, sagte Hofmann ruhig. »Dein Bruder hier kann es bezeugen. Du hast ihn betrogen und im Stich gelassen. Hast ihn über zwei Jahre im Unklaren gelassen, ob du noch lebst oder nicht. Du hast ihm Lügen über Albert und das Buch erzählt. Deinem eigenen Bruder. Aber noch schlimmer ist es, dass du der Welt eine Lösung vorenthalten hast. Einen Weg aus ihrer bedauernswerten Existenz.«

Leon sah zu Richard, der auf den Boden blickte.

»Ich liebe meinen Bruder. Und das ist es, was in Eurer Welt nicht existiert. Was Ihr nicht versteht. Und darum ängstigt es Euch. Ihr habt niemals geliebt, Hofmann. Und deshalb wird sich jede Macht in Euren Händen schließlich doch zum Bösen wenden.«

Hofmanns Gesicht versteinerte. Uther zischte: »Tötet sie, Meister. Tötet sie alle.«

In diesem Moment flog die Pforte zum Vorraum auf. Philipp und Odo stürmten herein, gefolgt von einem halben Dutzend weiterer Wachen. »Wir werden angegriffen!«, rief Odo, ohne stehen zu bleiben.

Uther sah ihnen ungläubig entgegen.

»Assassinen!«, rief Philipp. Durch die offene Tür drang Kampflärm herein. Laute Rufe und der Klang von Eisen auf Eisen. Eine der Wachen reagierte und rief: »Schnell, verbarrikadiert die Tür!«

»Nein, nicht! Dann sitzen wir hier in der Falle!«, warnte Odo, aber es war zu spät. Die beiden Wachen waren schon zu der kleinen Tür im großen Portal zur Halle des Krieges gerannt und hatten sie zugeworfen. Gleich darauf begannen sie mithilfe der übrigen Männer damit, Tische und Bänke davor aufzustapeln. Schon im nächsten Moment prallte von außen etwas so heftig dagegen, dass das starke Eichenholz ächzte.

Richard war unterdessen einen Herzschlag lang nicht achtsam gewesen. Flint warf sich unter dem Schwert hindurch nach vorne, rollte sich am Boden ab, richtete sich blitzschnell auf und stürzte sich dann wutentbrannt auf Uther. Leon konnte den Dämon sehen, der jetzt erneut erwacht war und in seinem Freund wütete. Und noch bevor irgendjemand einschreiten konnte, fasste Flint den Kahlgeschorenen am Arm und schleuderte ihn samt Papyrus auf die gestapelten Scheite im mannshohen Kamin. Der Stapel gab nach. Funken stoben auf. Uther schrie. Wie besessen umklammerte er die kostbare Abschrift vor seiner Brust. Doch da, plötzlich, begleitet von einer hellen, weißen Stichflamme, loderte die jahrhundertealte Schrift auf und verging innerhalb weniger Augenblicke zwischen Uthers brennenden Händen.

»Das ist für Pearl, du Schwein«, flüsterte Flint.

Uther warf sich herum und fiel zurück. Er brüllte, stemmte sich mit den Händen auf den brennenden Stoß und versuchte verzweifelt, sich irgendwie aufzurichten. Dabei brach der Stapel Scheite unter ihm zusammen. Tausend Funken stoben. Richard, der hinzugesprungen war, um Uther zu helfen, wich vor dem plötzlichen Hitzeschwall zurück und bedeckte schützend das Gesicht mit der freien Hand. Uther zuckte jetzt und unternahm einen weiteren verzweifelten Versuch, sich aufzurichten. Seine Arme knickten ein, und er fiel mit dem Gesicht voran in die Hitze der Flammen. Er schrie wie von Sinnen, hustete dann und verlor offenbar das Bewusstsein. Niemand trat vor, um den Mann aus den Flammen zu ziehen. Alle standen, starr vor Entsetzen, vor dem Kamin. Alle bis auf Flint, der grimmig zusah, wie der Peiniger seiner Schwester verendete. Wie die bloße Haut auf Uthers kahl geschorenem Hinterkopf Blasen warf und in einem grünlichen Ton zu brennen begann. Wie das Fett heraustropfte und die Flammen nährte. Uthers Kleider dampften, bevor auch sie zu brennen begannen. Konni hatte sich abgewandt. Richard rührte sich nicht, und Leon drehte den Kopf zur Seite. Da erkannte er, dass Hofmann verschwunden war. Alarmiert sah Leon sich um, doch der Meister war nirgendwo zu sehen.

Er konnte nicht nach draußen gelangt sein, dachte Leon. Die Pforte zum Vorraum war verschlossen und verbarrikadiert. Noch immer stapelten die Männer schwere Bänke davor. Vielleicht hatte Hofmann sich irgendwo hinter den Säulen im Schatten verborgen. Da fiel es ihm ein. Hofmann musste durch die verdeckte Tür am hinteren Teil des Saales gegangen sein. Die, durch die sie selbst zuvor hereingekommen waren. *Ob es noch weitere dieser Türen gibt? Vielleicht auch eine nach draußen?* Leon warf einen Blick auf seinen Bruder. Dann rannte er los. *Hofmann wird über die Wendeltreppe nach oben geflohen sein. In sein Arbeitszimmer. Ich muss ihn aufhalten!*

Richard bemerkte, dass Leon sich entfernte, sah aber weiterhin auf Flint. Der Kampfeslärm hatte zugenommen. Die Pforte am Eingang der Halle dröhnte unter den Schlägen der Angreifer. Richard spürte Wut. Der Wildererjunge stand noch immer still und sah auf den brennenden Körper Uthers. Ein merkwürdiger Ausdruck lag auf seinem Gesicht. So etwas wie Genugtuung. Und zugleich … Trauer. Flints Schultern strafften sich, bevor er sich schließlich abwandte. Doch Richard stellte sich ihm in den

Weg. Flint sah ihm darauf direkt in die Augen, und wieder flackerte Zorn in seinem Blick. Da stellte sich Konni zwischen die beiden und rief: »Hört auf! Hört sofort auf, ihr Schafsköpfe!«

Für einen Moment geschah nichts, doch irgendetwas schien zugleich in Richard zu erwachen. Etwas lang Vergessenes. Er sah zu Konni. Sah ihr Gesicht, und irgendetwas darin bewog ihn dazu, das Schwert zu senken. Seine Wut verrauchte. Sie wich einem Gefühl von Taubheit, das wiederum durch ein weiteres Gefühl abgelöst wurde. Richard erschrak. Ihm wurde mit einer schrecklichen Klarheit bewusst, wie sehr er von Uther getäuscht worden war. Er fühlte Schuld. Tiefe Schuld. Der Vogt hatte seine Trauer um den Verlust seines Bruders und seine Sehnsucht nach dem Ende der Gräuel für seine Zwecke benutzt und ihn seinem Willen unterworfen. Jetzt, da der Vogt tot war, fiel all diese Macht von Richard ab. Der Bann war gebrochen. Richard versuchte, etwas zu sagen, aber es gelang ihm nicht. Zitternd stand er da, und Konni legte ihm sanft eine Hand an den Oberarm.

Plötzlich krachte es laut, und Glas zerbarst in tausend Splitter und regnete herab. Alle Blicke wandten sich nach oben zu den hohen Fenstern. Weitere Schläge. Mit lautem Getöse zersplitterten die Fenster der östlichen Wand eines nach dem anderen. Sogleich sprangen schattenhafte Gestalten herab in den Saal. Leon, der noch immer rannte, zählte sechs von ihnen und sah, dass Richard ihnen jetzt entgegenging. Die Burgunderbrüder folgten Richard mit gezückten Schwertern.

Leon rannte schneller, entlang der Wandteppiche zum hinteren Teil des Saales und von dort aus zu der verborgenen Wendeltreppe. Er hoffte, dass die Angreifer ihn hier in der Dunkelheit auf der Schattenseite der Säulen nicht entdecken würden. Auf der anderen Seite stürmten die Assassinen an Leon vorbei und prallten in der Mitte des Saales auf Richard, Philipp und Odo. Eisen klirrte auf Eisen. Weitere Schatten sprangen durch die zersplitterten Fenster herein. Auch die anderen Wachen, die zuvor die Pforte verbarrikadiert hatten, rannten herbei, um Richard und den Brüdern zu Hilfe zu kommen. Plötzlich funkelte die Luft, und zwei Wachen Rudolfs gingen zu Boden. Wurfsterne! Auch Philipp und Odo waren getroffen. Odo blutete aus Schulter und Brust. Richard hatte sich blitzschnell weggeduckt und stürmte nun auf die erste Welle der Angreifer zu. Es waren mindestens zehn.

Leon erreichte die geheime Tür hinter dem Wandbehang und stieg rasch die schmale Wendeltreppe empor, während der Kampfeslärm hinter ihm, gedämpft durch den schweren Wandbehang vor der Tür, leiser wurde. Er musste Hofmann aufhalten.

Die vierte Abschrift war hier an der Schule. Sollten sie das hier überleben, war es nur eine Frage der Zeit, bis Hofmann sie entdecken würde. Und dann würde Hofmann auch den Aufbewahrungsort der wahren Schrift, des Originals des Hermes Trismegistos, herausfinden. Leon musste das um jeden Preis verhindern.

Leon hörte unter sich den Lärm und die Schreie des Kampfes. Ein Teil von ihm wollte umkehren und seinen Freunden und seinem Bruder helfen, doch der andere Teil trieb ihn Stufe für Stufe die schmale Treppe hinauf.

❧

Konni wusste nicht einmal, wie man ein Schwert richtig hielt. Wie sollte sie sich gegen den Ansturm verteidigen? Nachdem sich auch ihr Bewacher den Angreifern entgegengestellt hatte und nur einen Herzschlag später durch deren Wurfgeschosse getötet worden war, hatte sich Konni mit einem Satz unter die Platte des steinernen Tisches geflüchtet und dort versteckt. Wo war Flint? Von ihrem Platz hinter dem zentralen Sockel des Tisches aus konnte sie ihn nicht entdecken. Konni sah die Stiefel der Kämpfenden. Richard, Odo und Philipp hielten in der Mitte des Saales eisern stand. Nur noch zwei von Rudolfs Wachen waren bei ihnen. Weitere würden ihnen nicht zu Hilfe kommen können, denn es war genau das geschehen, wovor Odo gewarnt hatte: Da sie die Tür zum Vorraum verbarrikadiert hatten, saßen sie nun in ihrer eigenen Falle. Sie kämpften bereits jetzt gegen eine Übermacht. Und immer mehr Assassinen sprangen durch die hohen Fenster herein. Zwei Dutzend mochten es jetzt sein. Mindestens acht weitere von ihnen lagen tot am Boden. Von ihrem Platz aus sah Konni ein abgetrenntes Bein und ein behaartes Bündel, das wie ein Kopf aussah. Das Mädchen musste würgen. Ein weiterer Assassine starb unter Richards wuchtigen Schlägen. Richard schrie dabei in rasender Wut. Die Assassinen kämpften dagegen vollkommen lautlos. Beinahe wie Geister.

Plötzlich hörte Konni ein Poltern. Es kam von der Steinplatte über ihr. Einige der Figuren stürzten zu Boden und zerbrachen vor ihren Augen. Einer der Angreifer bemerkte das. Konni sah, dass er sich in ihre Richtung wandte und gleich darauf auf sie zurannte. Wenige Schritte vor ihr prallte er im vollen Lauf nach hinten. Gerade so, als sei er gegen eine unsichtbare Wand gerannt. Er taumelte ein Stück rückwärts und fiel. Aus seiner Brust ragte der Schaft eines Wurfspeers. Wer immer über ihr auf dem Tisch stand, er war auf ihrer Seite. Da plötzlich sprang er herunter: Flint! Der Wildererjunge landete direkt vor ihr auf dem Boden und warf bereits den nächsten Speer nach einem der Assassinen. Er traf ihn im Rücken zwischen den Schulterblättern, und auch dieser Mann ging zu Boden. Unheimlich, dass der Mann sogar dabei vollkommen still blieb. Keiner der Angreifer hatte bis jetzt ein Wort von sich gegeben; außer dem metallenen Klang ihrer Schwerter war nichts von ihnen zu hören. Hatten sie keine Zungen? Spürten sie keinen Schmerz? Wie Gespenster glitten sie durch den Raum, und selbst die Geräusche, die ihre Füße machten, waren gedämpft. Es schienen nun keine weiteren Angreifer hinzuzukommen, und die Männer kämpften wie besessen. Dann entdeckte eins der Gespenster Konni in ihrem Versteck und glitt lautlos auf sie zu, die Klinge senkrecht erhoben. Voller Entsetzen kroch Konni rückwärts bis zur Kante der Tischplatte, aber der Assassine sprang vor und ließ sich einfach mit einer geschmeidigen Bewegung seitwärts unter den Tisch gleiten. Konni rutschte auf Knien nach hinten und ergriff die Kante des Tisches. Gerade wollte sie sich aufrichten, da hatte der Mann sie schon erreicht. Sein Schwert vollzog einen waagerechten Bogen, dem das Mädchen gerade noch nach hinten ausweichen konnte. Dann kam auch der Mann unter dem Tisch hervor und sprang auf die Füße. Er holte erneut aus. Plötzlich zuckte sein Schwert nach links und fiel ihm aus der Hand. Mit einem lauten Klirren landete es auf dem Boden. Vor Konnis Augen sackte der Mann in sich zusammen. Der Wildererjunge stand wieder auf der Tischplatte und zog seinen Speer mit einem Ruck aus dem Rücken des Assassinen. Seine Augen funkelten wütend, bevor er sich umwandte, vom Tisch sprang und sich auf die nächsten Feinde stürzte. Noch immer standen mehr als zehn Angreifer gegen vier Verteidiger. Die beiden Burgunderbrüder und Richard wehrten sich nach Kräften. Wieder funkelte die Luft vor Wurfsternen. Konni sah, wie es Richard gelang, zwei davon mit dem Schwert abzuwehren. Odo hatte weniger Glück. Und auch wenn er ein Kettenhemd trug, so sah sie doch überall Blut auf seinem Wappenrock. Sie kämpften mit Schwertern. Sie brauchten Schilde!

Gehetzt sah Konni sich um. Die Wände waren dicht mit Waffen behängt. Schließlich waren sie in der Halle des Krieges. Daher hatte Flint seine Wurfspeere. Konni sah zahlreiche Schwerter, Kriegshämmer und Hellebarden. Da, ein Schild! Sie rannte los und zog den mit Leder bespannten Rundschild von der Wand. Dabei fielen zahlreiche Waffen zu Boden. Der Schild war schwer und musste uralt sein. Sie schleppte ihn zurück zu dem Tisch, warf ihn hinauf, sprang hinterher und sah hinüber zu Richard, Philipp und Odo. Sie schwang den Schild und schrie: »Richard! Hier!«

Richard sah kurz auf, dann schleuderte sie den Schild mit aller Kraft in seine Richtung. Beinahe hätte sie ihn getroffen, doch stattdessen prallte der Schild in den Rücken eines heranstürmenden Angreifers. Richard machte einen raschen Schritt nach vorne und stach dem Mann sein Schwert ins Gesicht. Konni drehte sich um und suchte nach Flint. Der rannte wie verrückt im Saal herum und schleuderte immer wieder Speere und andere Waffen auf die Angreifer. Dann sah Konni einen weiteren Schild an der Wand im hinteren Teil der Halle und rannte darauf zu. Doch einer der Assassinen schnitt ihr den Weg ab. Konni schrie vor Wut und rannte ihn einfach um. Dann riss sie den Schild von der Wand, drehte sich damit um und hieb dem Mann, der plötzlich hinter ihr stand, die eiserne Kante in die Zähne. Der Angreifer taumelte nach hinten, und Konni stieß ihn um. Sie sprang über ihn hinweg und warf den zweiten Schild noch im Sprung in Philipps Richtung. Philipp blutete aus vielen Wunden. Wieder summten Wurfgeschosse durch die Luft.

Flint, der keinerlei Rüstung trug, war ebenfalls verletzt. Konni konnte Blut sehen. Am Kopf, am Rücken und am rechten

Unterarm. Doch den Dämon des Wildererjungen schien das nicht zu behelligen. Wie entfesselt rannte er durch die Halle. Mal hierhin, mal dorthin, immer wieder einen Speer von der Wand oder vom Boden greifend, um ihn einem der Assassinen entgegenzuschleudern. Ab und zu suchte er Deckung hinter einer der gewaltigen Säulen, und Konni hörte den Aufprall zahlreicher Wurfgeschosse auf dem Stein. Dann geschah es. Flint wurde getroffen und fiel.

❧

»Lass mich vorbei!«, sagte Ben. Aber Hindrick grinste nur und streckte stattdessen die Hand nach dem Bündel in Bens Arm aus.

»Gib her, was du da hast«, sagte Hindrick.

»Meinst du nicht, du könntest ein einziges Mal auf der richtigen Seite stehen? Nur ein einziges Mal das Richtige tun?«

Hindrick schien etwas erwidern zu wollen, es fiel ihm jedoch offenbar nichts ein. Also sagte er nur: »Gib her, du jüdischer Bastard, oder ich stech dich ab!« Er machte einen Schritt auf Ben zu und zog seinen Dolch.

Ben hatte nie gelernt zu kämpfen. Weder zu Hause in Fulda noch hier an der Schule. Er hatte sich immer auf sein Wissen verlassen. Ein Fehler. Hindrick war ihm körperlich überlegen. Vor allem war er skrupellos. Ben hatte ihn viele Male zuschlagen und Schüler verprügeln sehen. Auch ihn hatte er verprügelt und gequält. So wie zuletzt, als Uther ihn erwischt hatte. Ben erschauderte bei der Erinnerung daran. Wolfger hatte Ben festgehalten, damals in der Halle des Willens. Und Hindrick hatte wieder und wieder zugeschlagen. Jetzt und hier würde er ihn töten. Ben war allein. Und er konnte die Mordlust in Hindricks Augen sehen. Er wollte nicht sterben.

Ben zitterte vor Furcht und gab Hindrick das Futteral mit der Abschrift der Pariser Universität. Hindrick nahm es mit der einen Hand und hielt gleichzeitig den Dolch unter Bens Kinn: »Wo sind deine dämlichen Freunde? Ich habe noch eine …«

Weiter kam Hindrick nicht, denn er sackte im nächsten Moment wie eine leblose Puppe zusammen. Hinter ihm standen Peter, Angus und Otto. Angus' Faust umschloss den Griff eines schweren Streitkolbens.

Als Leon den obersten Absatz der Wendeltreppe erreicht hatte, hielt er kurz inne und lauschte in die Dunkelheit des Ganges vor ihm. Hier oben herrschte absolute Stille. Etwas daran war substanziell. Und *anders*. So als habe man die Stille kunstvoll hergestellt. Es war nicht die Stille von etwas Abwesendem. Es war die von etwas, was *da* war. Leon konnte das Gefühl nicht deuten. Aber etwas Beängstigendes lag darin. Er fürchtete sich nicht vor Hofmann. Jetzt nicht mehr. Er hatte einen Großteil seiner selbst der Welt entzogen. Groß genug, um darin vor den gedanklichen und verbalen Angriffen Hofmanns geschützt zu sein. Aber da lag noch etwas anderes in dieser Stille. Er folgte dem langen Gang. Kein Licht drang herein. Die Finsternis war perfekt. Er bewegte sich so lautlos wie möglich vorwärts. Seine linke Hand tastete dabei an der steinernen Wand entlang. Schließlich erreichte er die Tür zu dem hölzernen Aufgang, die Treppe, die außen an der Wand hinab in den Hof führte. Er sah vorsichtig um die Ecke, hinunter zum unteren Ende der Treppe. Die Tür zum Hof stand offen. Kälte und der Kampfeslärm drangen von dort herauf. Leon zog den Kopf zurück, als er unten eine Bewegung wahrnahm. Er beeilte sich, dem Gang weiter zu folgen. Er wusste, dass wenige Schritte vor ihm auf der rechten

Seite die Tür zu Hofmanns Arbeitszimmer liegen musste. Also wechselte er zur anderen Seite des Ganges und tastete sich nun mit der rechten Hand voran. Der raue Stein der Mauer war kalt unter seinen Fingern.

Als Leon die Tür zum Arbeitszimmer erreichte, hörte er dahinter ein Geräusch, gefolgt von einem leisen Ächzen. Vorsichtig öffnete er die Tür und spähte in den dunklen Raum hinein. Im schwachen Licht der Glut, die in einem flachen Kohlebecken glomm, sah Leon einen gebeugten Schatten an Hofmanns Arbeitstisch stehen. Der Schatten stöhnte. Leon eilte zu ihm. »Bleib weg, Leon! Er ist noch hier!« Leon blieb wie angewurzelt stehen. Er sah, dass Hofmann verletzt war. Krampfhaft hielt er die rechte Hand an seinen Hals gepresst. Leon näherte sich ihm langsam.

»Der Brief«, ächzte Hofmann. Leon verstand nicht. Hofmann hustete. Blut quoll durch die Finger seiner rechten Hand, die er weiterhin an seinen Hals presste. »Maraudons Brief!« Hofmann versuchte, sich an der Kante des Tisches abzustützen, rutschte dabei aber ab und fiel zu Boden. Mit zwei Schritten war Leon bei ihm und stützte ihn. Dann half er ihm, sich mit dem Rücken gegen ein Bein des Tisches zu lehnen. »Maraudons Brief. Er ist hier. Du findest ihn ... in der Ausgabe von Aristoteles' *Topik*, die ich dir gezeigt habe.« Hofmann zitterte jetzt und schien kaum noch Luft zu bekommen. »Leon, es tut mir ...« Weiter kam er nicht. Ein Husten unterbrach seine Anstrengung, das zu sagen, was Leon schon längst wusste.

»Ihr seid selbst ein Opfer, Hofmann«, sagte Leon. »Ihr wurdet genauso getäuscht wie alle, die mit den Schriften des Trismegistos in Berührung kamen.« Ein winziges Geräusch in Leons Rücken unterbrach ihn und ließ ihn herumfahren. Er spähte in die Dunkelheit, doch da war nichts.

»Er ist noch da«, flüsterte Hofmann. Und diesmal wusste Leon, dass nicht Alberts Brief an Maraudon damit gemeint war.

❧

»Flint! Nein!«, rief Konni und rannte quer durch die Halle zu dem Wildererjungen, der jetzt reglos am Boden lag. Neben seinem Körper fiel sie auf die Knie. »Nein, Flint, nein!« Der Wildererjunge blutete am ganzen Körper. Konni hob seinen Kopf und zog ihn zu sich. Einen kurzen Moment lang sah sie seine Lider flackern. »Unterstehe dich, jetzt zu sterben!«

Plötzlich lächelte Flint schwach. Konni wollte schon aufatmen. Doch gleich darauf erlosch das Lächeln. In ihrer Verzweiflung sah sie sich nach Hilfe um und wollte schreien. *Wo war Leon?* Konni sah, dass sich die verbliebenen Angreifer langsam von den blutenden Verteidigern zurückzogen. Einer der Assassinen löschte dabei wie beiläufig eine Öllampe, die auf der steinernen Tischplatte stand. Wie auf einen geheimen Befehl hin schwärmten die Angreifer lautlos aus und löschten überall im Saal die Lichter. *Was ist das wieder für eine Teufelei?* Es dauerte nicht lange, dann war es stockdunkel. Nur im Kamin, in dem Uthers verkohlter Leichnam lag, glomm noch ein wenig Glut. Schon drei Schritte davon entfernt war es vollkommen finster. Konni wusste in diesem Augenblick, was das bedeutete.

»Schnell, Richard, zum Kamin!«, rief sie. Konni griff dem bewusstlosen Flint unter die Arme und zog ihn entlang der westlichen Wand der Halle. Auch sie musste das Licht erreichen. *Verdammt, bist du schwer!* Sie ächzte und stemmte sich gegen den Steinfußboden. Schließlich zog sie Flint an nur einem Arm hinter sich her, bis sie an einem der Wandteppiche angekommen war. Dort lauschte sie angestrengt in die Dunkelheit. Zwischen ihrer Position und dem schwachen Schein der Glut im entfernten Kamin sah sie ein paar geduckte Gestalten. Sie bewegten sich. Und sie kamen direkt auf sie zu. Philipp und Odo hatten auf ihren Ruf reagiert und standen bereits rechts und links des Kamins, wo sie noch einen winzigen Rest Licht hatten. Sie hielten die Schilde schützend vor ihre Oberkörper, als erwarteten sie jeden Moment den nächsten Angriff der Wurfgeschosse. Mittlerweile waren auch Pfeile hinzugekommen. Mindestens drei Bogenschützen waren zu den Angreifern gestoßen. Richard war nicht zu sehen. Plötzlich schnitt eine Klinge direkt über Konnis Kopf durch die Luft. Ein Schmatzen und das Geräusch eines aufschlagenden Körpers direkt neben ihr in der Dunkelheit. *Was war das?* Vor Schreck konnte sich Konni nicht bewegen. Sie kniete neben dem am Boden liegenden Flint und war starr vor Furcht.

Da, ein weiteres Mal. Wieder das Singen einer Klinge, welche die Luft zerschnitt. Ein kleines Stück weiter weg. Diesmal folgte kein Geräusch eines fallenden Körpers. Plötzlich ein Flüstern. »Ich bin es, Richard. Bleib, wo du bist.« Konni hielt den Atem an. Eine Weile lang geschah nichts. Die verbliebenen vier oder fünf Assassinen hatten sich irgendwo in der Finsternis der Halle versteckt und griffen nicht wieder an. Noch nicht. Sie würden warten. Und Konni ahnte, auf wen. Ein Schauer lief ihr über den Rücken, als sie an das Lagerhaus und die geduckte Gestalt mit der silbernen Maske dachte. *Er kann im Dunkeln sehen.* Sie hatten das Licht gelöscht, damit ihr Anführer die verbliebenen Verteidiger leichter töten konnte. *Er ist hier!*

Plötzlich spürte sie eine Hand an ihrer Schulter. Konni zuckte zusammen und hätte beinahe geschrien. »Leise.« Es war Richard. Er war neben ihr in die Hocke gegangen. »Komm, wir müssen zu den anderen.«

Gemeinsam hoben sie Flint auf und trugen ihn an den Wandteppichen entlang zur Stirnseite der Halle und zu dem schwachen Lichtschein am Kamin. Niemand hielt sie auf. Odo und Philipp warteten dort auf sie. Auf sie und den allerletzten Angriff der Nizariten.

᪥

Der Mann mit der silbernen Maske schob Hofmann und Leon vor sich her in die Halle des Krieges, wo seine Assassinen in der Finsternis auf ihn warteten. Ein letzter Rest Licht war in der Nähe des Kamins zu spüren. Nicht mehr als das schwache Glimmen einer erstickten Glut. Gleich würde hier eine vollkommene Finsternis herrschen. Und dann, erst dann, würde er zuschlagen. Der Mann spürte den Widerhall dreier Männer am Kamin. Und ein Mädchen, das sich über einen leblosen Körper am Boden beugte.

Nun würde er endlich die beiden verbliebenen Abschriften erbeuten. Und Gottfrieds verfluchtes Buch. Auch wenn Letzteres mittlerweile nutzlos geworden war. Dennoch würde es verräterische Spuren offenbaren. Es musste deshalb vernichtet werden. So wie jeder der Besitzer, der noch am Leben war. Er hatte die Abschrift di Paduas in Venedig erbeutet. Und er wusste, dass die beiden anderen hier an der Schule waren. Die vierte Abschrift war schon vor Jahrhunderten nach Alamut zurückgekehrt. Mit einer Gesandtschaft des Papstes. Die Gesandtschaft hatten sie getötet. Bis auf den letzten Mann. So wie der Imam es befohlen hatte. Sie würden auch hier ihre Arbeit zu Ende bringen und nach Hause zurückkehren. Alamut.

Der Mann mit der silbernen Maske führte seine beiden Gefangenen quer durch die Halle. Als sie an dem steinernen Tisch unter der hohen Kuppel angekommen waren, zwang er den Meister des dritten Hauses und seinen Schüler auf die Knie. Er legte dem blutenden Hofmann eine schmale Klinge an den Hals.

»Wo sind die beiden Abschriften? Wo ist Gottfrieds Buch?« Die Stimme des Assassinen war dünn und seine Worte schwer verständlich. Leon wusste, weshalb.

Hofmann antwortete ruhig: »Ihr kommt zu spät! Die lateinische Abschrift ist soeben da vorne verbrannt. Ihr könnt den Leichnam ihres letzten Besitzers in der Glut des Kamins besichtigen.« Leon sah, dass die Wunde an Hofmanns Hals aufgehört hatte zu bluten. Warum hatte der Mann mit der silbernen Maske ihn nicht getötet?

»Welche war es?«, zischte der Assassine.

»Es war die lateinische, welche Bernhard von Clairvaux besessen hatte«, antwortete Hofmann wahrheitsgemäß. »Wo die griechische Abschrift ist, wissen wir nicht. Sie war im Besitz der Universität von Paris, und wenn uns Gottfrieds Buch ihren Aufbewahrungsort nicht offenbart, ist sie wohl auch verloren.«

Eine Pause entstand. Der Assassine zögerte und stellte seine zweite Frage erneut: »Und das Buch?« Gemeint war das Buch mit Gottfrieds Aufzeichnungen. Leon wusste, dass es oben in den Stollen war. Und ihm wurde gewahr, dass nur noch einer später sagen könnte, wo es sich befand. *Nur Ben*, dachte Leon. Denn ob er es dem Nizariten selbst verraten sollte oder nicht, sie würden hier gleich alle sterben.

Konni hörte leise Stimmen aus der Richtung des steinernen Tisches. Schatten bewegten sich am Rand der Dunkelheit. Sie sah zu, wie das Licht der Glut schwand, während sie am Boden kniete und den blutenden Flint in Armen hielt. Er atmete nur noch schwach und war nicht mehr bei Bewusstsein. Vor ihr standen die beiden Burgunder und Richard. Alle drei waren verletzt. Odo schwankte. Sie waren die letzten Überlebenden des Kampfes in dieser Halle. Irgendwo im Dunkeln mussten noch mehr Angreifer sein. Doch sie würden ihren Meister die Arbeit tun lassen. Er würde warten. Und dann in vollkommener Dunkelheit handeln. Sie sah jetzt, wie Richard nach vorne trat. Schwert und Schild erhoben, ging er in die Dunkelheit.

Leon sah, dass Richard sich näherte. »Nein, Richard!«, rief er und wandte sich an den Anführer der Assassinen in der Hoffnung, dass der ihm glauben würde: »Lasst meine Freunde gehen. Wir wissen, wo die vierte Abschrift ist. Sie ist hier auf dem Gelände! Wir haben Alberts Brief an Maraudon. Und wir haben Gottfrieds Buch. Wir können Euch sagen, wo Albert und die Verschwörer aus Paris die Abschrift aufbewahrten. Wir können sie finden!«

Aber der Assassine stand unbeweglich und antwortete nicht.

»Lasst die anderen gehen! Ich besorge Euch die Abschrift, und dann könnt Ihr nach Hause zurückkehren«, flehte Leon. Er hatte versucht, den Assassinen über den Äther zu erreichen, doch irgendetwas schützte ihn davor.

Der Mann mit der silbernen Maske erwiderte nichts. Richard war jetzt beinahe bei ihnen und tat einen letzten Schritt auf sie zu.

»Bleibt stehen«, zischte der Mann hinter der silbernen Maske.

Leon erkannte, was Richard vorhatte. *Er will sich opfern!*

»Vergib mir, Leon«, flüsterte Richard. »Vergib mir, kleiner Bruder.«

Konni sah nicht, was geschah. Doch sie hatte Richard in der

Dunkelheit verschwinden sehen. Der Assassine würde ihn töten. Sie musste etwas tun. Irgendetwas. Gehetzt sah sie sich um. *Licht!* Sie brauchten Licht. Behutsam legte sie Flints Kopf am Boden ab und schlich zu den glimmenden Scheiten des Kamins. Sie sah den Leichnam Uthers. Ein widerlicher Geruch ging von ihm aus. Konni zog ein schmales Scheit heraus und blies vorsichtig in die Glut an dessen verkohltem Ende. Ein kleines, zitterndes Flämmchen trat hervor. Konni schützte es mit der Hand und schlich geduckt zu einem der Schreine an der Stirnseite der Halle. Niemand schien ihre Bewegung bemerkt zu haben, denn alle sahen zu der Stelle, an der Richard in der Dunkelheit verschwunden war und wo der Assassine wohl auf ihn wartete.

Da, Kerzen. Und zwei tönerne Öllampen. Rasch entzündete sie eine der Kerzen mit ihrem brennenden Scheit, nahm sie und entzündete damit eine der Öllampen. Dann stellte sie die Kerze ab, nahm beide Öllampen und rannte, so schnell es ging, zu einem der großen Wandteppiche. Sie zuckte plötzlich zusammen, als ein Pfeil dicht vor ihrem Gesicht vorbeischoss. Sie duckte sich und kroch das letzte Stück flach über den Boden, beide Öllampen vor sich haltend. Als sie nahe genug an dem Teppich war, schleuderte sie beide Öllampen dagegen. Sofort brannte das Öl lichterloh und erhellte einen Teil der großen Halle. Weitere Pfeile wurden auf Konni geschossen, und sie hörte das Knirschen von Schritten über Glassplitter.

Nein, Richard! Nicht! Leon wollte schreien, aber seine Gedanken drangen auch so bis zu seinem Bruder vor. Richard sah ihn traurig an. *Ich hätte dir glauben sollen*, schien er sagen zu wollen. Mit einem sirrenden Geräusch lösten sich gleichzeitig drei Pfeile von den Sehnen der Bogenschützen und schlugen in Richards Oberkörper. Richard wankte und fiel auf die Knie. *Nein!* Leon wollte aufspringen, aber die Klinge des Assassinen an seinem Hals hielt ihn zurück. Im Schein des lichterloh brennenden Wandteppichs sah Leon zu, wie sein Bruder sich mühsam und unter Schmerzen erhob, bis er schwankend aufrecht stand. Weitere Pfeile wurden auf ihn abgeschossen. Zwei davon trafen ihr Ziel und stießen ihn nach hinten. Aber Richard fiel nicht. Er ächzte und tat einen schwerfälligen Schritt nach vorne. Und noch einen. Er schien alle verbliebene Kraft in sich zu sammeln ... und warf sich nach vorne in Richtung des Assassinen. Leon erkannte die Bewegung rechtzeitig und stieß Hofmann zur Seite. Richard stürzte durch die entstandene Lücke mit dem Schild voran gegen den Mann mit der silbernen Maske.

Odo und Philipp brüllten einen Kampfruf und sprangen vor, um es mit den restlichen Nizariten aufzunehmen. Richard hieb auf den Mann mit der Maske ein, der ihm jedoch wieder und wieder auswich. Funken schlugen aus dem Metall ihrer Klingen, als sie das erste Mal aufeinandertrafen. Richard wich einem mit mörderischer Kraft von oben geführten Schlag aus. Dann brüllte er und setzte einen Hagel von Schwertschlägen in Gang. Er schlug zu wie besessen. Immer wieder blitzten bläuliche Funken auf.

Immer mehr der Wandteppiche und des hölzernen Mobiliars hatte unterdessen Feuer gefangen. Konni stieß weitere Lampen zu Boden, wodurch sich brennende Öllachen bildeten. Richard konnte seinen Gegner nun deutlich erkennen. Wieder und wieder schlug er zu. Er verletzte den Nizariten an der Schulter und wurde selbst am Oberkörper getroffen. Seine Kraft schwand. Er ließ den Schild fallen und griff sein Schwert stattdessen mit beiden Händen. Ein weiterer Pfeil schlug in seine Seite, und Richard wäre beinahe gestürzt. Der Anführer der Assassinen stieß nach ihm, aber Richard drehte sich mit letzter Kraft an ihm vorbei um sich selbst und hieb dem Assassinen das Schwert von der Seite in den Schädel. Die Maske zersprang. Ein Schwall Blut klatschte auf die steinernen Fliesen. Noch einmal hob Richard sein Schwert und schlug zu. Die schwere Klinge fuhr dem Assassinen von oben in den Körper und spaltete den Mann von der Schulter abwärts beinahe bis zur Brust. Der Assassine sackte tot zu Boden. Richard stand noch einen winzigen Augenblick über ihm. Er atmete schwer und rasselnd. Ein Pfeil hatte seine Lunge durchbohrt. Das Schwert glitt ihm aus der erschlafften Hand. Dann sackte er auf die Knie, wollte irgendetwas sagen, doch kippte stattdessen nach vorn auf den Körper des toten Assassinen.

Richard! Nein! Leon wollte zu seinem Bruder, bemerkte aber eine Bewegung Hofmanns an seiner Seite. Hofmann wollte sich davonmachen. Doch Leon warf sich auf ihn und brachte ihn zu Fall. Dabei stieß Hofmann mit der Stirn gegen die steinerne Kante des Tisches und stürzte zu Boden. Regungslos blieb er liegen. Leon wirbelte herum und sah den Körper seines Bruders auf dem toten Assassinen liegen. Er wollte zu ihm, doch er musste Philipp und Odo zu Hilfe eilen. Leon hörte Kampfeslärm im hinteren Teil der Halle. Er sah, dass Konni entlang der Seitenwände weitere Wandteppiche entzündete und jetzt mit brennenden Öllampen nach den Angreifern warf. Leon griff nach dem am Boden liegenden Schwert seines Bruders und rannte dem Lärm entgegen. Blind vor Schmerz, Trauer und rasender Wut. *Richard!*

»Danke, Angus«, sagte Ben, als er wieder zu Atem gekommen war. Er sah auf den am Boden liegenden Hindrick.

»Aye, und stets zu Diensten«, erwiderte der Kelte.

Ben sah zu Otto. »Wieso seid ihr nicht …«

»Besessen?«, vollendete Peter den Satz. »Keine Ahnung. Aber vor etwa einer halben Stunde fiel der Einfluss plötzlich von ihnen ab. Ich war gerade auf dem Weg zu ihnen und dachte schon, ich müsste sie wie eine Herde Hammel von den Angreifern wegtreiben. Aber sie schienen wach zu sein und hatten … na ja, wieder so was wie einen eigenen Willen.«

Otto nickte.

Ben hätte beinahe geschluchzt vor Freude, so sehr war er darüber erleichtert, dass der Spuk nun offensichtlich ein Ende hatte. Doch dann fiel ihm etwas ein: »Was ist mit deinem Bruder, Peter?«

»Welchen meinst du?«

»Einer von euch hat mir geholfen und hier Wache gehalten. Hat Hindrick ihn …?«

»Nein. Er hat zwar 'ne ordentliche Beule abbekommen, aber der wird schon wieder. Mein anderer Bruder ist bei ihm.«

»Wer von den Schülern ist noch hier und kann helfen?«

»Die meisten haben sich zusammen mit der Dame Jafira im Turm der Prüfungen verbarrikadiert.«

»Wo ist Borkas?«

»Noch immer im Kerker.«

»Dann lasst uns da anfangen. Habt ihr Waffen?«

Angus hob seine Streitkeule. Peter hatte einen Dolch. Otto zuckte mit den Achseln.

»So wird das nichts«, bemerkte Ben und sah erneut zu Hindrick, der am Boden lag. »Verbarrikadiert euch oben im Lesesaal oder geht in die Stollen. Und passt gut auf das hier auf!« Ben gab Peter das Futteral mit der Schriftrolle. »Ich komme zurück und bringe euch Waffen. Angus, kommst du mit mir?« Der Kelte nickte, und sie eilten davon.

711

Ben wollte hinüber zur Halle des Krieges und nachsehen, ob seine Freunde Hofmann gefunden hatten. Dort würde er auch an Waffen kommen. Sie mussten sich irgendwie verteidigen. Immerhin gab es beinahe vierzig Schüler an dieser Schule. Und viele davon hatten eine Waffenausbildung. Doch zu einem Kampf zwischen Schülern und Assassinen war es nicht mehr gekommen. Die Angreifer hatten sich wie in Luft aufgelöst. Zurück blieben die Toten, Verletzten und wenigen Überlebenden aus Rudolfs Streitmacht.

ᢓᢛ

Nach dem nächtlichen Angriff auf das Dorf und die Schule waren Rudolf und seine Ritter am frühen Morgen zur Toranlage vorgerückt. Schon von Weitem sahen sie schwarze Rauchschwaden aufsteigen. Es brannte. Genau wie unten im Dorf. Die Häuser, das Vieh, die Menschen. Selbst die Kinder. So gut wie alles war verbrannt.

Rudolf hatte gleich darauf entschieden, nicht länger zu warten, so wie Uther es ihm empfohlen hatte. Sie hatten ihre Pferde gesattelt und waren unter Waffen hinauf zum Plateau unterhalb des Berges geritten. Bei ihrer Ankunft fanden sie das Tor offen und unbewacht. Gleich darauf sahen sie die ersten Leichname. Sowohl eigene Männer als auch eine große Zahl schwarz gekleideter Fremder. Seldschuken, dem Anschein nach. Viele von Rudolfs Männern hatten auf mindestens einem Kreuzzug Bekanntschaft mit ihnen gemacht. Was war hier geschehen? Sie sahen, dass einige der kleineren Häuser hinter der Halle des Willens in Brand geraten waren. Und neben der Kirche im Nordwesten des Geländes brannte ein riesiges Gebäude lichterloh. Niemand schien damit beschäftigt, es zu löschen. Es war überhaupt niemand auf dem Gelände zu sehen.

Plötzlich traten zwei Männer in Rüstungen aus dem Eingang des Gebäudes, dem Tor direkt gegenüber. Rudolf erkannte Odo und dessen Bruder Philipp. Sie stiegen eine breite Treppe zu ihnen herunter. Rudolf sah, dass Odo humpelte. Er hob eine Hand, und die beinahe sechzig Reiter hinter ihm kamen zum Stehen. Der Graf wartete, bis die beiden Burgunderbrüder bei ihm angelangt waren. Odo und Philipp verneigten sich, und Rudolf erwiderte ihren Gruß.

»Was ist hier geschehen?«, fragte Rudolf.

»Das ist eine längere Geschichte«, antwortete Philipp und verzog das Gesicht.

Die Nizariten waren fort. Nachdem ihr Meister in der Halle des Krieges durch Richards Hand getötet worden war, hatten sich die verbliebenen Assassinen auf dem Gelände genauso schnell zurückgezogen, wie sie gekommen waren. Odo und Philipp hatten noch drei von ihnen erschlagen, bevor der Rest durch die zersplitterten Fenster geflohen war.

Konni half den beiden Brüdern dabei, den Eingang freizuräumen, während Leon zusammengesunken bei seinem getöteten Bruder saß. Konni sah, dass seine Schultern zuckten. Leon weinte. Um seinen verführten und verlorenen Bruder. Am Ende war der wahre Richard zurückgekehrt. Und er war tapfer gewesen. Doch nun war er tot. Genau wie Dutzende anderer Männer hier in der Halle, draußen auf dem Hof und unten beim Tor.

Ben und die anderen Schüler hatten Borkas aus dem Turm der Prüfungen befreit und dann an seiner Stelle Hofmann in eine der Zellen gesteckt. Der ließ es geschehen und versuchte diesmal nicht, sich mit der Macht seiner Sprache zu wehren. *Vielleicht sind Waffen doch mächtiger als Worte*, dachte Konni.

Rudolfs Ritter waren am Morgen gekommen und hatten ihre erschlagenen Brüder gefunden. Das Gelände war übersät von ihnen.

Uthers Sohn Hindrick war geflohen. Zumindest konnten sie ihn nirgendwo auf dem Gelände finden, nachdem Ben, Otto, Peter und Angus ihn vor der Bibliothek bewusstlos zurückgelassen hatten.

Die Kinder von Palermo

Schule der Redner, 19. März 1249

Leon brauchte Antworten. Hofmann, der Meister des Hauses des Krieges, würde am nächsten Tag hingerichtet werden. Leon bestand darauf, ihn noch ein letztes Mal aufsuchen zu dürfen. »Sieh dich vor«, hatte Heraeus Sirlink ihn gewarnt. Als Leon schließlich doch in das Verlies gelassen wurde, fand er Hofmann zusammengesunken in einer Ecke auf dem Boden der Kerkerzelle. Er war an Händen und Füßen angekettet und sah zerschunden aus. Rudolf kannte keine Gnade, und seine Männer hatten Hofmann offensichtlich der Tortur unterzogen. Nachdem Leon die Zelle betreten und gewartet hatte, bis der Wächter fort war, zog Hofmann mühsam die Beine an und stützte den Kopf seitlich gegen den kalten Stein der Mauer ab. Leon sah, dass er große Schmerzen hatte. Rudolf wollte es so.

Leon stellte die Frage, die ihm auf der Seele brannte und deretwegen er gekommen war: »Die Kinder von Palermo ...« Eine Weile blieb es still. Dann fügte Leon hinzu: »Es ist *wahr*, oder?«

Hofmann rührte sich noch immer nicht, aber dann schien er mit dem Kopf ein mattes Nicken anzudeuten.

»Es war keine Erfindung der päpstlichen Seite«, ergänzte Leon. »Keine Propaganda. Sondern die Wahrheit. Es hat diese armen Kinder gegeben.«

Leon wartete, aber Hofmann antwortete nicht.

»Friedrich wollte die *Ursprache*. Es ging ihm gar nicht um die Frage, ob die Kinder Arabisch, Latein, Hebräisch oder Griechisch sprechen würden. Der Kaiser glaubte daran, dass ohne Einfluss von außen irgendwann die Ursprache zutage treten würde. Die Sprache Gottes. Die Sprache der Menschen vor dem Turmbau zu Babel. Die Sprache, die Trismegistos wiederentdeckt hatte.«

Hofmann deutete erneut ein Nicken an. Und als er dann sprach, erschrak Leon. Denn das Sprechen schien Hofmann große Schmerzen zu bereiten. Irgendetwas hatten die Knechte des Scharfrichters mit seiner Zunge getan. Leon hatte Mühe, Hofmann zu verstehen.

»Der Kai'er … war be'e'en … von der … Idee.« Blut quoll aus Hofmanns Mund. *Man hat ihm einen Teil der Zunge abgeschnitten!*

Leon sah es und sprach rasch für ihn weiter: »Nickt einfach nur, wenn ich recht habe. Friedrich glaubte so wie Ihr, dass man durch den Zugang zu dieser Sprache Macht erlangt. Göttliche Macht.«

Jetzt schüttelte Hofmann den Kopf und stammelte: »Nich' … wie … ich.«

Leon wartete. Aber Hofmann konnte nicht weitersprechen.

»Wusste der Kaiser durch Euch von Trismegistos und der Schrift? Dass durch Sprache Wirklichkeit entsteht? Kannte er das fünfte Kapitel des Originals?«

Wieder schüttelte Hofmann den Kopf.

»Das Original war nicht in Jerusalem, als Ihr mit Friedrich dort wart. Als Ihr im Tempel von Jerusalem nachgesehen habt, war die versteckte Kammer des Bundes leer. Ihr müsst aber ein Zeichen des Bundes gesehen haben, denn sonst wüsstet Ihr nicht, dass sie zuvor da gewesen war.«

Hofmann nickte.

»Ihr wusstet, dass Albert das Geheimnis kannte. Im Gegensatz zu Euch hat er die Pariser Abschrift mit eigenen Augen gesehen. Er kannte die Stelle, an der der Aufbewahrungsort der Schrift geändert worden war. Anstelle von Jerusalem. Der Bund der Erben hatte das Original fortgebracht.« Leon wusste bereits, wohin, denn Ben hatte die Pariser Abschrift gefunden. Doch selbst jetzt, kurz vor Hofmanns Hinrichtung, wagte er es nicht, den wahren Aufenthaltsort zu offenbaren. Alamut. In der Pariser Abschrift, die Ben schließlich aufgrund einer Eingebung in den Stollen gefunden hatte, war der Aufbewahrungsort des Originals auf ›Alamut‹ geändert worden. Aber das verriet er Hofmann nicht. Leon machte stattdessen eine Pause, um eine Reaktion des Meisters abzuwarten. Als Hofmann schwach nickte, fuhr Leon fort: »Als ich Euch im letzten Jahr Gottfrieds Buch gezeigt habe, habt Ihr gesehen, dass die Schriftrolle von Trismegistos, das Original, nach dem Fall Jesu fortgeschafft wurde. Ihr habt uns gegenüber behauptet, die Passage Alberts sei auf koptisch verfasst. Das stimmte, zumindest halb. Es war ugaritisch. Einer der Schreiber hat es uns gesagt. Aber die Stelle, die auf den wahren Aufbewahrungsort verweist, konntet auch Ihr nicht entschlüsseln. Stattdessen habt Ihr an einer anderen Stelle im Buch das Versteck von Bernhards Abschrift in Clairvaux erkannt. Und Uther dorthin gesandt. Mein eigener Bruder hat ihn begleitet und die Abschrift Bernhards aus einem Versteck geborgen. Ihr wusstet jedoch noch nichts davon, weil Ihr selbst erst kurz vor meiner eigenen Rückkehr an die Schule zurückgekehrt seid. Uther hatte Euch verschwiegen, dass die Suche nach der Abschrift Bernhards erfolgreich gewesen war. Aber als er sie Euch in der Halle des Krieges und in unserem Beisein schließlich doch gezeigt hat, habt Ihr gleich erkannt, dass auch sie keinen Hinweis auf den wahren Aufbewahrungsort des Originals enthielt. Ihr kanntet die Stelle, an der Ihr nachsehen musstet. Am Ende des vierten Kapitels.«

Hofmann saß zusammengesunken in der Ecke der Zelle und reagierte nicht mehr. Einen Augenblick lang überkam Leon beinahe Mitleid für den Mann, in dessen Auftrag Hindrick und Wolfger gemordet hatten.

»Ihr wolltet so sehr den Frieden, dass Ihr am Ende zu allen Mitteln gegriffen habt. Euer und mein Mentor Albert von Breydenbach hat Euch das Wissen der vier Kapitel gelehrt, und Ihr habt es angewendet. In Mainz, in Jerusalem und Nowgorod. Und Ihr habt Uther manipuliert. Hindrick. Wolfger ... Und mich.« Hofmann schüttelte den Kopf, aber Leon fuhr fort: »Damals, als Ihr mir das erste Mal die Halle des Krieges gezeigt habt, habe ich Euch geglaubt. Ich dachte, ich sähe Euer wahres Ich, als Ihr mir sagtet, wie sehr Ihr für den Frieden in dieser Welt kämpft. Gegen den Krieg. Den Mainzer Landfrieden habt Ihr bewirkt. Und die Concessio. Warum seid Ihr nicht auf diesem Weg geblieben, Hofmann?«

Hofmann konnte nicht antworten. Stattdessen gab er einen Laut von sich, der wohl ein Seufzen war, aber eher wie ein Ächzen klang.

»Ihr wolltet mehr Macht. Ihr dachtet, Ihr gelangt auch ohne die Handschrift des Trismegistos an das Geheimnis des fünften Kapitels. Die Ursprache der Menschheit. Die Sprache Gottes. Deshalb habt Ihr Friedrich zu dem Experiment geraten und ihm die Säuglinge beschafft.«

Jetzt schüttelte Hofmann den Kopf und sagte etwas, das wie »Petru'« klang. *Petrus?* Leon wusste, dass nicht der Jünger Jesu gemeint war. »Petrus von Vinea?«

Hofmann nickte. Leon sah, dass dem Meister Tränen über das Gesicht liefen.

»Petrus von Vinea, der Kanzler Friedrichs, hat ihm die neun Säuglinge beschafft?« Etwas in Leon weigerte sich, den Gedanken daran zuzulassen.

Hofmann schüttelte erneut den Kopf und schien etwas sagen zu wollen. Es dauerte eine Weile, und Entsetzen überkam Leon, als er es endlich verstand.

»E' wa'en nich' ... neun«, stammelte Hofmann, und wieder floss Blut aus seinem Mund. »E' ... waren ... Hunder'e.«

Es waren nicht neun Säuglinge gewesen. Es waren Hunderte.

Leons Bericht

Schule der Redner, 20. März 1249

Am folgenden Morgen wurde Hofmann hingerichtet. Heraeus Sirlink und die Dame Jafira sorgten entgegen Rudolfs Anweisungen dafür, dass die Schüler dabei nicht zusahen. Hofmann wurde an einen Pfahl gebunden, mit einer Lederschlinge erdrosselt und danach verbrannt.

Gegen Mittag wurde bekannt gegeben, dass Heraeus Sirlink vorübergehend zum Rektor der Schule ernannt werden würde. Das eigentliche Gremium, das den Leiter der Schule wählte, bestand aus Gelehrten und Adligen in ganz Europa. Es würde eine Weile dauern, bis Kuriere sie erreicht hätten und ihre Stimmen eingeholt wären. Man beratschlagte zudem, wer wohl ein würdiger Nachfolger am Haus des Krieges sein würde, und die Wahl fiel auf Michael Scotius. Man wusste allerdings nicht, wo er sich zurzeit aufhielt.

Das Haus des Krieges war am Tag nach dem Angriff vollständig ausgebrannt. Das Feuer hatte wie durch ein Wunder nicht auf die danebenstehende Kirche übergegriffen. Aber sowohl die kostbaren Artefakte der antiken Heerführer als auch die Bücher aus Hofmanns Arbeitszimmer waren auf immer verloren. Und damit auch Alberts Brief an Maraudon. Sie würden nie erfahren, was in Wahrheit darin gestanden hatte. Aber Leon wusste, dass Albert ihn in seinem Brief vor Uther gewarnt haben musste. Und vor Hofmann, dessen Meister. Vielleicht hatte Albert Maraudon auch verraten, dass die Kombination der Anfangsbuchstaben im Abba-Ababus-Glossar der Wegweiser zu dem Schrein in den Stollen war, wo die Pariser Abschrift in all den Jahren verborgen lag. Ben hatte Leon davon erzählt, wie er das Rätsel am Ende doch noch gelöst hatte.

Das Feuer, das die Halle des Krieges verwüstete, brannte noch die ganze Nacht und einen weiteren Tag, bis schließlich selbst die hohen Außenmauern durch die Hitze zerborsten und nach innen eingestürzt waren. Wenige Reste eiserner Waffen und die verkohlten Knochen vieler Leichen waren alles, was man noch in den Trümmern fand. Auch der riesige, kreisrunde Tisch mit dem Abbild der Welt darauf war zerstört. Die herabstürzende Kuppel hatte ihn zerbrochen.

Am dritten Tag nach dem Angriff versammelten sich die Überlebenden in der Halle des Willens, um die Hintergründe der Geschehnisse aufzuklären.

Anwesend waren Heraeus Sirlink, der sichtlich mitgenommen wirkende Borkas, Jafira und Graf Rudolf mit seinem Gefolge. Leon, Ben, Konni und Flint standen in der Mitte des Saales vor der großen Versammlung. Dem Wildererjungen war sichtlich unbehaglich zumute. Nachdem Konni und Leon ihn aus der brennenden Halle getragen hatten, war er am darauffolgenden Abend wieder zu sich gekommen. Er hatte aus vielen Wunden geblutet. Aber er war zäh.

Leon trat vor und blickte seinem Onkel in die Augen. Es war das erste Mal, dass sie sich begegneten, seitdem man Leon mit zerfetztem Rücken vom Hof der Burg getragen hatte. Leon wunderte sich, dass er keinen Groll empfand. Die Ereignisse von damals kamen ihm jetzt fern und angesichts der Geschehnisse unbedeutend vor. Sein Onkel wirkte aufmerksam, und es war nicht auszumachen, ob er Leon vergeben hatte. Alle warteten darauf, dass Leon sprechen würde.

»Was ich zu berichten habe, ist von einiger Brisanz«, begann er. »Ich wünschte, Ihr könntet Eure Wachen und Euer Gefolge hinausschicken, Onkel.« Einige Männer aus Rudolfs Gefolge protestierten, aber eine Geste des Grafen schnitt ihnen das Wort ab.

»Geht«, sagte Rudolf ruhig. Die anwesenden Ritter, Adligen und Geistlichen äußerten noch einige Sätze der Empörung und Missbilligung, gingen dann aber einer nach dem anderen aus der Halle. Am Ende waren außer den vier Freunden Leon, Ben, Konni und Flint nur Rudolf, die zwei Meister und die Meisterin übrig geblieben. Außerdem Philipp und Odo. Als die Tür hinter Rudolfs Gefolgsleuten ins Schloss gefallen war, richteten sich alle Blicke auf Leon.

»Was wir zu berichten haben«, wiederholte Leon, »ist nur für wenige Ohren bestimmt und muss unbedingt in dieser Halle bleiben.«

Rudolf sagte nichts und sah stattdessen auf Leons Freunde.

»Sie wissen Bescheid«, sagte Leon und hatte den Blick seines Onkels damit richtig gedeutet. Er fuhr fort, indem er sagte: »Eine große Zahl an Menschen hat im Laufe der letzten Jahrhunderte ihr Leben gelassen für das, was wir nun herausgefunden haben. Ihr habt die Angreifer gesehen. Nizariten, welche dem Bund der Erben unterstehen. Doch das ist nur eine der zahlreichen Parteien, die hinter dem Geheimnis der Schriftrolle des Trismegistos her sind. Seit mehr als zweitausend Jahren.«

»Die Schriftrolle des Trismegistos ist ein Mythos«, warf Heraeus Sirlink ein. Aber es klang nicht mehr ganz so überzeugt wie beim letzten Mal.

»Ist sie nicht«, widersprach Leon. »Sie existiert. Und es gibt insgesamt vier Abschriften davon. Nun … es *gab* vier«, verbesserte sich Leon. »Vor drei Tagen ist eine davon in der Halle des Krieges vor unseren Augen verbrannt. Eine zweite wurde in Venedig vom Anführer jener Männer geraubt, die dieses Gelände angegriffen haben. Ihr Auftrag war es durch die Jahrhunderte, das Original der Schrift und die vier Abschriften zu beschützen. Und damit das Geheimnis darin. Wir vermuten das Original in ihrem Besitz. Ein Manuskript aus der Hand des Gelehrten, den alle Welt Hermes Trismegistos nennt.«

»Du musst dich irren, Leon«, sagte Heraeus. »Alle Schriften des Trismegistos sind bei dem Brand der Bibliothek von Alexandria verloren gegangen. Sie waren in deren Register verzeichnet. Sogar das Schiff, auf dem sie gelagert war, ist untergegangen. Caesar hat alles in Brand stecken lassen.«

»Ich weiß«, sagte Leon. »Aber glaubt mir, wir haben zwei der Abschriften mit eigenen Augen gesehen. Irgendjemand hatte das Manuskript des Hermes Trismegistos gerettet, bevor die Schiffe brannten. Oder vielmehr: geraubt.«

Ungläubiges Gemurmel entstand. Leon sah, dass Borkas ein Nicken andeutete, und zugleich, wie der Blick Jafiras auf ihm ruhte. Irgendetwas schien sie zu erwarten. Etwas, das er vielleicht gleich offenbaren würde. Rudolf sagte: »Sprich weiter, Leon.«

»Nachdem das Manuskript vor der Vernichtung durch den Brand gerettet und nach Jerusalem gebracht worden war«, fuhr Leon fort, »ließ der Bund der Erben dort insgesamt vier Abschriften des Originals anfertigen. Damit die Weisheit Trismegistos' keinesfalls noch einmal in Gefahr geraten konnte, vollständig verloren zu gehen. Das Original von Trismegistos war in griechischer Sprache verfasst. Die Abschriften erfolgten auf Latein, Arabisch, Hebräisch und Griechisch. Um die vollständige Macht der Rezeptur zu schützen, denn sie sollte nur sehr wenigen Menschen jemals zugänglich sein, fehlte in den Abschriften jeweils das letzte Kapitel des Originals. Darin hatte Trismegistos, oder wer auch immer sich hinter diesem Namen verbirgt, das fünfte Gesetz der Beeinflussung verfasst, welches alle Bestandteile der Rezeptur zu einem Ganzen zusammenfügte. Wir wissen nicht, worum genau es sich dabei handelt. Aber wir haben erlebt, wie stark schon die Wirkung der einzelnen Fragmente ist, die die Abschriften enthalten. Es sind Sprachmuster, die es ermöglichen, den Willen anderer Menschen nach eigenem Gutdünken zu lenken.« Leon sah in skeptische Gesichter. Einzig Jafira blickte ihn wissend an. »Sie sorgen dafür, dass der Redner sehr überzeugend wirkt«, fügte er in etwas einfacheren Worten hinzu. Leon und seine Freunde hatten diese Wirkung am eigenen Leib erfahren.

»Uther, der an eine der Abschriften herangekommen war, konnte auf diese Weise Hindrick und wohl auch Wolfger dazu verleiten, in seinem Sinne zu handeln und zu morden.« Leon verschwieg, dass eigentlich Hofmann hinter den Anschlägen gesteckt hatte. »Auch mein Bruder Richard stand bis zuletzt unter Uthers Einfluss.« Ein heftiges Gefühl von Trauer überkam Leon in diesem Moment. Er verschwieg ebenfalls, dass auch Richard in Uthers Namen gemordet hatte. Er musste sich erst wieder sammeln, um fortzufahren. Er sah seinem Onkel in die Augen und sagte: »Ihr selbst, Onkel, wart möglicherweise den Einflüsterungen Uthers unterlegen.«

Rudolf erwiderte darauf nichts.

»Was ist aus den vier Abschriften geworden?«, fragte Heraeus.

Jetzt setzte Ben die Erklärungen fort. Er deutete eine Verbeugung an und sagte: »Ich kann hier nur wiedergeben, was Gottfried vermutet hat. Er stützte sich dabei auf die Gespräche und Aufzeichnungen seines Herrn Bernhard von Clairvaux. Die Abschriften blieben wohl für einige Jahre in Jerusalem. Zusammen mit dem Original. Geschützt durch den Bund der Erben. Und in jeder der Abschriften war Jerusalem als Aufbewahrungsort des Originals vermerkt. Dann aber wurde das Original verlegt. Der Bund der Erben brachte es aus Jerusalem fort. Das geschah vermutlich schon um das Jahr 30 nach der Geburt des Herrn, nachdem der Bund entdeckt hatte, dass eines ihrer Mitglieder, nämlich Johannes der Täufer, das Wissen der Schrift insgeheim an seinen Schüler Jesus von Nazareth weitergegeben hatte.«

»Was?«, rief Heraeus.

»Ja«, nickte Ben. »Johannes war selbst ein Mitglied dieses Bundes. Aber er hatte die Schrift heimlich selbst studiert und die Macht der Rezeptur verwendet, um Anhänger für seinen Glauben zu gewinnen. Und er hat sie später Jesus von Nazareth gelehrt.« Jemand sog hörbar die Luft ein. Ben ließ sich nicht beirren. »Johannes musste als Strafe für seinen Verrat sterben. So wie Hindrick ein Werkzeug Uthers gewesen war, so vermuten wir, dass das Mädchen Salomé vom Bund benutzt wurde, um den Herrscher Herodes zur Hinrichtung des Johannes zu bewegen. Es heißt, Salomé habe Herodes durch einen geheimnisvollen Tanz zu dem Versprechen bewogen. Wir denken, es waren eher ihre Worte. Jedenfalls schickte Salomé kurz darauf den Kopf des Täufers an Herodes. Wir können natürlich nicht wissen, welche Teile der Überlieferung wahr sind und welche im Laufe der Jahrhunderte hinzugedichtet wurden. In Jesu Reden, vor allem in der Überlieferung der Bergpredigt, finden sich zahlreiche Hinweise auf die Verwendung der Rezeptur des Trismegistos, und wir vermuten, dass deshalb auch Jesus letztlich durch den Bund getötet werden musste.«

Leon spürte, wie die Versammlung den Atem anhielt.

»Du willst uns damit sagen, dass der Bund der Erben für den Tod unseres Heilands verantwortlich ist?«, fragte Rudolf. Er hatte sich auf seinem Sitz nach vorne gebeugt und sah seinen Neffen durchdringend an.

Leon schluckte. Ben trat einen Schritt zurück, und Leon antwortete: »Wir können das natürlich nicht belegen«, hörte er sich sagen. »Aber wir haben die Skrupellosigkeit und die Vorgehensweise des Bundes in vielen weiteren Fällen gesehen. Und wir haben sie bei di Paduas Ermordung erlebt. Der Bund ist ungeheuer mächtig. Seine Mitglieder sind skrupellose Mörder. Auch sie stehen unter dem Bann der Rezeptur. Noch immer bewahrt der Bund das Original der Schrift auf, und seine Mitglieder schützen es mit dem eigenen Leben.« Leon dachte an den Mann mit der silbernen Maske. »Das Original ist sehr viel mächtiger als seine Abschriften. Nicht nur wegen des letzten Kapitels. Auch weil den Übersetzern Fehler unterlaufen sein müssen. Einzig die griechische Abschrift entspricht dem Original Buchstabe für Buchstabe. Zumindest den ersten vier Kapiteln darin. Der Bund gewährt nur einem einzigen Menschen pro Jahrhundert das vollständige Wissen, indem er ihm Einblick in das Original gewährt.« Eine Pause entstand.

»Du sagst, das Original ist seitdem an einem geheimen Ort. Was ist mit den vier Abschriften?«, wollte Rudolf jetzt wissen.

Ben antwortete an Leons Stelle: »Das Original wurde nach der Kreuzigung Christi fortgebracht. Die Abschriften dagegen lagerten weiterhin in Jerusalem. An der Stelle, an der zuvor Salomons Tempel gestanden hatte. Erst kurz vor der drohenden Eroberung Jerusalems durch Saladin und das Heer der Fatimiden 1098 wurden sie an einen anderen Ort gebracht. Gottfried von Auxerre schreibt in seinen Aufzeichnungen, dass ein einzelner Tempelritter namens Gustave de Flaubertine in ihren Besitz gelangte und alle vier Abschriften auf der Flucht bis nach Byzanz brachte. Dort aber wurde Gustave gefangen genommen und bot dem Kalifen eine der Abschriften an, um seinen Tross und sich selbst damit freizukaufen. Irgendwie gelang es ihm, die drei anderen Abschriften rechtzeitig durch einen geheimen Boten nach Rom und zum Vatikan zu senden. Der Kalif aber ging auf das Angebot nicht ein. Gustave und alle seine Mitgefangenen wurden kurz darauf enthauptet. Die Abschrift, die im Besitz des Kalifen war, wurde im Serail unweit einer der Reliquien Mohammeds eingemauert. Sie wurde erst im Jahr 1204 bei der Eroberung und Plünderung Konstantinopels von Mitgliedern des Kreuzfahrerheers gefunden. Sie gelangte über verschlungene Wege nach Padua und von dort nach Venedig. Der Bund suchte fieberhaft nach ihr, nachdem er erfahren hatte, dass Antonius von Parma, der bedeutendste Prediger seiner Zeit, Teile der Rezeptur verwendet hatte. Auch Antonius wurde ermordet, aber da hatte er die Abschrift bereits nicht mehr.«

»Ist das jene, die du und deine Freunde in Venedig gesucht habt?«, wollte Rudolf wissen.

»Ja«, antwortete Leon. »Wahrscheinlich.«

»Woher wusstet ihr, dass sie in Venedig sein würde?«

»Odo hat es uns gesagt.« Alle sahen jetzt zu dem Burgunder. »Odo wusste durch Uther, dass Hindrick und Wolfger auf dem Weg dorthin waren.«

»Warum hat er euch das gesagt?«, wollte Rudolf wissen und sah mit ernstem Blick zu Odo.

»Weil ich schon seit Längerem den Verdacht in mir trug, dass mit Eurem Vogt Uther von Barkville etwas nicht ganz in Ordnung war«, antwortete Odo.

»Und habt ihr die Abschrift gefunden?«, wandte sich Rudolf wieder an Leon.

»Zunächst ja. Doch der Anführer der Assassinen nahm sie uns wieder ab. Und nun wird sie wohl endgültig verloren sein.«

Rudolf nickte. »Was geschah mit den drei weiteren Abschriften, nachdem der Bote Flaubertines sie zum Vatikan gebracht hatte?«

»Sie lagerten dort zunächst in den Archiven. Bald darauf beriet ein Konzil unter der Leitung von Papst Clemens, der damals noch Kardinal war, wie mit den Abschriften zu verfahren sei. Man hatte beschlossen, das Wissen um die Macht der Sprache allein im Besitz der Kirche zu belassen.«

Leon verschwieg an dieser Stelle, dass Clemens kurz darauf eine bewaffnete Delegation nach Alamut gesandt hatte, um auch in den Besitz des Originals zu gelangen. Sie hatten die Dummheit begangen, dabei eine der drei Abschriften, die ihnen de Flaubertine geschickt hatte, mit sich zu führen. Als Beleg ihres Anspruches oder auch als Gegenbeweis sollte man dort den Besitz oder die Existenz des Originals verleugnen. Doch sie machten damit einen unverzeihlichen Fehler. Denn erst durch ihre Ankunft an der Festung Alamut erfuhr die Inkarnation des Schriftenbewahrers, genannt der Alte vom Berg, vom Verlust der vier Abschriften. Er hatte geglaubt, sie seien noch in Jerusalem.

Noch in derselben Nacht ließ er alle Mitglieder der Delegation und ihre bewaffneten Truppen durch seine Assassinen ermorden. Er nahm die mitgeführte Abschrift in Besitz und sandte seine Mörder aus, um nach den drei übrig gebliebenen Abschriften zu suchen. Nachdem er jetzt wusste, dass sie nicht mehr in Jerusalem waren.

Aber das alles erzählte Leon nicht. Er würde den Namen Alamut niemals preisgeben.

»Das heißt, diese drei Abschriften sind noch im Vatikan?«, fragte Rudolf.

»Nein«, antwortete Leon. »Vielleicht nur noch eine davon. Bernhard von Clairvaux erhielt wohl eine aus der Hand des Papstes Innozenz. Es war die lateinische. Der Papst beauftragte Bernhard damals, im Namen der Kirche zu verhandeln, und erhoffte sich auf diese Weise, bessere Ergebnisse zu erzielen. Bernhard studierte das Wissen und wurde zu einem mächtigen Redner. Doctor mellifluus nannten sie ihn. Meister der honigfließenden Rede. Ihr kennt seine Geschichte.«

Rudolf nickte.

»Auch Bernhard unterlag der Täuschung, das Original befände sich noch immer in Jerusalem. Bernhard verfügte dank der Rezeptur mittlerweile über einen ungeheuren Einfluss. Seinen Schüler Eugen brachte er auf diese Weise in das Amt des Papstes, und Ludwig von Frankreich überredete er zu einem neuen Kreuzzug. Kurz darauf gewann er auch den deutschen König Konrad für seinen Plan. Bernhard *wollte* Jerusalem. Seinen Cousin beauftragte er mit der Gründung des Templerordens. Er und seine Ordensbrüder sollten künftig über das Original wachen, wenn Bernhard es erst einmal hätte.«

Leon machte eine Pause, bevor er weitersprach: »Doch wie Ihr wisst, scheiterte der Kreuzzug kläglich. Sie konnten Jerusalem nicht einnehmen. Bernhard aber blieb besessen von der Gier nach dem Original. So schreibt es sein Sekretär Gottfried. Nachdem der Kreuzzug gescheitert war, forderte Eugens Nachfolger Anastasius die Abschrift des Vatikans zurück. Doch Bernhard weigerte sich, sie herauszugeben. Malachias, ein Freund Bernhards, reiste im Auftrag Roms eigens aus Irland nach Clairvaux und warnte Bernhard im Beisein Gottfrieds vor den mentalen Auswirkungen der Rezeptur auf Bernhards Geist. Auch Malachias forderte die Herausgabe der Abschrift. Bernhard ließ Malachias daraufhin vergiften. Seinen eigenen Freund.«

»Das ist Verleumdung!«, rief Heraeus Sirlink empört.

»Du sprichst hier von einem Heiligen«, sagte Borkas leise, wirkte aber weit weniger empört als Sirlink.

Leon schluckte.

»Ihr habt recht, ich kann das nicht beweisen. Ich gebe hier nur wieder, was Gottfried von Auxerre, Bernhards persönlicher Sekretär, in seinen Aufzeichnungen hinterlassen hat. Vielleicht war es auch alles ganz anders. Ich war nicht dabei.«

Sirlink wollte etwas erwidern.

»Fahr fort«, sagte Rudolf und schnitt damit eine weitere Diskussion ab. »Es bleibt noch eine letzte der Abschriften.«

Leon nickte. »Eine blieb im Vatikan«, log er erneut, denn sie war ja in Wahrheit mit der Gesandtschaft in Alamut verloren. »Eine hatte Bernhard, und eine war irgendwie von Konstantinopel nach Venedig gelangt. Die vierte aber brachte Franz von Assisi an die Universität von Paris. Dort studierten einige der Kirchenlehrer ihren Inhalt. Albertus Magnus war es schließlich, der sie von dort hierherbrachte. Albert von Breydenbach wusste davon. Ebenso Thomas von Aquin und Roger Bacon. Sie alle trafen sich regelmäßig hier, um ihren Inhalt weiter zu erforschen.«

»Wusste Maraudon davon?«, wollte Heraeus wissen.

»Ja. Er und Gorgias. Deshalb mussten beide sterben.«

»Was ist mit Meister Hofmann?«, fragte Heraeus weiter.

»Auch Hofmann gehörte zu den Verschwörern. Aber er hat die Schrift nie mit eigenen Augen gesehen. Sein Mentor Albert hatte ihn das Wissen gelehrt, dabei aber seinen Schüler und dessen Talent unterschätzt. Als er sah, welche Macht er Hofmann vermittelt hatte, war es bereits zu spät. Hofmann gewann an großem Einfluss. Zumeist im Auftrag seines Herrn, Kaiser Friedrich. So kamen unter anderem der Mainzer Landfrieden und wohl auch einige andere Übereinkommen von Bedeutung zustande. Vor allem aber gelang es Hofmann auf wundersame Weise, Sultan Al-Kamir zur kampflosen Übergabe Jerusalems zu bewegen. Er war der Architekt des Friedens von Jaffa. Friedrich und er mussten Jerusalem unbedingt erobern, um an das dort vermutete Original zu gelangen.«

»Das hat Hofmann bewirkt?«, fragte Rudolf. Und etwas im Zusammenhang mit dieser Frage schien ihn sehr zu beschäftigen.

Leon nickte. »Unter Verwendung der Rezeptur des Trismegistos.«

Rudolf schüttelte den Kopf und sagte: »Friedrich hat es in den Verhandlungen um Jerusalem geschafft, dem Sultan die Stadt und das Königreich abzuringen, obwohl er nur mit einer kleinen Streitmacht dort war. Viel kleiner als die seines Großvaters Barbarossa. Ich habe mich immer gefragt, was Friedrich dem Kalifen geboten hat, um die Stadt zu bekommen.«

»Das Muster ist sehr mächtig«, bestätigte Leon.

Rudolf betrachtete seinen Neffen. Leon ahnte, welche Frage ihm und dem Rest der Versammlung gerade durch den Kopf ging. Nämlich ob auch er, Leon, die Schattenwort-Rezeptur enträtselt hatte.

»Welche Rolle spielte mein Vogt in der ganzen Geschichte?«, wollte Rudolf stattdessen wissen.

»Uther stand unter dem Bann Hofmanns, in dessen Auftrag er nach den übrigen drei Abschriften forschte. Hofmann wollte ja, so wie zuvor Bernhard, unbedingt in den Besitz des Originals gelangen. Hofmann wusste von den Aufzeichnungen Gottfrieds und vermutete sie zu Recht im Besitz Albert von Breydenbachs. Uther wurde mit dem Auftrag an Euren Hof gesandt, sowohl Albert das Buch zu entreißen als auch Euch in Kaiser Friedrichs Sinne zu beeinflussen und für die Familie der Staufer einzunehmen. Was ihm ja auch gelang. Die anstehende Königswahl musste unbedingt einen weiteren Staufer hervorbringen, dazu brauchte Hofmann Euch. Deshalb war Uther so sehr an Eurer Hochzeit und der Verbindung mit den staufertreuen Burgundern gelegen. Der Plan misslang ...« Leon sah betreten zu Boden und fügte hinzu: »... meinetwegen.«

Rudolf erwiderte nichts. Stattdessen sah er prüfend auf seinen Neffen.

»Es tut mir leid«, sagte Leon nach einer Pause und sah auf. Aber sein Onkel wich seinem Blick aus und sah zur Seite.

Sirlink fragte schließlich weiter: »Was geschah mit Albert von Breydenbach?«

»Uther hat ihn einer Befragung unterzogen. Er hat ihn gefoltert. Und als er nicht an das Geheimnis um Gottfrieds Buch herankam, hat er ihn schließlich töten lassen.«

In der Runde wurden Blicke gewechselt.

»Mir selbst gelang die Flucht aus Uthers Gefangenschaft. Das Buch Gottfrieds hatte ich bei mir. Doch Uther ließ mich verfolgen, und beinahe hätten sie mich und das Buch bekommen. Genauso wie später die Assassinen des Bundes. Aber eben nur beinahe«, sagte Leon bescheiden.

»Meine Freunde hier haben mir geholfen, das Buch zu entschlüsseln. Und auch Hofmann hatte seinen Anteil daran. Er half uns. Wahrscheinlich nur, um selbst an das Geheimnis zu gelangen. Er sah, was wir nicht sehen konnten. Den Ort, an dem Bernhard von Clairvaux seine Abschrift verwahrte. Uther reiste zusammen mit meinem Bruder Richard dorthin. Und er fand die Abschrift Bernhards, versteckt in einer Säule im Kloster von Clairvaux.«

Leon wusste, dass Uther sich vor seiner Rückkehr die Zeit genommen hatte, die Schrift zu studieren, um sich zum ersten Mal gegen die Macht seines Meisters wehren zu können. »Uther behielt die Abschrift für sich und begann, die Rezeptur auf die Schüler anzuwenden. Uthers Sohn Hindrick und dessen Freund Wolfger waren unter den ersten Opfern. Unter Uthers Macht stehend, ermordeten sie erst Gorgias, dann Leopold und schließlich den Rektor der Schule, Maraudon.« Leon konnte nicht sagen, weshalb er Hindrick und Wolfger auf diese Weise in Schutz nahm. Denn sie hatten schon gemordet, bevor Uther an die Abschrift Bernhards gelangt war. »Jeder, der den wahren Grund für Uthers Macht zu durchschauen drohte, wurde manipuliert oder beiseitegeschafft.«

»Wenn Hofmann die Schrift kannte, warum wollte er dann unbedingt noch eine? Die aus Venedig?«, fragte Borkas, der bis dahin noch nichts gesagt hatte. Was vielleicht auch daran lag, dass er einen Großteil der Wahrheit schon kannte.

»Das hatte zwei Gründe«, antwortete Leon. »Zum einen wird die Macht der Rezeptur gegenüber jedem geschwächt, der sie ebenfalls kennt und beherrscht. Sie wird durchschaut oder gleichermaßen verwendet. Uther wollte, so wie auch Hofmann, verhindern, dass sich das Wissen verbreitet.«

Borkas nickte. »Das sieht ihm ähnlich.«

»Der zweite Grund jedoch ist weitaus gewichtiger«, sagte Leon. »Nur auf einer einzigen der vier Abschriften war der Aufbewahrungsort des Originals nach der Verlegung vermerkt worden. Hofmann wusste das. Er hoffte, die venezianische Abschrift wäre diejenige, die diesen Vermerk enthielt. Er wusste ja, dass das Original nicht mehr in Jerusalem war.«

»Woher?«, fragte Borkas.

»Er war selbst dort gewesen. Im Tempel. Zusammen mit Kaiser Friedrich. Nachdem sie den Frieden von Jaffa verhandelt hatten und Friedrich sich selbst zum König von Jerusalem gekrönt hatte.«

»Gegen den Willen des Papstes und des Patriarchen von Jerusalem«, ergänzte Heraeus.

Leon nickte.

Ein kurzes Schweigen entstand, bevor Leon fortfuhr: »Weil Hofmann danach herausfand, dass das Original nicht mehr im Tempel aufbewahrt, sondern verlegt worden war, trachtete er wie besessen nach den anderen Abschriften. Und nach Gottfrieds Aufzeichnungen, denn Hofmann vermutete zu Recht, dass Albert und Gottfried den Aufbewahrungsort weiterer Abschriften kannten.«

»Haben sie den Vermerk gefunden?«

»Nein«, log Leon.

Nun kam Rudolf zu der unausgesprochenen Frage, die schon die ganze Zeit im Raum stand: »Kennst du den Inhalt der Abschriften, Leon?«

Leon hatte sich entschlossen, seinem Onkel und den übrig gebliebenen Meistern gegenüber in diesem Punkt ehrlich zu sein.

»Ja, ich habe die Abschrift, die im Besitz des Albertus Magnus und der Universität von Paris gewesen war, gesehen«, antwortete Leon. »So gut es ging, in der Kürze der Zeit. Ich kenne ihren Inhalt, und ich kenne die Rezeptur.«

Heraeus Sirlink sog hörbar Luft ein. Jafiras Blick war auf eine geheimnisvolle Weise verschleiert und in einer besonderen Art unergründbar auf Leon gerichtet.

»Könntest du sie jetzt verwenden, um uns zu beeinflussen?«, wollte Heraeus wissen.

»Ich denke schon.« Leon schwieg, bevor er hinzufügte: »Aber ich werde es nicht tun.«

Heraeus und die anderen Zuhörer musterten ihn.

Schließlich fragte Heraeus noch einmal: »Kennst du auch den Aufbewahrungsort der originalen Schrift des Trismegistos?«

Leon wollte eher sterben, als auf diese Frage wahrheitsgemäß zu antworten, nämlich dass sich das Original aller Wahrscheinlichkeit nach in der Festung Alamut befand.

»Nein.« Leon schüttelte den Kopf. »In der Abschrift, die ich sah, war noch immer Jerusalem angegeben.« Das war gelogen. Denn ganz am Ende der griechischen Abschrift war das Wort Jerusalem gestrichen und darüber das Wort Alamut geschrieben worden.

»Und wo ist diese Abschrift jetzt?«, fragte Rudolf.

»Ich habe sie zerstört«, sagte Leon.

Auch das war eine Lüge.

Das fünfte Haus

Schule der Redner, 21. März 1249

Sie standen am Grab Richards und sprachen kein Wort. Noch immer lag der Hauch des Winters in der Luft. Zart durchweht vom ersten Duft des Frühlings. Man hatte Leons Bruder am Morgen beerdigt, nachdem er die letzten Tage in der Kirche aufgebahrt gewesen war. Leon hatte um seinen Bruder geweint, und nun hatte er keine Tränen mehr. Auch keine Worte. Odo und Philipp hatten ihn am Morgen begleitet. Auch sie waren schweigsam. Sein Bruder musste ihnen viel bedeutet haben.

Leon fragte sich noch immer, wie anders die ganze Geschichte verlaufen wäre, hätte er bei seiner Flucht damals zuerst Richard aufgesucht. Würde Richard vielleicht noch leben?

So standen sie noch eine ganze Weile in Gedanken und schweigend am Grab. Schließlich läutete unten im Tal eine Glocke, und die Kirche, in deren Schatten sie standen, antwortete darauf mit den ihren.

»Was habt ihr jetzt vor?«, fragte Leon die beiden Brüder, nachdem der letzte Ton der Glocken verhallt war.

»Rudolf will, dass wir uns dem Kreuzzug König Ludwigs von Frankreich anschließen«, antwortete Philipp.

»Er schickt euch ins Heilige Land?«

»Ja. Er will an das Original des Trismegistos herankommen, und wir sollen für ihn Nachforschungen anstellen.«

»Das Original des Trismegistos ist nicht dort!«, sagte Leon und seufzte.

»Das glaubt Rudolf jetzt auch. Aber er hofft auf irgendeine nützliche Spur. Er will um jeden Preis Einfluss auf seine Wahl zum deutschen König gewinnen.«

Leon fragte sich zum hundertsten Mal, ob er die beiden nicht vollständig einweihen sollte. Aber er entschied sich dagegen. Das Original durfte nicht gefunden werden. Von niemandem.

»Und du?«, fragte Odo Leon.

»Ich habe noch etwas zu erledigen. Ein Besuch, den ich viel zu lange aufgeschoben habe.«

Leon verabschiedete sich von den beiden Brüdern, und die drei umarmten sich. Die Brüder würden noch am Mittag vom Gästehaus aus aufbrechen und zusammen mit Rudolf und seinen Rittern zur Habsburg zurückkehren. Leon sah ihnen nach und wandte sich dann dem rückwärtigen Berg und dem kleinen Tal am nördlichen Ende des Geländes zu, in dem das Haus Jafiras stand.

Er ging über eine Wiese, die mit ihrem ersten zarten Grün den Winter überwunden hatte. Ein Igel verschwand in einem Gebüsch am Rand. Leon ging durch einen Garten, in dem es nach tausend Kräutern roch, bis zur Schwelle des Hauses. Dort klopfte er an. Eine junge Frau öffnete die Tür einen Spaltbreit und sah ihn erstaunt an. Es war Astrid. »Was suchst du hier?«

»Hallo, Astrid. Ich muss die Dame Jafira sprechen.«

Astrid öffnete ihm zögernd die Tür.

»Sie ist hinten, in ihrem Botanikum. Dem Gewächshaus.«

Astrid führte Leon durch einen schmalen Flur zum hinteren Teil des Hauses und kündigte ihn an. »Dame Jafira? Ihr habt Besuch. Es ist …«

»Ich weiß«, sagte eine sanfte Stimme.

Jafira stand im hinteren Teil des erstaunlichsten Raumes, den Leon je gesehen hatte. Überall standen Kübel, Töpfe und lange Kisten aus Holz. Sie waren mit Erde gefüllt, und Pflanzen in tausend Arten wuchsen darin. Auch die Wände waren mit Blättern, Blüten und Ranken überwuchert. Es roch so intensiv nach Blumen, dass es Leon beinahe den Atem nahm. Jafira sah ihn an und stellte einen Topf zurück an seinen Platz.

»Es wurde Zeit«, sagte sie statt einer Begrüßung. Leon machte noch ein paar Schritte, bis er direkt vor ihr stand. Auch sie duftete nach Blumen. Jafira sah Leon mit ihren dunklen mandelförmigen Augen an.

»Ist das hier das fünfte Haus?«, stellte Leon die eine Frage, die ihn seit Tagen beschäftigte. Und er erhoffte sich die letzte Antwort, die ihm fehlte.

Jafira lächelte. »Ja, Leon. Ich dachte, du wüsstest das längst.«

»Irgendwie habe ich es gewusst. Die ganze Zeit. Aber irgendwie auch nicht.«

Jafira lachte. Ein sanftes Lachen, das aus der Tiefe ihres Herzens zu kommen schien. »Komm her, Leon.«

Leon ging mit ihr zum hinteren Teil des Raumes und sah, dass die Wände zu drei Seiten aus Glas bestanden. Glas, das in ein bleiernes Gitter gefasst war und das Licht des hellen Tages hereinließ. Jafira deutete auf einige Kissen, die zwischen den Pflanzen am Boden lagen, und lud ihn ein, sich zu setzen. Auch sie ließ sich nieder. Jafira trug einen weiten Umhang aus schillernden Farben. Ihr Haar war offen, so wie sie es immer trug. Es fiel ihr nun im Sitzen bis in den Schoß. Ihre Hände waren mit rötlichen Mustern bemalt. Sie sahen geheimnisvoll aus und zogen Leon auf eine besondere Weise an.

»Gefällt es dir?«, fragte Jafira sanft und zeigte Leon ihre Handrücken.

»Ja«, sagte Leon, weil er nicht wusste, was er sonst hätte sagen sollen.

Jafira lachte wieder. »Ich weiß, weshalb du hier bist, Leon.« Sie sah ihn weiter an, und Leon wiederholte seine Frage: »Ist dies das fünfte Haus, welches man das Haus der Haltung nennt?«

Jafira nickte und lächelte. »Dieses Haus hat viele Namen.«

Leon nahm seinen Mut zusammen und stellte die eigentliche Frage, derentwegen er hergekommen war: »Was steht im fünften Kapitel der Schrift des Trismegistos?«

Jafira schwieg und sah auf ihre Hände. Nach einer Weile antwortete sie: »Das kann ich dir nicht sagen, Leon.«

Er war bestürzt. Und ein bisschen enttäuscht, denn er war sich so sicher gewesen, dass Jafira die Antwort kannte.

»Aber ich kann dir sagen, was ich stattdessen weiß.«

Leon nickte. »Bitte, Jafira.«

Statt einer Antwort stand Jafira auf. Es war eine langsame und geschmeidige Bewegung, und ihre Gewänder raschelten dabei. Leon wollte ihr folgen, aber Jafira bedeutete ihm mit einer sanften Handbewegung, dass er bleiben und auf sie warten möge. Leon sah ihr nach, als sie im vorderen Teil des Hauses verschwand und nach einer Weile mit einem Folianten wiederkehrte. Das Buch war groß und schien sehr schwer zu sein, denn Jafira musste es mit beiden Händen tragen. Sie setzte sich zu Leon und reichte es ihm. Leon schlug es auf und sah, dass es eine Bibel war. Zumindest ein Teil davon. Das Alte Testament. Leon sah auf: »Was ist damit?«

Jafira sprach: »Ich habe das Original des Trismegistos nie gesehen, aber ich habe mit Männern gesprochen, die es gesehen hatten.«

Leon hielt den Atem an.

»Was sie mir berichteten, ist so erschütternd, dass sie das

Geheimnis um jeden Preis schützen wollten. Und ich kann sie gut verstehen.«

»Ist es die Rezeptur? Das Schattenwort-Muster, das sie schützen?«

»Nein, Leon. Es ist die Wahrheit, die sie schützen.«

Für einen kurzen Moment sah Jafira ihn prüfend an. Er hielt dem Blick ihrer dunklen Augen stand, und Jafira sprach: »Wie du weißt, besteht der erste Teil der Bibel aus Offenbarungen. Es gibt nicht einen einzigen Verfasser oder nur wenige, so wie in den Evangelien des Neuen Testaments. Es gibt viele. Gott hat sich ihnen offenbart. Er hat zu ihnen gesprochen.«

»Seid Ihr eine Christin?«, fragte Leon überrascht.

Jafira lachte und sagte: »Nein. Muss ich eine sein, um das aussprechen zu dürfen?«

»Nein, verzeiht«, sagte Leon ein bisschen verlegen.

»Gott – oder der, den ihr Christen Gott nennt – hat seine Botschaften und damit den Inhalt des Alten Testaments vielen Menschen offenbart. Erst Stammesvätern wie Noah, Abraham, Isaak oder Jakob. Später den Propheten Jesaja, Jeremia, Ezechiel und anderen Gottesmännern und -frauen. Sie waren die Verkünder. Die ersten Offenbarungen wurden mündlich weitergegeben und galten als das Gesetz Gottes. Später fingen die Menschen an, die Dinge, die Gott ihnen verkündete, aufzuschreiben. Die Bücher Mose. Die Zehn Gebote. Sie bewahrten sie so vor dem Vergessen. Das, was Christen das Alte Testament und die Juden die Tora nennen, ist die Sammlung dieser Offenbarungen Gottes. Die meisten Juden glauben sogar, die Tora wurde direkt von Gott diktiert.«

Leon nickte und sagte: »Deshalb lesen sie jeden Tag darin. Damit sich Gottes Wort auch ihnen offenbart.« Das hatte Ben ihm erklärt.

»Wenn Gott diese Dinge diktiert hat«, fuhr Jafira fort, »so spricht er wohl die Sprache der Menschen. Oder die Propheten sprachen umgekehrt die seine. Was denkst du?«

»Sie müssen auf jeden Fall die gleiche Sprache gesprochen haben.«

»Weißt du, welche Sprache Moses sprach?« Jafira sah Leon aufmerksam an.

»Hm, Moses war Jude. Er wird Hebräisch gesprochen haben.«

»Nein. Das wäre naheliegend. Aber die Juden, die in Ägypten in der Diaspora lebten, sprachen Griechisch.«

»Griechisch?«

»Ja. Weil man zu der Zeit auch in Ägypten Griechisch sprach.«

»Das wusste ich nicht.«

»Moses ist in Ägypten aufgewachsen. Er gilt unter den Gläubigen als der Erste, der die Offenbarungen Gottes niedergeschrieben hat.«

»Die fünf Bücher Mose.«

»Ja. Wenn Gott also zu einem Menschen gesprochen hat, der Griechisch sprach, hat er wohl selbst Griechisch gesprochen, oder?«

Leon wusste nicht genau, worauf Jafira hinauswollte. Doch dann verstand er plötzlich und rief: »Hermes Trismegistos war Grieche!«

Jafira nickte. »Und warum wohl gaben die Griechen ihm das Attribut *Götterbote*? Er war nicht nur ein Priester oder Gelehrter. Er war das, was alle Religionen auf die gleiche Weise benennen: ein Verkünder. Ein Prophet.«

Leon war schockiert. Und gleichzeitig keimte ein Gedanke in ihm: »Meint Ihr, Trismegistos hat das Alte Testament oder Teile davon geschrieben? Ist das das fünfte Kapitel?«

»Nein, Leon. Moses hat das Alte Testament geschrieben.«

»Was dann?«

»Das fünfte Kapitel offenbart, dass Trismegistos ein überzeugter Anhänger der Ursprachen-Theorie war. Die Idee, dass es vor allen Sprachen eine einzige gab, aus der alles hervorging.«

»Der Turmbau zu Babel.«

»Richtig, Leon. Bevor die Menschen sich zu Göttern aufschwingen wollten, gab es eine einzige Sprache. Es war die Sprache, die Gott selbst gesprochen hat. Gott hat den Turm zerstört, und danach sprach niemand mehr die Sprache eines anderen. So ist es bis heute.«

»Aber Ihr und ich ... in diesem Moment sprechen wir dieselbe Sprache!«

»Tun wir das?«, fragte Jafira und sah Leon in die Augen.

Natürlich nicht, wurde es Leon bewusst. Solange keine vollkommene Verbindung zwischen zwei Menschen bestand, würde man sich nie zur Gänze verstehen. Nie mitfühlen, wie der andere fühlte, nie vollkommen erfassen, was der andere meinte oder dachte. *Wir versuchen nur, den Abgrund zwischen uns zu überbrücken.*

»Und Ihr meint, das war zuvor anders? Ich meine, vor dem Turmbau?«, wollte Leon wissen.

»Nein. Wenn du mich fragst, glaube ich noch nicht einmal, dass es ein solches Ereignis gab. Ebenso wenig wie den Ort, der Paradies genannt wird. Aber Trismegistos glaubte daran. Im fünften Kapitel bekräftigt er das. So sagten es die Männer, mit denen ich sprach.« Jafira schien Leons Ratlosigkeit zu erkennen und ergänzte: »Ich will dir sagen, was das alles bedeutet.« Jafira deutete zur aufgeschlagenen Bibel auf Leons Schoß. »Lies, Leon! Lies die ersten Sätze der Genesis.«

Leon blätterte in dem dicken Buch und fand schließlich die richtige Stelle. Dann las er laut:

Im Anfang schuf Gott Himmel und Erde; die Erde aber war wüst und wirr, Finsternis lag über der Urflut, und Gottes Geist schwebte über dem Wasser.

Er sah zu Jafira, welche ihn durch ein Nicken aufforderte weiterzulesen:

Gott sprach: Es werde Licht. Und es ward Licht.

In diesem Moment durchfuhr es Leon wie ein Blitz. Er las die Stelle im Stillen noch einmal. *Gott sprach: Es werde Licht. Und es ward Licht.* Schlagartig verstand Leon, woran Trismegistos und alle, die seinen Lehren folgten, in Wahrheit glaubten: *Gott erschafft die Welt mit Worten in seiner Sprache!*

Obwohl Leon das nicht laut ausgesprochen hatte, nickte Jafira und sagte: »In der Ursprache wird die Welt erschaffen. Verstehst du?«

Leon war wie benommen. *Sprache erschafft Wirklichkeit.* Das war das eigentliche Geheimnis des Trismegistos. Und alle, die seine Schriften im Original gelesen hatten, wussten das. Vergil, Aurel, Christus. Deshalb beschäftigten sich die anderen Kapitel mit der Einflussnahme durch sprachliche Muster. Trismegistos war auf die Rezeptur der Ursprache gestoßen. Das, was uns einander verstehen lässt. Die Verbindung! Nenne es Mitgefühl oder nenne es Empathie. Das, was Trismegistos den Äther nannte.

Ein ungutes Gefühl regte sich in Leon und wurde zu einer Ahnung. *Gott sprach: Es werde Licht. Und es ward Licht.* Das Alte Testament offenbarte dieses Wissen. Alles, was danach in der Welt geschah, geschah, weil es so wie der Anfang durch Worte geschaffen wurde. Leon erinnerte sich daran, was Hofmann in der Halle des Krieges gesagt hatte. Als sie auf die große Karte gesehen hatten: *Das, was du hier siehst, ist durch Sprache erschaffen worden. Sprache gebiert Wirklichkeit.*

»Verstehst du jetzt, Leon?«, fragte Jafira noch einmal.

Leon nickte. Er hatte das Gefühl, ihm würde gleich schwindelig werden.

Jafira sprach: »Das eigentliche Geheimnis besteht in dem Einfluss, den die Lehren des Trismegistos auf die Geschichte des Judentums und damit der späteren Christenheit ausübten. Die Idee, dass die Welt durch Worte erschaffen wurde, ist Trismegistos' Idee.« Leon brauchte einen Moment, um diese Botschaft zu verdauen.

Jafira seufzte. »Es sieht so aus, als hätten Moses und andere bei Trismegistos ...«

»... abgeschrieben«, vollendete Leon den Satz und war gleichzeitig schockiert.

Jafira nickte und sprach weiter.

»Die ersten Sätze der Genesis finden sich im genauen Wortlaut in Trismegistos' Manuskript. Man hatte Trismegistos' Idee von der Erschaffung der Welt durch Worte kopiert und teilweise sogar Buchstabe für Buchstabe übernommen. Die Männer, mit denen ich gesprochen habe, sagen sogar, nicht Gott habe Moses die Bücher diktiert. Trismegistos war es, denn Moses und er lebten zur selben Zeit in Ägypten.«

Tausend Dinge schossen Leon durch den Kopf. Ihm kam ein neuer Gedanke. »Aber das wäre für die Institution der römischen Kirche ja eine Katastrophe!«

»Nicht nur für die römische Kirche, Leon. Auch für das Judentum. Und meine Religion, den Islam. Und alle Glaubensgemeinschaften, die einer dieser drei Religionen entsprangen. Es ist nicht so, dass man die Geschichte des Trismegistos nicht hätte vereinnahmen können. Man hätte ihn behandeln können wie einen weiteren Propheten oder Erzvater. Nur dass Trismegistos Grieche war und nachweislich an Zeus und einen Olymp voller Götter glaubte. In seiner Schrift ist es Chronos, der die Worte spricht: *Es werde Licht. Und es ward Licht.* Chronos ist der Sohn von Gaia, der Erde, und Uranos, dem Himmel. Chronos ist Zeus' Vater und zugleich der Anführer der Titanen. Für die Griechen ist er eine Art Gottheit der Zeit, mitunter sogar die Zeit selbst. Und etwas in Trismegistos' Idee, die *Zeit* an den Anfang von allem zu stellen, scheint mir einen Tag des Nachsinnens wert.« Die Dame Jafira lächelte und sah Leon an.

Trismegistos hatte Moses die Genesis diktiert! Leon konnte sich nur mit Mühe beruhigen.

Jafira beobachtete ihn.

»Was willst du jetzt tun, Leon?«

»Nachdenken«, antwortete er. »Erst einmal nachdenken.«

Als er Rudolf gegenüber behauptet hatte, die Abschrift der Universität von Paris zerstört zu haben, war das eine Lüge gewesen. Die alte Schriftrolle lag wieder oben in den Stollen, wo Ben sie gefunden und bald darauf auch wieder versteckt hatte. Leon wollte sie studieren, bevor er sie vernichten würde. Er wollte sie zur Gänze verstehen.

Nachdem er seinen Freunden von der Erkenntnis Jafiras berichtet hatte, wollte Ben im Gegensatz zu Leon und Konni nichts mehr von der Abschrift wissen.

»Das ist Unfug«, sagte Ben. Leon wusste, dass diese Erkenntnis für seinen Freund als Jude, noch zudem Enkel eines Rabbis, schwer zu verdauen sein musste. Ben hatte zeit seines Lebens beim Lesen der Tora Trost gefunden. Und er wollte auch weiterhin daran glauben, dort Gottes Worte zu finden. Seine wirklichen Worte. Nicht die Ideen eines Griechen. Leon respektierte Bens abwehrende Haltung und versuchte nicht, ihn von der wahrscheinlichen Richtigkeit der Erkenntnis zu überzeugen. *Das Alte Testament ist nicht das Wort Gottes!* Gleichzeitig war das eine gefährliche Wahrheit. Eine, die man in diesen Zeiten besser nicht aussprach, wenn man nicht als Ketzer auf dem Scheiterhaufen landen wollte.

Als er jetzt die Pariser Abschrift ausführlich studierte, konzentrierte sich Leon auf die Rezepturen der Sprache, die Trismegistos in größter Sorgfalt entworfen und aufgezeichnet hatte. Leon erkannte Vertrautes und Neues. So war eine Technik enthalten, mittels welcher man sein Gegenüber in einen schlafähnlichen Zustand, nach dem griechischen Wort für Schlaf »Hypnosis« benannt, versetzen konnte. Er probierte es an Flint, doch es funktionierte nicht. Bei Konni dagegen schon.

Das zweite Kapitel befasste sich damit, wie man über die zwölf Aggregate Einfluss aufbaute. Indem man sie erst nährte und dann entfesselte. Nichts anderes hatte Bernhard getan. Das war es, was Gottfried ausführlich beschrieben hatte. Und so wie er auch alle, die ihm folgten.

Das dritte Kapitel behandelte das Schattenwort-Muster. Eine Methode, mittels derer man ein einzelnes Wort so mit emotionaler Bedeutung auflud, dass es wie ein Schlüsselstein einen kompletten Torbogen zusammenhielt. Entfernte man den Schlüsselstein, brach alles in sich zusammen. Leon fragte sich, auf welche Weise wohl Hofmann, Bernhard oder di Padua diese Rezeptur verwendet hatten. Er selbst hatte es getan. Bei seinem Bruder. Und auch als man ihn damals wegen Leopolds Ermordung angeklagt hatte.

Leon hatte den Vorsatz gefasst, das Wissen um jeden Preis zu bewahren und es selbst allein für diejenigen zu verwenden, die sich nicht selbst zu helfen wüssten. Doch es würde niemals wieder eine Abschrift dieses Wissens geben. Das hatte Leon sich geschworen. Gleichzeitig war er sich bewusst, dass eine weitere Abschrift sowie das Original noch immer existierten. Beide waren in der Hand der Nizariten. Doch er hoffte, dass ihr Wissen für immer in Alamut bleiben würde. Sie schienen die Erkenntnis wahren zu wollen. Deshalb hatten sie keine Zungen und ihr Anführer kein Augenlicht. Ob sie wohl noch einmal herkommen würden, um nach der Abschrift Bernhards und der aus Paris zu suchen? Leon befürchtete es. Der Alte vom Berg und seine Anhänger würden nicht ruhen, bis das Wissen, dass sie seit Jahrtausenden beschützten, wieder gänzlich verborgen sein würde. Sie würden kommen. Aber sie würden keine Abschrift mehr finden.

❧

An einem Nachmittag im Spätsommer fand Leon, dass die Zeit gekommen war, um die Pariser Abschrift zu vernichten. Die Freunde trafen sich in Jafiras Garten. Auf einer der Wiesen entzündeten sie unter einem Apfelbaum ein kleines Feuer. Luke sprang von einem zum anderen, um sich streicheln zu lassen, und blieb am Ende bei der Dame Jafira.

Als das Feuer brannte und alle darum verteilt auf der Wiese saßen und lagen, nahm Leon die brüchige Rolle aus ihrem kalbsledernen Futteral, wog sie für einen Moment in der Hand und betrachtete sie.

»Tu es«, sagte Ben, der sah, dass sein Freund zögerte. Die Dame Jafira nickte zur Bestätigung.

Irgendetwas hielt Leon zurück.

»Leon«, sagte Konni sanft. »Tu es.«

Leon sah sie an. Er hatte in den letzten Wochen immer wieder bemerkt, wie hübsch Konni eigentlich war. Und er freute sich, dass zwischen ihr und dem Wildererjungen offensichtlich so etwas wie eine wirkliche Liebe entstand.

Flint schüttelte den Kopf, weil er dagegen gewesen war, die Schrift zu vernichten. »So viel Aufwand, um dann am Ende alles wegzuschmeißen. Für nix! Ihr spinnt doch alle.« Doch auch Flint ahnte insgeheim, dass es das einzig Richtige war.

Leon seufzte, gab sich einen Ruck und schob den Papyrus in das kleine Feuer. Augenblicklich loderte eine helle Stichflamme auf und versengte ein paar darüberhängende Blätter des Apfelbaumes. Mehr als tausendzweihundert Jahre lang hatte diese Abschrift existiert. Das Original noch weitaus länger. Kleine Fetzen glimmenden Papyrus stiegen auf und flogen sacht durch die abendliche Luft. Bald war die helle Flamme erloschen, und das kleine Feuer brannte wieder so ruhig wie zuvor.

»Das war's?«, fragte Flint.

»Das war's«, sagte Leon.

»Na gut«, sagte Flint und kraulte Luke hinter den Ohren.

Allein die vier Freunde und die Dame Jafira wussten an diesem Tag, was Hofmann und sein Herr, der Kaiser, mit dem Original der Schriftrolle des Trismegistos hätten ausrichten können. Friedrich hätte mit dem Wissen aus der Handschrift den Papst und die Kirche erpressen und ihr ungeheuren Schaden zufügen können. Das fünfte Kapitel des Trismegistos hätte enthüllt, dass ein wesentlicher Teil der Genesis im Original aus der Hand eines griechischen Gelehrten stammte. Trismegistos. Ein unbekannter Mann, der in der Antike zu Hermes, zum Boten der griechischen Götter, verklärt worden war. Meister der Sprache, der Schreibkunst und der Alchemie. Ein Priester. Das Alte Testament entsprang seinen Gedanken über eine Ursprache. Der Sprache Gottes.

Dass er selbst und seine Nachfahren, die zum Teil im Besitz seines Manuskripts gewesen waren, zugleich einen wesentlichen Beitrag zur Erforschung der Sprache geleistet hatten, war eine Begleiterscheinung dieses Glaubens. Aristoteles, Heraklit, Vergil, Aurel, Asclepius, Cicero, Quintilianus. Auch diejenigen, die lediglich im Besitz einer Abschrift des Originals gewesen waren, hatten durch sie die Welt und ihre Geschicke beeinflusst: Bernhard von Clairvaux, Albertus Magnus, Thomas von Aquin, Franziskus von Assisi, Antonius von Parma, Roger Bacon. Nicht zuletzt Johannes Hofmann, der durch die Verhandlung des Mainzer Landfriedens und die kampflose, allein durch Worte bewegte Übernahme Jerusalems in dieser Welt auf seine Weise gewirkt hatte. Ja, selbst der hintertriebene Giancarlo di Padua hatte durch Suggestionen und Verträge einen Teil der kaufmännischen Welt in eine neue überführt. Sie alle hatten das vollbracht, indem sie Menschen verführten, überzeugten und überredeten. Mit Worten.

Nichts daran würde sich jemals ändern, dachte Leon.

Epilog

Der Alte vom Berg

Feste Alamut, 24. Oktober 1249

Der Imam sah von der Mauer seiner Bergfestung herab auf die Reihen der Männer, die zum Tor hinauszogen. Sie würden jagen. Überall, in allen Winkeln der Welt. Über drei Jahrtausende lang hatten seine Vorgänger und zuletzt er über den Verbleib der Schriftrollen gewacht. Und ihr Geheimnis bewahrt. Das Alte Testament war eine Fälschung. Ein Plagiat. Nicht Gott hatte es diktiert. Es war ein griechischer Mystiker gewesen. Und der Beweis dafür lag unter ihm, tief in den versteckten Gewölben der Festung, verborgen. Vor mehr als tausend Jahren war das Original hierhergebracht worden. Als Anfang von allem, was hernach geschah.

Seine Männer und die seiner zahllosen Vorgänger im Amt des Wächters hatten gemordet und ihr eigenes Leben für die Sache gegeben. Bereitwillig. Nun war das Geheimnis in falsche Hände geraten und das Gleichgewicht der Welt aus den Fugen. Seine Männer würden die einzige außerhalb dieser Mauern verbliebene Abschrift und ihr Wissen zurückfordern. Die aber, die von ihrer Existenz erfahren hatten, würden sterben. Alle. Der Alte sah auf die Reihen der marschierenden Männer.

Seine Assassinen würden eine rote Spur offener Wunden auf dem Körper des Kontinents hinterlassen. Von hier aus, am Rande der Welt, hoch oben in den Bergen, sah er sie. Eine Welt, die in einem Meer von Blut versinken würde.

Konstanze

Stift Lilienfeld, Bistum St. Pölten, 9. November 1296

Die alte Äbtissin kam zum Ende: »Und so war doch am Ende ein Teil der Überzeugungen des Hermes Trismegistos zu einer Wahrheit geworden. Homo Deus. Gott-Mensch. Der Mensch schuf die Wirklichkeit allein durch seine Sprache. Mens agitat molem. Von nun an bewegt der Gedanke die Materie. Es spricht der Mensch an Gottes Stelle.«

Konstanze legte den Federkiel beiseite und sah auf ihre Notizen. Sie würde daraus ein Buch anfertigen lassen. Ein Buch, in dem sie die Geschehnisse jener Jahre zusammenfassen würde. Sie blätterte noch einmal ganz an den Anfang und las: »Ich empfehle dir, mich zu vergessen ...« Und sie hoffte, dass ihre wahre Identität auf immer verborgen bleiben würde. Die Tochter eines Scharfrichters, welche zur Äbtissin eines mächtigen Klosters aufgestiegen war, ohne jemals an Gott geglaubt zu haben. Eine Frau, die Nacht für Nacht mit einem ehemaligen Wilderer schlief und mit ihm vier Kinder in die Welt gesetzt hatte, ohne je den Bund der Ehe einzugehen. Eine Sünderin und eine Diebin. Eine solche Frau sollte in dieser Kirche niemals existiert haben.

Cecile

19. Dezember 1249, Sonntag, 4. Advent

Pferd und Reiter kamen von Osten über eine weite, tief verschneite Ebene. An deren äußerstem Rand im Westen lag das kleine Kloster von Nevers. Die aus Feldsteinen gefügten Mauern der Anlage waren an diesem Morgen von Eis überzogen und leuchteten im Feuer der aufgehenden Sonne. Dahinter stand schweigend der Wald. Der Reiter kam heran, stieg ab und führte sein Pferd zu einer kleinen Pforte. Dort schlug er an eine Glocke, während er die Zügel seines Pferdes hielt, und wartete. Jemand näherte sich vom Inneren des Klosters und sperrte die Pforte auf. Es war eine junge Nonne. Der Mann vor ihr stand still und blickte sie an. Und ihm war, als läge er selbst und mit ihm die ganze Welt in ihren blassblauen Augen.

Nachwort

Worte erschaffen unsere Wirklichkeit

Als ich vor vielen Jahren mit den ersten handschriftlichen Skizzen zu diesem Buch begann, hätte vermutlich niemand vorausgesagt, dass ein Mann wie Donald Trump je US-amerikanischer Präsident würde. Na ja, außer er selbst wahrscheinlich. Und zum Glück ist dieser Spuk nun auch erst einmal wieder vorüber. Doch wenn ich mich heute in der Welt umschaue, erscheint es mir beinahe, als erführen die Zeitalter der Wirklichkeitsleugner, Fanatiker und selbst ernannten Propheten, wie wir sie nur aus Geschichtsbüchern zu kennen glaubten, eine Renaissance.

Notorische Lügner werden Staatspräsidenten. Populisten, »Querdenker«, »QAnon«-Anhänger, »Reichsbürger« … eine beängstigend große Zahl an Menschen folgt sehr schlichten Anschauungen, allein weil diese einfachere Antworten herzugeben scheinen. Brexit-Befürworter glauben gezielt verbreitete Unwahrheiten in Bezug auf die Kosten und den Nutzen der Europäischen Gemeinschaft; durch falsche Zahlen, die auf Bussen angebracht durch die Lande fuhren. Es war einfacher, das zu glauben, als sich ein eigenes Bild zu machen. Ich erinnere mich daran, dass Google im Nachgang zur Brexit-Abstimmung bekannt gab, die Zahl der Suchmaschinen-Abfragen »EU« seien in in Großbritannien in die Höhe geschnellt. Da haben sich Millionen Menschen an einer essenziellen Abstimmung über die Zukunft ihres Landes beteiligt und offensichtlich erst hinterher darüber informiert, was eigentlich die »EU« ist. Aber vielleicht ist das auch eine irrige Annahme. Am deutlichsten jedoch wurde die Art der Auseinandersetzung mit dem Thema Brexit, wenn man sich seinerzeit die »Beratungen« und Abstimmungen des britischen Unterhauses ansah. Ein Kasperletheater, reich an Polemik, Lügen, Beleidigungen, Überzeichnungen und Verzerrungen. Ich maße mir nicht an, die Richtigkeit dieser Abstimmung und den Austritt aus der Europäischen Gemeinschaft als gewinnbringend oder schädlich zu beurteilen. Aber ich wage zu behaupten, dass anstelle einer dringend notwendigen und objektiven Aufklärung der Bevölkerung lediglich eine massive Manipulation und Desinformation stattgefunden hat. Worte wie »Eurosklerose« schufen schlimme und unwiderrufliche Assoziationen mit Krankheiten. Das Wort »Brexit« klang dagegen sexy, schlank und rasch zu vollziehen. Ich schaue in die Nachbarschaft nach Polen, Russland, in die Türkei, nach Italien, Ungarn ... überall erstarken nationalistische Tendenzen, und die über Jahrhunderte erkämpften gesellschaftlichen Errungenschaften wie Gewaltenteilung, Partizipation, Freiheit, Gleichheit vor dem Gesetz und unabhängige Pressearbeit werden angegriffen oder schleichend unterhöhlt. Leute glauben an Weltverschwörungen wie QAnon oder – ernsthaft! – Echsenmenschen, die im Mittelpunkt der Erde leben und uns von dort aus beherrschen. Und ... ach ja ... die Erde ist übrigens eine Scheibe!

Wie schon in früheren Zeitaltern ist Sprache zugleich Mittel und Ursache für solcher Art Wirklichkeitsverzerrungen. Denn Weltbilder, Überzeugungen und Werte entstehen durch die Übersetzung von Wahrnehmung und Erfahrung in Sprache. Durch Silben, Worte, Sätze, Zahlen, Gesten und Symbole formen wir Denkstrukturen und Weltanschauungen. Es sind *Konstrukte*, denen wir vertrauen *müssen*, weil in jedem Kopf nur eins davon Platz hat.

Sprache ist so gesehen gleichzusetzen mit Software. Eine *Programmiersprache* für das Abbild der Welt in unseren Köpfen. Und deshalb liegt in der Beherrschung der Sprache die Herrschaft der Welt. Im Guten wie im Schlechten. Schöpferisch oder zerstörerisch. Es ist entscheidend, was wir sagen und was wir verschweigen. Was wir bejahen und was wir verneinen. Wer »Flüchtlings-Tsunami« sagt, programmiert etwas diametral anderes als derjenige, der von verzweifelten und hilfsbedürftigen Familien in Not spricht. Das Wort »Erderwärmung« klingt im Gegensatz zu »Klimakatastrophe« beinahe kuschelig. Wer die Hölle des Nationalsozialismus und die Millionen Opfer des Zweiten Weltkriegs und des Holocaust als »Vogelschiss in der deutschen Geschichte« etikettiert, wer mit Begriffen wie »Messermädchen«, »Entsorgung nach Anatolien« oder der Bedrohung durch eine »Jüdische Weltordnung« zündelt, gehört durchschaut. Dahinter steht zugleich eine schwindende Faktentreue. Hallo! Alle mal aufgewacht! Es gibt keine »alternativen Fakten«! Es gibt nur Fakten. Ein Tisch ist ein Tisch! Wer behauptet, es sei ein Stuhl, sollte hierfür Gründe und Beweise liefern. Und dann einigen wir uns vielleicht am Ende eines echten Diskurses auf den Fakt, der dabei herausgekommen ist. Wir sollten streiten mit Worten, aber dabei niemals außer Acht lassen, dass der Streit dafür gemacht ist, unser Wissen und unsere Erfahrung zu mehren, statt sie zu verzerren. So können wir im Streit um das Wesen eines Tisches erfahren, dass der Tisch Mittelpunkt der Familie, ein Ort der Schöpfungskraft, ein Ruhepol oder eine Arbeitsfläche sein kann. Dass ein Tisch verschiedene Bedeutungen und Formen hat. Dass er im künstlerischen Sinne

759

für etwas anderes stehen kann. Dass er im Englischen *table* und auf Italienisch *tavolo* heißt. Dass sein Name im Französischen weiblich ist und im Hawaiianischen so klingt wie das, was man daran macht, nämlich *pā-kau-kau*. Wir fügen Perspektiven hinzu und erweitern unser Bild eines Tisches. Aber dennoch bleibt ein Tisch ein Tisch. Man kann sich auf einen Tisch durchaus draufsetzen, und doch ist er deshalb kein Stuhl. Und auf einem Stuhl kann man essen, und dennoch ist er hierdurch kein Tisch. Covid-19 ist keine Grippe!

Das Wissen um die Wirkweisen einer beeinflussenden Sprache wurde wegen der ihr innewohnenden Macht in früheren Jahrhunderten regelmäßig als Geheimwissen behandelt. Die vertiefenden Lehren der angewandten Rhetorik, Eristik, Rabulistik, Argumentation und Dialektik waren – so wie lange Zeit das Schreiben, Lesen und Rechnen – allein den Mitgliedern der jeweils herrschenden Eliten zugänglich. Angehörige von Religionsgemeinschaften, Fürsten- und Königshäusern, Gilden und politische Kasten wurden hinter verschlossenen Türen darin unterrichtet und in deren Anwendung beraten. Sie erlernten, wie sie das Denken und die Gefühle anderer Menschen bewegen und für ihre eigenen Zwecke nutzen konnten. »Deus vult!«, Gott will es! »Make America Great Again!« Ich unterstelle: Sie taten das oft in gutem Willen, weil sie ja selbst an die jeweilige Ordnung glaubten, für die sie eintraten. Und es gibt natürlich ebenso viele positive Beispiele für die Nutzung dieser Macht: Martin Luther Kings »I have a dream!«. Oder das »Whatever it takes!« der schwedischen Klimaaktivistin Greta Thunberg. Alles, was wir Menschen einander sagen, ist grundsätzlich dazu geeignet, unser Handeln und Denken zu beeinflussen. Weil die Mittel für Gut und Böse die gleichen sind, müssen wir darauf achten, an welcher Stelle die Grenze zwischen Mitteilung und

Manipulation verläuft. Zwischen Appell und Propaganda. Zwischen verstehen oder bekehren wollen.

In der historischen Figur des Bernhard von Clairvaux fand ich einen Meister der Beeinflussung. Seine Reden und Briefe geben Zeugnis seiner Kunstfertigkeit, und die Machtfülle dieses einfachen Abts erscheint auch aus heutiger Sicht reichlich geheimnisvoll. Er konnte die Herzen der Menschen entfachen und sie zu Taten bewegen. Mit bloßen Worten. Die Szene am Eingang dieses Romans hat sich vielen Augenzeugen zufolge tatsächlich so in Vézelay zugetragen. Heutzutage kann man Populisten und Verführern zuhören und erkennt die gleichen Muster, wie sie sich auch in den Briefen und Reden des Kreuzzugverfechters Bernhard finden lassen. Bernhard dient in meinem Roman als Stellvertreter, und ich entschuldige mich bei allen Verehrern seiner Lehren für die Eindimensionalität meiner Darstellung. Er steht als Beispiel für zahllose, wortgewaltige Verführer und Verführerinnen, die in den Zeitaltern der Menschheit hervortraten. Sie bewirkten und bewirken durch ihre Worte eine Transformation der Welt. Sie spielten mit natürlichen Bedürfnissen wie Schutz und Zugehörigkeit, säten die Furcht vor Fremdem. Sie verstärkten Leid, Schrecken und Bedrohung und versprachen anstelle dessen Frieden, Wohlstand und Erlösung. Ihr wichtigster Nährstoff heißt Angst. Die heutige Mauer an der Südgrenze der USA zu Mexiko ist eine Inkarnation dieser Angst. In Berlin, wo ich mit meiner Familie lebe, haben wir Teile »unserer« Mauer stehen gelassen, damit wir uns selbst und unsere Kinder daran erinnern, dass es so etwas Absurdes einmal gab. Sie wurde gebaut, weil jemand sagte, man müsse den Sozialismus vor Kapitalismus und Imperialismus schützen. Ein Zweiter hat es wiederholt, ein Dritter geglaubt. Ein Narrativ, aus dem schließlich Wirklichkeit wurde.

Und es existieren weitaus bedrohlichere und zerstörerischere Narrative in dieser Welt. Wie kann man Menschen mit Worten dazu bewegen, sich selbst und Tausende andere Menschen zu ermorden, weil eine höhere Instanz das so wolle und dafür im Jenseits Belohnungen bereithalte? Wie kann man das Gefühl von Ungerechtigkeit so entflammen, dass daraus ein »Staat« wie der IS entsteht? Der IS ist nichts anderes als ein christlicher Kreuzzug in umgekehrter Richtung.

Ich bin davon überzeugt, dass Menschen, welche die Gesetzmäßigkeiten der Sprache und deren Auswirkung auf Wahrnehmung und Wirklichkeit durchschauen, weniger leicht manipuliert werden können als andere. Wir sollten dieses Wissen deshalb lehren und verbreiten. Mit aller Klarheit. In Schulen und an Universitäten genauso wie in den Organisationen, in denen wir arbeiten. Wir müssen es zum Gemeingut und zum Allgemeinwissen machen, so wie Borkas es in meiner Geschichte wollte. Indem wir erkennen, auf welche Weise wir Manipulationen unterworfen werden, sind wir zugleich fähiger, unsere eigene Weltanschauung gegen sie zu verteidigen. Unser Wissen bildet damit ein Immunsystem gegen surreale Argumente, Indoktrinationen und mutwillige Lügen. Und vielleicht können wir Menschen unsere Kommunikation dann endlich als diejenige Möglichkeit begreifen, die sie auf einzigartige Weise für unsere Spezies darstellt: eine Verbindung zwischen uns, die uns denken und fühlen lässt, was andere denken und fühlen. Die uns zu Innovationen und Problemlösungen inspiriert und einen Gemeinsinn stärkt, der uns besser schützt als jede Mauer. Das ist der Kern der Geschichte um Leon und Cecile, das Geheimnis um den »Äther« und die »Praesentia«.

Danksagung

»Der Kaiser hat ja gar nichts an!«

Mein grenzenloser Dank gilt meiner Frau Inke. Sie hat den größten Anteil daran, dass es bei Leon – so wie auch bei meinen anderen Büchern – nicht bei bloßen Hirngespinsten geblieben ist. Sie war es, die mich von Zeit zu Zeit zum Schreiben in die Einsamkeit der schottischen Highlands sandte (weil das dringend notwendig war). Und sie war es, die mich immer wieder darin bestärkte weiterzuschreiben. Es fällt mir schwer, das zuzugeben, aber Inke weiß in der Regel besser als ich selbst, was gerade gut für mich ist. Sie war meine erste Leserin, meine Inspiration und meine innere Kraft. Ich liebe Dich unendlich dafür (und wegen tausend anderer Dinge auch). Dein Blut durch mein Herz!

Meinem Freund Albrecht Kresse danke ich für immerwährende Freundschaft und Bestärkung in der Botschaft dieses Buches. Und dafür, dass er ganz am Anfang dabei war, damals im Tannheimer Tal, als das hier alles begann. Auch Du hast mich stets darin ermuntert dranzubleiben. Ablenkung gab es ja genug.

Mein tiefer Dank gilt meinen Ratgebern und den Lesern meiner Textauszüge. Wenn man sich daranmacht, einen Roman zu schreiben, lernt man nämlich doch eine Menge überraschender Dinge. Zum Beispiel, dass neben einer Idee vielleicht ein konkreter Plot recht guttäte! *kreisch. Und dass man den besser zuallererst schreibt. *Doppelkreischer! Und zwar zusammen mit allen dazugehörigen Haupt- und Nebenfiguren, damit die am Ende nicht allesamt machen, was sie wollen und was ihnen gerade so in den Kram passt. Im Nachhinein habe ich das Gefühl, mindestens drei Bücher geschrieben zu haben, weil sich viele Teile der uralten Legende um Trismegistos erst im Laufe des Schreibens aus der Tiefe erhoben und vor mir entfalteten. Sorry, all ihr wieder verworfenen Figuren. Ich schreibe Euch irgendwann eigene Geschichten. Versprochen! Und Hanifa, Du bist die Erste!

Danke, Michael Matthiass, dass Du in einem sehr frühen Stadium mein erstes Kapitel gelesen hast. Und für das, was Du damals *nicht* gesagt hast: »Jürgen, lass es!« Ich habe viel von Dir und der Kraft Deiner Texte gelernt.

Aber womöglich hätte ich noch mindestens zehn Jahre gebraucht, hätte nicht Markus Klose in meinem Leben vorbeigeschaut. Am Rande eines Trainings erzählte ich ihm von meiner Idee, einen Mittelalterroman zu schreiben, in dem man zugleich etwas aus der Welt der Rhetorik erfährt. Ein paar Tage später bekam ich eine Nachricht. »Ich möchte, dass Du jemanden kennenlernst, Jürgen«, hieß es und klang sehr bestimmt. Dieser Jemand war Ulrich Genzler, einer der damaligen Geschäftsführer der Verlagsgruppe Random House in München, zu der auch der Heyne Verlag gehört. Ich googelte seinen Namen und fand ... eine *Verlegerlegende*! »Ist das dein Ernst?«, meinte ich zu Markus. »Ja«, hat Markus gesagt, und zwei Monate später saßen wir zu dritt in einem kleinen Weinlokal am Münchner Stachus. Ich war vor lauter Nervosität hauptsächlich darauf konzentriert, nicht dauernd mit dem Hintern auf der Holzbank hin und her zu rutschen. Wir sprachen angeregt über dies und das; Ulrich ist ein feiner Mensch. Schließlich kam das Unvermeidliche: »Nun erzähl mal von deiner Buchidee, Jürgen.« Bullit-Time! Die Rotation der Erde verlangsamte sich. Kondensiert in einer halben Stunde, gab ich bruchstückhaft das von mir, was ich bis dahin für meine Plot-Idee hielt. Und zu meiner Überraschung kam – nach einer Reihe von weiteren aufmerksamen Fragen Ulrichs – der Satz: »Na, dann schick uns mal ein Exposé!« Danke, Ulrich, für diesen Satz! Danke, Markus, für Deine Tat. Das werde ich Euch nie vergessen.

In Folge sagte ich zwei, drei Trainings ab und fuhr nach Schottland, um ein Exposé zu schreiben. »Äh, wie macht man das eigentlich?« Danke an alle Autoren dieser Welt, die Ihr Euer Wissen in Form von Büchern, Vorträgen und Seminaren mit mir geteilt habt. Ich verneige mich vor Euch! Nun, das Ergebnis wurde wenig später angenommen, ich bekam einen Vertrag und einen Vorschuss, und los ging die wilde Fahrt. Danke, lieber Tim Müller, für Deine Begleitung als erster Lektor und einfühlsamer Gesprächspartner auf dem Weg, Rhetorik- und Mittelalterroman zu vermählen. Und danke, lieber Oskar Rauch, für die ebenso einfühlsame und wertschätzende Fortsetzung desselben. Ihr seid absolut großartig, und man kann sich keine besseren Lektoren wünschen! Ebenfalls danke ich allen Co-Lektoren und Redakteuren für ihre aufmerksame und gründliche Arbeit an meinen ungelenken Texten. Allen voran Lars Zwickies und Selina Gebauer. Ich versichere Euch, alles, was jetzt noch an wirren Dingen übrig geblieben ist, geht auf mich. Andreas Hancock und Nele Schütz danke ich für die Illustrationen und die Gestaltung der ersten Ausgabe. Ihr alle habt einen großen Anteil am Ergebnis, und ich bewundere Euch für Eure Arbeit. Danke an das ganze Team des Heyne Verlags, das dazu beigetragen hat, dass Sie, liebe Leserin, lieber Leser, dieses Buch in Händen halten.

Ganz besonders danke ich all jenen unter Euch, die es mir selten oder nie zum Vorwurf machten, von Zeit zu Zeit ins Mittelalter verreist zu sein (statt auch mal bitte schön meine sonstige Arbeit zu erledigen). Allen voran meiner langjährigen Partnerin in der Trainerausbildung Sabine Venske-Hess und meinem Holding Partner Henning Gerstner. Ihr habt mich für eine Weile gehen lassen, und ich kehre als noch glücklicherer Mensch zu Euch zurück. Den Schwestern Nora Aydinli und Carla Tünschel danke ich dafür, dass sie mir in den vergangenen Jahren unermüdlich und auf zauberhafte Weise Kopf und Rücken freigehalten haben. Ihr seid so toll!

Inspiring People to Grow! Danke an alle Gefährtinnen und Gefährten bei BRIDGEHOUSE! Ihr seid mein Clan, und Ihr seid es, die, jede und jeder auf ihre und seine Weise, daran arbeiten, dass die Verbindung zwischen uns Menschen zu erfüllenden Veränderungen führt. Ihr seid Zauberinnen und Zauberer! Ich danke zugleich meinen Klientinnen und den Tausenden von Teilnehmerinnen und Teilnehmern der letzten drei Jahrzehnte, die ihre Wirklichkeit mit mir teilten und mich so viel lernen ließen. Alles, was ich über zwischenmenschliche Kommunikation und Kollaboration weiß, habe ich durch Euch erfahren.

Einen besonderen Dank sende ich in Richtung der Wurzeln meiner Fantasy- und Mittelalter-Obsession: meinem Bruder Holger Schulze-Seeger, Stefan Holstein, Andreas Neubauer, Markus Keusch und Amy O'Rear sowie allen *Lord of the Rings* und *Dungeons & Dragons* Fellows aus dieser Zeit. Und – noch weiter zurück – meiner Mutter Christa Anna Schulze-Seeger, die meinem Bruder und mir Abend für Abend Märchen, Sagen und Abenteuer vorgelesen hat. In diesen Stunden liegt die Quelle all dessen, was ich bin. Und wo wir schon dabei sind: Johannes

Michel und Stefan Kramer für das Feuer, in dem alles zu Asche verbrennt, was nicht wahrhaftig ist: für Eure tiefe Freundschaft über Jahrzehnte.

Ich könnte diese Danksagung nicht zu Ende bringen, ohne einem verehrungswürdigen Haufen ganz besonderer Menschen in meinem Leben zu danken. Menschen, die mir auf ihre Weise ermöglicht haben, meine Sehnsucht nach den Erfahrungen früherer Zeitalter und fantastischer Welten im wahrsten Sinne des Wortes *auszuleben*. Ich danke meiner LARP-Community, allen voran den Mitgliedern der *Feste der Vielfalt,* für gemeinsame Abenteuer auf Cons und *Live Adventure Role Plays.* Ob es gegen Heere von Untoten, Assassinen oder Skalden ging, mon dieu, hatten wir einen Spaß! Danke Kaela, Antiochos, Fia, Sir Valorian, Sir Migosch Tharson, Amarok, Sir William of Helmsley, Larius, Mr. Quinn, Kathleen, Halfdan, Caldor, Ben Al Habib, Rufus, Fion und allen, die immer dabei waren. Für die Feste! Für die Vielfalt!

Tanja und Nils Tuesfeld, danke für tausend Abenteuer in Azeroth.

Euch, meinen beiden Söhnen Finn und Ben, danke ich dafür, dass Ihr mein Kind-Ich eingeladen und bewirtet habt. Es mag sonderbar klingen, aber Ihr zwei habt mich vor einer tödlichen Gefahr bewahrt: der Gefahr des Erwachsenwerdens. Ich wünsche Euch, dass Ihr selbst in eine Zeit hineinleben möget, in der überall auf der Welt in einer Sache allergrößte Bewusstheit besteht: über die zerstörerische Kraft der fiesen Manipulation. Sie gehört entlarvt und bloßgestellt, wo immer sie sich zeigt. In Hans Christian Andersens Märchen war es ein Kind, das rief: »Der Kaiser hat ja gar nichts an!« Ich widme dieses Buch Euch und Eurer Generation, die vielleicht als erste zur Gänze begreift, dass die großen Probleme der Menschheit nur auf eine einzige

Art und Weise gelöst werden können: gemeinsam und in Frieden.

Ihr alle seid mir teuer.

Jürgen Schulze-Seeger
Berlin, Ostern 2021